한문산문 글쓰기론의 논리와 전개

김철범 지음

보고사

책머리말

　실로 요즘은 말도 넘쳐나고 글도 넘쳐난다. 지식이 범람하고 생각이 자유로워 누구나 글을 쓸 수 있고, 매체도 다양해서 어디서든 어렵지 않게 글을 접한다. 이처럼 글쓰기는 언제나 우리 삶 속에 자리 잡고 있다. 그러나 좋은 말도 있고 나쁜 말도 있듯이, 좋은 글도 있지만 나쁜 글도 많다. 좋은 글이란 좋은 생각에서 나오지만, 그냥 좋은 생각만으로 좋은 글이 되지는 않는다. 대상과 상황에 맞는 전달의 기술이 필요하다. 좋은 생각이라도 제대로 전달되었을 때 좋은 글이 된다. 그래서 글쓰기가 우리 삶 속에 있어도 늘 어렵다.

　좋은 글을 쓸려면 배우고 익혀야 한다. 최근 글쓰기를 위한 전략과 지침서도 많이 나왔고, 글쓰기 문제를 전문적으로 연구하는 학회도 발족되어 활발히 활동하고 있으며, 학습자를 위한 논술교실이나 글쓰기 교실도 폭발적으로 확산되었다. 마치 글쓰기의 르네상스 시대를 맞은 듯하다. 그럼에도 아직 글쓰기 공부나 방법이 여전히 광야를 헤매고 있는 듯이 보이는 것은 어째서일까? 사실 글쓰기는 글을 쓰는 사람의 세계관을 종합적으로 드러내는데, 그 세계관은 글의 내용과 형식에 동시에 작용한다. 그러므로 글을 배우는 것은 단지 전달의 기술을 익히는 일에 그치는 것이 아니라, 자신의 세계관을 형성하는 총체적인 학습이 요구된다.

　동양의 인문전통은 일찍부터 문학을 중시했고, 따라서 글쓰기는 전통시대 지식인들의 필수 교양이었다. 그들은 좋은 글을 남기기 위해 평생 독서하고 사색하며, 유람하고 또 견문을 넓혔다. 식견과 깨우침이 있어야 좋은 글을 이룰 수 있다는 신념이 있었고, 결국 그것이 문학의 형식과 글쓰기의 기술까지도 결정한다는 사실을 터득하고 있었다. 이것을 그들은 "문도합일文道合一"이라고 명명했으니, 그것은 문학과 철학의 통합이었다.

20세기 근대를 향한 개혁의 과정에서 우리는 한문 글쓰기를 완전히 청산하고 국문 글쓰기를 정착시켰다. 글쓰기의 변화는 단순히 표기수단의 교체만을 의미하지는 않았다. 한문과 국문 사이의 간극에는 문법체계에서부터 표현방법에 이르기까지 서로 다른 체재體裁가 존재하고 있었지만, 거기에는 또 아주 다른 세계관이 작동하고 있었으니, 근대의 글쓰기는 대체로 문학에서 철학을 분리시키는데 적극적이었고, 글쓰기에서도 내용과 형식을 별개로 인식하려고 했다. 과연 그것이 옳은 것인지, 오늘날 글쓰기에 관한 논리들이 그다지 진전을 보지 못하는 이유가 이 때문이 아닌지, 깊이 성찰해야 할 지점에 이르렀다.

나는 오늘날 글쓰기 문제에 대해 이렇다 할 방법을 제시할 수 있는 능력이나 안목을 지니고 있지 못하다. 다만 한문고전산문을 전공한 사람으로서 한문산문의 글쓰기론을 공부하면서 여기에 오늘날 글쓰기에 도움이 될 내용이 많다는 사실을 깨달았다. 근대를 탈피한 세계관을 담을 글쓰기 모색에 있어, 사실 한문고전의 글쓰기 방식을 다시 주목해 볼 필요가 있다고 생각한다. 19세기 조선의 고문이론으로 박사학위를 받은 뒤 한문산문론 관련 연구를 진행하면서 나는 이런 생각을 늘 염두에 두고 있었다. 근 20년의 시간이 흐르는 동안 성실하게 연구하지 못한 것이 부끄럽지만, 내 연구 성과 가운데 이와 관련된 것들을 한데 모아 "한문고전의 글쓰기론"이라는 말의 제목을 붙인 것은 한문산문론 연구의 저변에 있었던 나의 문제의식을 드러낸 것이다.

기존 발표되었던 논문들을 일정한 주제 아래 배치하다 보니, 내용이 간혹 중복되는 부분도 있고 불필요한 대목도 있었다. 그런 부분들은 편집 차원의 손질을 조금 했지만, 크게 내용을 바꾸지는 않았다. 누구도 한 권의 책으로 한문고전의 글쓰기론을 모두 설명할 수 있을 것으로 기대하지는 않으리라고 본다. 이에 관한 훌륭한 연구성과들이 최근 여러 연구자들에 의해 생산되었고, 앞으로도 지속적으로 진행되리라고 본다. 언젠가는 이를 종합해서 한문 글쓰기론의 체계를 정리하는 저술이 나올 것으로 기대한다. 다만 그 과정에서 이 책이 일조하는 바가 있다면 그나마 다행으로 생각한다. 그리고 나아가 한문고전 글쓰기의 가치가 현재에 재발견되는데 미약한 보탬이라도 되기를 희망한다.

　이 책은 알게 모르게 많은 분들의 존재와 활동에 빚진 바가 많다. 특히 언제나 내 공부의 표상이 되셨던 은사 선생님들과 성실하고 참신한 공부자세로 나에게 자극제가 되었던 많은 동학들이 있다. 날로 위기감이 더해지는 한문학연구의 앞날이 크게 두렵지 않은 것은 이 분들이 있기 때문이 아닐까. 또한 젊은 시절부터 인간적 정을 나눴던 보고사의 김홍국 사장은 기꺼이 이 책의 출판을 받아 주었으니, 편집부 한나비 선생의 노고와 함께 감사드린다.

2012년 4월
남촌서실南村書室에서 김철범

차 례

제4부 문선집의 편찬과 산문비평

제1부

서설

한문산문의 글쓰기론과 그 현재적 의미

〈보론〉 16세기 후반~18세기 전반기 산문론 형성의 역사적 과정

19세기 소품문체의 전개

한문산문의 글쓰기론과 그 현재적 의미

이조후기 고문론古文論을 대상으로

1. 왜 한문산문의 글쓰기론인가

보편문자로서 한자 한문이 우리의 표기수단이 된 이후로 한문 글쓰기는 오랜 전통으로 이어왔다. 신라말기에 이미 우리의 한문 글쓰기는 높은 수준에 도달했고, 고려기를 거치면서 다양한 방면과 양식에서 성숙되었으며, 이조시기에는 중국의 글쓰기에 발맞추어 조선 나름의 독자적 성과를 일궈냈다. 말의 구조와 글의 구조가 달랐지만, 생각의 논리적 전개와 정감의 진솔한 표현 면에서는 크게 다를 바 없었기에, 한문 글쓰기는 동아시아의 보편적 글쓰기로 받아들여졌던 것이다.

대체로 글쓰기에는 실용적인 글쓰기와 예술적 즉 문학적 글쓰기가 있다고 하겠다. 역사적으로도 처음엔 실용적인 것에서 시작해서 차츰 문학적인 것으로 발전되었듯이, 글쓰기의 학습에서도 실용적인 것에서 문학적인 것으로 발전되어 가기 마련이다. 그리고 그것은 다시 실용적인 것에 문학적인 것을 결합하는 방식으로 발전한다. 우리

문학사에서 문인지식인들 사이에 한문 글쓰기가 보편적인 교양으로
자리 잡기 시작한 것은 고려후기 무렵으로 보인다. 그리하여 이조전
기에 이르기까지 사대부문인들 사이에 한문 글쓰기는 차츰 한시 짓
기에 이어 자신들의 중요한 교양으로 받아들여지게 되었는데, 서거
정의 『동문선東文選』은 당시 이러한 글쓰기에 대한 인식과 수준을 보
여주는 기념물이다. 그러나 그것은 송대宋代 이후 높은 수준의 성취를
이룬 중국의 글쓰기에 자극을 받아 이루어졌던 것으로, 아직 한문산
문이 진정한 우리의 글쓰기로써 확고하게 인식된 것으로 보기에는
미진한 바가 있다. 여전히 '문文'이란 문학일반의 개념으로 인식되고
있었고, 한시에 비해 한문산문에 대한 문학적 접근이 아직 세련되지
는 못했던 것이다.

16세기말을 지나 17세기에 이르면 비로소 한문 글쓰기에 관련된 독
자적 비평이 나타나기 시작하고, 한문산문에 대한 인식이 보다 적극
적으로 발전한다. 한시와 같이 한문산문을 독자적 문학예술로 인식
하게 되는데, 이러한 점은 이제 한문 글쓰기를 진정한 우리의 글쓰기
로 수용하고 있음을 시사하는 것이다. 이 역시 중국 명조의 문단에
자극받은바 컸던 것이지만, 글쓰기의 본질적인 문제에서부터 방법적
인 문제까지 진지한 논의들이 개진되었고, 비평과 창작에서도 우리
정서와 현실에 맞는 방식들이 실험되었다. 이러한 숙련의 과정을 거
치며 18·9세기에 이르기까지 조선 문단의 한문 글쓰기는 가히 국제
적 수준에 손색없는 성과를 이루었다.

이처럼 우리 문학사에서 글쓰기에 대한 본격적인 논의가 이루어진
것은 이조후기에 도달해서이다. 여기에 지대한 역할을 한 것은 무엇
보다 고문론古文論이었다. 당시 명대明代 문단의 복고주의 문학에 촉

발되어 발전된 고문론은 고문 학습에 대한 텍스트와 창작방법상의 문제를 두고 문인들 사이에 다양한 논의가 전개되었고, 이러한 논의의 과정을 통해 한층 우리 현실에 적합한 글쓰기 이론을 모색해 갔던 것이다.

그러나 근대시기에 들어와서 우리 글쓰기는 큰 변화를 맞았다. 한문 즉 고문의 글쓰기는 전근대적 산물로 비판받아 자기 시대를 마감하며 도서관의 고문헌실에 안치되었고, 이제 우리 말글로 글을 쓰는 시대가 도래했던 것이다. 그러나 궁극 그 사이에는 어느덧 서구의 글쓰기 방식이 접목되어 이전 한문 글쓰기와는·판연히 다른 새로운 글쓰기가 이루어지고 있었다. 사실 표기 수단이 바뀌면 문체도 바뀌기 마련이어서 이런 변화는 당연한 것이지만, 전통적 글쓰기와의 단절은 다시 많은 시행착오를 겪게 했다. 실로 요즈음의 사정을 보면 글쓰기의 대중화가 이루어지고 있고, 심지어 대학입시의 논술시험은 옛날 과거시험을 방불케 한다. 그러나 글쓰기 학습의 원칙과 방법에 대한 지남指南이 될 만한 것이 없어 많은 어려움을 겪고 있다. 그런 면에서 비록 문자와 문체는 다르지만, 탄탄한 이론을 구축했던 옛날 우리 선조들의 한문산문 글쓰기가 어쩌면 오늘날 우리의 글쓰기에 좋은 귀감이 될 수 있을 터이니, 작품연구를 통한 글쓰기 방식의 연구에 앞서 한문산문의 글쓰기론에 대한 검토가 필요하다고 본다.

2. 글쓰기론 형성의 비판적 동인

17세기 이후 조선의 문인들이 문학적 글쓰기에 새로 눈뜨게 된 것은 명조明朝 문단의 복고주의 문학의 유행이 촉매가 되었는데, 당시 윤근수尹根壽와 최립崔岦의 선구적 역할로 문예성을 추구하는 새로운 글쓰기가 시도되었다. 이후 그 방법상의 문제를 두고 다양한 비판적 견해들이 제시되었지만, 대체로 문인들 사이에서 산문의 예술성 추구에는 일정한 공감대를 형성하고 있었던 것이다. 그러나 이런 공감대는 단순히 중국 문단의 영향만으로 형성되는 것은 아니다. 이미 우리 문학계 내에 내재된 반성적 요인들이 있었던 것인데, 이 요인들에 대한 비판의 과정을 통해서 자신들의 글쓰기 이론에 대한 기본 입장을 마련했던 것이다. 그러면 당시 문인들에 의해 주된 비판의 대상이 되었던 몇 가지 요인들을 검토해 보기로 하자.

과거문체科擧文體에 대한 비판

사대부의 태생이 독서하는 사士에서 정치하는 대부大夫가 되기 위해서는 과거라고 하는 시험의 과정을 모두 거쳐야 했다. 고려후반으로부터 이조시대까지 이 제도는 사대부로서 입신하는 거의 유일한 통로였다. 이 과거제도는 글짓기를 통해 국가 행정에 필요한 인재를 평가하여 선발하는 것이다. 국가의 요긴한 인재로서 기본 텍스트에 대한 충실한 학습이 요구되었고, 나아가 국가의 문장사업을 위한 능력을 시험했다.

과거시험의 방식이 시대별로 약간씩 차이가 있었지만, 이조후기에 이르면 생원시는 경전을 테스트하고 진사시에서는 시부詩賦를 테스트했으며, 문과시에서는 이를 종합하여 강경講經이나 제술製述, 시부詩賦 및 책문策文을 짓는 것으로 선발했다.[1] 대체로 경전의 시험은 사서와 오경을 대상으로 암송이나 논술로 치러졌으며, 이는 반드시 거쳐야 하는 1차 관문에 해당되었다. 그러나 문관이 되기 위한 진정한 실력은 시부와 책문 짓기의 시험에서 판가름되었다. 그러므로 과시공부에서 가장 많은 노력을 기울인 부문은 배율排律·부賦·표表·책策 등의 글짓기였다. 양반의 수에 대비한 선발인원을 고려하면, 시험은 갈수록 경쟁이 심해질 수밖에 없었고, 경쟁이 심할수록 시험은 더 어려워지지 않을 수 없었다. 이러한 현상은 자연히 공부의 방향과 본질을 왜곡시키게 되고, 차츰 글귀를 기발하게 짜 맞추는 방식의 글짓기로 재능을 뽐내게 되었던 것이다.

오직 과거를 통해 입신할 수 있었던 사대부들은 너나할 것 없이 이 과거공부에 힘쓰지 않을 수 없었기 때문에, 과거시험의 글짓기는 자연 사대부들의 글쓰기에 막대한 영향을 주게 되었던 것이다. 당시 이러한 상황을 이의현李宜顯(1669~1745)은 적실하게 지적하고 있다.

> 우리나라 사람들은 과거를 가장 중시한다. 비록 문사文詞가 남보다 뛰어난 사람도 과거에 꺾여 들지 않은 자가 없어, 짓는 글이라곤 표문表文과 책문策文뿐이다. 일찍이 고문에는 노력하지 않고, 불과 한유와 소동파를 모범으로 삼아 과장科場이나 관각館閣에서 응대하는 밑천으로 활용할 뿐이다.[2]

이의현은 당대 사대부들이 오로지 과거시험의 글짓기만을 익힌 결과 표表·책策과 같은 과문체科文體의 글만 지을 줄 알고, 또 더러 고문

---

1) 이성무, 『한국의 과거제도』, 집문당, 1994.
2) 이의현, 「陶峽叢說」, 『陶谷集』권28 : "我國人最重科業, 雖文詞超群者, 無不折入於科業, 所製有表策而已. 曾不着力於古文, 不過以韓蘇爲範, 用作科場館閣酬應之資而已."

을 익힌 경우도 역시 과거문 짓기나 관각문館閣文 짓기에 활용하기 위한 것일 뿐이라고 비판한 것이다. 과거가 관료문인으로서의 능력을 시험하는 것이기에 과거문 짓기는 관각문 짓기와 직접적으로 연관될 수밖에 없다. 또 일찍이 김상헌金尙憲(1570~1652)도 변계량 이후로 관각문이 연미軟美함을 즐기게 된 것을 개탄했는데3), 이것은 과거문장의 특성과 깊이 관련된 것으로, 과거문 짓기의 영향이 관각문에서 나아가 글짓기 전반에 파급되었음을 시사하고 있다. 이런 면에서 우리가 잘 아는 당대 조선의 이름난 문인들은 모두 이 과거문체의 문제점을 심각하게 보았는데, 이수광李睟光(1563~1628)은 그 문제점을 좀 더 구체적으로 지적하고 있다.

> 우리나라의 과거 문장은 폐단이 심각하다. 사륙변려체로 쓸데없이 늘어지는 것은 온전히 행문行文과 흡사한데, 행문이란 것은 또 공무상의 문장과 흡사하다. 또 시부에는 입제入題·포서鋪敍·회제回題 등의 형식이 있는데, 이는 문장가의 문체와는 완전히 다르다. 그래서 비록 과거에 합격하더라도 결국 글을 짓지 못하는 사람이 되어버리니, 세상에 어떻게 소용이 되겠는가? 틀이 크게 한 번 바뀐 뒤에야 바로 될 것이다.4)

과거문장은 형식과 격식에 짜 맞추는 사장詞章 위주의 글로서 일상

---

3) 김상헌, 「月汀先生集跋」, 『淸陰集』권39 : "竊槪我朝文苑, 自卞春亭以下, 率皆規唐操宋, 樂習軟美, 號爲館閣體, 顧於古文辭, 大有徑庭."
4) 이수광, 「문장부」1 文體, 『芝峰類說』권8 : "我國科擧之文, 其弊甚矣. 四六冗長, 全似行文, 所謂行文, 又似公事場文字. 詩賦, 有入題鋪敍回題等式, 尤與文章家體樣全別. 故雖得決科, 遂爲不文之人, 何以致用於世乎? 必大變機軸而後可矣."

의 실효성 있는 문학적 글쓰기와는 사뭇 다르다. 이처럼 사장 위주라는 측면에서는 관각문과도 비슷하다고 한다. 그런데도 이런 글짓기에 익숙한 사람만을 문관으로 뽑으니, 결국 문장이 경세치용의 글쓰기로부터 멀어졌다는 것이다.

그러면 어떤 글쓰기 공부와 어떤 글쓰기를 해야 한다고 생각했던가? 이 점에 대해서는 문인들마다 의견이 조금씩 다르지만, 그래도 모두들 과거문이 문학의 본질과 기능을 상실함으로서 전혀 실효성 없는 글쓰기가 되었다는 인식에서 출발하여 그 대안을 마련했다. 이 문제에 가장 일찍 관심을 두었던 최립崔岦(1539~1612)의 입론을 보자.

그는 의리정신도 없고 실질적인 효용성도 없는 '과거지문科擧之文'에 대비해서 '문장지문文章之文'을 제시했다.5) 과거문체의 사장주의에 대해 도학자들은 '도본문말론道本文末論'을 주장하며 문장학습의 무용성을 주장했지만6), 문학가로서 최립은 도와 문을 다시 결합시킬 대안을 구상했고7), 그 방안으로서 '문장지문'을 제시했던 것이다. 그래서 그는 그 방법으로서 『서경書經』으로부터 『장자莊子』·『이소離騷』에 이르는 옛 글을 두루 학습할 것이오, 평범한 표현보다는 차라리 기궤한 표현을 추구할 것이며, 작가의 의식이 단절되지 않도록 지속적으

---

5) 최립, 「贈吳秀才竣序」, 『簡易集』권9.
6) 李珥는 「文策」(『율곡전서』습유 권6), 「贈崔立之」(『율곡전서』습유 권3) 등의 글에서 '도본문말'의 논리에서 문학보다는 도학에 전념할 것을 주장하였다.
7) 최립, 「平壤刻板孟子大文跋」, 『간이집』권3 : "文章孰如六經, 亦孰出六經外哉? 第去聖益遠而文與道離, 始有本末可言耳. 而志專研理者則惟泥於本, 治擧子業者則末且不暇, 其欲學爲文章者見其然, 以爲文章不在是也. (中略) 平安使相徐公新刻孟子正文, 屬岦跋. 夫公之此擧, 所爲承兵火之餘, 急初學之求, 將志研理者, 治擧業者, 皆賴以權輿焉. 而岦尤見夫學爲文章之不在它也. 故爲此說以復, 亦欲士子凡得是而讀之者, 便知本末一貫, 當一倂得力也云."

로 수양할 것을 강조했다.[8] 과거문풍의 연미함을 극복하기 위해서는 먼저 육경을 위시한 선진先秦시대의 고문을 텍스트로 공부하고, 정해진 격식을 따라 답습하는 표현방식을 버리고 자신의 생각에 맞게 자연스럽게 표출해 나갈 것이며, 그러기 위해서는 무엇보다 자신의 마음을 진실하게 수양하고 성찰하기를 요구했다. 이와 유사한 생각을 그 뒤 유몽인柳夢寅과 이수광에게서도 찾아볼 수 있으며, 후대의 문인들에게까지 면면히 이어진다.

한편 최립과 문학적인 성향은 달랐지만, 장유張維와 이식李植과 김창협金昌協 등도 도문일치론道文一致論의 관점에서 과거문체를 극복하고 새로운 문학적 대안을 제시했다. 먼저 사장말예詞章末藝에 젖어있는 문단의 풍토가 과거문체에 의해 물든 것으로 비판하고, 이런 글쓰기를 극복하기 위해서는 무엇보다 글에 자신의 생각과 철학이 담겨있어야 한다는 입장에 있었다. 그래서 학문을 통해 자신의 철학과 사고를 돈독히 다질 것을 요구했는데[9], 그 학문이란 대체로 '공맹의리지학孔孟義理之學'이었다. 이것을 선행 요건으로 한 다음, 글이란 자신의 생각을 전달하는 것이 중요하기 때문에 글이 어려워서는 안 되므로, 당송 이후의 고문을 중심으로 학습할 것을 요구했고, 반복과 답습을 일삼는 지루한 표현보다 간결하면서 사실에 충실한 표현법을 익힐 것을 강조했다.[10]

이런 비판 이후 과거문체가 어느 정도 일신된 면모가 있었다고 보

---

8) 이성민, 『최립 산문 연구』, 석사학위논문, 성균관대 대학원 한문학과, 1998.

9) 장유는 "敦本"을 주장했고(「入谷集序」, 『谿谷集』권6), 이식도 "務本"을 주장했다(「頤菴集後敍」, 『澤堂集』권9).

10) 이것은 대체로 김창협의 주장을 정리한 것이다. 「答崔昌大」(『농암집』권18), 「잡지·외편」(『농암집』권34) 등 참조.

지만, 18·9세기의 문인들 대부분이 여전히 과거공부를 마지못해 하
는 부질없는 것으로 생각하고 있었던 점에서 과거 글쓰기의 문제점
은 그대로 지속되고 있었다. 글쓰기가 재능을 겨루는 수단이 되고 보
면, 시간이 거듭 지날수록 매너리즘에 빠져 글의 내용보다 형식과 구
조에 맞추어 글을 짜깁기하는 기능만을 능숙하게 익히게 된다. 문과
시험의 종장에서 정치적 능력을 시험하는 책문策文 짓기마저도 이런
매너리즘에 빠져 아무런 실효성도 없는 글짓기로 허비했던 것이다.
19세기 초반 홍길주洪吉周(1786~1841)의 비판이다.

> 아! 그대가 묻는 것은 종이 위의 곡식이오, 내가 대답하는 것도 종이
> 위의 곡식이다. 오늘 시험장에서 수백 권의 답지가 그대 앞에 놓일 것
> 인데, 이는 모두 종이 위의 곡식 아닌 것이 없을 것이다. 그대는 이 답
> 지의 자구와 점획들을 모두 쌀알로 변화시켜 나라의 창고에 쌓았다가
> 백성들의 배를 채워줄 수 있겠는가? (중략) 지금 애석하게도 종이 위의
> 곡식에 백성들의 유망하고 고달픈 현실을 맡겨두고 있으니, 그대는 어
> 떻게 생각하는가? 아니면 그 자구와 점획을 식량으로 변화시켜 군현의
> 호구를 증가시키고 국가의 부역에 나가게 하겠다는 말인가? 가만히 생
> 각해보니, 종이 위의 곡식을 모두 가져다가 태워버린 뒤에야 곡식은 백
> 성들의 식량이 될 수 있고, 백성들은 서로 보존하며 살아가게 되며, 나
> 라도 이 백성들이 있음으로써 이 곡식을 생산할 수 있을 것이다.[11]

---

11) 홍길주, 「睡餘瀾筆」上, 『沆瀣丙函』권5 : "於戱! 執事之所問, 紙上之穀也, 愚之所
對, 亦紙上之穀也. 凡今日場屋之中, 數百餘券之交錯於執事之前者, 皆莫非紙上之穀
也. 執事將謂其字句點畫, 皆能化爲粒粒, 實國家之府庫, 而充斯民之肚腸耶? (中略)
今也惜紙上之穀, 而任斯民之流亡損瘠, 執事以爲何如也? 抑將謂其字句點畫, 皆能化
爲元元, 增郡縣之戶口, 趨國家之力役耶? 竊以爲盡取紙上之穀, 而焚之然後, 穀可以
爲民食, 民可以相保而活, 國可以有是民而有是穀也."

아들이 응시한 과거의 시험주제가 「곡책穀策」이었던 것을 계기로
자신도 답안형식으로 글을 지어 과거의 문제점을 엄중하게 지적한
것이다. 답안지 위의 글자를 곡식에 비유하고 있는데, 인재를 등용하
기 위한 과거문 짓기가 백성을 살리는 곡식만큼이나 소중한 것이다.
그런데 이 글짓기가 과연 곡식처럼 백성을 먹여 살릴 수 있는 것인가
를 반문하고 있다. 결국 현행 과거는 실효성도 없는 논의로 국력만
소진하고 있으며, 이런 폐습은 선비들로 하여금 틀에 박힌 거창한 말
만 늘어놓게 하여 겉치레를 일삼거나 실용될 수 없는 지식만을 익히
도록 방임하고 있다는 것이다.[12] 자신은 일찌감치 문과응시를 포기
하고 문인의 길을 꿋꿋이 갔던 인물인데, 자기의 글 하나하나에 지성
인으로서의 책임감을 갖고 자신의 글쓰기에 깊은 애정을 가졌던 문
인으로서 과장科場에서의 거짓된 글짓기를 도저히 받아들일 수 없었
던 셈이다.

모방적 글쓰기에 대한 비판

최립이 '문장지문文章之文'을 주창했을 때 평범한 표현보다는 차라
리 기궤한 표현을 쓸 것을 요구했는데, 그가 피하고자 했던 평범한
표현이란 곧 '진부한 말'[진언陳言]을 가리키는 것이었다. 당시 조선의
문풍이 구양수나 소식 등의 송대 문풍의 영향을 받아 그들의 표현을
답습하기에 급급하다는 비판이 있었다.[13] 그들이 익히 했던 말을 답

---

12) 김철범, 「홍길주 산문의 의의와 문예적 성취」, 『한국한문학연구』제24집, 한국한문
   학회, 1999.
13) 김상헌, 「월정선생집발」, 『청음집』권39 : 유몽인, 「題王道昆遊城陽山記後」, 『어우

습하여 다시 진부하게 늘어놓는다는 것이다. 장유도 이 진부한 표현을 털어내는 것이 바로 개성 있는 문학이 되는 길임을 강조한 바 있다.[14] 그래서 최립은 오히려 '기奇'한 글쓰기를 통해 조선 문풍의 진부한 구태에서 벗어나 문학다운 문학을 이루고자 했던 것이다. 뒤이어 유몽인柳夢寅이나 조익趙翼의 경우도 예의 진부함에서 벗어나기 위해 진한시대 이전의 문장을 텍스트로 삼고, 송대 이후의 글은 아예 보지도 않았으며[15], 진한문秦漢文의 모범을 통해 '기고奇古'한 글쓰기의 미학을 추구했다. 이들의 글쓰기는 당시와 이후로도 문풍을 일신시키며 많은 관심을 불러일으켰던 것이 사실이다.[16]

이처럼 당대 문장의 진부한 답습을 극복하기 위한 '기고'함의 추구는 먼저 '의고擬古'의 학습, 곧 어휘에서부터 편장篇章에 이르기까지 고문古文에 견주어 모방하는 학습이 요구되었고, 그 학습을 근간으로 다시 자신의 글쓰기에 변용하는 방식으로 이루어졌다.[17] 이것은 상투적인 표현의 답습이나 남의 구절을 표절하는 것과는 다른 것이었다. 그러나 모방을 뛰어넘어 자신의 글쓰기에 변용하기란 여간 어려운 일이 아니었으며, 따라서 많은 추종자들은 대부분 모방 학습의 단

집』후집 권4 ;「答年兄林公直書」;「報滄洲道士車萬里雲輅書」.

14) 최석기, 「계곡 장유의 학문정신과 문론」, 『한국한문학연구』9·10합집, 한국한문학연구회, 1987.

15) 유몽인, 「大家文會跋」, 『어우집』권6.

16) 이의현, 「雲陽漫錄」, 『도곡집』권27.

17) 조익, 「上月汀先生書」, 『浦渚集』권15 : "翼之好古文, 固勢不得已也. 以爲不以是無以爲文章, 故每搆一言片辭, 無不擬議糾繩於古." ; 허균, 「文說」, 『惺所覆瓿藁』권12 : "客曰: '子之文旣平易流便, 其所謂法古者, 當於何求之?' 余曰: '當於篇法章法字法求之. (이하략)'" ; 정우봉, 「조선후기 산문이론의 전개와 그 성격(Ⅰ)」, 『한국문학연구』창간호, 고대 민족문화연구원 한국문학연구소, 2000.12. 참조.

계를 넘어서지 못하고 말았다. 그 결과 모방에 빠진 글쓰기라는 신랄한 비판을 받았는데, 진부한 말과 표현은 극복했더라도 고문의 틀과 울타리를 벗어나지 못했다는 것이다.

의고의 모방성을 처음으로 비판한 사람은 장유張維(1587~1638)와 이식李植(1584~1647)이다. 이들 비판의 초점은 모방의 형식주의에 대해 내용성을 강조하는 데 있었다. '돈본敦本'이니 '무본務本'이니 하는 주장이 그것인데, '본本'에 대한 두 사람 사이의 견해차는 있지만, 대체로 글의 이치理致 곧 주제의식이 살아있는 글쓰기를 강조했던 것이다. 이것은 도학자들의 '도본문말道本文末'의 생각과는 엄연히 다른 것이었다. 그래서 이식은 의고문이 모방에 빠진 것은 선진先秦시대의 옛 문체를 본받았던 때문임을 지적하고, 당시의 문체인 당송唐宋 이하의 문장을 학습할 것을 대안으로 제시했다.

이것을 발전시켜 의고문擬古文의 모방성을 좀더 구체적으로 비판한 사람이 김창협金昌協(1651~1708)이다. 그는 특히 진한고문을 숭상하는 문인들이 명대 전후칠자前後七子의 고풍스런 문학을 맹목적으로 추종하는 경향을 경계하며[18], 전후칠자들이 비록 진부한 답습을 비판하며 고문 글쓰기를 시도했지만 이들의 글 역시 자구字句나 모방하는 것으로 점철되고 말았다고 비판했다. 그리고 김창협은 의고풍의 글쓰기가 이런 모순에 빠진 것은 이들이 '기고嗜古'한 고풍을 중시하지만, 거기에 도달하기 위한 방법적 대안이 부재했던 것에 원인이 있다고 진단했던 것이다.[19] 그래서 그의 비평은 단순히 '무본務本'을 강조

---

18) 김창협, 「雜識」, 『농암집』권34 : "李空同文, 學左馬, 雖摸擬太露, 鎔鍊未至, 全篇合作者少, 而往往古直蒼健, 有一二句可喜處. 曾見尤翁頗稱之, 尤翁不熟明文, 而嘗見其朱子實記序故云耳."

하는 단계에 그치지 않고, 편장구법篇章句法에서 내용·전개상의 억양개합抑揚開闔이나 착종변화錯綜變化의 서사법에 이르기까지 글쓰기의 구체적인 방법에로 논의가 확산되었다. 그의 글쓰기 논의들은 의고문가들에 비해 선명하고 논리적인 면이 있어 한문 글쓰기의 지평을 한층 끌어올리는 견인차가 되었다. 다만 그가 제시한 대안들은 중국 비평계로부터 이식해 와서 우리 문단에 접맥하는 단계였기 때문에 아직 우리 것으로 체질화되지는 못했고, 후인들의 지속적인 비평적 성과를 기대해야만 했다.

그 성과는 18세기 후반과 19세기 전반기의 문인들에 의해 일정한 결실을 보았는데, 홍석주洪奭周(1774~1842)와 김매순金邁淳(1776~1840)을 위시한 일군의 고문가들에 의해 이론과 창작방면 모두에서 사대부의 글쓰기로서 긍정적인 방안이 제시되었고, 당시 문인들 사이에 큰 반향을 불러일으켰다. 그런데 이들의 글쓰기 이론 역시 당대 문풍의 모방적 성향에 대한 비판에서 출발하고 있음을 알 수 있다. 아직 문인들 사이에는 진한고문秦漢古文의 매력이 여전히 선호되고 있었던 것인데, 이런 문풍은 태생적으로 의고적 성향을 갖기 마련이었다. 그러나 이들 고문가들은 당시 모방이 지니고 있는 문제점에 대해 앞 시대와는 다르게 인식했다. 모방의 문제는 더 이상 고전적 글쓰기에 대한 대안의 부재에 있는 것이 아니었다. 이제는 오히려 '기고'한 고풍을 이루려고 하는 글쓰기 자세가 근본적인 문제였던 것이다. 홍석주의 말이다.

---

19) 송혁기, 「김창협 비평의 산문사적 의의」, 『한국문학연구』제5호, 고려대 민족문화연구원 한국문학연구소, 2004.12.

(대개 옛 사람들이 지은 글은) 어떤 것은 울퉁불퉁하여 가지런하지 못하기도 하고, 어떤 것은 어그러져 불안하기도 하며, 그 뜻은 혹 틈이 벌어져 이어지지 않기도 하고, 그 말은 혹 빠뜨려져 완전치 못하기도 하지만, 오늘날 그것을 읽어보면 오히려 옛스러움을 볼 수 있다. 그런데 만약 그 옛스러움을 사모하게 되어 짐짓 이 같은 글을 지음으로서 본받으려 한다면, (그 글을) 얼핏 읽어보면 또 옛스럽지 않은 것은 아니지만, 천진天眞과 인위人僞적인 것은 확연하게 구분이 된다.[20]

고풍의 매력에 빠져 그런 글을 흉내 내어 지으려고 하지만, 그것은 인위적인 것으로 자기의 참모습일 수 없다. 김매순도 자구字句를 모방하고 자취를 흉내 내는 가운데 깊은 뜻은 사라지게 되고 영롱한 정감情感은 흩어져 버려, 그 어떤 말도 사람을 감동시킬 수 없고, 어떤 설명도 진리를 전하거나 의혹을 해명해줄 수도 없다고 했다.[21] 자신의 사상과 감정을 전하는 문학의 본령이 모방에 의해 무너진다고 본 것이다. 이처럼 모방문풍에 대한 이들의 우려는 어느 때보다 심각한데, 그것은 문풍이 바로 사회 풍상의 기선機先이라는 인문학적 각성에서 기인한 것이었다.[22] 이들은 왕세정과 이몽양의 모방적 복고풍으로

---

20) 홍석주, 「與李審夫書」, 『淵泉集』권16 : "(盖古之爲文) 或參差而不齊, 或齟齬而不安, 其意, 或間隔而不續, 其辭, 或缺蝕而不完. 由今讀之, 愈見其古也. 至若慕其古也, 而故爲是以效之, 則驟而讀之, 亦或未嘗不古, 然天眞與人僞, 居然判矣."

21) 김매순, 「答士心」, 『臺山集』권5 : "世之爲秦漢之文者, 愚見亦多矣. 字句之摹而意匠蔑如, 步趨之擬而神情索然, 懽愉慘怛, 不足以感人, 而鋪王霸揭聖賢, 無與於傳道而解惑, 是殆公孫子陽, 鸞旗旄頭 揖讓磬折之類耳. 階級津梁之不審, 而務躐驟以爲勝, 宜其弊之至此也."

22) 홍석주, 「答李審夫書」, 『淵泉集』권16 : "自夫所謂王李氏者, 以復古之說倡之, 而牛鬼蛇神百怪交作, 猝然展紙, 如入傀俚侏離之鄕, 茫然而不可識爲何語. 天下翕然趨之, 不百餘年, 而堯封禹服之間, 無復有中國衣冠矣. 夫傀俚侏離者, 戎狄之象也. 嗚呼! 文

인해 천하에 해괴망측한 꼴이 생겼다고 비판하고, 구체적으로 황경
원黃景源(1709~1787)을 지목하여 우리나라의 명망 있는 문사로서 이러
한 폐해를 막아야하는 책무가 있음에도 불구하고 오히려 조장하고
있다며 그의 모방문풍을 신랄하게 비판하기도 했다.[23]

이들의 비판적 대안은 진한秦漢시대의 고문이 그 당시에는 시문時文
이었다는 사실을 깨닫는 것에서 출발한다. 그러므로 옛글의 외형상
의 분위기를 살리는 것이 고전적 글쓰기가 아니라, 옛글의 글쓰기 정
신을 살리는 것이 진정한 고전적 글쓰기라는 것이다. 당대에 누구나
알 수 있는 평이한 문체로 자신의 진실한 생각을 진솔하고 간결하게
전하는 것이었다. 이러한 정신을 가장 잘 실천한 문학으로 한유와 구
양수를 위시한 당송산문을 꼽았고, 이들의 글쓰기 정신을 모범으로
삼았다.

무실無實한 글쓰기에 대한 비판

모방문풍이 문학의 본령을 어지럽힌다는 고문가들의 우려는 기실
실체 없는 글쓰기 풍조의 파급에 있었다. 자기 생각을 표현하기보다
외형의 격식을 맞추거나 통례적인 표현에 급급하고, 또 세상을 통찰
하는 식견마저 부족해서 별 실효성 없는 글만 양산한다는 비판이었
다. 궁극 '실實'없는 글쓰기가 문제되었던 것이다.

옷으로 추위를 막기에는 무명만한 것이 없으니, 비단옷은 아름답게

章之爲天下機先也, 常若此, 可不愼哉?"
23) 홍석주, 상동문.

보이기 위한 것일 뿐이다. 기물로 이용하기에는 금석이나 나무만한 것이 없으니, 옥이나 뿔 조개 등은 빛나게 보이기 위한 것일 뿐이다. 문사文辭가 창달하여 시대에 쓰이면 충분하지, 꾸미고 다듬는 것은 실용하기에 적당하지 못하다. 재덕才德이 풍족하여 정사政事에 베풀어지면 좋지, 박학하고 거창하게 논변하는 것은 세무世務에 보탬이 되지 못한다. 천하에서 기이한 보배라고 하는 것은 참으로 일을 구제하는 도구가 못 되는 법이다.24)

홍길주洪吉周의 발언이다. 모든 도구들이 외형이 화려해지면 실용성이 떨어지듯이, 문학 역시 꾸미고 다듬는 형식성에 빠지면 실용성을 상실하게 된다는 것이다. 옷의 기능이 추위를 막는 것이라면, 문학의 기능은 자신의 생각을 전달해서 세상에 실용되는 것이다. 홍길주는 앞에서도 아무런 실효성도 없는 논의로 국력만 소진하고 있는 과거문장에 대해 심각하게 비판한 바 있었는데, 과시科試의 글쓰기가 책에서 읽고 외운 대로 틀에 박힌 거창한 말만 늘어놓는 폐습적 관행에 젖어 있고, 나아가 많은 인재들로 하여금 겉치레나 일삼으며 현실에 실용될 수 없는 지식만을 익히도록 만든다는 점을 비판했던 것이다.

이에 홍석주洪奭周는 "문필징실文必徵實"을 내세워 문학은 반드시 실질적인 것을 다루어야 할 것을 주장했는데25), 그가 말하는 '실實'이란

---

24) 홍길주, 「睡餘瀾筆」上, 『沆瀣丙函』권5 : "衣之禦寒, 莫如綿布, 紗羅縠綾, 觀美而已. 器之利用, 莫如金石竹木, 珠玉犀貝, 光耀而已. 文辭鬯達, 足需於時, 綺章麗采, 無當於實用, 才德豊足, 可施於政, 博學宏辯, 無補於世務. 天下之號爲奇寶者, 固皆非濟事之具也."

25) 홍석주, 「答舍弟憲仲書」, 『淵泉集』권16.

잘 알지도 못하는 부질없는 담론이나 알갱이도 없는 허虛한 말이 아
닌, 실제에 충실한 공부[務實]를 통해 스스로 체득한 지식[致知]을 가리
키며, 그것을 밝히는 일[徵]이란 글 쓰는 이의 주체적 정신에 의해 이
지식들이 문학으로 재창출되는 것을 의미했다.26) 그래서 그는 "즉심
위문卽心爲文"27)할 것을 강조했는데, 이 때 '즉심'의 심心이란 유심론
자들의 관조하는 도심道心으로서의 심이 아니라, '무실務實'하여 '치지
致知'하는 주체자의 가치관을 의미하는 것이었다.28) 이것은 곧 글쓰
기의 현실성 문제이자 주체성의 문제로서, 문학의 현실성은 주체로
부터 분리될 수 없는 것으로 인식되었던 것이다. 사실 현실성이 주체
로부터 동떨어져 버린다면, 그 현실성 역시 공허한 논의밖에 되지 않
을 것이기 때문이다. 그러므로 자신의 경험적 인식이나 사실에 의거
해서 구체적이고 사실적인 내용으로 글을 지어야 자기 마음속의 생
각이 쉽게 드러나고, 말과 글이 서로 어긋나지 않는 진실된 글이 될
수 있다는 것이다.

한문 글쓰기에서 이 '실'의 문제는 장유張維에서부터 이미 거론된
바 있었고29), 이식李植이나 김창협金昌協이 시의성時宜性과 진실성을
강조했던 것30)도 궁극 '실'의 문제였다. 17세기 당시 관각체의 부화

---

26) 김철범, 「연천 홍석주의 고문론」, 『한국한문학연구』제12집, 한국한문학연구회.
    1989.
27) 홍석주, 「答金平仲論文書」, 『연천집』권16.
28) 김철범, 「19세기 고문가의 문학론에 대한 연구」, 성균관대 박사학위논문, 1992.
29) 장유, 「答人論文」, 『谿谷集』권3 ; "夫文有華有實, 辭者其華也, 理者其實也. 聖賢之
    文, 華實俱備, 自諸子以下, 始岐而二矣. 文之至者, 必華實兼. 然與其華而不實, 寧實
    而不華矣. 濂洛諸儒之文是也. 今世之人, 用心於雕繪之技, 德敝精神, 終未能造其工,
    況責夫能求其實哉?" ; 최석기, 「계곡 장유의 학문정신과 문론」, 『한국한문학연구』제
    9·10합집, 한국한문학연구회, 1987.

한 문풍과 의고문체의 모방성에 대해 표현의 진실성과 내용의 현실성을 강조했던 것이다. 당시 이 문제는 당대 문풍에 대한 비판의 과정에서 심각하게 부상된 것으로, 몇몇 문인들에 의해 글쓰기의 이론과 실제에서 구체화시키는 방안이 시험되고 있었다.

18세기에 들어서자 문학예술의 독창성 문제가 신중하게 부각되면서 또 '진眞'과 '실實'의 문제가 크게 주목되었다. 시론에서는 '천기天機' 논의와 함께 진정眞情·진실眞實한 시가 추구되었고, 산문에서도 '진실'한 글쓰기가 제창되었는데, 이 때 '진'은 표현에서의 진실성이오, '실'은 내용에서의 현실성을 의미한다. 이러한 진실한 글쓰기에 대한 실천은 신문체新文體의 도입을 촉진시켰고, 일부 진보적 문인들은 이 새로운 글쓰기를 통해 진실성을 확보하려고 했다. 그러나 진실성은 신문체를 통해서만 확보되는 것은 아니었다. 정통 고문 안에도 진실성과 현실성의 전통이 있었으니, 그것은 고문도 당시에는 시문時文이었다는 인식에 근거하고 있었다. 그래서 이들 고문가들은 당송고문을 모범으로 그 안에서 진실한 글쓰기에 대한 방법을 모색했고, 오히려 신문체에 비해 더욱 단단한 논리를 갖추었다고 본다. 당시 이하곤李夏坤(1677~1724)·조귀명趙龜命(1693~1737) 등은 김창협의 논리를 계승해서 발전시킨 것으로 대표되는 고문 작가이다. 특히 이들은 '진문眞文'의 글쓰기를 위한 요건으로 작가의 식견識見을 중시했는데, 그것은 다양한 공부를 통해 얻어진 견식見識을 바탕으로 자신의 생각을 뛰어난 언어문자로 묘사하는 것이었다.[31] 즉 이 견식이 글쓰기의 진

---

30) 우응순, 「이식의 문학론 연구」, 『한국한문학연구』제12집, 한국한문학연구회, 1989.
    ; 박영호, 『조선중기 고문론 연구』, 경북대 박사학위논문, 1992.12.
31) 이상주, 『담헌 이하곤 문학의 연구』, 성균관대 박사학위논문, 1994. ; 김철범, 「이

실성과 현실성을 담보해 준다는 것이다.

앞서 살펴본 19세기 초 고문가들의 주장도 18세기와 일정한 연관 선상에 있다. 그러나 19세기를 앞 시대와 비교해 볼 때, 이 시기의 정통 고문가들이 '실'의 문제에 대해 더 높은 관심을 보이고 있다. 이들은 19세기의 현실이 정치사회로부터 문화일반에 이르기까지 모든 세태가 허위와 가식으로 물들어 가고 있는 것으로 진단하고, 이 것을 다시 진실된 방향으로 되돌리는 일이 바로 문인들의 책무라고 생각했다.[32] 그 시작이 진실된 글쓰기를 회복하는 것에 있다고 생 각했던 것이다. 홍석주·김매순·홍길주를 위시하여 유신환俞莘煥·박 규수朴珪壽·한장석韓章錫·김윤식金允植 등 당시의 유수한 문인들에게 서 이러한 노력들이 엿보인다. 그러나 이들에게 있어서 '실'은 다분 히 경세經世·시무時務에 치중되어 있음을 볼 수 있는데, 거기에는 19 세기의 시급한 현실 속에서 공허한 말만 늘어놓는 문학계의 매너리 즘과 비현실적 학문에 매몰된 학계의 냉소주의에 대한 비판정신이 담겨있었다.[33]

조후기 산문론에서 '見識'의 문제」, 『한문학보』제9집, 우리한문학회, 2003.12.

32) 홍길주, 「重答李審夫書」, 『峴首甲藁』권4 : "士大夫, 假命以儒, 坐而衣食, 人之效之 者, 日以滋衆, 父子兄弟, 相戒告寧爲乞丐, 而不肯爲農工賈, 腁手胼脚而糊其口者, 半 天下. 人道之日夷, 財用之日匱, 職誰之辜? 日夜惴懼, 思所以免于是者, 旣不得謀畫于 時, 有一分之澤以及烝黎, 又不能親執耒耜荷簣操鋪, 以佐庶民之役. 唯尊道尙行, 毋墜 古聖賢所遺我者, 以扶支頹俗, 爲世道萬一之裨補, 庶幾不徒糜粟帛."; 김철범, 「항해 홍길주의 작문정신과 진문장론」, 『동양한문학연구』9집, 동양한문학회, 1995.

33) 김철범, 「19세기 산문론에서 '實'의 문제」, 『한국한문학연구』35집, 한국한문학회, 2005.

3. 글쓰기 학습의 텍스트 문제 : 진한고문파와 당송고문파

한문산문의 학습에서 중요한 특징의 하나가 학습의 전범典範으로 일
정한 텍스트를 설정한다는 것이다. 사승을 중시하는 유학의 특성에서
기인한 것이기도 하지만, 한문 글쓰기는 명문名文의 분석적인 정독과
암송, 그리고 자신의 방식으로 변용하는 습작의 과정을 통해 익히기
때문에 모범이 될 만한 특정한 작가나 문풍을 설정하여 학습했다.

이조후기의 문단, 특히 고문계古文系에서 전범이 되었던 문학은 크
게 둘로 나뉜다. 하나는 진한秦漢시대의 산문이오, 또 하나는 당송唐宋
시대의 산문이다. 중국 문학사에서 산문문학이 크게 번성했던 두 시
대로서, 한문산문의 글쓰기 미학이 작품을 통해 구현되었던 시대이
다. 그러나 두 시대의 글쓰기 방식은 각기 다르다. 진한시대의 산문
은 마치 논리성이 무시된 듯 소략하거나 비약적이기도 하지만, 이런
간략함 안에 의미를 함축시키고 복선을 마련해 둠으로써 더욱 깊은
맛을 느끼게 한다. 또한 의론에서도 논지의 과감한 전개와 거침없는
비판은 장강태산長江泰山의 웅장한 기운을 느끼게 한다.[34] 이것이 진
한고문이 지닌 매력이다. 반면 당송시대의 산문은 억양개합抑揚開闔과
포치안배布置按排 등의 논리성을 중시하여 간결한 표현은 선호하지만
논리적 비약은 경계한다. 또 어조사의 쓰임을 활용한 평순하고 명쾌
한 표현으로 작가의 생각을 분명하게 전달하려 하고, 독창적이며 개
성적인 표현을 통해 사실적이고 합리적인 문장을 추구한다.[35] 사실
당송고문도 진한고문을 텍스트로 삼아 형성되었다고 하지만, 진한고

---

34) 陳柱, 『中國散文史』, 上海書籍, 1984.
35) 吳孟復, 『唐宋古文八家槪述』, 安徽敎育出版社, 1985.

문과는 다른 독자적인 문체를 이루게 된 것은 텍스트를 자기 시대에 맞게 변용했던 때문으로 평가된다.

　중국의 경우, 명대明代 칠자파七子派의 복고주의에 의해 진한고문이 다시 글쓰기의 텍스트로 활용되었다. 그러나 이들은 당송대의 고문가들과는 달리 진한고문의 고풍스럽고 기고한 멋을 그대로 복구하려고 시도했다. 옛 풍격을 살리는 일이 쉬운 것이 아니었으며, 자칫 모방으로 전락하기 십상이었으나, 그 표현의 고풍스런 품격이 주는 깊고 그윽한 문예미적인 멋은 팔고문八股文 짓기에 식상한 문인들의 창작욕구를 불러일으켰다. 마침 과거문체와 관각문 짓기에 식상해 있던 조선의 문인들에게도 칠자파의 글쓰기는 새로운 가능성을 열어주었다. 그러나 칠자파의 문예적 성취가 진한고문을 모방하는 것에 머물렀다는 비판과 반성이 일어나면서 조선의 문인들도 칠자파를 텍스트로 삼지 않고, 칠자파가 텍스트로 삼았던 진한고문을 직접 보게 된다. 우리 문단에서 본격적으로 진한고문을 글쓰기 학습의 텍스트로 삼아 체계를 마련한 사람은 유몽인柳夢寅(1559~1623)이다.

　유몽인은 고인을 본받으려면 그 고인들이 배운 것을 배워야 한다고 하며, 한대漢代의 문장을 배우려면 먼저 그들이 배웠던 육경과『좌전』·『국어』·제자서 등을 배워야 하며, 한유를 배우려고 한다면 먼저 한유가 배웠던 삼대三代와 양한兩漢 시대의 글을 배워야 한다고 했다.[36] 그의 생각은 "대개 문장은 기氣를 위주로 하기에, 반드시 삼대三代와 양한兩漢의 문장을 읽어 격조格調를 높여야 예스러움을 기대할 수 있다"[37]는 데 있었고, 이에 그는『맹자孟子』·『상서尚書』·『사기史記』·『한

---

36) 유몽인,「與尹進士彬書」,『於于集』권5 : "余則以爲欲學古人, 先學古人所學者, 欲爲西京, 先學西京所學六經及左國諸子焉, 欲學退之, 先學退之所學三代兩漢諸書焉."

서한書漢』·『국어國語』·『좌전左傳』·『장자莊子』의 글과 한유韓愈·유종원
柳宗元의 문장을 전범으로 제시하며 이렇게 논평했다.

『맹자』와 『상서』는 이치가 순조롭다. 그래서 비록 사마천의 『사기』
보다 높지만 그 공적은 쉽게 이루어졌다. 『한서』는 박실朴實하다. 그래
서 『사기』보다 아래지만 학자들이 병되게 여기지 않는다. 『국어』는 내
용이 풍성하면서 표현이 기이하다. 그래서 말이 번다해도 지루하다는
생각이 들지 않는다. 『좌전』은 말은 간결하지만 설명은 자세하다. 그래
서 말이 간략해도 섬세한 부분을 놓치지 않았다. 『장자』는 참신한 말을
잘하고 그 단서도 잘 변경한다. 그래서 이야기의 발단이 층층이 드러나
지만, 드러나면 날수록 더 참신하다. 한유의 문장은 고의古意를 잘 따와
지루한 것은 제거하고 그 중 빼어난 것을 뽑아 구절에 긴장을 준다. 그
래서 잘 배우지 않으면 자칫 무미한 송나라 문장으로 빠질 수 있다. 유
종원의 문장은 뜻을 설명하는 것이 명백하고, 말을 하는 것도 정밀하
다. 그래서 말이 비록 거칠더라도 정취는 시원하다.

　이들은 문장을 배우는 첩경이니, 배우는 자들이 살피지 않을 수 없
다. 그렇지만 의리로 귀착하지 않으면 말이 거칠고 본받을 것이 없다.
그러니 반드시 육경을 통해 그 살점을 맛보고, 선유先儒들의 책에서 요
긴한 부분을 통해 놓아야 보는 것이 투철하고 말하는 것도 바르게 될
것이다.[38)]

---

37) 유몽인, 「題鄭進士百昌擬古詩左」, 『어우집』후집 권4 : "盖文章以氣爲主, 須讀三代
兩漢文, 高其調, 然後古可斳也."

38) 유몽인, 「與尹進士彬書」, 『어우집』권5 : "孟子尙書, 順理也. 故雖高於馬史, 而其功
易成. 漢書, 朴實也. 故下於馬史, 而學者不病. 國語, 瞻而奇也. 故語繁而不覺其支離.
左氏, 簡而詳也, 故語約而不遺纖微. 莊子, 善新其語而善更其端也, 故談鋒層現, 愈出
而愈新. 韓文, 竊古意, 削支辭, 拔其粹, 促其節也. 故不善於學之則流於宋文之無味.
柳文, 命意明. 立語精也. 故語雖澁而趣則暢, 文章之捷徑也. 此學者不可以不察也. 雖

작가의 정신과 작품의 주제는 육경과 선유先儒들의 저술에 담긴 의리에 귀착되어있어야 하지만, 그것을 표현하는 문체에 있어서는 열거한 저술들을 통해 다양한 품격들을 습득해야 할 것을 설명하고 있다. 또한 진한고문의 특성과 장점을 요령있게 잘 설명한 논평이기도 하다.[39] 애초 '고고高古'한 글쓰기를 기획했던 그는 이렇게 텍스트를 설정하고, 송 이후의 문장은 아예 보지도 않았던 것이다. 같은 시기의 이수광李睟光(1563~1628)·조익趙翼(1579~1655)·조찬한趙纘翰 등도 이 텍스트 체계를 따랐으며[40], 이후 이헌경李獻慶(1719~1791)을 위시한 다수의 남인 계열의 문인들도 진한고문을 텍스트로 학습했는데[41], 실제 조선의 많은 문인들이 이를 추종했다. 이처럼 진한고문을 텍스트로 학습한 이들을 두고 우리는 "진한고문파秦漢古文派"라고 부를 수 있다.

然, 不歸諸義理, 則語野而不法, 必於六經焉嚌其哉, 先儒子書焉決其肯綮, 然後所見透而立言正."

39) 여기서 문제가 되는 것은 유몽인이 진한고문을 추종하면서 당송팔가의 일원인 한유와 유종원을 선정하고 있다는 것이다. 윤근수와 최립의 경우도 그렇듯이, 이것이 당대 문인들의 성향을 평가하는데 항상 걸림돌이 되었다. 그러나 유몽인이 송대 문풍을 비판하고 있는 점을 주목해야 한다. 그것은 바로 주자 어록체 뿐만 아니라, 구양수와 소동파의 문장을 지적한 것이었다.(유몽인, 「八家文會跋」, 『어우집』권6 참조) 그러므로 한유와 유종원을 학습했다고 해서 우리가 흔히 알고 있는 당송고문을 추종한 것이라고 말할 수 없다. 한유와 유종원에게는 아직 진한고문의 습기가 남아있고, 또 그것을 자기 문학으로 변용한 훌륭한 사례이기도 하다. 이런 점이 당대 진한고문계열의 작가들에게 주목을 받았던 것이라고 하겠다.

40) 강명관, 「16세기 17세기초 진한고문파의 산문비평론」, 『대동문화연구』41집, 성균관대 대동문화연구원, 2002.12.

41) 이향배, 「간옹 이헌경의 고문론 연구」, 『한문교육연구』19호, 한국한문교육학회, 2002.12. ; 송혁기, 「17세기 후반 18세기 초기 허목계열 남인의 산문론 −동시기 김창협 계열 산문론과의 대비를 중심으로−」, 『민족문학사연구』27호, 민족문학사학회, 2005.

중국에서 칠자파의 문학이 명대 문단을 풍미하자, 이를 비판하며 등장한 것이 귀유광歸有光·당순지唐順之·모곤茅坤 등의 당송문파唐宋文派이다. 이들은 칠자파의 난해한 문체를 모방문체라고 비판하면서, 이러한 폐단의 발생은 텍스트의 설정이 잘못된 것에서 기인했음을 지적하고, 당송고문을 텍스트로 볼 것을 주장했다. 그리하여 최종적으로 모곤에 의해 당송팔가가 텍스트로 확정되었으니, 그것이『당송팔대가문초唐宋八大家文抄』이다. 조선에서 진한고문파를 비판하며 처음 텍스트 문제를 거론한 사람은 이식李植(1584~1647)이었다.

이식은 고와 금을 아우르고 문장과 도덕을 통일시킨 문학을 추구했는데, 당시 사람들이 고문의 정종正宗으로 받드는 것은 제자백가와 같은 이단문異端文이오, 기껏해야『사기』·『한서』류의 기사문記事文임을 지적하면서 진한고문류의 학습을 부정하고, 성현들의 의리지문義理之文이 구현된 당송 이하의 글을 법으로 삼을 것을 주장했다.[42] 물론 당송 이하엔 당송팔가도 포함되어 있지만, 그러나 그는 아직 시서정문詩書正文·맹자정문孟子正文·사서전주四書傳注 등의 문장을 더 중시하고 있다. 김창협에 이르러서야 비로소 중국 당송문파가 소개되고, 당송고문에 대한 자체 평가도 본격적으로 진행되었다. 그러나 이 시기에 당송고문이 하나의 텍스트로서 받아들여졌다고 말하기는 어렵다. 김창협의 경우 전겸익錢謙益의 비평에 많은 영향을 받았던 것을 보면 아직 당송문파에 대한 이해가 완전히 이루어지지 않았던 것이고, 또한 당송고문 전체 보다는 한유·구양수·증공 등 개별 작가를 단위로 전범을 설정하고 있다.

---

42) 이식, 「作文模範」, 『택당집』별집 권14.

당송고문에 대해 텍스트로서의 확신을 수립한 것은 19세기 초기의 고문가들에 의해 이루어진다. 진한고문 텍스트가 널리 퍼져있는 위기감이 작용했던 것 같다.

근래에 이른바 진한을 본받았다고 하는 자 중에서 한 사람도 거의 비슷한 것을 보지 못했습니다. 오직 구양수와 소식의 글로 말미암아 진한문秦漢文을 배워야 오히려 그 궤도를 잃지 않게 될 것입니다. 오늘날 학문을 하는 사람이 큰소리로 사람들에게 이르기를 "나는 정·주程朱를 통하지 않고 공·맹孔孟을 배우겠다"고 한다면, 그대는 그것을 허락하겠습니까? 문장 또한 어찌 이것과 다른 것이겠습니까?[43]

성인의 글이 심오하여 어렵기 때문에 정자나 주자의 해석을 통해 이해해야 하듯이, 진한고문의 난해한 글도 그대로 배울 것이 아니라 그것을 잘 변용하여 완성시킨 당송고문을 통해 익혀야 한다는 말이다. 사람이 사람다운 것은 의리義理가 있기 때문이오, 문장이란 이 의리정신을 담는 것이라고 생각했던 이들은 당송고문이야말로 이 정신을 문학으로 완성시킨 것이라고 여겼던 것이다.

성인의 글은 뜻이 깊고 말이 간략하여, 그것을 감상하기가 흔적 없는 조화를 찾는 것 같고, 그것을 배우기란 계단이 없는 하늘을 오르는 것 같다. 그러나 한유·유종원·구양수·소식의 글은 가벼운 수레에 빠른 말을 달고서 사방으로 바르게 난 길을 똑바로 달려가는 것이니, 마치

---

43) 홍석주, 「答李審夫書」, 『연천집』권16 : "然輓近所謂倣秦漢者, 未嘗見一人能彷彿, 唯由歐蘇而學秦漢, 尙或不失其軌度. 且今之爲學問者, 有悍然號於衆曰 : '吾舍程朱而學孔孟' 執事, 其許之乎? 文亦奚以異於是也?"

넓은 처마의 높은 집이 웅장하게 하늘에까지 닿고, 뜰이며 사랑과 문 등이 가지런히 제도에 맞는 것과 같아서, 자취를 쉽게 찾을 수 있고, 계단을 쉽게 오를 수 있다.[44]

유몽인의 견해와 비교해 볼 때, 문학에서 의리를 중시하는 것은 같지만, 단지 그 방편이 다른 것이다. 고인들처럼 고고高古한 품격으로 표현하기보다, 논리적이고 쉽게 알아볼 수 있는 문체로 표현해야 한다는 것이다. 그런 면에서 당송고문은 "논리가 탁월하고 말이 유창해서[理勝辭達]"[45] 글쓰기의 훌륭한 모범이 된다는 것이다. 이런 논리는 명대 당송문파와 가까이 닿아있다. 이들이 설정한 텍스트는 이후 사대부문인들에게 널리 유포되어 고문이나 산문하면 의례히 당송고문을 일컫는 것으로 인식될 정도였다. 이렇게 당송고문을 텍스트로 추종하며 글쓰기를 했던 사람들을 우리는 "당송고문파唐宋古文派"라고 부를 수 있다.

크게 볼 때, 이조후기 우리 산문계 특히 고문계가 이렇게 두 성향으로 나뉘어 있었다고 보지만, 당시 문인들의 성향이 진한고문 쪽이냐 당송고문 쪽이냐를 파악하기가 쉽지 않았을 뿐 아니라, 또 단순하게 그렇게 이분법적으로 말하기도 어렵다. 그러나 중심이 되는 경향을 파악하는 일은 한 작가를 이해하는데 유효한 측면이 있고, 그의 주장을 좀 더 선명하게 설명하도록 해주는 이점도 있다. 그래서 우선 진

---

44) 홍석주, 「題四家文鈔」, 『연천집』권21 : "聖人之文, 旨深而辭簡, 其玩之也, 如造化之不可迹而求也, 其學之也, 如天之不可階而陟也. 韓柳歐蘇之文, 以輕車駿馬, 範馳于九軌之衢, 如廣廈崇宇, 傑構造天, 而庭廡門廉, 秩然有制. 其求之易爲迹, 其陟之易爲階也."
45) 홍석주, 『鶴岡散筆』권2 36항.

한고문계와 당송고문계의 성향이 분명한 분들을 대상으로 그들 성향의 차이점을 간략히 비교해서 하나의 가설로 제시해 보고자 한다.

우선 텍스트 부분에서 진한고문계는 육경六經을 특히 중시하면서 동시에 선진先秦시대의 제자諸子산문과 한대漢代의 사전문史傳文이나 주의류奏議類 산문을 존중한다. 그러나 당송고문계는 육경도 중시하지만 상대적으로 사서四書를 더 중시하며, 문장에서는 당송팔가문을 높인다. 그래서 학문적 경향에서도 진한고문가들 중에는 고경古經을 연구하거나 고증학에 심취한 이들이 많았지만, 당송고문가 가운데는 성리학을 전공하는 이들이 상당수 있었다. 문학에서는 우선 진한고문가들은 문기文氣를 중시하여 격조格調를 강조한 반면, 당송고문가들은 문의文意 또는 문리文理를 중시하여 견식見識을 강조했다. 진한고문파가 문장의 '고기古奇'함을 좋아했다면, 당송고문파는 '간엄簡嚴'함을 좋아했고, 진한 쪽이 문사文辭의 고아古雅함을 추구했다면, 당송 쪽은 문사의 개성個性을 추구했다. 전반적으로 진한고문계는 서사문체敍事文體에 장점이 있었고, 당송고문계는 의론문체議論文體에 장점이 있었다.

이런 구분과 비교가 얼마나 유효한 것인지는 계속 검증해 나가야 하겠지만, 여기서는 작가들의 성향을 파악하는 문제보다, 당대 주류를 이루었던 두 문학 유파의 글쓰기 경향을 비교해 보는 데 의미를 두고자 한다.

4. 글쓰기론의 실제

이 장에서는 이 시기 문인들이 글쓰기론에서 강조했던 몇 가지 중요한 논의를 살펴보고자 한다. 무엇보다 '글이란 무엇을 전달해야 하는가' 하는 문제와 '어떻게 써야 하는가' 하는 문제가 가장 중요하지 않을 수 없다. 그러므로 이 두 주제에 초점을 두고 이 문제에 대한 몇몇 문인들의 생각을 개괄해 보기로 한다.

달의론達意論

글이란 무엇을 전달해야 하느냐하는 문제는 곧 글쓰기의 본질에 관한 것이다. 문학의 본질에 관한 전통적 생각은 '(시詩)언지言志'론과 '(시詩)연정緣情'론으로 대별되어 왔다. 이 논리는 시대에 따라 다양하게 연변되며 발전했지만, 근본적으로 '언지'냐 '연정'이냐하는 문제가 여전히 유효하게 되풀이 되었다. 그러나 산문론에서는 '언지'론이 항상 우위에 놓였는데, 그것은 산문이 갖는 기본된 기능이 생각의 전달에 있기 때문이다. 그런데 생각의 전달이라는 산문의 근본 기능에도 불구하고, '언지'론이 거론된다는 것은 상대적으로 이 근본 기능을 망각하거나 상실한 글쓰기가 엄연히 존재했다는 것이다.

이조후기 과거문체와 모방풍의 글쓰기가 문단에 만연하여 상투적인 답습과 모방에 급급하느라 소위 알갱이 없는 글쓰기가 이루어지고 있었다. 자기 생각이 아닌 남의 생각을 가져다 짜깁기하기도 하고, 문장의 구성형식을 맞추느라 자신의 생각이 잘 드러나지 않는 글이 되기도 했다. 또 더러는 논리구성이 엉성하거나 지루하게 늘어놓는 통에 말하려는 본지가 뒤엉키기도 했다. 이런 글쓰기에 대한 비판과 반성에서 달의론達意論이 제기되었다.

일찍이 우리는 고려시대 이규보에게서 과거문체의 형식적이고 몰

개성적인 글쓰기에 대한 비판으로 주의론主意論 또는 신의론新意論이
제기된 것을 보았는데, 이 시기에 이르러 다시 중요한 문제로 제기된
것이다. 그러나 이규보의 신의론과 달리 달의론에는 의고문풍擬古文風
과 도학문풍道學文風의 글쓰기에 대한 비판과 반성이 포함되어 있다.
대체로 이 주장은 '의意'를 중시하는 당송고문계열의 문인들에게 집
중되어 있다. 우선 홍석주의 발언을 보자.

> 글은 생각을 전달하는 것[達意]을 위주로 하고, 생각[意]은 이치에 합
> 당하는 것이 중요하다.46)

이 말에 달의론의 논지가 집약되어 있다. 우선 "생각[意]을 전달"한
다는 것은 작가의 생각 즉 글 주제의 전개 문제이다. 사실 글이란 작
가가 생각 없이 쓸 수 없기 때문에 주제가 없을 수 없지만, 이 주제를
전개해 나가는 것이 논리에 어긋날 수도 있고, 또 설명이 모호해지거
나 비약되는 경우도 많다. 그래서 "생각[意]은 이치에 합당하는 것이
중요하다"고 했다. 주제가 이치에 맞는 것도 중요하지만, 그것을 설
명하는 것도 논리에 맞아야 하는 것이다. 이 둘을 모두 충족시켜야
한다. 그러면 문제는 어떻게 하면 이치 즉 논리성을 갖추게 되는가하
는 것인데, 달의론은 문학의 외적 형식을 무시했던 것은 아니지만,
그 보다 작가로서 자질의 내적 완성을 통해 해결할 것을 더 중시하고
있다. '의'란 단순히 생각을 의미하는 것이 아니라, 바로 이런 문제를
함의하고 있는 것이다.

---

46) 홍석주, 『학강산필』권2 41항 : "文以達意爲主, 意以當理爲貴."

그래서 홍석주의 경우 "즉심위문卽心爲文"[47]을 제안했는데, 그의 '심心'이란 굳이 설명하자면 학문과 실천을 통해 참된 이치를 깨달음으로써 형성되는 가치관을 의미하는 것으로[48], 이것이 마음 안에서 혼융일체가 되어 "그것을 얻으면 덕이 되고, 그것을 행하면 도가 되며, 남에게 고하면 말이오, 여러 책策에 쓰면 글이니, 이 네 가지는 위치에 따라 이름이 다를 뿐, 실상은 하나일 뿐이다"고 했다. 이처럼 마음 안에 훌륭한 의식이 가득 차 있으면, 절로 주제가 떠오르고 굳이 논리를 다듬지 않아도 평순하게 문장이 이루어질 것으로 기대했다.

그런데 '이도위문以道爲文'이니 '도문일치道文一致'니 하는 것이 당대의 담론이었는데, 여기서 '도道'를 제쳐두고 굳이 '의意'를 이야기하는 것은 어째서인가? 이에 대한 해명을 조금 거슬러 올라가 이하곤과 조귀명에게서 찾아보자.

이하곤李夏坤(1677~1724)은 우선 "이도위문以道爲文"이라는 전통적인 문학관에 대해 도란 문학을 통해 지켜지는 본질적인 것일 뿐이오, 정작 문학은 학문을 통해 갖추어지는 식견識見을 토대로 이루어진다는 생각을 갖고 있었다.[49] 나아가 문을 지엽이라고 한다면 그 뿌리는 '식識'이라고 하여[50], 그동안 문학의 근간이 되어온 도-학문을 배제하고 거기에 식견이 자리하게 했다. 그렇다고 학문을 무시한 것은 아

---

47) 홍석주, 「答舍弟憲仲書」, 『연천집』권16.
48) 김철범, 「연천 홍석주의 고문론」, 『한국한문학연구』제12집, 한국한문학연구회, 1989.
49) 이하곤, 「與趙季禹書」, 『頭陀草』권12 : "(然請以所聞於師友者, 爲足下陳之.) 夫爲文之道, 必以識爲本. 故識有精粗深淺, 而其文亦類焉."; 이상주, 『담헌 이하곤 문학의 연구』, 성균관대 박사학위논문, 1993.
50) 이하곤, 「刪補古文集成序」, 『두타초』권16 : "識者, 根也, 文者, 枝葉也. 未有根壯而枝葉不茂者, 亦未有根不壯而枝葉茂者."

니다. 문학은 결코 학문을 배제할 수는 없다. 다만 학문은 학문이고, 문학은 이 학문의 정신을 세상에 전달하는 것이다. 그런데 여기에는 학문만 가지고는 되지 않는다. 반드시 높은 식견이 있어야한다는 것이 그의 논리이다.[51] 여기에는 도학주의 문학론에 대한 반성이 깃들어 있다.

이 논리에서 한걸음 더 나아간 사람이 조귀명趙龜命(1693~1737)이다. 조귀명은 일찍이 도문일치론道文一致論에 의문을 가졌던 결과 아예 도학의 영역에 대해 문학의 영역을 독자적인 것으로 분리시키고자 했다. 도란 우주의 모든 사물을 규정하는 근본원리인데, 이것을 문학과 일치시키는 것 자체가 불가능한 일임을 인정하자는 것이다. 이 둘을 섞어 하나로 만들려는 것은 마치 아이면서 어른인척 속이는 것과 같은 짓이라고 한다.[52] 이는 문학이 도에 대해 가지고 있는 강박관념을 벗어버릴 것을 촉구하는 주장이었다. 그래서 그는 문학을 논하면서 도를 거론하지 않는다. 대신 그는 글쓰기의 요결로 '의意'를 제시했다.[53] 이것은 도가 문학을 지배하는 것이 아니라, 창작 주체인

---

51) 이하곤, 「與趙季禹書」, 『頭陀草』권12 : "夫文者, 實之華也. 其實之蓄於中者, 旣瀜然深厚, 則其文之著於外者, 必炳然暐燁矣. 夫謂之實者, 不過仁義孝弟忠信禮樂之道, 而謂之文者, 亦不過明其道於天下後世, 而形之於言語, 著之於簡冊者也. 然此非苟說而已. 必有高識而後可也. 故曰學者於勤學高識二者, 不可闕一."

52) 趙龜命, 「答稚晦兄書」, 『東谿集』권10 : "道者, 吾不知其何物也. 而獨疑夫天之所以爲天, 人之所以爲人, 吾之所以爲吾者, 以是物而已. 夫吾之所以爲吾者, 以是而已, 天下何物, 尙可以易此者乎."; "夫三代以上, 文與道爲一, 而秦漢以後, 便成二途. 故程朱諸夫子, 德可配於伊周孔孟, 而不能爲伊周孔孟之文, 韓柳反與其嫡傳焉. 凡今學者動稱文與道一者, 皆强自壯也, 兒童之不可欺. 故文自文, 道自道, 不可以相混, 而其大小相形, 則亦結毦之於幷吞天下之謀, 鍛鐵之於揮斥八極之志也, 烏可以有所嫌於妨而易焉矣乎?"

53) 조귀명, 「答林姪彦春象元書」, 『東谿集』권10.

작가의 정신을 글쓰기의 중심에 놓은 것이다. 또한 그는 이 '의'를 구체적으로 "견식해오見識解悟"라고 한다.[54] 곧 작가의 주체적 자각과 개성적 인식을 의미하는 말이다. 이것이 그가 말한 "자득自得한 진眞"인데[55], '의'는 자득으로 이루어지고 글쓰기란 바로 자득한 것에서 이루어진다고 하여, 모방을 탈피한 독창적인 문학을 희구했다.

홍석주가 도를 거론하지 않고 '심心'을 거론했던 것도 도 자체가 문학의 소재가 될 수 없다는 인식에서 비롯된 것이었다. 김매순의 "진실견식眞實見識"과 홍길주의 "묘오妙悟"의 논리도 '도본문말道本文末'의 도학적 문학관과 몰개성적인 모방문풍에 반해 작가 의식의 주체성을 강조하고 있다는 면에서 달의론達意論의 연장이다.

다음 문제는 "달達"인데, '의'를 수립하는 것도 중요하지만, 이 '의'를 어떻게 전달하는가에 대한 문제도 중요한 것이다. 공자가 말한 "사달이이의辭達而已矣"의 해석을 두고 달의론자들은 도학자들의 생각과는 달리 내용의 전달을 위한 문사文辭의 기능과 역할을 중요하게 인식했다. 이 지점이 도학자와 문학가가 구별되는 곳이다. 다음은 김매순의 생각이다.

세상에서 문장을 하는 자들은 대개 경학을 진부하다고 비난하고, 경학에 종사하는 자들은 또 문장을 지나치게 배척하여 전혀 뜻을 두지 않고 있다. 그러면 필경 문文은 화사한데서 상할 것이오, 학學은 고담枯淡한 것에 병들 것이니, 그 잃음은 대략 같다. 이는 모두 편견에 빠져

---

54) 조귀명, 상동문 : "夫見識解悟, 謂之意, 繩墨規矱, 謂之法."; 강민구, 『동계 조귀명의 문학론과 산문세계』, 성균관대 석사학위논문, 1990.

55) 조귀명, 「又答林彦春書」, 『동계집』권10.

문도일관文道一貫의 묘미를 보지 못한 것이다.[56]

아무리 뛰어난 학문이라도 문학의 도움이 없으면 제대로 설명될 수 없기 때문에 답답한 채 말라버리고 만다는 것이다. 학자들은 도만 훌륭하면 저절로 말이 될 것이라고 하지만, 오히려 그런 믿음 때문에 문학에 소홀히 하여 학문마저도 빛을 보지 못하고 병들어 버렸다고 한다. 전달이 제대로 되지 않았기 때문이다.

이와 같이 도학자들의 도본문말론에 대한 반론의 측면에서 대부분의 문인들의 생각이 학문에 대한 문학의 기능을 중시했던 달의론과 별 차이가 없었다. 그러나 달의론이 의고문의 모방문풍에 대한 비판도 내포하고 있다는 점에서 역시 이 주장은 당송고문파들의 논리였다고 하겠다. 이런 입장에서 홍석주는 글쓰기의 실제로서 '문종사순文從辭順'과 '사필기출詞必己出'을 주장한 바 있는데, 이것은 곧 한유韓愈의 창작론이었다.

'문종사순文從辭順'[57]이란 글이 평이해야 하며 내용과 논리가 명쾌하게 제시되어야 한다는 것이고, '사필기출詞必己出'은 자신만의 독창적인 표현을 사용하는 것이다. 글이 마치 남들이 알아보지 못하게 하려는 듯 난해해가는 것을 비판하고, 고문의 창작정신은 정작 남들이 알아보기 쉽게 쓰는 데 있음을 강조하여 평순한 문체와 명쾌한 논리 구성을 추구했던 것이다.[58] 또 고인들의 말을 여기저기에서 따와 조

---

56) 김매순, 「答族姪士心」, 『臺山集』권5 : "世之治文章者, 例託經學爲陳腐, 而從事經學者, 又過斥文章, 全不措意. 畢竟文傷於華, 學病於枯, 其失略等. 是皆落於偏見, 未睹夫文道一貫之妙者也."

57) 홍석주, 「與李審夫書」, 『淵泉集』권16 : "獨執事之文, 雍容典雅, 雖步趨折旋, 一循古法, 而文從辭順, 未嘗爲一句艱棘語, 此平日所以歙袿之不暇."

립하여 의미와는 별 상관없이 사용하는 것을 비판하고, 창조적 글쓰기의 관건을 자신의 독창적인 성어成語의 가공에 두었다.[59] 이것을 근간으로 '사달辭達'의 방법을 구체화해 간 것이 법도法度의 문제이다.

법도

글쓰기 학습을 위해 문인들은 일정한 텍스트를 두었다고 했는데, 이 텍스트를 통해 배우고자 했던 것은 무엇인가? 그것은 통칭 '법도法度' 즉 글쓰기 방법이라고 말할 수 있다. 그러나 법도는 글쓰기에서 매우 요긴한 것이면서 동시에 위험한 함정이기도 하다. 방법을 알지 못하면 생각이나 의미를 효과적으로 전달하지 못하게 되면서, 그렇다고 너무 그 방법에 의존하게 되면 무미건조한 죽은 문장이 되어버리기 때문이다. 그래서 이조후기 한문산문의 글쓰기 이론에서 이 법도에 대한 논의는 중요한 비평담론으로 다루어졌다.

글쓰기를 전공하는 문인으로서 누구나 내용과 형식이 조화를 이루는 좋은 글을 쓰고 싶은 것은 당연하다. 물론 무엇보다 우선인 것은 내용이고, 형식은 내용을 위해 존재하는 것이지만, 그래도 내용과 형식을 유기적으로 조화시키는 것은 문인으로서 고려해야할 중요한 관건이 아닐 수 없다. 그러나 같은 문인들 사이에도 내용과 형식의 관련성에 대한 인식에는 상당한 차이를 보인다. 가령 글쓰기의 법도를

---

58) 홍석주,『鶴岡散筆』권4, 7항 : "意暢而理明, 辭順而人易曉, 古之爲文者, 如是而已. (中略) 古之爲文也, 欲人之知之, 今之爲文也, 欲人之不能曉, 是果何爲也哉?"

59) 김철범, 「홍석주 고문의 예술적 특징」,『한국학문학연구』제22집, 한국한문학회, 1998.

형식의 중요한 문제로 생각한 사람이 있었지만, 반면 법도보다는 문장의 풍격風格을 중요하게 생각한 사람도 있었다. 사실 법도란 문장에서 구절을 짜고 단락을 구성하며 논리적으로 안배하는 방법으로서, 이는 당송고문의 글쓰기가 이룩한 성과이다. 그러므로 법도 문제는 당연히 당송고문을 전범으로 학습했던 문인들의 관심사였다.

그러면 글쓰기에서 법도는 어떤 의미를 지니는 것이었을까?

누가 말했다. "문장을 이루는 데는 방법이 있다. 도를 통달하면 문장을 얻을 수 있는데, 하필 문장을 배워야 되는가?"

선생께서 말씀하셨다. "옛날에 태어난 사람은 배우지 않아도 할 수 있었지만, 오늘날에 태어난 사람은 배우지 않으면 못한다. 중국에서 태어난 사람은 배우지 않아도 할 수 있지만, 우리 동방에서 태어난 사람은 배우지 않으면 할 수 없다. 어째서 그런가? 진한 이전에는 말과 문장이 합쳐 하나인 까닭에 문사文辭에 능달한 사람은 그 글이 반드시 빛났다. (중략) 그러나 당송 이후로는 그렇지 못하다. 말하는 것은 저기에 있는데, 읽는 것은 여기에 있으니, 서로 어긋나 끼울 수 없는 것이 옳지 않은가? (하략)"[60]

서응순徐應淳(1824~1880)의 글로서 여기에 등장하는 선생은 그의 스승인 유신환俞莘煥(1801~1859)이다. 유신환은 김매순의 문도로 19세기 당송고문파를 대표하는 문장가이다. 여기 혹자의 질문은 전형적인

---

60) 서응순, 「論文與李近章」, 『絅堂集』권3: "或曰: '得於文, 有道, 通於道, 斯得於文, 何必學文?' 先生曰: '生乎古者, 不學而能之, 生乎今者, 不學則不能也. 生乎中國者, 不學而能之, 生乎東方者, 不學則不能也, 何也? 由秦漢而上之說辭文章, 合而爲一, 故其辭達者, 其文必章. (中略) 唐宋以下則不然. 所道在彼, 所讀在此, 齟齬而不入, 不亦宜乎?'"

도학가적 발상이다. 문장을 잘하는 법도란 다름 아니라 도를 깨치기만 하면 된다는 것이다. 이에 선생은 옛날과 지금이 시대가 다르고 중국과 우리가 지역이 다르며, 게다가 말과 글마저 바뀌어, 오늘날 우리나라에서 중국의 고문을 배우려면 그 방법을 터득하지 않으면 안 된다고 한다. 아직 문장학습을 터부시하던 분위기 속에서 문장공부가 필요한 이유를 합리화하고 있다. 그러나 그의 해명은 좀 독특한데, 흔히 문이 아니면 도를 널리 전할 수 없다는 식의 진부한 설명은 접어버렸다. 중국사람 만큼 한문이 능숙하지 못하고, 또 고문이란 중국에서도 옛날의 말과 글이기 때문에 따로 학습하지 않으면 안 된다고 말했다. 아주 솔직한 답변이다. 읽는 것이라면 몰라도 한문 글쓰기를 하려면 구체적인 방법을 익혀야만 한다는 것이다.

진한고문을 전범으로 학습한 문인들의 글이 모방에 그치고 말았다는 비판을 받았던 것은 난해한 고문을 제대로 이해하지 못한 채 그저 난해한 글귀를 흉내 내는 것에 그쳤기 때문이었다. 진한고문은 옛 시대의 말과 글이기 때문에 지금 시대에 그 글쓰기를 이해한다는 것은 무리한 일이라는 것이다. 당시로서는 그것이 시문時文이었는데, 시대가 바뀌어 지금은 어렵게 보일 뿐이라고 한다. 그래서 김창협은 그 대안으로 당송고문의 글쓰기를 소개하면서, 당송고문이 성취한 창작방법을 소개한 바 있다. 그는 비평을 통해 체재體裁·결구結構, 조종操縱·합벽闔闢, 억양抑揚·반복反復, 착락錯落, 착종관절錯綜關節, 착종경위錯綜經緯, 신축변화伸縮變化, 간결근엄簡潔謹嚴 등의 작법들을 소개했는데[61], 이것은 대개 단락의 구성과 문장 배열, 문체 구사의 방법 등을

---

61) 김창협, 「農巖雜識·外篇」, 『農巖集』권34.

설명한 것이다. 짜임새 있고 논리정연한 글쓰기를 제시했던 셈이다.

별다른 방법적인 제시 없이 문장의 고격古格만을 강조했던 진한고문론의 글쓰기에 비해 당송고문론의 법도는 논지가 비교적 선명하고 합리적이어서 의론을 즐겨하는 학자풍의 문인들에게 특히 선호되었다. 또한 학습을 통해 어느 정도 도달할 수 있는 가능성이 보였기 때문에 당대 문인들의 글쓰기를 고무시키기도 했다. 김창협의 법도를 잘 계승하여 발전시킨 인물이 이의현李宜顯(1669~1745)인데, 그는 "만약 품격이 비속하고 법도가 어긋나면 추잡한 이야기나 두서없는 말과 같다"고 하여, 글을 지을 땐 "먼저 글의 본체가 우아한지 비속한지 살핀 다음, 법도가 적합한지 아닌지를 살펴야 한다"[62]고 한다. 그의 말에서 법도란 단락과 문장의 논리적 구성을 의미하고 있음을 알 수 있는데, 법도에 의한 비평론이 제법 정착되었음을 짐작케 한다.[63]

앞서 서명응과 유신환에게서 보았듯이, 19세기에 이르면 이 법도 문제에 더욱 비중이 실리고 그 이론적 성과도 만만치 않았는데, 오히려 이 점이 문학의 자유로운 표현을 질곡시키는 면도 없지 않았다. 그래도 19세기 후반 당대의 문장가였던 이건창李建昌(1852~1898)은 글쓰기의 과정에 작용하는 법도의 역할을 생생하게 전해주고 있어 참고할 만하다.

대개 글을 지으려면 반드시 먼저 뜻을 구상해야 한다. 뜻에는 수미

---

62) 이의현, 「雲陽漫錄」, 『陶谷集』권27 : "若品格俚俗, 規度乖錯, 則便同汚穢之談失倫之言." ; "當先求本體之雅俗, 次究其法度之合否."

63) 송혁기, 「18세기초 산문이론의 전개양상 일고」, 『한국한문학연구』제31집, 한국한문학회, 2003.6.

首尾가 있고 간가間架가 있는데, 수미가 대략 갖추어지고 간가가 어느 정도 타당하게 되면 바로 붓을 내달려 써내려 간다. 다만 단락의 연결이 서로 통하여 분명하고 쉽게 이해할 수 있게 해야 한다. 어조사와 같은 한가한 글자는 쓸 겨를이 없고, 저속한 말도 피할 겨를이 없다. 바른 뜻을 잃어버려 말하려는 것이 글에 담기지 못할까 염려스럽기 때문이다.

뜻이 선 다음에 말을 다듬는다. 대개 수사修辭라는 것은 글이 어우러지고 아름답고 깔끔하며 정밀하게 만드는 것일 뿐이다. 앞의 한 구절을 다듬을 때는 뒷구절은 생각하지 말고, 위의 한 글자를 다듬을 때는 아래 글자를 떠올려서는 안 된다. 비록 천만 언의 긴 글을 짓는 것도 한 글자 한 글자 마치 율시를 짓는 것과 같이 조심해야 한다. 그러나 글에는 쌍행雙行과 단행單行이 있으며, 4언구와 3언구·5언구가 있으니, 글을 다듬을 때는 분명 이것을 먼저 선택해야 한다. 쌍행으로 해야 할 것을 단행으로 해서도 안 되며, 단행으로 할 것을 쌍행으로 해서도 안 된다. (중략)

뜻이 서고 문사文辭가 다듬어지면 글은 끝났다고 할 수 있다. 그러나 또 뜻과 문사를 취하여 헤아리고 가늠하는 데는 살펴야 할 일이 있다. 그것은 긴 것은 짧게 하고 짧은 것은 길게 하며, 성근 것은 촘촘하게 하고 촘촘한 것은 성글게 하며, 느슨한 것은 급속하게 하고 급속한 것은 느슨하게 하며, 드러난 것은 감추고 감춰진 것은 드러나게 하며, 빈 것은 채우고 채워진 것은 비게 한다. 머리는 꼬리를 돌아보고 꼬리는 머리를 올려다보며, 앞의 것은 뒤의 것을 부르고 뒤의 것은 앞의 것과 호응하며, 혹은 놓아두고 혹은 사로잡으며, 혹은 헤아려 보고 혹은 꺾기도 하며, 혹은 맺어 두고 혹은 펴기도 하니, 복잡하여 한 가지로 말할 수는 없으나, 분명하여 곁가지가 쳐져서는 안 되고, 적절하여 서로 합당해야만 한다.

문사가 뜻에 합당하고 뜻은 문사에 합당해야 하니, 문사가 뜻에 합당하지 않으면 비록 교묘하다 해도 글을 졸렬하게 만들 수가 있고, 뜻이 문사에 합당하지 않으면 비록 가지런해도 글이 어지럽게 될 수 있다. 졸한 뒤에 더욱 공교해지고 어지러운 뒤에 더욱 가지런하게 된다. 구절마다 모두 공교로운 것은 반드시 뜻에는 해가 되고, 말마다 모두 바른 것은 반드시 문사에 누가 된다. 구절과 뜻이 서로 병통이 되지 않는 것이 합당한 것이 되고, 이것을 합당하게 하는 것이 법이 되니, 법이 정하여지면 글쓰는 일은 끝마쳤다고 하겠다.[64]

문기文氣

당송고문계열의 문인들이 문장 구성의 법도를 중시한 반면, 일군의 문인들은 문장의 구성원리로서의 법도는 무시하고, 오히려 문장 체제體裁의 품격品格을 중시했다. 남공철南公轍(1760~1840)의 논평을 보자.

무엇을 법이라고 하는가? 편에는 편법이 있고, 구절에는 구법이 있

---

64) 이건창, 「答友人論作文書」, 『明美堂集』권1 : "凡爲文, 必先搆意. 意有首尾, 有間架, 首尾粗當, 卽疾筆寫之, 但令聯屬相貫通, 了了易曉, 不暇用語助等閑字, 不暇避俗俚語. 恐亡失正意, 所欲言者不載也. 意立然後, 修其辭, 凡修辭者, 欲諧美潔精而已. 修前一句, 勿思後一句, 修上一字, 勿思下一字. 雖爲千萬言之文, 其兢兢乎一字, 如爲小律詩. 然凡辭有雙行, 有單行, 有四字成句, 有三五字成句, 修之宜先擇之, 雙之不可以單, 猶單之不可以雙. (中略) 意立辭修, 則文可畢矣, 而又取意與辭而稱量比契之, 以有事焉. 於是長者短之, 短者長之, 疎者密之, 密者疎之, 緩者促之, 促者緩之, 顯者晦之, 晦者顯之, 虛者實之, 實者虛之. 首顧尾, 尾瞻首, 前呼後, 後應前, 或縱或擒, 或揣或挫, 或結或理, 紛紜乎其不可壹槪也. 瞭乎其不可岐也, 適乎其相當也. 以辭當意, 以意當辭, 辭不當意, 則雖巧可使拙也. 意不當辭, 則雖整可使亂也. 拙之然後逾工, 亂之然後逾整, 句句而皆工者, 必害於道, 言言而皆正者, 必累於辭. 辭與意, 不相逾之爲當, 當之爲法, 法定而文斯可必畢矣."

으며, 글자에는 자법이 있다. 또 서문序文과 기문記文에는 서법와 기법이 있고, 비지문碑誌文에는 비지법이 있으며, 장소문章疎文이나 책론策論에는 장소법과 책론법이 있고, 서독書牘과 제발문題跋文에는 서독법과 제발법이 있다. 이 때 법은 각기 본받을 것이지 서로 답습하지 않는다. 서문과 기문은 도탑고 단정하며 가지런한 것을 위주로 하고, 비지문은 그 사람의 풍모와 정신을 묘사하는데 힘쓰되 서술하는 것이 간결하면서도 자세해야 한다. 장소문과 책론은 정情을 끌어가는 것을 완곡하면서도 절실하게 하고, 일을 서술하는 것을 분명하고 핵실하게 해야 한다. 더러 강물이 흘러 넘쳐 달리듯 변화가 백출하더라도 각기 공력이 미치는 정도에 이를 것이다.[65]

말은 법을 거론하고 있지만, 실상 문장의 법도를 이야기하는 것이 아니다. 각 문체마다 본받아야할 나름의 방법이 있다고 하는데, 그것은 각 문체가 갖고 있는 품격을 가리킨다. 그리고 그것의 실현 정도는 작가가 들이는 공력의 정도에 따라 수준이 결정된다고 한다. 글쓰기란 법도를 익혀서 되는 것이 아니라, 각 문체의 품격을 살려 자신의 능력으로 변용시킴으로써 성취되는 것이라는 뜻이다. 관건은 작가의 능력이다.

그러면 문체의 품격은 이치理致의 소관이 아니라 기氣의 문제이다. 이 문제에 관해서는 이헌경李獻慶(1719~1791)의 설명이 자세하다.

---

65) 남공철, 「與金國器載瑼論文書」, 『金陵集』권10 : "何謂法? 篇有篇法, 句有句法, 字有字法. 序記有序記法, 碑誌有碑誌法, 章疏策論有章疏策論法, 書牘題跋有書牘題跋法. 法相師而不相襲. 序記主醇雅齊整, 碑誌務摹寫風神, 鋪敍簡而該, 章疏策論, 導情欲婉而切, 逑事欲明而覈, 其或川橫馳鶩, 變化百出, 而各至工力之所及."

리理는 성현이나 불초한 사람이나 똑같이 받는 것이지만, 기氣는 천만 종의 각기 다른 품격이 있다. 언어言語와 문사文辭는 모두 기氣가 드러나는 것인데, 품격이 각기 다르다는 것은 기를 두고 하는 말이다. 기 가운데 순수하고 도타운 것을 얻으면 리가 밝아진다. 그래서 그 말도 넓고 크며 두터워서 성현의 글이 된다. 반면 기 가운데 편벽되고 가벼운 것을 얻으면 리가 가리게 된다. 그래서 그 말이 지루하고 천착되어 문사들의 글이 되고 만다. 그래서 맹자는 "나는 말을 알고, 나는 나의 호연한 기를 잘 기른다"고 했으니, 기를 잘 기르지 못하는데 말을 아는 사람은 없고, 말을 알지 못하는데 기를 잘 기르는 사람도 없다.66)

글이란 자신의 심기心氣가 발현되는 것이다. 그런데 심기의 수준이 글의 이치뿐만 아니라 글의 품격까지도 결정한다고 하니, 기가 글쓰기에 미치는 영향을 실로 크게 보았다. 그러나 품격이란 문학의 외형적 요소일 뿐이다. 그래서 이헌경은 내재적 요소를 위해 지언知言의 공부로 보완할 것을 제시했는데, 지언이란 좋은 글과 나쁜 글을 구별할 줄 아는 비평적 안목을 의미했다.67) 이 비평적 안목을 통해 글의 이치를 갖추고 심기를 길러 순정한 말로 표현한다는 것이다. 그러나 주목할 것은 그의 논리는 이치보다 기에 더 비중을 두고 있다는 사실이다. 기가 우선 순수해야 이치가 밝아지고 따라서 글도 좋아진다는 것이다. 문학이란 안목으로만 글을 짓는 것이 아니며, 안목은 누구나

---

66) 이헌경, 「答李台甫承延論文書」, 『艮翁集』권13 : "理者, 聖愚賢不肖之所同得, 而氣有千萬品之不齊. 言語文辭, 皆氣之發也. 其品之不齊, 稱其氣也. 得其氣之粹而厚者, 理無不明. 故其言渾浩淳厖, 爲聖賢之文, 得其氣之偏而薄者, 理有所蔽. 故其言支離穿鑿, 爲文士之文. 是以孟子曰 : '我知言, 我善養吾浩然之氣.' 不養氣而能知言者, 未之有也, 不知言而能養氣者, 亦未之有也."

67) 상동문.

갖출 수 있는 것이지만, 품격은 쉽게 갖추어지는 것이 아니기 때문이다. 그래서 그는 궁극 글쓰기 공부로서 양기養氣를 강조했다.[68]

기氣의 함양은 문학에서 문기文氣로 구현된다. 이헌경은 기는 시대마다 사람마다 차이가 있다는 인식에서 발전하여, 남공철과 같이 문장 체재마다 각기 고유한 문기가 있다고 한다. 고기高奇한 글은 체재 자체가 고기하기 때문이오, 간엄簡嚴한 글은 체재 자체가 간엄하다는 것이다. 가령 한유의 문장에서 「원도原道」류의 작품은 그 말이 논변적이고, 묘도문자墓道文字에서는 그 법이 예스럽고, 서기문序記文에서는 그 글이 느슨하게 드러내며, 주의문奏議文에서는 그 이치를 낱낱이 파헤치는 등 각기 독특한 분위기들이 있다고 한다. 그러므로 각 문체들의 고유한 특성을 두루 살펴서 자신의 글쓰기에 활용하고자 했다.

이처럼 '문기' 중심의 글쓰기 이론은 엄연히 법도를 중시하는 글쓰기에 회의적이다.[69] 이런 점에서 이헌경의 경우 진한고문론에 가깝다고 하겠지만, 이쪽 작가들의 글쓰기 이론이 선명하게 서술되어 있질 못하고, 또 아직 진한고문파의 실체도 분명하지 않아 가볍게 단정하지는 못하겠다.

5. 글쓰기에 있어 한문고전의 현재적 의미

이상에서 이조후기 고문론古文論을 중점으로 당시 글쓰기 이론에

---

68) 이향배, 「간옹 이헌경의 고문론 연구」, 『한문교육연구』제19호, 한국한문교육학회, 2002.

69) 李德壽(1673~1744)에게서 이런 입장을 다시 확인할 수 있다. ; 강민구, 「유당 이덕수의 문학론 연구」, 『한문학보』제1집, 우리한문학회.

관련된 중요한 사안들을 대략 검토해 보았다. 당시 글쓰기 이론이 고문론만 있었던 것은 아니지만, 이것이 정통 글쓰기 이론이었으며 주류였다.

우리 한문학사에서 산문문학이 관심과 연구의 대상이 된 것은 얼마 되지 않은 일이다. 산문의 양식 특성상 실용문이라는 이유로 문학적 가치를 부여받지 못했던 것이다. 사실 여기에는 먼저 역사적 배경이 있다. 근대에 눈을 뜬 조선은 한글운동을 통해 한문 글쓰기를 몰아내는 과정에서 한문을 민족의 반역자로 취급했다. 한문으로 쓰인 것이면 무조건 중국 것으로 여겨 내버렸던 것이다. 한학漢學 쪽에서는 한문부흥론을 내세우며 몸부림 쳐봤지만 한문폐지는 역사의 대세였다. 그러나 고전문학의 연구에서는 사정이 달라 훗날 국문학계가 한문학을 수용할 때도 한시와 한문소설에게만 문학증서를 발부했던 것이다. 물론 이런 시각은 우리 문학을 서구 근대문학의 관점에서 바라본 평가였다.

그러나 이제 사정은 달라졌다. 서구 근대문학관이 해체되면서, 문학을 바라보는 시각도 다양하고 새로워졌다. 한문학연구자들도 문학유산을 바라보는 시각이 달라졌다. 실용산문으로 범상하게 보아 넘겼던 글들에서 그윽하게 흐르는 정감을 느꼈고, 생동감 넘치는 세상을 만났으며, 놀라운 상상력의 세계를 접하게 되었던 것이다. 그와 동시에 산문비평의 영역에까지 손길이 닿아 현재 활발하게 연구가 진행되고 있다.

생각해 보면 우리 선조들은 우리말의 구조와는 전혀 다른 구조를 가진 한문으로 글을 쓰기 위해 많은 노력을 기울였다. 유신환의 말처럼 그 방법을 배우지 않으면 안 됐던 것이다. 사대부로서 명색을 유지하려면 과거를 통해 관계에 진출해야 했듯이, 사대부의 체신을 지키려면 한시 한 수 정도 지을 수 있어야 하고, 척독尺牘에 초서草書로 안부 정도는 물을 줄 알아야 하며, 잘은 못하더라도 제문 한 편 정도나 틀에 박힌 묘지문자라도 지을 줄 알아야 했던 것이다. 문학적 재능이나 취향을 가진 전문 문인이 아니더라도 한문 글쓰기는 사대부들의 교양으로 학습되었다. 박지원의「양반전」을 보면 사대부가 되는 필수 요건의 하나로 한시로는『당시품휘唐詩品彙』, 산문으로는『고문진보古文眞寶』를 쇠판에 콩이 튀듯이 줄줄 외워야 한다고 했다.『고문진보』는 우리나라에 가장 널리 퍼진 문장학습서였던 것이고, 이 외에 당송팔가의 글도 중요한 학습서로 읽혀졌다.

글쓰기 학습의 방식은 다양했겠지만, 대개가 문체별로 훌륭한 모범이 되는 글들을 숙독하며 외웠다.『당송팔자백선唐宋八子百選』은 그런 목적에서 편집된 것이었다. 그런 뒤 따로 자신의 취향에 맞거나 특별히 관심이 가는 특정 작가의 글을 따로 정독하며 외웠다. 명언·명구·명문에 대한 암송은 글쓰기 학습의 필수였다. 홍석주와 홍길주 형제가 한번은 서로 주고받는 편지를 당송팔가들의 편지글에서 글귀를 한 구절씩 따서 엮어 보낸 적이 있는데, 이들의 당송팔가문 학습이 어느 정도 수준이었는지를 보여주는 좋은 실례가 될 것이다. 이런 독서와 암송의 과정을 거치면서 나름대로 문체의 유형과 서술방식의 패턴을 익히게 된다. 그러면서 습작이 이루어진다. 가령 논변체論辨體 산문의 글쓰기와 기전체記傳體 산문의 글쓰기는 글의 구성과 전개방식이 다르다. 논변류 산문은 의론議論을 위주로 하기 때문에 글의 논리적 구성이 치밀해야 한다. 기승전결起承轉結의 방식을 쓰거나 서본결序本結의 구조로 논의해 가야한다. 그리고 그 안에서는 대주제와 소주제의 구성관계나 논증자료의 열거방식도 고려하지 않을 수 없다. 반면 기전류의 산문은 서사를 위주로 하기 때문에 전체 이야기의 구성에서 완급과 긴장관계를 잘 설정해야 한다. 생략해도 될 부분은 생략이나 축약을 하고, 필요한 대목에서는 세부묘사를 사실적으로 해야 한다. 이러한 방식들을 하나하나 익혀간다. 그래서 전범典範이 필요하고 법도法度도 필요한 공부이다.

이렇게 글쓰기의 유형과 문장구성의 방식을 어느 정도 익혀 여러 차례 글쓰기를 해보면 막상 난관에 부딪히는 일이 종종 발생했다. 종이를 앞에 놓고 앉았으나 생각이 꽉 막혀 한 글자도 써내려가지 못하는 경우를 당하게 되는 것이다. 홍길주의 말을 빌자면 의장意匠이 막힌 것인데, 주제를 어떻게 풀어가야 할지 식견이 없기 때문이다. 그래서 문인들은 궁극 식견識見=견식見識을 거론하고 '의意'를 중시했던 것이다. 이것은 평소 독서공부와 사물의 관찰과 깊은 사색을 통해 근기를 마련해 두어야 하는 것이었다.

근래 우리 대중들의 교양수준이 높아지면서 독서의 수준도 높아지고 있는데, 자연히 글쓰기에 대한 욕구가 발생한다고 본다. 그러나 이런 대중적 욕구를 해결해줄 방안의 마련은 미흡하다. 1940·50년대 무렵 이태준의 『문장강화』를 위시한 몇 종의 글쓰기 교본이 이런 대중적 욕구를 위해 나왔지만, 그마저 오늘날 주목받지 못하고 있는 듯하다. 사실 오늘날 글쓰기에 대한 관심은 대학입시의 논술시험과 관련이 큰데, 긍정적인 측면이 없다고 할 수는 없지만, 논술시험의 경향을 보면 글쓰기 보다는 제시문의 이해력을 측정하는데 기울어 있다는 게 전문가들의 진단이다. 심지어 글을 요약하는 문제까지 나오고 있어 자칫 글쓰기에 대한 잘못된 오해를 불러일으킬 가능성까지 있다.

대학입시가 학생들의 글쓰기를 제대로 테스트해야 한다고 간섭할 마음은 없지만, 시험이라는 경쟁체제 내에서의 논술능력 측정이 또 하나의 과거시험 같은 모순에 빠지지 않도록 검토해야 할 것이다.

　나는 한문산문을 전공하는 사람으로서 고전의 글쓰기를 보면서 오늘날 글쓰기와의 접맥 문제를 늘 고민하고 있다. 표기수단이 다르고 문체도 다르지만, 생각이나 논리적 전개는 오늘날 어느 문장도 이 이상 뛰어나지는 못하다고 생각한다. 어쩌면 표기문자와 문체 문제는 완벽할 수는 없어도 어느 정도 번역을 통해 해결될 수 있다고 본다. 요는 고전 작가들이 지녔던 자기 생각과 자기 글에 대한 깊은 애정과 창의적인 글쓰기를 위한 고민들이 계승되어야 하고, 이들의 글짓기 방식 중에서도 특히 논리적 구성과 사실적 수법 및 문장의 품격 등의 문제들을 어떻게 되살려 볼 것인가가 문제이다.

<보론>

16세기 후반~18세기 전반기
산문론 형성의 역사적 과정

　이조 전기의 사대부 문단은 크게 관료 문인들과 사림파 문인들의 문학으로 주류를 이루며 대별되었다고 본다. 이들에게서 뚜렷한 산문이론을 발견할 수는 없지만, 이들도 엄연히 산문작품을 창작했다. 관료 문인들의 작품성향은 형식적인 외교문서와 여유 있는 귀족적 생활에서 체질이 된 화려하고 연미軟美한 문체를 추구하여 흔히 '관각체館閣體'라고 불리었고, 과장科場의 과거문도 관각문에 탁월한 재능을 뽐내는 것에 젖어 있었다. 또한 사림파 문인들은 문학보다는 학문에 더 비중을 두었고, 이런 경향이 점차 짙어지면서 문체도 평소 눈에 익은 사서주소체四書註疏體를 즐겨 구사하고 있었다. 16세기 후반에 이르러 문학 특히 산문에 관심을 갖고 있던 일부 문인들은 평소 이런 문체에 불만을 품게 되었고, 이에 대한 대안을 찾아 고심하던 중 명나라 왕세정王世貞의 문학을 접하면서 비로소 조선 문단을 개혁할 새로운 길을 발견했던 것이다. 이렇게 윤근수尹根壽(1537~1616)와 최립崔岦에 의해 명대 전후칠자前後七子의 산문이 수용되어 비로소 진한계秦漢系 고문古文이 접맥되게 되었다.[1)]

　이후 조선 문단의 새로운 대안으로 이식되어온 전후칠자들의 진한계

고문이 조선 문단의 체질에 적응하게 되는 데는 유몽인柳夢寅의 비평적
역할이 컸다. 그는 고문학습의 필요성과 정당성을 논리적으로 설명하
고(「답연형임공직서答年兄林公直書」, 「답성찰방이민서答成察訪以敏書」 등), 고문
학습의 전범들을 설정하며 체계적인 학습방법을 제시하기도 했다.
(「대가문회발大家文會跋」, 「여윤진사빈서與尹進士彬書」 등) 아울러 송대 산문
의 폐단을 비판하고(「답최평사유해서答崔評事有海書」), 그 폐단이 우리나
라에까지 미쳐 목은牧隱 이후로 오늘에 이르렀다고 평가했다.(「보창주
도사차만리운로서報滄洲道士車萬里雲輅書」) 나아가 고문이 추구해야할 미학
적 방향까지 제시하기도 하여(「제왕도곤유성양산기후題汪道昆遊城陽山記後」
등), 조선 진한고문론의 이론적 틀을 마련했다. 당시 유몽인과 함께
진한계 고문의 조선 정착에 기여했던 이로 조익趙翼(1579~1655)을 꼽
을 수 있고, 이수광李睟光(1563~1628)·신흠申欽(1566~1628) 등 이름난
문인들이 이런 문풍을 주도해 갔다.

당시 이 문풍의 영향은 무미건조했던 문단에 생기를 불러일으키며
문단을 거의 풍미하다시피 했고, 산문의 예술적 성취를 주도했다는
면에서 긍정적 기능을 하기도 했다. 유몽인이 전범으로 제시했던 바
에 따라 선진양한先秦兩漢의 사전문史傳文과 『장자』를 위시한 제자문諸

---

1) 관련해서 다음 자료 참조. 金尙憲,「月汀先生集跋」,『淸陰集』권39："竊槪我朝文
苑, 自卞春亭以下, 率皆規唐操宋, 樂習軟美, 號爲館閣體. 顧於古文辭, 大有徑庭. 先
生慨然自奮爲詞林倡, 手揭赤幟, 啓示指南, 使後來操觚之徒, 知所去就. 自是爭尙先秦
兩京之文, 幾乎一變."；李宜顯,『陶谷集』권,「陶峽叢說」："我國人最重科業, 雖文詞
超群者, 無不折入於科業, 所製有表策而已. 曾不着力於古文, 不過以韓蘇爲範, 用作科
場館閣酬應之資而已. 至宣祖朝, 崔簡易尹月汀數公, 始崇長古文, 一時習尙頓變, 其功
可謂大矣."；金春澤,『北軒集』권,「論詩文」："東人之文, 大率傷於四書註疏, 其自以
守正者, 多支離緩弱, 其尙奇者, 以支離緩弱之資地, 而稍取明人糟粕, 以假飾其字句而
已. 惟簡易, 尙奇而不假飾, 谿谷, 守正而不緩弱, 宜其並峙詞壇哉."

子文에 대한 관심도 높아졌고[2], 경전의 경우도 사서를 맹종하던 것에
서 벗어나 육경을 추종하는 경향으로 나타났던 것이다. 그러나 현상
이 뒤로 갈수록 의도하고 기대했던 것에서 차츰 벗어나는 경향이 있
었으니, 사전문과 제자문의 문체학습을 중시하다보니 오히려 경전독
서를 통해 내공쌓는 일을 도외시하게 되었고, 문체라는 것도 옛 분위
기를 흉내 내는 것에 불과한 작품들이 양산되었던 것이다. 이런 문제
를 심각하게 인식하고 비로소 제동을 걸고 나온 이가 이식李植이다.
이식의 비평은 진한고문론의 의고적 경향에 초점을 두고 있었지만,
기실은 유가적 이념으로부터 일탈할 가능성을 우려하고 있었다. 진
한고문론에서 문학학습을 위해 설정한 전범典範들이 유가의 진리로부
터 일탈할 가능성을 열어두었고, 의고의 비진실성이 내용과 형식 곧
사상과 문학이 괴리되도록 만듦으로서 문도합일文道合一이라는 문학
의 정통성을 위배하는 것으로 비판했다. 그는 이런 오류로부터 회복
하기 위해서는 다시 경전 학습으로 돌아가고, 유가적 이념에 가장 걸
맞는 한유와 구양수를 위시한 당송팔가의 문장을 학습할 것을 주장
했다. 이처럼 진한고문론자들에 맞선 이식의 논리가 당시 문인들에
게 얼마나 먹혀들었는지 알 수 없지만, 그의 도전적 비평은 진한고문
론의 독주에 반성적 계기를 마련했고, 뒷날 김창협 계열의 당송고문
론이 출현하게 되는 비평적 토대를 마련했다고 보겠다.[3]

---

2) 당시 『사기』독서는 널리 유행했고, 유몽인은 직접 『좌전』·『국어』·『전국책』·『사
기』·『한서』의 글과 한유·유종원의 글을 모아 『大家文會』(21권 10책)를 편찬 간행했
으며, 조익은 『史漢精華』를 편찬하기도 했다. 또 허균의 독서범위를 보면 諸子書에
까지 두루 미치고 있는데, 당시 제자서의 간행이 이루어졌는지 알 수는 없지만, 대체
로 중국으로부터 수입되어 읽혀졌던 것으로 본다.
3) 강명관, 「택당 이식 산문비평의 재검토」, 『한문학보』제8집, 우리한문학회, 2003 참조.

16세기 후반에서 17세기 전반에 이르는 시기가 우리나라 산문문단에 진한고문론이 이식되어 정착하고, 이어 그것의 이념적 문제와 의고성에 대한 비판이 제기되면서 산문론에 대한 논의가 개방되어 그 다양한 가능성이 열렸던 시기라면, 17세기 후반으로부터 18세기 전반에 이르는 시기는 앞 시기의 과도적 단련기를 거치며 모순을 정비하고 새로운 대안을 마련하여 조선의 풍토에 맞춘 산문이론으로 안착되는 시기였다고 하겠다.

우선 허목許穆(1595~1682)의 산문론은 무엇보다 문학의 근원을 육경에 회귀시킴으로서 진한고문론의 탈이념성 문제를 해소하게 된다. 뿐만 아니라 육경 산문을 선진시기 산문의 이상적 문체로 상정하고, 이것의 학습 방법으로 '고기古氣'의 체득을 강조했는데, 고기의 문학적 실현으로 간오簡奧와 기高의 미의식을 추구했다. 그러나 당시 허목처럼 진한산문을 추종했던 같은 남인계 문인이라도 창작의 논리에 다소 차이가 있었다. 가령 신유한申維翰(1681~1752)은 영남의 남인계 문인으로서 육경을 경전으로 인식하기보다 역사서로서 인식하며 산문의 전형을 선진先秦시기 사전문史傳文에 근거를 두고 있어, 허목 계열의 논리와는 다소 거리가 있었다. 그리고 진한산문을 추종했던 이들이 반드시 남인계 문인들에 국한된 것도 아니었다. 아직 단언할 단계는 아니지만, 노론계층의 문인들 가운데서도 육경과 『전국책』 등의 선진문장先秦文章을 선호하고, 산문학습단계에서 양기養氣를 중시하는 등 진한고문론의 입장에 가까운 이들이 있었다. 시기가 조금 뒤처진 감이 있지만, 이천보李天輔(1698~1761)와 남유용南有容(1698~1773)과 황경원黃景源(1709~1787) 등이 그런 인물이다. 이처럼 17세기 후반에서 18세기 전반기 사이에 진한계 고문론이 자신들의 이론을 다지며 다양한 양상으로 나타났던 것은 진한계 산문의 창작이 지니는 의고적 성향에 대한 비판을 인식하고, 그에 대비한 내적 논리를 모색했던 것에 기인한다고 하겠다.

한편 이식李植이 진한계 산문을 두고 제기했던 반의고反擬古 비평이 이 시기 김창협金昌協에 의해 승계되어 논리적 비판이 본격적으로 시작되었고, 동시에 그에 대한 대안으로 당송고문론이 전개되기 시작한다. 김창협은 명나라 왕신중王慎中·당순지唐順之 등의 당송파와 원굉도袁宏道와 전겸익錢謙益의 반의고 비평을 수용하여 자신의 정밀한 감식안으로 진한계 고문론이 지닌 창작방법상의 모순을 지적하면서, 글자 선택이나 글귀 구성에서 고문을 모방할 것이 아니라 문장과 단락의 구성과 조직에서 고문의 창작법을 배워야 할 것을 제시했다. 그 모범을 다시 한유韓愈·구양수歐陽修·증공曾鞏 등 당송대 산문가들에게서 찾았지만, 그 전과는 달리 텍스트를 학습하는 새롭고 구체적인 방법론을 제시함으로서 모방에 빠지지 않도록 경계했다. 결국 이들 당송고문론에서 제기한 수사법의 논리는 진한고문론의 '양기養氣'나 '고법古法'에 비해 보다 설득력 있는 창작법을 제시함으로서 당시 산문계에 큰 반향을 불러일으켰다. 그러나 글의 구성을 제대로 이루기 위해서는 무엇보다 주제의식이 탄탄해야 한다고 보았는데, 그 주제의식의 사상적 뿌리를 주자학의 의리지학義理之學에 둔 것이 바로 조선 당송고문론의 특징이라고 하겠다. 사실 김창협의 비평과 산문론에 의해 조선 문단의 글쓰기가 획기적인 발전을 이루게 되었다고 본다.

진한산문론의 복고주의가 의고擬古 시비를 불러일으키자, 당시 의고에 비판적이었던 문인들은 대개 문학의 '시변時變'을 주장하며 복고주의의 논리적 위험성을 경고했다. 그러면서 각기 그 대안을 고심했던 것인데, 김창협의 경우 주자의리학에 기반하여 자기 현실의 시대정신을 중시하면서 진한산문으로의 복고가 아니라 당송산문으로의 복고를 주장했던 점에서 어쩌면 시변時變과 복고復古의 절충을 제안했다고 한다면, 한편 창작주체의 개성을 중시하며 복고적 논리 자체를 부정하려는 작가들도 있었다. 특히 조귀명趙龜命은 시변의 자각을 통해 도문분리론道文分離論을 제기하게 되었고, 이를 통해 문학의 독자성을 강조하며 주자학과의 결별을 시도했을 뿐 아니라, 개성적 글쓰기를 주장함으로서 한구정맥韓歐正脈마저도 부정했다. 시변을 인식했다는 면에서 당송고문파와 맥을 같이 하지만, 복고에서 대안을 찾지 않았다는 점에서 그 결을 달리했던 것이다. 오히려 '고古'와 '금今'의 가치를 상대화시키고 '금'의 가치를 새롭게 인식함으로서 독창적 글쓰기의 길을 모색했던 것이었다. 이 시기 이 방면의 작가층이 그렇게 두텁지 않아 조귀명을 위시한 극히 일부 문인에게서만 나타나지만, 그래도 그들의 주장이 18세기 후반에 본격적으로 등장하는 신문체新文體(소품체)의 전초를 마련하고 있다는 점에서 이 시기 산문론의 한 국면으로 평가할 수 있을 것이다.

이 이후 18세기 후반으로부터 19세기에 이르기까지 전개되었던 산문론은 물론 이전 시기와는 또 다른 양상을 지니고 발전되어 가지만, 분명 이전 시기에 제기되었던 산문이론에 근거를 두고 있다. 그러므로 17세기 후반에서 18세기 전반에 전개되었던 산문이론의 양상은 이조후기 산문사의 흐름을 이해하는 데에 매우 중요한 문제라고 하겠다.

<보론>

19세기 소품문체의 전개

　18세기 사회경제적인 변화로 인한 세계관의 변동과 중국 문단의 영향으로 급속히 성장한 소품문학은 정조의 문체반정으로 급격하게 그 기세가 수그러들었다. 그러나 소품문이 지니는 문예적 매력과 『열하일기』와 같은 대작의 영향은 19세기에도 많은 반향을 불러 일으켰다. 특히 정치적 신분적으로 몰락되고 소외된 문인층에 넓게 퍼지면서 19세기 산문의 적지 않은 비중을 차지하고 있었다고 본다. 18세기 종반에 소품문장을 주도했던 김려金鑢(1766~1822)와 이옥李鈺(1760~1812)은 19세기 이행기의 정치적 시련을 거치고 한적하게 지내며 자신들의 문학을 정리했는데, 그것은 소품문체와 자신들의 문학에 대한 정당성을 찾고자 하는 노력이었다. 그러므로 19세기 소품문장은 18세기의 연장선상에 있으며, 다분히 위축된 상태이지만 그래도 면면히 전통을 이어나갔던 것이다.

　소품체 문장의 특성은 무엇인가? 이에 실학파 문인으로서 많은 소품문을 남겼던 이덕무李德懋의 문장에 대해 남공철南公轍은 다음과 같이 언급했다.

문장을 지으면 참신한 격조格調를 창도하여 인정人情과 물태物態를 곡진하게 묘사하되, 선인들의 어구를 답습하지는 않았다.1)

참신한 격조는 대체로 시를 두고 이른 것이지만, 인정과 물태의 곡진한 묘사는 이덕무의 소품체 산문을 두고 이른 것으로, 소품체 문장의 일반적인 특성을 단적으로 지적한 말이라 생각된다.

기존에 사대부들은 별다른 회의 없이 전통적인 문학양식을 그대로 답습해 왔다. 간혹 모방이냐 독창적이냐, 혹 문학이 우선이냐 도가 우선이냐 하는 시비도 있었지만, 도문합일의 재도적 관점에는 별 차이가 없었다. 그러나 18세기 이후 사회경제적인 변화와 그로 인한 세계관의 변모에 따라 문인들도 차츰 새로운 인식을 갖게 되었다. 이들은 이조사회를 지배해 온 성리학적 세계관과 중화사상에 의문을 갖고, 예교 등의 제도적 속박보다 인간의 개성을 중시하는 사회질서를 이루고자 했고, 문물의 발전으로 인한 문명의식은 허망한 관념의 세계보다 현실세계를 통한 실질적인 경험을 중시했던 것이다. 문인들의 이러한 인식은 전통문학과는 달리 문학의 소재에 대한 관심부터 달랐고, 또 이러한 자신들의 참신한 문학경향에 걸맞는 새로운 문학양식이 필요했다. 즉 새 술을 담기 위한 새 부대가 필요했던 것이다. 특히 산문양식에서 이들의 욕구를 어느 정도 충족시킬 수 있었던 것이 바로 소품체였다고 본다.

우선 개성적 인간의 삶과 자세를 중시했던 소품가들이 문학에서 가장 중요하게 생각한 것은 바로 인정人情의 묘사였다. 그들은 문장이란

---

1) 남공철, 「墓表」, 『雅亭遺稿』권8 부록 : "爲文章 倡爲新調 曲盡人情物態 而不襲前人句語."

무엇보다 인간의 정감, 나아가 사람 사는 모습을 진솔하게 표현하는 것이어야 한다고 생각했다. 이옥은 자신의 문학관을 설명하는 「이언인(俚諺引)」에서 이렇게 말하고 있다.

> 천지만물을 살피는 데에 있어서는 사람을 살피는 것보다 큰 것이 없으며, 사람을 살피는 데에 있어서는 정(情)보다 묘한 것이 없고, 정을 살피는 데 있어서는 남녀사이의 정을 살피는 것보다 참된 것이 없다. 이 세상이 있으매 이 몸이 있고, 이 몸이 있으매 이 일이 있으며, 이 일이 있음에 곧 이 정이 있는 것이다.
> 그러므로 이를 살펴보면 그 마음에 비뚤어짐과 올바름을 알 수 있고, 사람의 어질고 어질지 못함을 알 수 있고, 그 일의 잘잘못을 알 수 있고, 그 풍속이 사치스러운지 검소한지 알 수 있고, 그 땅이 기름진지 척박한지 알 수 있고, 그 집이 흥할지 쇠할지 알 수 있고, 그 나라가 태평한지 어지러운지 알 수 있고, 그 세도의 오르내림을 알 수 있다.[2]

천지만물 중에서 인간이 가장 소중하고, 인간에게서 진솔한 것은 정이며, 이 정 중에서 가장 참된 것은 바로 남녀사이의 감정이라는 것이다. 물론 『이언』에 대한 서문이기 때문에 특별히 남녀의 정을 언급하고 있지만, 그는 보편적으로 인간의 삶의 모습을 문학의 가장 소중한 소재로 설정했다. 보편된 인간관계에서 나누어지는 정이야말로 거짓된 허식 없이 진실된 것이기에, 사물과 세상의 이치를 이 진실된

---

2) 「俚諺引」二難, 『藝林雜佩』: "夫天地萬物之觀 莫大乎觀於人 人之觀 莫妙乎情 情之觀 莫眞乎觀於男女之情 有是世有是身 有是身有是事 有是事便有是情 故觀乎此 而其心之邪正可知 人之賢否可知 其事之得失可知 其俗之奢儉可知 其土之厚薄可知 其家之興衰可知 其國之治亂可知 其世之汚隆可知矣."

인정을 통해 살펴볼 수 있다고 생각했던 때문이다. 이옥은 『시경』의 시들도 역시 남녀 간의 일과 정감을 소재로 한 것이 많음을 지적하여, 자신의 문학소재에 고전적 전통성을 부여하여 그 정당성을 확보하고자 했다.3)

그의 산문도 예외일 수 없다. 인정의 진실을 묘사하는 것이면 그 자체로 참된 문장이 되는 것이다. 전통적인 문장관에서는 문장은 세교世教를 위해 복무하는 것을 기본 전제로 삼고, 유교적 도덕을 문학의 주 내용으로 할 것을 강요하지만, 이옥의 산문은 더이상 문학이 유교이념을 위한 도구이기를 거부했다. 규범과 예교의 구속으로부터 자유롭고자 했던 그의 기질이 문학의 소재로서 인정을 포착한 셈이다.4) 전통문학이 "혹은 기쁘지 않으면서 기쁜 척하고, 혹은 성나지 않으면서 성난 척하고, 혹은 슬프지 않으면서 슬픈 척하며, 즐겁지 않고 슬프지 않고 밉지 않고 하고 싶지 않으면서 혹 즐겁고 슬프고 밉고 하고 싶은 척"5)하는 위선적인 예교에 매여 있는 것에 비해, 오히려 남녀 사이의 관계와 같이 솔직한 인정을 표현하는 문학이 더 참된 것이라고 여겼던 것이다. 이는 박지원이 말하는 '예실구야禮失求野'의 정신과도 상통하는 것이라고 본다.6) 그러므로 오히려 이 인정

---

3) 상동문.

4) 김균태는 『이옥의 문학이론과 작품세계의 연구』(창학사, 1987)에서 이옥을 "의식과 행동의 전반에 걸쳐 규범적 세계로부터 자유롭고자 한 반유가적 도덕관이 잠재되었던 인물"로 성격짓고 있다. 반유가적 도덕관이 무엇을 의미하는지 분명하게 밝혀지는 않았지만, 규범적 세계로부터 자유롭고자 한 그의 성향은 생애 전반을 통해 살필 수 있다. 또한 이옥은 「이언인」에서도 혹자와의 대화에서 '非禮勿言'의 예교적인 속박에 대해 논박을 하고 있다.

5) 「俚諺引」二難 : "盖人之於情也. 或非所喜而假喜焉, 或非所怒而假怒焉, 或非所哀而假哀焉, 非樂非哀非惡非慾, 而或有假而樂而哀而惡而慾焉."

의 진솔한 묘사에서 더욱 세교의 효용을 얻을 것이라고 한다. 이옥의
야담성향의 기사문과 전傳 작품들 속에서 볼 수 있는 시정이나 민간
의 특정한 인물에 대한 설정과 묘사는 이러한 정신의 소산이라고 하
겠다.

소품가들의 탈예교적인 문학정신은 한편 일상적인 물태物態의 묘사
에도 큰 관심과 비중을 두고 있다. 사대부들의 권위적인 세계보다 자
신들의 일상적인 생활주변이나 서민과 농민들의 꾸밈없이 생동하는
삶의 관찰에서 문학의 주요 소재를 채집했던 것이다. 민속의 놀이나
풍습, 시정에서 일어나는 흥미로운 사건들, 지방의 특산물이나 생활
습관 등 일찍이 전통문학에서는 비속한 것으로 취급하여 관심도 두
지 않았던 것에 주목했다.

그 표현에서도 평이하게 일상적인 용어를 그대로 사용할 것을 주
장했다. 이옥의 경우, 그는 한문의 일상적 표기인 어록체의 학습과
사용을 강조하고 있다. 다음은 주자朱子의 문장에 대한 이옥의 견해
이다.

> 사실을 논하고 사람에 대해 이야기하자면, 양한과 육조의 문체도 주
> 문공朱文公의 문체만 못하다. 대개 그의 문장은 말이 긴데 길기 때문에
> 상세하고, 이치가 참되니 참되기 때문에 도탑고, 기운이 곧으니 곧기
> 때문에 감당해 내고, 맛이 담백하니 담백하기 때문에 싫지 않고, 성품이
> 온화하니 온화하기 때문에 사악하지 않고, 힘이 두터우니 두텁기 때문
> 에 장수를 누린다. 주자 이전에는 없었던 것이지만, 주자 이후에는 없어

---

6) 박지원, 「放瓊閣外傳 自序」, 『燕巖集』권8 : "變彼虞裳, 力古文章, 禮失求野, 亨短
流長."

서는 안 될 것이다. 일반사람들이 날마다 사용하는 것으로 (중략) 차라
리 고문선古文選은 없을지언정 주문朱文은 없어서는 안 될 것이다.[7]

주자어록은 도학자들이 주자사상을 이해하기 위해 읽었지만, 이옥
은 그 어록체의 문장을 주목한 것이다. 실상 어록체는 일상의 언어를
문자로 표기한 것이어서 실용문에 많이 사용되기도 했다. 그러나 고
문에서는 어록체의 사용이 금지되었으며, 그 이유는 표현이 전아하
지 못하고 너무 비리하다는 것이었다. 이에 반해 이옥은 오히려 의미
의 분명한 전달을 위하는 것에는 이 어록만한 것이 없다는 것이다.
일반적으로 누구나 쉽게 배우고 사용할 수 있는 때문이기도 했다. 문
학이란 바로 이러한 평이한 문체로 전달코자하는 내용을 진솔하게
묘사하는 것이어야 함을 주장한 것이다.

또 한편으로 정통고문의 논리에서는 철저히 금지하는 비리鄙俚하고
근속近俗한 표현과 향토적 용어의 사용도 주저하지 않았다. 소품가들
은 우리의 사물과 세태를 곡진히 묘사하기 위해서 이러한 장애들을
과감히 뛰어넘고자 했다. 이것은 작가의 주체적인 각성과 민족정서
에 대한 애착에서 비롯한 과감한 혁신이었다. 다음도 역시 이옥의 견
해이다.

　　이런 까닭에 우리나라 사람들이 의복·음식이나 기물 등속의 여러 가
　　지 물건에 대해서 부르는 이름 그대로 그것을 말하면 세살 아이라도

---

7) 이옥, 「讀朱文」, 『薄庭叢書』권19 『文無子文抄』: "以之論事語人, 則兩漢之, 六朝之
　章, 不如朱文公文. 蓋其爲文也, 其辭長, 長故詳, 其理眞, 眞故醇, 其氣直, 直故克, 其
　味淡, 淡故不厭, 其性和, 和故無邪, 其力厚, 厚故壽. 前乎朱子, 所無有也, 後乎朱子,
　所不可無也, 常人日用之間. (中略) 寧無古文選文, 不可無朱文."

환하게 알아듣고도 남을 텐데, 붓을 들고 종이에 다다라서 몇 자 쓰려고만 하면 벌써 좌우를 돌아보고 묻는데 옆사람도 어떤 물건이 어떤 이름에 해당하는지 모른다. 어찌 이런 일이 있을 수 있겠는가?

슬프다. 나는 그 뜻을 알겠다. 저들은 생각하기를, 향명鄕名이란 토속의 명칭이니 우리는 그것을 입으로 부를 수는 있지만 글로 쓸 수는 없다고 한다. 나는 알지 못하겠다. 신라가 국호를 정할 때에 '경京'이라 하지 않고 '서라벌'이라 하고, 왕호王號를 일컬을 때 어찌 '치문齒文'이라 하지 않고 '이사금'이라 했으며, 그 성을 칭할 때에 '포匏'라 하지 않고 '박朴'이라 했던가? 어찌 김부식金富軾이 실수를 하여 모르고 썼을 것인가?

또 한대 악부의 「요가鐃歌」나 소설의 『금병매金瓶梅』는 어찌 그 표현을 평순하게 하고 언어를 전아하게 해서 후세의 다른 나라 사람으로 하여금 모두 쉽게 이해하게 하도록 하지 않았단 말인가? 어찌 매승과 사마씨가 괴이함을 좋아하고 왕봉주王鳳州(王世貞)가 촌스러워서 이겠는가?[8]

우선 진실한 묘사를 하자면, 물건의 명칭을 평소 일반적으로 부르는 우리의 이름을 그대로 써야 한다. 우리 물건과 명칭을 우리식 그대로 써야 우리나라 사람 누구나 다 알아볼 수 있기 때문이다. 요컨대 문장이란 그 시대 그 민족의 일상적인 언어문자로 표현하고 묘사

---

8) 이옥, 「俚諺引」三難 : "是故, 國人之於服飾器皿凡干之物也. 以其所呼之名而名之, 則三歲小兒猶了然有餘, 而及其操筆臨紙, 欲作數字件記, 則已左右視而問, 旁人, 不知某物之當某名矣. 豈有是哉. 噫! 吾知其意矣. 彼以爲鄕名者, 鄕之名矣, 吾只可以口呼之, 不可以筆書之云爾. 則吾未知新羅之建國號也. 何不曰京, 而徐那伐焉, 稱王號也, 何不曰齒文, 而曰尼師今焉, 稱其姓也, 則何不曰匏, 而曰朴焉乎? 豈金富軾失之而未知書歟? 且漢之鐃歌, 稗之金瓶梅也, 何不平順其詞典雅其語, 使後世異國之人, 皆得而易曉也歟? 豈枚馬好詭, 鳳洲多鄕闇而然歟?"

해야 한다는 것이다. 이는 곧 문장에서 주체성의 확보요, 민족고유성을 지향하는 논리인 셈이다. 이러한 인식에 따라 소품가들은 문장에서 속담 속어를 거침없이 자유롭게 사용하고 있는데, 이는 새로운 문학의 소재를 새롭게 표현하기 위해 고답적인 고문의 규범을 과감히 벗어버리고자 한 것이다.

그 외에 표현법에 있어서도 소품문은 우언·해학적 묘사와 가설적인 문답형식과 병렬식 나열 등의 방식을 즐겨 구사하고 있다. 이 때문에 당시 정통문학가들로부터 표현이 너무 섬세하고 쇄세하며 그 음절이 초조하고 급하여 경박스럽다고 비난을 받았던 것이다. 그러나 소품가들은 사물이나 상황을 사실적이고 생동감 있게 전달하기 위한 하나의 수법으로 이러한 표현법을 사용했다고 본다. 사물에 대한 세밀한 관찰과 미묘한 감정의 치밀한 접근을 통해 진지하고 솔직하게 표현코자한 한 방식이었던 것이다.

이옥은 이러한 논리를 철저히 지키며 자신의 문장을 창작했는데, 이것을 소품문학의 동지인 김려가 『담정총서潭庭叢書』 속에 정리해 두었다. 김려는 이 작업을 통해 이옥의 소품문장에 정당한 문학성을 부여하고자 했는데, 그것은 자신들의 소품문체를 문학사 속에 자리매김하기 위한 적극적인 행동이었다. 김려는 이렇게 말하고 있다.

> 세상 사람들이 혹 이기상李其相(鈺)의 문장을 두고, "고문이 아니라 소품이다"고 하는데, 나는 가만히 웃으며 "이런 사람이 어찌 문장을 논할 수 있겠는가?"고 한다. 남의 문장을 논하면서 고금을 따지거나 대소를 가리는 것은 옳지만, 소품이라 하여 옛 것이 아니라고 한다면, 이는 남의 말만 추종하는 자의 말일 뿐이다. 『월절서越絶書』와 『비신秘辛』이

어찌 소품이 아니며, 어찌 고문이 아니더냐?9)

이옥의 소품문에 고문과 같은 가치를 부여코자 하는 말이다. 김려는 오히려 옛 것을 배워 거짓된 것을 하느니 보다 오늘날의 것을 배워 유용하게 쓰이는 것이 더 낫다고 보았다. 소품문장은 오늘날 조선의 형식을 수용하여 조선민족의 정감을 표현하고 있기 때문에, 현재 이 시대에는 고문양식의 글보다 더 유용하게 쓰일 문장이라는 것이다.

이옥과 김려로 대표되는 19세기의 소품문체는 그 이후의 행방을 추적하기가 용이하지 않다. 이들의 문체는 여전히 정통 사대부문인들로부터 지탄과 비난을 받았기 때문에 자신들의 문장을 자신 있게 드러내지 못했던 것이라고 본다. 그러나 중국과의 지속적인 교류와 영향은 명청소품집을 널리 유포시켰고, 많은 사대부들이 이 문예적 산문에 매료되어 즐겨 짓기도 했다. 홍한주는 『지수염필智水拈筆』에서 이런 사정을 전하고 있다.

그러나 오늘날은 문장이 쇠퇴했을 뿐만 아니라, 도무지 문장을 하려고 하지를 않는다. 그래서 사대부 자제들은 책을 싸서 시렁에 올려놓아 책읽는 소리를 들을 수 없으며, 겨울이 되어도 독서를 하지 않고 여름에도 글짓기를 않는다. 다만 약관이 되어 세상에 행세할 것을 마음 품은 자는 불과 명청간明淸間의 문집 정도 섭렵하고서 신이新異한 기자奇字나 쇄어瑣語들을 따다가 척독尺牘이나 단율短律을 짓는 데에 힘쓸 뿐이다.10)

9) 김려, 「題桃花流水館小稿卷後」, 『藫庭遺稿』권10 : "世或訾李其相之文曰: '非古文也, 是小品也.' 余竊笑之曰: '是奚足語文章哉. 論人之文者, 論其古今, 可也, 論其大小, 可也, 若云小品而非古, 則此耳食者之言耳. 越絶秘辛, 何嘗非小品而又何嘗非古文也?'"

비록 정통문학가의 입장에서 기술한 것이지만, 당시 소품문이 젊은 사대부들 사이에 널리 유행하고 있음을 알려주고 있다. 그리고 대체로 이 소품문이 산문에서는 척독에 주로 애용되었던 것 같은데, 이런 점에서 추사 김정희의 척독들을 주목할 필요가 있다. 추사 자신은 시에서 공안파公安派의 논리를 긍정적으로 받아들였고, 그의 문하에서 활동했던 여항문인들이 '성령론性靈論'을 표방했던 점을 미루어 볼 때11), 산문에서도 공안파의 소품체에 많은 영향을 받았으리라 본다. 사실 추사의 척독들은 짧은 형식 속에 기묘한 표현과 묘사를 구사하여, 당시 문인들이 즐겨 읽었던 것으로 전해진다. 19세기 전반 이옥과 김려 이후의 소품문의 발전 양상을 고찰하기 위해서는 추사 및 여항문인들의 산문을 면밀히 검토해 보아야 할 것이다.

---

10) 洪翰周, 『智水拈筆』권3 (서벽외사해외수일본, 아세아문화사) : "然今日則不但文衰, 都不欲爲文. 故士大夫子弟, 束閣而廢書, 弦誦無聲, 冬不讀而夏不製. 纔弱冠而留心於行世者, 不過涉獵明淸間文集, 摘取新異之奇字瑣語, 務爲尺牘短律而已."

11) 이우성, 「김추사 및 중인층의 성령론」, 『한국한문학연구』 제4집, 한국한문학연구회, 1982.

제2부

한문산문론의 몇 가지 문제

한문산문론에서 '견식'의 문제

한문산문론에서 '실'의 문제

한문산문론에서 '오'의 문제

한문산문론에서 '견식'의 문제

한국한문학연구에서 산문문학에 대한 관심이 괄목할 만큼 증가한 이후 그간 산문이론에 대한 연구도 적지 않게 축적되었다. 여기에는 현재 작가연구가 주류를 이루고 있는데, 이를 통해 이조 중·후기에 활약한 산문작가들이 제법 발굴되는 성과를 이루었다. 산문작가의 발굴과 그들의 산문론에 대한 검토는 아직 지속되어야 할 과제임은 틀림없다. 한편 '박이약博而約'이라 하지 않았던가. 이제까지의 성과를 종합적으로 검토하여 이 산문론들을 비평사적으로 평가하고 의미를 부여하는 일도 필요한 단계에 이르렀다고 본다. 실제 당시 산문작가들의 성향을 살펴보면, 시대마다의 특성과 각기 나름의 개성을 드러내고 있지만, 또 한편 그들의 산문론은 앞 시대의 이론을 계승해서 후대로 발전시켜나가는 일관된 논리 선상에 있음을 볼 수 있다. 이것을 우리는 하나의 문학계파로 묶어 설명할 수 있는데, 이러한 시각이 다채로운 논리를 하나의 틀 속에 집어넣으려는 오류를 범할 수도 있지만, 하나의 문학이론에 대해 동시대의 보편성과 문학사적 연속성을 확인할 수 있다는 면에서 의미 있는 접근이 될 것이다.

　나는 먼저 이조후기의 산문 유파 가운데 이른바 '당송고문파唐宋古文派' 문인들의 산문론을 주목하고자 한다. 사실 아직 조선 당송고문파의 실체를 밝힌 적은 없지만, 어느 정도 그 윤곽은 드러나 있다고 본다. 당시 '진한고문파秦漢古文派'와는 달리 당송팔대가의 산문문학을 전범으로 삼았던 이들은 3세기에 걸쳐 그 맥을 이어오며, 명쾌한 논리로 합리적 창작론을 제시하여 당대 문단에서 비중 있는 자리를 점하고 있었다. 이처럼 다른 문학파들에 비해 창작과 비평의 명징한 논리가 자신들의 입장과 윤곽을 비교적 선명하게 드러냈다고 본다. 이 장에서는 특히 이들이 창작론에서 제시하고 있는 개념의 하나인 '견식見識'의 문제에 초점을 두었다. 세대가 달라져도 이들이 문학의 중요한 요소로서 공히 '견식'의 문제를 거론하고 있다는 사실에 주목할 필요가 있다. 이것이 그들의 산문론을 전부 설명할 수는 없겠지만, 이 안에는 당송고문파들의 중요한 논리가 내포되어 있다고 본다. 어쩌면 '견식'의 창작론을 통해 당송고문파의 본질을 해명할 수 있을 것이며, 아울러 이를 통해 진한고문파의 논리와도 대비해 볼 수 있을 것으로 기대한다.

1. 당송고문파唐宋古文派의 전개와 '견식見識'

　우리 한문학사에서 산문이 문학적 성숙을 이룬 것은 이미 오래된 일이지만, 산문의 창작에 관련된 비평적 이론이 본격적으로 제기된 것은 대략 16세기를 전후한 무렵부터라고 본다. 이조전기만 해도 문학비평에서 '문文'이란 문화 또는 문학일반을 대상으로 하고 있었던

것이 16세기 무렵에 이르러서는 시와 구분하여 산문을 지칭하는 개념
으로 사용되기 시작하고, 동시에 독자적인 산문론이 제출되기에 이
른다.1) 이 시기에 이르러 산문문학에 대한 문인들의 관심과 인식이
성장하게 된 것은 당시 명나라 문단과의 활발한 교류의 영향을 받은
탓도 있지만, 한편 이조 사대부문학 내부에서 산문에 대한 문학적 욕
구가 커졌기 때문이라고 본다.

　이미 학계에 보고된 바와 같이, 이 무렵 산문창작에 대한 방법적
모색에 가장 앞장섰던 사람은 윤근수尹根壽(1537~1616)였다. 이조전기
의 관각문체와 도학풍의 과거문체에 식상한 문인들이 격조 높은 문
체를 갈망하던 차, 윤근수를 통해 명나라 전후칠자들의 산문문학을
받아들였던 것이다.2) 이로 말미암아 최립·이정구·신흠 등 당대의
이름난 문인들도 이를 적극 수용했으며, 이어 유몽인·조익·조찬한
·정홍명 등을 중심으로 진한고문파가 성립되었다.3)

---

1) 예로 성현의 「文變」이나 이이의 「文體策」 등에서 문은 시와 산문을 포함한 문학일
반을 두고 비평한 것인데, 이후 허균은 「詩解」와 함께 따로 「文辨」을 지어 산문에
국한한 비평을 하였다.

2) 진한계 고문이 조선에서 발흥하게 된 동인을 진단한 당대인들의 논평을 들어보면
다음과 같다.
　○ 金尙憲, 「月汀先生集跋」, 『淸陰集』권39 : "竊槪我朝文苑, 自卜春亭以下, 率皆規
唐操宋, 樂習軟美, 號謂館閣體, 顧於古文辭, 大有徑庭. (中略) 先生槪然自奮爲詞林
倡, 手揭赤幟, 啓示指南, 使後來操觚之徒, 知所去就, 自是爭尙先秦兩京之文, 幾乎一
變." ○ 李宜顯, 「陶峽叢說」, 『陶谷集』권28 : "我國人最重科業, 雖文詞超群者, 無不
折入於科業, 所製有表策而已. 曾不着力於古文, 不過以韓蘇爲範, 用作科場館閣酬應
之資而已. 至宣祖朝, 崔簡易尹月汀數公, 始崇尙古文, 一時習尙頓變, 其功可謂大矣."
　○ 金春澤, 「論詩文」, 『北軒集』권16 : "東人之文, 大率傷於四書註疏, 其自以守正者,
多支離緩弱, 其尙奇者, 以支離緩弱之資地, 而稍取明人糟粕, 以假飾其字句而已, 惟簡
易, 尙奇而不假飾, 谿谷, 守正而不緩弱, 宜其並超詞壇哉!"

3) 강명관, 「16세기 말 17세기 초 의고문파의 수용과 진한고문파의 성립」, 한국한문학
연구 제18집, 한국한문학회, 1995.

이들은 유가경전으로는 육경을, 문장으로는『좌전』·『사기』·『한서』·제자문諸子文을 위시한 진한秦漢시대의 산문을 전범으로 삼고, 당唐 이후의 산문은 인정하지 않는 철저한 상고주의尙古主義 경향을 보였기 때문에 '진한고문파'라고 칭하고 있다. 이들은 산문창작에서 '기氣'의 기능을 중시했고, '기奇'와 고아古雅함의 미학을 추구하는 등 산문문학의 예술적 성취를 드높여 실로 산문의 시대가 도래했음을 예고했다. 그리하여 당대뿐만 아니라 후대에 이르기까지 많은 문인들이 이러한 고격古格스런 산문을 추종했으니, 새로운 전기를 맞은 산문문학계에 막강한 영향력을 행사했다.

그러나 진한고문파의 산문론은 명대 전후칠자파의 경우와 같이 전범으로 삼은 텍스트들이 시대가 멀어 난해한데다 창작의 논리마저 선명하지 못해, 작가의 능력에 따라 적지 않은 한계를 노정시켰다. 또한 고아古雅하고 '기奇'한 예술성의 추구가 당시 조선의 독자들이 읽기에 다소 난해하고 험벽하게 느껴져 결국 비판의 도마에 오르게 된다. 여기에 가장 일찍 비판의 칼날을 세운 사람은 이식李植(1584∼1647)이었다.

임병양란을 겪고 난 뒤 조선의 사상계에는 주자학의 권위주의에 도전하는 새로운 사상적 동향이 일고 있었는데, 이식은 이러한 경향을 이단으로 규정하고, 이단학의 준동은 선진先秦시대의 문장을 추앙하는 것과 관련있다고 파악했다.[4] 철저한 성리학적 세계관에서 당시 조선의 사상계와 문학계가 위기에 처해있다고 진단했던 것이다. 그

---

4) 李植,「丙子辭免大司成兼陳弊端疏」,『澤堂集』권8 : "京中才俊之流, 則不事圓點治經, 專務作文, 以應別試等科, 而其爲文, 又不本於經書, 如韓歐近理之文, 亦視以陳言, 唯從事於馬史莊子等書, 務以壞奇相尙. 故其於經傳, 無暇學誦, 至有昧然面墻者."

의 비평은 곧 이러한 위기의식에서 출발한다. 그는 당시에 성행했던 진한고문계열의 산문을 '이단지문異端之文'으로 규정하고, 그 대안으로 '성현의리지문聖賢義理之文'을 추구할 것을 주장했다.5) 이 '성현의리지문'이란 시서공맹詩書孔孟[儒學]의 학습을 통해 터득한 인의도덕仁義道德의 문장을 가리키는데, 좀더 구체적으로는 정주의리학程朱義理學을 의미한다. 그래서 그는 텍스트로 당송 이후의 문장 즉 한유와 구양수를 위시한 당송고문가들의 문학과 아울러 주자의 문장을 제시했다.6) 이처럼 '문기文氣'에 반해 '의리義理'를 중시하고, 진한대秦漢代의 고문이 아니라 당송대唐宋代의 고문을 전범으로 삼은 것에서부터 진한계 고문파의 창작론과는 정면으로 상치된다. 그런 면에서 이식은 당송고문파의 남상濫觴이 된다.

이식의 산문비평론이 당대 문풍의 위기의식에서 출발하여 진한계 고문론을 비판하는데 주력했고, 그 대안의 제시도 아직 원론적이거나 전범을 제안하는 정도에 머물고 있을 뿐이다. 이후 당송고문을 전범으로 하는 산문창작의 이론을 수립한 사람은 김창협金昌協(1651~1708)이다.

성리학의 학문전통을 충실히 계승한 김창협은 도학자들처럼 경직된 자세에 젖지 않고, 오히려 학문과 문학의 결합을 시도함으로서 학자와 문인 두 영역에서 모두 인정받는 유연한 문학가였다. 그는 폭넓은 독서와 확고한 학문적 신념으로 자신의 문학비평론을 세웠는데,

---

5) 우응순, 「이식의 문학론 연구」, 한국한문학연구 제12집, 한국한문학연구회, 1989.
6) 李植, 「作文模範」, 『澤堂集』별집 : "古今風俗事情懸殊, 而文章詞令, 通於其間. 雖使古人生於今世, 必爲今之文. 此與詩學不同, 當以唐宋以下爲法. 惟其本源來歷, 不可不遡求而知之也. 詩書正文·孟子正文·論語庸學幷傳註, 爲先熟讀, 終身溫習, 此義理本源, 不可一日塞也."

그것은 유학의 의리정신을 문학으로 구현하는 것이었다. 물론 이 의리정신은 바로 정주의리학이었다. 이것을 문학으로 일구어낸 전범으로 그는 당송팔대가의 문장을 꼽았고, 당송팔가문의 분석을 통해 그 창작이론을 구체적으로 제시하기도 했다. 훗날 김매순이 그를 "구양수의 문장과 주문공의 의리를 결합시켜 일가를 이루었다"[7]고 평가한 것은 그의 산문문학의 성취를 적실하게 지적한 말이다. 그의 산문비평은 명대 당송파 문인들의 산문론을 수용하여 진한고문계 산문에 대한 비판을 바탕으로 하는데, 텍스트 설정상의 문제점과 의고적 창작성향 등 진한고문론의 한계를 명확히 지적하고 그 대안을 이론적으로 제시함으로서 당시 조선문단 내에서 큰 호응을 얻었던 것이다. 우리는 그의 산문론을 계승하여 발전시켜 나간 문인들을 일러 '진한고문파'에 상대해 '당송고문파'라고 지칭하기로 한다.

문학의 정신을 의리지학義理之學으로 설정하는 것은 문학작품 속에 관류하는 주제의식을 따지게 되고, 그 주제의식의 논리적 전개를 중시하게 된다. 이 주제의식은 곧 작가의 의식과 사상에서 비롯되는 것이니, 자연 작가의 학문적 성취가 중요하다. 이는 작가가 타고나는 '재기才氣'와는 달리 학문적 노력이 있어야 갖춰지는 것이다. 그래서 김창협은 주제의식의 개념으로서 '식識'을 강조하고, 그것의 논리적 전개의 개념으로서 '의론議論'을 언급했다. 즉 산문에서 중요한 것은 의론의 전개이고, 그것은 작가의 학식에서 비롯된다는 것이다. 김창협이 「잡지雜識」에서 언급하고 있는 '식識', '학식學識', '진탁식眞卓識', '견식의론見識議論', '정지견正知見' 등의 말이 모두 이것을 가리킨다.[8]

---

7) 金邁淳, 「農巖先生」, 『臺山集』권14.

의리지학의 학습을 통해 갖추게 되는 것은 곧 '식'이고 이것을 논리적
으로 의론한 문장이 곧 학문과 문학이 통일된 문장이라는 것이다. 이
는 당시 도학자들의 문장과 확연히 변별되는 것이오, 또한 '재기才氣'
를 중시하는 진한고문가들의 입장과도 엄연히 다른 것이다.

　김창협의 대표적인 제자로 꼽히는 이의현李宜顯(1669~1745)도 당대
산문비평에서 '식견識見'을 종종 언급했는데, 진한고문이 볼품없는
이유는 그들의 문장에 취할 만한 식견이 없기 때문이라고 비판한
바 있다.[9] 이들보다 한걸음 더 나아가 '식'을 산문창작의 중요한 요
건으로 인식했던 사람은 역시 김창협의 문도였던 이하곤李夏坤(1677
~1724)이다.

　일찍이 이하곤은 사우간에 이 '식'의 문제를 두고 진지한 토론을 나
눈 바 있었고, 그것을 토대로 '식'을 산문창작의 기본 요건으로 설정

---

8) 金昌協,「雜識」,『農巖集』권34 : ○ "李奎報詩, 擅名東方, 久矣. 前輩諸公, 亦皆推
爲不可及. 盖其材力捷敏, 蓄積富博, 爭多鬪速, 一時莫及. 又能自造言語, 不蹈襲前人
以爲工. 亦可謂有詩人之才矣. 然其**學識**鄙陋, 氣象庸下, 格卑而調雜, 語瑣而意淺, 其
古律絶數千百篇, 無一語一句道得淸明灑落高古宏闊意思."(外篇 25則) ○ "今讀韓集累
百篇, 無一語襲用古人成句. 如平淮西碑, 專法尙書, 而無一尙書中語, 董晋行狀, 規模
左傳, 而無一左傳中語, 張中丞傳後敍, 酷類馬史, 而無一馬史中語, **眞卓識**也."(外篇
114則) "南豊宜黃縣學記, 精深周匝, 其於先王學校之意, 直是說得出, 漢唐以來, 諸
儒都無此**見識議論**."(外篇 131則) ○ "南豊與王深甫論揚雄事, 其說種種乖舛, 以彼之
識, 當不至此. 只爲合下看得揚雄太重, 以爲孟子後一人, 失身之事, 宜非其所爲. 故從
而爲之辭如此. 盖意中纔有所偏, 便礙却**正知見**."(外篇 135則)

9) 李宜顯,「雲陽漫錄」,『陶谷集』권 27 : ○ "先秦諸子學術, 雖不醇, 其**識見**儘高, 筆力
又健, 盖稟隆古風氣, 故開口, 自然如此, 要非以後諸人所及也. 爲文章者, 雖當本之六
經, 亦不妨旁參以助文氣, 但其中背理害義處, 則知所去取可也." ○ "大抵此數公(王弇
州·李滄溟·汪太函輩)文章, 專力於先秦諸子左國史記, 而不本於六經. 故**識見**無可取,
其序記文字, 非不新奇, 而終不免爲華而不實之歸." ○ "我東雖稱右文之國, 於文章, 效
法不高, **識見**甚陋, 自勝國以來, 只學東坡, 泝以上之, 惟以唐爲極致, 豈知又復有漢魏
先秦也哉?"

하며 더욱 적극적인 의미를 부여했다.

> 대개 문장을 이루는 방도에는 반드시 '식識'을 근본으로 한다. 그래서
> '식'에는 거칠고 정밀하며 깊고 얕은 차이가 있기에 문장 또한 그렇다.[10]

문장의 수준과 격을 결정짓는 것은 바로 작가의 '식'이라고 규정했
다. 이조사대부들의 전통적인 문학관은 '이도위문以道爲文'인데, 이하
곤은 '도' 대신 '식'을 설정한 셈이다. 그는 먼저 제자諸子의 문장이 인
의仁義와 중정中正의 도는 모자라도 문학적 서술에서는 자득의 경지를
이룬 것이 많다는 사실을 인정했다. 결과 그는 도란 문학을 통해 지
켜져야 할 본질적인 것일 뿐, 정작 문학은 학문을 통해 갖추어지는
'식識'—식견을 토대로 이루어진다는 견해를 갖게 된 것이다. 한걸음
더 나아가 문을 지엽이라고 한다면 그 뿌리는 '식'이라고까지 하였으
니[11], 이런 생각은 기존의 문학론과 변별될 뿐만 아니라, 스승인 김
창협의 논의에서도 한층 나아간 것이다. 한편 '이도위문'의 문장이 고
작 유가의 훈고학적 글쓰기일 뿐이라는 당시 진한고문론가들의 비
판[12]을 반성적으로 수용했다는 인상이 강하다.

---

10) 李夏坤, 「與趙季禹書」, 『頭陀草』권12 : "(然請以所聞於師友者, 爲足下陳之.) 夫爲
文之道, 必以識爲本. 故識有精粗深淺, 而其文亦類焉."
11) 李夏坤, 「刪補古文集成序」, 『두타초』권16 : "識者, 根也, 文者, 枝葉也. 未有根壯而
枝葉不茂者, 亦未有根不壯而枝葉茂者."
12) 대표적으로 당시 진한고문론가의 한 사람인 신유한에게서 이러한 비판을 볼 수 있다.
申維翰, 「與任正言論文書」, 『靑泉集』권3 : "天下有舍是而稱爲文者, 一曰儒家訓詁
學, 亦有本源矣. 夫子作系易孝經, 以至曾思大學中庸, 誨人明理盡性, 所以諄諄焉命之
者, 必用之乎者也等字得力, 使天下家行戶踐, 如菽粟水火, 是聖人設敎之言, 而非吾所
謂文也."

앞서 김창협은 '학식學識'이라 하여 하나의 개념으로 언급했지만, 이하곤은 '학學'과 '식識'을 구분해서 설명한다. 그는 이 둘이 불가분의 관계에 있지만, 그렇다고 등가의 것은 아니라고 보았다. 그래서 그는 '근학勤學'과 '고식高識'을 모두 문학학습의 주요 요건으로 제시하면서, 먼저 아무리 타고난 재능과 조예 깊은 사유思惟가 있어도 두루 학술에 능통하지 않으면 큰 가치를 발할 수 없다며 '근학'을 강조한다.13) 그러나 만약 '근학'에 그치고 만다면, 이는 문학의 본질은 인의 효제나 충신예악의 도이고, 세상과 후세에 그 도를 밝히는 것이 곧 문학의 역할이라는 도학주의 문학관을 정당화하는 것이라며, 이는 구차한 논리일 뿐이라고 강변한다.14) 그래서 '근학'에서 한걸음 더 나아가서 '고식高識'의 단계를 설정했던 것이고, 군비가 아무리 철저해도 전술에 어두우면 아무런 전공도 세울 수 없듯이, 아무리 학식이 풍부하고 재능이 있어도 성인의 대도大道를 모르면 글이 아무 쓸모없는 법, 궁극 문학에서 실제로 중요한 요건은 '식'이라고 결론 내렸다.15) 학술과 문학 사이의 모호한 경계를 분명히 구분하되, '식'을 매개로 다시 둘을 융합하는 것인데, 이는 후기 당송고문가들의 '문도합

---

13) 李夏坤, 「與趙季禹書」, 『頭陀草』권12 : "然爲文甚難. 雖有雄俊瓌奇之才, 非湛深超詣之思, 則無以鼓鑄吾才之所受. 雖有湛深超詣之思, 非雄俊瓌奇之才, 則又無以闡發吾意之所存. 故二者互相爲用. 然猶有所待者, 必勤學而後可也."

14) 이하곤, 상동문 : "夫文者, 實之華也. 其實之蓄於中者, 旣瀜然深厚, 則其文之著於外者, 必炳然暐燁矣. 夫謂之實者, 不過仁義孝弟忠信禮樂之道, 而謂之文者, 亦不過明其道於天下後世, 而形之於言語, 著之於簡冊者也. 然此非苟說而已. 必有高識而後可也. 故曰學者於**勤學高識**二者, 不可闕一."

15) 이하곤, 상동문 : "而尤以識爲重, 請爲足下喩之. 今夫征敵者, 精騎在前, 游擊居後, 刀槊旣皆精利矣, 羽旄旣皆飾美矣. 或眛於決機制勝之方, 終必無功而歸矣. 夫學富而讀盡五車, 才瞻而筆輪千言, 句語旣皆工麗矣, 聲律旣皆諧叶矣. 或暗於聖人之大道, 亦必無用而止矣. 由是觀之, 爲文之道, 豈不以**識**爲重乎?"

일文道合一'론의 남상濫觴이라고 하겠다.

이하곤의 바로 뒤에 그의 '이식위본以識爲本'의 산문론을 이어 '견식'의 논의로 발전시킨 사람으로 조귀명趙龜命(1693~1737)이 있다.

조귀명은 일찍이 불경과 정주학의 세계에 담겨있는 사상성과 문학성의 관계를 살펴봄으로서, 문학과 도가 하나가 되어야 한다는 도문일치론의 가능성에 의구심을 갖고 있었다. 즉『원각경』·『능엄경』·『유마경』등은 유가의 도리에 어긋나 있어도 그 문학성은 뛰어나며, 반면 정자나 주자의 글은 도리는 뛰어나나 문학성은 부족하다는 사실에서 리理와 사辭 곧 도와 문은 무관한 것이 아니냐는 생각을 갖게 되었다.[16] 결과 그는 "문은 그대로 문이고, 도는 그대로 도여서 서로 섞일 수 없고 크고 작은 것으로 구분된다"는 이른바 도문분리론道文分離論을 제기하게 되었다.[17] 그의 주장은 당시 많은 비판을 불러일으켰지만, 그는 도를 모든 사물의 존재를 규정하는 근원으로 인식했고[18], 이 위대한 것을 문학과 일치시키는 것이 불가능한 일임을 인정하자는 데서 출발하고 있다. 도학의 영역과 문학의 영역이 엄연한데, 이것을 억지로 섞어서 하나로 만들려는 것은 마치 아이이면서 억지로 어른인 척

---

16) 趙龜命, 「復答趙盛叔書」, 『東谿集』권10 : "佛氏出西方夷狄之地, 未嘗通中國聖人之教, 其理尤舛, 其說尤怪, 而圓覺之簡妙, 楞嚴之奇辯, 維摩之雄肆, 直欲超秦漢之乘, 玆非所謂外是理而能之者耶? 故曰辭無關乎理. (中略) 旣曰 理至則文自工矣, 而程朱之理至而文獨未工者, 抑又何也? 故曰 理無關乎辭."

17) 姜玫求, 「동계 조귀명의 문학론과 산문세계」, 성균관대 대학원 석사학위논문, 1990. 12. ; 李弘湜, 「동계 조귀명의 主意論적 글쓰기와 奇의 미학」, 한양대 대학원 석사학위논문, 2001. 12.

18) 趙龜命, 「答稚晦兄書」, 『東谿集』권10 : "道者, 吾不知其何物也. 而獨疑夫天之所以爲天, 人之所以爲人, 吾之所以爲吾者, 以是物而已. 夫吾之所以爲吾者, 以是而已, 天下何物, 尙可以易此者乎."

속이는 것과 같은 짓이라고 한다.[19] 이는 단순히 도학주의 문학론의
도문일치론을 부정하는 것으로만 보이지만, 사실 조선의 문인들이 보
편적으로 지니고 있던 문학의 도에 대한 강박관념에서 벗어날 것을
촉구하는 의미를 담고 있다고 본다.

　그래서 조귀명은 문학을 논할 때 도를 언급하지 않는다. 대신 그는
'의意'를 작문의 가장 중요한 요결로 제시하고 있는데[20], 이는 진한고
문가들이 문기文氣를 중시하던 것과 상치되는 점이다. 싸움의 승리가
병법에 있는 것이 아니라 전술에 있듯이, 문학의 완성도 법에 의해
이루어지는 것이 아니라 전술인 '의'에 달려있다고 한다.[21] 이처럼
'도'를 말하지 않고 '의'를 거론한 것은 우주와 사물의 원리가 문학을
주관하는 것으로 본 것이 아니라, 작가를 창작주체로 그리고 그의 인
식을 창작의 정신으로 설정한 것이다. 그래서 그는 '의'를 구체적으로
'견식해오見識解悟'라고 설명했다.[22] 독서공부를 통해 터득해야 할 것
은 고법古法이 아니라 이치와 견식이며, 이것은 자신의 해오解悟를 통
해 얻게 되는 것이라고 했으니[23], '견식해오'란 작가의 주체적 자각

---

19) 趙龜命,「答稚晦兄書」,『東谿集』권10 : "夫三代以上, 文與道爲一, 而秦漢以後, 便
　　成二途. 故程朱諸夫子, 德可配於伊周孔孟, 而不能爲伊周孔孟之文, 韓柳反與其嫡傳
　　焉. 凡今學者動稱文與道一者, 皆强自壯也, 兒童之不可欺. 故文自文, 道自道, 不可以
　　相混, 而其大小相形, 則亦結髦之於幷吞天下之謀, 鍛鐵之於揮斥八極之志也, 烏可以
　　有所嫌於妨而易焉矣乎?"

20) 조귀명,「答林姪彦春象元書」,『동계집』권10 : "作文之訣有三, 曰意曰氣曰法. 意以
　　實之, 氣以行之, 法以飾之. 意者, 文之帥也, 駕乎氣而成乎法. 是故, 意爲之本而重,
　　法爲之末而輕, 今足下所欲眞知者法耳. 無乃舍其本而趨其末, 挈其輕而忘其重乎?"

21) 조귀명, 상동문 : "諸葛武侯八陣圖, 世稱其奇, 今其法具在, 按而行之無難矣. 顧其
　　風雲變化神出鬼沒之術, 莫得以傳也. 今用千軍萬馬, 依圖法而陣之, 以親與敵人角, 猶
　　難保其必勝, 況排方疊石, 設之於空蒲, 而能使吳兵一入迷亂而不知出哉? 故武侯之奇,
　　不在法而在術, 文之術則意而已."

22) 조귀명, 상동문 : "夫見識悟解, 謂之意, 繩墨規矱, 謂之法."

과 인식을 의미한다. 그러므로 해오를 통해 자득한 견식을 갖추었을
때 독창적인 문학세계를 이룬다는 것이다.

조귀명의 '견식'이 도학道學과 분리되었다고 해서 도학을 부정한 것
은 아니지만, 그래도 다분히 개방적 성격을 지니고 있어 통념을 일탈
하거나 심지어 이단의 오해마저 불러 일으켰다. 어쩌면 정주의리학程
朱義理學에 당송고문론唐宋古文論의 합일이라는 당송고문론에도 다소
일탈된 감이 없지 않지만, 그 자신이 정주의리학 자체를 부정했던 것
은 아니며, 또한 시변時變을 중시하는 당송고문론의 유연성을 감안하
면, 그의 논리가 당송고문론에서 크게 벗어난 것은 아니라고 본다.
그의 비평적 개념들이 후기 당송고문가들에게 계승된 것을 보면 더
욱 그러하다.

김창협 이후 면면히 명맥을 이어오던 당송고문론이 이론과 창작에
서 가장 큰 성과를 이룬 것은 19세기 초의 홍석주·김매순 등에 이르
러서였다. 이들은 당시 패사소품류와 같은 새로운 문풍이 문단에 유
행하는 것을 경박한 현상으로 우려했지만, 또 한편 진한고문론의 모
방적 성향이 그 대안이 될 수 없다고 판단하고, 당송고문의 창작론을
정통 문학으로 받아들여 간결하면서도 논리적이고 평순하면서도 개
성적인 글쓰기를 추구했다. 특히 '문도합일'을 표방하여, 경학을 통해

---

23) 조귀명, 「答林姪彦春象元書」: "且古人之文之法, 讀古人之文而可學矣. 古人之文之
意, 非獨古人之文所可學也. 特學其所以生發其意者而已. 然則何道而可也? 探透物理
於未形之初, 涵養識解於無文之先, 使目之所攬, 心之所藏, 窮其妙而極其玄, 則其發之
也, 口靈手慧, 紙神墨化, 而其文自佳, 不惟合乎古人之法, 古人之法, 乃不能違乎吾.
彼古人之文, 亦何嘗鑿鑿於法, 乃後世見其佳而强名之法耳. 不然, 古人又何所稟其法
哉?" ○ 「答敬大書」: "情理雖非正, 而境則實眞, 自足以動人心腸也. 是之謂自得, 自得
之心, 毋論正偏高下, 而文皆好. 平生爲文, 無它長, 顧獨有契乎此意, 凡臨題目, 非所
嘗講究之理與所嘗抱負之識, 則不敢發."

문학의 사상적 기반을 확보하고 그것을 시대의 요구에 맞게 전달하는 문학세계를 지향했다. 이것은 이조후기에 이르러 '도문일치道文一致'의 전통적 문학사상이 흔들려 경학은 경학대로 문학은 문학대로 겉돌던 상황을 우려하고, 다시금 이 둘의 결합을 기획하는 움직임이었다.[24]

그러나 경학과 문학, 즉 도와 문을 결합시키는 일이 말처럼 그리 간단치 않다. 문학이 도를 멋대로 재단할 것도 못되지만, 그렇다고 도가 문학을 지배하던 과거의 방식도 진부하다. 역시 '문도합일'의 주체는 작가 자신이고, 작가가 경술공부와 문학공부를 겸비하여 둘을 접맥시키는 것이 가장 유효한 것으로 판단했다. 이 때 이 둘을 결합시키는 매개체로서 '견식'이 제시되고 있다.

> 하교하신 글에서 경술과 문장으로 본말의 소재를 밝게 보여주셨고, 마침내는 견식見識에 중점을 두셨습니다. 대개 경술經術이 근본이고 문장은 말단이라는 것은 비록 저 같은 어리석은 자도 책에서 배웠던 내용입니다. 그러나 견식이란 경술이 참되어야 하고 문장도 올발랐을 때 밝게 깨닫게 되어 본질을 얻게 되는 것이니, 이 점 외에 어찌 따로 논할 것이 있겠습니까? 예로부터 인물들 가운데 경술문장經術文章으로 자명했으나 마침내 견식이 모자란 자들이 있었으니, 그것은 경술이 진품이 아니오, 문장도 정맥이 아닌 때문이었습니다.[25]

---

24) 金邁淳, 「答族姪士心」, 『臺山集』권5 : "世之治文章者, 例詆經學爲陳腐, 而從事經學者, 又過斥文章, 全不措意. 畢竟文傷於華, 學病於枯, 其失略等. 是皆落於偏見, 未睹夫文道一貫之妙者也."

25) 김매순, 「答李富平戚丈」, 『대산집』권5 : "下教以經術文章, 明示本末所在, 而卒歸重於見識. 夫經術爲本, 文章爲末, 雖以戚姪之愚不佞, 亦嘗奉教於黃卷中矣. 至於見識, 則經術苟眞, 文章苟正, 纔明卽曉, 當體便是, 舍此, 豈有別討處? 從古人物, 固有以經

김매순(1776~1840)의 발언이다. 사실 그는 도본문말道本文末의 전통적 문학관을 은근히 부정하고, 도와 문 즉 경술과 문장이 결합된 경술문장을 추구하고 있었는데, 그 관건이 견식에 있음을 말하고 있다. 그리고 옳은 견식을 얻으려면 진품경술眞品經術과 정맥문장正脈文章을 겸비해야 한다고 한다.

그러면 견식을 갖추는 과정은 어떤 것인가? 그는 다른 글에서 성실한 학문자세로 실지에 노력할 것[實地用功]을 강조한 바 있는데, 그 방법으로 세심한 독서와 사실에 근거한 성찰[細心讀書, 隨事省察]을 제시했다.26) 그가 말하는 견식이란 바로 이러한 공부과정에서 얻어지는 것이다. 역시 당송고문가의 일원이었던 홍길주(1786~1841)도 "사물에 임해서 전혀 견식이 없다면, 글을 지을 때도 전혀 의장意匠이 없게 된다"27)고 하여, 문학을 창작하는 작가의 자질로서 견식을 갖출 것을 요구했으니, 이들이 요구하는 견식은 책상머리에서만 얻어지는 것이 아니라, 경험과 성찰이라는 과정에서 다져진 실질적인 지식을 뜻했다. 그리하여 김매순은 선언적으로 "모름지기 진실된 견식이 있어야 비로소 진실된 문장이 있게 된다"28)고 했으니, 당송고문론이 추구하는 문도합일의 정신은 곧 작가의 견식을 통해 실현되는 것임을 확신했다.

김매순이나 홍길주의 뒤를 이은 19세기의 당송고문가들은 문도文道를 합일시킬 방안으로 다양한 이론들을 제시했는데, 이들은 선학들

術文章自命, 而卒差於見識者矣, 亦其經術非眞品, 文章非正脈故耳."
26) 김매순, 「與金渭師」, 『대산집』권6
27) 洪吉周, 「睡餘演筆」下 20則 : "臨事苦無見識, 作文苦無意匠."
28) 김매순, 「答士心」, 『대산집』권5 : "須有眞實見識, 方有眞實文章."

의 '견식' 개념을 계승시켜나가지 않고, 각자 독자적 이론으로 발전시
켜 나갔다. 가령 유신환兪莘煥(1801~1859)은 '이리위주以理爲主'론을 제
시했는데, 이는 진한고문이 기氣를 위주로 하는 것에 대한 반론으로
문학의 풍격風格보다 사상적 내용을 더 중시하는 것이었다.29) 또 한
편 '이의위주以意爲主'론을 보완해서 '이리위주以理爲主'를 제시함으로
서30) 작가의 주관적 사유보다 객관적 진리를 위주로 할 것을 제시했
다. 그러나 이는 오히려 지나치게 도를 의식한 결과 자칫 문학의 창
조적이고 개성적인 성격을 차단시킴으로서 도리어 보수화 될 가능성
을 안고 있었다. 그의 문도로서 '이리위주'의 문학론을 충실히 계승했
던 서응순徐應淳(1824~1880)이 「논문여이근장論文與李近章」이란 글에서
고문 창작의 방법을 구체적으로 제시하게 된 것이 그들의 이론을 구
체적인 실천적 방법으로 제공했다는 의의를 부여할 수도 있지만31),
반면 진한고문의 형식성을 비판한 당송고문론도 결국 문학을 격식화
했다는 비판을 면키 어렵게 되었다.

그런 가운데서도 19세기 후반의 당송계 고문가 가운데 '식견'을 산
문비평의 원리로 생각했던 문인이 있었으니, 김창희金昌熙(1844~1890)
가 그이다. 그는 당송고문론의 '사필기출詞必己出'의 전통을 따라 비개
성적 모방풍의 글쓰기를 비판하며 문장공부를 통해 활법活法을 찾고

---

29) 兪莘煥, 「讀書記」下, 『鳳棲集』권7 : ○ "問文可學而能乎? 曰可. 有要乎? 曰有, 理
爲之主, 氣次之, 法又其次也.";"先秦西漢, 以氣爲悅者也, 理則未也. 有理有氣, 法亦
在其中者, 其惟六經四子之文乎?"
30) 상동문 : "魏文帝云 文以意爲主, 以氣則輔, 以辭則衛, 是說也, 於論文則當矣. 但以
意爲主, 不以理爲主, 此乃文道所以歧而爲二者歟!"
31) 정민, 「絅堂 徐應淳의 立言精神과 作文法論」, 『朝鮮後期 古文論 研究』, 아세아문화
사, 1989.

자 노력했다.32) 그의 산문론은 이론상 대체로 선학인 김매순의 '진실
견식'과 홍길주의 '문시활물文是活物'론을 계승하고 있다고 평가된다.

그 역시 문학은 객관 사물의 관찰을 통해 참된 식견을 갖추는 데서
비롯된다고 하여, 작가의 마음과 눈이 대중적 심리에 휩쓸리고 세속
적 견식에 부화뇌동하면 참된 식견[眞識]을 얻을 수 없다고 주장했
다.33) 또한 세상의 모든 사리事理에 대해 자기 스스로 인식해야 비로
소 진식眞識이 되는 것이지, 남의 식견을 통해 얻는 것은 진정 자신이
아는 것이 아니라고 한다.34) 독서공부는 바로 식견을 얻기 위한 것이
오, 작문도 역시 식견을 표현하기 위한 것이라고 하여, 정통 고문의
학습에서도 창작의 구체적 방법을 연구하기보다, 그 속에서 진식眞識
이 살아 움직이는 활법活法을 관찰하는데 관심을 두었다. 그가 중국의
역대 고문가들의 창작론을 논평한 『회흔영會欣穎』을 보면, 개개 작품
에 대한 형식이나 구성을 분석하기보다 창작의 원리에 관한 논평에
집중하고 있는 사실을 확인할 수 있으니, 이는 당시 다른 고문가들의
고문학습의 방향이나 관심과는 다른 점이다.

그는 이 식견을 통해 개성적이고 실용적인 글쓰기를 추구했는데,
그 대표적인 글이 당시 임오군란 직후 조선의 시국문제를 다룬 「육팔
보六八補」이다. 문학이 담아야 할 것이 오로지 도덕이어야 한다는 사
고에서 벗어나 시무時務에까지 문학의 영역을 확장시켜 나갔던 것이

---

32) 정우봉, 「19세기 후반기 산문비평사의 한 국면」, 『한국문학연구』창간호, 고려대 민
   족문화연구원 한국문학연구소, 2000.
33) 金昌熙, 「會欣穎・讀東坡文 其一」, 『石菱集』권5 : "將自家心目, 奔命於衆趣之場, 雷
   同於俗見俗識, 則於是物也, 雖視之, 猶不見也, 雖識之, 非眞識也."
34) 김창희, 『譚屑』下 : "天下古今, 萬事萬理, 惟自我識得者, 方爲眞識. 若待人而後識,
   雖識, 非眞識也."(정우봉 상기논문에서 재인용)

다. 이러한 실용적 글쓰기의 정신이 '식견'의 논리에 담겨 있었다. 같은 시기 당송고문가의 한 명이었던 한장석韓章錫(1832~1894) 역시 실용·시무의 문학을 강조하고 있는데[35], 비록 논리의 전개가 달랐을 뿐이지만 그 역시 현실문제에 대한 자신의 식견을 표현하는 문학이 고문의 정신이라고 생각했던 바, 이 역시 김창희의 논리와 같은 선상에 있는 것이다.

 이상의 개괄을 통해 '견식見識'의 문제가 이조후기 당송고문론에서 중요한 의미를 지닌다는 것을 확인해 보았다. 견식을 비중있게 생각한 문인들의 계보를 다시 정리해 보면, 김창협-이하곤·조귀명-김매순·홍길주-김창희 정도로 확인되었다. 물론 이들이 생각하고 있던 '견식'의 함의에 어느 정도 차이가 없는 것은 아니지만, 독자적 창의성을 중시하면서 철학적 성찰을 요구하는 문도합일론文道合一論의 이론적 실천정신을 담고 있다는 면에서는 하나의 계보를 이룰 만하다고 본다. 그러므로 우리는 이조후기 당송고문론을 파악하는 몇 가지 중요한 개념의 하나로 이 '견식'을 상정해 볼 수 있을 것이다.

2. '견식'의 비평적 함의

 당송고문가들의 산문비평론에서 '견식'과 유사한 의미의 비평어로 대개 '식'·'학식'·'식견' 등이 사용되고 있다. '식'이라는 글자가 하나의 개념어로 사용되기 시작한 것은 당나라 때라고 하겠다. 먼저 불교

35) 韓章錫, 「上外從祖海書洪公書」, 『眉山集』권4 : "文章之離古也, 久矣. 達意者, 墮于俗而不能動人, 尙辭者, 鶩於華而寡合實用, 遺時務以爲通古, 駕空言以爲習儒."

철학에서 이 용어가 정착되었는데, 흔히 수受·상想·행行·식識에서 '식'이란 곧 마음을 지칭하기도 하지만, 외부 사물을 인식하고 이해하는 마음의 작용을 의미하게 되었다. 그러나 같은 시기 당나라의 시인인 유우석劉禹錫도 자신의 시론詩論을 설명하면서 처음 이 '식'을 비평용어로 사용했는데[36], 시에서 흥취興趣와 이치理致에 능달하려면 '식'이 있어야 한다고 했으니, 이미 마음의 인식작용을 의미하는 뜻으로 사용되고 있다.

이 뒤를 이어 송나라의 엄우嚴羽는 묘오妙悟를 중시하는 선유시禪喩詩 이론을 제창하면서 학시學詩의 방법으로 '이식위주以識爲主'를 주장하고 있는데[37], 선도禪道와 시도詩道를 동일시했던 그의 입장에서 이 '식'은 분명 불교철학에서 온 것이다. 그는 선도를 이루는 것이 묘오에 달려있듯이 시도를 이루는 것도 역시 묘오에 있다고 했고[38], 외도外道에 의해 진식眞識이 가려지면 약으로 구할 수도 없어 결국 깨닫지 못하게 된다고 했으니[39], 이 때 '식'이란 사물을 인식하고 이해하는 곳 즉 묘오妙悟를 성취하는 마음이자 그 작용을 의미하는 것으로 이해된다. 그러므로 '식'과 '묘오'는 불가분의 관계에 있지만, 더 중요한 것은 묘오이다. 『창랑시화滄浪詩話』의 시비평이 중기 조선의 문단에 미친 영향을 고려할 때, 이 '식'의 문제도 소개되었을 것으로 보지만, 당시 당송고문가들의 개념과는 다소 차이가 있어 보인다.

---

36) 劉禹錫, 「識解」, 『劉賓客集』 : "片語可以明百意, 坐馳可以役萬景, 工於詩者能之. 風雅變體而興同, 古今殊調而理合, 達於詩者能之. 工生於才, 達生於識, 工者, 還相爲用而後詩道備矣."

37) 嚴羽, 『滄浪詩話』 : "夫學詩者, 以識爲主, 入門須正, 立志須高."

38) 엄우, 상동문 : "大抵禪道惟在妙悟, 詩道亦在妙悟."

39) 엄우, 상동문 : "儻猶於此而無見焉, 則是爲外道蒙蔽其眞識, 不可救藥, 終不悟也."

'식'의 문학론으로 조선의 문단에 보다 적극적인 영향을 미친 것은 명나라 문인들의 이론이라고 본다. 동심론童心論으로 유명한 이지李贄 (1527~1602)가 일찍이 수양·처세·정치 등 모든 일에 임하는 자질로서 재才·담膽·식識을 제시하고, 그 중 '식'이 가장 어려운 것으로서 재담才膽이 모두 견식見識을 통해 이루어지는 것이라고 했다.40) 그 스스로 식을 달리 견식이라고도 표현했는데, 불교철학까지도 두루 섭렵했던 그로서 불가적 의미를 배제할 수는 없었겠지만, 그래도 함의하는 바는 약간 다르다. 재才와 담膽이 타고나는 자질에 근거한 것이라면, 견식見識은 공부와 자신의 노력을 필요로 한다. 그는「동심설童心說」에서 "다독서多讀書·식의리識義理"라는 표현을 했는데, 이 때 식이란 알고 인식하는 행위를 뜻한다면, 견식이란 곧 그렇게 하여 얻어진 지식의 총체를 의미할 것이다.41)

위희魏禧(1624~1680)도 문학에서 '연식練識'이 중요함을 주장했는데, 연식이란 많은 독서공부를 통해 이치의 요점을 파악하고, 그 이치를 사물과 세무世務에서 경험하고 확인함으로서 시대가 요구하는 것을 인식하는 것이라고 했다.42) 여기서 위희가 말하는 식이란 독서와 사색과 경험이 선행되어야 하고, 그것을 바탕으로 객관 대상을 인식하

---

40) 李贄,「二十分識」,『焚書』권4: "是才與膽, 皆因見識而後充者也."; "然卽識也才也膽也, 非但學道爲然. 擧凡出世處世治國治家以至於平治天下, 總不能舍此矣."; "蓋才膽, 實有識而濟. 故天下唯識爲難, 有其識, 則雖四五分才與膽, 蓋可建立而成事也."

41) 淸代 葉燮(1627~1703)은 李贄의 이 논리를 확대하여, 才·識·膽·力을 설정하고 역시 識을 중시했는데, 그의 識도 역시 인식과정을 통해 얻어진 知識이나 識見을 의미하고 있다.「原詩·內篇」,『淸詩話』: "大凡人無才則心思不出, 無膽則筆墨畏縮, 無識則不能取捨, 無力則不能自成一家."

42) 魏禧,「答施愚山侍讀書」,『魏文子集』: "愚嘗以謂爲文之道, 欲卓然自立於天下, 在於積理而練識. (中略) 所謂練識者, 博學於文而知理之要, 練於物務, 識時之所宜."

는 행위를 의미하고 있다.

이러한 중국 문단의 '식'에 대한 논의들이 대체로 조선의 문단에도 소개되었다고 보며, 조선의 문인들은 이것을 자신의 논리 안에 받아들여 독자적으로 발전시켜 나갔던 것이다.

조선의 문인들이 '식'에 관한 비평어로 사용한 것을 보면, 대체로 '학식學識', '진탁식眞卓識', '견식見識', '식견識見' 등이 있다. '학식'은 식이란 학문수련을 통해 갖추어 지는 것임을 의미하는 말인데, 지적 수준에 의해 식의 고하가 결정된다는 것이다. 김창협이 '탁식卓識'이라 표현했고, 이하곤이 '근학勤學'과 '고식高識'으로 나누어 설명했던 것은 모두 이런 의미였던 것이다. 그런 의미에서 '견식'이나 '식견'도 크게 차이가 없다. '견식'이란 객관 사물과 현상에 대한 분별적 안목을 의미하겠는데, 이 안목은 역시 학문적 수련과 성찰을 통해서 갖추게 되는 것으로 주장한다. 그래서 당송고문가들은 학문과 독서공부를 매우 중시한다.

그러나 김매순은 제대로 된 견식은 학문적 수련을 통해서만 갖추어 지는 것이 아니며, 문학공부도 동시에 이루어야 할 것을 주장한다. 즉 진품 경술과 정맥 문장의 겸비를 주장했던 것인데, 그가 말하는 정맥 문장은 곧 의론의 학습을 염두에 두었던 것으로 본다. 논리적인 글을 통해 지적 분별력을 기르고, 동시에 견식을 논리적으로 서술하는 방법을 배우자는 것이다. 김창협이 '견식의론見識議論'이라 언급했던 것도 그것이다.[43] 당송고문가들이 의리를 중시하며 의론문체에 탁월했던 것은 바로 견식을 통해서 가능했던 것이다.

---

43) 김창협, 「잡지」, 『농암집』권34, 주 8번 참조.

당송고문가들이 견식을 거론할 때 흔히 함께 언급하는 개념이 있는데, 하나는 '진실眞實'이오 또 하나는 '묘오妙悟'이다.

김창협은 '진탁식眞卓識'을, 김매순은 '진실견식眞實見識'을, 김창희는 '진식眞識' 등을 언급했다. 여기서 거론된 '진'과 '실'은 각각의 의미를 지니고 있으면서 동시에 긴밀히 관련된 가치이다. '진'이 의미하는 진정성은 개성적이고 독창성을 지향하는 가치이다. 몰개성적인 모방성을 비판했던 이들은 독창적인 주제를 설정하고 자신의 논리로 서술해가는 문학을 추구하였던 바, 그러기 위해서는 진정한 자신만의 견식이 필요했던 것이다. 또한 '실'의 의미는 실용성이다. 이들은 시대를 위한 문학의 책무에 관심을 갖고 실용적인 글쓰기를 권장했는데, 특히 그들의 의론문들 가운데는 시무時務에 진지한 글이 많다. 이런 의론문의 주제설정에서부터 논의의 전개과정에 역시 견식이 중요하다. 이처럼 견식은 독자적 진정성과 실용성을 지니고 있어, '달의達意'와 '징실徵實'을 지향하는 당송고문론의 형성에 매우 중요한 키워드가 되는 셈이다.

앞서 조귀명은 '견식해오見識解悟'를 말했고, 홍길주는 '식해識解'와 '오悟'를 거론했다. 송대 엄우嚴羽가 '식'과 '묘오'를 불가분의 관계로 설명한 것과 유사한 구도이다. 견식을 얻고 넓히는 데의 관건은 '오'에 있다는 것이다. 이 경우 주안점은 '오'에 있지 견식은 단지 깨달음의 결과로 얻게 되는 것일 뿐이다. 그러나 '깨달음'이란 주체적 통찰력에 의존하는 다분히 주관적인 일이지만, 아무런 수단이나 대상 없이 이루어지지는 않는다. 그러므로 깨달음은 독서공부에서 핵심을 파악하는 능력으로 설정되었고, 그 결과 견식을 얻게 되는 것이다.[44] 이렇게 될 때 견식은 단지 책 속에 들어있는 박제된 지식이 아니라,

'묘오'라는 창의적인 깨달음을 통해 생명력을 부여받은 살아있는 지식이 되는 것이다. 이런 견식을 근거로 이루어진 문학은 모방에서 벗어나 개성 있고 창의적인 글을 이루게 된다. 당송고문가들 가운데 특히 개성이 강했던 문인들의 논리에 견식과 함께 묘오가 거론되는 것은 어쩌면 자연스런 일이라고 할 것이다.

44) 김철범, 「홍길주 산문의 의의와 문예적 성취」, 『한국한문학연구』24집, 한국한문학회, 1999.

한문산문론에서 '실'의 문제

19세기의 경우

1. 19세기 문학의 행방과 '실'

19세기가 세도정권이라는 부패한 사대부 정권의 출현으로 인해 역사에서 부정적 시기로 간주되었다면, 우리 문학사에서는 사대부문학(한문학)의 몰락과 함께 20세기로 접어들면서 문학사의 암흑기로 치부되어 왔다. 그러나 18세기 문학사의 화려한 조망 이후 급작스럽게 단절된 점에 대한 의구심과 한문학을 몰락시켜야 할 대상으로만 인식했던 20세기적 편견에 대한 반성과 함께 최근 19세기 문학사에 대한 관심이 새로워져 가고 있다.

18세기 조선의 문단은 가히 산문의 시대라고 해도 좋을 만큼 산문문학이 창작과 비평에서 수준 높은 성장을 이루었다. 고문古文이 이미 정통문학의 자리를 굳건히 다지고 있었지만, 그래도 중국 문단의 영향을 받아 발전한 신문체新文體는 몇몇 유능한 작가들에 의해 조선적 정서 위에 그 예술적 세련미를 더해가고 있었다. 소위 한문산문사의 절정기를 구가하고 있었던 것이다. 그런데 이러한 분위기에 느

닷없이 덮쳐 온 정조의 급서와 신유사옥으로 이어지는 19세기 벽두의 정치·사상적 변동은 문단에도 큰 파장을 미치지 않을 수 없었다. 보수 노론층의 전면적 등장으로 정조의 비호 아래 활발히 움직였던 진보적 경세가經世家들이 억압되고, 벌열들의 각축 끝에 세도정권의 성립으로 흘러간 보수적 정치상황은 문학예술의 발전에도 결코 이롭지 못했으니, 적어도 18세기 도시생활의 자유롭고 생동적인 삶 속에서 무르익었던 개성적이며 사실적인 사대부 문학은 위축될 수밖에 없었다.

그러면 이러한 19세기의 상황에서 사대부 문학은 과연 어떻게 흘러갔을까?[1] 나는 일찍이 이러한 궁금증에 대한 모색으로 19세기 전반기에 활동한 당송계열의 고문가들을 주목해 왔다.[2] 홍석주·김매순·홍길주 등으로 대표되는 이들 고문가들은 학문으로는 송학宋學의 '의리지학義理之學'에 뿌리를 두고, 이를 문학을 통해 전파한다는 정신으로 당송대의 고문을 문학적 전범으로 받아들였다. 물론 이들은 주자학을 숭봉하고, 당시의 정치체제 안에 머물 수밖에 없는 사대부들이었지만, 그렇다고 현실을 합리화하여 묵수하는 보수주의자는 아니었다. 이들은 세도정권에 의한 왕권의 약화와 민정의 실책을 따갑게 질책했고, 또한 현상을 외면하고 부질없이 사변思辨으로만 치닫는 도

---

1) 이 문제에 초점을 두고 진행된 연구로는 권오돈, 「근대의 한문학에 대한 일고찰 – 창강과 운양을 중심으로」, 『인문과학』5, 연세대학교, 1960 ; 정민, 『조선 후기 고문론 연구』, 아세아문화사, 1989 ; 김상홍, 「근대 전환기의 사대부 문학론」, 『한문학논집』8집, 단국한문학회, 1990 ; 김명호, 「환재 박규수 연구」(1)·(2)·(3), 『민족문학사연구』제4호(1993)·6호(1994)·8호(1995), 민족문학사연구소 ; 김윤조, 「연암 문학의 계승 양상에 관한 고찰: 김윤식·김택영의 경우를 중심으로」, 『한문학연구』제10집, 계명대 한문학회, 1995 등등이 있다.
2) 김철범, 「19세기 고문가의 문학론에 대한 연구」, 성균관대 박사학위논문, 1992.

學道學의 학풍을 비판할 줄 아는 개명적開明的 시각을 지니고 있었다. 이들은 사상과 문학의 통일을 추구하면서 도학제일주의의 편협함을 지양하고, 문인의 유연한 기질로 학문·사회·정치·경제 등에서 다분히 개명적인 입장을 지녔던 것으로 평가되었다. 사실 이들은 19세기 전반기에 주로 활동했지만, 일찍이 18세기 문단의 분위기를 호흡했었고, 그러므로 그 비평론도 어느 정도 18세기 비평론의 연장선상에 놓여있다고 볼 수 있다.

이처럼 19세기 전반기 고문가들의 산문론이 지닌 대가다운 풍모가 이후 후배와 문도들의 성향에 따라 다양하게 계승되면서 19세기 중·후반기로 이어져 갔는데, 그 가운데에서 핵심을 이루는 개념인 '견식見識', '실實', '묘오妙悟' 등의 논의는 특히 주목할 만하다. 이 세 가지 개념은 서로 긴밀하게 연관된 것으로, 작가는 창의적인 통찰력[妙悟]을 통해 '견식'을 얻고, 이 참된 '견식'을 토대로 '실'한 문학을 창작해야 한다고 한다. '견식'과 '묘오'가 창작주체로서 갖추어야 할 요건이라고 한다면, '실'은 문학이 지향하고 성취해야 할 가치를 가리키는 것이다.

이 장에서는 이제 19세기 산문론에서 제기되었던 이 '실實'의 문제에 각별히 주목하고자 한다. 사실 18세기 실학파의 문학론에서 이미 '실'의 문제는 문학의 중요한 담론으로 거론되어왔던 터, 19세기 산문론의 '실'의 문제도 분명 18세기의 그것과 어떤 연결고리가 있음을 짐작할 수 있다. 일찍이 우리는 19세기 학술사에서 정약용丁若鏞의 경학經學과 김정희金正喜의 고증학, 그리고 최한기崔漢綺의 기학氣學이 제각기 18세기의 실학적 학풍을 계승하여 발전시킨 면모에 비상한 주목을 했다. 17세기에 발원하여 18세기에 꽃을 피운 실학이 19세기의 현실

속에서 소멸되지 않고, 오히려 시대에 대응하여 훌륭하게 학문적 전환을 이룬 것으로 평가되었던 것이다. 그러면 19세기 문학론의 '실'의 문제도 18세기의 것을 계승하여 시대에 맞게 전변되었던 것이 아닐까? 바로 이런 문제의식을 안고 출발한다.

다만 여기서는 19세기 전반기의 고문가들로부터 비롯하여 중반기를 거쳐 후반기에 이르기까지 이들 고문가들과 일정한 관련을 맺었던 문인들을 대상으로 다루게 될 것이다. 물론 여기에는 실학파문학을 계승한 것으로 평가되는 인사들도 포함된다. 그러나 굳이 성향에 따라 구분하지 않은 것은 실학파문인들에 의해 부각된 '실'에 대한 관심이 19세기에 이르러서는 다양한 계층의 문인들에게로 그 외연을 넓혀간 사실이 주목되기 때문이다.

2. 19세기 전반기의 산문론에서 '실'

18세기에 이어 19세기 문학론에서 이 '실'의 문제가 전면에 등장했던 것은 성리학의 형이상적 공리공담에 대한 철학적 반성과 몰주체적인 모방주의 문학에 대한 비판에서 비롯되었다. 여전히 성리학은 성명이기性命理氣 등에 관한 비생산적 논쟁에 빠져있고, 문학 역시 주체와 현실을 외면한 채 형식주의에 젖어 있는 상황을 심각하게 생각하여, 그에 대한 비판과 대안으로 '실'의 문제를 제기했던 것이다. 이것은 곧 실용성에 대한 문제제기이다. 철학도 그렇고 문학 역시 더이상 시대와 현실에 실용적이지 못하다는 것이었다.

홍석주洪奭周(1774~1842)의 「실사구시설實事求是說」[3]은 당시 학문의 이 같은 폐해를 심각하게 지적하고 있는 글이다. 고금을 아우르는 독서를 하고도 말만 번드러지게 하고 천지만물의 이치를 모두 섭렵한 듯해도, 숙맥도 구분 못하고 송사도 제대로 처리 못하는 사람은 학문이 잘못된 때문이라고 한다. 사실 이 때문에 학문이 심각한 비판을 당하고 있다고 했으니, 그는 당시로서 인문학의 위기를 감지했던 것이다. 그리고 이러한 위기는 학자 자신이 학문과 일상의 현실을 괴리시켰기 때문에 비롯되었다고 진단한다. 즉 학문에서 무실務實하지 않은 잘못으로서, 실용성을 추구하지 않기 때문이라는 것이다. 그런데 그가 말하는 '실', 즉 실용성의 추구란 소위 오늘날 시장경제에서 자본과 기술을 축적하는 일과 같은 것을 의미하는 것은 아니다. 오히려 그는 이것을 "이해를 위한 실용"[利害之實]이라 하여 격하시키고, 반면에 "시비를 위한 실용"[是非之實]을 추구할 것을 강조했는데[4], 이 때 '시是'란 이른바 쇄소응대灑掃應對로부터 예악사어서수禮樂射御書數에 이르는 실천적이고 생산적인 지식 학습으로서, 사대부 지식인의 교양으로서의 실천적이고 실용적인 학문을 요구했던 것이다.

고증학적 실학을 선언했던 김추사金秋史의 「실사구시설實事求是說」과 비교해 볼 때, 홍석주의 '실사구시'에 대한 해석과 인식에는 의리義理를 중시하는 송학적宋學的 관점이 농후하다. 그러나 그가 그간의 학문이 관념적 세계에 침전되어 현실적 대응을 소홀히 한 점을 비판하고, 인문학 본래의 실천성과 실용성을 다시 회복시킬 것을 촉구하

---

3) 홍석주, 『淵泉全書』3권, 718~723면, 오성사 영인본, 1984.

4) 홍석주, 「實事求是說」, 『淵泉全書』3권 : "後世之爲學者, 亦自謂求其是矣, 而不能以措諸用者, 空言而非實事也. 其營營于貨財衣食之塗者, 皆自謂求其實矣. 然所求者, 利害之實而非是非之實也. 使其事, 必務實, 實必求是, 則學安有不成·治安有不古若哉?"

는5) 차원에서 이 '실'의 문제를 부각시키고 있는 것은 당시로서 아주 중요한 의의가 있는 것이다.

문학은 작가의 정신을 구현하는 장이다. 홍석주는 역시 문학에서 도 이 '실'의 문제를 주목했던 바, 산문론의 주요 근간으로 "문필징실 文必徵實"6)을 표방했는데, 문학이란 반드시 실질적인 내용을 다루어 야 할 것을 주장했던 것이다. 이 때 실질적인 것이란 실천적인 학습 [務實]을 통해 지식으로 체득한 것[致知]을 의미하고, 그것을 밝히는[徵] 일이란 작가의 주체적 정신에 따라 재창출하는 것을 가리킨다. 그래 서 그는 동시에 "즉심위문卽心爲文"7)을 강조하여, 작가 주체의 실천적 자각이 있어야만 실질적인 문학이 창출된다고 했다. 이런 문학이야 말로 실용적인 문학이라고 보았던 것이다. 여기서 우리는 문학론에 서도 그의 실용성의 문제는 아직 의리학義理學의 관념성을 완전히 벗 어나지 못했음을 볼 수 있는데, 학자적 문인으로서 학술적 글쓰기를 추구했던 홍석주에게 문학의 실용성의 의미는 학문 주체로서 현실문 제에 대한 창조적 담론을 제시하는 것이었다고 하겠다.

홍석주와 함께 19세기 전반기의 고문론을 주도했던 김매순金邁淳 (1776~1840)은 가학家學의 문학전통을 이어 문도합일文道合一의 정신을 철저히 구현했던 인물인데, "경술문장經術文章"8)이란 그의 문학정신 을 한마디로 집약하는 말이다. 경술이란 경학공부를 바탕으로 한 경

---

5) '爲己' '實事' '務實' 등에 관한 논의들이 홍석주의 『鶴崗散筆』(『淵泉全書』7권)에 빈 번히 등장하지만, 일일이 거론하지 못하였다.

6) 홍석주, 「答舍弟憲仲書」, 『淵泉全書』2권, 738면.

7) 홍석주, 「答金平仲論文書」, 『淵泉全書』2권, 675~681면.

8) 김매순, 「答李富平戚丈」, 『臺山集』권5.

륜經綸과 경세적經世的 단계로 활용되는 지적 수준을 의미하며, 이것
이 문학으로 발현되어야 할 것을 주장했다. 그는 당시 지식인들이 경
험되지 않은 사실을 말하며 남에게 보일만한 실행이 없는데도 이런
저런 복잡한 말로 가리고 변호하는 병폐에 젖어 있음을 염려하고, 그
원인이 "실지용공實地用功"의 부재에 있음을 지적한 바 있다.[9] 그리고
그는 이 "실지용공"을 "세심독서細心讀書"와 "수사성찰隨事省察"로 요약
했는데, "세심독서"가 학문에 임하는 자세를 지적한 것이라면, "수사
성찰"이란 그 학문을 실제에 활용해 가는 일이라고 하겠다.[10] 이러한
생각을 근저로 그는 학문을 이렇게 정의한다.

> 학문이란 다른 것이 아니라 선善을 행하는 것일 뿐이다. 다만 선은
> 그냥 행한다고 되는 것이 아니다. 반드시 탐구하고 강습하여 쌓아 배양
> 하고, 도리道理가 눈에 익숙해짐으로서 그 취미趣味가 몸에 두루 젖게
> 해야 한다. 그런 다음에 밖으로 일에 응할 때 한 가지 근본으로 꿰이어
> 선이 비로소 신실하게 된다. 이는 치지致知와 존심存心이 역행力行 앞에
> 있는 까닭이니, 이를 '학문의 본질'이라고 한다.
> 그러나 선은 아는 것에 그쳐서는 안 된다. 이미 마음에 터득한 것이
> 있으면, 규문閨門에 있어서는 규문의 일을 다루고, 조정에 있어서는 조
> 정의 일을 다루며, 인물의 사정邪正을 분별하고, 언의言議의 득실을 가
> 려야 한다. 광대한 예악교화禮樂敎化와 쇄세한 전곡병형錢穀兵刑까지 하
> 늘과 땅 사이에서 부득불 내 몸에 접촉되는 모든 일엔 모름지기 반드시
> 지혜가 닿는 대로 대처하는 방법을 두어야 한다. 정교하고 조박한 것에
> 따라 가리지 않아야 안에 갖추어진 이치가 만 가닥 갈래로 흩어져 그

---

9) 김매순, 「與金渭師」, 『臺山集』권6.
10) 상동문 : "實地用功, 細心讀書·隨事省察 只此八字, 不宜渾淪放過."

선이 비로소 드러나게 된다. 이는 중절中節의 조화가 대본大本의 뒤를
받아 나오는 까닭이니, 이를 '학문의 활용'이라고 한다.
   본질과 활용을 아우르고 일과 이치를 고루 갖춘 것을 통틀어서 학문
이라고 하는데, 그 귀결은 오로지 선을 얻는 것일 뿐이다.[11]

   학문을 체용론體用論으로 설명한 것이다. 사실 당시 학자들은 '학문
의 본질' 면에 대부분의 관심을 쏟고 있었기 때문에 김매순이 이 점을
특별히 강조할 개재는 아니었다고 본다. 그렇다면 이 글은 분명 '학문
의 활용' 면에 논지의 비중을 실어두고 있다. 학문적 탐구와 강습이
우리의 일상과 현실에 적용되는 것과 괴리된다면 그것은 진정한 학
문이 아니라는 것이다. 학문의 본질이 그 현실적 활용을 통해 조화됨
으로서, 이론과 실제가 총체적으로 통합된 것이 참된 학문이라는 것
이다.
   학문이 이러하다면 문학도 마찬가지이다. 문학에 고유한 본질이
있다면 시대와 상황에 따른 변용이 있다는 것이 김매순의 생각이다.
그는 「삼한의열녀전서三韓義烈女傳序」에서 문학창작의 본질로 간簡·진
眞·정正이 있지만, 시대가 흘러 세상이 변하게 되자 자신의 생각을
전달하기 위해서는 번사繁詞·가탁假託·반의反意가 등장했고, 심지어

---

11) 김매순, 「闕餘散筆」第4, 『臺山集』권18, "學者無他, 爲善而已. 但善不可以徒爲也,
   必須探究講習, 積累培養, 使道理, 慣熟於眼, 趣味, 浹洽於身, 然後事之應乎外者, 總
   貫一本, 而善始無不實矣. 此致知存心, 所以居力行之先, 而其名曰學之體也. 善不可以
   知而遂已也, 旣有得於心矣, 則在閨門而有閨門之事, 在朝廷而有朝廷之事, 人物之邪
   正, 當辨別也, 言議之得失, 當裁擇也. 禮樂敎化之廣大, 錢穀兵刑之猥瑣, 凡事之在天
   壤之內, 而不得不與吾身相接者, 必須隨其知之所及, 而處之有道, 不以精粗而取舍然
   後, 理之具乎內者, 俵散萬條, 而善始無不著矣. 此中節之和, 所以承大本之後, 而其名
   曰學之用也. 兼體用該事理, 統名之曰學, 而其歸成得一箇善而已."

는 비설鄙褻·탄궤誕詭·요려拗戾한 말까지 나타나게 되었다고 한다.[12] 이러한 표현들은 자신의 생각을 전달하기 위한 변용으로서, 시대의 변화와 요구에 따라 응용된 것이라고 보았다. 그래서 그는 "문학이란 그 요체가 적용適用에 있다"[13]고 한다. 적용이란 시대적 요구와 상황에 대한 현실적 변용을 의미할 것인데, 이것이 그가 말하는 "실지實地"와 "진실眞實"의 함의인 것이다.

홍석주의 동생으로 고문가古文家의 일원이었던 홍길주洪吉周(1786~1841) 역시 이 '실'의 문제에 대단히 진지했다. 그는 일찍이 아무런 실효성도 없는 논의로 국력만 소진하고 있는 과거문장에 대해 심각하게 비판한 바 있었다.[14] 이미 과거문장은 책에서 읽고 외운 대로 틀에 박힌 거창한 말만 늘어놓는 폐습적 관행에 젖었고, 나아가 많은 인재들로 하여금 겉치레나 일삼으며 현실에 실용될 수 없는 지식만을 익히도록 만들었다는 점에 불만을 가졌던 것이다. 이러한 세태와 독서지사로서의 반성을 촉구하는 그의 대표적인 글이 「명학明學」[15]이란 논설문이다.

그는 이 글에서 학문의 자세로 '고인古人'과 '금인今人'의 학문을 구분하고, '고인지학古人之學'은 실천적 성향이 강한 데 반해 '금인지학今

---

12) 김매순, 「三韓義烈女傳序」, 『臺山集』권7.
13) 김매순, 「答士心」, 『臺山集』권5 : "文之爲物, 要在適用."
14) 홍길주, 「睡餘瀾筆」上 , 『沆瀣丙函』권5 : "於戱! 執事之所問, 紙上之穀也, 愚之所對, 亦紙上之穀也. 凡今日場屋之中, 數百餘券之交錯於執事之前者, 皆莫非紙上之穀也. 執事將謂其字句點畫, 皆能化爲粒粒, 實國家之府庫, 而充斯民之肚腸耶? (中略) 今也惜紙上之穀, 而任斯民之流亡損瘠, 執事以爲何如也? 抑將謂其字句點畫, 皆能化爲元元, 增郡縣之戶口, 趨國家之力役耶? 竊以爲盡取紙上之穀, 而焚之然後, 穀可以爲民食, 民可以相保而活, 國可以有是民而有是穀也."
15) 홍길주, 『縹礱乙籤』권16.

人之學'은 사변적 경향이 강한 나머지 결국 무용한 엉터리 학술로 전락했다고 비판한다. 학문이 세상으로부터 비판받고 있는 이유도 이 때문이라는 것이다. 이치는 행동하고 실천하는 과정에서 깨닫게 되는 것이지 묵묵한 사유를 통해 얻어지는 것이 아니라고 하며, 한낱 공론에 불과한 소모적 학문자세를 지양하고, 실천·실용의 학문을 회복할 것을 주장했던 것이다.

　이처럼 홍길주가 '고인지학'의 실천성을 강조했던 것은 모방이나 고답적인 논설로 전락하여 비실용적이 되어버린 당시의 문학에 대해 다시금 새롭게 지향해야할 방향을 제시코자 했던 것이다. 그래서 문학의 본질적 기능을 이렇게 제시한다.

> 옷으로 추위를 막기에는 무명만한 것이 없으니, 비단옷은 아름답게 보이기 위한 것일 뿐이다. 기물로 이용하기에는 금석이나 나무만한 것이 없으니, 옥이나 뿔 조개 등은 빛나게 보이기 위한 것일 뿐이다. 문사 文辭가 창달하여 시대에 쓰이면 충분하지, 꾸미고 다듬는 것은 실용하기에 적당하지 못하다. 재덕 才德이 풍족하여 정사 政事에 베풀어지면 좋지, 박학하고 거창하게 논변하는 것은 세무 世務에 보탬이 되지 못한다. 천하에서 기이한 보배라고 하는 것은 참으로 일을 구제하는 도구가 못되는 법이다.16)

무엇이든 외형이 화려해지면 실용성을 상실하게 되는 법이라고 하

---

16) 홍길주,「睡餘瀾筆」上,『沆瀣丙函』권5 : "衣之禦寒, 莫如綿布. 紗羅縠綾, 觀美而已. 器之利用, 莫如金石竹木, 珠玉犀貝, 光耀而已. 文辭鬯達, 足需於時, 綺章麗采, 無當於實用, 才德豐足, 可施於政, 博學宏辯, 無補於世務. 天下之號爲奇寶者, 固皆非濟事之具也."

니, 문학 역시 꾸미고 다듬는 형식성에 빠지면 실용성을 상실하게 되는 것이다. 그러므로 옷의 본래 기능이 추위를 막는 것이듯이, 문학의 본래 기능은 의미가 잘 전달되어 세상에 실용되는 데 있으며, 또한 사대부의 본래 역할은 자신의 능력으로 정사에 임하여 세무에 일익을 보태는 것에 있다고 한다. 문학의 담당층이 사대부라는 것을 감안할 때, 시대를 구제하는 도구로서 문학의 본질은 바로 실용과 세무世務에 있음을 역설하고 있다.

이상 19세기 전반기의 고문가 세 사람의 문학론에서 '실'의 문제가 중요한 주제로 부각되어 있음을 살펴보았다. 그들은 공히 자신의 성실한 학문자세를 바탕으로 자기 시대의 현실에 응용되고 실용될 수 있는 문학을 요구했던 것이다. 물론 이들도 자신들의 문학정신의 실천으로서, 사대부 사회의 세태를 진단하고 모순을 비판하며 나름의 처방을 내린 의론문議論文들과 정치·사회·제도·문물 등 현실적 사안들을 직접 다룬 잡문의 창작에 주력했고, 심지어 역사비평·지리학·수학 등 다방면의 실용적 저술들도 많이 남겼다.

3. 19세기 중반기 : 경세실용론經世實用論

19세기 전반기 고문가들의 뒤를 이어 문학론에서 '실'의 문제를 중시한 인물로 유신환兪莘煥(1801~1859)을 볼 수 있다.

그는 홍석주와 김매순의 문도로서, 스승의 문도합일의 정신을 이어받아 '이문입도以文入道'의 문학론을 제창했다. 문학과 도의 관계에서 도의 전달을 위한 문학의 효용성을 강조했던 것이다.[17] 그런데 그

가 이렇게 문학의 효용성을 강변했던 것은 문학에 대한 당시 유학자
들의 비판에 대한 해명의 차원이었는데, 오히려 그는 여기서 문학이
이런 비판을 받게 된 것은 문학에 실천성이 없기 때문이라고 질타했
다.18) 그러면 문학의 실천성은 어떤 것이며 어떻게 이루어지는 것이
라고 말하는가?

　우선 그는 도에 근거해서 문학을 하면 '실'한 것이고, 도에 근거하
지 않은 채 문학을 하면 '화華'한 것이라고 한다.19) 문도합일론의 일
반적인 담론이다. 그러면 도에 근거한다는 것은 무엇인가? 유신환
은『중용』에서 "성기成己"와 "성물成物" 개념을 끌어와 다음과 같이
말한다.

　　경전에 이르길 "자신을 이루는 것[成己]은 인仁이오, 사물을 이루는
　　것[成物]은 지知이다"고 했다. 그러므로 자신은 이루었지만 사물을 이루
　　지 못한다면, 그 덕됨이 치우쳐 완전치 못한 것이 아니겠는가? 그래서
　　군자는 덕을 수양하여 언어로 표현하고, 정사로 시행한다. 그러나 표현
　　하되 믿어주지 않고, 시행하되 행해지지 못하면, 문학으로 (후세에) 전
　　하는 법이니, 이 세 가지가 모두 사물을 이루는 것이다.20)

　『중용』에서는 지성至誠의 결과로 '성기成己'하게 되면 자연히 '성물

17) 유신환, 「文學難」, 『鳳棲集』권6 ; 「答尹殷老」, 『鳳棲集』권2.
18) 유신환, 「答尹殷老」, 『鳳棲集』권2 : "雖然, 文章之學, 吾儒病之, 其病之也, 奈何?
　　爲無實也. 若以文而入道, 以道而爲文, 何病之有!"
19) 유신환, 「文學難」, 『鳳棲集』권6 : "依乎道而爲文者, 實也, 不依乎道而爲文者, 華也."
20) 유신환, 「文學難」, 『鳳棲集』권6 : "傳曰: '成己, 仁也, 成物, 知也.' 能於成己而不能
　　於成物, 則其所以爲德者, 不亦偏而不全乎? 是故, 君子之修德也, 言語以發之, 政事以
　　施之. 發而不信, 施而不行, 則文學以傳之, 此三者, 皆所以成物也."

成物'도 이루게 될 것이니, '성기'는 인仁이오, '성물'은 지知라고 했다. 유신환은 이것을 풀이하여 '성기'는 자신의 도덕적 수양을 가리키는 것으로 보았고, '성물'은 지라고 한 점에서 덕을 수양한 지식인[군자] 의 책무와 역할을 가리키는 것으로 이해하고 있다. 그러므로 학문이 란 '성기'에서 그치지 않고 '성물'로 확대 발전되어야 한다는 것이 그 의 입장이었다. 그러지 않으면 그 도와 덕은 완전한 것이 못되기 때 문이다. 나아가 그는 '성물'하는 구체적인 길이 언론·정치·문학에 있 다고 하여, 사대부 지식인으로서 자신의 공부를 실천으로 옮기는 방 법을 상정했다.

또한 그는 다른 글에서 '성기'는 '실심實心'이오, '성물'은 '실사實事' 라고 했는데21), '성기'는 자신에게 성실한 것이오, '성물'은 사업에 성 실한 것으로 이해했다. 이 때 성실함이란 실천성과 실용성을 내포하 고 있다. 다음 글을 보자.

> 제가 듣건대, "정의입신精義入神하여 치용致用한다"고 합니다. 정밀하 지 않으면 실용할 수 없고, 실용하지 않으면 역시 정밀할 수 없습니다. 마음과 입이 서로 상응하는 것이 정의精義 아니겠습니까? 발과 눈이 함 께 이르는 것이 치용致用 아니겠습니까?22)

『주역』전傳의 내용을 인용하여 '정의精義'와 '치용致用'의 관계를 말 하고 있는데, 여기서 '정의'가 '성기成己'의 단계라고 한다면, '치용'은

---

21) 유신환, 「天人噴」, 『鳳棲集』권4 : "成己, 實心也. 成物, 實事也. 德成於內, 則道成 於外, 所謂成物者, 非自道之說乎?"

22) 유신환, 「答尹殷老」, 『鳳棲集』권2 : "抑愚聞之, 精義入神以致用也. 不精, 無以用, 不用, 亦不得精. 心口相應, 非精義之謂乎? 足目俱到, 非致用之謂乎?

'성물成物'의 단계라고 볼 수 있다. 그리고 이 '치용'은 발과 눈, 즉 성찰과 실천이 함께 이루어지는 것임을 강조한다. 그러면 대략 유신환이 이해한 '성물'의 의미가 드러나는데, 그것은 자신의 학문과 도덕적 수양이 밖으로 사업에 실용되는 것이다.

그가 사대부 지식인의 사업으로 지목한 것이 언론·정치·문학이었는데, 이 가운데 언론은 집집마다 일러줄 수 없고, 정치는 그 공적이 오래가지 못함을 지적하면서, 세상에 두루 전달되고 만세에까지 길이 전해지는 것으로는 문학만한 것이 없다고 한다.[23] 물론 그것은 실천적이고 실용적인 문학일 때 그렇다. 그런데 오히려 지식인들이 문학을 경시하기 때문에 도가 바르게 밝혀지지 못한다고 했으니, 그는 오직 진실되고 실용적인 문학이 절실한 시대임을 자각하고 있었다.

유신환과 동시대의 인물 가운데 박규수朴珪壽(1807~1877)도 경세치용의 학문자세로 실용적 문학론을 주장했다.[24] 박규수는 그의 부친과 표숙表叔인 이정리李正履(1783~1843)·이정관李正觀을 통해 김매순·홍길주 등의 선배들과도 교류가 있었으며, 뚜렷한 흔적은 없지만 교류인물들로 볼 때, 유신환과도 접촉이 있었을 것으로 본다. 사실 고문가들과의 교류관계가 아니더라도 그는 가학의 전통에 따라 일찍이 고문을 학습했으며[25], 그의 문학론도 기본적으로 모방과 형식주의를

---

23) 유신환, 「文學難」, 『鳳棲集』권6 : "抑嘗論之, 言不可以家喩, 故言之成物, 其功未博, 政不可以世守, 故政之成物, 其功未久. 志於文學則不然, 所以成物者, 旁可以達四海, 下可以逮萬世, 此其爲功, 豈直與言語政事比哉?"

24) 김명호, 「박규수의 문학관」, 한국한문학연구 제20집, 한국한문학회, 1997.

25) 박규수, 「辭藝文提學疏」, 『瓛齋集』권6 : "夫文者, 文言所謂修辭, 是也. 臣見識椎鹵, 學術空疎, 於修辭一事, 本不能擬議, 特以古文一派, 爲家世相傳, 故人或疑臣略有擩染庭訓."

반대하는 고문론에 뿌리를 두고 있다.

조부 박연암朴燕巖의 영향도 있었거니와, 실용을 중시하는 고문론에 일찍이 영향을 받았던 박규수는 특히 고염무顧炎武에 의해 경술經術과 정리政理를 중시하는 실용적 문학론으로 더욱 경도되었다.26) 평소 고염무의 『일지록日知錄』을 탐독했던 그는 친구 아들 정래봉鄭來鳳의 그림공부를 격려코자 『일지록』 가운데 화론畵論에 관련된 내용을 직접 써주고 자신이 발문을 붙인 적이 있다. 그 글에서 이동벽李東璧이 본초가本草家들의 저술을 집대성하여 『본초강목本草綱目』을 편찬할 때의 사정을 말하고 있는데, 당시 전래된 약초 그림들이 제각기 달라서 비록 고증을 했지만 지금까지도 그 오류가 민생에 해를 끼치고 있음을 지적하며 다음과 같이 논했다.

> 이 점을 미루어 논평하건대, 산수든 인물이든 누대樓臺든 성시城市든 초목草木이든 충어蟲魚든 막론하고, 오직 진경眞境과 실사實事를 그려야만 궁극 실용될 수 있으니, 그래야 그림공부라고 말할 수 있다. 대개 학문이라는 것도 모두 실사實事다. 세상에 실용되지도 않는데 학문이라 할 수 있는 것이 어디 있겠는가?27)

약초 그림이 사실대로 그려지지 않아 민생에 실용될 수 없었으니, 진경과 실사를 그리는 공부야말로 참된 그림공부라고 한다. 그림공

---

26) 박규수, 「圭齋集序」, 『瓛齋集』권4 : "亭林先生曰: '文不關於經術政理之大, 不足爲也.' 公與余, 蓋嘗深服斯言."

27) 박규수, 「錄顧亭林先生日知錄論畵跋」, 『瓛齋集』권4 : "推是論之, 無論山水人物樓臺城市草木蟲魚, 唯是眞境實事, 究竟歸於實用, 然後始可謂之畵學矣. 凡所謂學者, 皆實事也. 天下安有無實而謂之學也者乎?"

부와 학문하는 자세를 동일한 것으로 보았던 그는 이제 학문도 실용되지 못하는 것이라면 학문이라 말할 수 없다고 단언하고 있다. 이런 학문정신에 따라 박규수는 10년 연하의 친구 남병철南秉哲(1817~1863)과 함께 의기투합하여 고염무 읽기에 빠졌고, 그와 함께 경전과 예악뿐만 아니라 병법·농업·천문·지리 등 다방면의 실용적 학문을 파고들었다.28) 이는 오로지 '경세대업經世大業'을 이루고자 하는 일념이었던 것이다.29)

그의 학문세계가 이럴진대, 문학 역시 실용적 글쓰기를 지향하지 않을 수 없다. 그가 대제학에 임명되었을 때 겸사謙辭하며 올린 소장에서 문학의 방향을 두 가지로 제시한 바 있는데, 하나는 '경세지문經世之文'이오, 또 하나는 '수세지문需世之文'이다. '경세지문'이란 전적典籍과 백가서百家書를 두루 통달하여 꿰뚫고, 경전과 사서史書에 근거하여 고금을 고증하며, 경륜이 넘쳐 저술로 쏟아내고, 실행코자 하면 즉시 실천할 수 있는 그런 문학이며, '수세지문'이란 정수가 되는 좋은 말과 윤택한 육예六藝의 글을 익혀 표현미에 운율미의 음악적 효과까지 잘 살아 있고, 조사造思가 솟고 웅변雄辯이 쏟아져 어떤 경우를

---

28) 남병철은 문학의 실용성에 관해 자신의 논지를 명확하게 남긴 것은 없지만, 『圭齋集』과 그의 저술목록을 보면 실용적 학문에 관심이 많았음을 충분히 짐작할 수 있다. 한편 그가 實事求是의 학문과 문학을 중시했음을 보여주는 단편적인 언급이 있다. 「辭大提學 三疏」, 『圭齋集』권3 : "挽近以來, 士趨漸卑, 文風益衰, 實事求是之學, 未有師友之相資, 騖才馳譽之風, 徒聞俗尙之互襲. 舍質而求文, 撫華而棄實."

29) 박규수, 「圭齋集序」, 『瓛齋集』권4 : "夫沈潛義理, 縷分毫析, 有以羽翼經傳, 啓發後學, 又或講求治理, 修明禮樂, 有以尊王黜覇, 爲法後人, 以至詰戎課農測天括地之類, 非學有根柢專心爲經世之大業者, 不能也. (中略) 公與余其嗜好趣尙, 靡有不同, 是以竊自以爲知公深者莫余若也."

또한 그의 經世的 학문에 대한 관심은 김명호, 「환재 박규수 연구(3)」, 『민족문학사연구』8호, 민족문학사연구소, 1995.에 자세히 밝혀져 있다.

당하더라도 막힘없이 응용되는 그런 문학을 말하고 있다.[30] '경세지
문'은 곧 경세가의 문학이고, '수세지문'은 관각의 문학인 셈이다. 자
신은 이 중 어떤 것도 잘하는 것이 없어 대제학에 적임자가 아니라고
하지만, 사실 자신이 추구코자 했던 문학은 정작 '경세지문'이었지,
대제학으로서 담당해야 할 '수세지문'에는 관심이 없었던 것이다. 경
세대업의 실현을 지향하는 실용적 문학, 이것이 박규수가 추구했던
문학이었다.

4. 19세기 후반기 : 시무론時務論

  19세기 중반기부터 급전의 변화를 겪기 시작했던 조선은 후반기에
이르러서는 안팎으로 더욱 많은 현실적 문제들이 산적되어 갔다. 그런
만큼 현실적 문제들에 대한 문학의 관심도 한층 고조되어갔는데, 이
시기에 문학의 실용성 문제와 함께 산문의 중요한 소재로 부상된 것은
특히 시무時務였다. 유신환과 박규수 이후 산문론에서 실용과 시무의
문제를 강조했던 인물로 우선 한장석韓章錫(1832~1894)을 들 수 있다.
  한장석은 홍석주洪奭周의 외손자로서 어려서부터 고문을 깊이 선망
했을 뿐 아니라, 장성해서는 직접 유신환의 문하에서 고문을 학습했

30) 박규수, 「辭大提學疏」, 『瓛齋集』권6 : "竊嘗聞之, 爲文之道, 有二焉, 蓋有經世之
文, 有需世之文. 博通典籍, 貫穿百家, 根經據史, 考古證今, 經綸浩汗, 富有著述, 坐
而言之, 起便可行, 此所謂經世之文也. 無廊廟山林之別, 而有才有學, 有其識者, 以此
名家, 曾多有之. 至若掇群言之精英, 漱六藝之芳潤, 抽陸離爾雅之筆, 振颯融和平之
音, 黼黻黑白, 絺綉而成章, 管絃絲竹, 迭奏而協律, 藻思泉湧, 雄辯河決, 敏給則立馬
而一揮九制, 瞻富則染翰而頃刻萬言, 以其酬接萬事, 應用不窮, 故謂之需世之文. 而館
閣需用, 以此爲先."

다. 이때부터 문한文翰의 두각을 드러내었던 그는 당시 문형文衡이었
던 박규수에 의해 발탁되었고, 그 역시 훗날 대제학에 올랐던 당대의
문학가였다.

세상에 대한 문학의 역할과 책무를 중시했던 그는 문도합일의 정신
을 계승하고 있다. 문학이 도를 담지 않으면 아무 쓸모없는 한갓 기
예일 뿐이라는 것[31]이 그의 근본 문학사상이었다. 그러나 이 보편 담
론에 대한 그의 구체적인 진의가 당시 문학계를 진단하는 글에 드러
나고 있다.

> 문장이 옛 도를 벗어난 지 오래되었습니다. 뜻을 전달하려는 자는 시
> 속에 빠져 사람을 감동시키지 못하고, 문사를 숭상하는 자는 화려한 것
> 에 빠져 실용에 합치되는 것이 적습니다. 시무는 버려둔 채 옛 도에 통
> 달했다고 여기고, 빈 말을 엮어두고는 유학을 익혔다고 여깁니다. 재주
> 가 높고 넉넉한 자도 더러 말이 자기에게서 나오지도 않은 기이한 말을
> 진부하게 늘어놓아, 겉은 찬란할지라도 속은 텅 비어 후세를 위해 이익
> 이 되지도 못할뿐더러 또한 그를 알아주는 자도 없을 겁니다.[32]

문학과 도가 갈라짐으로서 도에 치중하는 사람은 사람들을 감화
시키지 못하고, 문학에 치중하는 사람은 실용성 없는 글을 짓고 있
다고 한다. 실용성이 있으면서 사람들을 감화시키는 문학은 곧 문도

---

31) 한장석, 「素隱集序」, 『眉山集』권7 : "道出於天, 而人以文傳之, 文不載道, 無用之一
藝耳."
32) 한장석, 「上外從祖海居洪公書」, 『眉山集』권4 : "文章之離古也, 久矣. 達意者, 墮于
俗而不能動人, 尙辭者, 騖於華而寡合實用, 遺時務以爲通古, 駕空言以爲習儒. 其才高
且富者, 往往厭陳出奇言己不出, 燦然其外而枵然其中, 是旣不足爲後世利, 又無以知
其人也.

文道가 통일된 문학인 것이다. 그러나 이 둘은 각기 별개의 것으로 존재하는 것이 아니라 서로 인과관계로 엮어진 것으로 보았다. 그래서 "도는 오로지 하나로서, 발설하면 말이 되고 베풀면 사업이 된다"[33]고 했다. 이 글에서도 이미 대안적 견해를 암시하고 있는데, 그것은 시무에 관심을 두고 공허하지 않은 진실된 내용을 담은 문학을 추구하는 것이다. 시무란 문학이 다루어야 할 현실적 사안들을 가리키는 것이니, 결국 문학의 현실성과 진실성은 상호 긴밀한 문제라고 본 것이다. 그래서 그는 "정의를 실천하려는 선비들도 더러 경륜학에는 뛰어나지 못한 것은 그 도를 깨닫지 못한 때문이다"고 하고, 그 원인을 문학과 경술, 즉 진실성과 현실성이 조화되지 못한 탓이라고 진단했다.[34]

이렇게 당대 문학계의 문제점을 진단한 그는 이제 그 방안을 제시한다.

> 말을 엮는데 경술에 조예가 깊으면 이치가 빼어나고, 물정에 밝으면 글이 능숙해진다. 이치가 빼어나고 글이 능숙하더라도 자신의 본연과 기질 속에 쌓여 드러난 것이 아니면 사람을 감동시킬 수 없다.[35]

경술은 공허하지 않은 참된 학문이오, 물정은 곧 현실적 사정을 두고 한 말인데, 이 둘이 문학 속에서 조화되면 논리도 훌륭하고 글도

---

33) 한장석, 「三觀子自序」, 『眉山集』권7 : "夫道, 一而已矣. 發之爲言語, 措之爲事業."
34) 한장석, 「明文續選序」, 『眉山集』권7 : "嗚呼! 自德藝分科, 世儒所尙殊塗. 志功業者, 文學無聞, 工文辭者, 經術或短, 居正踏義之士, 未必長於經綸學, 而不知其道故也."
35) 한장석, 「素山集序」, 『眉山集』권7 : "纘言者, 深於經術則理勝, 明於物情則辭達. 理勝矣‧辭達矣, 不有畜於其性氣以發之, 則不能動人."

능숙한 것이 된다고 한다. 그러나 또 하나 문제는 이 둘을 조화시키
는 주체, 즉 문학가 자신이 관건이다. 그는 일찍이 문학가로서의 자
질을 논하여, '재才'와 '력力'과 '성誠' 세 가지가 있다고 했다. 이 중
'재'와 '력'은 타고나는 능력이지만, '성'은 자신의 노력으로 얻는 것이
라고 하고, "극기복례克己復禮"나 "자강불식自强不息" 같은 것이 바로
'성誠'이라고 했다.36) 여기서 "이치가 빼어나"는 것은 '력'이고, "글이
능숙해"지는 것은 '재'이며, "자신의 본연과 기질 속에 쌓아 드러"내는
것이란 바로 '성'을 의미한다. 그러면 경술을 쌓고 물정과 시무에 관
심을 두는 것은 결국 문학가의 부단한 노력으로 갖추어지는 것이며,
이 둘을 문학으로 조화시키는 것도 문학가의 소임인 것이다. 이는 자
신에게는 물론이오, 당대의 문학가들에게 실천적 자세로 세상에 실
용되는 문학에 노력할 것을 주문한 것이다.

　앞서 한장석이 문학의 실용성 회복을 논의하면서 시무의 중요성을
언급한 것을 보았는데, 당시 이 시무의 문제에 더욱 적극적이었던 문
인은 김윤식金允植(1835~1922)이었다.

　19세기 후반기는 내부적으론 세도정권의 부패로 인한 제도적 모순
이 심각했고, 한편으론 서세동점으로 밀려든 서구 문명과의 군사적
문화적 충돌로 혼란스러웠던 시기였다. 실로 사회·경제·정치·제도
·문화 등 여러 방면에서 해결해 나가야 할 과제가 산적했던 시기였
다. 이런 현실에서 김윤식은 지식인으로서의 책무를 고민했다.

---

36) 한장석,「上鳳棲兪先生莘煥書」,『眉山集』권4 :"竊嘗論之, 文章之道, 有三, 曰才曰
力曰誠. 有其才無其力, 不能也, 有其才有其力無其誠, 不能也, 兼此三者, 盖千百年一
人而已. 夫才與力, 得之於賦命之初, 天也, 誠則在吾而不待乎人. (中略) 誠則無古今,
而力則有之, 才可養而力不可强, 若夫克己復禮·自强不息, 非所謂誠耶?"

우선 당시의 과거 정책의 허점을 비판했는데, 사장詞章과 공령문功
令文의 실력으로 선비를 선발하기 때문에 그들의 재능이 현실 정치에
적용되지 못하고, 결국 국가사업도 제대로 일으킬 수 없다고 한다.
그래서 그는 신학문에 의한 문교정책으로 개선할 것을 주장했다.[37)
또한 학자들의 자세도 문제였다. 그는 이렇게 말한다.

> 선비의 독서는 이치를 밝혀 그것으로 정심正心하여 수신하고, 다시
> 집안과 나라와 세상에 미루어 나가는 것이다. 경전에 "그 지위에 있지
> 않으면 정사를 도모하지 않는다"고 했지만, 요즘 학자들은 이 말씀을
> 붙들어 선비는 강학講學과 논도論道만 할 뿐이라고 여기고, 시무時務는
> 강구할 것이 아니라고 생각하니, 어찌 이렇게도 고루한가? 공경대부는
> 도를 실천할 지위에 있으니 비록 말하지 않아도 괜찮지만, 선비는 그
> 지위에 있지 않기 때문에 오직 말이라도 해야 한다.[38)

재야의 학자들은 정치권으로부터 떨어져 있다고 해서 세상의 일에
온통 무관심하니, 이는 독서하는 선비로서 옳은 태도가 아니라고 한
다. 명색이 독서를 해서 학문을 한다면 세상에 쓰임이 있어야 한다고
배웠던[39) 그로서는 아무런 쓸모없이 강학講學에만 빠져있을 수 없었

---

37) 김윤식, 「新學六藝説」, 『雲養集』권8 : "國家久失教育之道, 以詞章功令取士, 才不適
用, 事業不興, 因循委靡以至于今. (中略) 時事大變, 國隨傾危, 教育之關於國之盛衰如
此, 慕切有識之士, 所以痛恨而太息者也."
38) 김윤식, 「宜田記述序」, 『雲養集』권10 : "士之讀書, 明理, 將以正心修身, 推及於家
國天下也. 傳曰: '不在其位, 不謀其政.' 今之人, 膠執此説, 以爲士當講學而已・論道而
已, 時務非所宜究, 何其拘也? 公卿大夫, 得行道之位, 雖不言, 亦可也, 士則不得其位,
惟言之而已."
39) 김윤식, 「與徐絅堂別紙」, 『雲養集』권11 : "弟自落地以後, 常聞父兄長老之言, 以爲
士生斯世, 當讀書爲學, 出而爲當世之用."

던 것이다.

이에 김윤식은 지식인으로서 세상을 위해 강구해야 할 것은 바로 시무라고 생각했다. 그는 시무란 "당시에 마땅히 시행해야 하는 임무"라고 규정하고, 시대마다 그리고 나라마다의 시무가 각기 있다고 보았다. 그리고 우리나라의 시무는 "탐욕을 내몰아 청렴함을 높이고, 이 땅의 백성들을 불쌍히 여기며, 조약을 신중히 지켜 우방과 갈등을 일으키지 않는 것"이라고 한다.40) 이것은 바로 내무와 외교의 정치적인 사안들이다.

따라서 김윤식의 문집에는 당시 시무와 관련된 글이 상당수 전하고 있는데, 그의 산문론에서도 그 입론이 분명하다.

> 전날 고정림顧亭林 선생이 말하길, 문학이 경술經術과 정리政理의 큰 문제에 관련되지 않으면 할 게 못된다고 했다. 대개 경술은 수기修己의 근본이오, 정리는 안민安民의 근본이다. 군자의 도리는 수기와 안민뿐이다. 이 두 가지를 버린 채 문학을 논한다면, 어떻게 문학을 '관도지기 貫道之器'라고 하겠는가.41)

군자의 도리가 수기修己와 안민安民뿐이라면, 문학의 도리는 경술經術과 정리政理일 뿐이라고 단언한 것이다. 다른 글에서는 도술道術과

---

40) 김윤식, 「時務說送陸生鍾倫遊天津」, 『雲養集』권8 : "昔司馬德操謂漢昭烈曰 : '儒生俗士, 不識時務, 識時務者, 其惟俊傑乎!' 夫所謂時務者, 何也? 卽當時所當行之務也. (中略) 夫遇各有時, 國各有務, (中略) 崇廉黜貪, 勤恤斯民, 謹守條約, 無啓釁於友邦, 此我國之時務也."

41) 김윤식, 「瓛齋先生文集序」, 『雲養集』권10 : "昔顧亭林先生有言, 文不關於經術政理之大, 不足爲也. 夫經術者, 修己之本也, 政理者, 安民之本也, 君子之道, 修己安民而已. 舍是二者而論文, 豈足謂貫道之器乎?"

정사政事라고 표현하기도 하여, "관도貫道하는 문학은 요컨대 도술道術과 정사政事와 짝을 이루어야 달의達意하게 된다"[42]고 했다. 이처럼 김윤식은 표현에 약간의 차이는 있지만, 여러 차례 경술과 시무를 문학의 주요 관건으로 삼을 것을 주장했으니, 실용의 측면에서 문학의 효용적 가치를 크게 부각시켰던 것이다. 그래서 한편 '관도'니 '달의'니 하는 고문론의 개념어들을 사용하고는 있지만, 산문의 문학적 측면보다 내용적 측면에 더 치중하는 듯한 인상을 주고 있다. 그러나 이 논의들 속에는 19세기 후반기의 시급한 현실문제들 앞에서 공허한 말만 늘어놓는 당시 문학계의 매너리즘과 비현실적 학문에 매몰된 학계의 냉소주의를 일신하기 위한 그의 고민이 엿보인다.

이상으로 19세기 전반기·중반기·후반기로 이어가며 자신의 산문론에서 '실'의 문제를 중요시했던 문학가들의 논점을 개괄해 보았다. 물론 '실'과 관련된 논의를 모두 망라한 것은 아니지만, 대체로 문학사적으로 같은 갈래와 맥락에 속해 있으면서 한편 문학론의 논점이 선명한 작가를 대상으로 살펴보았다.

흔히 우리는 '실'하면 18세기 실학을 떠올리고, 또한 실학자들의 문학론에서도 '실'의 문제는 중요한 담론으로 다루어졌다. 그런데 19세기에 들어 학문으로서의 실학은 정약용·김정희·최한기에게서 그 면면한 맥락을 찾을 수 있었지만, 한편 문학으로서 실학의 행방은 과연 어디로 파급되어 갔는지 자못 궁금하지 않을 수 없었다. 물론 다양한 양상으로 파급되어 갔다고 추정할 수 있겠지만, 우리는 이제 19세기

---

42) 김윤식, 「答丁小耘論文書」, 『雲養集』권11 : "文章之與道術相離, 政事相分, 孤行而特立者, 久矣.""貫道之文, 要之, 配道與事, 足以達意而已."

에 고문이라는 정통산문을 전공했던 일부 문인들과 그러한 문풍을 계승시킨 개명적 문인들에게서 그 행방을 찾아볼 수 있었다. 사실 이들 산문가들은 일찍이 18세기 문단의 분위기를 충분히 호흡하였을 뿐만 아니라, 또한 실학파 문인들과 어떠한 형태로든 일정하게 관련되어 있기도 했다. 그러나 출신과 성향이 다르고 시대도 다르기 때문에 이 '실'의 함의에 어느 정도의 차이는 있다. 어쨌든 이렇게 '실'의 문제가 그 외연을 넓혀 나가게 된 것은 이제 '실'의 문제가 몇몇 실학파들의 전유물이 아니라, 19세기 조선의 현실이 배태해 낸 인문학적 담론으로 발전한 것이라고 보겠다.[43) 19세기 조선의 현실에서 가장 요긴한 것은 실사구시의 학문과 문학이라는 인식이 문인학자들 사이에 차츰 넓게 공감대를 이루어갔던 것이다.

19세기 중후반 서구 문명에 문호를 개방했던 시기를 정점으로 실학의 역할은 마감되었다고 보지만, 다시 개항 이후의 단계에서 서구주도의 근대세계에 대해 실학의 성과를 어떻게 계승하느냐는 문제가 놓여 있었다. 문학에서 '실'의 문제에 주목했던 것도 역시 안팎으로 변화를 맞은 민족의 현실 앞에 문인으로서의 역할에 충실하려는 논리였던 것이고, 이후로도 이 문제는 지속적으로 계승되었다고 볼 것인데, 이런 점에서 한편 근대계몽시기의 학문과 글쓰기에 기대되는 바가 있다.[44) 김윤식의 말과 같이 각자의 시대가 있고, 그 시대마다

---

43) 실학의 범주를 중심과 외연의 관계에서 바라보고, 이러한 논의들을 실학의 외연으로 받아들이려는 논의들도 있다. 임형택, 「21세기에 다시 읽는 실학」, 『대동문화연구』제42집, 대동문화연구원, 2003. 6. ; 진재교, 「실학파 문학의 허와 실에 대한 변증」, 『한문학보』제9집, 우리한문학회, 2003.12

44) 근대계몽시기의 문학론에 대해서는 본격적인 고찰을 요하는 문제로서 아직 가설의 단계에 불과하다. 그러나 이 시기 현실 적용을 위해 실학을 부활시키려는 움직임이 활

의 임무가 있다면, 이 '실'의 문제는 내용에 앞서 방법상의 문제인 것
이다. 어느 시대이든지 그 시대의 인문학적 현실과 과제가 있기 마련
이고, 그 앞에서 이 '실'의 문제는 지속적으로 고민되어야 할 것이다.

발했던 것은 충분한 개연성을 보여주는 일이다. 임형택 「20세기초 신구학의 교체와 실
학」, 『근대계몽기의 학술 문예사상』, 민족문학사연구소 편역, 소명출판, 2000. 참조.

한문산문론에서 '오'의 문제

홍우건 산문론의 주체적 상상력

이조후기 한문학의 절정기를 보내며 19세기를 맞은 조선은 내외의 새로운 변화를 직간접적으로 경험하게 되었는데, 이런 변화의 중심에 문학을 통해 시대정신을 세워나가려는 문제의식을 지닌 일군의 작가들이 나타났다. 이 장에서 주목하는 홍우건洪祐健은 그런 인물들 중의 한 사람이다. 19세기 중·후반기를 살다간 그는 19세기 조선의 역사를 온전히 경험한 문인지식인이었고, 자연히 그의 문학과 문학론은 그 시대의 산물이다.

그의 산문론은 시대의 변화를 직시하고, 그 변화 안에서 문학의 역할과 가능성을 찾으려는 작가정신에서 나온 것이었다. 특히 문인으로서 주체적 깨달음을 강조한 사실이 주목되는데, 이런 그의 문제의식에 주목하여 '오悟'라는 비평 개념을 중심으로 그의 산문론을 해명해보고자 한다. 이 '오' 문제는 홍우건 만의 독창적인 주장은 아니다. 17·8세기 문인비평가들에 의해 비평어로 정착되었던 것이 다시 그를 위시한 문인들에 의해 주목되었던 문제이다. 홍우건의 산문론을 중심으로 '오'의 문제가 지니는 의미를 짚어봄으로서 우리는 이 시대의 산문론이 품고 있던 문제의식의 일단을 살펴볼 수 있을 것이다.

1. 홍우건과 '오'의 전통

홍우건洪祐健(1811~1866)은 자가 원룡元龍이오, 호가 원천原泉이며, 풍산豊山 홍씨가에서 홍길주洪吉周와 함종 어씨魚氏 사이의 장남으로 태어났다. 백부 홍석주洪奭周와 부친 홍길주는 당대 이름난 문장가였으며, 숙부 홍현주洪顯周는 국왕의 사위이자 역시 이름난 시인이었다. 이런 가풍의 영향도 있었지만, 특히 아버지 홍길주의 엄격한 지도 아래 독서와 문장을 학습했다. 홍길주는 아들 홍우건에게 어려서부터 장난감놀이나 잡담하는 것까지 단속하며 독서와 글짓기에 전념하도록 시켰으며, 글을 읽을 때에도 음과 토가 부정확하면 꾸짖어 바로잡도록 했다고 한다. 글읽기를 조금이라도 싫어하거나 게을리하면 "사람으로서 배우질 않으면 태어나지 않은 것만 못하다"고 질책하기도 했다.[1] 그는 아들을 철저히 문인으로 교육시켰던 것이다. 홍길주의 『숙수념』을 보면, 집안의 자질들을 위한 일과표와 독서과제표가 있는데, 홍우건은 분명 그 표에 의해 생활하고 독서하도록 교육받았을 것이다. 이처럼 홍우건은 자신의 학문과 문학의 학습에서 부친 홍길주의 영향을 가장 크게 받았다고 하겠다.

그는 1836년(헌종 2) 병신년 정시문과庭試文科에 합격하면서 관로에 들어섰다. 30세 되던 1840년(헌종 6)에 한림소시翰林召試에 뽑혀 예문

---

[1] 李憲明, 『西淵聞見錄』. 이에 대해서는 최식, 「이헌명이 바라본 항해 홍길주」, 『동양한문학연구』21집, 2005. 참조.

관 검열이 되었고, 이듬해 부친 홍길주의 죽음으로 상을 지냈다. 다시 35세에 홍문관 교리가 되고, 36세에 초계문신에 뽑혔다. 이 때 왕의 소대召對로『강목綱目』과『국조보감國朝寶鑑』등을 강의했다. 또한 37·8세 두 해 동안에는 함경도 암행어사가 되어 민정을 살폈다. 그는 서계書啓를 올려 탐관들을 처벌하고, 환정還政과 전정田政의 폐단과 공사곡公私穀을 같은 창고에 보관함으로서 폐단이 발생하고 있음을 건의했다. 또 명천부明川府 서민의 억울한 옥사를 해결해 주기도 했고, 고원군高原郡의 환곡을 모두 탕감하는 왕명을 내리게 하기도 했다.[2]

철종이 등극하자 몇 차례『소학』을 강의한 뒤로 오랫동안 특별한 보직없이 지내다가, 48세 되던 1858년(철종 9) 8월에 성균관 대사성이 되고, 같은 해 10월에 이조참의가 되었지만, 다시 그 이후로도 별다른 직책을 맡지 않았던 것으로 본다.[3] 이 당시 그는 신병을 앓았던 탓도 있지만, 정치적으로도 그다지 유력한 세력에 붙어있지 않았던 것이다. 1864년 고종이 왕위에 오르자 그 해에 좌승지에 임명되었고, 동시에 경연관으로서 경연에 입시하여『소학』을 강의했다. 같은 해에 예문관藝文館 제학提學에 임명되었다. 이듬해 이조참판에 임명되고 호군護軍이 되었으나 신병을 이유로 사직했다. 그러나 다시 그 해 1865년 11월부터 그가 죽은 이듬해 3월까지 경연관으로서『통감』을 강의했지만[4], 신병으로 늘 병약했던 그는 결국 56세의 아까운 나이에 숨지고 말았다.

---

2)『朝鮮王朝實錄·憲宗實錄』참조.
3)『朝鮮王朝實錄·哲宗實錄』;洪祐健,「講義」,『原泉集』권3 참조.
4)『高宗實錄』.

이처럼 그는 서울에 세거하며 순조[익종]-헌종-철종-고종에 이르는 19세기 역사의 중심부에 살았다. 그러나 그는 헌종조의 젊은 시기에는 함경도 암행어사의 임무 수행에서처럼 의욕적인 활동을 했으나, 철종조 이후로는 정치활동에 그다지 적극적이지 않았다. 예문관 제학에 임명되었을 때, 자신은 어려서부터 병약한 체질에다 놀기 좋아하기 때문에 국가의 중요한 고문대책高文大冊을 다루는 일에는 적임이 아니라고 사양하기도 했지만5), 그보다 당시 세도정권의 농단에 대한 정치적 혐오가 저변에 깔려있었다고 본다. 이러한 체질과 기질을 지닌 선비로서 그래도 그가 마음을 붙이고 지냈던 것은 독서와 글쓰기였다. 어려서부터 가학의 전통에 따라 문학을 학습했던 그는 관료로서보다는 오히려 독서지사讀書之士의 문인으로서의 삶이 더 체질에 맞았던 것이다.

이처럼 문인으로서 홍우건의 삶과 문학에 가장 크게 영향을 미쳤던 사람은 역시 부친 홍길주였다. 홍길주는 가형인 홍석주와 함께 당대 명망 높은 문인이었다. 젊어서부터 일찌감치 과거시험을 포기했던 그는 스스로 독서지사로서의 삶과 책무를 자각하고, 오로지 문인의 길을 걸었던 인물이다. 그는 문도합일文道合一을 추구했던 고문古文의 전통을 따라, 변화하는 조선의 현실에 절실한 가치들을 발견하고, 그것을 문학을 통해 구현하기를 추구했다.6) 그러기 위해서는 우선 독서공부를 통해 풍부한 견식見識을 갖추어야 하고7), 이 견식

---

5) 洪祐健, 「辭藝文提學疏」, 『原泉集』권3 : "臣幼而善病, 長益荒嬉, 短章隻詞, 猶患拙澁, 高文大冊, 敢云舖張."

6) 김철범, 「홍길주 산문의 의의와 문예적 성취」, 『한국한문학연구』24집, 한국한문학회, 1999. 참조.

7) 홍길주, 「睡餘瀾筆」續上, 『항해병함』권8 : "道德文章, 莫不皆然. 世或以兒時根基,

을 바탕으로 문학가는 자기만의 깨달음 즉 '해오解悟'가 있어야 한다
고 강조했다.8) 그래서 그는 문자화된 책을 대상으로 하는 독서의 한
계를 지적하며, 자연과 일상사의 관찰까지도 모두 독서공부 아닌 것
이 없음을 강조했고9), 아울러 독서공부를 통해 식견을 얻기 위해서
는 결국 작가로서의 깨달음[悟]이 작용해야 한다고 했다. 독서공부-
견식-해오의 관계는 개성적이고 주체적인 문학을 창조하는 데에 상
호 보완적 기능을 하는 중요한 문제로 인식되었던 것이다. 홍석주가
"심외무문, 도외무심心外無文道外無心"10)이라고 하여, 문학에서 작가
의 '심心'의 기능을 중시했던 것과 홍길주의 '오悟'의 문제는 상통했
던 것이라고 보겠다.

홍우건은 부친의 이러한 문학관의 영향을 강하게 받았다. 사물인
식의 지평을 넓히기 위해 독서와 관찰을 중시했던 것은 물론이오, 특
히 창작에서 '오해悟解'를 관건이라고 강조했던 것은 부친의 문학관을
충실하게 계승하고 있음을 볼 수 있다. 그에게서도 독서·관찰과 '오'
는 문학의 주체적 창작을 위한 큰 축으로 인식되었다.

可卜其成就, 然方其讀書未多閱理未熟也, 見識甚卑滯, 趨尙甚下劣, 意匠甚狹陋, 才性
甚凡近, 至於積學力行, 隨得隨拓, 步步級級日崇月廣, 究竟成就不可思量者, 亦多矣."
；「睡餘演筆」下 20則, 『표롱을첨』권15 : "臨事苦無見識, 作文苦無意匠."

8) 홍길주, 「睡餘放筆」上 48則, 『縹礱乙籤』卷12 : "或均之讀一部書, 一則誦不遺隻字,
而識解不加長, 著作无可觀, 一則忘失過半, 而盡輪其精華膏液, 浹于肺肝, 發爲文, 往
往逼肖, 其故何也? 才不如勤, 勤不如悟, 悟之一字, 道德之元符也."；김철범, 「항해
홍길주의 작문정신과 진문장론」, 『부산한문학연구』제9집, 1995.

9) 홍길주, 「睡餘演筆」下 59則, 『표롱을첨』卷15 : "(余學未博, 晩益懶惰, 平居或不對
卷.) 然朝暮耳目之所接, 日月風雲鳥獸之變態, 以至于室中所列實之案几, 及賓客奴婢
之邇言瑣語, 無非書者."

10) 홍석주, 「答金平仲論文書」, 『연천집』권16.

2. 한문산문론에서 '오'의 전개

우리 문학사에서 '오悟'의 문제가 문학비평에서 거론된 것은 송나라 엄우嚴羽의 "묘오妙悟"에 그 연원을 두고 있다. 엄우는 그의 유명한 시비평집인 『창랑시화滄浪詩話』의 「시변詩辨」에서 "대개 선도禪道가 묘오에 있다면, 시도詩道 역시 묘오에 있다"[11]고 하여, 불가 참선의 경우와 같이 시창작도 묘오를 얻어야 좋은 작품을 창작하게 된다고 주장했다. 본래 '묘오'란 용어는 불가의 경전에서 유래한 것으로『열반경涅槃經』「무명론無名論」에서 "현도玄道는 재어묘오在於妙悟요, 묘오妙悟는 재어즉진在於卽眞이라" 한 것이 그것이다. 여기서 '묘오'란 "수오殊妙한 각오覺悟", 즉 아주 절묘한 깨달음으로 이것을 통해 심오한 도리를 깨닫는다는 것이다. 대체로 엄우에게서 '묘오'는 세심한 관찰을 통해 깊이 체득함으로서 마음으로 깨닫고 이해하는 것이라는 의미를 갖고 있다. 당시 소식蘇軾·황정견黃庭堅·여본중呂本中 등에 의해 제시되었던 "이선유시以禪喩詩"의 주장을 한층 발전시킨 이론으로 주목받았다.

엄우의 시론이 언제 우리나라에 전해졌는지 분명하지 않지만, 고려말 이색李穡(1328~1396)이 민사평閔思平의 『급암시집及菴詩集』을 논평하는 글에 '묘오'란 말이 비로소 등장한다. 이 글에서 이색은 두보시가 "초연묘오超然妙悟"하여 유속流俗에 빠지지 않았다고 평가하고, 이어 급암의 시도 이처럼 "초연묘오"한 종류의 시라고 논평했다.[12]

---

11) 엄우, 「詩辨」, 『滄浪詩話』 : "大抵禪道惟在妙悟, 詩道亦在妙悟."

12) 이색, 「及菴詩集序」, 『牧隱集·文藁』권9 : "先生詩, 似淡而非淺, 似麗而非靡, 措意良遠, 愈讀愈有味, 其亦超然妙悟之流歟? 其傳也, 必矣."

"초연묘오"라는 표현으로 볼 때, 다분히 불가의 표현을 직접 빌려온 것으로 보이지만, 한편 도연명이나 두보시에 대한 논평에서 이 표현을 사용했고, 급암의 시가 읽으면 읽을수록 더욱 맛이 나기 때문에 "초연묘오"한 종류의 시라고 말한 것으로 보면, 엄우의 이론을 십분 받아들인 것은 아닐지라도 일면 『창랑시화』의 시론을 참고한 개연성은 있다고 본다.

이조초기에 들어서 이 '묘오'라는 말을 다시 사용한 사람으로 권근權近(1352~1409)을 볼 수 있다. 옥계玉溪라는 호를 사용하는 한 도승의 시집에 붙인 서문에서 그는 불도와 시의 관계를 설명하면서, 도가 비록 외물에 있는 것은 아니지만, 더러 대나무 터지는 소리를 듣고 깨닫기도 하고, 도화桃花를 보고 깨닫기도 하듯이, 시나 문사文辭를 통해 '묘오'의 경지로 들어갈 수 있다고 했다.13) 여기서 권근이 사용한 '묘오'라는 표현은 '각오覺悟' 또는 '오'라는 표현과 함께 불가의 용어에서 직접 가져온 것으로 보일뿐, 엄우의 시론과는 무관한 듯하다. 그의 '묘오'는 말이나 글로 형용할 수 없는 그 오묘한 이치를 마음으로 깨닫는 것이었다.14) 이후 16·7세기의 도학자들은 이것을 의리와 자연의 법칙을 깨닫는 의미로 발전시켜 사용하게 된다.

도학자들의 표현에서는 주로 '해오解悟'라는 말로 쓰이고 있는데, 이 역시 불가의 용어로서15), '묘오'나 '각오'와 큰 차이 없이 사용되었다

<hr>

13) 권근, 「玉溪詩序」, 『陽村集』권20 : "況此題詠之詩, 皆心之發而言之精者也. 其音響之淸亮, 辭彩之精發, 豈特竹聲桃花而已哉? 吾知上人必因是而有所得, 以入妙悟之處, 此其所以好之篤求之勤而不已也歟!"
14) 상동문 : "其於道也, 不立文字, 直求於心, 蓋其妙處, 有非言語文辭所能形容故也."
15) 『法華經』, 「提婆達多品」 : "無量衆生, 聞法解悟, 得不退轉." 또한 일반적으로 불가에서는 먼저 닦고 뒤에 깨닫는 것을 '證悟'라고 하고, 먼저 깨닫고 뒤에 닦는 것을

고 본다. 퇴계 이황李滉(1501~1570)의 경우는 의리義理의 관찰이 견고하면 "해오자득解悟自得"이 있을 것이라고 했고[16], 김장생金長生(1548~1631)은 오행설五行說을 공부하려면 「태극도」와 『중용』주와 주자의 「면재설勉齋說」 등을 잘 살펴야 '해오解悟'가 있을 것이라고도 했다.[17] 또 정엽鄭曄(1563~1625)은 "해오실천解悟實踐"이라는 표현을 쓰기도 했는데[18], 대체로 이들의 '해오'는 불가의 표현에서 빌려와, 관찰을 통해 성리학적 이치를 깨닫는 격물치지의 또 다른 표현으로 사용되고 있다.

목은 이색이 잠시 사용한 이후 '묘오'든 '해오'든 이 '오'를 포함한 개념어가 문학비평의 용어로 자리 잡은 것은 17세기에 와서 이루어졌다고 본다. 한시비평이 활발하게 진행되었던 시기였던 만큼 이 때는 이미 엄우의 『창랑시화』가 들어와 있었다는 것을 김득신金得臣(1604~1684)의 기록을 통해 확인할 수 있으며[19], 당시 문인들의 글, 그 중에서도 문학을 논평하는 글 속에 이제 '오'라는 말이 빈번하게 등장하는 것을 볼 수 있다. 신흠申欽(1566~1628)·오숙吳䎘(1592~1634)·이안눌李安訥(1571~1637) 등의 글에서 볼 수 있는 '묘오'에는 아직 불가적이거나 도학적인 색채가 남아있지만[20], 김득신 이후로는 어느 정도 한시

'解悟'라고도 한다.(『圓覺大疏上』)

16) 이황, 「答李剛而問目朱書」, 『退溪集』권16 : "若看義理如此, 則寧有解悟自得處耶?"

17) 김장생, 「韓士仰五行說辨」, 『沙溪集』권5 : "及考太極圖所謂陽變陰合·生水火木金土之說, 及中庸註所謂天以陰陽五行之說, 及朱子勉齋說, 然後有所解悟."

18) 정엽, 「與沙溪書」, 『守夢集』권8 : "不知近讀何書, 解悟實踐, 比舊何如?"

19) 김득신, 「評湖蘇芝石詩說」, 『柏谷集』권6.

20) 신흠, 「書齊物論後」, 『象村稿』권36 : "然其妙悟獨契, 超乎昭曠之旨, 寓於恢詭譎怪之中者, 有非後之佔畢拘儒所闃其藩墻, 豈可少哉?"; 오숙, 「北窓古玉兩先生詩集序」, 『天波集』권4 : "博綜群書, 少習禪定, 超然妙悟."; 이안눌, 「次韻奉和月沙相公詠天默

비평의 용어로 인식되었다고 본다. 우리는 신익상申翼相(1634~1697)·
조성기趙聖期(1638~1689) 등에게서 그런 경우를 볼 수 있으니[21], 불가
문자로부터 차용되어 도학을 설명하는 용어로 사용되던 것이 이 시
기 비평의 활성과 『창랑시화』의 영향에 촉발되어 하나의 비평어로 자
리잡게 된 것이라고 하겠다.

  그런데 여기서 다시 주목해 볼 일은 엄우嚴羽 이후로 한시비평에서
주로 사용되던 '묘오妙悟'가 이제 산문비평에서도 사용되고 있다는 사
실이다. 이조전기의 도학자들은 천리天理의 심오한 의리정신을 깨닫
는 일로서 '해오'를 강조했고, 그것을 근간으로 자신의 학문세계를 펼
쳐나갔다. 17세기 후반 주자학의 의리를 근간으로 고전적 산문세계
를 추구했던 김창협(1651~1708)은 궁극 철학과 문학을 결합시키고자
했고, 이러한 문학세계를 구현해내는 주체로서 작가의 '견식見識' 또
는 '학식學識'을 매우 중시했다.[22] 그러나 이 '견식'을 바탕으로 자기
의 문학세계를 이루어가기 위한 관건에 바로 '묘오'가 있음을 지적하
고 있다. 일찍이 이반룡李攀龍 등의 명대 의고주의문학을 비판하는 자
리에서 김창협은 그들의 모방주의는 곧 자신의 "신해묘오神解妙悟"도
없이 옛것만을 배운 탓이라고 지적하고 있는데[23], 이것은 개성적이
고 주체적인 문학은 궁극 작가 스스로의 깊은 깨달음, 즉 '묘오'를 통

  上人」, 『東岳集』권22 : "眞如妙悟無多話, 色外芳華臭外香.

21) 신익상, 「題季會詩跋」, 『醒齋遺稿』권9 ; 조성기, 「答金子益書」, 『拙修齋集』권10.

22) 김철범, 「이조후기 산문론에서 '見識'의 문제」, 『한문학보』제9집, 우리한문학회,
    2003.12.

23) 김창협, 「雜識·外篇」, 『農巖集』권34 : "夫詩之作, 貴在抒寫性情, 牢籠事物, 隨所感
    觸, 無乎不可. 事之精粗, 言之雅俗, 猶不當揀擇, 況於古今之別乎? 于鱗輩, 學古初無
    神解妙悟, 而徒以言語摸擬. 故欲學唐詩, 須用唐人語, 欲學漢文, 須用漢人字, 若用唐
    以後事, 則疑其語之不似唐. 故相與戒禁如此, 此豈復有眞文章哉?"

해 이루어진다는 말이다. 김창협의 비판은 이반룡의 시창작을 두고 출발한 것이지만, 그러나 산문에까지 논의를 확산시켜나간 것을 볼 수 있는데, 이처럼 문학 전반에서 '묘오'의 개성주의를 강조함으로서, 결국 그의 산문비평에까지 '묘오'의 문제가 확산된 것이다.

당시의 산문비평에 대한 김창협의 막강한 영향력에도 불구하고 '견식'에 비해 이 '묘오'의 문제가 문도들에게 적극적으로 수용되지 못하다가, 이후 조귀명趙龜命(1693~1737)에게 수용되면서 이론적 발전을 이루게 된다.

도문분리道文分離의 다소 극단적인 문학론을 주장하면서까지 문학의 독자성과 중요성을 강조했던 조귀명은 이식李植과 김창협 이후 산문문학의 의고적 경향에 대해 비판적이었던 당송고문계열의 입장에 동의하면서 개성 있고 독창적인 글쓰기를 중시했다.[24] 그러기 위해서는 "자득지진自得之眞"을 힘써 구해야 한다고 강조했는데[25], 글의 경계가 진실 되어 사람의 마음을 감동시킨다면 그것은 '자득'한 것이오, 자득한 것이면 동시에 진실된 것이라고 한다.[26] 이처럼 그는 개성적인 글쓰기의 관건을 '자득'에 두고 있는데, 이 '자득'은 바로 자신의 '견식해오'를 통해 얻어지는 것임을 강조했다.[27] 남들이 깨닫지 못한 것을 깨닫고, 남들이 보지 못한 것을 자신이 보았을 때 비로소 신묘한 문장을 이룰 것인데[28], 이 때 신묘한 글이란 기이하거나 신기

---

24) 강민구, 「영조대 문학론과 비평에 대한 연구—趙龜命·林象鼎·李天輔·李廷燮을 중심으로」, 성균관대 대학원 박사학위논문, 1997. 10.
25) 조귀명, 「又答林彦春書」, 『東谿集』권10 : "彦春, 將力追古文乎? 追其實, 毋追其名, 學其意, 毋學其聲音笑貌, 務求其自得之眞, 毋務求其模擬之贗."
26) 조귀명, 「答敬大書」, 『동계집』권10 : "而境則實眞, 自足以動人心腸也, 是之謂自得."
27) 조귀명, 「又答林彦春書」, 『東谿集』권10 : "惟自得乎悟解, 而明其意也."

한 말을 하자는 것이 아니라, 사물과 세계를 남다른 시각에서 바라봄
으로서 자득하여 깨달은 바를 표현하는 것이다.[29) 이는 궁극 문을
도로부터 분리시켜 그것을 작가 자신의 자득한 '견식해오'에 결부시
킨 것인데, 바로 이 '견식해오'의 개성적이고 주체적 관점이 곧 자기
문학의 주제와 내용을 결정하는 요인이라고 보았다.[30) 이처럼 우리
는 조귀명의 산문론에서 '자득'과 '해오'의 논리를 통해 비로소 문학
이 도나 의리로부터 벗어나 작가 주체의 것이 되는 단초를 발견할 수
있다.

3. 홍우건 산문론에서 '오'의 문제

조귀명 이후 19세기에 들어와 산문론에서 '견식'과 함께 '오'의 문제
를 거론한 사람은 홍길주洪吉周(1786~1841)이다. 그 역시 모방을 비판
하며 작가 주체의 개성적인 글쓰기를 주장했는데, "자신의 마음 안에
서 생각이 운용되고" "자기 자신으로부터 말이 이루어져" "어렵지 않
게 평탄하게 지어도 우뚝 높아 가까이 할 수 없는" 그런 "진문장眞文
章"을 추구했다.[31) 여기 마음에서 운용되어 글로 드러나는 생각이란

---

28) 조귀명, 「答士心書」, 『乾川稿』권10 : "悟人之所不能悟, 覩人之所不能覩, 其發之言
也, 淵奧神妙."
29) 조귀명, 「與李季和書」, 『東谿集』권10 : "天地生斯人也, 各具耳目, 而千萬人之耳目,
無一同焉, 各有意態, 而千萬人之意態, 無一同焉. 是使千萬人者, 各身其身, 而不與人
模擬, 各意其意, 而不爲人管攝者也. 故同視一物而吾未嘗借人之視, 同聽一聲而吾未
嘗借人之聽, 則獨於見識解悟, 屈首爲古人之奴僕 抑何爲哉?"
30) 조귀명, 「答林姪彦春書」, 『東谿集』권10 : "夫見識解悟, 謂之意, 繩墨規矩, 謂之法."
31) 홍길주, 「與人論文書」, 『峴首甲藁』권4 : "唯意運乎內, 而務達乎外, 法取乎古, 而言

바로 '의장意匠'인데, 이것은 평소 견식을 갖추는 데서 나오는 것이라고 보았다면[32], 자기 자신만의 의장을 이루고 그것을 자신의 방식으로 표현하기 위해서는 '오'가 있어야 한다고 한다. 천리마를 알아보는 것이 암수나 털의 빛깔과 같은 외형적인 요소에 있는 것이 아니라, 그 내면에 가려있는 색상色象을 살펴봄으로서 알 수 있듯이[33], 독서 공부에서 글이나 사물의 내면에 깃들어 있는 진의를 파악해내는 능력, 이것이 '오'라는 것이다.[34] 그래서 그는 "'오'라는 이 한 글자는 도덕의 큰 관건이다"[35]고 했으니, 선현들의 글뿐만 아니라 일상사나 자연사물에 깃들어 있는 무한한 도덕적 가치들을 발견하고, 그것을 문학으로 전달하는 능력이 바로 '오'에 달려있다는 것이다.

그러나 홍길주는 우리 인식의 한계에서 볼 때, 세상과 사물의 가치는 상대적인 것이며, 따라서 그 가치는 무한히 확산된다고 여겼다. 그렇다고 절대적인 가치를 부정한 것은 아니었으니, 그에게서 절대적인 가치는 '진眞'에 있었다. 그가 말하는 "진지眞知", "진각眞覺"이 그것이며, 그것이 그의 도이다. 다만 도를 인식하는 주체는 자신이며, 주체의 진정한 깨달음에 의해 이루어지는 문학이 곧 문도합일하는 것이라고 보았던 것이다.[36] 그러므로 조귀명이 도문분리의 입장에서

造乎己, 坦然不爲苟難, 而嶄然自不可邐思, 夫然后眞文章也."

32) 홍길주, 「睡餘瀾筆」 續上 31則, 『沆瀣丙函』권8 : "余爲文, 粗有意匠, 恨文識未博, 舊學又多忘失, 每搆思之時, 意匠先居, 而材具不能助之成."

33) 홍길주, 「睡餘放筆」上 55則, 『표롱을첨』권12 : "善相馬者, 不辨其牝牡驪黃而知其能千里, 吾所謂色象者, 非以其牝牡驪黃而言也. 如九方皐, 可謂知馬之色象. (中略) 悟字工夫, 亦不外色象二字."

34) 홍길주의 독서론과 관련해서는 정민, 「항해 홍길주의 독서론과 문장론」, 『대동문화연구』제41집, 성균관대 동아시아학술원 대동문화연구원, 2002.12. 참조.

35) 주 8번 참조.

작가의 독립주체로서의 '오'를 중시했던 것이라면, 홍길주는 도문합일의 정신에서 도덕과 문학을 결합시키는 **작가의 주체적 각성**으로서의 '오'를 강조했던 것이라고 하겠다. 홍우건의 인식도 여기에서 출발한다.

우선 '오'에 대한 홍우건의 생각을 보자.

문장에서 가장 귀중한 것은 오해悟解이다. 가령 성문聖門의 제자들이 하나를 듣고 열을 알며, 하나를 들어주면 셋을 짐작했던 것이 모두 이런 것이다. 세상의 일이 다 그렇지만, 문장은 더더욱 그렇다. 나는 더러 둔한 사람이나 모자란 아이들이 한 편의 글을 읽고는 단지 그런 문체만 있는 줄 알고, 그것이 통변通變되는 이치를 이해하지 못해 사람을 답답하게 만드는 것을 본 적이 있다. 가령 『주역』을 읽고는 단지 점사占辭만 이해하고, 『시경』을 읽고는 단지 4언만 이해한다면, 세상에 어떻게 이처럼 꽉 막힌 도리가 있겠는가? 동정사위動靜事爲하는 순간이나 음식·기물과 같은 미물에서도 접촉할 때마다 문장의 묘미를 깨달을 수 있다. 단지 서적을 끼고 있어야만 문장하는 것이라고 생각하는 사람도 벌써 문장의 묘미를 말할 수 없을 것인데, 하물며 서적에 매여 통변을 이해하지 못한다면, 그 사람은 꿈속을 헤매는 사람이다.[37]

---

36) 홍길주의 인식론과 문학사상에 대해서는 김철범, 「홍길주〈숙수념〉의 세계」, 『열상고전연구』17, 열상고전연구회, 2003. ; 최식, 「항해 홍길주의 사유방식」, 『한문학보』제11집, 우리한문학회, 2004.12. ; 정민, 「항해 홍길주의 사유방식」, 『19세기 조선지식인의 문화지형도7 : 항해 홍길주』, 제40차 한국학연구소 정기학술세미나, 2004. 11. 24. 참조.

37) 홍우건, 「談文」, 『原泉集』권5 : "文章最貴悟解. 若聖門之聞一知十擧一反三, 皆是也. 天下事咸然, 而文章尤甚焉. 余或見痴人駿童, 讀一書, 只知有是體, 却不解通變底理殊令人代悶. 若讀易者, 只解做占辭, 讀詩者, 只解做四言, 天下寧有如是固滯之理? 動靜事爲之間, 飮食器物之微, 觸處皆可以悟文章之妙. 只抱書籍, 認做文章者, 已不可與語其妙, 況因書籍而不能解通變者, 夢中人也."

이 글에서 홍우건은 문학에서 가장 중요한 것이 작가의 깨달음 즉 '오해'라고 단언하고, 이어 '오해'의 대상으로서 내용과 형식 둘을 아울러 지적하고 있다. 우선 내용면에서는 작가의 주제의식이 무엇보다 중요하므로, 작가는 평소 독서뿐만 아니라 세상사를 통해서도 문장의 묘미를 깨달아야한다고 한다. 평소 세상과 인생, 인생과 문학이 한 가지 이치라는 그의 인식에서 나온 것인데38), 이것은 도문합일의 인문학 정신에 기반한다. 즉 세상과 자연을 통해 이치를 깨닫고, 그 이치를 유추해 나가면 그 속에 무한한 문학의 주제의식이 있다는 것이다. 이는 홍길주가 생각했던 작가의 주체적 각성과 크게 다르지 않다.

또한 동시에 형식면에서도 작가의 '오해'가 있어야 함을 강조하고 있다. 그는 고전문의 독서공부에서 문학의 형식에 대해 고정관념을 가지는 것을 경계하고 있는데, 이는 모방문풍에 대한 비판과 관련있기도 하지만, 그보다 내용에 따른 형식의 다양성을 인정하자는 의미를 담고 있다. '통변通變'을 깨달아야 한다는 발언이 그것이다. 여기서 '통'이란 여러 문체들 속에 일관되게 지켜져야 하는 문학의 원리라고 한다면, '변'은 내용에 따른 형식의 다양한 변화를 가리킨다고 하겠다. 일찍이 홍우건은 상형문자를 통해 이렇게 깨달은 바가 있었다.

육서六書의 자체字體 가운데 그 첫째가 상형象形이다. 이는 대개 전주자篆籒字를 두고 말한다. 그러나 오늘날의 해서자楷書字로 보더라도 역시 그렇다. 조자鳥字는 새와 비슷하고, 마자馬字는 말과 비슷하며, 충자

---

38) 상동문 : "夫運有古今而世級滋降, 人生有衰壯而文體隨變, 天與人一理故也."

蟲字는 벌레와 비슷하고, 어자魚字는 물고기와 비슷하다. 이런 자가 대
개 몇 백자가 되는데, 비슷하게 같지 않은 것이 없다. 그러나 같은 점은
그 정신이 같은 것이지, 그 형체가 같은 것은 아니다. 형체가 같다면
그것은 그림이지 글자가 아니다. 또한 어디 새나 짐승만 그렇겠는가?
하늘과 땅에 모양이루고 있는 것과 보잘 것 없는 기물이나 번잡한 인사
人事들도 그렇지 않은 것이 없다. 그렇다! 문자를 만든 사람은 과연 신
인神人이오, 성인聖人이다.[39)]

문자의 형식이 전주자에서 해서자로 바뀌어도 문자가 사물의 모양
을 담고 있는 것이면 그것은 엄연히 상형문자이다. 그것은 사물의 모
양을 담고 있는 방식이 사물의 형체를 모양 그대로 나타내고 있는 것
이 아니라, 사물의 정신을 담고 있기 때문이라는 것이다. 문학도 마
찬가지이다. 문학이 담아내야 할 것은 정신이다. 정신을 담고 있다
면, 모양 즉 형식은 변해도 무방하다. 그러므로 시대마다 각기 문학
의 양식은 변해도 자기 정신을 담고만 있다면 엄연히 하나의 문학이
라는 것이다. 이런 변화는 자연스런 이치요, 조화의 지극히 오묘한
일이라고 하는데[40)], 이것이 그의 '통변'의 논리이다. 그래서 그는 이
렇게 말한다.

문학이 이 세상에 태어난 것이 오래다. 그 문체도 수만 가지로 다른

39) 상동문 : "六書之體, 其一曰象形, 此盖以篆籒言也. 然以今楷字觀之猶然, 鳥字似鳥,
馬字似馬, 蟲字似蟲, 魚字似魚, 如此者, 蓋幾百字, 莫不恰肖, 而其所肖者, 肖其神也,
亦未嘗同其形也. 同其形, 則是畵也, 非書也. 又非獨鳥獸然也, 天象地彙器用之微·人
事之繁, 莫不皆然. 於乎! 造字者, 果神人也, 聖人也."
40) 상동문 : "花之方開, 不見其時, 人之漸長, 不知其日. 文章之自某格而進某格, 必有
其時而不自知, 此造化之極妙處."

데, 누가 그것을 하나로 합치시켜 통일시킬 수 있겠는가? 그래서 문체
가 같고 다른 것은 따질 것 없고, 지극한 경지에 도달해보면 모두 똑같
은 법이다. 누가 자기가 배운 것만 고집하여 남들이 자신과 다르다고
비난한다면 몹시 어리석은 일이다.[41]

매우 개방적인 시각으로, 문학의 어떤 양식도 부정하지 않는다. 흔
히 고문에서 부정적 시각으로 보아왔던 변려문체까지도 홍우건은 자
연의 대립적 구조관계의 산물로 이해하며, 이 천지간에 없을 문자는
없다고까지 선언하기도 했다.[42] 그래서 자신도 새로운 자기만의 문
체를 창조하려는 시도를 해본 적도 있었다고 한다.[43] 문제는 지극한
경지에 도달하는 일이다. 바로 이런 관점에서 문학가로서의 '오해悟
解'를 열어가야 한다는 것이 홍우건의 생각이었다. 자기만의 색깔을
지닌 창조적인 문학은 바로 여기에서 나온다고 보았던 것이다.[44]

4. '오'의 주체적 상상력

그러면 홍우건이 생각한 바, 통변을 깨닫고 지극한 경지에 도달하

---

41) 상동문 : "文之生於世, 久矣. 其體千百而不同, 夫孰能合一而一之? 故不問其體之異
同, 而造其極則均也. 彼孰己所學而訾人之異於己者, 癡之甚也."
42) 상동문 : "余謂兩儀肇判以後, 天下之物, 莫不有自然之巧對. 有陰則必有陽, 有此則
必有彼, 有白則必有黑, 有善則必有惡, 文章之道, 豈可以獨無此理哉? 故騈儷對偶之
體, 要亦天地間不可無之文字也."
43) 상동문 : "余嘗妄欲刱作一體而有意不能遂, 此則才之不逮也. 姑當留與後人而已."
44) 상동문 : "彼之文章, 固燁燁然有自然之色, 而讀之者心靈眼慧, 已與其自然之色合
焉. 少慧悟者, 雖讀千萬籌, 未能見其色."

는 일이란 어떻게 성취되는 것이라고 여겼던가? 문학은 내용과 형식
모두 궁극 작가 자신에 의해 통일적으로 결정되는 것이므로, 중요한
것은 작가 자신이 깨달음에 도달하는 일이다. 그런 점에서 홍우건은
관찰과 관조를 대단히 중시한다. 우선 다음의 말을 보자.

> 비록 영묘靈妙한 지역에 살면서 날로 귀와 눈으로 접촉하고도 오히려
> 그것을 보지 못하고 듣지 못한 사람과 같다면, 이는 독서하지 못한 잘
> 못이다. 독서하는 사람은 그렇지 않다. 좁은 쪽문을 통해서도 널찍한
> 큰 집을 볼 수 있고, 포갈布褐을 입고서도 관복의 화려함을 지니고 있
> 어, 어딜 가든 자득하지 않는 것이 없다.45)

영묘한 지역에 살면서도 그 곳에서 영묘함을 깨닫지 못하는 것은
제대로 독서하지 못한 잘못이라고 한다. 이 표현에서 우리는 홍우건
이 말하는 독서가 단순히 책을 보는 것을 의미하는 것이 아니라는
것을 알 수 있다. 그의 '독讀'의 대상은 '서書'만이 아니라, '물物'까지
도 포함한다. 그래서 그는 옛 문인들 가운데 맹호연이 패교灞橋 위에
서 나귀타고 눈을 읊은 시는 "독설讀雪"한 작품이오, 사령운의 산수
유람시는 "독산讀山"한 것이며, 소동파의 적벽부는 "독강讀江"한 작품
이라고 했다.46) 그에게 '독'이란 바로 관찰을 의미하는 것이다. 어딜

---

45) 홍우건, 「屛巖精舍記」, 『原泉集』권4 : "雖有靈區妙界, 日接于耳目, 而猶之乎不視而
不聞也, 此不讀書之過也. 酒若讀書者則不然, 圭竇而有厦屋之敞, 布褐而有紱冕之華,
無所往而不自得焉."
46) 홍우건, 「讀亭記」, 『원천집』권4 : "善讀書者, 泰山頹而不知, 疾雷擊楹而不知, 麋鹿
決驟於前而不知. 然是但讀天下之書, 不能讀天下之物. 昔者, 孟浩然, 跨寒驢, 賞雪於
灞橋之上, 是讀雪也. 庚元規, 携幕賓數子, 登南樓觀月, 顧謂客曰:'老夫於此, 興復不
淺.' 是讀月也. 謝靈運, 性喜登覽, 嘗着蠟屐, 遍遊天下名山, 是讀山也. 蘇子瞻, 携酒

가든 무얼 보든 그 대상사물을 잘 관찰하여 자득하는 것이 작가의
소임이라고 여긴 것이다. 그의 부친 홍길주가 "아침저녁으로 귀와
눈으로 접촉하는 것과 일월日月·풍운風雲·짐승들의 변화하는 모습에
서부터 방안에 늘어놓은 책상이나 손님·노비들과 나누는 비근하고
쇄세한 이야기에 이르기까지 글 아닌 것이 없다"[47]고 하여 세상의
모든 사물과 일이 모두 독서공부의 대상이라고 생각했던 것에서 발
전한 것이다.

흔히 인간의 감각기관 가운데서 관찰은 주로 눈을 통해서 이루어진
다. 홍우건은 눈의 기능에 대한 자기 나름의 사색과 경험이 있었던
것 같다.

사람의 몸은 만물의 정영精英과 영수靈秀가 모두 갖추어져 있어 무한
히 밝게 비추어볼 수 있다. 그러나 코로 냄새를 맡을 수 있는 것은 벽
하나를 넘을 수 없고, 귀로 들을 수 있는 것도 백 보 바깥에 닿을 수
없으니, 수족을 사용해야만 이를 수 있다. 그러나 오직 눈은 그렇지 않
다. 대개 눈은 오행五行 가운데 맑고 영명하며, 만상을 비추는 깨끗한
거울이다.

나는 일찍이 방안에 가만히 앉아 문을 닫고 고요히 생각해 본적이
있는데, 처음엔 하늘 구름 달 별의 형상과 초목 금수의 모습이 앞에 빽
빽이 펼쳐지더니, 갑자기 높은 산악과 거대한 물길이 출몰하는 형태와
신선과 귀신 도깨비들의 괴이한 모습으로 변하고, 다시 누관樓觀과 전
각殿閣으로 변하기도 하고, 또 인물人物과 거마車馬로 변하기도 했다.

與魚, 泛月於赤壁之下, 擊楫而歌, 以答吹簫, 是讀江也."
47) 홍길주, 「睡餘演筆」下 59則, 『縹礱乙籤』권15 : "然朝暮耳目之所接, 日月風雲鳥獸
之變態, 以至于室中所列實之案几, 及賓客奴婢之邇言瑣語, 無非書者."

대개 이 세상의 넓은 땅과 수 만 가지 사물들을 눈 한번 들어 모두 볼 수 있었지만, 그 처음을 생각해보면 미미한 몸뚱이 하나에 좁은 방 한 칸이었을 뿐이다. 꼭 긴 강을 앞에 펼쳐두고 넓은 땅을 뒤에 벌려 놓아야만 볼 수 있는 것이겠는가?[48]

눈은 우리의 감각기관 가운데 외부사물에 대한 정보를 인식해 들이는 가장 중요한 기관이다. 그런데 눈으로 자연의 경관을 직접 보지 않더라도, 가만히 앉아 눈을 감고 있으면 그것들이 모두 다 보인다는 것이다. 이는 분명 사물을 인식하는 특이한 경험이다. 그러나 홍우건이 꿈이나 환영을 설명한 것이 아니라면, 이 말은 외물인식의 새로운 방법을 제시하는 것으로 이해해야 할 것이다.

우리가 눈을 감고 있을 때 눈앞에 펼쳐지는 광경이란 적어도 우리의 머리속에 담겨있는 일정한 기억정보를 통해서 나타나게 된다. 이 기억들이 다시 재조합되어 새로운 하나의 정보를 만들어내는 것이다. 이것은 기존의 기억들을 토대로 무언가를 유추할 수 있는 이성의 능력에 의한 것이다. 이것은 바로 상상력이다. 그렇다면 홍우건이 눈을 감았을 때 눈앞에 펼쳐진 광경은 자신의 상상력에 의한 것이다. 그는 어느 날 익히 아는 쉬운 한자 한 자를 앞에 써놓고 정신을 모아 오랜 시간 동안 뚫어지게 쳐다본 적이 있었다고 한다. 아마 그것은

---

48) 홍우건, 「縱目軒記」, 『居士詩文集』권1 : "人之一身, 具備萬物精英靈秀, 瑩照無垠. 然而鼻之所觸, 不越半壁, 耳之所應, 不踰百步, 手足所使動而后致. 唯目則不然, 夫目也者, 五行之淑靈, 萬象之藻鏡也. 余嘗凝坐一室, 閉戶潛思, 則始焉而天雲月星之象·草樹禽豸之狀, 莫不森羅于前, 忽焉變爲崇嶽巨渤出沒之態·仙聖鬼魅詭異之貌, 又變而爲樓觀殿宇, 又變而爲人物車馬, 夫以九有之大·萬品之衆, 一擧目而咸得之, 究其始則一身之微, 一室之窄也. 夫何待長河臨其前而平陸拓其後乎?"

상형자였을 것으로 생각된다. 그랬더니 익숙하던 그 글자가 차츰 생
소해지기 시작하더니 마침내 무슨 글자인지 기억나지도 않을 뿐더러
한번도 본적이 없는 글자인 것처럼 보이더라는 것이다. 거기서 더 시
간이 지나니 혹 하나의 물상物象이 떠오르기도 하고, 혹 그림의 소재
가 될 만한 것이 떠오르기도 하는 경험을 했던 것이다. 그래서 그는
문자는 변화무쌍한 활물活物이라는 것을 깨달았다고 한다.[49] 이 경험
에서 그가 말하는 문자의 변화무쌍함이란 바로 상상력이다. 그리고
그 상상력은 곧 생명력이다. 사실 문자 자체가 생명을 지닌 것이 아
니라, 다만 나의 상상력에 의해 생명력을 갖게 되는 것이다. 이처럼
홍우건은 우리의 외물인식 방식에 있어 유추에 기반한 상상력을 통
해서 경험을 재구성하는 방식을 제안한 것인데, 이 상상력에 의해 우
리가 경험한 사실들이 시공간을 초월하여 유기적으로 재구성됨으로
서 현재적인 생명력을 가진다는 것이다.

한편 경험을 재구성하는 상상력의 주체는 자기 자신이다. 우리가
경험하는 사실이나 현실은 엄연히 객관적이다. 다만 우리가 어떻게
받아들이느냐에 따라 그 경험한 사실들이 제각기 다르다. 이처럼 우
리의 경험은 주관적이기 때문에 우리가 경험한 것들이 종종 모순에
빠지기도 한다. 그러나 모순에 빠진 경험이라면 참된 식견이 못된다.
그래서 홍우건은 올바른 관찰과 경험을 하기 위해서는 먼저 편견을
버려야 한다고 한다.

일찍이 홍우건은 우리나라 사람들이 중국을 여행할 때, 두 가지 폐

---

49) 홍우건, 「談文」, 『原泉集』권5 : "每取熟見易知者一字, 聚神而久觀之, 則初熟而漸
生, 愈久而漸不熟, 終至於茫然不記其爲何字, 遂似平生所未見者. 甚則或成物象, 或有
畵意, 全不似字樣. 文字, 活物也, 其變化也, 盖如是."

단이 있음을 지적했다. 하나는 청나라의 중국을 무조건 오랑캐로 낮추어 보며 우리를 대단한 양 여기는 거만함이오, 또 하나는 우리를 변방의 조그만 땅으로 여기고 중국을 무조건 대단하게 여기는 비루함이라고 한다.50) 이런 편견과 선입견이 마음에 들어 있으면, 눈으로 보고 귀로 듣는 경험들이 모두 객관적일 수 없는 법이다. 그러므로 이런 편견을 버릴 것을 당부하며 말한다.

이 두 가지 폐단을 버린다면, 그 나라의 좋은 면은 내가 본받아 배울 수 있고, 좋지 못한 면은 내가 따져 바로잡을 수 있어, 나의 지견志見이 날로 넓어지고 식견은 날로 자라며, 도는 날로 넓어지고 문학은 날로 나아가게 된다. 그런 다음이라야 중국을 잘 관찰했다고 할 수 있다. 정말 그렇게 된다면 비록 방안에 앉아 있더라도 봉래산의 낭풍원閬風苑도 내 책상 앞에 있을 것이니, 딱히 멀리 여행할 것이 있겠는가? 나지막한 언덕에 올라 졸졸 흐르는 물을 보아도 오히려 흡족하여 마음에 들곤 하는데, 하물며 산해관山海關이며 황하 천 여리를 6개월 동안이나 돌아보고 온 사람이야 어떠하겠는가?51)

50) 홍우건, 「送族大夫省山居士赴燕序」, 『원천집』권4 : "東人之游中國者, 其蔽有二焉. 其一曰: '今之中國, 無足觀也, 其人則胡虜也, 其地則邊陲也, 其服則左袵, 而其言則侏 离也. 擧天下, 入於腥羶之域者, 且二百有餘年矣, 而其禮義文物之盛, 彼反羨吾之不暇, 吾於彼, 奚觀焉?' 是自大者也. 其蔽曰夸. 其一曰: '吾東, 小邦也. 介乎海隅, 在中華, 厪當一州府, 雖滇黔巴棘之僻且遠者, 猶勝吾幾倍, 況皇都帝居之壯麗者耶?' 於是, 片瓦碎礫, 驚以爲奇珍, 店飯邨醪, 詡以爲異味, 一有所觀, 輒瞠然而自喪也. 是自小者也. 其蔽曰陋."

51) 상동문 : "夫能去是二者之蔽, 則其善者, 吾皆可以師而法之, 其不善者, 吾皆可以辨而正之, 志日益廣而識日益長, 道日益弘而文日益進, 然後始可謂善觀乎中國者矣. 苟如是則雖坐乎一室之內, 而蓬萊閬風, 常在吾几案, 況遠遊乎? 登培塿之阜, 臨潺湲之流, 尙足以怡然而有契, 況歷關河數千餘里六月而後返者哉?"

합리적인 인식을 방해하는 편견이나 선입견을 버려야 대상을 객관적으로 관찰할 수 있고, 객관적인 관찰에서 올바른 경험을 얻을 수 있으며, 그럼으로써 올바른 식견이 쌓이게 된다는 것이다. 이렇게 식견과 안목이 쌓이면, 굳이 멀리 여행하지 않아도 봉래산 낭풍원이 내 책상 앞에 있듯이, 산수유람의 본래 정신을 깨달을 수 있다고 한다. 이것을 깨달으면 뒷동산에 올라서 개울물을 봐도 흡족하듯이, 자연과 사물의 이치도 두루 관조할 수 있게 된다.

이처럼 홍우건은 자신이 객관적 안목으로 대상을 관찰할 때 올바른 경험과 인식을 얻게 되고, 이 경험과 인식에 의거해 합리적인 상상력이 발동되며, 이 상상력을 통해 다시 새로운 인식으로 발전할 수 있다고 생각했던 것이다. 결국 문학의 주제의식도 이 상상력에서 나오는 것이며, 이 상상력은 궁극 작가 주체의 것으로 누구도 모방할 수 없는 것이다. 앞서 홍우건이 이른바 '오해悟解'의 본의는 바로 **작가의 주체적 상상력**에 있었던 것이다.

5. '오'와 주체적 인식의 문제

홍우건과 같은 시기 19세기 문단에서 '식識'의 문제와 함께 '오悟'의 문제를 산문론에서 중요하게 언급한 사람으로 김창희金昌熙(1844~1890)를 볼 수 있다. 그의 선대의 교류관계를 볼 때, 그 역시도 홍우건가와 일정한 교류가 있었을 개연성이 높고[52], 당송고문의 학습을 중시했던

---

52) 그의 종조부인 邵亭 金永爵(1802~1868)은 홍석주의 문하에 출입하며 깊이 교류했던 인물이다.

점에서도 직간접적인 영향을 받았을 것으로 본다.

그는 한유韓愈가 고문을 창도한 이래로 문장가들 사이에 비전되어 오는 아무리 써도 닳지 않는 한 자루의 큰 붓이 있는데, 그것은 오직 자신의 마음속에서 깨달아야만 자득할 수 있는 것이라고 했다.53) 그러면서 이것을 깨닫기 위한 문학수업에서 가장 중요한 관건은 사물의 관찰에 있음을 강조한다.54) 그 역시 세상의 모든 일과 사물이 모두 글 아닌 것이 없다는 생각을 갖고 있었던 것이다. 그러므로 관찰의 주체인 자신의 눈과 마음을 바르게 갖는 것을 중시한다.

> 그렇다! 눈에 정견定見이 없으면 오직 사람들이 모두 보는 것만 끝없이 주시할 것이오, 마음에 정식定識이 없다면 오직 사람들이 모두 아는 것만 자기의 식견으로 받아들일 것이다. 앞으로 자가自家의 마음과 눈을 가지고도 군중들이 몰려다니는 곳으로 뛰어다니고, 속된 견식에 부화뇌동한다면, 세상의 사물을 비록 보고 있어도 보지 않는 것과 같고, 비록 인식해도 참된 식견이 못된다.55)

여기서 군중들이 몰려다니는 곳이나 속된 견식이란 곧 편견과 선입견이다. 이것에 사로잡히면 객관적 인식은 불가능하다는 것이다. 그

---

53) 김창희, 「傳筆錄序目」, 『會欣穎』: "自昌黎氏刱爲古文以來, 操觚家果有密傳秘授之一柄大筆, 用之不禿於宵壤間也. 惟悟於心者, 能自得之."
    김창희의 산문비평에 관해서는 정우봉, 「19세기 후반기 산문비평사의 한 국면」, 『한국문학연구』, 고려대민족문화연구소, 참조.
54) 김창희, 「四品集觀序目」, 『會欣穎』: "易不云乎!. 觀乎人文, 以化成天下. 治文之道, 在乎觀而已矣."
55) 김창희, 「讀東坡文」, 『會欣穎』: "噫! 目無定見, 惟人所共見者, 注視不已, 心無定識, 惟人所共識者, 竊爲己識. 將自家心目, 奔命於衆趨之場, 雷同於俗見俗識, 則於是物也, 雖視之, 猶不見也, 雖識之, 非眞識也."

러므로 편견이나 선입견에 사로잡히지 않은 자신만의 안목이 필요하다고 한다. 이처럼 주체적인 안목이 있어야 깨달음에 도달하고[56], 또 "자오自悟"함이 있어야 "진식眞識"을 얻게 되며[57], 결국 문학이란 자기만의 식견을 담금질하는 것이라고 보았다.[58] 그에게서 '오'란 곧 대상에 대한 주체적 인식을 의미하는 것이었다.

홍우건이 생각한 '오'의 논리와 김창희의 생각에는 어느 정도 개인적인 차이는 있다고 보지만, 문학에서 창작 주체의 자각 즉 주체적 인식을 중시한다는 점에서 상통한다. 또한 당시 이건창李建昌(1852~1898)이 문학이란 "오직 내 마음에 흡족하기를 구한다"[59]는 논지에서 "오심吾心"을 강조했던 것도 역시 나의 자각, 즉 주체적 각성을 중시한 것이라는 점[60]에서 '오'의 창작론과 통하는 것이었다.

이처럼 우리는 17세기 비평론에서 개성주의를 지향했던 '묘오妙悟'가 18세기 조귀명의 '해오解悟'에 이르러 작가 주체의 발견으로 발전되었고, 19세기 홍길주·홍우건·김창희 등에 이르러 다시 '오'의 문제는 작가의 주체적 각성에 의한 개성적인 주제의식의 문제로 전개되었던 것을 보았다. 특히 홍우건에게서 이 '오'는 주체적 상상력에 의한 창작론으로 설명되고 있는데, 이것은 자아 즉 주체의 발견과 함께

---

56) 김창희, 상동문 : "不能使了然於心者, 以見不明也. 苟能了然於目, 則自可了然於心矣. 不能使了然於目者, 以不求自家之獨見故也."

57) 김창희, 「曾欣穎重跋」, 『회흔영』 : "必須自悟, 而後方爲眞識."

58) 김창희, 「讀魏禧文」, 『회흔영』 : "爲文之道, 在於鍊識, 夫鍊識, 卽韓公務去陳言之術也."

59) 이건창, 「答友人論作文書」, 『明美堂集』권8 : "夫發於吾心, 感於吾心, 而猶不愜於吾心, 則是甚可憾也. 吾惟吾心之愜是求, 安所蘄天下後世哉? 天下後世, 猶不足以蘄, 而況區區一時之譽哉? 夫惟吾心愜而吾文之事畢."

60) 이희목, 「寧齋 李建昌의 古文論」, 『부산한문학연구』제6집, 부산한문학회, 1991. 12.

이것을 산문문학을 통해 구현해내는 구체적 방법을 고민했던 결과라고 평가할 수 있겠다. 18세기 실학의 발전과 함께 두루 확산되었던 주체적 반성이 개개 인간의 주체의 발견으로 내실화되고, 여기에서 발전된 세상과 사물에 대한 주체적 각성이 다시 산문창작으로 외재화되는 핵심에서 '견식'과 함께 '오'의 문제가 중요한 역할을 담당했던 것이다.

제3부

조선 문인들의 글쓰기론과 실제

홍석주 산문의 예술적 특징

1. 머리말

이 장에서는 19세기 조선의 대문장가로 칭송되었던 연천淵泉 홍석주洪奭周의 문장이 지니고 있는 예술적 특징, 즉 문예적 특성을 고찰코자 한다.

홍석주는 당시 문장의 모범을 고문古文으로 설정하고, 독서공부를 통해 이론과 창작에서 탁월한 성과를 이룸으로서 뛰어난 고문가의 명성을 얻고 있었다. 사실 고문이란 사대부문인들이 추구했던 보편된 산문세계였지만, 그 성과를 이루기란 결코 쉬운 것이 아니었으며, 또한 같은 고문이라도 그 전범을 어디에다 설정하느냐에 따라 예술적 성취가 전혀 달랐던 것이다. 소품문은 제외하더라도, 당시 고문을 추구하는 문인들의 경향은 대략 진한고문秦漢古文 계열과 당송고문唐宋古文 계열로 나뉘어졌다. 이는 당시 문인들이 주장하는 이론에 근거하여 이러한 차이를 확인할 수 있고, 이미 우리 문학사의 한 현상으로 평가되고 있다.

그러나 이들 고문가들의 이론적 주장을 통한 입장의 차이를 확인하

는 정도에 머물고 말 것이 아니라, 이들의 문학적 성취가 당시와 그
후대에 어떻게 역동적으로 작용했는가를 고찰하기 위해서는 이들 고
문이 지니는 문예적 특성을 구체적으로 파악하는 일이 뒤따라야 한
다. 그럼으로써 당시 소품문과 의고문과 고문으로 나뉘어져 있던 산
문계의 현상을 좀 더 본질적으로 이해하게 되고, 각기 이들의 문예적
성취가 후대 산문의 발전에 어떻게 파급되는가를 살펴볼 수 있지 않
을까 생각한다.

　이러한 취지에서 우선 당대 사대부들로부터 가장 널리 인정을 받았
던 문장가인 홍석주의 고문이 이룩한 문예적 성취와 특징을 살펴볼
것이다.[1] 이를 통해 19세기 고문의 문예적 특성을 밝혀볼 수 있을 것
이오, 또한 이를 기점으로 홍석주의 고문과 그가 비판했던 의고문擬古
文의 차이점, 그리고 소품문과의 문체상의 차이점에도 접근해 갈 수
있지 않을까 기대해 본다.

2. '달의達意' 위주의 문학론

　홍석주 고문의 예술적 특성을 살피기에 앞서 문학에 대한 그의 주
장을 간략하게 살펴보기로 하자.

　그는 가학의 전통을 이어받아 젊은 시절부터 특별한 스승도 없이
문장을 학습했는데, 중국의 고전뿐만 아니라 우리나라 근래의 문장

---

1) 洪奭周의 문학에 대한 연구논문으로, 崔信浩, 「연천 홍석주의 문학관」, 『동양학』13
집, 단국대 동양학연구소, 1983. ; 鄭珉, 「연천 홍석주의 학문정신과 고문론」, 『한국
학논집』15집, 한양대 한국학연구소, 1989. ; 金喆凡, 「연천 홍석주의 고문론」, 『한국
한문학연구』12집, 한국한문학연구회, 1989. 등이 있다.

까지도 두루 섭렵했다. 한편 당시 우리나라 문단은 중국 명나라 이후 발전되었던 진한고문 계열의 영향을 강하게 받아 널리 퍼져 있는 실정이었다. 물론 김창협을 위시하여 많은 문인들이 그 의고문적 폐단을 지적하기도 했지만, 18·9세기에 이르기까지 여전히 그 위세를 떨치고 있었던 것이다. 그런데 홍석주는 두루 문장학습을 하는 과정에서 차츰 의고문적 경향의 문장이 근본적으로 모순이 있다고 인식하게 되었다.

보내 준 글에 보니, 내가 순계醇溪에게 보낸 편지에서 '전씨錢氏의『초학집初學集』이 구양수의 경향을 따랐다'고 말한 것은 실언이라 했는데, 매우 마땅하고 옳은 말이다. 10년 전에 일찍이 이 책을 얻어 한 번 읽어 보고는 그 문장이 넉넉하고 아름다운 것이 태창太倉이나 역하歷下 사람의 문장과는 크게 다른 점이 자못 좋았다. 또한 그가 문장을 논한 것은 문장의 이익과 병통을 깊이 깨달았고, 평생 마음으로 따른 것은 오직 귀유광歸有光 한 사람 뿐이었으니, 드디어 그는 진실로 구양수와 증공에게서 터득한 바가 있다고 생각했다. 그래서 순계에게 편지를 보낼 적에 경솔하게 이런 말을 했던 것인데, 뒤에 다시 그 책을 가져다가 읽어 보고는 깊이 살피지 못한 점을 스스로 후회했다. (…) 전씨의 글은 손가는대로 책을 펴면 화려함이 눈에 가득하지만, 천천히 살펴보면 거의 한 편도 진부한 말이 없는 데가 없으니, 만약 고인들이 '연경월위年經月緯'·'주차부거州次部居'·'초망목졸草亡木卒'·'골등육비骨騰肉飛' 등의 성어를 만들지 않았다면 이 노인이 무엇으로 그 권질을 채웠을지 모르겠다.[2]

---

2) 「答舍弟憲仲書」, 『淵泉集』권16 : "示及吾抵醇溪書中有云, 錢氏初學集, 步趣廬陵, 爲失言, 甚當甚當. 十年前, 嘗得是集, 一寓目, 頗愛其紆餘婉麗, 大與歷下太倉異軌, 其論文章, 又能深喩利病, 而平生所心折, 惟歸熙甫一人, 遂意其眞有所得於歐曾. 當抵書時, 率爾有是言, 後復得其書讀之, 已自悔其不審矣. (中略) 錢氏之書, 信手開卷, 藻

그 전날 밤에 동생 헌중憲仲과 함께 강한江漢 황공黃公의 문집을 읽었
는데, 그의 글이 법도에 맞고 우아·단정함이 오늘날의 문장이 아님을
감탄했으나, 또한 그의 정신과 재사才思는 미치지 못하여 고인과 흡사
한 것은 한갓 모양뿐임을 애석하게 여겼습니다. 그리고 헌중에게 "황공
이 고인과 비슷한 것은 참으로 모양만이다"고 말했습니다.[3]

전겸익錢謙益이나 황경원黃景源은 중국과 우리나라에서 문장으로 명
성을 크게 떨친 분들로서, 홍석주 역시 문장을 배우던 초기에는 그
우아함과 화려함이 놀랍게 보였으나, 안목과 식견이 쌓이면서 이들
의 문장이 옛 글의 모방을 일삼고 있다는 사실을 발견했다. 얼핏 겉
은 우아하고 단정해 보이지만, 결국 자기의 개성을 잃어버린 채 진부
한 말이나 답습하여 늘어놓은 것에 불과하다고 본 것이다.

그러면 이들의 모방적 문풍이 지니고 있는 현상적 모순은 무엇이
라고 보았던가? 앞서 진부한 말의 사용을 비판했지만, 홍석주는 무
엇보다 큰 문제점으로 문장의 구성과 내용의 전개가 지나치게 소략
하다는 것과 아울러 글이 매우 난해하다는 점을 지적하고 있다. 옛
글들은 "어떤 것은 울퉁불퉁하여 가지런하지 못하기도 하고, 어떤
것은 어그러져 불안하기도 하며, 그 뜻은 혹 틈이 벌어져 이어지지
않기도 하고, 그 말은 혹 빠뜨려져 완전치 못하기도 하지만"[4], 그것

續滿眼, 徐而察之, 殆無一篇無陳言, 若使古人無年經月緯·州次部居·草亡木卒·骨騰
肉飛等成語, 不知此老將何以充其卷帙."

3)「答李審夫書」, 『淵泉集』권16 : "疇昔之夜, 與舍弟憲仲, 讀江漢黃公集, 歎其典則爾
雅, 匪今世之文, 而旣又惜其神精才思之不逮, 所似乎古人者, 徒以貌而已. 因謂憲仲,
黃公之似古人者, 固貌也."

4)「與李審夫書」, 『淵泉集』권16 : "(蓋古之爲文)……或參差而不齊, 或齟齬而不安. 其
意, 或間隔而不續, 其辭, 或缺虧而不完, 緜今讀之, 愈見其古也. 至若慕其古也, 而故

은 고인들의 소박한 사고관념과 그로 인한 문체의 습관이 그러한 때
문인데, 오늘날 그것을 그대로 본 떠 기이하거나 소략하게 글을 엮
는 것이 마치 고문인 양 여기고 있으니, 그것은 세상물정에 능숙한
서울 선비가 시골 촌부村夫의 사투리와 걸음걸이를 흉내 내는 것과
다름없다고 했다.5)

홍석주는 결국 이러한 폐단은 고문에 대한 잘못된 이해와 그릇된
학습방법에서 기인한 것이라고 한다. 그래서 먼저 문장의 기본 요건
은 "달의達意"에 있음을 강조한다.6) "사달이이의辭達而已矣"라는 공자
의 명제를 충실히 계승하여, 글의 목적은 무엇보다 자신의 생각을 전
달하는 것임을 재차 강조하면서, 모방과 조탁은 이러한 정신에 어긋
나는 것으로 비판했다. "뜻이 펼쳐져 이치가 밝아지고, 말이 평순하
여 사람들이 쉽게 깨닫는[意暢而理明, 辭順而人易曉]"7) '달의'의 정신이 바
로 고인들이 문장하던 자세, 즉 고문古文의 정신이라고 강조했다.

이 정신을 가장 잘 구현한 문장가로 홍석주가 추앙한 인물은 당송
팔가唐宋八家인데, 그 중 그는 한유와 구양수와 증공을 가장 높이 평가
했다. 그러므로 이들의 문장을 독서하고 학습함으로서 고문창작의
올바른 길로 나아갈 수 있다고 보았다. 즉 성리학자가 정주程朱를 통
하지 않고 공맹孔孟을 배울 수 없듯이, 구양수나 소식의 글을 말미암
지 않고 진한秦漢의 고문을 배울 수 없다는 논리를 제시하며 당송고문
을 통해 문장창작의 궤범軌範을 터득할 것을 강조했던 것이다.8)

爲是以效之, 則驟而讀之, 亦或未嘗不古. 然天眞與人僞, 居然判矣."
5) 상동문.
6) 『鶴岡散筆』권2, 41항 : "文以達意爲主, 意以當理爲貴."
7) 『鶴岡散筆』권4, 7항.

그렇다고 당송고문을 모방하자는 말은 물론 아니다. 고문의 기본 정신은 '달의'인 만큼 당송고문에서 배워야 할 궤범이란 곧 뜻을 쉽고 감동적으로 전달할 수 있는 방법을 의미하는 것으로, 일단 그것은 문장의 외형적인 문제가 되겠다. 그러면 '달의'의 문장을 위해서는 이 궤범도 중요한 요건이지만, 궁극은 그 안에서 전달하고자 하는 뜻, 즉 작가의 사상과 감정이 보다 명료하게 형성되어 있어야 한다. 그래야 독자들이 쉽게 알아보고 감동을 일으키게 되기 때문이다. 그래서 연천은 "마음에 즉해서 글을 지어야[卽心而爲文]"한다고 강조한다.

　　진한 시대에 이르러서도 또한 모두 마음에 즉해서[卽心] 글을 지었지 글을 짓고자 해서 말을 얽어내지는 않았습니다. 이 때문에 한 번 그 문장을 보면 그 마음을 알 수 있었습니다. 그러나 문장의 폐단은 대개 한말漢末에 비롯되어 위진魏晉 때 형성되었고, 육조六朝 때 극심해져 일에는 실상을 기록하지 않고 말은 마음에서 말미암지 않아, 이에 이제삼왕二帝三王의 도가 쓴 듯이 없어지는 데까지 이르렀습니다. 9)

이는 곧 자기 마음의 진솔한 생각과 감정을 글 속에 담아야 한다는 것이다. 결국 독서와 수양을 통해 각득된 마음 속 자신의 생각을 솔직하게 토로해 낼 때, 형식의 한계를 뛰어넘어 쉽고 감동적으로 독자들에게 전달될 수 있으며, 비로소 좋은 문장이 되는 때문이다.

---

8)「答李審夫書」, 『淵泉集』권16 : "然輒近所謂倣秦漢者, 未嘗見一人能彷彿, 唯由歐蘇而學秦漢, 尚或不失其軌度. 且今之爲學問者, 有悍然號於衆曰 : '吾舍程朱而學孔孟.' 執事, 其許之乎? 文亦奚以異於是也."

9)「答金平仲論文書」, 『淵泉集』권16 : "逮于秦漢之間, 亦皆卽心而爲文, 未嘗臨文而搆言. 是以, 一觀其文, 其中可知也. 文之弊, 蓋始于衰漢, 成于魏晉, 極于六朝, 甚至乎事不紀實, 言不由衷. 於是乎二帝三王之道, 掃地盡矣."

이렇게 되면 당송고문의 문장창작법을 모범으로 하더라도, 자기 시대와 자기의 사상과 감정을 충실하게 표현함으로써 모방의 오류로부터 벗어날 수 있는 근본적인 해법이 마련되는 것이다. 이것을 홍석주는 "근고이거금根古而據今"[10]이라는 말로 압축하여 표현했으니, 고古와 금今의 상호보합 즉 '달의'의 고문 정신과 '즉심위문'의 창작자세의 결합으로 자신의 문학론을 요약한 말이라고 본다. 그의 고문론이 물론 보수적 성향을 지니고는 있지만, 19세기 사대부문학사에서 당대의 진부한 문학을 지양하고 한 시대의 문학사조를 형성하여 발전시킬 수 있었던 것은 바로 철저히 자기 문학을 일구어 내려는 이러한 칭직 정신에 기빈하고 있기 때문이었다.

3. 홍석주 고문의 예술적 특징

그러면 '달의達意' 위주의 고문론에 근거하여 홍석주가 자신의 산문 창작에서 이룩했던 성과는 무엇일까? 사실 어느 산문치고 달의를 의도하지 않는 것이 있겠는가마는, 자신의 생각을 십분 알기 쉽게 문장으로 전달하기란 말처럼 쉬운 일은 아니다. 아무리 좋은 생각과 뭉클한 감동이 있다하더라도 그것을 있는 그대로 전달하기란 쉬운 일이 아니기 때문이다.

당시 도학가들은 좋은 생각과 감동이 있으면 저절로 문장이 이루어지게 된다고 주장했지만, 고문가들이 그들의 글을 보았을 때 거칠고 조악하기 짝이 없어 도저히 문학이라고 보기 어렵다고 여겼다. 물론

---

10) 「芝溪李公遺稿序」, 『淵泉集』권18.

글이란 남에게 자신의 생각을 전달하는 것이라고 하지만, 이런 좋은 생각과 감동을 독자들이 쉽게 이해하기 위해서는 예술적 감동이 필요하다고 생각한 것이다. 형식이 내용을 결정하는 중요한 요건이라는 면에서 문학가인 홍석주로서는 이 부분을 결코 소홀히 할 수 없는 것이다. 그러므로 그는 고문의 독서를 통한 고법古法의 터득을 강조했으니11), 특히 당송고문의 세계가 이룩한 예술적 성과에 주목했던 것이다.

그러면 이제 홍석주가 자신의 문장에서 이루고자 했던 예술적 성과를 그의 평소 문예비평적 논의에서 추론해 보고, 다시 창작의 실제에서 검증해 보기로 하자.

평순·명쾌한 표현법

'달의'를 위한 문장을 이루기 위해 홍석주는 우선 그 글이 평이해야 하고 내용과 논리가 명쾌해야 할 것으로 생각했다. "문종사순文從辭順"이란 말이 이것을 의미하는 말이다.12)

그는 요즘의 글은 마치 남들이 알지 못하게 하려는 데 있는 것 같다고 비판하면서, 고문의 창작정신은 정작 남들이 쉽게 알아볼 수 있도록 하는 데 있다고 강조했다. 그러기 위해서는 무엇보다 문체가 평순하고, 논리가 명쾌해야 한다고 한다.13) 이 평순한 문체의 구사는 필

---

11) 졸고, 「淵泉 洪奭周의 古文論」(『한국한문학연구12집』, 韓國漢文學硏究會, 1989)에 서 소략하게 거론했던 古法의 문제를 이 글에서 좀 더 발전시켜 심층적으로 분석해 본 것이다.
12) 「與李審夫書」, 『淵泉集』권16 : "獨執事之文 雍容典雅 雖步趨折旋 一循古法 而文從 辭順 未嘗爲一句艱棘語 此平日所以歆衹之不暇."

경 홍석주 문학 전체를 관류하는 문예론으로서, 그의 문학의 큰 성격
이라고 할 것이다. 그러나 이 평순한 문체를 구사하는 궁극 목적이
분명한 의미의 전달이라고 한다면, 평순한 문체와 함께 서술 논리의
명쾌한 전개가 뒷받침되어야 마땅하다. 그래야 뜻이 분명하게 드러
나 남들이 쉽게 알아볼 수 있을 것이기 때문이다.

　이러한 문체의 장점이 특히 잘 발휘될 수 있는 곳은 아무래도 논리
적으로 설명하고 변증하는 의론적인 문장일 것이다. 학자이자 문인
이었던 홍석주의 문학세계에서 이 의론은 많은 비중을 차지하고 있
어, 무엇보다 이 문제를 중요하게 생각했다고 본다. 그러면 그의 의
론을 보자.

　[1] 其心是也, 其言非也, 君子原其心而恕其言, 其心非也, 其言是也, 君子
　　取其言而已矣. 此君子所以與人爲善也. (「書漢書馮野王傳後」)
　　　[그 마음은 옳지만 그 말이 잘못되었으면, 군자는 그 마음에 근거해
　　서 그 말을 용서하며, 그 마음은 잘못되었으나 그 말이 옳으면, 군자
　　는 그 말만 취할 따름이다. 이것이 군자가 남과 더불어 선을 행하는
　　방법이다.]
　[2] 道一而已矣, 得於人則曰德. 以其薰然發生者而謂之仁, 以其井井然因
　　物制宜者而謂之義, 以其秩秩然有品節文理者而謂之禮. 夫豈有舍道而可
　　以爲德, 外德而可以爲仁義禮者哉? (「書道德經上德不德章後」)
　　　[도는 하나일 뿐이지만, 사람이 얻은 것을 덕이라고 한다. 그것이
　　온화하게 발생하는 것을 인이라고 하고, 절도있게 대상에 따라 옳게
　　처리하는 것을 의라고 하며, 질서 정연하게 품절과 문리가 있는 것을

---

13)「鶴岡散筆」권4, 7항 : "意暢而理明 辭順而人易曉 古之爲文者 如是而已 (中略) 古
　之爲文也 欲人之知之 今之爲文也 欲人之不能曉 是果何爲也哉."

예라고 한다. 그러니 어떻게 도를 버리고 덕이 될 수 있겠으며, 덕을 도외시한 채 인·의·예가 될 수 있겠는가?]

[3] 夫脅肩諂笑而取富貴者, 有之矣, 秉義蹈難而身死亡者, 亦有之矣. 然時至於富貴, 則抗道者, 未始不達, 運直於死亡, 則忍恥者, 亦未必能全命. (「無命辯」上)

　　[대개 목을 움츠리며 아첨 섞인 웃음으로 부귀를 얻는 사람도 있고, 의리를 지키고자 곤란을 겪다가 자신이 죽고 마는 사람도 있다. 그러나 부귀해질 때가 되면 도를 지키는 사람도 영달해지지 않을 수 없고, 사망할 운명에 직면하면 치욕을 무릅쓰는 사람도 역시 목숨을 보전하지 못할 수 있다.]

이 [1], [2]의 문장들은 각 글의 첫머리에 해당한다. '서후書後'의 문장체제이지만 내용은 의론적 성격을 지닌 글이다. 대개 논의를 시작하는 처음부터 난해하고 복잡한 말을 끄집어낸다면 독자들은 당혹하기 마련이다. 그래서 홍석주는 어려운 단어를 사용한다거나 축약이나 은유를 통해 본의를 심하게 비트는 표현 없이 평이하고 명쾌한 논리로 글을 시작하고 있다. 평이한 말을 사용한 것은 물론이며, 구절은 짧되 대구對句로 구성하거나([1]), 동일한 구문句文을 반복해서 사용함([2])으로서 독자들로 하여금 내용을 구조적이고 효과적으로 이해할 수 있게 한다.

이처럼 평이하고 명쾌한 문체로 전달코자하는 것은 이 글이 앞으로 전개하고자 하는 내용의 대강을 명확하게 암시해주는 것이다. 그래서 우리는 문장 [1]「서한서풍야왕전후書漢書馮野王傳後」의 경우, 풍야왕馮野王이라는 인물의 역사 이야기를 읽고 그 내용을 어떻게 섭취할 것인가에 관한 독자로서의 자세를 말하고자 함을 알 수 있으며, 문장

[2] 「서도덕경상덕부덕장후書道德經上德不德章後」에서는 도와 덕, 나아가 인·의·예仁義禮의 일체성을 논함으로서 노자사상의 모순을 따지려 하고 있음을 짐작할 수 있다.

문장 [3]의 경우도 부귀나 죽음의 운명이란 누구도 예측하거나 피할 수 없는 것임을 명료한 설명으로 독자에게 전달해 주고 있다. 나쁜 인간이 부귀하게 살고 의로운 사람이 일찍 죽는 사례는 더러 경험하거나 직접 본 적이 있는 일이지만, 이것을 말로 설명할 때 자칫 무미건조해지기 마련이다. 그러나 홍석주는 대구법을 이용한 은유적 표현으로 좀 더 알기 쉽게 설명함으로써 이것은 결국 명命일 수밖에 없음을 독자들로부터 간단히 동의를 얻을 수 있는 것이다.

한편 그는 내용의 평이하고 명확한 전달을 위한 방편으로 비근하고 적실한 '비유법'을 적절히 활용하고 있다.

[4] 余嘗謂文章, 有才有氣亦有力. 才無古今而力則有之, 氣則可養而力不可强. 三代尙矣, 秦漢之文士與韓柳二子, 皆能擧千勻之鼎者也, 秦漢之士, 談笑而擧之, 退之則莊色矜容斂襟而擧之矣. 至於子厚, 喘息流汗而呼耶許矣. 若歐蘇者, 亦幾乎談笑而擧之矣, 然其所擧者, 則非千勻也. (『鶴岡散筆』권2)

　[나는 일찍이 생각하기를, 문장에는 재능과 기운과 힘이 있다고 보았다. 재능은 고금의 차이가 없지만, 힘에는 있으며, 기운은 기를 수 있지만 힘은 강하게 만들 수 없다. 삼대는 너무 멀고, 진한 시대의 문사들과 한유와 유종원 두 사람은 모두 천 균의 솥을 들 수 있는 자들인데, 진한 시대의 문사들은 담소를 나누면서 든다면, 한유는 비장한 표정에 자세를 갖추어 소매를 걷고 든다. 유종원의 경우는 숨을 헐떡이고 땀을 흘리며 소리를 질러야 겨우 들 것이다. 구양수와 소식

의 경우는 담소를 나누며 들기는 하겠지만, 그들이 들 수 있는 것은
천 균짜리가 아니다.]

[5] 然天眞與人僞, 居然判矣. 譬之京華士族, 涉世積久, 事變時態, 無所不
熟, 俯仰應酬, 機巧爛熳, 而忽然欲鄕語村步, 作朴野疎硬之容, 其不益
劉其天眞也, 幾希. (「與李審夫書」)

[그러나 천진과 인위가 분명히 나뉜다. 비유하자면, 경화사족은 오
랜 세월 경험이 쌓여 일이 시절마다 변해도 익숙하지 않은 것이 없어,
적절히 응수하는 방법이 능수능란하다. 그러나 갑자기 사투리에 촌
부의 걸음을 흉내내고자 촌스럽고 어색한 모습을 지어낸다면, 오히
려 천진함을 말살시키지 않는 일이 없을 것이다.]

두 자료 모두 문장에 대한 비평적 해설을 비유를 들어 설명한 글이
다. [4]는 옛 작가들의 문장하는 능력을 천근의 솥을 드는 것에 비유
하여 비교한 내용이다. 진한秦漢 시대의 문사文士들은 담소하는 가운
데 천근을 든다고 한다면, 한유는 비장한 자세로 소매를 걷고 드는
자이고, 유종원柳宗元은 땀을 흘리고 기합을 지르며 들고, 한편 구양
수와 소동파는 역시 담소하는 가운데 솥을 들기는 하지만, 그것이 천
근은 아니라고 한다. 이는 사실 긴 문장으로 더러는 몇 편의 글로 설
명할 내용을 단지 백 여자의 글자로 간단히 설명했을 뿐이지만, 그
내용은 오히려 명료하게 독자들에게 전달되고 있다.

[5]는 진한고문秦漢古文의 모방으로 인위적인 의고문을 짓는 문사들
을 경화사족이 시골 촌부를 흉내내는 것에 비유하여 설명한 글인데,
천진天眞과 인위人僞의 차이를 적실하게 설명함으로서 독자들이 쉽게
의미를 이해할 수 있도록 도와준다. 이런 비유적 표현법을 홍석주는
자주 사용하고 있는데, 그 비유의 내용은 스스로 다듬어 만들어 낸

것임을 알 수 있고, 가능하면 그 내용도 누구나 알기 쉬운 비근한 것
에서 찾고 있다.

또한 평순한 문장의 구사를 위해 홍석주가 문장의 수사법에서 각별
히 주의를 기울였던 부분은 '어조사의 안배'였다. 일찍이 문인인 이정
리李正履에게 이 점을 지적한 바 있었다.

　　보내준 「재의齋義」를 소중히 읽어보고는 감탄했습니다. 그러나 한 두
　　가지 의심나는 곳이 있어 감히 감추지를 못하겠습니다. 제 1조에서 논
　　한 '야자也者' 두 자는 남겨두면 참으로 필력이 있으나, 고치면 더욱 평
　　순하겠습니다. 대개 옛날의 글에도 자구 사이에 분명 이와 같은 것이
　　있었지요.[14)

'야자也者' 두 어조사를 어떻게 고치면 된다는 것인지 분명히 알 수
는 없지만, 이 두 글자가 문장에서 어떻게 배치되느냐에 따라 평순
해지기도 하고, 필력이 살아나기도 한다는 점을 중요하게 설명하고
있다.

그러면 이 어조사는 어떤 측면에서 평순한 문장의 기능을 돕는다는
것인가? 이에 대해 홍석주 자신이 견해를 구체적으로 제시하고 있지
는 않다. 본래 어조사는 문장의 어기語氣를 조절하는 기능을 하는데,
이는 글자 수의 안배와 문장의 구조를 짜임새있게 조절하는 역할이
라고 하겠다.[15) 특히 이는 문장을 소리 내어 읽을 때 그 효과가 드러

14) 「與李審夫正履書」, 『淵泉集』권16 : "承示齋義, 奉玩欽歎. 一二有疑, 不敢自隱. 第
　　一條所論, 也者二字, 存之, 固有筆力, 改之, 尤似平順. 盖古之爲文, 其句字之間, 固
　　有若此者矣."
15) 張立偉, 「韓愈"氣盛言宜"新探」, 『文學遺産』1988年 第4期, 中國社會科學院文學研

나게 되는데, 홍석주가 고문의 독서에서 성독聲讀을 특히 중시했던 것
도 바로 문기文氣의 습득과 관련 깊은 것이었다.16) 그래서 그의 문장
을 보면 어조사의 사용이 매우 빈번한 점을 알 수 있다.

> [6] 命可知也而不可爲也, 命可信也而不可必也. 何謂可知而不可爲? 無爲
> 者, 天也, 有爲者, 人也. 命也者, 非人之所能爲也, 亦非天之所能爲也.
> (「無命辯」下)
>
> [명을 알 수는 있지만 만들 수는 없으며, 명을 믿을 수는 있지만 기
> 대할 수는 없다. 어째서 알 수는 있지만 만들 수는 없다고 하는가?
> 만드는 일이 없는 것은 하늘이고, 만드는 일을 하는 것은 사람이다.
> 명이란 사람이 만들 수 있는 것이 아니며, 또한 하늘이 만들 수 있는
> 것도 아니다.]

앞서 인용된 [1], [2]의 글에서도 어조사의 배치가 많음을 볼 수 있
었는데, [6]의 이 글에서도 역시 어조사를 많이 사용하고 있다. 이
부분도 글의 첫머리로서 필자가 전개하고자 하는 논리를 명쾌하고
쉽게 제시하고 있다. 홍석주는 글의 전체 중 대체로 자신의 논리를
제시하는 이런 부분에서 어조사의 배치에 많은 신경을 쓰고 있다고
본다. 특히 이 글에서는 '야也'자를 무려 아홉 번을 사용하고 있는데,
이는 구문句文의 끝마다 의미종결 어조사를 반복 사용함으로써 성독
하기에 편리하도록 할 뿐만 아니라, 짧은 글 안에서도 기복起伏 변화
를 주어 의미를 강조함으로서 내용의 명료성을 한결 더해 주고 있다.

究所. 참고.

16) 「答舍弟憲仲書」, 『淵泉集』권16 : "古人所謂讀書者, 沈潛披玩, 皆是不獨指伊吾聲.
然其所以能一筆千言, 滔滔不竭, 政在此伊吾聲中得力, 不可不深自勵也."

간결한 문장 구성

홍석주가 '달의'를 위한 문장으로서 평순한 문체 못지않게 중요한
요소로 여겼던 것은 간결한 구성이었다. 필요 없이 말을 반복하여 부
섬富贍하게 하는 것은 달의의 정신에 어긋나는 것으로 보았다. 또한
너무 소상하게 설명하는 것도 독자를 지루하게 만드는 요소이기 때
문에 좋은 문장은 못되는 것이다.[17] 오히려 간결한 구성에서 독자의
상상력을 유도하는 것이 문학적 감동을 주기도 한다.

그런 측면에서 홍석주는 여느 고문가들과 같이 고전 작품들이 지
니고 있는 가장 우수한 요소로 '간결근엄簡潔謹嚴'함을 들고 있다. 글
은 간략하면서도 내용은 모두 전달되고 있다는 점에서 그 문장의 구
성에 매력을 느꼈던 것이다. 분명 의고문이 추구하는 소략한 문장도
고문의 세계가 지니고 있는 간결함을 모방한 결과라고 그는 결론지
었다.[18]

그렇다면 문장의 간결한 구성은 어떻게 성취할 수 있는 것인가? 홍
석주는 그 방법으로 '생략법'을 구상했다. 우선 그는 『논어』나 『맹자』
와 같은 뛰어난 고문들도 대개 번잡한 설명이나 묘사를 생략함으로
써, 오히려 문장의 효과를 십분 살리고 있음을 발견했던 것이다. 『맹
자』의 문장을 예로 든 설명을 보자.

---

17) 『鶴岡散筆』권5 : "難晦以爲奧, 非達也, 組織以爲工, 非達也, 鋪衍以爲富, 非達也,
粉澤以爲麗, 非達也."

18) 「答舍弟憲仲書」, 『淵泉集』권16 : "因念十三四歲時 酷好讀八家文 致曾子固所作 輒
眠然欲坐睡 其後十餘年間 再讀三讀 漸覺有味 自三十歲以後 則知好之矣 而猶往往恨
其太冗蔓 至今年而後 始悟其簡潔謹嚴 眞得西漢遺軌 雖蘇氏兄弟 猶當歉衳萬萬 非近
世操觚之家 截句減字 自以爲矯健者 所可企也."

"노평공魯平公이 장차 외출을 하고자 했다"고 했으니, 무엇 때문에 외출하려고 했는 지는 말하지 않았다. 장창臧倉이 물어봄으로 해서 "맹자를 만나보고자 한다"고 말했으니, 비로소 외출하는 까닭을 알게 된다. 그러나 오히려 무슨 연유로 만나보고자 했는지는 알 수 없다. 악정자樂正子가 맹자에게 고함에 이르러 "제가 임금께 고하여 임금이 와서 뵙고자 하였습니다"고 함으로서 비로소 악정자의 말로 말미암았음을 알았다. 평공이 악정자에게 대답하면서 오직 "어떤 사람이 과인에게 고했을 뿐이다"고 하고 그가 장창임을 말하지 않았는데, 악정자가 맹자에게 고함에 이르러 "폐인嬖人 중에 장창이란 자가 있어 임금이 오는 것을 막았습니다"고 함으로서 악정자가 벌써 장창의 말을 들었던 것이다. 이것이 대개 고인들이 글을 생략하는 방법이다.[19]

그는 간결하지만 내용이 전혀 성기거나 이해하기 어렵지 않고, 오히려 자연스럽게 상황이 상상되는 점을 생략법의 미학으로 파악하고 있다. 간결근엄함의 실상은 곧 생략법이라는 것이다.

이런 표현법은 역시 기사문記事文에서 그 장점을 발휘할 수 있을 것인데, 생략의 표현이란 것이 도끼로 찍은 듯한 흔적없이 자연스럽게 생략해야 하므로 결코 쉬운 일이 아니다. 일찍이 농암農巖 김창협이 비지문碑誌文에서 간결근엄함을 시도하여 문예적 성과를 거둔 바 있었는데[20], 홍석주도 특히 비지문자에서 간결한 구성법을 시도하고

---

19) 『鶴岡散筆』권2 : "曰魯平公將出, 則不言其何爲而出也, 及因臧倉之問, 而曰將見孟子, 則始知其所爲出矣. 然猶未知其何由而欲見也, 及樂正子之告孟子也, 曰克告於君, 君爲來見也, 則始知其由樂正子之言矣. 平公之答樂正子也, 唯曰或告寡人而已, 不言其爲臧倉也, 及樂正子之告孟子也, 曰嬖人有臧倉者沮君, 則樂正子蓋已聞臧倉之言矣. 此蓋古人省文之法."

20) 沈慶昊, 「조선후기 古文의 형식미」, 『관악어문연구』13집, 서울대학교 국어국문학

있다. 그의 비지문 중 가장 널리 알려진 「이회여묘지명李晦汝墓誌銘」을 살펴보기로 하자.

이회여李晦汝(顯愚)는 월사月沙 이정구李廷龜의 8세손이오, 이민보李敏輔의 증손이며, 이조판서를 지낸 이시원李始源의 손자요, 의령현감인 이봉수李鳳秀의 장남으로서, 그의 가문이 문장과 학덕으로 이름 있는 집안의 출신이었다. 대개 묘비문자는 고인의 자랑스러운 가계를 서두에 내세움으로서 그 인물의 됨됨이가 비상하지 않음을 드러내기 마련이다. 그러나 이회여는 18세의 나이로 요절한 청년으로서, 그의 죽음도 효성 지극한 부친 병간의 후유증으로 인한 것이었다. 그러므로 그에게서 가장 중요한 부분은 바로 그 '효성'인 셈이다. 연천은 이 점을 부각시키기 위해 화려한 가문의 내력은 일체 생략한 채 부친의 와병과 그의 지극한 병간으로 바로 글의 서두를 시작한다.

[1] 歲丁丑冬, 宜寧宰李侯, 寢疾在縣衙, 其長子顯愚晦汝甫, 時年十八, 晨夕于臥側, 衣帶不解紐者三月. 藥必以曉進, 鷄始啼, 未嘗不在爐傍也, 日數具糜粥, 未嘗不在廚下也. 及奉以進, 未嘗不親接匙箸也. 旣進, 必識其多少, 又未嘗不入而告母氏也.

[정축년 겨울, 의령현감 이모가 병이 들어 관아에 있었는데, 그의 맏아들 현우 회여가 18세의 나이로 병석 곁을 아침저녁으로 지키며 석 달 동안 옷을 벗지 않았다. 약을 꼭 새벽에 올렸는데, 첫 닭이 울면 항상 화로 곁에 있었고, 하루에 여러 차례 미음을 끓여 올릴 때면 항상 주방에 있었다. 음식을 올릴 때는 직접 수저를 잡아드렸으며, 다 드시고 나면 항상 드신 양을 살펴 들어가 어머니께 말씀드렸다.]

과 1988. 참고.

이회여의 지극한 병간과 부모에 대한 타고난 공경의 자세를 간결하면서도 곡진하게 서술하고 있다. 몸소 약과 죽을 지어 올리고, 직접 수발을 했는데, 죽 양의 다소를 점검하고 또 어머니께 빠짐없이 알려 드렸던 것이다. 죽 양의 다소를 점검한 것은 병의 차도를 식사량으로 가늠코자 한 것이었고, 어머니께 빠짐없이 알려드렸던 것은 부친의 병에 대한 어머니의 염려와 궁금함을 생각했던 것이다. 그러나 이런 설명까지 자세히 기술하지는 않았지만, 독자는 충분히 미루어 짐작할 수 있다. 또한 어머니는 남편의 병간에 직접 참여하지 않았음을 알 수 있는데, 그것은 분명 걱정하는 아들의 만류에 의한 것이었음을 알 수 있겠다.

[2] 時天方栗烈, 奔走外內, 寢不臥, 食不時, 中寒且戰栗者, 數矣. 或勸少自護, 則曰: "此豈人子言病時耶?" 盖終始如一, 一刻不懈, 垂五十日而病. 病又且一旬許, 而候始少間, 命之休, 不肯, 强而後臥, 則疾已深, 不可爲矣.
[마침 날씨가 매우 추웠는데, 안팎으로 분주해서 잘 때도 눕지 못했고, 밥도 제 때 먹지 못해 추워서 덜덜 떠는 것이 여러 차례였다. 누가 잠시 쉬라고 권하면 "어떻게 자식으로서 아프다고 말할 때이겠습니까?" 하고는 시종일관 한 시도 게을리 하지 않더니, 결국 50일 만에 병이 들었다. 그가 병이 든 지 열흘쯤에 이후가 비로소 낫기 시작해서, 좀 쉬라고 명령했으나 듣질 않더니, 억지로 권해 누웠지만 병이 이미 깊어져 어쩔 수 없게 되었다.]

병간에 여념이 없어 침식도 제대로 못하여 감기로 자주 오한이 들었으나, 잠시도 쉬지 않았다. 홍석주는 한시도 마음을 놓을 수 없는 그의 심정을 "어떻게 자식으로서 아프다고 말할 때이겠습니까?[此豈人子言病時耶]"라는 한마디로 축약해서 표현하고 있다. 그렇게 한 지 무려 50일 만에 그는 결국 병이 들고 말았다. 그가 병이 든 지 열흘째에 부친의 병이 조금씩 낫기 시작하자 드디어 부친이 그에게 억지로 쉴 것을 명하였으나, 이미 그의 병은 깊어질 대로 깊어져 있었다. 그의 부친이 억지로 쉴 것을 명하였다는 데서 우리는 그가 병이 든 지 열흘이 되어도 자리에 눕지 않았다는 것을 알 수 있는데, 그것은 앞서 말한 대로 부친의 병환 앞에 감히 자신의 병을 드러낼 수 없었기 때문이다. 이것도 결국 그의 효성스러운 자세를 간접적으로 완곡히 묘사한 것이다.

그러나 그의 부모에 대한 공경이 병이 들었다고 그치지 않았다.

[3] 每曉猶問侯寢膳贏減, 輒令人告母. 及侯來視疾, 必强起, 整冠攝衣而後見, 比旣革, 亦不變. 於是, 自在衙之客, 以洎胥吏人民, 覩且聞者, 咸嘖嘖一辭曰:"至孝也."

　[매일 새벽이면 오히려 부친의 잠자리와 음식이 모자라지 않는 지 물었고, 사람을 시켜 어머니께 알려드리곤 했다. 이후가 병을 살펴보러 오면 반드시 억지로 일어나 의관을 정제하고서 뵈었는데, 아프기 전과 다름이 없었다. 이 때 관아에 머물던 손님들과 서리들과 사람들까지 이것을 보고 들은 사람이면 모두 감탄하며 말하기를, "훌륭한 효자다"고 했다.]

[4] 旣不淑, 又莫不咨嗟相告, 曰:"嗚呼! 天其忍夭孝子耶?"侯哭之久而愈慟曰:"吾由汝獲全, 汝乃由吾死耶?"

　[이미 낫을 수 없게 되자 탄식하며 서로 말하길, "아아! 하늘이 차마 효자를 일찍 죽게 만드시려나!"했고, 이후도 한참을 통곡하고 애통

해 하기를 "나는 너로 인해 병이 나았지만, 너는 나로 인해 죽는단 말이냐!"고 했다.]

병석에 누웠어도 부친의 안부를 살피고, 부친이 문안을 오시면 반드시 의관정제해서 맞았던 것이다. 이러한 이회여의 효성스런 덕성을 홍석주 스스로 '효'라고 규정하지 않고, 그의 태도를 지켜본 사람들의 입을 통해 "훌륭한 효자다[至孝也]"라고 탄성케 했다. 사실 이 한 마디로써 앞서 간결 완곡하게 서술했던 이회여의 삶을 최종 결론 맺고 있는 셈이다.([3]) 그리고 이 효자의 요절에 대한 비통한 작가 자신의 심정을 직접 토로하기보다, 오히려 효자의 부친의 입을 통해 전함으로써 더없이 비통한 감정을 독자들에게 전하고 있다.([4])

이상이 이 묘지명의 본 내용에 해당하는 부분으로써 홍석주는 이 내용을 가장 앞에 배치함으로써 이 묘지명의 주인공의 삶을 극적으로 표현하고자 했다. 이어 그의 가계와 생몰년 등 의례적인 묘지명의 내용에 대해 간략히 서술하고, 다시 그의 인품을 전하고 있다. 그 인품에 대한 설명은 역시 그가 이러한 효성을 지니게 된 천품적 자세를 보충하여 설명하고 있다. 또한 명문銘文을 제외한 가장 마지막에 작가 자신이 고인과 매제간 임을 말하고 있는데, 그 안에는 과부가 된 여동생에 대한 애처로움과 매제의 효성에 대한 자긍심이 은연히 서려 있음을 느낄 수 있다.

이 글은 홍석주가 간결한 문장구성을 가장 효과적으로 완성한 작품 중의 하나라고 봄직하다. 전체의 문장 구성에서도 형식적이고 의례적인 내용을 대폭 간소화하면서 보다 중요한 본론의 내용을 가장 먼저 서술함으로서 고인의 삶을 독자들에게 효과적이고 명쾌하게 전달

코자 했다. 뿐만 아니라 표현에 있어서도 생략법의 미학을 잘 구현했
는데, 자세한 설명과 묘사는 간략히 축소하고 있지만, 오히려 독자의
상상을 통해 전체 상황을 자연스럽게 이해할 수 있도록 하고 있다.
기타 그의 다른 비지문자에서도 이러한 구성법을 적지 않게 볼 수 있
으니, 이를 통해 '간결근엄'에 대한 홍석주의 문예적 성취를 평가할
수 있을 것이다.

주제의 진실한 묘사

 글을 통해 어떤 내용을 전달한다고 할 때, 전하고자 하는 핵심적인
내용이 있기 마련이다. 대개 이것이 그 글의 주제 부분이 될 것이오,
필자는 이 주제를 중심으로 글의 전체 구성을 엮어 나간다. 그러나
문제는 지나친 수식과 조탁 등 외형적인 것에 치중하다보면 도대체
그 글의 주제가 무엇인지 또 그 주제가 진실된 것인지 의문이 가는
경우가 허다하다는 것이다. 홍석주는 이런 글을 매우 비판적으로 보
고 있다.

 고염무顧炎武가 이르기를, "공자께서 '듣기 좋은 말과 보기 좋은 낯빛
에는 어진 바가 드물다' 하셨고, 또 '듣기 좋은 말은 덕을 어지럽힌다'고
하셨는데, 듣기 좋은 말은 비단 언어뿐만이 아니다. 무릇 요즘 사람들
이 지은 시부詩賦나 비지전장碑誌傳狀은 족히 사람을 기쁘게 하는 글이
니, 모두 듣기 좋은 말과 같은 류의 것이다"고 했는데, 이 말이 정말
그렇다. 문장이 문사를 높여 화려하기를 힘쓰고, 의리에 근본하지 않으
며 사실을 드러내지 못하니, 모두 어진 이는 하지 않는 바이다.[21]

비지전장류와 같이 고인을 기리는 글들은 그 후손들을 위해 듣기 좋은 소리로 잔뜩 꾸미기 마련이다. 잘한 일은 과장하여 칭송하고, 못한 일은 감춤으로써 왜곡시키기도 한다. 이렇게 되면 사실이 사실 대로 드러나지 못하고 단지 화려한 문사에 의해 치장되게 된다. 그래서 홍석주는 근래 문장의 큰 문제점으로 사실을 드러내지 못하는 점을 지적하고 있는데, 이 역시 문장의 외형적인 부분에 치중한 결과라고 본 것이다. 이러한 자세는 결국 '달의'의 정신에 어긋나는 것이다.

그는 누차 '문장은 반드시 사실대로 드러내어야 함[文必徵實]'을 강조했는데[22], 그것은 곧 글의 주제를 충실하고 진실되게 표현할 것을 주장한 것이다. 그는 "사건을 논하고 실상을 서술하는 글은 명백히 펼치는 것이 중요하다"고 지적한 바 있는데, '명백히 펼친다'는 것은 곧 한 주제를 일관되고 진실하게 서술하는 것을 의미한다고 본다. 만약 여러 개의 주제가 또는 난삽하게 기술된다면 결국 독자를 혼란스럽게 만들 뿐 아니라, 의미도 명확하게 전달될 수 없다.

앞 장에서 살펴보았던 「이회여묘지명李晦汝墓誌銘」의 경우 홍석주는 주제를 '지효至孝'로 설정하고 있다. 그것이 이회여의 삶이 이루어 놓은 가장 대표적인 가치이기 때문이다. 그는 이 주제를 손상시키지 않기 위해, 묘지명의 의례적인 서술내용을 뒤로 미루고 곧바로 그의 부친에 대한 지극한 정성을 부각시켜 서술했다. 흔히 이정구의 후손이오, 이민보의 증손이라는 점과 자신의 매제라는 인연을 먼저 드러내

---

21) 『鶴岡散筆』권4 : "顧寧人言, 孔子曰巧言令色鮮矣仁, 又曰巧言亂德, 巧言, 不但言語, 凡今人所作詩賦碑狀, 足以悅人之文, 皆巧言之類也. 誠哉! 是言也. 凡文之尙辭, 務華而不本於義理, 不徵於事實者, 皆仁人之所不爲也."

22) 「答舍弟憲仲書」, 『淵泉集』권16.

기 마련인데, 그의 효성을 드러내는 것과 크게 관련이 없는 것은 뒤에 간략히 첨부하거나 과감히 생략시켰던 것이다. 그럼으로써 잡다하게 행적을 늘어놓지 않고 간결하게 그의 효성에 초점을 맞추어 이회여의 삶을 부각시킨 것이다.

그러면 다시 홍석주의 표종형表從兄 김리호金履祜의 문집 서문으로 지어 준 「현암유고서玄巖遺稿序」를 보자. 그는 이 글의 주제를 '호고好古'로 설정하고 있다. 그것은 김리호의 삶과 문학을 하나로 묶어 설명할 수 있는 가장 대표적인 성격이기 때문이었다.

> [1] 吾表兄玄巖金公, 生今世五十餘年. 口無飾語, 身無佻行, 胸中無機械. 望其步趨, 聽其咳唾, 使人肅然, 無嫚易想. 而與之交, 天眞爛然, 風誼篤厚, 久益可親愛. 至所謂時俗好尙, 則漠然不識爲何事. 以故時俗之人, 知好公者甚少, 至摸象其言動以爲戲笑. 然及論世有古人風者, 未嘗不獨數公.
>
> [나의 표형 현암 김공은 세상에 태어난 지 50여 년이 되었다. 허접한 말은 하지도 않았고, 경박한 행동도 하지 않았으며, 흉중엔 얽매인 것이라곤 없다. 걸음걸이를 보거나 기침소리를 들어도 사람을 숙연하게 만들어 업신여길 생각이 들지 못하게 한다. 그러나 그와 사귀어보면 천진난만하고 풍의가 돈독해서 오래될수록 더욱 가까워지게 된다. 이른바 시속에서 좋아하는 것이 전혀 무슨 일인지를 알지 못했다. 그래서 시속의 사람 들 중에 공을 알거나 좋아하는 사람이 적었고, 오히려 그의 말과 행동을 흉내내며 웃음거리로 삼곤 했다. 그러나 이 세상에 고인의 풍모를 가진 사람을 따지자면 공을 손꼽지 않을 수 없을 것이다.]
>
> [2] 公蚤攻古文而尤喜爲歌詩, 往往有盛唐風韻. 讀其辭, 常泊然不見其用

力, 而人亦莫能爲之, 譬如闊袖方舃, 緩步於大道之中, 而策蹄嚙蹢荊棘
者, 顚蹶喘呼, 瞠乎而恒後. 嗟乎! 是豈可以强而求哉?

[공은 일찍이 고문을 익혔는데 또 시 짓기를 더욱 좋아해서 종종 성
당의 풍운이 있었다. 그의 글을 읽어보면 항상 담박해서 억지로 힘쓴
곳을 볼 수 없으니, 사람들이 할 수 있는 것이 못된다. 비유하자면
넓은 소매의 옷을 입고 네모진 신발을 신고 큰 길 가운데를 느긋하게
걷지만, 말을 채찍으로 치고 이를 악물며 가시밭길을 달리는 자가 엎
어지고 숨을 헐떡이며 애를 써도 항상 그보다 뒤처지는 꼴과 같다.
아아! 이것이 어찌 억지로 한다고 얻어지는 것이겠는가?]

[3] 公於近代雜書, 未嘗少過目. 一日造余居獨坐, 顧侍者取架上書, 侍者
以南宋已後書進, 公徐搖首曰"吾不解觀此, 其取孟子若史記來."

[공은 근래의 잡서들은 잠시도 본 적이 없었다. 하루는 내 거처로
찾아와 혼자 앉아 있다가 시자를 보고 시렁 위의 책을 가져오게 했는
데, 시자가 남송 이후의 책을 가져다주자 공은 머리를 천천히 흔들며
"나는 이런 것은 보지 않는다. 거기『맹자』하고『사기』를 가지고 오
너라"고 했다.]

[4] 譏公者, 以爲公狹而不博, 知公者, 亦謂公專精於古文而已. 不知公性
情嗜好, 宜於古而不宜於今者, 率如此, 非獨於文也. 嗚呼! 公則已遠矣.
吾安得不徇時好之士而與之讀公文也哉?

[공을 비난하는 자들은 공이 협소해서 박학하지 못하다고 하고, 공
을 아는 자들도 역시 공은 오직 고문만 익혔을 뿐이라고 한다. 그러나
공의 성정과 기호가 옛날과 맞지 오늘날과 맞지 않는다는 것을 모르
는 말이다. 대개 이같은 점이 유독 문학만 그런 것이 아니다. 아아!
공은 이미 돌아가셨으니, 내가 어디서 시속을 따르지 않는 선비를 만
나 함께 공의 글을 읽을 수 있을까?]

이 글에서 홍석주는 시문時文에 대비해 고문의 우수성을 먼저 언급하고, 이어 위에 인용한 바와 같이 김리호의 호고적 삶과 태도에 대한 설명이나 일화로 일관하고 있다. 김리호의 가계나 그가 덕천군수德川郡守를 지낸 사실 등은 일체 언급하지 않았다. 단지 그가 시속에서 좋아하는 바를 따르지 않고 천성이 천진하여 사람들의 놀림거리가 되었으나, 누구나 그가 고인의 풍모를 지녔음을 인정했던 점([1])과 오직 옛 것을 좋아하는 것이 독서에 있어서도 그러했던 일화([3])와 그러한 자세로 고문에서도 일정한 결실을 이룬 점([2],[4])을 서술했다. 이 네 문장은 모두 김리호의 호고적好古的 삶을 드러내는 데서 한 치도 벗어나지 않는다. 그러므로 우리는 이를 통해 김리호가 이룩한 문학적 성과가 그의 성격이나 삶의 태도와 혼연히 하나에서 비롯된 것임을 쉽게 이해할 수 있다. 글의 서술이 '호고'라는 주제에서 한걸음도 벗어나지 않고 전개시킴으로서, 오히려 김리호의 전형적 성격을 통해 그의 문학이 지니는 특징을 명료하게 이해할 수 있다.

다채로운 개성적 성어의 구사

홍석주가 또한 문장에서 많은 관심을 기울였던 부분 중의 하나는 자신의 생각을 효과적이고 압축적으로 전달할 수 있는 성어成語의 사용 문제였다. 성어는 누구나 문장에서 매우 빈번하게 사용하는 것인데, 그는 자신의 문장이 창조적인 글이 되느냐 되지 못하느냐의 여부가 뛰어난 주제사상과 함께 이 성어의 사용에 달려있음을 강조하고 있다. '사필기출詞必己出'의 정신이 바로 여기에 달린 것이다.

그래서 그는 가능하면 고인들이 이미 사용한 진부한 성어는 사용하

지 않는 것이 좋다고 한다. 앞서 그가 전겸익錢謙益의 문장을 비판하
면서 진부한 성어를 답습하고 있음을 비판했던 것도 이러한 때문이
다. 그러나 한편 고인들의 성어라도 자신의 뜻을 전달하기에 적합한
것이라면 사용해도 무방하다고 한다. 그가 말하는 진부한 말이란 고
인들이 이미 사용한 것을 의미하는 것이 아니라, 단지 화려한 수식을
목적으로 의미와 상관없이 절취해 사용하는 것을 의미하기 때문이
다. 전겸익의 경우를 그렇게 보았던 것이다. 그러므로 고인들의 성어
에서 몇 자 고쳐 마치 새로운 것인 양 사용하는 것은 더없이 비루한
짓이라고 비판한다. 그대로 사용하여 보추步趨하는 것이 차라리 낫지
모방은 옳지 못한 것이기 때문이다.[23)

홍석주는 성어 구사의 이러한 차이를 '조어造語'와 '입언立言'으로 구
분해서 설명한다.

> "고인들의 문장에는 조어造語가 없었는가?" "조어造語와 입언立言은
> 다르다. 말로써 의미를 전달하되 말이 저절로 이치에 맞으며, 전인前人
> 들이 말하지 못한 것이고 또 후인들이 받들어 전훈典訓으로 삼으면, 이
> 같은 것이 이른바 입언立言이다. 자구 사이에서 기이한 것을 구하고,
> 앞서 사용한 것 외에서 새로운 것을 따 써되 이치가 주가 되지 않고
> 오직 문사文辭만을 일삼는 것은 이른바 조어造語이다."[24)

---

23) 이에 관한 논의는 『鶴岡散筆』卷2 35則, 36則, 38則, 40則, 41則 등에서 거론하고
있다.
24) 『鶴岡散筆』권2 : "古人之語, 無造語乎? 曰 "造語與立言, 不同. 達意以言, 言自中理,
前人之所未及發, 而後之人擧爲典訓, 若此者, 所謂立言也. 求奇於字句之間, 標新於前
載之外, 非理是主, 而唯辭之是治, 此所謂造語也."

그러므로 모방 표절하는 조어를 일삼아서는 안 되고, 후세에 길이
전해질 성어를 입언할 것을 희망했다. 결국 성어는 문장의 이치에 적
합하면서 자연스럽게 이루어져야 한다. 고인의 성어 중 적합한 것이
있으면 그대로 사용하되 적합한 것이 없으면 스스로 창조하여 사용
하면 된다. 이것이 후인들에게 좋은 성어로 받아들여진다면 자신은
입언立言의 성과를 이루게 되는 것이다.

실제로 그는 고문에 전해오는 성어들을 많이 습득해 익혀 두었으
니, 당송팔가들의 성어를 따서 모아 그의 동생 홍길주洪吉周와 주고
받은 「집팔가문답중集八家文答仲」은 그러한 학습과정을 잘 보여주는
글이다. 뿐만 아니라 그의 문장에서도 빈번하게 당송팔가들의 성어
를 적절하게 사용하고 있다.

그 외에 자신도 다채로운 성어를 창조하여 사용하고 있다. 생각은
비슷하지만 시대가 다르고 지역이 다르기 때문에 부득이 자신의 개
성적 성어를 만들 수밖에 없는 것이다. 그 중 몇 가지를 제시해 보면
다음과 같다.

- 根古(而)據今 / 神不偕貌 (「芝溪李公遺稿序」)
- 卽心(而)爲文 / 心外無文, 道外無心 / 卽文卽言, 卽言卽心 / 事不紀
  實, 言不由衷 (「答金平仲論文書」)
- 鄕語村步 (「與李審夫書」)
- 信手開卷, 藻績滿眼 / 命題布紙, 瞑目支頤 (「答舍弟憲仲書」)
- 鑿井(而)救火 (「送鄭景守世翼宰鎭安序」)
- (夫)止輦稱善, (帝王之盛節也,) 前席談經, (儒者之至榮也.) (「抄啓故
  寔序」)

- 鬪巧競異, 仄媚尖纖, 百怪睒腸, 目眩耳奪, (文之卑, 極矣.) (「玄巖遺稿序」)

- 鶩虛(而)忘實 / 信若期會, 密若析縷 (「星漏合編序」)

이상은 연천이 자신의 문장에서 사용한 성어들을 뽑아본 것이다. 물론 전체의 일부일 뿐이다. 그리고 이 성어들 중에는 이미 일반적으로 쓰이는 단어를 활용한 것도 있는데, 그것은 자신의 의미를 전달하기 위해 나름대로 환골탈태한 것이다. 그러나 홍석주 자신이 만들어 사용한 성어들의 경우 자기 문장의 개성적 성격을 잘 드러내고 있다고 본다. 특히 '근고거금根古據今'이나 '심외무문, 도외무심心外無文道外無心' 등의 성어는 아주 평이한 말이면서도 그의 문학론을 설명하는 데 핵심이 되는 성어인 것이다.

대체로 홍석주의 성어는 난해한 단어를 사용하지 않고 평이하게 이루어져 있으며, 또한 묘사보다 설명에 장점을 지니고 있어, 기사문에서 보다 의론의 문장에서 성어를 많이 활용하고 있음을 알 수 있다. 이런 다채로운 성어의 조성과 사용은 의미의 명확하고 효과적인 전달을 위한 '간결근엄簡潔謹嚴'의 고문적 전통에서 비롯된 것이오, 한편 작가의 성실한 창작 태도의 소산이라고 할 것이다.

4. 맺음말

이상으로 연천淵泉 홍석주洪奭周의 '달의達意' 위주의 고문론과 그 고문론에 기반한 그의 산문이 이룩한 예술적 성취와 특징을 살펴보았다. 이는 그가 문장의 창작에 대해 논의한 바를 바탕으로 그의 산문이 이룩한 예술적 특성을 살펴본 것이다. '평순·명쾌한 표현법'은 '문종사순文從辭順'의 주장을, '간결한 문장 구성'은 '간결근엄簡潔謹嚴'의 논리를, '주제의 진실한 묘사'는 '문필징실文必徵實'의 자세를, '다채로운 성어의 구사'는 '사필기출詞必己出'의 견해를 중심으로, 홍석주의 문장창작론을 자신의 문장에서 이룩한 성과를 검토해 보았다. 이 예술적 성과가 어느 정도의 수준에 도달한 것인지는 당대와 그 후대 문장가들이 그의 문장에 대해 평가한 것으로 미루어 짐작할 수 있을 것이다.

한편 홍석주의 문장예술론은 '문종사순'·'간결근엄'·'문필징실'·'사필기출' 등의 성어에서도 알 수 있듯이, 당송팔가의 문장예술론을 충실히 따르고 있다. 특히 그는 한유와 구양수와 증공의 문장을 높이 평가했는데, 그들의 문학적 성과를 많이 받아들였던 것이다. 당시 명대 전후칠자前後七子를 추숭하는 의고문파를 진한고문秦漢古文 계열이라고 하는데 반해 홍석주를 당송고문唐宋古文 계열이라고 일컫는 것은 바로 이러한 성향 때문이다.

그러나 당송팔가의 문장을 모방한 것은 아니었다. 사실 그는 진한고문 계열의 의고문적 성향을 신랄히 비판했는데, 반면 자신의 문장도 그러한 전철을 밟지 않도록 나름대로 방법을 강구했으니, '즉심위문卽心爲文'의 논리가 곧 그것이다.[25] 또한 문학창작론에 있어서도 고전의 독서를 통해 나름대로의 방법론을 강구하고 실험함으로서 자신의 개성적 문학세계를 형성할 수 있었던 것이다.

---

25) 김철범, 상계 논문 참고.

김매순의 산문세계와 문예적 특징

1. 머리말

17세기 무렵 제기되었던 고문론은 19세기 초반에 이르러 비로소 산문창작론의 한 주류로 자리잡게 된다. 이 무렵 고문론의 확립에 주된 역할을 한 사람은 물론 홍석주洪奭周와 김매순金邁淳이다. 이들의 고문론은 이론 면에서 중국 당송팔가의 논리에 근거를 두고 있어, 당시 한편 널리 유행하고 있었던 진한고문에 대해 당송고문론으로 부르기로 했다.

이들은 자기 시대에 대한 고민과 사유도 없이 허위에 찬 과장된 말이나 늘어놓은 문학을 비판하고, 해박한 견식見識을 통해 개성있는 주제를 토로하고, 진실하고 솔직하게 표현할 것을 주장했다. 이는 '문도합일文道合一'의 정신에 근거하여 폭넓은 독서공부와 자기성찰을 가장 주된 원동력으로 하는 것이었다. 이러한 주장과 논리는 결국 사대부문인들에게 많은 공감을 불러일으켰고, 많은 추종자들은 이 고문론을 계승하고 발전시켜 나갔다.

이렇게 고문론이 산문창작론으로서의 확고한 지위를 확보할 수 있었던 것은 문도합일의 정신에 입각해서 비판적인 문학이론을 제시했다는 사실에 있는 것만은 결코 아니다. 그들의 문학에는 나름의 독특한 매력이 있었던 것이고, 그것은 단순한 형식적 장치가 아니라 자신들의 문학론을 적극적으로 실천해낸 결과였던 것이다. 이런 면에서는 김매순도 예외는 아니다.

이에 이 장에서는 김매순의 고문론이 어떤 과정에서 형성되었으며, 그의 이론이 실제 창작면에서 어떻게 실현되고 있는가를 규명해 보고자 한다. 물론 그의 창작론은 크게 보아 당송고문가의 논리에 근거하고 있다. 그러나 이 보편성 위에는 자기 시대에 준하는 특수성이 따로 존재한다. 이것이 그의 문학이 갖는 중요한 의의가 될 것이다. 나아가 이러한 고문가들 개개인의 문학적 성과는 곧 이조후기 고문론의 문학예술적 수준과 성취도를 보여주는 것으로 평가될 것이다.

2. 김매순의 삶과 문학

김매순은 김선평金宣平을 시조로 하는 안동 김씨 그 중에서도 흔히 장동壯洞 김씨로 불리는 명문세족의 후손으로 태어났다. 안동에서 서울로 거처를 옮기면서 기반을 다지게 된 장동 김씨는 17세기 전반 김상용金尙容(仙源)과 김상헌金尙憲(淸陰)에 이르러 경제적으로나 정치적으로 집안의 세력을 크게 번창시키게 되며, 그의 손자대인 김수증金壽增·수흥壽興·수항壽恒 이른바 '삼수三壽'에 이르러서는 정치권력의 핵심부에 올라 서인정권의 중심을 차지함으로서 정치·사회적으로 명망 있는 가문으로 성장했다. 그러나 이러한 명망은 많은 파란을 겪으며 이룩한 것으로, 현종과 숙종대 정쟁의 과정에서 두 번이나 큰 가화家禍를 겪는데, 이 때 김수항과 수흥이 유배되어 사사되고 말았다. 집안이 흔들려 몰락할 수도 있는 일이었지만, 오히려 이들은 다시 복권되면서 당화를 겪은 충절로 포상됨으로서 더욱 가문의 영예를 이루어 많은 이들의 선망의 대상이 되었던 것이다. 또한 장동 김씨 문벌의 영광은 여기에 그치지 않았다. 김수항의 여섯 아들 소위 '6창'(창집·창협·창흡·창업·창집·창립)은 정치적으로 뿐만 아니라 학문·문학·예술의 면에서도 커다란 업적을 이루게 된다. 이러한 업적을 기반으로 이들은 17·8세기 무렵 서울을 중심으로 활동한 노론학계의 구심점이 되었다.[1]

김매순은 이 가문 가운데 삼연三淵 김창흡金昌翕의 현손玄孫으로 태어났다.(1776) 김창흡은 특히 시문학으로 명성을 떨친 분인데, 일찍이 아버지 수항의 유언도 있었지만, 그는 당시 정쟁 속에서 희생되는 친족들의 삶을 지켜보면서 애당초 관계 진출을 위한 과거에는 응시하지 않고, 오직 산수자연을 찾아 은일적 삶을 추구했다. 명문세족 출신이면서 이러한 삶을 산 그 자체가 당시로서는 놀라운 일이었다. 그러나 그는 스스로 시인임을 자처하면서 형 창협과 함께 17세기말 18세기 초의 문단에서 문도합일의 고문론과 천기론天機論으로 명명할 수 있는 자가적自家的 견해를 제시하며 새로운 문풍과 시풍을 주도해 나갔다. 이들의 학문과 문학은 당시 노론계층의 학문과 문학에도 지대한 영향을 주었지만, 또한 김씨 가문 내에서도 가학의 적통으로 받아들여져 별다른 사승 없이 가문 내의 전통으로 계승되어갔는데, 이

---

[1] 김학수, 「17세기의 명가-장동 김씨」, 문헌과해석 2000가을호, 문헌과해석사 참조.

것을 흔히 '농연가학農淵家學'이라고 일렀다.

 김창흡은 양겸養謙(僉正公)을 낳았고, 양겸은 범행範行(加平公)을 낳았으며, 범행은 여섯 아들은 낳았는데, 막내인 이수履鏽에게서 김매순이 태어났다. 김창흡 이후 3대에 이르기까지 간혹 진사합격은 있었어도 문과에 오른 사람은 없었고, 모두 음직으로 벼슬을 지냈을 뿐이었다. 또한 학문이나 문학으로 크게 이름이 알려진 분도 없었다. 다만 6창昌의 다른 형제의 후손에게서 '농연가학'의 전통이 이어지고 있었으니, 김신겸金信謙(檜巢) · 김용겸金用謙(嘐嘐齋) · 김원행金元行(渼湖) 등을 대표되는 학자로 들 수 있겠다. 그러나 세대가 아래로 내려올수록 후손들도 점차 거리가 멀어져 특별히 가깝게 지내는 사이가 아니면 관계도 소원해질 수밖에 없었으며, 6창의 후예들도 집안마다 부침의 정도가 각기 달랐으니, 삼연三淵의 후손들은 이후 음직으로 경제적 여건은 유지할 수 있었으나, 정치적으로나 학문·문학 면에서는 다소 침체되어 있었던 것이다.

 그러나 18세기말 김매순의 세대에 이르러 삼연의 후손들은 가문의 명망을 다시 세우게 되는데, 김매순의 백종형인 김달순金達淳은 1790년 문과에 합격하여 우의정에까지 올랐고, 종형 김근순金近淳은 1794년 문과에 장원급제하여 대사성에 올랐다. 또한 김매순은 1795년 정시문과에 급제하여 사가독서賜暇讀書를 받았으며, 1800년엔 초계문신抄啓文臣에 발탁되어 젊은 학자로서의 기반과 명예를 얻게 되었다. 이처럼 삼연의 현손대에 이르러 무려 세 명이 문과에 합격하여 높은 관직에 오르는 명망을 이루었던 것이다. 특히 김달순은 순조 초기 시파時派와 벽파僻派가 대립하는 정국에서 정순왕후 김씨의 총애를 받으며 벽파의 핵심인물로 활동하며 정치적 입지를 다졌는데, 이것이 오히려 집안에 가화를 부르는 불씨가 되었다.

정치적 쇠락과 은군자적 삶의 지향

김매순이 문과에 합격하자마자 국왕 정조의 총애어린 배려로 사가독서를 얻은 것이 1795년 11월이고, 마친 것이 1801년 3월이니, 무려 5년여 동안 과거공부에서 벗어나 공부다운 공부 즉 유학을 체계적으로 학습할 수 있었다. 그는 이때의 독서일기를 『은가일록恩暇日錄』이란 제목으로 남겼는데, 비록 사승 없이 자독自讀하는 공부였지만, 그는 가학의 전통을 따라 기호畿湖 노론학계의 학풍을 준수했다고 본다.2)

사가독서를 마치자 바로 9품직의 예문관 검열에 임명되었고, 같은 해 12월에 바로 6품직으로 오르는 특전을 받았는데, 사가독서의 기간이 감안된 조치였다고 본다. 그리하여 병조좌랑·홍문관 부교리·수찬 등에 임명되어, 이로부터 3년간 홍문관에 근무하게 되는데, 이때 홍석주와 함께 젊은 관리의 청렴한 자세로 청직淸職의 업무를 충실히 수행했다. 관직생활을 그리 오래하지 않은 그였지만, 김매순은 이 시기에 자신의 정치관을 잘 보여주는 대표적인 상소문 3편을 짓게 된다.

홍문관 부교리에 임명되면서 의례적인 겸사의 예를 올림과 동시에 그는 어린 국왕 순조에 대한 충정에서 나라를 바르게 다스리기 위해 국왕으로서의 자질을 갖추기를 권하는 간곡한 상소문을 바쳤다.(「辭

---

2) 생애에 관한 것은 金尙鉉, 『臺山先生行狀』(국립도서관 소장)과 金炳學, 『臺山金公諡狀』(국립도서관 소장)을 주된 자료로 보았다.

副校理兼論君德疏」[3]) 그것은 곧 나라의 기강을 세우고 풍속을 아름답게
갖추는 것에 있음을 역설하고, 존심存心과 성찰省察을 통해 군도君道를
제대로 실천하는 것에 달렸다고 한다. 즉 국왕으로서의 덕량을 넓히
고 국왕의 통치의지를 일으켜 기강과 풍속을 바로잡을 근본을 마련
하도록 준비할 것을 간곡히 주청奏請했던 것이다.

때마침 시운時運이 좋지 않아 함흥과 평양 등지에서 화재가 잇따라
발생하고, 사직의 전례용 악기가 불타는 일까지 있더니, 1803년 12월
에는 마침내 창덕궁의 인정전仁政殿이 불에 전소되는 사건이 있었다.
이 사건에 대해 홍문관에서는 단순한 재앙으로 보지 않고 보다 근본
적으로 정치적인 문제에 재앙의 씨앗을 품고 있었다고 규정하고, 연
명으로 차자箚子를 올리게 되었다. 이 차자의 작성을 당시 교리校理였
던 김매순이 맡게 된다.(「仁政殿火後玉堂聯名箚子」[4]) 그는 이미 나라 안
에 화울火鬱을 일으킬 조짐이 내재되어 있었으며, 이것이 근래 화재사
건으로 드러났을 뿐이라고 한다. 이어 그 화울의 조짐을 4가지로 제
시하고 있다. 첫째 공의公議가 행해지지 않고, 둘째 민정民情이 전달되
지 않으며, 셋째 언로言路가 열려있지 못하고, 넷째 인재가 기용되지
못하기 때문이라고 하면서, 왕은 이 사실을 명확히 깨달아 개선책을
마련할 것을 아뢰었던 것이다. 즉 화재사건이 천재天災가 아니라 인재
人災라고 규정한 것이었는데, 1,900자 남짓한 분량의 이 차자는 당시
정치적 문제점들을 간결하면서 냉철하게 제시하고 있다. 그리하여
순조는 바로 이어 경외京外의 신민臣民들에게 나라를 구제할 올바른

---

3) 『臺山集』권4.
4) 『대산집』권4.

정책을 꺼림 없이 올리라고 유시를 내리게 된다.[5]

　화재로 소실된 인정전은 곧바로 중건에 착수하게 되고, 이 역사는 시급하게 진행되어 만 일 년 만에 완공을 보았다.[6] 그러나 이 과정에서 민폐가 이루 말할 수 없어 원성도 많았다. 주변의 신료들은 이럼에도 불구하고 '불일성지不日成之'니 '서민자래庶民子來'니 하는 아부 섞인 말로 국왕의 귀를 막았던 것이다. 그러던 차 순조가 강대講對와 빈연賓筵은 소홀히 하면서 오히려 서총대瑞葱臺에서 시사試射하겠다는 명이 내리자, 김매순은 결국 다시 상소를 올리게 된다.(「請寢瑞葱臺親臨之命停仁政殿役疏」[7]) 이 상소에서 그는 왕의 이러한 처신이 옳지 못함을 준열하게 질책하고, 아울러 인정전 역사로 영남지역 군민들이 목재수송일에 지쳐 원성과 소요가 일어나고 있으며, 또한 시기적으로 봄농사철이 시작되니 인정전 중건공사를 중단하는 것이 하늘의 뜻으로 백성을 소생시키고 재앙을 구제하는 대책이라고 역설했다. 이 글에서 김매순은 의례적인 말과 표현들은 일체 생략하고, 서총대 시사의 부당함을 명쾌하게 지적하고는 "전하께서 저쪽(試射)을 먼저하고 이쪽(講對와 賓筵)을 뒤로 돌리는 것은 또 어떤 설을 근거로 삼으시려고 합니까?"고 하여, 왕의 구차한 변명에 아예 쐐기를 박고 있다. 또한 인정전 역사를 정지할 것을 촉구하면서 역사役事와 민폐民弊 중에 재앙을 막는 일에 어느 것이 더 시급한 지를 선명하게 제시하여, 순조로 하여금 "진달한 바가 한마디로 깊고 절실하지 않은 것이 없으니, 참으로 약석藥石

---

5) 『순조실록』 03/12/16 47집 469면.
6) 1803년 12월 17일에 중건 논의가 시작되어 1804년 12월 17일에 완공하였다.(『순조실록』 03/12/17 47집 469면~04/12/17 47집 496면)
7) 『대산집』권4.

과 같다"고 인정하는 비답을 내리게 했다.

이 상소가 있은 이후 그 해 겨울에 김매순은 평안도 용강龍岡의 현령으로 부임하게 된다. 이어 1805년 수렴청정을 하던 정순왕후가 죽자 정권을 주도하던 벽파 세력이 불리한 입장에 놓이게 되었다. 그러다가 1806년 김매순의 백종형인 우의정 김달순이 경연에서 박치원朴致遠과 윤재겸尹在謙의 포상을 아뢰었다가 선왕이 이 문제에 대해 다시 거론하지 말라는 유지를 거슬렀다는 이유로 시파 세력의 공격을 받게 되고, 결국 홍주·남해를 거쳐 강진에 이배되었다가 사사되는 일이 발생했다. 이는 이후의 정국을 시파時派가 장악하게 되고, 이어 순조의 장인인 김조순金祖淳을 주축으로 하는 세도정치의 서막을 올리는 계기가 되었다. 하여간 이 사건으로 김달순의 가까운 친지들까지 모두 연좌되어, 앞서 언급한 바와 같이 김창흡의 후손들에게는 큰 불행이 되었고, 김매순도 관작이 삭탈되어 이후 1825년에 양천현령陽川縣令으로 복귀하기까지 20여 년간 재야생활을 시작하게 된다.

이는 우연히도 삼수三壽·육창六昌대에 있었던 가화의 돌풍이 김매순 세대에 다시 몰아친 것이다. 그러나 김매순은 이전부터 종형의 관직이 빠른 속도로 승진하며 집안이 눈에 띄게 성장하는 것을 좋지 않은 조짐으로 경계하고, 집안사람끼리 모인 자리에서 종종 은밀한 방법으로 자리에서 물러나 재야에 머물자고 제안했다. 이러한 뜻을 담아 김달순에게 보낸 그의 편지가 한 편 남아있다.(「上伯從兄」[8]) 이 편지에서 그는 나라가 어려운 상황에 놓인 마당에 세신世臣으로서 물러나는 것이 정의情誼상 어려운 일이지만, 근래의 정황을 살펴보면 도저히

---

8) 『대산집』권5.

신료의 자리에 나가 뜻을 펼 수 있는 때가 아니라고 한다. 그것은 "무
죄한 중신重臣들이 권귀權貴들의 눈에 거슬려 오명을 뒤집어쓰고, 용
서될 수 없는 액정서掖庭署의 하예下隸들이 사사로운 친분에 따라 정
해진 형을 감면해 주니" "이렇게 하고도 기강이 무너지지 않고 풍속
이 망하지 않으며, 국세國勢가 견고하여 민생이 안전한 경우는 예로부
터 들어보지 못했"기 때문이라고 했다. 이 내용은 앞서 「사부교리겸
논군덕소辭副校理兼論君德疏」에서 국왕에게 주청한 내용과 같은 맥락에
있는데, 이는 당시 신유년 옥사의 가혹함과 수렴청정에 의한 폐단을
염두에 둔 발언으로 간주된다. 그러나 그가 우려했던 상황은 결국 오
고야 말았던 것이다.

비록 자의에 의해 그리고 결코 순탄하게 물러난 것은 아니었지만,
평소 바래왔던 조용한 전원생활을 시작하게 되었다. 그래서인지 자
신의 처지에 대해 견디기 어려울 정도의 울분에 차있지는 않았으나,
다만 가화家禍로 번지게 된 비정한 정치적 현실에 대한 갈등이 그의
문학 속에도 은근히 베어 드러나고 있다.

김매순은 늙은 노모를 모시고 서울을 떠나 선대 때부터 퇴거지였던
양주군 석실石室 옆의 미음渼陰에 터를 마련하게 된다. 낡은 집을 사들
여 수리하고 곁에 자신이 거처할 사랑채는 새로 지었다. 마침 이 터
가 우뚝 높은 언덕에 자리하고 있어 종종 바람이 거세게 불어왔다.
그래서 '바람이 깃드는 집'이란 의미로 "풍서당風棲堂"이라고 이름 짓
고, 이를 계기로 이 바람[風]에 관해 곰곰이 묵상해 보았다.[9] 물론 그
것은 시골로 내려와 살게 된 자신의 처지와 관련해서였다.

---

9)「風棲記」,『臺山集』권5.

먼저 해와 달과 비와 같은 사물들은 자연의 현상 가운데 정해져 있는 일정한 기능과 역할을 맡고 있을 뿐이지만, 바람은 시간이나 장소 및 대상에 관계없이 두루 기능하고 영향을 미치는 사물임을 주목했다. 불교사상의 존재론에서 보더라도 지地·수水·화火·풍風 사대四大 가운데 지·수·화는 각기 하나의 성질을 지니고 있지만, 풍은 호흡과 굴신屈伸, 웃고 소리치고 오고가는 등과 같은 '일신의 운동'[一身之動]과 '온 세상의 작용'[一世之用]들로 나타난다고 보았다. 그러므로 지난 수천 년간의 역사에서 숱한 인재들의 다양한 족적과 업적들도 결국 허공에서 일어났다가 사라지는 바람과 같은 것임을 깨닫게 된다. 그렇다면 어느 누구도 바람 아닐 수 없고 나도 역시 바람이며, 어제도 바람이오 오늘도 바람인 것이다. 그는 모든 시간과 상황, 존재까지도 나타났다 사라지는 바람과 같은 것이라고 사유한 것이다. 어제의 영화도 오늘의 갈등도 어느 것도 항상 머물러 있는 것은 없다. 그렇다면 이 바람에 대처하는 방법은 무엇일까? "아득한 곳에 정신을 모으고, 텅 빈 곳에 몸을 맡겨, 바람이 불어오더라도 피하지 말고, 접촉하게 되어도 매이지 말 것이다"고 결론 맺는다.[10] 주어지는 상황은 긍정적으로 받아들이되, 반면 집착하지 않음으로서 초월할 것을 결심했던 것이다.

우리 주변의 자연물 가운데 이처럼 바람에 아주 잘 대처하고 있는 표상이 될 만한 것으로 김매순은 대나무를 주목했다.[11] 노론 낙론계의 인물성동론人物性同論의 철학을 익혀왔던 그는 평소 자신의 견식을

---

10) 상동문 : "顧處風, 有道焉, 凝神於漠, 委形於虛, 加之而莫違也, 觸之而莫與攖也. 風亦於我, 何哉? 無安無撓, 無風無棲, 何免之可喜, 何失之可懼?"

11) 「此君軒記」, 『臺山集』권5.

넓히기 위한 방편으로서 사물의 관찰을 통한 이치의 파악에 주력하고 있었다. 자연사물들이 지니고 있는 성질들을 인간적 삶의 방향이나 자세에 접목시켜보고자 했던 것이다. 그가 대나무 관찰을 통해 고찰한 성질도 곧 군자적 삶의 자세와 결부된 것이다. 물론 그것은 과학적 관찰의 결과가 아니라 다분히 주관적 관찰일 뿐이다.

대나무는 다른 식물들과 같이 '정의情意'도 없고 스스로 '운용運用'하는 것도 없다. 그런데도 오랜 동안 사람들의 애호를 받아온 것은 눈서리를 견디고 사철 내내 곧게 자라 굴하지 않는 자태가 군자의 덕과 유사하기 때문이라고 한다. 만약 아리따운 꽃이나 하늘거리는 풀들과 함께 자태를 스스로 뽐내었더라면 결국 꺾이거나 잘리고 말았을 것이다. 그 자태란 "올바르면서도 겉으로 드러내지 않고, 곧으면서도 자랑하지 않는" 것인데, 이는 "텅 빈[虛] 경지에 이르러 고요함[靜]을 지키지 않는다면 할 수 없는 것"으로, 곧 "군자가 쇠퇴하는 세상에서 처세하는데 귀감이 될 만한 것"이라고 한다.[12] 김매순이 대나무를 통해 발견한 군자의 덕이란 바로 은군자로서 처세하는 덕임을 알 수 있다. 미음渼陰으로 퇴거하면서 절필을 각오했던 그가 현도원玄道源의 부탁으로 차군헌此君軒에 붙이는 기문을 써주었던 것은 대나무에 붙여 은군자로서 살고자 하는 자신의 각오를 정리해본 셈이다. 핵심은 "치허수정致虛守靜"에 있다고 하겠다.

이처럼 은군자적 자세의 일면을 술회한 또 한편의 글로「자유소기自有所記」가 있다.[13] 이 글 역시 껍질을 지고 아주 느리게 기어다니는

---

12)「차군헌기」,『대산집』권7 : "貞而不耀, 直而不衒, 有君子之操, 而無君子之厄, 非致虛而守靜者, 不能也. 而竹之德, 殆庶幾焉. 斯義也, 宗於柱下, 而晉時名士, 頗能言之, 雖非吾儒之正, 而君子之處衰世者, 或有取焉."

달팽이를 통해 화두를 풀어나간다. "감추어 엎드린 채 거의 고요히 움직이는 일이 적으며, 다른 동물들과 다투지 않으니 다른 동물들 또한 다투려하지 않는" 달팽이의 성질이 곧 군자가 "고궁수약固窮守約"하는 자세와 같다는 것이다.[14] 달팽이를 소재로 한 것은 순암醇庵 오재순吳載純의 아들 수양씨首陽氏가 관직에서 물러나 퇴거한 집에 붙인 '자유소실自有所室'이란 당호가 부친의 「영와시詠蝸詩」 구절에서 이름을 따온 데서 비롯된 것이었다. 이들이 일찍이 달팽이란 생물에 주목했던 것은 달팽이의 생래적 기질이 마치 군자의 처신함과 흡사한 바가 있다는데 공감했던 때문인데, 그것이 바로 "고궁수약"이라고 요약하고 있다.

이렇게 풍서당風棲堂을 지어두고 자칭 풍서주인이라고 칭하며, 김매순은 오로지 학문과 문학에 전념할 뿐, 가능하면 외인과의 접촉도 삼가하고, 만나더라도 일체 시사時事에 대한 발언은 금기시했다. 특히 시사에 대해 함구했던 것은 쇠락한 자신의 처지에 대한 비관에서 그런 것이 아니라, 시비선악에 대한 세상의 논리가 옳지 못하다는 것을 직시했던 때문이었다. 이에 대한 자신의 생각을 「응객應客」이라는 잡문을 통해 피력하고 있다.

그는 유가사상에서도 이기설의 논리에 따라 인물성人物性의 동이에 대한 주장이 각기 다름을 근거로 세상사를 바라보는 시각에도 두 가지가 존재함을 말하고 있다. 즉 천리에서 보자면 천하의 성性이 모두 같고, 기질에서 보자면 천하의 성이 모두 다르듯이, 세상의 일도 두

---

13) 『대산집』권5.

14) 「자유소기」, 『대산집』권7 : "斂焉潛伏, 多靜少動, 無競於物, 物亦莫之競也. 君子之固窮守約, 有似焉者."

가지 시각에서 바라볼 수 있다는 것이다.15) 하나는 피아·강약·이해
라고 하는 상대적 입장과 가치를 설정해 둠으로서 결국 정치적 집단
을 형성하여 시비와 선악을 따지게 되는 것으로, 김매순은 이를 '기세
의 논리[機勢之說]'라고 명명했다. 반면 시간과 공간을 초월하여 피아
의 구분도 없고 강약의 비교도 없고 이해의 개입도 없어 이해집단이
형성되는 일도 없게 되는데, 그는 이를 '이도의 논리[理道之說]'라고 한
다.16) 이 중 어떤 시각으로 세상을 바라보느냐에 따라 견해가 서로
달라지게 되는데, 그러므로 서로의 입장과 견해가 다르고 시비선악
을 다투게 되는 것이다. 이러한 갈등을 사라지게 하려면 '이도理道의
논리'에서 문제를 해결해가야 한다는 것이 김매순의 생각이다.17) 자
신의 시대와 입장에 따라 시비선악의 가치를 상대화시킬 것이 아니
라, 시비선악을 있는 그대로 받아들임으로서 절대적 가치를 회복시
킨다면 세상의 갈등은 해소될 것이라는 것이다.

그러면 시각을 바꾸면 가능한 문제일 텐데, 왜 그것이 바루어지지
않는 것일까? 김매순은 이것이 바로 근래 지식인들의 병폐라고 지적

---

15) 「응객」, 『대산집』권9 : "(風棲)主人曰: 儒家有性理氣之論, 從理而言, 天下之性, 無
不同, 從氣而言, 天下之性, 無不異. 知所以同異, 而同異之同與異, 皆可也. 有拗而喜
爭者, 見人說同, 執氣而難之曰: '是異, 惡乎同?' 見人說異, 執理而難之曰: '是同, 惡
乎異?' 是以萬言而萬不合也."

16) 상동문 : "論事亦然. 生斯世也, 語斯世也, 彼我之相形而恩讐生, 强弱之相乘而詘信
出, 利害之相懸而趨避興. 混混而羣, 未見其必非, 介介而獨, 未見其必是者, 機勢之說
也. 投世於千古之上, 超身於萬衆之表, 彼我不設, 强弱不較, 利害不參, 其羣也非黨,
其獨也非怪者, 理道之說也. 二說之不能相無, 猶性之有理氣也, 二說之不可相錯, 猶論
性者之不可執彼而難此也."

17) 상동문 : "客去, 門人問曰: '機勢與理道, 終不能一之乎?' 曰: '何爲其不能也? 君子
在上, 則用理道而違機勢, 君子在下, 則舍機勢而從理道. 張子曰: '氣質之性, 有不性
焉.' 亦此類也.'"

한다. 사실 선과 악을 구분하면서도 선을 따르지 못하는 것이 부끄러워 그 선을 부정해 버리고, 악을 피하지 못하는 것이 부끄러워 도리어 그 악을 부정해 버린다는 것이다[18]. 바로 이 병폐 때문에 세상을 공정하게 볼 수 있는 시각을 스스로 바로잡지 못하게 되는 셈이다. 이런 사람들과는 세상사를 함께 의논할 수는 없는 일이오, 이쯤 되면 김매순은 이미 시비와 선악에 대한 생각에서부터 세상의 논리와는 동떨어져 있었던 것이다.

주자 의리학과 당송고문론

앞서 언급한 바와 같이 20여년을 강호에 머물며 은군자적 삶을 살았던 김매순은 세상사로부터 자유롭게 오로지 학문과 문학에 전념하게 되었다. 일찍이 가학의 전통이 엄연하였고, 게다가 정조의 특은으로 얻게 된 사가독서 때의 공부가 기틀이 되었던 것이다. 그가 받들었던 가학이란 곧 농암 김창협을 기점으로 이어오는 것인데, 그것은 경학과 문학을 통일시켜 조화를 이룬 문학세계를 일구는 것이었다.

문학에서 빼놓을 수 없는 두 가지 요소는 주제사상과 문학적 수사, 즉 내용과 형식이라고 할 것인데, 이 두 요소는 상호 보완되어야 하는 것이다. 그러나 당시 학계와 문단의 상황은 그렇지 않아, 각기 한 쪽으로 편중됨으로서 폐단에 빠져있다는 것이 김매순의 우려였다. "문장을 하는 자들은 대개 경학經學을 진부하다고 비난하고, 경학에 종사하는 자들은 또 문장을 지나치게 배척하여 전혀 뜻을 두지 않고

---

18) 상동문 : "知善而不能從, 恥其不能從也, 從而爲之辭, 曰彼固非善也, 知惡而不能違, 恥其不能違也, 從而爲之辭, 曰此固非惡也, 此心術之病也."

있다. 그러면 필경 문장은 화사華奢해져서 상하게 될 것이오, 학문은
고담枯淡해져 병들 것이니, 그 손실은 대략 같다"고 하고, 그것은 "모
두 편견에 빠져 문도일관文道一貫의 묘미를 보지 못한" 때문이라고 했
다.[19] 바로 이 '문도일관의 묘미', 이것이 장동 김문金門의 가학으로
김매순이 계승한 것이다. 그래서 그는 "경학과 문장이 합하여 하나가
된 사람으로는 오직 우리 집안의 여러 할아버지들이 그러했다. 이는
바로 뒤를 잇는 자들이 마땅히 본받아 따를 바이다"[20]고 강조했던
것이다.

이처럼 김매순이 추구한 것이 도와 문, 즉 경학과 문학의 합일이라
고 한다면, 그가 지향하는 바의 경학과 문학은 어떤 것일까? 그의 제
자 김상현金尙鉉이 언급한 바에 의하면 곧 "구양수歐陽修의 문장과 주
문공朱文公의 의리"[21]라고 하겠다. 달리 말하면 주자의 의리학義理學
을 도로 삼고, 그것을 당송고문唐宋古文이라는 문예형식으로 담는 것
이다.

김상헌-송시열-김창협으로 이어지는 노론학계의 주자학 전통이
미호渼湖 김원행金元行을 통해 가문으로 전수되었던 것인데, 사실 한
동안 소원했던 이 가학이 다시 김매순을 통해 그 맥을 잇게 되었던
것이다. 그는 일찍부터 『사서집주』의 독서를 통해 주자학에 심취해
있었는데, 격물궁리하고 인간본성을 회복하는 성인의 학문이 주렴계

---

19) 「答族姪士心」, 『대산집』권5 : "世之治文章者, 例詆經學爲陳腐, 而從事經學者, 又過
斥文章, 全不措意. 畢竟, 文傷於華, 學病於枯, 其失略等. 是皆落於偏見, 未睹夫文道
一貫之妙者也."

20) 상동문 : "經學文章合而爲一者, 惟吾家諸祖爲然, 此正爲後承者, 所宜監法."

21) 金尙鉉, 「臺山集跋」, 『대산집』: "有曰歐陽子之文章, 朱文公之義理, 合爲一家者 惟
先生庶幾焉."

· 정명도· 정이천으로 계승되어 주자가 집대성함으로써 비로소 제대로 후대에 전해지게 되었다는 점을 아주 높이 평가했으며[22], 아울러 경전해석에서도 주자의 주해를 독실하게 따랐다고 한다. 그래서 그는 주자학에 반기를 들었던 고증학자들의 견해에 대해 다분히 비판적이었는데, 경학이란 명물名物을 고증하고 자구字句를 훈고하는 것이 아니라, 본령은 경전에 담긴 의리와 대체를 깨달아 그 윤리倫理· 덕목德目으로 세상을 교화시키는 것에 있다고 역설했다.[23]

김매순의 학문적 심연이 이루어진 것이 바로 강호시절이었고, 그 결실로 이루어낸 불후의 성과가 있었으니, 『주자대전차의문목표보朱子大全箚疑問目標補』가 그것이다. 일찍이 『주자대전』에 대해 퇴계의 해설집인 『기의記疑』가 있었으나, 송시열은 그것이 단지 『주자서절요朱子書節要』만을 참고하여 만든 것의 한계를 느끼고, 다시 『차의箚疑』를 편찬했다. 그러나 송시열은 정치적 사건에 휘말리면서 완성을 보지 못하고 제자인 김창협에게 나머지를 부탁했다. 이 때 김창협은 이『차의』를 보충 설명하는 문목問目을 함께 정리했으나, 뒤에『차의』를 간행할 때 문목은 누락되어 전해지지 못하고 말았다. 이 점을 아쉽게 여긴 김매순이 사촌형인 김근순金近淳과 함께 김창협의 당시 수고본을 찾아 정리하고, 거기에다 따로 자신의 해설을 붙여 보충한 다음 홍석주와의 토론과 교정을 거쳐 모두 24권으로 완성한 것이『주자대전차의문목표보』이다. 이 책의 완성이 1812년에 이루어졌으니 한창 주자학 연구가 무르익어 가던 시기였다고 본다.[24]

---

22) 「答丁承旨」, 『대산집』권6.
23) 「闕餘散筆」제3, 『대산집』권17.
24) 「朱子大全箚疑問目標補序」, 『대산집』권7.

그런데 이 책의 간행에 참여한 김근순도 일찍이 『관보管補』라는 자신의 해설집을 따로 가지고 있었으며, 또 송시열이 『차의』를 정리할 당시 문곡文谷 김수항이 자신의 견해를 피력한 수첨手籤 자료가 있었는데, 김매순은 이들 자료까지 모두 아울러 조항별로 정리해서 이 책 속에 포함해두고 있다.[25] 그렇다면 이 책에는 실로 자기 가문 내에 전해오는 주자학 전통을 집대성한 의미가 담겨있기도 하다.

그러나 김매순의 주자학 공부는 당시 고루한 성리학자들의 공부와는 사뭇 달랐다고 본다. 그가 항상 학문을 이야기할 때 '성리性理'를 언급하지 않고, '의리義理'를 언급하는 것에서도 드러나지만, 「방언放言」이라는 시에서도 당시 성리학자들이 "성심性心의 의문처를 지리하게 문답하고, 장례 제사 절차를 세세하게 따지"[26]며, "일단 산림山林이 되면 다른 유파 이루고, 관료사회에 나쁜 풍습 일으키"[27]게 되는 것을 비판적으로 보고 있다. 소위 성명이기性命理氣를 논하고 예속을 따지는 도학자들의 관행을 꼬집은 것이다. 반면 그는 "마음에 인의仁義를 품는 것이 유업儒業이니, 궁하거나 현달한들 어찌 다를 수 있겠"[28]느냐고 한다. 이론적인 담론보다 실제 이치를 깨닫는 것을 더 중시했던 것이다. 그래서 그는 "학문이란 다른 것이 아니라 선을 행하는 것일 뿐이다"고 한다. 물론 선이라는 것이 그냥 행하기만 하면 되는 것이 아니기 때문에 '역행力行'에 앞서 '치지致知'와 '존심存心'의 공부가 있어야 하며, 또한 선이란 아는 것에 그쳐서는 안 되기에 지

---

25) 『주자대전차의문목표보』 범례 참조.
26) 「방언」, 『대산집』권3 : "支離問答性心疑, 瑣細商量葬祭儀."
27) 상동문 : "一自山林成別派, 蕩然靑紫擅三風."
28) 상동문 : "心存仁義是儒工, 此事何曾異達窮."

혜로 대처하는 방법을 모색해야 한다고 했다. 그리하여 "체體와 용用을 겸비하여 사리에 맞게 하는 것을 통틀어서 학문이라고 하지만, 그러나 그 귀착은 일개 선을 얻는 것일 뿐이다"고 했다.[29] 이런 공부를 두고 김매순은 한편 '진품경술眞品經術'이라고 표현한 바 있다.[30]

이렇게 학문을 통해 깨달은 것이 마음속에 온축되어 밖으로 드러나는 것이 말과 글이다. 그러므로 문학은 학문을 통해 체득된 것을 바탕으로 이루어지게 되는데, 김매순은 그것을 '견식見識'이라고 했다. 그래서 그는 "언어로 표현되는 것이 사람의 성정에서 벗어난다면 될 수가 없는데, 모름지기 진실된 견식이 있어야 바야흐로 진실된 문장이 있게 된다"[31]고 했다. 이 진실된 견식이란 실천수행의 학문을 통해 마음속에 온축된 깨달음을 말하는데, 이것이 성정에 쌓여있어야 진실된 문장이 이루어질 수 있다는 것이다. 문도일관文道一貫된 문장은 이렇게 이루어진다는 것이다.

그러나 소위 도道라는 것을 깨달았다고 해도 그것을 글로 표현하기란 말처럼 쉬운 일만은 아니다. 왜냐하면 "도란 머무를 곳[止]을 아는 것이 중요하고, 학문이란 적절함[中]을 얻는 것이 요점이"[32]기 때문에 특히 문장에 담기게 될 도道와 학學은 잘 표현되어야 하고 과장 없이 적절하게 전달되어야 하는 것이다. 이러한 문장을 두고 김매순은 '정맥문장正脈文章'이라고 말했는데, 그 전범으로 당송팔가唐宋八家

---

29) 「闕餘散筆」제4, 『대산집』권18 : "學者無他, 爲善而已. (中略) 兼體用該事理, 統名之曰學, 而其歸成得一箇善而已."
30) 「答李富平戚丈書」, 『대산집』권5 : "從古人物, 固有以經術文章自命, 而卒差於見識者矣. 亦其經術非眞品, 文章非正脈故耳."
31) 「答士心」, 『대산집』권5 : "然言語之發, 離性情不得, 須有眞實見識, 方有眞實文章."
32) 상동문 : "夫道貴知止, 學要得中, 文至於八家, 亦可謂中而止矣."

를 들었다. "문장이 당송팔가쯤 되면 적절하고 잘 머물렀다고 하겠다"는 것이다.

그가 당송고문에 경도하게 된 것은 역시 김창협 이후 노론문단에 의해 추앙된 당송계 고문론의 영향이 컸다고 보는데, 자연 그는 어려서부터 한유와 구양수와 소식 등 삼가三家의 문장을 접하게 되었다. 그러나 그 때는 아직 당송고문의 진수를 알 수는 없었고, 그 뒤 다시 다독과 정독을 하면서 차츰 그 뛰어난 점을 깨달았다고 고백하고 있다.[33) 이때가 "홀로 머물며 무료하던" 차라고 했는데, 이렇게 삼가의 문장을 본격적으로 읽어나갈 수 있었다면, 그것은 사가독서 때가 아니면 강호시기라고 볼 수 있겠다. 그러나 김매순의 삼가문三家文 독서는 자신의 정신과 기백마저 융화되어 버리는 몰주체적인 방식이 아니라, 당당한 주체적 시각을 가지고 읽어나가는 것이었다. 그럼으로써 당송문의 위대성을 인정하면서 동시에 자기 시대의 문장을 창출할 방향을 모색할 수 있었던 것이다. 김매순은 이러한 자신의 경험을 먼 조카인 김인근金仁根이나 제자 유정환兪廷煥 등에게 간곡하게 일러준 바 있으니, 그야말로 문도합일의 묘미를 깨달아가고 있었던 것이다.

김매순은 1824년 49세에 비로소 복권되어 사헌부 지평에 임명되었으나 나가지 않았다. 이듬해 다시 양천현령陽川縣令에 임명되자, 거절하지 못하고 부임하게 됨으로서 다시 관직생활이 시작되었다. 그러나 안변부사(1827)·초산부사(1831)·경주부윤(1833)·강화유수(1834) 등 외직

---

33) 「讀三子說贈兪生」, 『대산집』권9.

에만 머물렀지, 우부승지 등의 내직은 모두 사퇴하였고, 병조참판도 이름만 걸었지 실제 나서지 않았다. 정치권의 와중에 머물고 싶지 않았던 것이다. 또한 오랜 강호생활의 체질이 이젠 관료생활과도 맞지 않았던 것이다. 달 밝고 인적이 고요한 밤이면 「이소경」과 「출사표」를 읽으며 눈물을 흘리곤 했다는데, 젊은 날 경세를 위한 자신의 유가적 포부를 이루지 못한 울분이 아직 가슴에 응어리져 있었던 것일까? 비록 경세가經世家로서 자신의 이상을 펼치진 못했지만, 그러나 독서지사로서 세상에 대한 자신의 책무를 문학으로 발산시킴으로서 가치 있는 소중한 자산을 남겨둘 수 있었던 것이다.

3. 김매순 산문의 문예적 특징

이상에서 고찰한 바와 같은 삶 속에서 배태된 김매순의 학문과 문학은 19세기 사대부 문단에서 정통 고문가로서의 명망을 일궈가고 있었다. 이미 그의 문하에는 학문과 문학을 겸비하고자 하는 선비들이 적지 않게 모여들고 있었던 것이다. 또한 당시 문우였던 순계醇溪 이정리李正履는 그의 글을 중국의 문인들에게 소개하기도 했는데, 특히 청대 동성문파桐城文派의 일원이었던 매증량梅曾亮은 일부 글에 대한 자신의 감회를 '서후書後'로 지어 보내기도 했다.[34]

그의 문학이 이런 명성을 얻게 된 것은 무엇 때문일까? 물론 가장

---

34) 이는 청대 동성문파와 19세기 조선의 고문가들의 뜻깊은 교류가 아닐 수 없다. 둘이 모두 唐宋古文과 明代 唐宋文派의 뒤를 추종하는 동일한 노선을 걸었다는 면에서 중국과 조선에서 형성된 당송계 고문가들끼리의 교류가 이루어졌던 것이다.

중요한 것은 작품 속에 담긴 작가의 탁월한 주제의식일 것이다. 그러나 그가 강조한 대로 문도합일의 묘미가 중요하다면, 그 주제의식을 표출하는 문예적·수사적 기술도 그는 신중하게 생각하고 있었던 것이 분명하다. 도와 문이 조화를 이루어 감동적으로 표현·묘사됨으로서 그의 산문은 많은 문인들의 선망이 되었던 것이다.

그러면 김매순의 산문작품에는 어떤 문예적·수사적 장치가 있었던 것일까? 김매순은 따로 창작에 대한 구체적인 방법론을 언급한 적은 없다. 다만 그의 산문작품의 분석을 통해서 내용과 형식을 합일시킨 그 문예적 특성을 밝혀보고자 한다.

간결한 주제설정과 명쾌한 논리구성

창강滄江 김택영金澤榮이 김매순의 문장에서 가장 백미로 꼽은 글이 「삼한의열녀전서三韓義烈女傳序」인데, 이 글은 그 의론의 전개가 명쾌하여 과연 최고의 작품이라고 하겠지만, 또한 자신의 문장론을 전개한 글로서 그의 창작론을 고찰하는데도 중요한 글이다. 이 글에서 그는 작문의 근본 정신[體]을 세 가지로 지적하고 있는데, 그것은 '간簡', '진眞', '정正'이라고 한다. 이 절에서는 그의 작품 구성과 관련하여 그 중 '간'의 문제에 주목해 보고자 한다.

그가 말하는 '간簡'이란 곧 '간단함' 또는 '간결함'을 뜻한다. 하늘을 두고 "하늘이다"라고 하고, 물이 크게 불어난 것을 두고 "홍수다"라고 하면 되는 것이 '간단함'이다. 그러나 이것은 글로 표현되기 전 마음의 상태일 뿐이다. 본래 마음 즉 생각이란 미묘하고 복잡하기 때문에 그것을 글로 표현하여 전달할 땐 이처럼 간단하게 말하는 것으론 턱

없이 부족하기 마련이다. 그래서 이 간단한 생각을 글로 쓰면 말이
늘어나 번거롭게 된다. 가령 홍수를 두고『상서』에서 요임금은 "콸콸
큰물이 흘러 넘쳐, 우당탕탕 산과 언덕을 삼키고, 넘실넘실 하늘까지
뒤덮네"라고 했던 것이다. 김매순은 그냥 "홍수다"하면 될 것인데,
'콸콸'이니 '우당탕탕', '넘실넘실'이니 라고 표현했으니, 어쩌면 입이
간질간질해서 손이 그렇게 써 내려간 것이라고 보았다. 간결해야 하
는 작문의 근본정신[體]에 비한다면 오히려 비속[俚]하게 된 것이라고
한다. 그러나 그는 이 비속한 표현이 생각을 전달하는[繁暢] 데 아주
적절하기 때문에, 결코 '비설'한 지경에는 빠지지 않았다고 한다. 이
는 홍수를 생동감있게 표현하기 위해 '간簡'에서 '번창繁暢'함으로 변
용[用]된 것이다.

  이상의 설명을 다시 생각해 보자. 문장에서 간단하게 또는 간결하
게 드러내야 하는 것은 바로 말하고자 하는 핵심내용, 즉 주제가 될
것이다. 간결해야 한다는 것은 또한 선명해야 함을 의미한다. 만약
주제가 선명하지 않다면, 호소력이 떨어질 뿐 아니라 독자를 피곤하
게 만든다. 이같이 주제의식을 명료하게 드러내는 것이 고문古文의 기
본정신이오, 이것이 바로 김매순이 말하는 '간'의 정신인 것이다. 나
머지 말들은 모두 이 주제를 전달하는 데 필요한 부수적인 설명들일
뿐이다. 늘 "문장은 도의 짝이다. 도를 버리고는 문장이 되지 않으니,
이 때문에 고인들 중에 문장에 심오했던 자는 모두 도를 근본으로 삼
았다"[35]고 생각했던 그는 도가 살아있지 않은 문학, 즉 주제가 분명
하지 않은 문학을 경계했던 것이다. 고문가들이 소품문학을 비판했

---

35)「題李審夫文卷」,『대산집』권8 : "文者, 道之配也. 舍道則匪文, 是以, 古人之深於文
   者, 皆以道爲文."

던 것도 그 글이 단지 쇄세한 잡사에 집착할 뿐이지 위대한 주제의식
이 희박하다고 보았던 때문이었다.[36)]

김매순의 산문을 읽어보면, 특히 글의 서두나 혹은 본론의 첫머리
에 자신이 말하고자 하는 핵심주제를 명확하게 제시하고 있는 것이
특징이다. 글을 시작하는 도입에서부터 자신이 그 글에서 무엇에 관
해 이야기할 것인지를 독자들에게 선명하게 제시해주려는 의도라고
본다. 앞의 「삼한의열녀전서」의 경우, 이 글은 김소행金紹行이 지은
한문소설 『삼한습유三韓拾遺』(일명 『삼한의열녀전三韓義烈女傳』)에 붙인 서
문인데, 문학에 있어 창작의 근본정신[體]과 형편에 따른 변용[用]의
논리를 설명함으로서 이 소설을 창작한 작가정신을 변론하고 있다.
이 글에서 김매순이 설명하고자 하는 주제는 "고금문장체용지변古今
文章體用之變"이다. 문장의 체體와 용用이 어떤 것이며 그 변화는 왜 필
요한가에 대한 설명이 이 글을 관류하는 중심내용이다. 근거와 이유
를 제시하기에 앞서 단도직입으로 문장의 체가 무엇이며 변용이 왜
필요한가를 글의 서두에서 바로 설명하고 있다. 그래서 이 글은 다음
과 같은 설명으로 시작한다.

　爲文之體, 有三, 一曰簡, 二曰眞, 三曰正. 言天則天而已, 言地則地而
已, 是之謂簡. 飛不可爲潛, 黔不可爲白, 是之謂眞. 是者是之, 非者非之,
是之謂正. 然心之微妙, 待文而著, 文者, 所以宣己而曉人也. 故簡言之不
足則繁詞以暢之, 眞言之不足則假物以況之, 正言之不足則反意以悟之. 繁

36) 洪奭周, 「玄巖遺稿序」, 『淵泉集』권18 ; 洪吉周, 「三英薈粹序」, 『縹礱乙籤』권4 참
　　조. ; 김철범, 『19세기 고문가의 문학론에 대한 연구』 47~51면, 성균관대 박사학위,
　　1992.

而暢, 不嫌其俚, 假而況, 不厭其奇, 反而悟, 不病其激, 非是三者, 用不達
而體不能獨立矣.

　[문장을 짓는 체에는 세 가지가 있으니, 첫째는 '간결'이오, 둘째는
'참'이오, 셋째는 '바름'이다. 하늘을 말하려면 하늘이라고 하면 되고,
땅을 말하려면 땅이라고 하면 되니 이것이 '간결'함이다. 나는 것을 잠
긴다고 할 수 없고 검은 것을 희다할 수 없으니, 이것이 '참'됨이다. 옳
은 것은 옳다 하고 그릇된 것은 그르다고 하는 것 이것이 '바름'이다.
그러나 마음속의 미묘한 것은 문장을 통해서 드러나니, 문장은 자기를
펴서 남을 깨우쳐 주는 것이다. 그러므로 간결하게 말하는 것으로 부족
하면 말을 번거롭게 하여 펼치고, 참되게 말하는 것으로 부족하면 사물
에 가탁해서 비유하며, 바르게 말하는 것으로 부족하면 뜻을 반대로 해
서 깨닫게 한다. 번거롭게 해서 펼치되 그 비리한 것을 혐오하지 않고,
가탁해서 비유하되 그 기이함을 싫어하지 않으며, 반대로 해서 깨닫게
하되 그 격렬함을 병되게 여기지 않으니, 이 세 가지가 아니면, 그 쓰임
은 능달하지 못하게 되고, 체도 홀로 서지 못한다.]

　이 내용이 이 글에서 말하려는 것의 전부이자 핵심이다. 누구든지
읽어보면 작가의 생각이 무엇인지 분명하게 알 수 있고, 또한 문학의
기능과 역할이 왜 필요한지를 쉽게 수긍하게 만든다. 그것은 "위문지
체爲文之體"를 일체 군더더기 설명 없이 간簡·진眞·정正 세 가지로 요
약하여 제시한 점과 번창繁暢·가황假況·반오反悟 등과 같이 어휘의 사
용이 간결하고 선명한 때문이라고 본다. 즉 주제에 대한 설명이 간결
하고 선명하기 때문이다.

　이처럼 주제를 선명하게 제시하는 특징은 특히 의론성이 강한 글일
수록 두드러지게 나타난다. 「주자대전차의문목표보서朱子大全箚疑問目

標補序」의 경우 첫머리부터 "六經, 尙矣, 自語孟庸學以下, 文而載道者, 惟朱先生大全, 可以當之. 學者所宜盡心也.[육경은 오래되었고, 『논어』『맹자』『중용』『대학』이후로 문장에 도를 실은 것이라곤 오직 『주자대전』이 해당될 수 있을 것이다. 학자들은 마음을 다해야 할 것이다]"라 하고, 그 이유를 간략히 설명한 다음 다시 "夫所貴乎先生之書者, 道也, 非文也. 然不通乎文而能通其道者, 亦未之有也.[대개 선생의 글에서 귀중한 것은 도이지 문장이 아니다. 그러나 문장에 통하지 않은데 도에 통할 수 있는 것은 또한 없었다]"라고 하여 선대로부터 자신에게 이르기까지 『주자대전』의 연구에 매달리는 이유와 가치를 분명히 말하고 있다. 또 농암 김창협의 문도였던 이위李瑋의 문집에 붙인 서문인 「두천고서斗川稿序」37)에서 그는 "문도합일"의 문제를 논하고 있다. 서론에서는 농암과 이위의 관계와 자신이 서문을 청탁받게 된 경위를 간단히 서술하고, 본론에 이르러 도와 문의 관계와 이위의 문학적 성취에 대해 논평하는데, 결론에 이르러 그는 "夫文道, 惡乎歧? 華實是已. 苟其華而不實也, 雖皐比說法, 端冕論治, 吾未見其爲道. 不然, 卽遊賞會遇率爾應酬之作, 心之所形, 何文與道之異觀也?[대개 문과 도가 어디에서 나뉘어졌을까? 화華와 실實이다. 분명 화해지면 실하지 못하게 된다. 아무리 고비에 앉아 설법하거나 단면을 입고 정치를 논하더라도 나는 거기서 무엇이 도인지 모를 것이다. 그렇지 않은 경우라면, 가령 유람을 하거나 서로 만난 자리에서 갑자기 응수하는 작품이라도 마음이 형상된 것이라면 어떻게 문과 도가 다른 것이라고 하겠는가?]"라고 정리함으로서 문도합일의 문학적 성취가 어떠한 것인지를 간명하게 설명하고 있다. 이는 자신의 문집서문인 「석릉고자서石陵稿自敍」38)에서 "夫文之

---

37) 『대산집』 권7.

雋者, 華實必兼, 本末必具. 本實, 未足以稱, 而華與末, 又不能以相輔, 則 其文之拙, 可知也.〔대개 뛰어난 문장이란 화와 실을 반드시 겸비하고 본과 말을 반드시 갖춘 것이다. 그러나 본과 실이 걸맞지 못하고, 화와 말이 서로 보완하지 못하니, 그 문장의 졸렬함을 알 수 있을 것이다]"라고 자신의 문학작품에 대해 겸허하게 말한 것과 동일한 주제의식인 것이다.

이렇게 주제를 간결하게 제시함으로서 자신이 문장에서 말하고자 하는 본의는 드러났지만, 앞서 그가 말한 바와 같이 이것만으론 미묘한 자신의 생각이 다 전달되지는 못한다. 또한 주제란 보편된 대지大旨를 범상하게 말하는 경우가 많기에, 자연 자신의 글이 쓰여진 구체적인 배경에 따른 부수적 설명들이 뒷받침되어야 한다. 이 때 이 부수적인 설명들은 반드시 주제를 중심으로 부연되어져야 한다. 그렇지 않으면 전체 논리가 흔들리게 되고, 결국 중언부언하여 지리멸렬한 글이 되고 만다. 더욱이 간결한 주제설정도 바로 치밀하고 명쾌한 논리구성이 뒷받침될 때 그 문예적 가치를 발하게 되는 것이다. 평소 고문가들이 산문의 미학으로 중시했던 '간결근엄簡潔謹嚴'이란 바로 이것을 의미하는 것이라고 하겠다.

「차군헌기此君軒記」[39]를 예로 보자. 김매순은 이 글에서 대나무의 별칭인 '차군此君'을 소재로 하고, 대나무의 속성을 군자의 기상에 비기는 일반적인 생각에 착상하고 있지만, 궁극은 은군자의 자세에 대해 이야기하고자 한다. 이 글은 전체 4단락으로 구성되어 있다. 그는 먼저 대나무의 속성을 "정의情意도 없고, 운용運用하는 일도 없다〔無情

38) 『대산집』권7.
39) 『대산집』권7.

意, 無運用]"고 설명한다. 대개 대나무하면 눈서리를 이겨내고 사시사철 굽힘없이 꼿꼿한 점이 마치 군자의 덕과 유사하다고 해서 애호하는 것이 일반적인데, 그는 좀 색다른 면에 주목하고 있는 것이다.(1단락) 그런데 왜 굳이 군자적인 인간성을 대나무를 통해서 찾으려고 하는가? 사실 그에게 중요한 것은 대나무가 아니라, 대나무를 통해서 느끼는 인간적 덕성이다. 중요한 것은 겉모습[似]이 아니라 내적 진면목[眞]이오, 이 본과 말의 차이를 잘 구분해야한다고 한다. 우리 주변을 둘러싸고 있는 자연환경과 거기서 살아가는 인간의 주체적 사유에 대해 거론한 것이다.(2단락) 이는 제 4단락의 설명과 논리적으로 연결된다.

제 3단락에서는 제 1단락에서의 논의를 이어받아 확대 논의해 나간다. 기승전결의 논리구조를 갖고 있다. 군자는 오히려 때를 만나거나 현달해지기가 드문데 반해, 대나무만은 유독 홀로 지속적으로 애호를 받는 것은 무엇인가를 진단한다.(起) 『장자』에서 보검인 막야莫邪가 되겠다고 날뛰는 상서롭지 못한 쇠이야기를 인용하고(承), 그에 반해 대나무는 '정의情意도 없고, 운용運用하는 일도 없어' 다른 꽃나무들과 절개와 자태를 다투지 않는다고 한다. 이런 속성으로부터 "올바르면서도 겉으로 드러내지 않고, 곧으면서도 자랑하지 않[貞而不耀, 直而不衒]"는 덕성이 우러나니, 이런 군자다운 지조가 있어 곤액을 당하지 않고 애호를 받는다는 것이다. 그는 한걸음 더 나아가 대나무의 이런 덕성은 "마음을 비워 고요함을 지키는 사람[致虛而守靜者]"이라야 이룰 수 있다고 한다.(轉) 바로 이 점이 군자가 말세에 살면서 배울만한 점이라는 말로 결론 맺는다.(結) 제 1단락에서 제시된 주제가 본격적으로 논의된 것이다. 제 4단락은 절필하고 있던 자신이 이 기문을 짓게 된 인연과 제 2단락에서 거론 했던바 집 주변을 둘러싸고 있는 대나무를 애호하되 '진사眞似와 본말本末'의 사이에서 진면목을 잘 살필 것을 당부하는 것으로 맺음하고 있다.

이 글은 기문이지만 서사가 아니라 의론을 전개하고 있기 때문에 주제의 설정과 논리의 전개가 중요하다. 이 글의 주제는 "정의情意도 없고, 운용運用하는 일도 없음[無情意, 無運用]"이다. 김매순은 자신의 의론을 설득력있게 설명하기 위해 먼저 분명하고 간결하게 자신의 생각을 제시하고, 다시 그것을 구체적으로 논의해 나가는 점층적 구도를 구상했다. 동시에 본론 안에서는 다시 기승전결의 논리구조로 짜놓음으로서 본 의론을 논리적으로 전개했다. 전체적인 논리 구조도 제 1단락과 제 2단락에서 열은 논의가 제 3단락의 결말과 제 4단락에서 맺음하고 있는데, 열어둔 논의는 반드시 닫아야 한다. 이것을 흔히 '개합開闔'의 구조라고 하는 것이다. 글의 전체적인 논리구성과 세부적인 논리구성을 적절하게 짜놓아 주제를 선명하게 이해함과 동시에 의론을 곱씹어 음미하도록 해준다. 한편 구문과 단락 사이의 맺음을 분명히 함으로서 의론이 지루하게 늘어지지 않도록 했으며, 설명을 간결한 성어의 형태로 집약한(가령 '貞而不耀, 直而不衒', '致虛而守靜', '眞似本末之際' 등) 것도 감상의 흥취를 돋우는 효과를 주고 있다.

「지처사유문서池處士遺文序」[40]의 경우도 논리구성이 곁가지 없이 명쾌하게 짜여진 글이다. 이 글은 의론과 서사가 결합된 구조인데, 주제는 '문장이 후대에 전해지기 어려운 이유 세 가지[傳文三難]'이다. 제 1단락에서는 이 삼난三難을 간결하게 설명한다. 첫째는 선비로서 지

기志氣와 학식을 터득하는 것이오, 둘째는 그것이 말이나 문장으로 드러나 전해질만한 가치를 갖게 되는 것이오, 셋째는 후손이 그 정신을 계승하여 이어나가는 것이라고 한다. 이어 처사處士 지광진池光晉과 그의 저술에 대해 서술하는데, 앞의 삼난을 근거로 글을 전개해 나간다. 제 2단락에서는 지광진의 성품과 학문에 관해 간결하게 기술했는데, 이는 제일난第一難의 조건에 대한 내용이 되겠다. 제 3단락에서는 처사의 저술 『이난易難』과 『청구자靑邱子』의 문장에 대해 짧게 논평하는데, 이는 제이난第二難의 조건에 대한 설명이다. 이 저술의 서문을 김매순에게 부탁한 처사의 손자 지운호池運浩는 그의 문도이다. 제 4단락에서는 이런 자손이 있어 글을 후대에 전하는 것은 문제없으므로 자신의 서문을 겸사하고 있는데, 이 역시 제삼난第三難의 조건을 설명한 것이다.

흔히 저술의 서문은 자신의 사상을 근거로 그 저술의 저자와 가치에 대해 논평 서술하는 것이 일반적이다. 그러나 이 책은 김매순이 자신의 문학사상을 전개할 만한 저술이 아니었던 것 같고, 또한 문인의 각별한 부탁에 의해 서문을 짓게 되었던 것이어서 자칫 상투적인 방식으로 입에 발린 말로 메우기 쉽다. 그러나 글을 엮어나갈 논지의 설정이 기발하고, 이 저술에 얽힌 기사를 이 논지의 구성에 따라 전개함으로서 전체 글의 구성이 아주 짜임새 있고, 논리의 전개도 선명하게 눈에 들어온다.

견식에 근거한 탁물우의

이제 앞서 김매순이 언급한 '진眞'의 문제를 주목해 보자. 나는 새를

두고 물에 잠수한다고 말할 수 없고, 검은 것을 희다고 할 수 없는
것이 '진'이라고 했으니, '진'이란 곧 사실 그대로를 말해야 하는 진실
성을 의미한다.[41] 그러나 있는 사실 그대로 말한다고 해서 진실하게
전달되지 않는 경우가 있다. 말이란 전달에 한계가 있기 때문이다.
김매순은 이럴 경우 사물에 의탁하여 비유로 표현할 수 있다고 한다.
다만 지나치게 기이하여 궤탄詭誕한 지경에는 이르지 않을 것을 경계
했다.[42] 여기에 탁물우의託物寓意의 문예미가 적용된다.

　앞서 지적했던 바와 같이, 가학의 전통에 따라 인물성동론人物性同
論의 철학에 침잠해 있었던 김매순은 평소 자연과 사물의 관찰에 남
다른 관심을 갖고 있었다. 또한 성性은 곧 이理와 기氣가 혼합된 것이
라고 인식했던 그는 자연사물의 성질과 인간의 성질이 기질 면에서
는 차이가 있지만, 한편 같은 이理를 지니고 있기 때문에 이치 면에
서는 유사한 바가 있다고 인식했다.[43] 심태화沈太和의 금강산 유람
록인 『해악록海岳錄』에 붙인 서문의 첫 구절에서도 "천지의 조화는
정靜을 동動의 주인으로 삼는다. 사람도 또한 이를 본떴기 때문에 오
직 마음이 정한 사람이라야 모든 일을 해낼 수 있고, 동하게 되면 할
수 없다"[44]고 했으니, 사람이나 사물이나 모두 자연의 조화에 속해
있기 때문에 같은 이치로 살아간다고 인식하고 있는 것이다. 그래서
"산을 관찰하는 것은 곧 사람을 관찰하는 것과 같다"[45]고 한다. 그

41)「三韓義烈女傳序」,『대산집』권7.
42)「삼한의열녀전서」,『대산집』권7.
43)「闕餘散筆」天之第一,『대산집』권15.
44)「海岳錄序」,『대산집』권7 : "天地之化, 靜爲動主. 人亦象之, 故惟心靜者, 能做百
　　事, 動則反是."
45) 상동문 : "夫觀山, 如觀人."

관찰의 이치가 같다는 말이다.

이러한 인식에 따라 김매순은 자연과 사물에 담긴 이치를 관심있게 살폈고, 이를 통해 자신의 견식見識을 넓혀 나가기도 했던 것이다. 일찍이 '실지용공實地用功'의 공부는 "세심독서細心讀書와 수사성찰隨事省察"에 있다고 강조했던 바46), '수사성찰'의 의미에는 예악교화禮樂敎化에서부터 전곡병형錢穀兵刑에 이르기까지 세상사에 대처하는 것만을 가리키는 것이 아니라, 당연히 자연사물의 관찰도 포함하는 것이었다. 이 과정에서 견식을 갖추게 되고, 문학이란 바로 이 견식이 관건이 된다고 생각했다. 그래서 그는 "반드시 진실된 견식이 있어야만 진실된 문장을 짓게 된다"47)고 했던 것이고, 이것이 그가 말하는 문도합일의 정신인 것이다. 그의 문학에 탁물에 의한 의론의 전개가 눈에 두드러지게 띄는 것도 이와 무관하지 않은 것이다.

그러나 앞서 「차군헌기此君軒記」에서 스스로 지적한 바와 같이, 김매순의 사물 관찰의 궁극 목표는 인간성의 성찰에 있었다. 진眞과 사似, 본本과 말末의 관계를 유념했던 것인데, 사물은 사요 말일 뿐, 진·본은 인간이었던 것이다. 즉 미묘한 인간성의 실체를 사물의 성질을 통해 성찰하고 설명해 보려는 것이었다고 하겠다. 이처럼 그의 문학에서도 자연과 사물은 이치를 설명하기 위한 가탁의 대상으로 활용되고 있으니, 이는 인간을 주체로 설정했던 때문이다.

앞서 소개했던 김매순의 작품 중 「차군헌기」는 '대나무'에, 「풍서기風棲記」는 '바람'에, 그리고 「자유소기自有所記」는 '달팽이'에 탁물우

46) 「與金渭師」, 『대산집』권6 : "實地用功, 細心讀書隨事省察, 只此八字, 不宜渾淪放過."
47) 「答士心」, 『대산집』권5.

의한 것이었다. 이들 작품은 김매순 나름대로의 식견을 가지고 사물
을 관찰한 결과를 토대로 구성되었다. 가령 「차군헌기」에서는 '대나
무'가 "무정의無情意, 무운용無運用"함으로서 다른 꽃나무들과는 달리
"올바르면서도 겉으로 드러내지 않고, 곧으면서도 자랑하지 않는[貞
而不耀, 直而不衒]" 점을 주목하고 있는데, 이는 일반적으로 눈서리를
이겨내고 사시사철 꺾이지 않는 대나무의 자태에 주목하는 것과는
조금 다른 시각에서 관찰한 것이다. 「풍서기」에서 가탁하고 있는
'바람'에 대한 설명은 관찰이라기보다 오히려 사색에 가깝다. 사실
바람은 관찰할 수 있는 사물이라고 하기에는 곤란하다. 느끼는 것인
데, 김매순이 시골에 풍서당風棲堂을 지어놓고 그곳에 앉아 느끼는
바람에 대한 사색은 철학적인 심오함에 사뭇 종교적이기도 하다. 결
국 어느 누구도 바람 아닐 수 없고 나도 역시 바람이며, 어제도 바람
이오 오늘도 바람이며, 모든 시간과 상황 심지어 존재까지도 나타났
다 사라지는 바람과 같고, 어제의 영화도 오늘의 갈등도 바람처럼
항상 머물러 있지 않는다고 한다. 실로 대자연의 무상함 앞에 숙연
해지게 하는 말이 아닐 수 없다. 또한 「자유소기」에서는 껍질을 지
고 느릿하게 움직이는 '달팽이'를 관찰하여 "감추어 엎드린 채 거의
고요히 움직이는 일이 적으며, 다른 동물들과 다투지 않으니 다른
동물들 또한 다투려하지 않는"다고 했는데, 일찍이 은군자의 덕목으
로 '정'적인 자세를 추구하고자 했던 자신의 삶의 자세로부터 관찰되
어진 것이었다. 즉 "고궁수약固窮守約"하려는 삶의 지향에서 달팽이
의 삶을 관찰했던 것이다.

이렇게 사물의 관찰을 통해 얻은 것을 자신의 삶을 성찰하는 주제
로 인식했던 것이다. 그러나 사물의 관찰은 한편 자기 나름의 식견을

가지고 이루어진다. 어느 것이 먼저이냐를 따지자는 것이 아니라, 자신의 식견에 의해 사물을 관찰함과 동시에 사물 관찰의 결과로 자신의 식견은 더욱 구체화된다고 볼 수 있다. 이처럼 구체화된 자신의 식견을 그는 '견식'이라고 말했다.[48] 물론 사물 관찰에서 얻어진 것만이 견식의 전부라고 할 수는 없다. 견식을 얻는 경로는 다양할 것이다. 어쨌거나 그의 문학에서 견식은 주제를 설정하고 논리를 구성해 나가는데 있어 중요한 관건이 아닐 수 없고, 그래서 그는 "견식에 중점을 두게 되면 경술은 참되고 문장도 바르게 된다"[49]고 했던 것이다. 이 탁물우의의 방법도 결국 자신의 견식에서 비롯된 하나의 표현 묘사법인 것이다.

「운석설雲石說」[50]이라는 작품을 보자. 이 작품에서 탁물의 주 대상은 돌[石]이다. 그러나 돌의 덕성을 조리있게 설명해 나갈 뿐, 탁물우의의 본 주제는 노골적으로 드러내지 않는다. 비가 내리는 혜택은 구름 때문에 가능하고, 구름은 산에서 생겨난다. 그래서 『시경』이나 『논어』 등의 경전에 구름과 산을 칭송하는 구절들이 있다. 그러나 김매순은 시각을 달리한다. 궁극 구름이 산에 의해 생긴다고 하기보다, 수분이 산의 돌에 의해 엉기어 붙음으로서 구름이 생겨난다고 본 것이다. 그러므로 사실은 돌의 덕택이라고 한다. 그러나 더 중요한 것은 돌 자신의 덕택이 이렇게 큼에도 불구하고, 그것이 겉으로 드러나거나

---

48)「答李富平戚丈」, 『臺山集』권5 : "下敎 以經術文章 明示本末所在 而卒歸重於見識 夫經術爲本 文章爲末 雖以戚姪之愚不佞 亦嘗奉敎於黃卷中矣 至於見識 則經術苟眞 文章苟正 纔明卽曉 當體便是 舍此 豈有別討處 從古人物 固有以經術文章自命 而卒差 於見識者矣 亦其經術 非眞品 文章 非正脈故耳"

49) 상동문.

50) 『대산집』권9.

그 이름이 알려지지 않는다는 사실이다. 이것이 바로 김매순이 돌에 우의한 바의 생각이며, 자신의 견식에 근거한 발상이다. 돌의 '무위無爲'하고 '무소지無所知'하는 자세가 그렇게 만들었다는 것인데, 그럼으로써 『주역』건괘의 잠룡潛龍과 같이 해를 입지도 않으면서 동시에 비가 내리게 하는 은택을 베푼다고 한다. 또한 돌의 이러한 자세가 무엇을 의미하는 것인지 직접 언급하지는 않았지만, 일찍이 다른 글에서 대나무의 '무정의無情意, 무운용無運用'하는 성질과 은군자의 '고궁수약'의 삶을 강조했던 것으로 볼 때, 무엇을 우의하는 것인지 쉽게 짐작할 수 있다.

「작치설鵲鴟說」51)은 까치에 탁물우의한 작품이다. 주제는 까치의 지혜이다. 까치는 큰 나무 꼭대기 다른 새들은 감히 둥지를 얹지도 못하는 자리에 솜씨있게 집을 짓는다. 그러다 큰 올빼미들이 위협하며 둥지를 노리면 대항하지 않고 비워준다. 그러나 결국 이 올빼미들은 비바람을 이기지 못하여 둥지를 떠나고 만다. 그러면 다시 까치들은 위험이 사라졌음을 보고 본래 둥지로 돌아온다. 이는 김매순 자신이 직접 관찰한 현상을 소재로 한 것인데, 곧장 '작소구거鵲巢鳩居'와 '치의鴟義'라는 성어를 연상케 한다. 까치의 온순함과 올빼미의 포악함은 예로부터 사람들의 눈에 그렇게 비쳤던 것이다. 그러나 김매순은 다른 시각과 식견으로 바라본다. 즉 간사한 무리나 포악한 세력에 대처하는 까치의 영묘함에 그 초점을 두고 있다. 이 영묘함이란 '지혜'요 '선'이라고 한다. 다른 새들이 생각지 못하는 곳을 둥지로 선택하는 것이 첫째 영묘함이오, 올빼미에 대적할 수 없음을 알고 둥지를

51)『대산집』권9.

떠나가는 것이 둘째 영묘함이오, 해로움이 사라지자 의심없이 그 자
리에 안착하니 그것이 셋째 영묘함이라고 한다. 이렇게 까치처럼 살
면 복을 받기 마련이오, 이것이 세상의 이치라고 할 것이다. 그러나
김매순은 여기서 한번 생각을 뒤집고 있다. 사람 사는 것으로 보면
꼭 그렇지도 않다는 것이다. 못되고 어리석은 사람이 복 받고 사는
경우도 많기 때문이다. 사실 그렇다. 그러나 이 점에 대해 그는 성급
하게 단정하지는 않는다. 단지 연이어 다음 네 구절의 의문을 던지는
것으로 결론을 맺고 만다. "사소한 것만 살피고, 큰 것은 놓쳐버린
것인가?" "아니면 사람은 감당할 수 없는 면이 있는데 반해 사물은
미미해서 다스리기 쉬워서인가?" "장차 사람을 이치로 깨달아 사물에
가탁하여 그 위용을 드러낼 수 있을까?" "아니면 더디고 빠른 것은
의심 없는 일인데 기수氣數에 매여 빠르게 드러난 것인가?"

이상의 작품들에서 보다시피, 김매순은 기문記文과 설문說文에서 탁
물우의의 수법을 자주 활용하고 있다. 주로 의론체의 산문에서 두드
러지는데, 자신이 설명하고자 하는 내용을 곡진하게 전달하기 위해
서 사물에 비유하는 것이 가장 적절하다고 생각했던 것이다. 아울러
탁물에 활용되고 있는 사물에 대한 관찰과 시각도 일상의 틀을 크게
벗어난 것은 아니지만, 관찰이 세심하고 동시에 시각도 남다른 개성
이 살아있음을 느낄 수 있다. 그러나 그 시각이나 관찰이 기이한 쪽
으로 흘러 말이 궤탄해진 것은 결코 아니며, 충분한 객관성을 지닌
설득력 있는 설명이다. 이는 독서공부와 성찰에 바탕한 자신의 견식
에 뿌리를 두고 있기 때문이다.

독특한 서사구성과 진실된 인물묘사

앞의 설명에서도 보았듯이, 학자이자 문인이었던 김매순은 역시
의론문에 장점을 보여주고 있다. 김택영도 일찍이 서사문보다 의론
문에 뛰어난 것을 이조시대 산문의 특징으로 지적한 바 있었다.[52]
그것은 유학의 진흥으로 인한 도문합일의 문학정신이 뿌리 깊었기
때문이라고 하겠다. 그러나 그것은 상대적일 뿐이다. 의론문에 더 뛰
어나다는 말이지, 서사문이 볼품없다는 말은 아닌 것이다. 왜냐하면
고문에서 서사가 차지하는 비중이 결코 적지 않으며, 또한 고문의 '간
결근엄'한 묘미는 서사문에 가장 적합하기 때문이다.

김매순의 서사문이 갖는 특징을 우리는 인물묘사에서 발견할 수
있다. 우선 인물에 대한 시사구성이 간결하면서도 그 인물의 개성과
특성을 드러내는 사건에서는 풍성하게 묘사해 간다. 그것은 작가가
설정하고 있는 서사인물에 대한 개성적 주제를 부각시키려는 의도
때문이라고 보겠다. 김매순이 남긴 두 편의 전 가운데 「임소학전任小
學傳」[53]을 보자.

임보任保는 양주楊州 고을에 사는 몰락 향반이다. 집이 매우 가난해
서 글을 배우지 못한 탓에 나이 서른이 되도록 글을 몰랐다. 노모가
살아계셨기 때문에 그는 직접 농사짓고 나뭇짐 팔아다 어머니를 봉
양하는 효자였다. 그러나 일찍이 유업儒業을 익혀 미호渼湖 김원행金元
行의 문하에 출입한 형(임간任侃)의 권유로 『소학』을 익히게 되고, 더
나아가 김원행의 문도가 되어 늙어 죽도록 오로지 『소학』만 읽고 실

52) 金澤榮, 「雜言八」, 『韶濩堂集』권8 : "新羅高麗之文, 長於記事, 而短於議論. 朝鮮之
文, 長於議論, 而短於記事."
53) 『대산집』권9.

천하여 '임소학任小學'이라는 별명을 얻기까지 했다.

김매순은 김원행의 문하에 직접 출입하지는 못했지만, 같은 고을에 살면서 임보의 이야기를 전해 들었고, 어쩌면 직접 만났는지도 모른다. 그가 임보를 입전하게 된 것은 바로 임보가 『소학』을 익혔다는 사실에 중점이 있다. 유학이 한갓 공리공담의 논쟁에 젖어 실천적 학문으로서의 길을 잃고 헤매고 있을 즈음에 임보의 이야기는 신선한 감동이 아닐 수 없었던 것이다. 그래서 이 「임소학전」은 임보의 출생과 성장 등에 관한 일체의 이야기는 생략하고, '임소학'이라는 별명을 얻게 된 과정에만 초점을 두고 있다.

전체 세 단락으로 나눌 수 있는데, 글을 배우지는 못했지만 노모를 효성으로 모신 일, 형의 간곡한 권유로 소학을 배우게 되는 과정, 미호선생의 문하에 들어가 더욱 실천적 공부에 매진한 일을 묘사하고 있다. 전체 구성은 간략하지만, 세부묘사에서는 내용에 따라 적절하고 풍성하게 그려가고 있다. 어머니를 봉양한 일에 대해 "아침저녁으로 밥을 지어 어머니께 드리는데, 밥은 밥그릇에 넘도록 담고, 국은 국그릇이 볼록하도록 퍼드렸다. 어채에 구운 고기며 나물국을 깨끗하고 푸짐하게 차려 어머니께서 배불리 드시고 기뻐하시면 임보 역시 흔쾌히 만족했다[朝夕治饔飧, 饗母, 飯溢于簞, 羹凸于椀. 鮭魚菜芼, 潔膜可餐, 母飽而怡, 保亦欣然自得也.]"고 묘사하여, 그 정성을 가히 짐작케 한다. 또 글을 익혀보라는 형의 권유에 노모를 굶겨 죽이는 일이라며 냉랭히 대답하는 장면도 사실적이지만, 다시 그가 마음을 돌이켜 글을 배워보겠다고 나서는 장면에서는 임보의 심리가 변화하는 과정이 생생하고 곡진하게 그려지고 있다.

여러 날이 지난 뒤, 임보가 임간에게 말했다.

"곰곰히 생각해보니 형님의 말씀도 일리가 있더군요. 그러나 저는 비루한 사람이어서 미호선생을 만나 뵐 순 없을 것 같습니다. 형님께서 책 가운데서 알기 쉬운 것을 뽑아서 저에게 설명해 주신다면, 제가 시험 삼아 들어보겠습니다. 들어보고 좋지 않으면 이것은 형님이 저를 속이는 것이라고 생각하겠습니다."

그러자 임간은 선생께 빌려온『소학』한 책을 가져다가 몇 단락을 우리말로 풀이해 주었더니, 임보가 귀담아 들었고, 다시 문자를 짚어가며 풀이해 주었다. 4, 5일을 읽어 한 장 두 장 넘겨 십여 장을 보고는 임보가 아주 기뻐하며 말했다.

"글이란 정말 좋은 것이군요. 형님이 아니었다면 자칫 인생을 잘못 살 뻔했습니다. 형님은 분명 저를 속이지 않았습니다."

[居數日, 保謂侃曰: "適思之, 伯言亦有理. 然我鄙人也, 不可以見渼湖先生, 伯試取書之易曉者, 爲我說, 我試聽之. 聽而不好, 是伯誑我也." 侃從先生所借小學一冊, 以方言解說數段, 保頗傾聽, 復以文字譯之. 使讀四五日, 易一板至十餘板, 則保喜躍曰: "書定奇好. 微伯, 幾誤一生. 伯信不我誑也."]

그는 이후 김원행의 가르침을 받고 더욱 독서와 언행을 닦았는데, 그 수행의 결과를 "마을 사람 중에 옳지 못한 사람이 있으면,『소학』을 인용해서 바로잡아 주니, 믿고 따르며 행실을 고치는 사람이 많아졌다[鄕人有不是, 引小學以規, 多信服改行.]", "한번은 읍성 안으로 땔나무를 팔러 갔는데, 동반 하나가 버려진 칼을 주웠다. 그러자 임보는 당장 버리고 줍지 말라고 꾸짖었다[嘗賣薪于城, 同伴得遺劍, 保叱之卽棄, 不敢有.]"는 두 가지의 간단한 사례를 드는 것으로 대신하고 있지만, 어떠한 설명보다 사실적이다.

「망녀이씨부묘지亡女李氏婦墓誌」[54)는 네 명의 자녀를 모두 잃고, 36세의 늦은 나이에 얻어 애지중지했지만 결국 17세의 나이로 죽고만 자기 딸의 묘지문이다. 20여년의 고단한 세월을 견디는데 힘이 되었던 딸이 이제 겨우 복권되자 다시 자기 곁을 떠났으니, 김매순의 참담한 심정은 이루 말할 수 없었으리라 생각된다. 이 글에는 그 슬픔과 깊은 한숨이 곳곳에 배어있다.

이 글은 다른 묘지문의 구성과 비교해 볼 때, 그 서사구성이 독특하다. 연대기적 구성에서 벗어나 있는데, 김매순의 묘지문에서는 종종 이런 구성을 볼 수 있다.(「조성직묘지명趙聖直墓誌銘」「이조참판오공묘지명吏曹參判吳公墓誌銘」 등) 딸의 죽음을 슬퍼하며 망연자실해 있는 작가의 눈앞에 지나간 기억들이 겹쳐 지나간다. 죽은 딸을 기억하는 슬픈 회한에 자연스럽게 글의 구성을 맡겨놓으면서 그 사이사이에 묘지문에 필요한 기록들을 첨부하고 있으니, 전체 구성이 아주 자연스럽게 짜여졌다.

전체 네 단락으로 구성되어 있는데, 첫 장면은 안변부사로 부임했던 그 해(1827) 자신의 임소에서 열병을 얻어 갑자기 딸이 죽었던 그 날을 떠올린다. 이 단락의 끝은 "이제 상여를 남쪽으로 보내며 철령 위에서 통곡하며 전송하니, 아아! 비통하구나[遂畀柩南歸, 而哭途于鐵嶺之上, 嗚呼! 慟矣.]"라는 탄식으로 맺음하고 있다. 둘째 단락은 어릴 적 영민했던 딸에 대한 기억이다. 글을 일찍 깨닫고 기억력도 좋았으며, 간졸簡拙한 성격과 그 자태를 눈에 선하게 떠올리고 있다. 그러면서

---

54) 『대산집』권10.

다시 "몸이 쇠잔한 끝에 기력마저 떨어져 비록 옛말처럼 도움을 바라
는 자로서 하늘에 크게 바랄 일은 아니지만, 이렇게 일찍 죽고 말았
다. 또한 형신形神을 전해줄 혈속 하나 없으니, 또한 평소 생각하지
못했던 일이다.[衰末氣偏, 雖不敢以古所謂申錫保佑者厚望於天, 而短折如此, 又無一
血屬以傳其形神, 則亦平日思慮之所未到也.]"고 하여, 딸을 잃은 것을 몹시 애
석해 하고 있다. 셋째 단락은 미음에 은거해 살 때의 특별한 기억인
데, 어느날 아버지가 지은 많은 글을 두고 자신이 여자로 태어나 아
버지의 글을 읽을 수 없음을 탄식했던 일을 술회한다. 훗날 그 회한
을 남편을 통해 풀어 보려했던 딸의 염원을 기억하며 "숨을 거둘 때까
지도 그 뜻은 한결같았으니 더욱 슬프다[臨歿, 猶耿耿其志, 尤可悲也.]"고
하며 슬퍼하고 있다. 넷째 단락은 꿈에 나타난 딸에게서 뭔가 소원하
는 것이 있는 듯한 모습을 보고 깨어난 기억이다. 그는 딸을 묻어두
고 비명을 지으려 했으나, 이듬해 모친상을 당하여 글을 짓지 못했는
데, 이 꿈을 꾸고는 슬픔을 참고 이 글을 짓게 된 사정을 이야기하고
있다.

　딸의 인물묘사에 있어서도 어떤 때는 관련 일화를 예로 들어 제시
하기도 하고, 어떤 때는 완곡한 설명으로 제시하기도 한다. 둘째 단
락의 경우, 딸의 영민한 기억력을 묘사하는 장면에서는 집 벽에 걸려
있는 일월도日月圖를 보고 "가을달을 보듯이 영롱하구나[玲瓏望秋月]"라
는 시구를 말했던 일화를 소개하고 있으며, 간졸簡拙한 성품을 설명할
때는 자신의 느낀 점을 소상히 설명하고 있다. 셋째 단락의 경우도
어느 날 딸이 아버지의 글상자를 보고 무엇이냐 묻고 그 글들을 읽지
못하는 여자로서의 한계를 탄식했던 일화와 시집가서 남편의 글공부
에 정성을 쏟은 사실을 소개하고 있어, 아버지에 대한 남다른 애정과

남편을 내조하는 부인의 미덕을 잘 묘사하고 있다. 이 글은 전체적으로 독특한 구성에 묘사가 적실한 훌륭한 서사문이 아닐 수 없다.

또한 김매순은 작중 인물의 장점과 특성만을 서술하여 실상을 과장되게 미화하지 않는다. 작중 인물의 됨됨이와 성품을 생생하고 진실되게 전달하기 위해 오히려 인간적인 모습을 잘 묘사하고 있다. 다소 권위에 누가 될 것 같아도 실제로 그렇지 않기 때문이다. 「조성직묘지명趙聖直墓誌銘」55)은 동갑내기 처남인 조학렴趙學濂의 묘지명인데, 조학렴에 대해 "매번 집안에서 잔치에 많은 사람이 모였을 때 빙둘러 앉아 자리가 정돈되면 조군이 갑자기 나와 말과 행동으로 어린아이의 흉내를 내곤했는데, 온 좌중이 크게 웃었고, 두 어른도 역시 빙그레 웃으셨다[每內集燕侍衆, 方環坐整持, 君輒率爾出言動, 作孺子態, 滿座哄笑, 兩尊人, 亦爲之莞爾.]"고 하여, 가족들 앞에서 재롱을 떨어 좌중을 웃기던 일화를 소개하고 있다. 그러나 이 묘사가 조학렴의 인품을 손상시키는 것은 아니다. 오히려 그의 인간적인 모습을 생생하게 전하고 있어, 집안에 복을 가져다주는 인물임을 부각시켜주고 있다. 또 「이조참판오공묘지명吏曹參判吳公墓誌銘」56)은 평소 김매순이 존경했던 선배이자 학자였던 노주老洲 오희상吳熙常의 묘지명인데, "공은 태어났을 때부터 자질이 뛰어나, 7세에 지은 시에 사람을 놀라게 하는 말이 있었다. 어릴 땐 약간 방자했지만 점점 자라면서 자신을 변화시켜 모난 점을 고쳤다[公生而穎俊, 七歲作詩有警語. 幼頗跅弛, 稍長, 折節斂鋒鍔.]"고 묘사한 대목은 천재적인 자질에서 흔히 볼 수 있는 교만함을 학문적인 수양을

---

55) 『대산집』권11.
56) 『대산집』권11.

통해 극복했음을 전하고 있어, 오히려 고고한 학자의 인간적인 모습
을 전해주고 있다.

일찍이 석주石州 권필權韠이 「충주석忠州石」이란 시에서 미사여구로
치장된 천편일률의 묘지문을 기롱한 바 있었지만, 실제 현전하는 수
많은 묘지문들을 보면 대부분 생동감이라곤 찾아볼 수 없는 단순한
연대기적 서사일 뿐이다. 그러나 김매순의 서사문은 서사의 구성도
단순한 연대기적 구성에서 벗어나 인물의 개성적인 삶을 부각시키려
는 면에서 이야기를 풀어가고 있으며, 세부 장면의 묘사에서도 소설
적 묘사를 방불하게 사실적으로 그려나가고 있다. 이런 구성과 묘사
는, 주제의 선명성을 중시했던 그의 의론문에서도 보았듯이, 작중 인
물의 삶과 인품의 핵심을 일관되게 서술코자하는데서 비롯되었다고
본다.

4. 맺음말

이상으로 대산臺山 김매순金邁淳의 삶과 그 안에서 배태된 산문문학,
그리고 그 산문작품들이 지닌 문예적 성격들을 살펴보았다. 그의 삶
과 문학은 그의 작품세계가 지니고 있는 문예미를 좀더 명확하게 규
명해 보기 위해 살펴본 것이었다. 문예미가 문장학습을 통해 체득되
는 것이라고 생각하지만, 궁극은 작가 자신의 삶과 현실로부터 체현
되기 때문이다. 곧 문예미는 작품의 주제정신과 불가분의 관계에 있
다고 본다. 주제정신과 동떨어진 문예성은 한갓 장식에 불과하다는
것이 이들 고문가들의 기본된 생각이기도 했다.

　한 작가의 문학세계를 몇 가지의 개념으로 재단해서 설명하는 것이
과연 온전한 것인지는 의문이지만, 이들의 문학적 성취가 지닌 의의
를 규명해보는데 의미를 두고자 했다. 그것은 다시 산문문학이 정통
한문학의 중요 장르로 부각되던 이조후기에 당시 산문의 주류를 이
루고 있던 고문古文, 그 가운데서도 진한고문秦漢古文과 대립되어 있던
당송고문唐宋古文의 문예적 특성을 규명하는 일이다. 우리는 홍석주의
산문문학과 함께 김매순 산문문학의 특성을 통해 이들 당송계 고문
의 세계를 종합적으로 조명할 수 있으리라 기대한다.

홍길주 산문의 의의와 문예적 성취

이 장에서는 홍석주洪奭周, 김매순金邁淳과 함께 19세기 초 당송고문 계열 작가의 중요한 인물인 항해沆瀣 홍길주洪吉周(1786~1841)의 산문 세계를 살펴보고자 한다. 홍길주는 문학론에서나 문학작품 면에서 볼 때, 앞의 두 사람보다 더욱 개방적이며 형상과 표현이 보다 참신 하고 자유로운 면을 느낄 수 있다. 이러한 면이 후대의 비평가인 김 택영金澤榮의 눈에는 다소 조박佻薄하게 보였던 것이지만,[1] 당시 시대 의 조류를 민감하게 인식하고 시의적절한 문풍을 중시했던 당송고문 파唐宋古文派들의 인식에서 볼 때, 홍길주는 그들의 인식을 보다 구체 적이고 철저하게 실천했던 작가라고 할 것이다. 그래서 오히려 송백 옥宋伯玉은 홍석주, 김매순과 함께 당대 문단의 명가名家로 정립鼎立할 존재라고 평가했던 것이다.[2]

그러면 우선 홍길주의 문학이 갖는 산문사적 의의를 점검해 보고,

---

1) 김택영, 「雜言」四, 『韶濩堂文集』 卷8 : "趙東谿洪沆瀣, 雖皆能跳出於陋而矯枉過直, 病於佻薄, 故選不及之."

2) 송백옥, 「沆瀣洪先生集文抄引」, 『東文集成』 : "渾浩沈雄, 不及淵泉伯子, 而奇思妙 搆, 湧出空無之地, 見推于臺山金公. 在當時鼎立爲名家矣."

이어 그의 문학이 이룩한 문예적 성취를 평가해 보기로 하겠다.

1. 홍길주 산문의 의의

나는 일찍이 홍길주의 문학론을 '탈모방을 지향하는 주체적인 진문장론眞文章論'으로 규정하고, 그의 주장을 '견식의 함양과 묘오妙悟의 자득' '시변時變의 인식과 문장중원론文章中原論' '민족고유어의 수용'이라는 내용으로 나누어 살펴본 바 있다.3) 이는 문학에 대한 그의 주관적인 주장에 입각해서 이해하기 쉽게 정리한 것인데, 이제 그의 이 주장이 갖는 의미를 당대 문학사 전체의 객관적 시각에서 재조명해 보고자 한다.

실용과 세무世務의 산문정신

어려서부터 문학에 남다른 재능을 나타냈던 홍길주는 16세에 과거 공부를 시작해서 22세의 나이에 진사進士에 올랐다. 그러던 그가 26세부터 돌연 과장科場에 발길을 끊음으로써 출세의 뜻을 거두고 만다. 그리고 그가 선택한 길은 평소부터 마음에 두어왔던 '고문지학古文之學'에 전념하는 것이었다. 이런 결정을 내린 데는 여러 가지 요인이 작용했지만, 무엇보다 과거科擧의 문장이 한낱 부질없는 논의만을 일 삼고 있다는 사실에 대한 불만이 크게 작용했던 것으로 보인다.

---

3) 김철범, 「沆瀣 洪吉周의 작문정신과 眞文章論」, 『동양한문학연구』제9집, 동양한문학회, 1995.

어느날 그는 아들 우건祐健이 응시한 증광시增廣試의 시제試題를 보
게 되었는데, 곡책穀策에 관한 내용으로 시무時務와 관련된 바가 있었
다. 이에 그도 평소 자기의 생각을 응시답안문으로 지어보았다. 그
내용의 대략은 다음과 같다.

> 아! 그대가 묻는 것은 종이 위의 곡식이오, 내가 대답하는 것도 종이
> 위의 곡식이다. 오늘 시험장에서 수백 권의 답지가 그대 앞에 놓일 것
> 인데, 이는 모두 종이 위의 곡식 아닌 것이 없을 것이다. 그대는 이 답
> 지의 자구字句와 점획點劃들을 모두 쌀알로 변화시켜 나라의 창고에 쌓
> 았다가 백성들의 배를 채워줄 수 있겠는가? (중략) 지금 애석하게도 종
> 이 위의 곡식에 백성들이 유망流亡하고 고달픈 현실을 맡겨두고 있으
> 니, 그대는 어떻게 생각하는가? 아니면 그 자구와 점획을 식량으로 변
> 화시켜 군현郡縣의 호구戶口를 증가시키고 국가의 부역에 나가게 하겠
> 다는 말인가? 가만히 생각해보니, 종이 위의 곡식을 모두 가져다가 태
> 워버린 뒤에야 곡식은 백성들의 식량이 될 수 있고, 백성들은 서로 보
> 존하며 살아가게 되며, 나라도 이 백성들이 있음으로써 이 곡식을 생산
> 할 수 있을 것이다.4)

대단히 엄중한 비판을 담은 글이다. 여기에서 홍길주가 말하고자
하는 바의 핵심은 현행의 과거제科擧制란 별 실효성도 없는 논의로

---

4)「睡餘瀾筆」上, 『沆瀣丙函』권5 : "於戲! 執事之所問, 紙上之穀也, 愚之所對, 亦紙上
之穀也. 凡今日場屋之中, 數百餘券之交錯於執事之前者, 皆莫非紙上之穀也. 執事將
謂其字句點畫, 皆能化爲粒粒, 實國家之府庫, 而充斯民之肚腸耶? (中略) 今也惜紙上
之穀, 而任斯民之流亡損瘠, 執事以爲何如也? 抑將謂其字句點畫, 皆能化爲元元, 增
郡縣之戶口, 趨國家之力役耶? 竊以爲盡取紙上之穀, 而焚之然後, 穀可以爲民食, 民
可以相保而活, 國可以有是民而有是穀也."

국력만 소진하고 있다는 것이다. 이는 젊은 시절 과거를 그만두면서 늘 생각했던 바를 토로한 것이 분명하다. 이러한 폐습적 관행은 결국 응시자들로 하여금 책에서 읽은 대로 틀에 박힌 거창한 말만 늘어놓게 하고, 나아가 많은 인재들로 하여금 겉치레를 일삼거나 실용될 수 없는 지식만을 익히도록 만드는 데 문제가 있다고 보았다. 사대부들의 이러한 인식과 태도가 작금 그들의 생각이나 지식이 현실의 문제와 전혀 격리된 채 오직 공리공담空理空談만 일삼는 지경으로 나아가게 만든다는 점에서 과거의 악습이 미치는 파급효과를 인식했던 것이다.

그리하여 그가 고문지학을 자기 일생의 공부처로 선택한 것은 바로 이러한 세태에 대해 독서하는 선비로서의 반성과 책무에서 비롯되었다. 몸소 농사를 지으며 살수는 없더라도 선비랍시고 일없이 놀고먹을 수는 없다고 각성했던 것이다. 독서지사讀書之士로서의 이러한 각성을 분석적으로 전개한 것이 그의 논설문 「명학明學」5)이다. 그는 이 글에서 학문하는 자세를 '고인지학古人之學'과 '금인지학今人之學'으로 나누어 놓고, '고인지학'의 실천적 자세에 비해 '금인지학'은 다분히 사변적임을 비판하고 있다. 미묘한 이치는 스스로 행동하고 실천하는 과정에서 깨닫게 되는 것이지, 묵묵히 앉아 논리적으로 사유하기만 한다고 터득되는 것은 아니라고 한다. 이는 맹목적인 복고復古의 논리가 아니라, 공론空論을 일삼는 소모적인 학문자세를 지양하고, 이제 실천·실용의 학문정신을 회복해야 할 것을 주장한 것이다.

홍길주는 이 글에서 '고인지학'의 실천성을 지적했지만, 이는 동시

---

5) 『縹礱乙籤』권16.

에 자신의 문학이 나아가야 할 방향을 설정하고 있는 셈이다. 그래서 그는 문학의 본질적 기능에 대해 다음과 같이 생각했다.

> 옷으로 추위를 막기에는 무명만한 것이 없으니, 비단옷은 아름답게 보이기 위한 것일 뿐이다. 기물器物로 이용하기에는 금석金石이나 나무만한 것이 없으니, 옥이나 뿔 조개 등은 빛나게 보이기 위한 것일 뿐이다. 문사文辭가 창달해서 시대에 쓰이면 충분하지, 꾸미고 다듬는 것은 실용하기에 적당하지 못하다. 재덕才德이 풍족해서 정사政事에 베풀어지면 좋지, 박학하고 거창하게 논변하는 것은 세무世務에 보탬이 되지 못한다. 천하에서 기이한 보배라고 하는 것은 참으로 일을 구제하는 도구가 못되는 법이다.6)

옷의 본질적 기능이 추위를 막는 것이듯이, 문학의 본질적 기능은 세상을 위한 책무를 다하는 것이오, 학자나 문인으로서 본질적 역할은 세무에 일익이 되는 것임을 주장하고 있다. 이는 문학의 본질적 기능 즉 문학정신의 본질을 회복하자는 말인데, 시대를 구제하는 도구로서 문학의 본질은 곧 실용과 세무에 있음을 강조한 것이다.

이에 홍길주는 문사文士는 "오로지 도를 높이고 실천을 숭상하여 옛 성현들이 우리에게 남기신 것을 실추시키지 않도록 하고, 퇴락한 풍속을 일으킴으로써 세도世道를 위하는데 만에 하나라도 보탬이 되어, 한낱 곡식과 비단을 낭비하지 만은 않아야 한다"7)고 했으니, 도를 높

---

6)「睡餘瀾筆」上 : "衣之禦寒, 莫如綿布. 紗羅縠綾, 觀美而已. 器之利用, 莫如金石竹木, 珠玉犀貝, 光耀而已. 文辭腾達, 足需於時, 綺章麗采, 無當於實用, 才德豊足, 可施於政, 博學宏辯, 無補於世務. 天下之號爲奇寶者, 固皆非濟事之具也."

7)「重答李審夫書」, 『峴首甲藁』卷4 : "士大夫 假命以儒 坐而衣食 人之效之者 日以滋

이고 풍속을 일으켜 세도를 바로잡아 나가는 것, 곧 자기 철학을 갖고 시대의 모순을 관찰하여 세상의 정론正論을 이끌어 가는 그것을 바로 실용과 세무의 문학정신이라고 보았다고 하겠다. 그가 문학가의 소양으로써 견식見識을 넓힐 것을 중시하고 강조했던 것도 실용과 세무의 기능을 실현하는 관건이 문학가의 견식에 달려있다고 보았던 때문이다. 시대의 정론을 제시하는 데 있어 예리한 식견 없이는 불가능한 일이다.

실제 시기별로 엮어 3종에 달하는 홍길주의 문집을 보면8) 그의 이러한 산문정신이 철저하게 실천되고 있음을 알 수 있다. 그의 의론문들은 사대부사회의 세태를 진단하고 모순을 비판하며 또한 나름의 처방을 제안하기도 한다.(「계언戒言」, 「힐우詰優」, 「위언危言」, 「치가설治家說」, 「호명해好名解」, 「명학明學」 등) 게다가 그의 잡문들은 더욱 현실적으로 접근해서 정치와 제도·문물 등의 소재를 직접 다루고 있어(「위정爲政」, 「도속導俗」, 「관형寬刑」, 「제전制田」, 「양병養兵」, 「거사祛私」, 「삼송參訟」, 「의리議吏」, 「시언時言」, 「고조변錮糶辨」 등), 일부 연구자들은 그를 19세기의 실학자로 평가하기도 했다. 또한 과학, 구체적으로 수학에 대한 관심은 「기하신설幾何新說」과 「호각연례弧角演例」 등의 저술을 남길 정도의 수준에까지 이르기도 했다.

衆 父子兄弟 相戒告寧爲乞 而不肯爲農工賈 腴手胖脚而糊其口者 半天下 人道之日夷 財用之日匱 職誰之辜 日夜惝懼 思所以免于是者 旣不得謀畵于時 有一分之澤以及丞黎 又不能親執未耜荷蕡操鎛 以佐庶民之役 唯尊道尙行 毋墜古聖賢所遺我者 以扶支頹俗 爲世道萬一之神補 庶幾不徒糜粟帛."
8) 홍길주는 30세 이전의 작품을 모아『峴首甲藁』(10권)를 엮었고, 다시 50세 이전의 작품을 모아『縹礱乙籤』(16권)을 엮었으며, 그의 사후 남은 글을 모아『沆瀣丙函』(10권)이라 이름붙였다. 洪祐健, 「항해병함발문」『항해병함』권10. 참고.

시대적 변화의 모색

'고문지학'을 통해 자기 문학의 기본정신을 확립한 홍길주는 동시에 우수한 옛 문학가들의 명문장을 읽으며 그에 버금가는 문학세계를 이루려는 노력을 다각도로 시도했다. 그러나 그것은 뜻대로 이루어지지 않았으며, 결국 이것도 저것도 아닌 채 방황하기만 했던 것이다. 너무 본받아 배울 대상이 많았던 때문이었다. 이에 고민에 잠겨 육경六經의 작가와 좌구명左丘明과 굴원屈原·순경荀卿·장주莊周·사마천司馬遷·한유韓愈 등 옛 작가들을 회상하며, 어느 시대마다 그 시대를 이끌어간 문학가가 나타났고, 그들이 이루어낸 문학세계도 각기 차이와 개성이 뚜렷하다는 사실을 확인했다. 그래서 이 작가들이 지금 자신의 시대에 태어났다면 과연 어떤 문학을 이루었을까하는 가설적 의문을 제기해 보기도 했다. 우선 이 과정에서 홍길주가 자각하고 있었던 점은 시대가 다르다는 사실이었다. 각기 시대가 달랐으므로 문학의 세계와 문체도 다르다는 점을 깨달았던 것이다.[9] 이러한 각성은 곧 자기의 시대를 인식하게 하고, 나아가 독자적 문학세계를 추구하려는 문턱을 넘어서게 하는 것이다.

이렇게 되고 보니, 이제는 또 배울게 없다는 게 고민이었다. 전날 읽었던 책을 보니, 육경은 내 것도 아니고 좌구명의 글도 내 것이 아니며, 굴원·장주·한유 등의 글도 자신의 글이 아니기 때문이었다. 그들의 글은 모두 참된 문장인데, 자신이 그것을 본받아 지어보지만 그것은 모방에 불과한 것으로, 나의 참된 문장이 못되는 것이다. 이

---

9) 이 논지의 전개는 그의 글 「釋夢」, 『항해병함』 권1과 「三韓義烈女傳序」, 『표롱을첨』 권4를 토대로 한 것이다.

는 홍길주가 이미 시대적 변화에 따른 독자적 세계를 자각했지만, 그러면 시대적 독자성이 무엇이냐 하는 부분에서 아직 중심을 찾지 못한 것이었다. 이 점에 대한 대안적 모색으로 그가 깨달아 제시한 것이 곧 '문장중원론文章中原論'이다.

홍길주는 참된 문학을 성취하는 것을 두고 흔히 말하는 중원을 차지하는 것에 비겨 설명했다. 중원이란 중국을 지칭하는 말이지만, 본질적으로 중원이 의미하는 바를 먼저 따져보고 있다.

> 순우舜禹와 은주殷周는 모두 옛 성인들이다. 그러나 공자께서는 분명 "하나라의 시령時令을 시행하고, 은나라의 수레를 타며, 주나라의 면류관을 쓰고, 음악엔 소무韶舞를 추겠노라"고 하셨다. 은주殷周에 있어 자축子丑의 정령正令은 버려두고, 우하虞夏에 있어 황차黃扠의 제도는 버려두었다면, 어찌 순우와 은주는 진선盡善하지 못하다고 말하지 않았겠는가? 그러므로 중원을 차지한 자는 그 땅이 반드시 삼대三代와 같을 것도 아니고, 반드시 삼대와 다를 것도 아니며, 반드시 진한秦漢과 같을 것도 아니고, 반드시 진한과 다를 것도 아니다. (중략) 덕교德敎를 닦고 예악을 밝혀 사이四夷를 다스리면 곧 나의 중원이다.[10]

덕교와 예악을 밝혀 주변의 그렇지 못한 나라를 다스리는 자가 바로 중원을 차지한 것이라고 한다. 사방을 다스릴 수 있는 문명의 나라, 그곳이 바로 중원이라는 말이다. 그러므로 국경이나 제도가 앞

---

10) 「釋夢」『항해병함』권1 : "舜禹殷周, 皆古聖人也. 孔子必曰 行夏之時, 乘殷之輅, 服周之冕, 樂則韶舞, 于殷周子丑之正而舍焉, 于虞夏黃扠之制而舍焉. 夫豈曰舜禹殷周, 未盡善歟? 是故, 有中原者, 其方輿疆服, 不必與三代同也, 不必與三代異也, 不必與秦與漢同也, 不必與秦與漢異也. (中略) 修德敎明禮樂, 以統馭四夷, 則吾之中原也."

시대의 것과 똑같을 하등의 이유가 없다. 일찍이 공자도 문물과 제도에 있어 앞 성인들의 것을 모두 따르지는 않았다. 자기의 시대에 알맞게 시행하면 되는 것이므로, 굳이 고대 중원의 제도에 얽매일 필요가 없다는 것이다.

문장도 이와 마찬가지라고 설명한다.

> 그러므로 문장을 하는 자는 그 과정과 범위에서 반드시 육경을 배울 것도 아니며, 반드시 육경을 배우지 않을 것도 아니고, 반드시 좌구명·굴소·순장·태사공을 배울 것도 아니며, 반드시 좌구명·굴소·순장·태사공을 배우지 않을 것도 아니다. (중략) 번거롭게 장식할 것도 아니고, 간결하여 순박하게 할 것도 아니다. 오직 이치에 근본해서 영롱한 기상을 장대하게 하여 이로써 백가百家를 복종시키면 곧 나의 문장이다.[11]

나의 이치와 나의 기상을 갖추어 문단의 정론을 이끌어 나간다면 그것은 곧 나의 참된 문장이 된다는 것이다. 의리에 기반한 자신의 확고한 사상과 종횡무진 글을 엮어 가는 원숙한 문장구성을 갖춘다면 독자적인 문학세계를 이룰 것임을 확신한 것이다. 이는 고전문의 독서에서 깨달아 얻은 것이지만, 그렇다고 고전문의 구성이나 법식까지 의식할 필요는 없음을 거듭 강조하고 있다.

그러나 홍길주가 문장중원론에서 제창하고 있는 참된 문학은 자신의 독자적 문학세계의 완성만을 계획하는 것은 아니다. "백가를 복종

---

11) 상동문 : "是故, 爲文章者, 其度程範圍, 不必學六經也, 不必不學六經也, 不必學左邱屈騷荀莊太史公也, 不必不學左邱屈騷荀莊太史公也, (中略) 不必繁以飾也, 不必簡而樸也, 根理義壯光氣, 以讋伏百家, 則吾之文章也."

시킨"다고 한 바와 같이 이런 문학은 당대 문학의 표상이 될 것임을 자임하고 있다. 그래서 "문장 중에 빼어난 것은 벌레울음·귀신의 탄식·목석木石들의 괴이해서 아득하고 괴상해서 그윽하며 은밀해서 찾아볼 수 없는 것들로 하여금 서로 데리고 와서 조문朝問하게 하며, 추한 것은 감추고 능한 것은 바치게끔 한다"[12]고 하여, 음담이나 패설잡기류의 문체들을 변화시켜 참된 문학으로 발전하게 만들 것임을 강조했던 것이다. 이것이 그의 '문장중원'의 논리이다.

이처럼 시대에 맞는 변화를 모색코자 했던 홍길주의 노력은 그의 문학론에서 다양하게 시도되고 있다. 무엇보다 그는 문학이란 생명력으로 살아있는 것임을 강조하면서, 구금拘禁에 얽매여 활취活趣를 해쳐서는 안 된다고 누차 언급하고 있다.[13] 여기서 활취란 자기 시대의 정신을 담은 주제의식이라고 볼 것인데, 이것이 억눌리지 않고 살아 움직이는 문학을 요구한 것이다. 그래서 그는 참신하고 기발한 구상을 곧잘 문학으로 형상화했으며, 세세한 사물을 섬세하게 묘사하기도 하고, 생활주변의 소재를 세심하게 관찰해서 표현하기도 하는 등 다양하게 시도했는데, 자신의 주제의식을 표현하는 나름의 방식이었던 것이다. 이는 18·9세기 새로운 문명과 세계관의 변모를 경험하면서 변화해 가는 조선의 현실, 또한 상업자본의 발전에 따라 도시적 분위기가 무르익어 가던 서울의 현실을 체험한 한 문인으로서, 자기 시대의 변화를 민감하게 느끼고 대응하는 문학적 실천의 한 형태

---

12) 상동문 : "文章之至, 可使蟲吟鬼嘯木石之怪, 迤詭幽秘窮不可詰者, 相率而來朝, 諱其醜而獻其能. 是文章之中原, 顧不及有大於眞中原耶? 能如是而后, 可以爲文."

13) 「睡餘放筆」上, 『縹礱乙幟』권12 : "文詞, 以天機爲貴, 近世廣設拘禁, 以傷活趣, 豈古人之意哉?"

라고 생각한다.

민족적 가치의 발견

이처럼 자기 시대의 변화를 민감하게 인식했던 것과 동시에 우리가 홍길주의 문학에서 볼 수 있는 또 하나의 특성은 자신이 살고 있는 지역과 그 문화에 대한 높은 관심이다. 사실 그의 '문장중원론'에 의거해 볼 때 이는 자연스런 귀결이라고 하겠다.

일찍이 이조사회에는 사상계와 정치권의 주도로 중화주의 의식이 뿌리 깊게 내려 있었다. 이러한 영향이 문학에도 오랫동안 작용해서 품격이나 내용뿐만 아니라, 어휘나 고유명사마저도 중국식의 표현과 표기를 따르고 있었다. 17세기에 들어와 이에 대한 비판적 제안들이 있었지만, 하루아침에 변화될 수 있는 것이 아니었으며, 또 한편 단순히 시대를 초월한 고전문의 창조를 꿈꾸었던 작가들은 보편적 문자에 보편적 표현을 쓸 것을 고집했던 때문이기도 했다. 그러나 이 문제에 대한 본격적인 반성은 역시 18세기 이후 탈중화주의의 각성과 함께 문화의 민족적 개성을 발견한 개명적開明的 지식인들에 의해 제기되었던 것이다.

앞서 언급한 문장중원론에서 중원을 이상으로 삼고 있지만, 사실 중원의 개념을 공간과 시간을 초월한 가변적인 가치로 설정함으로써, 오히려 그동안 중화주의적 시각에서 맹종했던 중원의 개념을 분해시키고 말았다. 그럼으로써 모든 지역과 민족이 중원이 될 수 있는 무한한 가능성을 지니게 된 것이다. 그러므로 문학에서도 참된 문학이 되는 요건으로 반드시 중국문학의 특성에 얽매일 필요가 없는 것이다.

이러한 인식에서 우리 문학을 볼 때, 홍길주가 심각하게 생각한 것 중의 하나는 그 나라와 지역에 맞는 고유한 호칭과 표현의 사용문제 였다. 이 문제에 대해 홍길주는 다음과 같이 언급하고 있다.

> (그대의) 글 속에 자서子舒니 자상子祥이니 하는 호칭은 더욱 그 모 방함이 심한 것입니다. 그러니 이 모방 때문에 문장을 잘 엮을 수 없 게 됩니다. 가령 주나라 사람 중에 원상元祥이나 치서稚舒라는 자字를 가진 사람이 있다면, 대씨戴氏의 글에 반드시 '원상' '치서'라 썼지 '자 상' '자서'라고 쓰지 않았을 것을 나는 압니다. 지금 것은 모양을 본뜨 고자 하여 당장 그 자字를 고치는 셈이지요. 설령 조선이라는 나라이 름을 글에 쓴다고 한다면 장차 무엇이라고 쓰겠습니까? '조선朝鮮'이 라고 쓰자면, 대씨가 일찍이 쓰지 않은 말이오, 고쳐서 '노魯'나 '위衛' 라고 하자면, 또한 조선의 본래 이름이 아닌 것이지요. 그대는 장차 뭐라고 쓰겠습니까? 이조판서니 병조판서는 옛날에는 없던 관직이고, 파주나 장단·풍덕·용인 등도 옛날에는 없던 고을이며, 김모니 박모니 하는 성씨는 옛날에 없던 것이오, '패부진牌不進', '파직罷職', '추고推考' 등은 옛날에 없는 법제이지요. 그렇다면 비록 사마천이나 반고가 오늘 날의 사관이 된다면 반드시 그 칭호를 모두 고쳐 옛것을 모방하여 썼 겠습니까? 이렇게 하지 않으면 끝내 『사기』나 『한서』 같은 글을 짓지 못하는 것입니까?[14]

---

14) 「論李元祥論齋義書」, 『峴首甲藁』권4 : "篇中子舒子祥之稱, 尤其倣象之甚者. 然此 并與倣象而不能工焉, 使周之人而有元祥稚舒者則戴氏之書, 吾知其必曰元祥稚舒而不 曰子祥子舒也. 今欲以倣象之故, 遽改其字, 設欲記朝鮮國名于篇, 則又將何以稱之耶? 其曰朝鮮乎則戴氏之所未嘗書也, 其將改之曰魯曰衛乎, 則又非朝鮮之本號也. 執事將 何以書之耶? 吏曹兵曹判書, 古無是官也, 坡州長湍豊德龍仁, 古無是縣也, 金某朴某, 古無是姓名也, 牌不進罷職推考, 古無是法制也. 然則雖司馬遷班固, 爲今之史, 必盡改

당시 문학가들이 우리의 고유문자마저도 중국의 표현방식으로 답습하여 사용하는 관습이 있었는데, 이러한 잘못을 통렬히 꾸짖고 있는 것이다. 사실 고문의 엄격한 법도는 언해문자나 속어와 같은 비리한 문자의 사용을 단호히 배격하고 있었는데, 이런 금기가 심지어 고유문자에까지 그 영향을 미쳤던 것이다. 가령 지금도 옛 글을 보면 서울徐鬱을 두고 장안長安이나 낙양洛陽이라는 중국의 옛 지명을 그대로 사용하는 것을 종종 볼 수 있다. 그러나 이는 오히려 고문을 잘못 이해한 결과로써, 고문들도 당시 자기 시대 자기 지역의 고유문자를 꺼림 없이 사용했으니, 이 시대 우리의 고유한 이름을 쓰면 안될 이유가 없다는 것이다.

우리 민족고유의 문자에 대한 홍길주의 개방적 인식은 한걸음 더 나아가 우리의 속언과 속담으로 관심을 넓혀 나갔다. 옛날의 고문들 역시 당시의 속언을 거침없이 사용했다는 사실을 상기하면서 우리나라의 속언들도 역시 이 시대 우리의 문장에서 소중한 재료가 된다는 인식을 가졌다. 가령 태太[콩], 목木[무명], 정丁[표준], 신申[망치] 등과 같은 조선고유의 용어나 답畓, 탈頉, 남娚, 시媤 등과 같은 조선식 한자, 그리고 '우근진소지의단右謹陳所志矣段, 사또분부내사연使道分付內辭緣' 등과 같은 이두문까지도 고문대책高文大冊이나 비갈문碑碣文·서기문序記文 등에 사용해서는 안될 이유가 없다고 했다.15)

이런 취지에서 홍길주가 더욱 관심을 가졌던 것은 속담이었다.

其稱, 倣古而爲之耶? 不如是則終不能爲史記漢書之文耶?"

15) 「居業念」, 『孰遂念』 第15觀 : "由是論之, 則今之以黃豆爲太, 以棉布爲木, 以準爲丁, 以槌爲申, 田畓之畓, 有頉之頉, 娚妹之娚, 媤家之媤, 以至于右謹陳所志矣段使道分付內辭緣等語, 俱用之於高文大冊碑碣序記, 何不可之有?"

동언문자東諺文字 중에 문장에 쓰일 만한 것이 매우 많은데, 사용하
는 사람이 없다. 가령 '남의 콩이 커 보인다'[別人荳瓣大]·'남의 죽음이
내 작은 병만 못하다'[別人屍不如我微恙]·'먼저 먹고 뒤에 걱정하라'[先喫
後鬱鬱]·'매는 먼저 맞는 것이 낫다'[笞先受爲快]·'호도껍질이 말라도 남
주기는 아깝다'[胡桃殼蔫液不肯予人]는 것들은 모두 **빼어나고 특출한 문**
장의 재료가 되기에 손색없다. 또 '남의 노래가 다 끝나지도 않았는데
경솔하게 박자가 틀렸다고 말한다'[別人唱歌胡不聽到餘音而徑議其失腔]·
'좋은 노래도 가끔 들어야 좋은 것이다'[好歌曲罕聆方好]는 것들은 세상
에서 사람과 접촉할 때 큰 도움이 되는 내용인데, 유독 문장에만 쓰이
지 못할 뿐이다. '바늘허리에 실 묶기'[縛線針腰]나 '쥐구멍으로 소몰기'
[驅牛鼠穴]라는 말은 내가 일찍이 잡저에서 사용했다. 이런 내용들은 고
인들의 글 속에 다 갖추어져 있지만, 사람들을 깨우쳐주기에는 쉬운 속
담들이 옛 글보다도 낫다.16)

속담에는 민간의 지혜를 일상적인 일이나 사물에 비유해서 나타내
는 말들이 많다. 특히 그 비근한 소재와 적절한 비유는 의미를 쉽게
깨닫게 하는 장점을 지니고 있다. 우리 민족의 생활 속에서 배태된
것이기 때문에 더욱 그러하다고 하겠다. 바로 이러한 장점 때문에 속
담은 문장을 엮어나가는 좋은 소재가 된다고 보았다. 그러나 정통문
학에서는 이런 속언문자를 글에 사용하는 것을 일체 용납하지 않았
는데, 그럼에도 홍길주는 그의 글에서 속담을 시험적으로 과감히 사

---

16) 「睡餘瀾筆」上, 『沆瀣丙函』권5 : "東諺可入文詞者, 甚多而無用之者. 如別人荳瓣大·
別人屍不如我微恙·先喫後鬱鬱·笞先受爲快·胡桃殼蔫液不肯予人之類, 俱不害爲絶奇文
料. 又如別人唱歌胡不聽到餘音而徑議其失腔·好歌曲罕聆方好之類, 尤大有助於應世
接人之際, 不獨可入文詞而已. 縛線針腰·驅牛鼠穴, 余嘗取用於雜著述中. 此等說, 古
人書中, 非不具有, 而悟人之易諺, 勝於古書."

용하기도 했던 것이다.

  주지하다시피 이러한 인식과 시도는 당시 실학파 문인학자들에 의
해서도 이루어졌는데, 그것은 정통문학에 대한 반성적 각성의 일환
으로 서민적이고 민족적인 정취를 대담하게 받아들이려는 노력이었
던 것이다. 더 나아가 홍길주는 보다 적극적으로 민족적 정취에 담겨
있는 가치를 발견했고, 그 가치를 살려보고자 노력했던 것이다. 이러
한 인식의 발단을 그의 다음 글에서 살펴볼 수 있다.

> 높은 곳에 올라 바라보면, 삼척의 아이도 칠척의 건장한 사내도 하나
> 같이 개미가 땅에 엎드린 것과 같이 차이가 그리 크지 않다. 역시 하늘
> 에서 아래를 보면, 중국과 우리나라는 모두 하나의 자그만 탄알일 뿐이
> 다. 그러므로 모두 우리나라의 일이 중국만큼 크지 않다고 말하지만,
> 나는 우리나라가 분명 중국만큼 크지 않는 것이 있지만, 중국도 또한
> 우리나라만큼 크지 못한 것이 있으니, 서로 긴 것으로 따지자면 똑같다
> 고 해도 옳을 것이라고 생각한다.[17]

  이 글은 그가 우리나라의 역사사실을 책으로 엮고 거기에 붙인 서
문의 내용이다. 그는 이 글을 통해 중국의 것이라면 무조건 위대하고
조선의 것이라면 왜소하게 여기는 우리나라 사람들의 인식에 반성을
촉구하고 있다. 중국이나 조선이나 자기 나라의 역사와 문화가 지니
고 있는 개별성과 우수성을 놓고 본다면, 각자 나름의 가치를 지닌다

---

17) 「東史綱目序」, 『孰遂念』第五觀 : "登高而望, 三尺之孩, 七尺之健夫, 均之若螻蟻之
    撲地, 所差不甚遠. 自天而視下, 中國與吾東, 皆一彈丸耳. 是故, 人皆謂吾東之事, 大
    不如中國, 余則曰吾東固有大不如中國者, 中國亦有大不如吾東者, 互當以長則謂之同,
    可也."

는 것이다. 그러므로 조선의 역사나 문화가 사사건건 중국과 동질적
인 것이 될 수도 없고, 되어서도 안된다고 역설했다. 우리 역사가 지
니는 독자적 가치를 인정하고 수용할 것을 강조했던 것이다. 아울러
그가 『대동문준大東文雋』과 『해동제명가문선海東諸名家文選』 등 몇 종의
우리나라 문장선집을 엮은 것도 이러한 인식의 맥락에서 비롯한 것
이었다.18)

2. 홍길주 산문의 문예적 성취

홍길주의 문학이 지니는 의의가 이상에서 고찰한 바와 같다하더라
도, 문학이란 무엇보다 작가의 사상과 의식이 어떻게 형상화되고 있
는가 하는 점이 그 가치를 결정하는 가장 중요한 요소가 될 것이다.
그러므로 그의 문학론을 근거로 실제 그의 작품에서는 어떻게 그것
이 구현되고 있는가를 살펴보고자 한다.

견식에 근거한 의론의 전개

홍길주는 문학가로서의 자질을 쌓기 위한 방편으로 독서공부를
강조했다. 탁월한 재주를 타고나더라도 부지런한 독서공부가 없다
면 제대로 된 문학을 창작할 수 없다고 하여, 부단한 자기 노력을 중
시했던 것이다. 그러면 이 독서공부를 통해 문학가로써 얻게 되는

---

18) 김철범, 「이조후기의 東文選集과 散文批評의 전개」, 『한국 古文의 이론과 전개』,
태학사, 1998. 참고.

것, 또 한편으로 얻어야 하는 것은 무엇인가? 그것은 '견식見識'이라
고 한다.

> (전략) 도덕문장도 모두 그렇지 않은 것이 없다. 세상사람들은 아이
> 적의 근기根基를 두고 그가 성취할 바를 점칠 수 있다고 한다. 그러나
> 그가 독서가 충분하지 못하거나 이치를 살핀 것이 익숙하지 못하면, 견
> 식이 심히 비루하고 막히며, 취향이 매우 모자라며, 의장意匠도 좁고
> 누추하며, 재주도 평범해지고 만다. 공부가 쌓이고 힘써 실천하여 터득
> 하는 것을 따라서 열어나가면, 차츰 밟아 올라 날로 달로 높아지고 넓
> 어져 결국 성취하는 것이 헤아릴 수 없게 될 것이다.[19]

도덕문장이란 도덕 즉 세상의 정론正論을 이끌어나가는 문학을 가
리킨다고 하겠다. 이런 문학은 주로 의론체의 문장이 그 주종을 이룬
다. 도덕문장을 이루기 위한 소양으로써 그는 '독서공부'와 '이치의
관찰[閱理]' 두 가지를 들고 있다. 독서공부 외에 이치의 관찰을 거론
한 것은 독서공부라는 것이 책을 읽는 것만이 아니라는 그의 생각 때
문이다. "아침저녁으로 귀와 눈으로 접촉하는 것과 해·달·바람·구
름·조수의 변화하는 모습에서부터 방안에 늘어놓은 책상이나 손님
·노비들과 나누는 비근하고 쇄세한 이야기에 이르기까지 글 아닌 것
이 없다"[20]는 것이 그의 평소 생각이었던 것이다.

---

19) 「睡餘瀾筆」續上, 『항해병함』권8 : "道德文章, 莫不皆然. 世或以兒時根基, 可卜其成
就. 然方其讀書未多閱理未熟也, 見識甚卑滯, 趨尚甚下劣, 意匠甚狹陋, 才性甚凡近,
至於積學力行, 隨得隨拓, 步步級級日崇月廣, 究竟成就不可思量者, 亦多矣."
20) 「睡餘演筆」下, 59則 『표롱을첨』권15 : "(余學未博, 晚益懶惰, 平居或不對卷.) 然朝
暮耳目之所接, 日月風雲鳥獸之變態, 以至于室中所列實之案几, 及賓客奴婢之邇言瑣
語, 無非書者."

이러한 공부를 통해 습득해야 하는 것이 견식이라고 한다. 즉 견식이란 '세상을 바라보는 안목'을 의미하는 것이다. 이것이 의론체의 문장에서 주제사상을 이끌어가는 핵심이라는 말이다. 그래서 그는 "일에 임해서 전혀 견식이 없다면, 글을 지음에 전혀 의장이 없게 된다"[21]고 하여, 세상을 보는 안목이 졸렬하면 글을 지을 때 주제가 엉성해져 생각이 막혀버리거나 괜히 장황한 말을 늘어놓게 된다고 경계했다.

사실 문장에서 주제사상이 없는 경우는 없다고 하겠다. 그러나 이 주제사상이 얼마나 예리한 통찰을 지니느냐에 따라 의론의 묘미가 살아나고, 읽는 사람을 충분히 설복시킬 수 있는 것이다. 홍길주는 과거를 포기한 이후, 성품이 별로 술이나 번잡한 교제를 즐기지 않았기 때문에, 조용한 가운데 고서를 읽으며 옛 성현들의 마음을 헤아리고, 그러는 가운데 문득 깨달은 바가 있으면 글을 지어 스스로 즐기며 지냈다고 한다.[22] 이같이 독서와 사색의 과정을 통해 견식을 길렀으며, 그 견식을 토대로 자신의 글을 엮어나갔던 것이다. 그래서 그는 남달리 의론문을 많이 남겼으며, 또 자신의 가장 큰 장처長處이기도 했다. 그 예로써 「위언危言」[23]이라는 글을 보기로 하자.

이 글은 붕당朋黨이 나라와 사람들에게 끼치는 화와 그 원인을 논한 의론문이다. 일찍이 구양수는 「붕당론」에서 군자들은 아무리 붕당을 해도 해가 되지 않는다고 했는데, 이에 대해 홍길주는 구양수의 생각이 깊지 못하다고 일축한다. 군자 중에서도 붕당을 이루어 원수가 되

---

21) 「睡餘演筆」下, 20則 『표롱을첨』권15 : "臨事苦無見識, 作文苦無意匠."
22) 「守一齋記」, 『峴首甲藁』권2.
23) 『표롱을첨』권16.

기도 하는데, 소인들이란 눈치를 살펴 그 뒤를 쫓는 자들이므로, 결국 붕당의 화는 군자들의 붕당에 의해서 이루어진다는 것이다. 이것이 이 글의 서두로서, 논증하고자 하는 내용의 대강에 해당한다.

이어 홍길주는 자신의 주장을 논증해 나간다. 우선 자신이 역사를 살펴본 바에 의하면, 구양수의 주장과는 달리 옛 현신들은 아예 붕당하지 않았다고 주장한다. 이들은 더러 의견이 상충하는 사람들이 있어도 오직 공심으로써 임금의 뜻과 나라를 위해 쟁론을 멈추고 협력했던 사실을 지적한다. 또한 구양수가 말한 순임금의 신하 23인이나 주 무왕의 신하 3천인들도 일마다 합동하여 자기들의 사람을 천거할 그런 게재가 아니었으므로 붕당을 이룰 처지가 아니었다고 한다. 고사古事에서도 주발周勃과 진평陳平이 그랬고, 범희문范希文의 아들 범요부范堯夫와 여신공呂申公이 그랬음을 보충의 예로 들고 있다.

이처럼 선대의 군자들에 비해 후대의 군자들에 이르러서는 사정이 달랐다. 후세에는 조정에서 벼슬하는 군자들에 의해 논쟁이 자주 벌어졌는데, 여기에 참여한 자들은 모두 이른바 사士였지, 소인들은 아니었다고 한다. 군자들이 좀 더 원대하게 생각하지 못하고, 한 때의 기운에 휩쓸려 인물의 현불초賢不肖는 불문하고 오직 자신과 생각이 같고 다름에 따라 붕당을 이루었던 것이다. 그 후 이 군자들이 모두 사라지자 소인들이 그 틈을 비집고 나와 서로 멋대로 비난하고 공격하여, 그 해가 이 지경에 이르게 되었다는 것이다. 결국 그 책임이 군자들에게 있다는 것이다.

이어 홍길주는 이러한 병폐에 대한 처방을 생각한다. 앞서 옛 현신들의 입장과 같이 공심으로 정사를 처리하는 것만이 인仁을 행하는 길이오, 이 공심의 자세는 결코 붕당과는 거리가 멀다. 그러므로 붕당하는 것은 누구를 막론하고 어질지 못한 행위이다. 그러므로 구양수의 「붕당론」의 말은 오류가 있다는 주장으로 결론을 맺고 있다.

이 글에서 홍길주가 구양수의 군자붕당의 무해론無害論에 반론을 제기하는데 있어, 그 논증의 기반이 역사전고에 대한 넓고 깊은 공부에 있음을 볼 수 있다. 역사고사에 대한 해박한 식견으로 논증의 설득력을 확보하고자 한 것인데, 그의 의론문에서 쉽게 찾아볼 수 있는 방식이다. 그의 대표적 의론문에 속하는 「계언戒言」과 「호명해好名解」[24] 등의 글에서도 역시 역사인물의 고사를 활용하고 있음을 볼 수 있다. 이는 부지런한 독서의 결과로 얻은 식견의 소산이라고 할 것이다.

뿐만 아니라 그의 이 논의가 당시 조선의 정치현실과 무관하지 않음을 쉽게 짐작할 수 있는데, 당론의 책임을 소위 소인배라고 부르는 상대방에게 떠넘기는 풍조에 대해 자기반성적인 각성을 요구하는 것으로 생각된다. 그러므로 그 책임이 소위 군자라고 하는 선비들 자신에게 있음을 강조하고, 사심을 버리고 공심을 회복할 것이며, 나아가 붕당하는 일 자체를 버려야 할 것을 촉구한 것이다. 이는 나름대로 정치현실의 모순을 관찰하고 사색한 결과이다. 이같이 현실에 대한 홍길주의 예리한 식견이 군자붕당의 폐단이라는 주제로 이 글을 엮어 나가게 만든 것이다. 글의 제목도 시속時俗에 도전하는 듯 '위언危言'이라 붙인 것도 의미심장하다.

사실 홍길주의 문학은 자신의 독특한 안목을 소재로 엮어가는 것이 하나의 특징인데, 그의 이 독특한 생각은 앞서 살펴본 바와 같이, 독서공부와 사실의 관찰을 통해 갖추어진 견식이다. 그래서 그는 의론

---

24) 『현수갑고』권1.

문에서 뿐 아니라 서발문이나 기사문에서도 의론의 문체를 즐겨 사용하고 있는데, 그것은 자신의 견식을 바탕으로 글을 엮어 가고자 하는 경향에 의한 것이라고 보겠다.

가령 「해거서목서海居書目序」[25]라는 글은 사실 『해거서목』이라는 책에 붙인 의례적인 서문이 아니다. 이 글에서는 육경六經과 삼사三史의 책이 패관소설류의 책에 비해 값도 싸고 책도 흔한 사실에 대해 그의 형 홍석주는 그 부당함을 항변하는 데 반해, 필자는 오히려 그러해야 한다고 역설한다. 마치 의식衣食이 인간에게 없어서는 안될 귀중한 것임에도 불구하고 오히려 주옥珠玉보다 흔한 것은 하늘이 우리 인간을 사랑해서이듯이, 육경과 같은 좋은 책이 값도 싸고 흔한 것은 우리 선비들에게는 오히려 복이라는 것이다. 이 이야기를 하고서 둘이 마주보고 크게 웃었다고 한다. 홍길주의 생각 깊은 식견이 글의 소재가 되고 있다. 기타 「명화첩서名畵帖序」, 「해동제명가문선서海東諸名家文選序」, 「삼한의열녀전서三韓義烈女傳序」, 「독연암집讀燕巖集」 등의 여러 서발문에도 그의 탁월한 견식이 엿보인다.

「농아재기聾啞齋記」[26]도 의론체의 기문記文이다. 홍길주는 이 글에서 농아재의 창건 사실을 기록하기보다, 오히려 '농아'라고 하는 재명齋名에 초점을 두고 이 재명이 갖는 의미를 의논하고 있다. 농聾과 아啞는 질병이지만, 이 신체적 결함이 오히려 자신에게 득이 되는 바가 있음을 논설한다. 귀가 있으면서도 덕의德義의 말을 듣지 못하면 그것은 곧 '심농心聾'이오, 입이 있으면서도 충신忠信의 말을 하지 않으면

25)『현수갑고』권3.
26)『현수갑고』권2.

곧 '심아心啞'인 것이다. 그런데 반해 농아자는 내적인 면에서는 성리
聲利를 쫓지 않음으로써 하늘로부터 받은 마음을 병들지 않게 하고,
외적인 면에서는 가악歌樂에 빠져 패가망신하거나 고을의 선비들처럼
시정時政을 지나치게 비판하다가 결국 향교에서 내쫓기는 일을 피할
수 있다는 것이다. 그러므로 나의 질고를 잘 즐기면 오히려 근심이
없음을 역설적으로 말하고 있다. 물론 이것은 농아자를 두고 하는 말
이 아니라, 자신들의 잘못을 경계하는 말임이 분명하다. 기문을 청탁
받아 그 재명齋名을 받아들고 이런 매끄러운 의논을 펼쳐나갈 수 있다
는 것은 그의 견식이 밑받침되었기 때문이다.

기발한 구상의 형상화

앞서 견식을 함양하는 방법에는 타고나는 재능보다 독서공부가 무
엇보다 중요하다는 홍길주의 주장을 살펴보았다. 그런데 이 독서공
부를 통해 견식을 기르는 데 있어, 사람에 따라 그 정도와 수준을 결
정하는 것은 바로 '깨달음[悟]'에 있다고 강조한다.

　또 불을 밝혀 새벽이 되기까지 열심히 쉬지 않고 공부하지만, 머리가
허옇게 쉬기까지도 일가를 이루었다고 말하지 못하는 자가 있으니, 그
어찌된 영문인가? 어떤 사람은 겨우 백여 권 정도의 책을 읽었지만,
붓을 들고 종이를 펼치기만 하면 굉연히 빛을 내어 만권서를 외운 자들
도 뒤에서 눈이 휘둥그레지게 만든다. 똑같이 글을 읽어도, 한 사람은
한 자도 빠뜨리지 않고 외우지만 식해識解가 자라지 않으며 글을 지어
도 볼만한 것이 없고, 한 사람은 태반을 잊어버려도 그 핵심이 되는 의

미를 모두 가져다 마음속에 담아두었다가 문장을 지을 때 발휘하여 왕
왕 흡사한 것을 지어내니, 그 어찌된 영문인가? 재주는 부지런함만 못
하고, 부지런함은 깨달음만 못한 것이니, 오悟라는 이 한 자는 도덕을
얻는 큰 관건[元符]이다.[27)]

　부지런히 독서하는 것도 중요하지만, 글의 핵심된 내용을 명확히
파악해내는 것이야말로 공부의 효과를 최대한 살리는 길이오, 또한
많은 견식도 얻게 된다는 말이다. 그래서 그는 "고인들의 좋은 글을
읽을 때는 먼저 작가의 생각이 유입되는 경로를 살펴야 한다"[28)]고 했
으니, 작가의 생각이 농익어있는 그 핵심을 파악하는 것이 독서공부
의 관건임을 강조했던 것이다. 이것을 홍길주는 사물의 색상色象을 판
별해내는 것에 비유했다. 마치 말을 잘 볼 줄 아는 사람이 암수나 털
의 빛깔과 같은 겉모습에 현혹되지 않고도 천리마의 색상을 알아내
듯, 글을 읽는 사람도 겉으로 드러나는 화려한 수식이나 장황한 기세
를 볼 것이 아니라, 글 속에 형상화된 주제의식을 읽어낼 수 있어야
한다는 것이다. 물론 이것은 말로 설명해서 깨우쳐 줄 수 있는 것이
아니며, 자신의 부단한 노력으로 자득해야 하는 문제라고 한다.[29)]

---

27) 「睡餘放筆」上 48則, 『縹礱乙籤』卷12 : "復有焚膏繼晷, 矻矻不休, 以至于白首紛如
　　而不能自成一家言者, 其故何也? 或僅讀百餘卷書, 而下筆伸紙, 匀鐾煒燁, 誦萬卷者,
　　瞠乎后. 或均之讀一部書, 一則誦不遺隻字, 而識解不加長, 著作无可觀, 一則忘失過
　　半, 而盡輸其精華膏液, 浹于肺肝, 發爲文, 往往逼肖, 其故何也? 才不如勤, 勤不如悟,
　　悟之一字, 道德之元符也."
28) 「睡餘放筆」下 32則, 『縹礱乙籤』卷13 : "讀古人佳作, 須先尋其意匠所由入之徑路,
　　夫然後能取爲己有."
29) 「수여방필」상, 『표롱을첨』권12 : "善相馬者, 不辨其牝牡驪黃而知其能千里. 吾所謂
　　色象者, 非以其牝牡驪黃而言也. 如九方皐, 可謂知馬之色象."

그러면 독자로서의 이러한 '깨달음[悟]'의 과정을 통해 얻고자 하는 바는 궁극 무엇인가? 그것은 바로 작가로서의 '깨달음'이라고 한다. 그래서 독서에서 얻은 깨달음으로 "문장을 지을 때 발휘하여 왕왕 흡사한 것을 지어내"게 되는 것이다. 또 독서할 때에는 내용을 대략 보고 넘어가지만, 어느날 조용히 혼자 누워 지난날 읽은 것을 생각해 보면, 홀연히 오랫동안 깨닫지 못한 것을 깨닫는 경우가 있다고 한다. 이 깨달음은 곧 세상과 사물을 보는 통찰력에서 비롯되는 것이며, 나아가 작품을 구상하는 요인이 되는 것이다. 홍길주는 이것을 '오두悟竇'라고 표현하기도 했는데30), 이는 견식과 크게 다른 것은 아니지만, '습득해서 얻은 식견'[達識]이 아니라 '창의적인 깨달음'[妙悟]이라는 면에서는 차이가 있는 것이다.

우리는 홍길주의 문학에서 기발한 구상이 번득하는 글들을 종종 볼 수 있는데, 이것은 그가 홀연히 깨달은 창의적인 생각을 작품으로 형상한 경우라고 본다. 일찍이 김매순은 홍길주의 문학을 평가하기를, "신령한 생각과 기묘한 구상이 텅빈 곳으로부터 솟아오르는 것 같다"고 했는데31), 이는 바로 기발한 구상이 번득하는 그 문장의 특징을 잘 평가한 말이라고 하겠다.

「석몽釋夢」32)은 홍길주가 지은 대표적인 기문奇文이다. 앞에서 이미 소개한 글로써, 제목만 보면 언뜻 자신의 꿈을 이야기한 글이라고 보아 넘기기 쉽다. 그러나 여기서 그는 자신의 문학사상을 의미심장

---

30) 「睡餘演筆」下 13則, 『표롱을첨』권15.
31) 「睡餘瀾筆」 續下, 『항해병함』권9 : "臺山賞余文, 以爲靈心妙搆, 湧出於空無之地, 不但臺山之論然也."
32) 『항해병함』권1.

하게 설명한다. 이 글은 크게 세 단락으로 구성되어 있다. 첫 단락에서는 그가 문학을 공부하면서 자신의 독창적인 진문장을 이루고자 했으나, 뜻대로 잘 이루어지지 않자 결국 절필해야 하는가 하는 고민에 빠졌음을 이야기한다. 그런데 그날 밤 그는 이상한 꿈을 꾸게 된다. 몇 명의 문도를 데리고 들녘으로 나갔는데, 밝고 넓은 길을 가리키며 이런 길을 등지고 좁고 어두운 것을 찾으려는 것이 어리석지 않느냐고 이야기한다. 그러자 그 길의 오른편에 자그만 언덕이 있는 것을 보았는데, 사다리를 놓을 정도는 아닌데 높아 오를 수가 없고, 울타리가 있는 것도 아닌데 깊어 들어갈 수 없었다. 그 안으로 방 하나 크기의 공간이 있는데, 좁지만 넓은 것을 품고 있고, 질박한 분위기에서도 화사한 멋이 있었다. 가까운 곳에는 꽃동산 같은 꾸밈은 없지만 그윽하여 아름답고, 멀리에는 산천과 노을의 볼거리는 없어도 넓고 빼어난 바가 있었다. 그 곳을 이름 하여 '중원中原'이라고 한다는 것이다. 이곳의 내력을 적은 표문表文같은 것을 찾아보아도 없다. 자기를 따라 안으로 들어온 사람이 한둘 있었는데, 모두 좌우에 서있을 뿐 안으로 들어오지 못하고 배회만 하고 있고, 나머지 사람들은 어떤 장애물도 없는데 엿보고만 있거나 웃으며 우두커니 서있기만 했다. 이것이 꿈의 내용으로 둘째 단락에 해당한다. 이튿날 아침 사람들에게 이 꿈을 들려주니, 누군가 그 꿈을 해석해 주는 내용이 셋째 단락이다. 그 해석내용은 앞서 설명한 '문장중원론'이다.

　이 글은 자신의 문학사상을 이야기하고 있으므로, 주된 내용은 첫째 단락과 셋째 단락이고, 꿈의 내용인 둘째 단락은 그 두 단락을 연결하는 매개가 되는 부분이다. 시간은 모두 이틀에 걸쳐 일어난 것으로 되어 있지만, 사실 오랜 시간을 두고 고민한 결과를 정리한 것이다. 내용상으로 보더라도 첫째 단락은 젊은 시절 문학을 학습하던 시기의 고민과 생각이고, 셋째 단락은 나이 50세 무렵에 이르기까지의 문학활동을 통해 체득한 인식을 하나의 이론으로 전개한 것이다. 이렇게 길고 오랜 기간의 고민과 생각을 한 문장에 담을 때 자칫하면 늘어져 지루하기 쉽다. 더구나 이 글은 의론문이지 기사문이 아니므로 시기별로 이야기를 늘어놓을 수도 없는 일이다. 그러므로 첫째 단락의 고민에서 셋째 단락의 깨달음으로 한 번에 접근할 수 있는 장치로써 둘째 단락의 꿈이 매개가 된 것이다.

또 꿈의 내용과 해석도 문제인데, 우선 이 꿈이 작가가 임의로 지어낸 이야기라고 보지는 않는다. 홍길주는 일찍이 천하의 기문장奇文章과 대문장大文章이 모두 꿈에 있으며, 평소 깨닫지 못한 것도 모두 꿈에 있다고 하여, 꿈에서 본 것이 자신의 '문오文悟'를 자라게 해준다고 했다.[33] 좀 특이한 경험이라고 하겠는데, 꿈에서 본 기경奇境이 기억 속에 남아 있다가 더러 글을 구상하는데 활용되었던 셈이다. 그렇다면 꿈에서 이상한 중원을 본 것도 지어낸 이야기라기보다 실제 그가 꿈에서 보았던 기억 중의 하나라고 할 것이다.

넓은 들판에 조그만 언덕으로 존재하는 중원을 꿈에서 본 이후 그의 뇌리에는 늘 그 기억이 남아있었던 것이다. 그리고 고인들을 모방하는데 빠지지 않는 이 시대의 주체적인 진문장의 가능성을 늘 고민하던 그에게 이 중원의 꿈은 하나의 모티브를 제공했던 것이다. 꿈에서 본 중원과 같이 밝고 넓은 그 들판이 중원이 아니라, "좁지만 넓은 것을 품고 있고, 질박한 분위기에서도 화사한 멋이 있으며, 가까운

---

33) 「睡餘瀾筆」 續上 3則 『항해병함』권8.

곳에는 꽃동산 같은 꾸밈은 없지만 그윽하여 아름답고, 멀리에는 산
천과 노을의 볼거리는 없어도 넓고 빼어난 바가 있"는 그 곳이 곧 중
원이라는 점을 깨달은 것이었다. 그래서 이 시대의 주체적인 문장과
중원의 개념을 하나로 결합시켜 '문장중원론'을 고안한 것이다. 꿈의
내용을 소재로 형상한 기발한 구상이 아닐 수 없다.

홍길주의 기발한 구상은 잡저류의 글에서뿐만 아니라, 다른 형식
의 글에서도 다양하게 나타나고 있다. 동생 홍현주洪顯周의 곤요린崑瑤
隣이란 거실에 붙인 「곤요린기崑瑤隣記」[34]도 그의 기발한 착상이 번득
이는 작품이다. 거실의 이름을 곤요린이라고 한 것은 흔히 신선이 산
다는 곤륜산崑崙山과 요지瑤池를 이웃한다는 의미를 붙인 것이라고 하
겠다. 이는 다분히 상징적인 의미에서 지은 이름이다. 그러나 홍길주
는 이 기문에서 기발한 생각을 하고 있다. 상대가 나보다 한 살이 많
으면 서로 너나하며 반말을 한다. 그리고 그 상대가 너나하며 반말하
는 사람은 나도 그렇게 할 수 있다. 이렇게 하여 점차 올라가면 태고
적의 사람도 내가 너나하며 반말할 수 있다. 사실 장난스런 말이지
만, 그래도 생각해 볼만한 거리가 있다고 한다. 가령 나보다 조금 나
은 사람을 보면 나도 그 사람만큼 되기를 기대할 수 있고, 또 그 사람
이 기대하는 바를 다시 나도 기대할 수 있다. 이렇게 해서 올라가면
순임금이나 공자의 경지도 내가 기대할 수 있다는 생각에 이른다. 결
국 곤요린이라는 이름도 그런 의미를 지닌다고 한다. 이 집이 침실의
서쪽에 있으니, 거기서 조금 더 서쪽으로 수십 보 거리는 바로 나의
이웃이다. 거기서 다시 서쪽으로 수십 보 거리는 또 나의 이웃의 이

34) 『표롱을첨』 권1.

옷이다. 이렇게 되면 막연히 상징적인 의미에서가 아니라 실제 곤륜
산과 요지가 곧 나의 이웃이 될 수 있다는 것이다. 이는 온 세계가
하나의 이웃이고, 전 시대의 모든 사상이 누구나 도달할 수 있는 것
이라는 대단히 개방된 사고의 발상이라고 하겠다. 장난스런 말에서
착상되어 작가의 적극적이고 개방적인 문명의식의 일단을 형상한 작
품인 것이다.

그 외 「기리경서記里經序」, 「힐우詰優」, 「원문原文」 등의 작품을 위시
해서 필기류의 문장에서도 기발한 구상들을 형상하고 있어, 자신의
독특한 문학세계를 보여주고 있다.

주제에 충실한 자연스런 구성

홍길주를 위시한 우리나라의 당송고문파들이 당시 문풍의 가장 큰
문제점으로 지적했던 것은 바로 모방의 문제였다. 홍길주는 이 폐습
을 두고 두 가지 측면에서 비판했다. 첫째는 화려함을 힘쓰다가 고인
들의 진부한 말을 빌려 쓰는 것에 그치고 마는 것이오, 둘째는 고고高
古할 것을 힘쓰다가 한낱 모양만 고인들을 흉내 내었지 자신의 마음
과 정신을 표현해내지 못한다는 것이었다.[35] 화려함을 힘쓴다는 것
은 자구를 다듬는 일에 치중하다가 모방으로 전락하는 경우이지만,
고고할 것을 힘쓴다는 것은 문장의 구성과 형식에서 고인들의 고상

---

35) 「答李審夫書」, 『峴首甲藁』 卷4 : "若夫今之爲文者, 其蔽有三. 務華朶者, 取古人已
陳語, 仍其意而易其字, 傅之以藻飾, 是猶文朽皮繪枯胔, 驟視之, 或燁然動目, 迫而察
之, 則陳腐也. 務高古者, 眉目狀貌, 衣裳冠履, 往往酷類古人, 而他情神朶不與之俱,
是謂塑偶之肯耳. 務平近者, 塵土糞壤瓦磚之屬, 俱收而不揀, 頑濁穢汚, 殆不可薄視."

한 품격을 본뜨는데 치중하다가 자신의 생각을 제대로 드러내지 못
하고 마는 것을 지적하고 있다. 진부한 문자를 모방해서 사용하는 일
은 말할 것도 없고, 그 구성과 형식마저도 내용과 어울리지 않게 부
자연스러운 점을 비판적으로 보았던 것이다. 그는 "오직 안에서 생각
이 운용되어 바깥의 문장으로 전달되는데, 방법은 옛사람에게서 취
하되 말은 자기에게서 지어져, 억지로 어렵게 짓지 않아도 우뚝하여
저절로 가까이 할 생각을 품지 못하도록 할 것이다. 대저 그런 뒤에
야 참된 문장이 된다"36)고 하여, 문학에서 형식적인 것보다 우선 되
어야 할 것은 작품의 주제내용이며, 그것을 충실하게 표현하면 자연
스럽게 좋은 문장이 될 수 있음을 강조했다.

흔히 한문학에서 고고高古한 품격의 형식성에 힘쓰는 경향은 잡저
류나 서간체의 문장보다 남의 부탁에 의해 지어지는 비지문자碑誌文字
나 서문序文과 기문記文 등의 양식에서 두드러진다. 남들에게 공개되
는 문장이므로 일반적인 성향에 맞추어야 하며, 또 청탁자의 요구에
도 어느 정도 부합하려면 대단히 까다로운 형식을 따져야 하는 법이
다. 홍길주는 일찍이 만사挽詞의 창작과 관련해서 이러한 애로를 토로
한 바 있다.

만사는 상여를 부여잡고 부르는 향도꾼들의 노래와 같은 것으로,
그것을 시로 장식한 것일 뿐이지 무엇보다 죽음을 슬퍼하는 뜻을 펼
치는 글이다. 그런데 당시 사람들은 비지문이나 행장처럼 죽은 이의
덕행을 서술하기만 하니, 이는 올바른 옛법이 아니라고 한다. 하지만
마냥 옛법만 따른다면 상가에서 달갑게 여기지 않을 것이오, 또한 죽

36) 상동문 : "唯意運乎內, 而文達乎外, 法取乎古, 而言造乎己, 坦然不爲苟難, 而嶄然
自不可邇思, 夫然后眞文章也."

은 이와의 두터웠던 정을 나타낼 길도 없다. 그렇다고 또 다른 만사들과 같이 천편일률의 글을 짓고 싶지도 않았던 것이다. 그래서 항해는 근래의 형편을 따르면서 한편 고인의 죽음을 애도하는 만사 본래의 의미를 되살리는 방법을 강구했다. 율절律絕의 경우, 상여를 부여잡는 것은 죽어 떠나가는 것이 슬프기 때문이니, 첫 수에서는 먼저 깊은 애도의 정을 드러낸다. 그 다음에 이어 고인의 유덕遺德을 추모하고 또한 고인과 함께 나누었던 각별한 관계를 추억하면서 단락마다 애석한 마음을 드러내어 맺어두고, 마지막에 다시 그 슬픔의 뜻으로 고인의 가는 길을 전송하는 형식을 고안했다.37) 무엇보다 작품의 중심된 주제인 애도의 뜻에 초점을 두고, 시종 그 마음을 글 속에 유지하면서, 나타내고자하는 슬픔의 뜻이 도끼로 찍은 듯한 자국이 남지 않도록 자연스럽게 글을 구성하고자 했던 것이다.

이는 만시輓詩를 짓는 경우이지만, 산문을 짓는 경우에도 그 구성방식이 달라질 수는 없을 것이다. 이런 면에서 홍길주가 특히 경계했던 부분은 문장을 지을 때 자기가 잘 모르는 사실을 토대로 억지스레 문장을 구성해 나가는 것이었다. 비지문이나 기문의 경우 인물이나 건물에 관한 준비된 자료를 참고해서 짓는 경우가 허다해서, 형식도 천편일률일 뿐 아니라 내용도 과장되게 작성하는 것이 오히려 당연했다. 그러나 이런 글은 개성도 없고 작품의 주제나 성격이 잘 드러나

---

37) 「睡餘瀾筆」續下, 『沆瀣丙函』권9 : "挽詞, 卽挽輀車者, 呼唱忘勞之聲, 侈之以詩, 只宜述其哀死之意, 猶漢魏間薤露歌. 近世則率鋪張其德行, 若碑狀, 然非古也. 然居今而遵古, 不唯喪家之怒而不受, 抑無以見吾輿死者. 相厚之誼, 且其篇篇一辭人人一律." "(余則每兼用二法) 如件律絕幾篇, 則首章以哀死起, 第二章以下幾首, 歷敍其人文行, 或彼此交遊之槪, 而章章含着哀死意, 至于末章. 仍以哀死結, 如作古詩若排律一大篇, 則首末槪如律絕, 而至中間, 分段鋪敍, 又各段段以哀死結煞."

지 않아 죽어있는 것이나 다름없다. 형식에 매여 억지로 이런 글을 엮는 것보다, 자신이 아는 사실을 근거로 작품의 성격과 주제에 충실하게 글을 엮는 것이 참된 문학이라고 보았다. 그래야 내용이 진실하기 때문이다.

아내 어씨魚氏의 묘지문인 「망실어공인묘지亡室魚恭人墓誌」[38]를 보자. 부인의 묘지문墓誌文이 갖는 성격은 부덕婦德의 칭송과 부부로서 서로에 대한 애정을 주제로 기술해 나가는 것이라고 할 것이다. 그러나 흔히 죽은 아내를 위한 제문이나 비문을 보면, 친정가親庭家의 혈통을 장황하게 열거하고, 이어 전통적 부인의 미덕을 거론한 뒤, 거기에 맞추어 아내의 삶이나 일화로 그 미덕을 칭송한다. 또한 거기에는 어릴적 부모께 대한 지극한 효성과 형제자매간의 우애와 관련한 일화들도 소개되기 마련인데, 모두 전해들은 이야기에 근거하기 때문에 다분히 과장되거나 왜곡될 수 있는 여지가 많은 법이다. 그러나 홍길주는 이 묘지문를 지으면서 자신이 아내에 대해 상세히 아는 것도 별로 없을 뿐만 아니라, 의례적인 이야기를 늘어 놓아봐야 남들이 믿지도 않을 것임을 겸사로 말하면서, 자신이 직접 목격했던 것 중 시부모로부터 착한 며느리로 칭찬받은 일화를 소개하고 있을 뿐이다. 또한 어려운 형편에도 부족하지 않게 내조해 준 아내에 대한 자신의 애틋한 정을 구차한 말로 설명하지 않고, 단지 주변의 재가 권유를 자신이 완곡하게 거절한 사연으로 전해주고 있다. 의례적인 말들은 일체 생략함으로써 간결한 구성을 이루고 있지만, 그래도 묘지문이 갖는 기본 성격은 충실히 지키고 있다. 이처럼 주제내용에 충실함으로써 오

---

38)『표롱을첨』권3.

히려 격식에 매이지 않는 자연스런 문장을 구성한 것이다.

홍길주 문학에서의 이러한 특성은 대개 묘지문이나 기문과 같은 그의 기사체記事體 문장에 적용되고 있다. 일반적으로 고문가들이 기사체 문장에서 추구해 왔던 예술적 특성은 '간결근엄簡潔謹嚴'인데, 홍길주는 오늘날은 시대 자체가 번잡하기 때문에 옛사람들 마냥 간결한 문장을 자연스럽게 이루기란 쉽지 않음을 전제하면서도, 문장이란 번잡하거나 지리해지지 않도록 간결해야 할 것이며, 또 지나친 생략으로 단절되지 않도록 풍성해야 한다고 했다.[39] 즉 간결해야 할 곳은 간결하게 그리고 자상한 설명이 필요한 곳은 풍성하게 구성해야 한다는 것이다. 이는 작품의 주제내용에 따라 유기적으로 풀어나가야 하는 일이다. 즉 주제에 충실하여 자연스럽게 구성해 나가는 것이 간결함과 풍부함의 완급을 조절하는 가장 좋은 방법으로 생각했던 것이다.

적실한 비유와 곡진한 묘사

지금까지 홍길주가 자신의 문학을 구성해 가는 과정에서 추구했던 문예적인 특성들을 살펴보았다. 그러나 전체적인 구성 면에서만 아니라, 부분적인 표현이나 묘사에서도 홍길주 나름의 특성을 볼 수 있다.

특히 그는 의론체 문장에서 효과적인 설명을 위해 적절한 비유를 즐겨 사용하는데, 그 비유 또한 기발한 착상에서 나온 것이 적지 않다. 가령 시와 산문의 차이를 비유를 들어 설명한 다음의 글을 보자.

---

39) 「睡餘演筆」下 42則, 『표롱을첨』권15 : "文詞宜簡而繁, 謂之支, 宜豊而略, 謂之短, 二者皆病也."

시와 문의 차이를 논해보건대, 뜻[意]은 곡물에 비유되고, 문은 밥에 비유되고, 시는 술에 비유된다. 곡물이 한번 변화해서 밥이 되는데, 비록 작은 것이 불리어져 크게 되고, 딱딱한 것이 물에 젖어 부드럽게 되는 것이지만, 곡물의 형태는 그대로 남아있고, 맛도 또한 서로 흡사하다. 그러니 뜻을 녹여 문장을 지을 땐 이렇게 하면 충분하다. 곡물이 여러 번 변하여 술이 되는데, 맑고 달콤하여 형태나 맛이 모두 달라서 그것이 곡물에서 만들어진 것인 지 거의 알 수 없다. 뜻이 시에 있어 반드시 환골탈태하기를 이처럼 한 뒤라야 좋은 시구라고 말할 수 있을 것이다.40)

대단히 적실適實한 비유로서, 산문과 시의 쟝르적 특징과 차이를 이해하기 쉽도록 설명하고 있다. 또 「원문原文」41)이라는 글에서는 문학의 중심은 작가의 주제의식[志]이지만, 문장을 엮어나가는 것은 작가의 '기氣'와 '언言'이라고 하고, 그 '기'와 '언'을 바람[風]과 소리[聲]에 비유해서 설명하고 있다. 바람이 불면 소리가 나는 법인데, 부딪히는 곳마다 소리가 다르지만, 그 근원은 오직 바람이다. 고인들의 문학세계는 모두 소리일 뿐이니, 그 소리의 근원은 바람 즉 기상이라고 한다. 그러므로 그 소리에 현혹되지 말고 오로지 자신의 기상을 배양해서 자기 나름의 소리를 내어야 함을 적절하게 비유하고 있다.

이러한 적실한 비유의 발견은 역시 사물과 이치의 관찰에서 쌓은

---

40) 「睡餘瀾筆」上 42則, 『항해병함』권5 : "論詩文之異曰, 意譬之穀也, 文譬之飯也, 詩譬之酒也. 穀一化而爲飯, 雖滋小而大, 潤硬而柔, 穀之形猶在, 而味亦相近, 鎔意而爲文, 如是足矣. 穀屢化而爲酒, 澄淸香烈 形與味俱遠, 殆不知其由穀而成也. 意之於詩, 必幻脫若是然後, 方稱佳句."

41) 『현수갑고』권1.

견식과 사색의 과정에서 터득한 깨달음에서 비롯되었다고 본다. 그래서 그는 사물을 통해 특기할 비유를 발견하거나 중요한 생각이 떠오르면 틈틈이 종이에 적어 보관해 두었다가 문장을 지을 때 사용하기도 했던 것이다.[42] 또한 관찰의 대상도 고상한 세계에만 머물지 않고, 주변의 자연환경이나 생활주변의 일상적인 소재에까지 폭넓게 이르고 있다.

한편 홍길주는 품평이나 비평문에서도 현학적 내용을 담은 비평용어를 사용하기보다, 가능하면 비유적인 표현을 통해 설명하고 있다. 「경유經喩」[43]와 「동문십이가소제東文十二家小題」[44]의 품평을 보자.

「경유經喩」(抄)

『시경』 ; 봄바람이 때맞춰 이르러 백화가 모두 피어나고, 비둘기 · 까치 · 왜가리 등 온갖 새들이 각기 제 울음을 내는 것과 같다.

『춘추』 ; 구천 궁궐이 굳건하게 문이 잠겨 있고, 정원의 둘레 바깥에 있는 사람은 그 안에 무엇이 있는지 알지 못하는 것과 같다.

『논어』 ; 당상堂上의 사람이 송사訟事를 다스리는 것과 같아, 기운과 말이 평온하여 백성들이 스스로 복종한다.

「동문십이가소제」(抄)

목은牧隱 ; 줄이 팽팽한 거문고에서 어렴풋한 소리가 멀리 퍼져나가는 듯하다. 그러나 성조聲調가 너무 느려서 사람을 감동시키지 못한다.

---

42) 「睡餘放筆」上 59則, 『표롱을첨』권12 : "少時志專於文詞, 胸中或驀然成奇文一二段, 或遇事物得奇喩, 之可用於文辭者, 往往錄于片楮眞巾篋中, 後當作文, 鎔琢而用之."
43) 『현수갑고』권10.
44) 『현수갑고』권3.

간이簡易 ; 백 아름이나 되는 나무로 천 칸 짜리 집을 지은 듯하다. 그러
    나 마룻대며 들보·서까래를 칠하지도 깎아 다듬지도 않은 상태이다.
계곡谿谷 ; 장강長江이 도도하게 만경창파로 달려 흘러가는 듯하다. 그
    러나 파도가 평순한 것이 여량呂梁이나 삼협三峽 같은 변화가 없다.
택당澤堂 ; 시골집의 밥맛처럼 맛이 두텁고 뜻이 참되지만, 시고 짠맛이
    입을 쏘는 기이함은 없다.

　문학비평의 경우, '침실국삽沈實局澁'이니 '정핵절심精覈切深'이니 '전
엄고아典嚴古雅'니 하는 고답적인 용어로 설명하기보다, 각 작가의 문
장이 풍기는 기풍을 주변에서 쉽게 접할 수 있는 자연광경이나 일용
사물을 비유로 들어 설명하고 있다. 논설적인 비평문들에 비해, 각
문학의 특성을 독자들에게 설명하기로는 더없이 신선하게 느껴진다.
　또한 홍길주는 상황의 설명과 묘사에서도 곡진曲盡하고 섬세한 표
현법을 즐겨 사용했다. 특히 그는 주제내용의 충실한 전달을 위해서
는 우선 소재의 핍진한 묘사를 요구했다. 문장은 활물活物임을 강조하
면서, "가령 아주 비속하고 더러운 물건을 제목으로 삼았다면, 모름
지기 그 비속하고 더러운 형상을 힘껏 묘사하여, 사람들로 하여금 그
실물을 보는 듯이 할 것이지, 글이 우아하고 아름답지 못할까는 근심
하지 않아야 한다"45)고 말했던 것이다. 나아가 그는 "도덕은 지극히
섬세하고 미세한 곳을 만나지 않으면 드러날 수 없고, 사리는 지극히
섬세하고 미세한 곳을 거치지 않으면 분명해지지 못하며, 문장이 지
극히 섬세하고 미세한 곳에 다가가지 않으면 뛰어난 글이 될 수 없

---

45) 「睡餘放筆」下, 『표롱을첨』권13 : "文是活物. (中略) 假如以極鄙俗醜穢之物爲題, 則
　便須極力肖貌其鄙俗醜穢之狀, 使人如睹其眞, 而不患文之不雅麗."

다"46)고 하여, 경우에 따라 사물의 묘사가 섬세하고 풍부해야 함을 주장했다. 그리고 『시경』에서 어진 왕비를 구하고자 했던 문왕의 열 망을 시인이 침석寢席에서 전전반측輾轉反側하는 형상으로 묘사한 것 이나, 『논어』에서 사면師冕이 들어왔을 때 공자의 행동을 묘사한 것도 세세한 묘사이지만 군자의 깊은 생각과 큰 예절을 드러내는 것이라 하여, 그 주장의 근거를 육경에 준거했다.47)

그러면 홍길주의 문학에서 볼 수 있는 세부 묘사의 특징을 보자.

[1] 凡人, 遇大可喜之事, 非不欲蹶起跳躍擧衫袖翩翩而舞, 其不然而能端
坐不移開顔展眉微笑而止者, 忍而已矣.
[무릇 사람이 크게 기뻐할 일을 당하면 자리를 차고 일어나 펄쩍 뛰
고 적삼자락을 펄펄 날리며 춤추고 싶을 것이지만, 그렇게 하지 않고
자리를 옮기는 일 없이 꼿꼿이 앉아 안색은 밝아지며 눈썹이 펴지고
조용히 웃는 정도로 그치는 것은 참는 것일 뿐이다.]
遇大可怒之事, 非不欲胡叫大嚷手挺拔擊碎几案足蹴房壁, 其不然而能
坐而扼腕勃勃然變其形色而止者, 制而已矣.
[크게 분노할 일을 당하면 큰 소리로 고함을 지르고 손으로 내리쳐
책상을 부수고 발로 벽을 걷어차고 싶을 것이지만, 그렇게 하지 않고
앉아서 팔뚝을 걷고 붉으락푸르락 낮빛만 변하는 정도에서 그치는 것
은 화를 누르는 것일 뿐이다.]
憂愁困窮之人, 非不欲猖狂慟哭自撞其軀也, 其不然而能收其心完其
形, 徒自以悲歌永歎而止者, 彊而已矣. (이상 「명성明性」)48)

---

46) 「睡餘演筆」下, 『표롱을첨』권15 : "道德不遇至纖微處則不顯, 事理不經至纖微處則不
著, 文章不逼至纖微處則不奇."
47) 「수여연필」하.

　　[근심이 있고 곤궁한 사람은 미친 듯이 통곡하며 자기 몸을 때리고
싶을 것이지만, 그렇게 하지 않고 마음을 수습하고 자세를 바로잡으
며 단지 스스로 비가를 부르고 탄식하는 것으로 그치는 것은 굳센 것
일 뿐이다.]

　[2] 同乎我則譽之稱之尊之榮之, 不問其人之賢不肖材不材也, 異乎我則鄙
　　之詬之卑之辱之, 亦不問其人之賢不肖材不材也. 同乎我則寵之以軒冕珪
　　鳥, 不問其人之能否, 異乎我則怵之以刀鋸鼎鑊, 亦不問其人之有罪無
　　罪. (「위언危言」)49)

　　[나와 같으면 기리고 칭찬하며 높이고 존대하되 그 사람이 어진지
모자라는지 재능이 있는지 없는지를 묻지 않지만, 나와 다르면 비난
하고 헐뜯으며 낮추고 욕하되 역시 그 사람이 어진지 모자라는지 재
능이 있는지 없는지를 묻지 않는다. 또 나와 같으면 높은 벼슬을 주며
총애하지만 그 사람의 능력 여부는 묻지 않고, 나와 다르면 형벌을
내려 겁주되 역시 그 사람이 죄가 있는지 없는지는 묻지 않는다.]

　　[1]의 글은 성선설과 성악설에 대한 자신의 생각을 설명한 글인데,
맹자의 성선설이 결코 인간의 성악적 요소를 완전히 부정한 것은 아
니라는 설명을 하고자 가설적인 예를 들고 있는 대목이다. 사람이 크
게 기쁜 일을 당했을 경우나 몹시 화가 나는 일을 당했을 경우, 그리
고 아주 근심스런 일을 당했을 경우라도 애써 자신의 감정을 누르고
크게 겉으로 드러내지 않는다는 것이다. 여기서 홍길주는 사람이 크
게 감정이 흔들렸을 때의 모습과 그것을 애써 억지로 억누르는 모습
을 마치 눈으로 보듯이 생생하게 묘사하고 있다. 또한 감정이 흔들리

---

48) 『표롱을첨』 권16.
49) 상동서.

는 경우를 세 경우로 자세히 나누어 묘사함으로써 곡진하게 의미를 전달해서 독자들을 충분히 납득시키고 있다. 그는 여기서 문장 전체의 대지大늘를 설득력 있게 전하기 위해 상황을 세분해서 병렬하고, 다시 각 상황을 대우對偶의 구조로 섬세하게 묘사했다.

[2]의 글은 붕당의 편협된 시각을 비판하는 글이다. 여기서도 그는 '나와 같은[同乎我]' 경우와 '나와 다른[異乎我]' 경우를 반복 설정해서 병렬해 두고, 다시 대우 방식의 묘사를 사용해서 편당적인 행위의 잘못을 곡진하게 설명하고 있다. 또 동일한 용어의 반복 사용도 꺼리지 않고 있다. 이처럼 상황의 반복·병렬적 세분화와 대우적 묘사는 홍길주 문장에서 자주 접할 수 있는 세부묘사의 특징으로 지적할 수 있다.

3. 맺음말

이상으로 홍길주의 문학론이 갖는 문학사적 의의를 짚어보고, 그 정신이 그의 문학에서 어떤 예술적 특징으로 성취되었는가 하는 점을 살펴보았다. 설명이 다소 장황한 바 없지 않았지만, 그것은 자기 시대의 문학에 큰 이상을 품었던 홍길주의 의식이 호한했기 때문이기도 하다.

그의 산문문학의 의의로서 실용實用·세무世務의 정신과 시변時變의 인식이 가장 중요한 내용이 될 것인데, 이러한 정신을 담기 위한 문체로써 그는 의론문과 의론체를 가장 선호했다. 그럼으로써 당시 고문가들 사이에 교감되었던 '문도합일의 정신'과 '시대의 적용'이라는 문학사상이 그에게서 더욱 구체적이고 현실적으로 실천될 수 있었다. 그는 시대의 조류를 민감하게 받아들이면서, 당시의 개명적 분위기를 넉넉히 수용했던 것이다. 그러면서 한편 고古와 금今 사이에서 균형을 유지하고자 했던 고문가들의 입장에서 홍길주는 다분히 금의 비중을 크게 잡고 있었는데, 이러한 면모가 그의 문학론에서뿐만 아니라, 문예적 특성에서도 잘 드러나고 있다.

　이런 점에서 우리는 실학시대의 기풍이 그의 산문문학에 접목되어 있다는 느낌마저 드는데, 19세기에 들면서 침체되었던 참신하고 발랄했던 문풍이 홍길주의 문학에서 그 명맥을 유지하고 있기 때문이다. 그 이후 정통문학 내에서 이러한 분위기를 찾아보기란 쉽지 않은데, 시대의 변화를 제대로 받아들이지 못하고 오직 보수성을 고집한 사대부들의 역사적 한계 때문이라고 하겠다. 다만 그의 실용과 세무의 문학정신은 이후 한장석韓章錫(1832~1894)과 같이 시무時務의 정신을 중시하며 시대의 정론正論을 이끌고자 했던 문학가들에게 일정한 영향을 주었다고 본다.

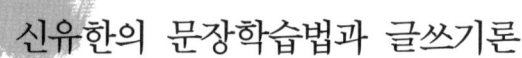

신유한의 문장학습법과 글쓰기론

1. 머리말

한국한문학의 발전사에서 17·18세기는 아주 특별한 의미를 지닌 시기였다. 임진·병자년 전쟁을 전후로 동아시아 세계의 구도에 변화가 일어났고, 이것을 직접 경험한 조선지식인들의 세계인식에도 차츰 변화가 나타났던 것인데, 이러한 변화의 바람은 철학사상 뿐만 아니라 문화예술 전반에로 불어왔다. 한문학도 예외가 아니어서, 모든 양식에서 외연이 확산되고 내포가 성숙되는 변화와 발전이 이루어졌던 것이다. 이 가운데 특히 괄목할 발전이 이루어진 분야가 산문문학이라고 하겠는데, 당시 조선 문단 내부의 반성과 중국 문단의 영향을 받아 글쓰기의 새로운 방법들이 시도되었고, 문인들의 비판을 통해 조선 문단의 글쓰기방식으로 자리를 잡아갔던 것이다. 당시 글쓰기방식은 크게 두 방향으로 나타났는데, 하나는 정통 고문체로의 복고지향이고, 다른 하나는 신문체의 도입이었다. 그러나 주류는 복고지향이었으며, 이 복고지향도 두 방향으로 갈렸으니, 산문비평사에서 말하는 진한고문계秦漢古文系와 당송고문계唐宋古文系가 그것이다.

청천青泉 신유한申維翰(1681~1752)은 바로 이 시기의 한 가운데 17세기 말에 태어나 18세기 전반기까지 살다간 문인이다. 그는 자신이 고백했듯이, 천성적으로 옛 것을 좋아하는 기질을 갖고 있어[1] 문학도 옛 글을 좋아하고 옛 스타일로 글쓰기를 좋아했는데, 그가 추구한 옛 글은 바로 선진양한先秦兩漢 시대의 산문이었다. 영남의 밀양에서 태어나 변변한 선생도 없이 독학으로 문학을 공부했고, 과거에 합격한 뒤 서울에 올라가 여러 문인들과 교류하며 견문을 넓히면서 자신의 '호고지벽好古之癖'은 더욱 세련된 고문古文 글쓰기로 실천되었다. 당시 유몽인柳夢寅 이후 허목許穆 등의 근기 남인층 문인들이 선진양한시대의 산문을 학습하고 실천하면서 진한고문론秦漢古文論의 비평계를 구축하고 있었는데, 같은 진한고풍을 추구하고는 있었지만 신유한의 글쓰기는 이들과 다소 차이가 있었다. 특히 그가 일본사행 이후에 지은 기행문인『해유록海遊錄』이 널리 알려지면서 그의 글쓰기의 독창적 가치가 인정되었고, 그의 문하에 문인들이 모여들기도 했다.[2]

이처럼 신유한은 진한고문계의 문단 안에서도 독자적 노선을 걷고 있었고, 그의 산문 역시 이후 문인들의 글쓰기에 적지 않은 영향력을 행사했던 것으로 본다. 본 장에서는 신유한 산문론의 성격을 크게 진한고문론의 범주에 두고, 독서론과 창작론을 통해 그의 산문론이 지니는 성격을 규명하고 산문비평사에서의 위치를 평가해 보고자 한

---

1) 신유한,「離騷經後敍」,『青泉集 續集』권2 : "余生長山南農家, 目不見古人奇書, 而天性有好古之癖."

2) 신유한의 산문론에 관한 연구로는 이향배,「청천 신유한 고문론 연구」,『어문연구』31집, 어문연구학회, 1999. : 이현호,「신유한 산문의 擬古性과『장자』패러디」,『동양한문학연구』20집, 동양한문학회, 2004. : 이종호,「신유한의 문예인식과 문장론」,『한국한문학연구』35집, 한국한문학회, 2005. 등이 있다.

다. 이로써 이조후기 진한고문론의 성격을 이해하는 데 한 걸음 나아
가게 될 것이다.

2. 진한고문을 통한 문장학습법

문학은 모방에서 시작된다고 했듯이, 좋은 글을 쓰기 위해서는 먼
저 훌륭한 고전작품을 탐독하여 체득하는 공부에서 출발한다. 그러
므로 어떤 작품을 훌륭한 고전작품으로 선택할 것이며, 거기에서 무
엇을 배울 것인가에 대한 생각에서 산문창작론이 형성된다. 신유한
이 문학학습의 전범으로 선택한 고전은 선진양한의 고전문들이다.
그런 점에서 그를 진한고문파秦漢古文派라고 한다. 그러나 그의 논조
안에는 다른 진한고문파 문인들의 생각에 비해 색다른 내용이 들어
있다. 산문에 대한 그의 기조적 주장과 그가 중시한 고전문 독서법을
통해 그만의 특성을 살펴보기로 하자.

'사가정맥史家正脈'의 문장론

신유한은 5~6세 때 『이소경離騷經』을 읽었다고 하고[3], 또 7세 무
렵부터 글방선생도 없이 혼자 『상서』와 『춘추좌전』·『사기』의 글귀
들을 외우고 다녔다고 한다.[4] 고문에 대한 애호가 놀라울 정도로 조

---

3) 「離騷經後敍」, 『청천집 속집』권2 : "五六歲時, 從人受書, 不喜讀唐宋詩文, 欲學離
   騷經."
4) 「與任正言璞論文書」 『청천집』권3 : "甫離齓, 不喜從塾師章程業, 得尙書隻章片簡,
   已喃喃學誦, 聞左丘司馬數行句法, 輒跂舞咿唔."

숙했던 편이다. 또 청년이 되어서는 『한서漢書』에 실려 있는 조령문詔
令文과 제고문制誥文들, 그리고 가의賈宜의 「치안책治安策」을 수 만 번
읽었다고 하는데, 『상서』·『좌전』·『사기』·『한서』로 이어지는 독서
과정에서 그는 사전문史傳文의 중요성을 깨닫게 된다.

> 나이가 자라서는 『한서』에 기록된 문무관들의 조령문이나 제고문과
> 가의의 「치안책」을 백 천 번도 더 읽었는데, 이 때 비로소 문장정맥文章
> 正脈이 사서史書에 있지 다른 것에 있지 않다는 사실을 믿게 되었습니
> 다. 또한 유가들이 학습하는 사서四書 중에 유독 『논어』 읽기를 좋아했
> 는데, 그것은 그 문인들이 스승의 일동일정一動一靜을 아주 잘 기록해
> 서 묘사가 입신入神의 경지에 들어, 그 문장이 사가史家의 문체를 터득
> 했기 때문이었습니다.[5]

문장의 정통은 사전문에 있다는 주장이다. 여기서 발견되는 신유
한의 색다른 관점은 유가의 경전으로 읽혀왔던 『상서』를 역사서의 하
나로 파악하고 있다는 점이며, 심지어 『논어』의 문장마저도 사전체史
傳體를 터득한 것으로 본 것도 특이하다. 문학학습을 위한 그의 독서
범주에 유가 텍스트는 해체되고 없다. 유가 텍스트마저도 유가사상
의 전범典範으로서가 아니라, 그에게는 순수하게 문학의 전범으로 읽
혀지고 있는 것이다. 당시 허목이 육경문장을 통해 사상과 문학이 합
일된 지점을 모색했던 것에 비해, 신유한은 단지 기록문학으로서의
가치에 주목했던 것이다.

---

5) 상동문 : "年長而讀漢書所紀文武詔制賈傅治安策百千過, 始信文章正脉, 在史而不在
他. 又就儒家所習四書, 而獨喜誦論語, 以爲是洙泗門人善記夫子一動一靜, 模寫入神,
故其文得史家之體."

신유한은 여기에서 다시 문장의 근본에 대한 인식으로 발전해 간
다. 사전문의 독서경험을 통해『상서』를 문장의 최고 전범으로 보았
던 그는『상서』의 글쓰기 유형을 분석한 결과, 글쓰기의 본령은 '기사
紀事', '기언紀言', '기물紀物'이 세 가지뿐이라고 정리하고, 이후의 고
전들도 모두 이 세 가지 전통에서 파급된 것으로 분석한다.6)

기사 : 「요전堯典」「순전舜典」－『주관周官』『춘추春秋』
기언 : 모謨・고誥・명命－「단궁檀弓」「악기樂記」『논어論語』
기물 : 「우공禹貢」－『고공기考工記』『산해경山海經』『급총서汲冢書』

산문문체론에서는 이런 글쓰기를 두고 통칭 기사체記事體라고 하는
데, 신유한은 기사체 글쓰기가 문장의 정통이라고 파악한 것이다. 그
중에서도 특히『논어』・『좌전』・『곡량전』・『공양전』과 사마천과 반고
의 역사서야말로 문학의 정체正體, 곧 기사記事 전통을 충실하게 이은
것으로 평가하고7), 문장학습의 가장 좋은 텍스트로 상정했다. "문장
정맥이 사서에 있다"는 말이 그 뜻이고, 그는 이런 글쓰기를 '사가종
법史家宗法'이라고 표현하기도 했지만, 여기서는 그의 문장관을 '사가
정맥史家正脈의 문장론'으로 명명해 두었다.

----

6) 상동문 : "書契之作而取其紀事紀言紀物之炳炳郁郁者曰文. 紀事之文, 祖二典, 以及
周官三百六十紀素王春秋, 光如鼎彝, 音中鍾磬. 紀言之文. 祖三謨誥命, 以及檀弓樂記
魯論諸編, 光如袞繡, 音中琴瑟. 紀物之文, 祖禹貢, 以及考功記山海經汲冢書, 光如玉
璧, 音中琅璆."

7) 상동문 : "是其通天壤匪古今媲三光而不墜者, 故翼素王而爲臣曰左丘・公・穀, 收秦
火而置史曰馬遷・班固, 俱能嫡傳史家宗法而網羅千古事變, 言辭以斐其文. (中略) 論
語之簡, 左丘之塩, 穀之淸, 公之嫺, 魯史也, 遷之雋爽, 固之精剛, 漢史也. 卽其紀事
紀言紀物之文, 與虞夏商周, 同堂而昭穆矣."

반면 신유한은 기사 전통에서 벗어난 글쓰기는 문학이 아니라고 보게 되는데, 일례로 유가훈고학을 비판한다.

세상에는 여기에서 벗어났는데도 문장이라고 부르는 것이 있으니, 그 중 하나가 '유가훈고학儒家訓詁學'으로서, 이것도 본원은 있습니다. 공자가 『계사전』과 『효경』을 짓고 증자와 자사의 『대학』 『중용』에 이르러 사람들에게 명리진성明理盡性을 가르치게 되었는데, 자상하게 일러주려면 반드시 지之·호乎·야也·자者 등의 글자의 힘을 빌려 써야 곡식이나 물·불과 같이 집집마다 행하고 실천하게 할 수 있었던 것입니다. 이것은 성인께서 사람들에게 가르쳐주려는 말씀이지 우리가 말하는 문학이 아닙니다.8)

여기서 유가훈고학이란 흔히 말하는 주소어록체註疏語錄體 문장을 가리킨다. 성리性理 등에 관한 심오한 내용을 알아듣기 쉽게 설명하기 위해 구절을 나누어 구분해주는 어조사를 많이 사용하고, 또 구어식 표현인 어록체를 즐겨 사용하는 글쓰기이다. 신유한은 이런 문체를 "서술지체敍述之體"9)라고 했는데, 서술이란 변론과 해설을 주로 다루는 의론체議論體 글쓰기를 가리킨다고 본다. 변론하고 해설하는 글에 문학적 수사란 무의미하기 때문에, 신유한은 아예 문학으로써의 글쓰기와 차별시켜 버렸던 것이다.

김택영은 고문의 글쓰기 양상을 크게 기사記事와 의론議論 두 가지로

---

8) 상동문 : "天下有舍是而稱爲文者, 一曰儒家訓詁學, 亦有本源矣. 夫子作系易孝經, 以至曾思大學中庸, 誨人明理盡性, 所以諄諄焉命之者, 必用之乎者也等字得力, 使天下家行戶踐, 如菽粟水火, 是聖人設敎之言, 而非吾所謂文也."
9) 「敍與尹太學士淳論文書」, 『청천집』권6 : "不喜讀儒家菽粟語, 所以爲叙述之體."

구분해서 설명한 적이 있다.[10] 이 두 양상은 문체 양식 면에서부터 구분이 되는데, 전기류傳記類 산문 뿐만 아니라 잡기류雜記類나 비지전 장류碑誌傳狀類 산문의 경우 기사를 주된 글쓰기 양상으로 하지만, 논설류論說類 산문은 의론을 주로 한다. 대체로 선진양한시대의 역사서나 잡기류 산문에는 이 기사 정신이 생동하고 있었던 것이다. 그러나 한유 이후 당송고문 작가들에 의해 기사와 의론이 혼용되는 글쓰기가 성행하게 되는데, 신유한은 기사 양식에 의론이 개입되면서 고문 글쓰기가 무너져 버렸다고 진단했다.[11] 그래서 그는 진한문 중에서도 의론성이 짙은 제자산문諸子散文을 좋아하지 않았으며[12], 『고문진보』나 『문장궤범』과 같이 당송고문을 위주로 편집된 문장학습서를 육경의 이단이라고 여겨[13] 일체 읽지 않았던 것이고, 실제 그의 작품집을 봐도 논설이나 논변류의 산문은 일체 창작하지 않았다.

성색聲色 터득과 의경意境 파악의 독법

신유한의 고문학습방법은 상당히 독특한 면이 있었다. 어려서부터

---

10) 김택영, 「雜言 八」, 『韶濩堂集』권8 : "新羅高麗之文, 長於記事, 而短於論議, 朝鮮之文, 長於議論, 而短於記事."

11) 「與任正言璟論文書」, 『청천집』권3 : "彼以道學自任, 動引鄒孟氏爲準. 故原道諸篇, 亟用儒家誨人語, 其爲迂窘又進學解, 傷於夸矣, 毛穎革華傳, 雜於詭矣, 險僻爲奇則樵混之前茅矣. 吾恐古文之體, 至此破壞, 而尙不如柳州潔也. 及宋而歐陽子學韓之流波, 自命爲古文, 蘇氏父子最號大方家, 而儒家道家佛家從橫家, 雜然並用, 爲策論序記, 其於遷固之法, 十不能二三, 何論周魯."

12) 「雜說」, 『청천집 속집』권2 : "余於古文, 不喜讀諸子, 於唐不喜昌黎, 於宋不喜南豐."

13) 「敍與尹太學士淳論文書」, 『청천집』권6 : "有鄕里業學少年持西山眞寶謝氏軌範等編, 輒取而寓目, 怪其音節大不類, 以爲是六藝之異端."

그는 글의 뜻은 잘 몰라도 입으로 소리내어 읽고 외는 방식으로 공부했는데, "독서백편의자현讀書百遍義自見"이란 말이 바로 그의 학습법에 해당되는 말일 것이다. 『이소경』을 배울 적에도 글을 베껴 들고 다니며 자나깨나 외우기를 수만 번에 이르렀다고 하며[14], 『상서』의 구절과 문장을 중얼중얼 외고, 『좌전』과 『사기』의 구법句法을 춤을 춰가며 읽곤 해서, 사람들이 미쳤다고 조롱할 정도였다고 한다.[15] 이런 학습 방법을 통해 그가 터득하고자 했던 것은 무엇일까? 문장론에 관련된 그의 글을 통해 짚어보면, 그것은 "성용聲容"이요, "성색聲色"이었던 것이다.

> 매번 한 편을 읽을 적마다 반드시 본색本色에 합당한 지를 찾아봐야 한다. 이렇게 하면 사마씨司馬氏의 성용을 얻을 수 있다. 성용이 비슷하게 되면 기상氣相이 감동하게 되고, 기상이 감동되면 천기天機가 응하게 될 것이니, 그대는 분명 스스로 변화하게 될 것이다.[16]

자신의 문도인 임사고任師古라는 이에게 『사기』 가운데 「항우본기項羽本紀」・「장이진여열전張耳陳餘列傳」・「오왕비열전吳王濞列傳」・「이장

---

14) 「이소경후서」, 『청천집 속집』권2 : "五六歲時, 從人受書, 不喜讀唐宋詩文, 欲學離騷經. 先生笑曰, 是其旨深而辭晦, 長老之所聽瑩, 若何以能解? 卽對曰, 雖不曉旨, 舌在也. 願受其音. 先生異之, 時時授章句, 旬日而竟篇, 卽又大喜. 坐臥遊戲, 口不掇誦, 自以塗鴉之墨, 細書成卷, 置之懷袖, 出入與偕, 弊則易以新之, 紙凡數十易而終不肯借人書一句. 年旣長而好之采篤, 前後誦讀, 殆不能筆."

15) 「與任正言璞論文書」, 『청천집』권3 : "甫離亂, 不喜從塾師章程業, 得尙書隻章片簡, 已喃喃學誦, 聞左丘司馬數行句法, 輒皷舞咿唔. 當是時, 人皆笑僕而狂."

16) 「書鼇龍門卷末」, 『청천집』권6 : "每讀一篇, 必求當於本色. 夫如是, 可以得司馬氏聲容. 聲容似而氣相感, 氣相感而天機應, 君固將自化."

군열전李將軍列傳」등 네 편의 글을 문장학습의 교재로 제시하고, 그
선집에 적어준 글이다. 『사기』 가운데 이 네 편만이 사마천의 본색
이 들어있는 글이라는 자신의 판단에 따라 선집한 것이었다.[17] 이
글의 독서를 통해 먼저 터득해야 할 것이 작가의 '성용'이라고 한다.
성용이란 일면 글을 읽을 때 느껴지는 절주節奏와 같은 리듬감을 의
미하는 것이라고 보는데, 그것은 묘사에 적합한 어휘의 선택과 균형
있는 글귀의 배치 등을 통해 감지될 수 있다. 그러나 성용聲容이 글
을 읽는 데서 느껴지는 외피적인 것에 불과한 것은 아닌 것 같다. 그
외피 안으로 흐르는 글의 격조格調와 작가의 풍격風格까지도 포함하
고 있다고 본다. 글을 읽을 때마다 작가의 본색에 합당한 지를 찾아
봐야한다는 말이 그것을 의미한다. 그런 맥락에서 성용은 성색과 이
음동의어인 셈이다.[18]

그러나 성용·성색을 어떻게 체득하는 것인지에 대해서는 구체적인
언급은 없다. 신유한 자신도 그것은 천기天機가 작동하는 것이기 때문
에 말이나 글로 설명해서 논리적으로 이해시킬 수 있는 것이 아니라
고 보았다.[19] 단지 반복해서 읽고 외는 것 밖에 달리 방법이 없었던
것이다. 신유한도 이런 노력을 통해 일정하게 체득되는 것이 있었지

---

17) 상동문 : "是家雖云自黃帝至漢, 著述百三十篇, 今讀其書, 三代已上, 緝古史, 七雄
之世, 用戰國策, 文之所損益, 十不能二三. 又其外缺而補者, 褚少孫筆也. 謂司馬何,
是以天下宗司馬者, 其言如聚訟. 然吾意項羽張陳吳王濞李將軍此四篇, 寂司馬本色,
君盡治之?"

18) 「贈鄭幼觀瀾序」, 『청천집』권4 : "只要明得本體, 本體明則聲色別, 聲色別則天機應."

19) 「書孫仲深壽玄史記抄」, 『청천집』권6 : "讀范蔡傳, 卽欲駕長辯, 讀荊卿傳, 卽欲提匕
首悲歌, 讀項羽紀, 卽欲喑嗚叱咤, 讀李廣傳, 卽欲彎弓射單于. 此又誰之使耶? 卽司馬
氏之自爲至. 而亦不得自言其至者, 天機之所動也, 我且有知乎? 惡乎言於君, 有言乎?
惡乎使女知. 已乎已乎. 我與若同乎不知矣, 司馬氏亦同乎不知矣."

만, 그래도 그것을 무엇이라고 설명하기 어려웠던지 결국 은유적 묘
사로 표현할 수밖에 없었다. 이처럼 성색은 애당초 논리적 설명으로
가시화시키기 어려운 것이었기 때문에 그것을 학습의 대상으로서 터
득하는 것에 한계가 있었다고 하겠다. 그러므로 독송을 통해 성색을
자득하는 학습방법이란 성색의 본질을 제대로 깨닫지도 못한 채 자
칫 글귀를 다듬고 연마하는 공부정도로 그치고 말 가능성이 컸던 것
이다. 신유한 자신도 젊은 시절 문장공부에 그런 한계가 있었음을 고
백했다.

> 15세에『시경』을 읽었고, 16세에『상서』를 읽었으며, 17세에『논어』
> 를 읽었다. 그 글들은 문자의 조탁彫琢에 격이 높아 마치 종경소리 같았
> 다. 그러나 구절의 아름다운 성운聲韻 사이에서 고인을 찾아보려만 했지,
> 천리가 신묘하게 융해되어 있는 깊은 맛이 있는 줄 알지는 못했다.[20]

고전의 부지런한 독송과정에서 문자 사이에 있는 종경소리 같은 높
은 격을 느꼈지만, 그 격조 속에 담겨있는 의경意境을 제대로 이해하
지는 못했다는 것이다. 다시 말해, 문체 속에 높은 정신세계가 융해
되어 있는 그 경지를 파악해내는 데는 도달하지 못했던 것이다. 사실
문학공부의 묘미는 바로 이런 것을 읽어내는 것에 있다고 보았는데,
가령『이소경』에서 수많은 상징을 통한 비유와 은유들,『장자』에서
볼 수 있는 허환虛幻의 장치들은 바로 문체 속에 녹아있는 정신세계
요, 거기에 작품의 진의眞意가 들어있다고 한다.[21] 결국 성색을 터득

---

20)「敍與尹太學士淳論文書」,『청천집』권6 : "十五讀風雅, 十六讀典謨, 十七讀論語, 喜
其字琢圭璋, 音如鍾磬. 遂以求古人於句節聲華之間, 而不復知有天理神解之奧."

하는 공부는 작품의 의경에 도달하는 경지에까지 이르러야 완성되는
것이다. 그래서 신유한은 자신의 경험을 되새기며 문장을 배우려는
젊은 문도에게 이렇게 권고한다.

이 책[『분음고정汾陰古鼎』]은 내가 정대재鄭大哉에게 문장수업을 열심
히 하라는 뜻에서 손수 초사楚辭와 한사漢辭를 적어 주는 것이다. 초사
에서 30편, 한사에서 15편을 모았는데, 그 광채는 타오르고 절주節奏는
쟁쟁하니, 모두 천고 이래 예원藝苑의 종사宗師이다. 나라의 운영에 사
용하거나 도성 가운데 펼쳐 놓더라도, 가는 곳마다 아름다운 보배가 아
닌 경우가 없을 것이다. 원컨대 지금부터 이 글을 주야로 읽고 외되,
눈으로 익히고 마음에 보존해두면 용이 구슬을 키우고 닭이 알을 품은
것과 같을 것이다. 음운音韻과 지의旨意가 왕왕 희미하여 밝지 못한 것
은 모두 고인들의 어맥語脈이 지금과 다르기 때문이다. 단지 그대 마음
의 절묘한 곳으로 나아가 어울려 융회하게 되면, 멀고 깊은 것도 자연
히 모여 합치게 될 것이다.22)

고문을 주야로 부지런히 읽되, 눈으로만 익힐 것이 아니라 마음속
에서 융합시켜야 할 것을 강조한다. 옛 글의 표현과 생각을 후인들이
이해하기란 쉽지 않다. 더구나 성색을 터득하는 일이 외피를 훑는 것
으로 그칠 가능성이 크기 때문에, 마음의 직관을 통해 글의 참된 의

---

21) 「離騷經後敍」, 『청천집 속집』권2 ; 「莊子盜跖篇後題」, 『청천집』권6 참조.
22) 「汾陰古鼎後序」, 『청천집 속집』권2 : "此冊, 余爲鄭大哉勉業而手書楚漢騷辭以給
者. 楚得三十篇, 漢得十五篇, 光華燁然, 節奏王將然, 皆千古藝苑之宗師. 而用之邦
國, 布之都市, 無往而非玉珮瓊琚矣. 願自今晝讀夜誦, 目習心存, 如龍養珠, 若鷄包
卵. 至其音韻旨意往往曖昧不明者, 皆由於古人語脉與今異, 第先就君心絶妙處, 打徹
融會, 則幽遠者自然湊合矣."

경을 읽어내는 방법을 절충시킬 것을 요구한 것이다. 여기에는 다분
히 불교사상의 색채가 강하게 나타나는데, 그의 비평용어나 평론에
서도 불가의 어휘나 표현들이 자주 나타나는 것을 보면, 그의 공부방
법에도 불교사상의 계몽이 크게 작용했던 것이라고 보겠다.[23]

3. 자기 본색의 글쓰기론

문인으로서 독서와 학습의 결과는 자연히 글쓰기의 실천으로 이어
진다. 진한고문, 그 중에서도 특히 사전문史傳文의 독서를 좋아했던
신유한은 무엇보다 산문의 기사 정신을 중시했다. 기사의 문예성은
묘사에 있다고 하겠다. 『상서』로부터 『한서』에 이르기까지 사가史家
정통의 글쓰기 방법은 천고의 사변事變을 망라해서 그것을 글로 묘사
하는 것이었다.[24] 그러나 묘사에는 모양만 갖춘 죽은 묘사가 있는가
하면, 정신이 살아 생동하는 묘사가 있다. 정신이 살아 생동하는 묘
사가 되기 위한 글쓰기가 바로 신유한이 추구하는 것이었다.

이런 글쓰기를 언급하는 단계에서 신유한은 항상 '진眞'을 거론한
다. 그 중 '진색眞色', '진향眞香', '기백지진氣魄之眞'[25]이라는 말들이
대표적인 것이라고 하겠다. 먼저 '진색'에서 색은 앞 장에서 언급되었
던 '본색'이나 '성색'의 색과 차이가 없는 것으로, 이는 바로 묘사 대

---

23) 이종호, 「신유한의 문예인식과 문장론」, 『한국한문학연구』제35집, 한국한문학회,
    2005.
24) 「與任正言璞論文書」, 『청천집』권3 : "收秦火而置史曰馬遷班固, 俱能嫡傳史家宗法,
    而網羅千古事變, 言辭以斐其文."
25) 상동문.

상의 진본색眞本色 또는 진면모眞面貌라고 하겠다. '진향'은 그것을 후
각적으로 표현한 것일 뿐이며, 이 진본색이란 바로 기백의 진면모에
서 나온다는 것을 '기백지진'이란 말을 통해 알 수 있다. 그렇다면 '진'
이란 모양을 있는 그대로 묘사하는 정밀성을 의미하는 것이 아니라,
대상 또는 작가 자신의 진실성을 의미한다. 진실된 자기 본색 또는
자기 면모를 드러내는 글쓰기야말로 진정한 문학이라는 것이다.

이런 입장에서 신유한은 명대 당송파와 진한파를 모두 비판한다.
"당송의 궁실에 머물며 진한의 의관을 빌려 입고는 우맹優孟이 손숙오
孫叔敖를 흉내 내듯"이 한다는 것인데, 이유는 그들의 문학에는 진실
된 자기 본색이 드러나지 않기 때문이라는 것이었다.[26] 그러면 글에
서 자기 본색을 드러낸다는 것은 어떤 것인가? 그의 발언을 좀더 자
세히 들어보자.

　　그림을 잘 그리는 사람이 인물을 모사하는 일에 비유하자면, 형색을
똑같이 그려내어야 할 것은 물론이오, 게다가 반드시 정신을 조화시켜
기백이 생동하는 진면모를 담은 뒤라야 신품神品에 합치될 것이다.[27]

그림의 모사나 글의 묘사는 도구가 다를 뿐 방식은 유사하기 때문
에 위의 비유는 기사문 글쓰기에도 그대로 적용된다. 기사의 글이란

---

26) 상동문 : "及宋而歐陽子學韓之流波, 自命爲古文. 蘇氏父子最號大方家, 而儒家道家
　　佛家從橫家, 雜然並用, 爲策論序記, 其於遷固之法, 十不能二三, 何論周魯? 皇明諸
　　子, 一皷作氣, 挽千古甚力, 獻吉虁于鱗癜, 元美巧伯玉悍, 各欲超乘而上, 稅駕三代,
　　而畢竟寢處唐宋宮室, 假借秦漢衣冠, 優孟之爲孫叔敖, 吾懼其不及眞也."
27) 상동문 : "譬之善畫者摹寫人物, 亡論形色惟肖, 必以造化精神, 得其生動氣魄之眞,
　　然後斯合神品."

대상의 외적 형상을 핍진하게 묘사하는 것이 전제되어야 하지만, 단순히 형상의 세밀한 묘사에 그칠 것이 아니라, 창작주체의 정신 즉 주제의식의 작용을 통해 창작대상의 기백氣魄 곧 개성적 특징을 생동감있게 드러낼 수 있어야 한다는 말이다. 그러나 한편 다른 글에서 "성용聲容이 비슷하게 되면 기상氣相이 감동하게 되고, 기상이 감동되면 천기天機가 응하게 될 것"28)이라고 했으니, 정신과 기백도 사실적 묘사가 결합되었을 때 완성되는 것이라고 보았다. 글이 이런 경지에 도달했을 때 "신품神品에 합치"되고, "천기가 응하게 된다"고 했으니, 이것이 그가 이른바 "모사입신模寫入神"29)의 경지로서, 비로소 자기 본색의 진면모가 드러난 글이 되는 것이다. 이는 이조후기 문학예술의 비평에서 활발히 전개되었던 형신론形神論의 논리인데, 여기서 신유한은 형사形似를 기초로 신사神似의 결합을 시도했던 '이형사신以形寫神'의 입장에 있었던 셈이다.30) 당시 형신론은 그림과 시의 창작에서 주로 전개되었던 것인데, 신유한은 산문 글쓰기의 논의로 도입했던 것이다.

그렇지만 자기 본색의 진면모를 드러내는 글쓰기의 구체적 방법에 대해 신유한은 언급하지 않았다. 의론체 산문과 같이 논리적 서술을 중시하는 글쓰기에서는 창작 방법을 어느 정도 설명할 수 있겠지만, 문기文氣를 중시하는 기사체 산문에서 기백을 드러내는 방법을 설명하기란 난감하다. 대체로 진한고문론자들의 문장론의 경우 설명이

---

28) 주 15)와 같음.

29) 「與任正言璞論文書」, 『청천집』권3.

30) 정우봉, 「19세기 시론 연구」, 고려대 박사학위논문, 1992 ; 「조선후기 문예이론에 있어 형과 신의 문제」, 『민족문학사연구』제4호, 민족문학사연구소, 1993 참조.

겉돌면서 구체적 언급이 없는 이유가 대개 그러한 때문이라고 하겠으며, 결국 의론체 글쓰기의 구체적 방법을 제시할 수 있었던 당송고문론자들에 비해 비평적 영향력이 떨어질 수밖에 없었다. 신유한의 경우도 크게 다르지 않았다. 그러나 그가 강조한 자기 본색, 즉 기백이 생동하는 진면모를 드러낸 문장이 대략 어떤 것을 가리키는 것이었는지를 시사하는 글이 한 편 있다. 자신의 생질이었던 장한사張漢師가 지나치게 기벽한 것을 좋아하는 것을 경계하며 유종원의 글을 읽어볼 것을 권하고, 유종원의 산문 50편을 선집해서 "아산계석鵝山桂石"이란 제목을 붙여주며 써준 글이다.

　유자후가 죽자 유주柳州의 백성들이 나지羅池에서 묘향廟享을 올렸다. 이 때 한창려韓昌黎가 「영향송신시迎享送神詩」를 지어 이렇게 노래했다. "아산 언덕, 유주의 강가/ 계수나무 울창하고 흰 돌들 험하구나/ 유후는 아침이면 나가 노닐다 해저물면 돌아오네/ 봄이면 원숭이와 함께 노래하고 가을이면 학과 함께 춤을 추네.[鵝之山兮柳之水, 桂樹團團兮白石齒齒. 侯朝出遊兮暮來歸, 春與猿吟兮秋鶴與飛.]" 나는 항상 이 시를 외면서 슬퍼했던 것은 유주의 산수가 유자후와 함께 운명을 함께했던 인연 때문만이 아니다. 저 깊은 산속에 총총히 자란 계수나무가 아름답고 향기 무성해서, 훈훈하고 매운 향기를 머금고 있어 따거나 먹을 만하고, 강가의 돌은 험하게 층층이 쌓여서, 노한 듯 돌출하여 울퉁불퉁한 것이 사람으로 하여금 발도 담그고 걸터앉게도 만드는 것이 가녀린 듯해도 싫지 않다. 이 두 사물은 또 유자후의 문장과 어찌 그리도 닮았는지! 한유가 성구聲句 가운데 이 두 사물을 얻음으로서, 유후를 묘사하는데 전신傳神할 수 있었던 것이다. 유주 사람들 역시 유후가 봄철 원숭이와 가을철 학과 더불어 계수나무와 강가 돌 사이를 방불케 했다는 것을

알았으니, 문장도 이와 흡사한 것이 있다.[31)]

유종원은 유주자사柳州刺史로 근무하던 중에 그곳에서 죽었다. 유주 사람들은 그를 위해 나지羅池에 사당을 세워 제사를 올렸고, 그 경위를 기록하여 비석을 세우고자 한유에게 글을 청했던 것인데, 그것이 「유주나지묘비柳州羅池廟碑」이다. 「영향송신시迎享送神詩」는 이 묘비문에 들어있는 작품으로, 죽은 유종원의 영혼을 위로하며 보내는 시이다. 이 작품 가운데 "鵞之山兮柳之水, 桂樹團團兮白石齒齒. 侯朝出遊兮暮來歸, 春與猿吟兮秋鶴與飛."라는 대목에서 신유한은 크게 감동을 받았던 것이다. 유주자사로 근무했던 시절 유종원은 아산의 계수나무 숲과 유주 강가의 백석 사이를 오가며 즐겨 노닐었던 사실을 두고 한유가 이렇게 노래했던 것이다. 신유한은 특히 '계수단단桂樹團團'과 '백석치치白石齒齒'라는 구절에서 무한한 의경을 포착하게 된다. 먼저 계수나무 숲 사이로는 매우면서도 훈훈한 계피 향기가 가득하여 그 향취에 매료될 만하며, 강가에는 크고 흰 돌들이 울퉁불퉁 층층이 제멋대로 놓인 것이 가히 물을 즐길만한 광경임을 상상한다. 그리고 한층 더 이 두 사물이 유종원의 작품세계에서 느껴지는 풍격과 매우 흡사하다고 느끼게 된다. 유종원의 전기류 산문에서 볼 수 있는 사실적 묘사와 예리한 비판의식은 강렬하면서도 훈훈한 향기를 느끼게 하

31) 「書鵞山桂石卷」, 『청천집』권6 : "柳子厚沒而柳州民廟享於羅池. 昌黎子作迎享送神詩以歌之曰 '鵞之山兮柳之水, 桂樹團團兮白石齒齒. 侯朝出游兮暮來歸, 春與猿吟兮秋鶴與飛.' 余常誦此詩而悲, 以爲是不惟柳之山水與子厚有畢命之緣. 而彼夫桂樹叢生山之幽者, 英英如也馥馥如也. 夾以椒辣之香, 可擷可飡, 其石之磊砢峭厲, 突怒而起伏者, 令人是濯是踞, 婆娑而不厭之. 二物又與子厚之文章, 何其酷肖也. 昌黎聲句中得此二物, 足以寫柳侯傳神矣. 柳之人, 亦知侯與春猿秋鶴而芳菲於桂石間者, 有文章似之也."

고, 상상력 넘치는 우언체 산문의 복잡한 고사 구성과 깊이 함축되어
있는 주제의식은 울퉁불퉁 제멋대로 돌출해 있는 백석의 분위기를
자아낸다고 본 것이다. 이것은 물론 신유한의 상상력이지만, 이런 의
경에 도달할 수 있는 것은 한유가 계수와 백석 두 사물을 포착함으로
서 유종원의 개성적 진면모를 나타내주었기 때문에 가능한 것이었
다. 이를 두고 묘사의 '전신傳神'이라고 평가했으니, 기백이 생동해서
자기 본색을 드러낸 글이란 바로 이런 문장을 두고 이른 것이다. 그
래서 그는 장한사에게 "마음 깊이 감상하고 무릎을 쳐가며 외면, 성
용과 의상意想이 유자후의 풍모로부터 하루도 춤추지 않는 날이 없을
것이니, 이것을 붙잡고 나아가면 친기가 살아날 것이다. 저 계피의
향내는 내 약을 고르게 해 줄 것이오, 저 산의 돌은 내 옥을 다듬어주
게 될 것이다"고 충고해 주었다.

4. 산문비평사에 신유한의 위치

16세기 후반 관각문와 과거문의 고질에 젖어있던 조선 문단의 글쓰
기에 대한 반성을 계기로 명나라 전후칠자前後七子들의 복고주의 문학
이 우리나라로 수입된 이후, 17세기 전반기에 이르기까지 유몽인柳夢
寅 · 조익趙翼 등 뛰어난 문인들의 노력에 의해 진한고문론이 하나의
대안으로 정착되었다. 그러나 당시 진한고문론은 비판론자들로 하여
금 유가사상으로부터의 탈이념성 문제와 모방풍의 의고성에 대한 비
판을 야기시켰지만, 그래도 산문 글쓰기에 대한 논의를 개방시키고
다양한 가능성을 열어주었던 점에서 긍정적 역할을 충분히 수행했

다. 이후 17세기 후반으로부터 18세기 전반에 이르는 시기 동안 진한
고문론은 비판적 과도기를 거치며 모순을 정비하고 새로운 대안을
마련해, 조선의 풍토에 맞는 산문이론으로 정착되어 갔다. 신유한이
진한고문론계의 문인으로 활동했던 때도 바로 이 시기였다.

　이 당시 진한고문론은 여러 계층에서 다양하게 전개되었다고 보는
데, 그 중 대표적인 계열로 허목許穆을 중심으로 한 근기남인계열이
주목받아 왔다.32) 이들은 우선 문학의 근본을 육경에 회귀시킴으로
서 진한고문론에 대한 비판의 쟁점이었던 탈이념성 문제를 해소하게
된다. 그러나 당시 진한고문론 비판의 중심에 섰던 당송고문론이 대
체로 사서四書를 중시했던 것에 반해, 이들은 육경六經 산문을 선진시
기 산문의 이상적 문체로 상정했던 점에서 대조적이었다. 이들은 육
경의 학습 방법으로 '고기古氣' 체득을 강조했는데, 고기의 문학적 실
현으로 간오簡奧와 기奇의 미의식을 추구했다.33)

　그러나 신유한은 같은 진한고문론의 입장에 있으면서도 허목 계열
의 산문론과는 조금 차이가 있었다. 그는 영남출신의 남인으로서 특
별히 사승을 잇거나 문파에 속한 일도 없이, 스스로 진한고문의 학습
을 통해 독자적 공부방법을 터득하고 있었다. 『상서』로부터 『좌전』
·『사기』·『한서』 등에 이르는 고전 역사서의 학습을 통해 사전문史傳
文을 문장정맥으로 삼고, 진한시대의 기사문에서 성용聲容·성색聲色

32) 송혁기, 『조선후기 한문산문의 이론과 비평』1부 Ⅲ장, 월인, 2006. 참조.
33) 심경호, 「최립의 문장지문론과 고문사」, 『진단학보』65, 진단학회, 1988 ; 이향배,
　「간옹 이헌경 고문론 연구」, 『한문교육연구』, 한국한문교육학회, ; 권진호, 『미수 허
　목의 상고정신과 산문세계』, 성균관대 박사학위논문, 2001 ; 김우정, 『최립 산문 연
　구』, 단국대 박사학위논문, 2004 ; 송혁기, 『17세기말~18세기초 산문이론의 전개양
　상』, 고려대 박사학위논문, 2006 등 참조.

을 파악하는 공부에 매진했다. 우선 신유한의 생각 가운데 무엇보다
독특한 것은 육경, 그 가운데『상서』를 문장의 최고 전범으로 간주하
면서 사전문체의 모범으로 설정한 점이다.[34] 육경을 문장전범으로
삼는 것은 진한고문론의 일반적 견해였지만, 허목은『상서』를 성인
또는 성인 시대의 문장으로 보고 성인의 학덕을 갖춘 글쓰기의 전범
으로서 육경을 읽었지만, 신유한의 경우는『상서』의 글쓰기를 기사紀
事·기언紀言·기물紀物의 세 양식으로 파악하고, 사전체 즉 사가史家
문장의 정맥을 이룬 전형으로 읽었던 것이다.

  이어 신유한은 산문 글쓰기의 정통은 사가문체史家文體, 즉 기사문
이라고 보았다. 그래서 그는 자신의 문장학습에서나 글쓰기에서도
기사 정신을 철저히 실천하려고 노력했다. 진한고문론자들은 육경은
기본이오,『좌전』·『사기』 등의 기사문이나『장자』·『맹자』 등 제자
산문의 의론문에 이르기까지 진한산문의 다양한 문체를 습득하는 공
부를 했지만, 신유한은 기사문의 전통만을 고집한 편이었다. 따라서
제자산문이 그의 독서범주에서 제외되었던 것은 아니지만, 문장학습
의 대상에는 포함시키지 않았던 것이다. 그리고 그는 기사문의 예술
성을 확보하는 글쓰기의 실천에 많은 노력을 기울였다. 한시창작의
세계에서 작품의 예술성을 설명하는 개념으로 다루어지던 성색이나
의경意境·의상意相을 산문창작론으로 끌어들여 산문의 예술적 성취를
해명코자 했다. 그 결과 사실적 묘사를 통해 개성적 특성을 드러내기
위해서 작품 안에 정신기백이 생동하는 진실된 면모를 표출시키는
'진본색眞本色'의 미학을 추구했다. 일찍이 유몽인에서부터 진한고문

---

34) 이런 관점은 명대 錢謙益에게서도 발견되는데, 당시 신유한이 전겸익의 글을 읽은
   흔적은 없으며, 실제 읽었을 개연성도 없다.

론이 기사문을 선호하는 전통이 있었지만, 기사문 글쓰기의 미적 체계가 마련된 것은 신유한에 이르러 실현되었다고 본다.

신유한은 산문의 예술적 성취를 위해 노력했던 순수한 문인이었다. 그러나 작가는 그의 이론이 아니라 작품으로 그 성취를 평가해야하는 법이다. 타고난 호고지벽好古之癖으로 평생 고문을 추종했던 그의 산문은 과연 그 성취가 어느 정도였을까? "당신의 시문은 어째서 고풍스럽지 못하"냐는 어느 객의 농담 섞인 질문에 그도 빙그레 웃으며 "고풍이 나를 병들게 한 것이 아니라 제가 둔한 때문"이라고 답한 적이 있지만35), 사실 신유한 산문 특히 기사문의 예술적 성취는 일본기행문인 『해유록海遊錄』에서 그 절정을 찾아볼 수 있지 않을까?

---

35) 「題詩書正宗後」, 『청천집』권6 : "客曰 '世方族好唐宋, 子何獨泥於古?' 曰 '師法貴上, 牽牛于尾不于鼻, 末之行矣.' 曰 '然則子之詩文, 奚不古?' 余逌笑謝曰 '匪古病我, 我自鈍矣.'"

심익운의 삶과 문학

1. 머리말

국립중앙도서관의 위창葦滄 오세창吳世昌 문고에 『병세집幷世集』이라는 책이 소장되어 있는데, 이 책은 18세기 후반의 윤광심尹光心(1751~1817, 자 경부敬夫, 호 잉민剩民, 본 파평坡平)이란 분이 자신과 같은 시기를 살은 인물들 중 문장으로 이름이 있었던 분들의 글을 모아놓은 것이다. 모두 4권 4책으로, 1·2권은 시를 3·4권은 산문을 실었다. 이 선집에는 우리나라의 작가만 실려 있는 것이 아니라 중국과 일본의 작가도 실려 있고, 사대부들의 글만이 아니라 기녀들의 글도 실려 있다. 어떤 안목으로 작가와 작품을 선별했는지 알 수는 없지만, 신분과 색목에 구애됨 없이 당시에 이름 있던 작가들을 대상으로 했다고 본다.

그런데 이 책은 두 가지 점에서 매우 흥미로운 자료라고 하겠다. 하나는 당대의 이름 있는 작가들을 선발하였다고 볼 때, 오늘날 우리에게 아직 잘 알려지지 않은 사람들이 소개되어 있다는 점이다. 또다른 하나는 수록된 작품들 중에는 지금껏 알려지지 않은 작품들도

있다는 점이다. 가령 박지원의 경우 한시 작품이 두 수 소개되고 있
는데, 하나는 「총석관일叢石觀日」이고 또 하나는 「만조숙인輓趙淑人」이
라는 시이다. 「총석관일」은 곧 「총석정관일출叢石亭觀日出」 시 인데,
이 시를 문집에 실린 것과 비교해 보면, 많은 부분에 출입이 있으며,
「만조숙인」 시 역시 우리에게 잘 알려지지 않은 작품이다.[1] 그가 남
긴 시작품이 귀한 탓도 있지만, 박지원의 대표작 중의 하나라고 할
수 있는 「총석정관일출」과 나란히 실려 있다는 점에서 이 작품은 주
목을 끈다. 또한 산문편에서도 이용휴李用休의 작품 8편이 실려 있는
데, 이 역시 아직 우리에게 전혀 알려지지 않은 작품들이다. 이러한
면에서 이 『병세집』은 충분한 검토를 요한다고 본다.

　이 장에서는 이 선집에 실린 작가 중 우리에게 다소 생소한 심익운
沈翼雲을 주목해 보고자 한다. 『병세집』권2에는 그의 시 약간 수가,
권3에는 산문 약간 편이 실려 있는데, 내용을 대략 훑어보던 중에 그
의 산문 작품인 「사희경柶戲經」과 「잡설雜說」이 흥미롭게 눈에 들어왔
다. 18・9세기에 성행하였던 산문형식인 소품문의 분위기가 느껴지기
도 하는 작품으로서, 그의 존재와 작품세계가 사뭇 궁금했다. 그리하
여 도서관 목록을 뒤진 결과 그의 문집인『백일집百一集』을 찾아 볼
수 있었다. 이 문집은 그의 젊은 시절의 작품을 모은 것으로 그의 작
품의 전모는 아니다. 『병세집』에 실려 있는 글도 이 문집에는 실려
있지 않은 것으로 보아 이 문집의 작품 외에도 많은 글이 창작되었으
리라고 추정된다. 그러나 현전하는 작품들만 보더라도 그는 문인임

---

[1] 국립중앙도서관의 勝溪文庫에 있는 필사본 『燕巖集』에만 그 끝에 추가로 이 작품
이 적혀있다. 金血祚, 「燕巖集 異本에 대한 考察」, 『韓國漢文學硏究』제17집, 韓國漢
文學會, 1994 참고.

이 틀림없고, 또한 흥미로운 작가임을 짐작케 했다.

2. 몰락사인으로의 삶과 현실인식

심익운은 1734년(영조10)에 옥과현령玉果縣令을 지낸 바 있는 심일진
沈一鎭의 3남 중 둘째아들로 태어났다. 본관은 청송靑松, 자는 붕여鵬
如, 호는 지산芝山 또는 합경당盍耕堂이라 불렀다. 그의 성장과정은 상
세하지 않으며, 21세 되던 1754년에 진사가 되고, 26세에 정시문과에
합격하여 곧 이조좌랑에 제수되었다.[2] 그러나 이 때 이조판서 민백
상閔百祥은 그가 좌랑이 되는 것을 반대했다. 그것은 일찍이 그의 부
친 심일진이 경종대景宗代에 박상검朴尙儉(당시 영조의 등장을 막으려 했던
환관) 사건에 연루되어 역적이 된 심익창沈益昌의 아들인 사순師淳의
양자로 입적되어 있었기 때문이었는데, 이런 사람에게 청직淸職을 줄
수 없다는 것이었다.[3] 이 때 왕의 파직처분이 내리지는 않았지만, 그
의 자리가 사대부들의 선망이 되었던 자리였기 때문에 그의 인사문
제로 당시 조정에서는 적지 않은 분란이 있었던 것이다.

본래 심일진은 심중은沈重殷의 아들이었는데, 사순師淳의 양자로 입
적되었고, 또 사순은 익창益昌의 아들이었지만, 청평위靑平尉 심익현沈
益顯의 양자가 되었다. 그러나 사순은 생부인 익창으로 인해 역죄에
연좌되었고, 심일진 일가도 이로 인해 피해를 겪게 되었던 것이다.

---

2)『司馬榜目』;『文科榜目』;『韓國系行譜』참조.
3)『英祖實錄』권94, 35년 9월 己酉: "吏曹判書閔百祥奏曰: '頃有沈翼雲郎署差下之命,
而今方有窠, 臣欲奉行, 至於淸宦, 有難奉行.' 上曰: '何故?' 百祥曰: '益昌之孫也.'"

그래서 심일진은 1760년(영조 36년)에 두 아들 상운翔雲·익운翼雲과 함께 청평위 심익현과 숙명공주淑明公主의 제사를 잇기 위한 명분으로 본래 계자系子였던 사순 대신 자신의 생부인 심중은을 청평위의 후계로 바꾸는 단자單子를 혈서血書로 올리게 되었다.4) 그러자 예조판서 정휘량鄭輩良과 이조판서 민백상閔百祥은 이 일을 비난했고, 국왕도 이 일을 심하게 질책하고5) 의금부에 조사토록 했다.6) 이 때 심익운도 손가락을 잘라 혈서를 씀으로서 인륜을 어지럽혔다고 심한 질책을 받았고, 이로 인해 파직되어 한성 내에 거주하지 못한다는 신폐유리身廢流離의 처분을 받고 사직동社稷洞 근방의 우사寓舍에 거처하게 되었다.7) 그러나 처음엔 단호했던 영조도 영의정 홍봉한洪鳳漢과 호조판서 김상복金相福의 간곡한 변호와 주장에 힘입어8), 결국 1762년에 청평위의 전장田莊을 노리고 인륜을 함부로 해치는 짓이라는 조정의 비

---

4) 『영조실록』권95, 36년 5월 甲午 : "禮曹判書鄭輩良, 陳沈一鎭母子, 以罷養事, 血書呈單, 又陳一鎭子翼雲斫指事."

5) 상동문 : "上曰 : '翼雲之人物, 足辦斫指, 而一鎭之能辦血書, 誠料外也.' 右議政閔百祥曰 : '世豈有神主罷養之事乎?'(中略) 仍敎曰 : '人倫一定之後, 不可更也, 戊申以後, 其弊已有, 而乙亥以後, 其弊益甚, 頃聞一事, 心自非之. 今聞沈師淳妻, 與一鎭血書, 不覺惻傷, 此後父子夫妻之間, 法外此擧, 一切嚴禁. 此等上言, 政院切勿例下, 雖或登聞呈單, 亦令該曹, 直爲勿施. (中略) 夫王者, 雖云造命, 有與受然後, 與者承王命, 而其子爲某之子, 受者承王命, 受某人子爲其子, 卽禮也. 一鎭, 自利其都尉之田第, 亦掩其益昌之緣累. 自以其已死之父, 稱謂都尉之孫, 入置其神主於祠堂. 彼骨已朽者, 何知其某爲父某爲子乎? 人之無倫, 胡至於此極.'"

6) 『영조실록』권99, 38년 4월 갑신 참조.

7) 「恥齋聯句詩序」(『百一集』文) 참조.

8) 『영조실록』권97, 37년 6월 戊子 : "鳳漢曰 : '以沈師淳爲廷輔第二子, 使翔雲爲靑平尉之奉祀孫, 師淳爲其班祔, 則便易矣.' 上曰 : '公主奉祀雖重, 人倫至重, 如是處之者, 非道理也.'" ; 『영조실록』권99, 39년 4월 甲申 : "時沈一鎭有擊錚之事, 令禁府納供, 盖一鎭之養父, 卽逆昌之子. 故領議政洪鳳漢, 戶曹判書金相福, 爲一鎭之子翔雲兄弟地, 白上以一鎭亡父爲靑平尉之奉祀."

난을 무마시키면서9), 청평위와 숙명공주의 제사를 차마 끊을 수 없다는 점을 들어 심중은을 청평위의 후계로 인정하고, 심일진을 석방하여 그 제사를 잇도록 허락했다.10)

실록의 기록만 가지고 사건의 경위와 내막을 객관적으로 파악할 수는 없겠으나, 이는 당시 탕평정국의 파란 속에서 노·소론간의 정치적 갈등으로 인해 비화된 한 사건으로 보인다. 아직 가라앉지 않은 노·소론의 대립정국에서, 소론가의 후손으로서 노론계의 견제를 당한 것이라고 하겠다. 이에 심익운 자신은 신폐유리된 원인에 대해 전혀 다른 관점을 갖고 있음을 알 수 있다.

> 저는 본디 성질이 치우치고 막혀서, 말하는 것이 거칠고 곧아, 남의 착한 것을 보면 감추지 못하고, 남의 착하지 못한 것을 봐도 감추지 못합니다. 이것이 내가 원성을 얻게 된 이유이지요. 무릇 이같기 때문에 말 한마디 행동 한 번함에 비방하고 헐뜯음이 구름처럼 일어나고 바람같이 일어나니, 어찌 온 세상 사람들이 모두 원수가 되어서 이겠습니까? 대개 스스로 얻게 된 까닭이 있었던 것입니다.11)

자신의 융통성 없는 성격 때문에 남으로부터 비난의 대상이 되었다는 것인데, 그것은 정치적 견해에 있어 비타협적인 자신의 태도를 두고 이르는 것이다. 직선적이며 타협할 줄 모르는 그의 자세를 영

---

9) 『영조실록』권100, 38년 12월 戊申. 正言 金履禧의 비난 상소가 있었다.

10) 『영조실록』권99, 38년 4월 甲申.

11) 「與洪伯孝書」, 『백일집』문 : "僕自惟性質褊隘, 言語拙直, 見人之善, 不能隱, 見人之不善, 不能隱, 此取怨之道也. 夫如是, 故出一言行一事, 謗毀之端, 雲蒸而風起. 豈擧世之人盡與爲仇敵哉? 蓋亦有以自取之故耳."

조도 익히 짐작했던 지, 단자에 혈서한 사실에 대해 족히 그러고도
남을 위인이라고 힐책하기도 했다.[12] 결국 자신이 신폐유리된 것은
평소 자신의 비타협적 자세로 인해 사람들로부터 원한을 샀던 때문
이라고 하는데, 이것은 또한 당시 정국의 갈등과 무관하지 않은 것
임을 짐작케 한다. 심익운은 자신의 성격상 올곧은 소리를 굽히지
않고 주장했던 것이지만, 자신의 주장이 자신이 처한 정치적 입장에
서 자유로울 수 없었다고 볼 때, 결국 반대세력의 비난을 받을 수밖
에 없었을 것이다.

한편으로 자신과 가까웠던 사람들은 기회 닿는 대로 그를 변론하
여 오명을 씻도록 노력했다. 그 결과 1765년(32세)엔 홍봉한 등의 노
력으로 많은 비난을 무릅쓰고도 지평持平에 특배特拜되었고[13], 이듬
해엔 좌상左相 김상복金相福의 진정으로 드디어 유리에서 풀려날 수
있었다.[14]

그러나 한창인 나이에 7년 동안의 신폐유리는 그의 인생에 막대한
타격을 주었다. 무엇보다 견디기 힘든 것은 사대부사회로부터 소외
되었다는 정신적·심리적 자괴감이었다. 그는 이런 괴로움을 달래기
위해 친구를 찾아 이곳저곳으로 여행을 다니기도 했지만, 그 상심된
마음이 쉽게 아물지는 않았던 것이다.

> 군자란 모름지기 예악을 하지만　　　　　　　禮樂須君子

---

12) 주 5)번 참조.
13) 『영조실록』권106, 41년 8월 癸酉 : "特拜前佐郎沈翼雲爲持平. 翼雲有釁累, 屢勤調
　　用之命, 而銓曹未敢遽擬, 至是特除, 識者憂歎."
14) 「少歇亭記」, 『百一集』文 참조 : "今上四十二年丙戌, 左相金公, 陳情于朝, 旣釋."

문장 또한 한 시절이 있는 법이네.	文章亦一時
결국 이 세상에서 버림을 받으면	遂爲當世棄
늦가을이 아니라도 서글픈 것을.	不待暮秋悲15)

  이 무렵 그의 시는 위의 내용과 같이 소외된 울분의 정조를 일관되게
보여주고 있다. 스스로 "자신은 세상과 서로 어긋난다[身與世相違]"16)고
하여, 외적 강압에 의해 내쫓긴 한을 시로 토로했던 것이다.

  게다가 설상가상 그를 곤란케 만든 것은 경제적 궁핍이었다. 넉넉
지도 않은 살림에 관직에서마저 내쫓겼고, 오랫동안 서울에 세거해
왔기 때문에 이미 농사와는 거리가 멀었으며, 또한 나약한 문인의 체
질 때문에 선뜻 생계마련에 나서지도 못했던 것이다. 「家人告粮絶意
欲使余營生作此以示(집사람이 양식이 떨어졌다고 알려주는데 나로 하여금 생
계를 마련해보라는 뜻이어서 시를 지어 보여준다)」라는 시는 이러한 사정을
잘 보여주는 작품인데, 이 시에서 그는 자신은 문자를 좋아해서 고현
인古賢人들의 풍격을 사모하기 때문에 그런 일을 할 수 없다고 농담삼
아 변명한다. 그러나 사실은 농사를 짓기에는 너무 늦었고, 장사를
해볼 수도 있지만 습관이 되지 않아 별 계책도 없다고 하여, 자신의
나약한 체질의 한계를 인정했다.17)

---

15) 「旬有閑秋懷用秦州雜詩韻」其四, 『百一集』詩.
16) 「仲春歸芝山作」, 『百一集』詩.
17) 상동서: "我本京邑居 痴迷由童稚 但道家中有 豈知衣食自 於物無所好 所好在文字
竊慕古賢風 招呼盛儕類 空懷千古恨 常存三代志 謬通金門籍 遂爲世所棄 家族各流離
頻歲見遷次 在野識農事 居湖覺船利 所媿才力薄 兩者無與比 家人告粮絶 念此非細事
爲農雖已晚 營生猶或遂 先王遷有無 後世重什二 孔子是聖人 貨殖稱端賜 蟯蜽至微小
尙有轉丸智 而我獨何人 詎敢懷怪異 懶習旣難强 拙計安所試 徒勞傷性靈 未必及困匱
人生亦有命 難用智力避 小人飽飲食 君子飽德義 持此慰나孺 我何比風刺."

때문에 그는 종종 주위의 도움에 의존할 수밖에 없었는데, 그래도 문장의 재능이 있어 그 보답으로 글을 써주기도 했고, 더러 그에게 양식을 주며 글을 부탁하는 사람도 있었다. 결국 그것은 생계를 위해 자신의 글재주를 파는 매문賣文 행위였다.

　　연전에 정학옹靜學翁께 재기齋記를 지어줄 것을 허락하고는 지금껏 삼년이 흘렀어도 짓지 못했는데, 이는 식언食言을 한 것은 아닙니다. 스스로 생각컨대, 세상에 합치되지 못하는 죄를 얻어놓고, 남들에게 끌려 한가한 말이나 지음으로써 더욱 그 잘못을 보태는 것이 아닌가 여긴 것이지요. 이미 먹을 것은 없고 무료해서 고인들도 이런 경우에는 어떻게 처신했는가를 생각하다가, 한문공韓文公의「여우적서與于頔書」를 보게 되었는데, 바친 것은 글이되 구한 것은 나무와 쌀이니, 품삯을 여기에서 얻는 것은 두보가 이른 바 글을 팔아 살아가는 것이 아니겠습니까? 한퇴지 같은 곧은 사람도 가난하면 이처럼 꺾이고 마니, 어찌 할 줄 아는 것이 문자뿐이라서 그렇겠습니까?

　　공자께서 "학문에는 녹이 그 속에 있다"고 하셨으니, 성인도 또한 녹을 언급하지 않았습니까? 저 같은 사람이 녹에 대해 말할 것은 못되지만, 비록 한자韓子가 한 것처럼 하려해도 고인만 못 할뿐 아니라, 요즘 세상에는 사실 팔 곳도 없으니, 한자로 하여금 오늘날 문자를 짓게 하더라도 한 푼의 값어치도 못될 것입니다. 그러므로 시로서 쌀에 보답하는 것은 또한 억지로 주는 것일 뿐이지요. 이제 기문 수 천 자를 지어 부쳐드리니, 또한 곡식을 보내준 은혜에 보답이나 되겠습니까?[18]

18)「答坯窩書」,『백일집』문 : "年前許靜學翁作齋記 至今三年 不爲作之 非食言也 自念 得罪於世不合 爲人牽挽 作閑說話 以益增其戾 旣食貧無聊 念古人亦多如此者 作如何 處置 及見韓文公與于頔書 所獻者文 所求者芻米 僕賃之資此 豈非杜子所謂賣文爲活者 耶 退之木强人 乃爲貧而屈如此 豈其所能者獨文字故然耶 孔子曰 學也 祿在其中 聖人

이 글은 1761년(28세) 여름에 부탁받은 기문과 함께 배와坯窩 김상
숙金相肅에게 보낸 편지이다. 평소 심익운은 '직하체稷下體'라는 독창
적 글씨로 이름 있던[19] 배와에게서 글씨를 배우기도 하며 가깝게 지
냈는데, 특히 김상복金相福은 배와의 형으로서, 심익운은 그들의 신세
를 여러 번 입었던 것이다. 결국 그들의 은혜에 대해 자신의 처지에
서는 문재文才로 보답하는 수밖에 없었다. 뿐만 아니라 그에게 도움을
주는 사람 중에는 더러 그의 글을 요청하는 사람들도 있었던 것이고,
자신도 호구지책으로 그에 대한 답례를 하지 않을 수 없었던 것이다.
그나마 자신의 글이라도 알아주는 사람이 있어 다행이라고 자소적으
로 말하고 있다. 이는 사인士人인 그가 정치적으로 뿐만 아니라 경제
적으로도 이미 몰락하고 있음을 시사하는 것이다.

　이런 처지에서 심익운은 자신의 재능으로 문인으로서 소일하며
지냈으니, 그의 문명文名은 당시 꽤 알려져 있었다고 본다. 그래서
그는 정치적으로는 소외된 인물이었지만, 자신의 문재文才를 도구로
당론과 색목을 뛰어넘어 많은 인물들과 교류를 나누고자 노력했다.
그러나 세상은 자신의 순수한 입장을 쉽게 받아주지 만은 않았다고
본다. 유리流離된 자신의 처지가 사람들과 교류를 맺는 데 큰 장애가
되기도 했던 것이다.[20] 결국 그는 자신과 비슷한 처지의 사람들 중

亦未嘗不言祿也 如(翼雲)於祿 已無可言 雖欲爲韓子所爲 不惟不如古人 今世實無賣處
縱使韓子 在今時作文字 直不得一錢矣 故其以詩報米 亦强而與之耳 今却作記文數十百
字寄去 亦可以報赤豆之惠乎."

19) 『一夢稿』,「幷世才彦錄－書家錄」,『韓山世稿』卷30 참고.

20) 「近齋朴先生行狀」(洪直弼『梅山集』卷49)을 보면, "沈翔雲翼雲 不念釁累 挾文藝 廣
交遊 一日持綺饌至 要與同嘗 先生托以痞滯不食 翔雲自知疎外 遂不復來見"이라 한
대목이 있다.

뜻이 맞는 사람들과 가까이 종유했다. 그는 이미 명리名利에 따라 염량취산炎涼聚散하는 사대부사회의 비정한 현실에 대해 회의를 품었고, 따라서 그의 주변에는 명리와 무관한 인사들이 주로 모여 우정을 나누었던 것이다.21) 또한 그의 주변에는 도가사상에 심취한 인물들도 더러 있어, 자신도 은둔적 취향을 드러내기도 했지만, 이는 자신의 처지와 성격에 대한 울분과 자괴감을 달래기 위한 방편이었던 것으로 여겨진다.

오히려 그는 사회와 현실에 많은 관심을 두었고, 냉철한 비판의식을 늘 견지하고 있었다. 앞에서도 자신의 타협할 줄 모르는 비판적 발언으로 인해 많은 사람의 비난을 받았다고 자인했듯이, 현실의 모순에 대해 결코 무관심하지 않았다. 특히 그는 자신이 사대부였기 때문에 사대부사회의 모순을 직시하며, 모든 현실의 모순이 사대부사

---

21) 그의 교류관계를 알 수 있는 대표적인 작품으로는, 「天出二韻詩」과 「悼三君子」(『百一集』詩) 등이 있다. 그 외 그의 글들을 통해 알 수 있는 교류인물로는 다음과 같은 사람들이 있다.

　＊金眞宰(? ～ ?); 자 克讓. 1765년에 積勞로 해서 嶺南의 督郵를 지낸 바 있음. 그림으로 이름이 남. (〈送金督郵序〉)

　＊洪伯孝(1723～ ?); 문장에 뛰어나 심익운이 그에게 문장을 배운바 있음. 安國利民의 생각을 담은 〈萬安策〉을 지은바 있음. (〈洪伯孝萬安策序〉)

　＊金厚哉(1712～ ?); 호 永嘉 또는 鳳麓先生. 시에 뛰어나 심익운이 그에게 시를 배웠음. 일찍이 奇士인 兪景明과 사귀며, 孤高 奇僻 絶俗의 행실로 살며, 세상에 은닉하였고, 謾言과 謔戲로서 當世를 가볍게 여겼고, 세상사람 또한 비난하며 조소하였다.

　＊兪漢炅(1732～ ?); 자 汝成, 본 杞溪. 미상.

　＊蠢齋 ; 미상.

　＊李公 ; 이름 미상. 호 無悔. 경기도 廣州 梧水 가에 隱居한 자. (「斗天窩記」참조)

　＊趙宗林 ; 字 吉甫, 號 七山翁. 本 嘉林, 進士

　＊金光泰 ; 字 士龍, 호 靑墅, 본 光山. 縣監을 지냄.

　＊李胤永(1714～1759) ; 자 胤之, 호 丹丘, 본 韓山. 神仙 奇異之事를 좋아했다 함. 저서로는 「丹陵山人遺集」「丹陵遺稿」가 있다.

회의 모순으로부터 비롯된다고 보았다. 그것은 사대부가 나라를 이
끌어가는 지배자의 입장에 있기 때문이었다. 그래서 그는 부패한 사
대부의 유형을 들어 다음과 같이 비판한다.

재력才力은 부족하면서 벼슬을 맡고, 명예가 부족한데 향당鄕黨이라
칭하며, 한갓 종족의 강성함과 세가거실世家巨室의 중함으로 위엄과 세
도를 부리며, 백성들에게 못된 짓을 해도 현령이나 방백이 감히 꾸짖지
못하는 자들을 이름 하여 향당지적鄕黨之賊이라 한다.

문장은 족히 세상을 경륜치 못하고, 무예는 족히 적을 위협하지 못하
며, 재능은 능히 일을 도모치도 못하면서, 부모형제로 해서 관직에 머
물며, 백성들의 살갗을 벗기고 탐폭하기 그지없으며, 임금의 좌우를 모
시면서 총애를 받아 나아가기를 도모하는 자들을 이름 하여 주군지적州
郡之賊이라 한다.

화려하게 꾸며대며, 배는 비었으되 입은 살아, 술수로 경상卿相이 되
어, 임금의 뜻에 순종하며 자기 자리만 굳히고 자기 사욕을 채우며 나
라일은 돌보지 않는 자들을 이름 하여 조정지적朝廷之賊이라 한다.

무릇 이 세 적은 하나같이 이利에서 나오니, 이란 곧 난리의 발단이
다. (중략) 이 세 적이 위에서 횡행하면 백성들은 고달프게 되니, 백성
들이 고달픈데 나라는 망하지 않는 경우는 없었다. 그러므로 임금이 되
는 술책은 사람을 알아보는 데에 있어야 하는데, 사람을 알아보는 것은
마음을 밝게 함에 있다. 마음이 밝지 않음은 이익이 가린 것이다. 임금
이 되어 이 세 적을 제거코자 하는 자가 자신의 마음을 바르게 하지
않는다면 무엇으로 하겠는가?[22]

22) 「三賊」, 『백일집』문 : "才力不足以任仕宦 名譽不足以稱鄕黨 徒以宗族强盛 世家巨
室之重 作威立勢 盜跖於民間 縣令不敢詰 方伯不敢問者 名爲鄕黨之賊 文不足以經世
武不足以威敵 才不能有所爲 得以父兄之故 陳椽其間 居官任職 則剝人之膚 貪暴不軌

  종사從仕하는 대부로서 당리당략과 권세에 의지하여 자신의 이익만을 챙기는 무능한 무리와 재지사족으로서 가문의 세력에 힘입어 방종하는 자들을 비판하고 있다. 그는 이들을 나라와 백성을 해치는 적이라고 단호하게 말하고 있다. 서울에 거주하며 사대부사회의 생태에 익숙한 그의 안목에서 비롯된 것이라고 본다. 더구나 노소론간의 정쟁에 시벽時僻 당쟁의 조짐이 준동하며 당리당략이 특히 심했던 당시 사대부사회의 상황을 보면, 이런 비판이 결코 무리한 것은 아닐 것이다.

  그러나 그의 비판은 이어서 군주를 향하고 있다. 이러한 무리들이 횡행하는 책임이 임금에게도 있으니, 임금 자신이 우선 이利로부터 벗어나 공정해야 한다고 강조한다. 그래야 이러한 무리들을 알아보고 색출하여 멀리 할 수 있다는 것이다. 당시 영조 자신의 탕평책에도 불구하고 노론벌열들이 득세하여 정국을 좌우하고, 이에 특별한 치유책도 제시할 수 없는 상황에 대한 냉정한 제안이라고도 본다.

  그의 단호한 비판은 비판으로만 그치지 않고, 나아가 옳은 정치의 방향을 나름대로 제시하고 있다. 그는 「논정論政」이란 논문을 통해 "부민富民", "겸덕謙德", "신법信法"을 강조했다. 먼저 정치의 제일은 백성을 부유하게 하는 것이라고 주장한다. 그런데 그는 백성들이 궁핍한 원인을 일부 계층에의 부의 편중에 있다고 보았다. 그 일부 계층은 궁실과 권력가와 재력가들인데, 그러므로 이들은 자신들이 가진

以奉君之左右 近幸以資進取者 名爲州郡之賊 緣飾文華 虛腹實口 以術取卿相 承順人主之意 以固其位 以成其私 不顧國者 名爲朝廷之賊 凡此三賊 一出於利 故利者 亂之始也 (中略) 三賊交行於上而民困於下 未有民困而國不亡者也 故人主之術 在知人 知人在明心 心之不明 利蔽之也 爲人主而欲去三賊者 不能正其心 何以哉."

것을 내놓아야 하고, 또한 그 모범으로 국가에서는 불필요한 제례나 포상의 비용을 절약해서 백성들의 궁핍을 덜어줘야 한다고 역설했다. 이는 오직 가진 자들이 욕심을 버리는 데에 달려있다고 본 것이다.[23] 다음은 임금이 겸허한 덕을 갖추어야 한다고 한다. 그렇지 않으면 간사한 무리들이 주위에 모이고, 충직한 신하들은 멀어져 나라가 불안에 빠진다는 것이다. 즉 정직하고 옳은 관리를 등용하기 위해 임금으로서의 덕을 먼저 갖추어야 함을 강조했다.[24] 이는 앞서 살펴본 부패한 사대부상과 군주의 책임에 대한 그의 논의와 동일한 맥락에 있다. 그리고 마지막으로 국법을 신실하게 시행해야 한다고 한다. 나라의 기강을 위해 법을 공정하게 시행해서 요행을 바라며 염치도 모르고 간악한 짓을 일삼는 무리들이 없도록 해야 한다는 것이다. 다스림에 있어 형벌이 비록 잔혹하고 천한 방식이긴 하지만, 권선징악을 위해 처방을 하지 않을 수 없다고 보았다.[25] 이는 다분히 현실적인 법치론을 제시한 것이다.

논객으로서 정사에 대해 조목조목 논한 것은 아니지만, 그는 사인 士人의 입장에서 정치현실의 모순이 대개 사대부를 위시한 위정자들에게 그 책임이 있다고 판단하고, 각성을 촉구하고 있는 것이다. 또한 이 범론적인 그의 논리 안에는 일부 권력층의 벌열화를 경계하고, 국왕의 능력을 통해 왕권을 강화해서 올바른 국법의 강력한 시행을 결행해야 한다는 정론을 개진하고 있다.

현실정치에 대한 심익운의 논의의 근저에는 현실사에 대한 그의 경

---

23) 「論政一富民」, 『백일집』문.
24) 「論政二謙德」, 『백일집』문.
25) 「論政三信法」, 『백일집』문.

험과 인식이 존재한다. 그의 경험을 통한 인식의 과정을 추적하여 살 필 수는 없지만, 그가 현실경험을 통해 체득했던 삶의 이치는 곧 대상을 두려워할 줄 알아야 한다는 사실이었다.

> 두려운 것을 두려워 할 줄 알면 거의 도에 가까워진다. 대저 두려움에는 크고 작음이 있으며, 군자와 소인의 차이가 있다. (중략) 필부는 두려워하지 않으면서 귀인을 두려워하고, 후세는 두려워하지 않으면서 지금 세상을 두려워하고, 삶은 두려워하지 않으면서 죽음을 두려워함은 소인의 두려움이다. 귀인을 두려워함은 형세를 따르는 것이오, 지금을 두려워함은 이익을 좇음이오, 죽음을 두려워함은 비겁한 것이다. 그래서 군자는 필부라도 덕이 있으면 두려워하고, 후세라 하더라도 정론이 있으면 두려워하고, 삶이 죽는 의리만 못하면 두려워한다. 그래서 군자는 덕이 날로 높아지고, 학업이 날로 넓어지며, 영예로운 죽음은 있으되, 욕된 삶은 없으니, 이는 두려워함을 아는 것이다. 그러므로 사람을 살필 때 그가 두려워하는 바를 살피면 실수가 적다.[26)]

두려워한다는 것은 대상을 진심으로 공경함을 의미하는데, 심익운은 공경해야 할 대상의 규준規準을 유덕有德하고 정당하고 의로움에 두었다. 그러므로 사람은 이같은 참으로 공경해야 할 대상을 공경할 줄 알아야 한다고 한다. 눈에 보이는 이익을 좇아 세리勢利를 두려워할 것이 아니라, 욕심을 버리고 덕의德義와 정론을 두려워 할 줄 알아

---

26) 「知畏」, 『백일집』문 : "知畏之畏則幾乎道矣 夫畏 有大有小 有君子有小人 (중 략) 不畏匹夫而畏貴人 不畏後之世而畏今之世 不畏生而畏死 此小人之畏也 夫畏貴 勢也 畏今 利也 畏死 惻也 故君子 匹夫而有德焉則畏 後之世而是非定焉則畏 生之不如死之義焉則 畏 故君子 德日崇而業日廣 有榮之死 無辱之生 此知畏也 故觀人 觀於其所畏 鮮失矣."

야 한다는 것이다. 귀인보다는 필부라도 유덕한 사람을, 금세今世의
세태에 급급하는 것보다는 후세의 역사적 평가를, 죽음보다는 의로
운 삶을 중요시해야 한다고 강조한다. 그래야 도를 이룰 수 있다고
하는데, 그는 도의 구현을 자아의 내적 수양을 통해 이루기보다 외적
사물에 대한 자신의 성찰을 통해 접근하려 했던 것을 알 수 있다. 여
기에 그의 현실인식이 깃들어 있다고 하겠다.

　유리에서 풀려난 그는 다시 복권되었으나, 형편이 그리 나아지지
는 못했던 것 같다. 그의 집안에서 결국 청평위의 제사를 모시게 되
었지만, 조정에는 아직도 그들을 비난하는 자들이 있었던 것이다. 그
리다가 1776년(영조52년) 그가 43세 되던 해에 돌이킬 수 없는 불행이
그에게 닥쳤다.

　앞서 1775년 왕세손王世孫(정조)이 대리청정을 했는데, 이 때 부사직
副司直에 있던 심상운沈翔雲이 세손 주변의 사부師傅와 빈료賓僚들의 부
덕함을 논하고, 세손을 온실수溫室樹에 비유하여 대리청정이 부적절
하다는 글을 올렸다.[27] 이에 세손의 측근들은 이미 왕명에 의해 이루
어진 일을 두고 이론異論을 다는 것은 패역悖逆의 의도가 있다고 비난
하고, 영조에게 품달稟達해서 국문鞫問할 것을 청했다. 이 때 영조는
그의 글을 괘씸하게 여겨 청평위靑平尉의 제사권을 박탈했으나, 국문
의 명령까지는 내리지 않았다. 그러나 빗발치는 비난을 견디지 못하
고 결국 의금부에 명령하여 치죄토록 하고, 서민으로 강등시킨 다음

---

27) 『영조실록』권126, 51년 12월 甲子～『정조실록』권1, 즉위년 7월 사이의 기록, 『明義
　　錄』권1, 『待闡錄』中編 등 참조. 『명의록』에서는 심상운이 이 글을 올리게 된 이유
　　를, 鄭厚謙(영조의 딸 和緩翁主의 양아들)母子의 모략에 의해 洪麟漢을 끼고 그를 사
　　주한 것으로 보고 있다. 객관적인 내막을 살필 자료가 부족하지만, 이 역시 時僻당쟁
　　의 와중에 일어난 첨예한 한 사건이었다.

흑산도黑山島로 유배시키고 다시 제주도로 이배移配시켰다. 그러다
1776년 3월 영조가 죽고 정조가 즉위하자, 심상운은 다시 잡혀와 삼
사三司로부터 대직臺職도 아닌 부사직府使職에 있는 사람이 감히 흉서
를 올려 세손을 해하려 했다하여 탄핵에 국문을 받고, 7월에 처형되
고 말았다.

이 때 전날 단자單子사건의 불씨가 다시 살아나 심익운도 그 형의
일에 공모치 않았을 리가 없다는 탄핵을 받고, 형의 죄에 연좌되어
함께 서민庶民으로 강등되어 흑산도로 유배되었다가 그 뒤 다시 제주
도로 이배되었다.[28] 결국 그의 집안은 이 사건으로 인해 완전히 몰락
하고 만 것이다. 제주도로 유배된 뒤 심익운의 행적은 전혀 알 수 없
는데, 1782년(정조6년)의 실록기록에 그가 제주도 성에 유배되어 있으
면서 육지 상인들과 내통하여 서울에 연락을 취한다고 하여 다시 대
정현大靜縣으로 이배시켰다는 기록이 남아있다.[29] 이후 그는 거의 이
곳에서 일생을 마친 것으로 추정된다. 결국 그는 당시 시벽時辟 당쟁
의 싸움에 억울한 희생물이 되어, 완전히 몰락한 채 이름도 없이 사
라지고 만 것이다.

그의 작품집으로는 34세 때 21세 이후의 시문만을 모아 엮은 2권
2책의 『백일집百一集』이 남아있고, 전술한 윤광심尹光心의 『병세집幷世
集』에 그 편린이 전하고 있다. 또 『강천각소하록江天閣銷夏錄』 1권이 남
아있다. 몰락한 사인으로서 문인의 길을 걸었던 그는 정치적 희생물

---

28) 『明義錄』권1.
29) 『정조실록』권13, 6년 정월 辛亥 : "判義禁洪樂性啓言, 濟州御史別單中, 州城距船所
未滿十里, 如趙貞喆沈翼雲之逆孼, 締結陸商, 交通京信. 宜移配貞喆於旌義縣, 翼雲於
大靜縣, 從之."

이 되어 역적으로 몰림으로서, 그의 문학적 재능에도 불구하고 당대에도 알려지지 못했을 뿐만 아니라, 오늘날까지도 그의 존재는 희미해져 버린 것이다. 다행히 일부나마 그의 문집이 남아있어 그의 문학세계의 일면을 살펴볼 수 있다.

3. 도道·법法·신神의 문학론 : 주신론主神論의 전개

문학작품에 대한 창작과 비평의 원리가 문학론이다. 그러므로 문학론은 작가의 문학세계를 이해함에 있어 중요한 척도로 검토되어 왔다. 뿐만 아니라 문학사상의 구체적 논리가 문학론으로 드러난다고 할 것인데, 그렇게 본다면 문학론은 작가 개인의 논의에 국한되는 것이 아니라, 그 시대적 사상적 특성을 동시에 지니고 있다. 우리문학사를 볼 때, 문학의 발전과 아울러 문학론도 그 이론적 성숙을 거듭해 왔다. 특히 한문학의 성과가 절정을 이룬 이조후기에 들어서는 그 이론적 성과도 괄목할 만하다. 다양한 작가층의 등장과 함께 자신들의 문학의 근거가 되는 이론적 논의들이 활발하게 전개되었던 것이다. 자연과 현실 그리고 시대정신을 어떻게 문학에 담을 것인가 하는 진지한 논의들이 이루어진 과히 문학론의 성수기라 해도 손색없을 시기였다. 심익운 역시 이러한 시기에 태어나 문학을 공부하고 창작을 하며 얻은 경험으로 나름의 문학론을 개진했다. 아직 이조후기 문학론의 총체적 규명이 이루어지지 않은 현재에 다양한 작가층의 문학론을 박람하는 것은 아직도 유효한 과제라고 하겠다.

심익운은 많은 글을 남기진 않았지만, 그 중 「설문說文」이란 논문을 통해 자신의 문학론을 피력해 놓았다. 이 글은 모두 5편의 짧은 글을 엮어놓은 것인데, 젊은 시절 그의 문예이론을 집약해 놓고 있다. 그는 우선 문학의 본질적인 문제를 사대부문학의 전통적 관점에서 재확인하고 있다. 그것은 곧 도와 문의 관계에 대한 설정인데, 그는 전통적 문학관인 재도지기론載道之器論에 입각해서 다음과 같이 말하고 있다.

> 사람이 태어나 말을 하는 것은 자연스런 것이오, 말을 글로 적는 것은 사람이 하는 것이다. 그리고 글이란 도가 머무는 곳이다. 사람이 말을 하되 글을 짓지 않는다면, 또한 짐승일 따름이다. 성인의 말은 육경의 글이 되었고, 제자들의 말은 백가의 글이 되었다. 그 순수하고 거칠음이 비록 다르지만, 그 도를 전하기는 한가지이다. 그래서 '글이란 도를 담는 그릇이다'고 한다.[30]

여기서 이른바 도를 그는 '주재主宰'라고 규정했는데, 곧 글 속에 담긴 작가의 주제사상을 지칭한다고 본다. 글이란 작가의 생각을 실어 전하는 것이므로, 당연히 문학은 재도지기載道之器이다. 그러나 그는 여타의 문인들과 같이, 도가 근본이기 때문에 문학은 하잘것없는 말단이라고 보았던 도학가적 재도지기론과는 사뭇 다른 입장임을 알 수 있다. 그는 "분리해서 말하자면 도는 내적이며 근본이오, 문은 외적이며 말단이지만, 합쳐서 말하자면 도가 또한 문장이오, 문장이 또

---

30) 「說文二道」, 『백일집』문 : "人生而言, 天也, 言而爲文, 人也. 文者, 道之所存也, 使人言而不文, 亦鳥獸而已矣. 聖人之言, 六經之文也, 諸子之言, 百家之文也. 其純駁雖殊, 所以傳其道, 一也. 故曰文者, 載道之器也."

한 도"[31]라고 하여, 사상에 편중되어 문학을 홀시하는 입장을 비판했다. 그래서 짐승이 아닌 인간으로서 문학은 필수라고까지 말했는데, 그렇다고 기교에 치중한 형식적인 문학마저도 인정한 것은 아니었다. 즉 그의 논리에 의하면 문학에서는 문과 도의 통일을 이루는 것이 역시 관건인데, 그것은 바로 문학이 어떤 방식으로 도를 구현하느냐의 문제인 것이다.

> 그 도가 원대하면 그 글도 넓고 크며, 그 도가 심오하면 그 글도 깊고 깊다. 그러나 도가 글보다 빼어나면 그 이치가 조밀하고, 글이 도보다 빼어나면 그 말이 화사하다. 깊고 깊어 소리가 없는 경지에 이르고, 어둡고 어두워 형체가 없는 경지에 이르러, 세상 사람들로 하여금 매일같이 사용하되 그 말미암는 곳을 모르게 한다면, 이는 도가 지극하고 문장도 지극한 것이다. 그러므로 오직 도에 심오한 자만이 글을 지을 수 있고, 후세 글이 사라진 쇠락한 세상에도 일컫게 될 것이다.[32]

도의 깊은 체득, 즉 작가의 심오한 주제사상이 문학의 기본요건임은 이론이 없다. 다만 심익운이 중시하는 바는 이 주제사상을 어떻게 문학적으로 표현하느냐는 것인데, 그것은 깊고 깊어 소리가 들리지 않고 어둡고 어두워 형체가 보이지 않는 듯 하면서도 은연중에 그 주제사상이 표현 전달되는 것이어야 한다고 한다. 글 안에서 철학적 설명이 무미건조하게 부각되어서도 안 되고, 또한 화려한 말로 장식해

---

31) 상동문 : "故分言之, 則道, 內也本也, 文, 外也末也. 合言之, 則道亦文也, 文亦道也."
32) 상동문 : "其道浩浩, 其文灝灝, 其道玄玄, 其文淵淵. 道勝文者, 其理密, 文勝道者, 其辭悅. 深乎深乎, 至於無音, 冥乎冥乎, 至於無形, 使天下之人, 日用而不知其由, 此道之極而文之至也. 故惟深於道者, 可以爲文, 若至後世廢文衰世所稱道."

서 본 의미를 흐리게 만들지 않아, 작가의 생각이 자연스럽게 전달될
수 있어야 한다는 것이다. 이것이 도와 문이 통일된 훌륭한 문학이라
고 보았다.

이는 결국 기교주의를 인정하는 것은 아니지만, 문예의 역할을 긍
정적으로 받아들이는 것으로, 변문체騈文體의 기교적인 글도 문제이
지만, 철학적 담론의 글도 올바른 문학으로 인정할 수 없다는 입장인
셈이다. 그래서 그는 "본[道]과 말[文才]의 경계가 곧 좋고 나쁜 문장의
갈림길이다"[33]고 하여, 작가의 주제사상과 문학적 재능의 적절한 조
화를 강조했다. 이는 대체로 이조후기 사대부문인들에게 나타나는
문학에 대한 새로운 논점이라고 보겠는데, 심익운도 이러한 관점에
입각해 있다.

그러면 도와 문이 조화를 이루기 위해서는 어떠해야 하는가? 즉
사상과 문예를 어떻게 통일시킬 것인가 하는 구체적인 창작방법상
의 문제가 과제로 남는다. 이에 심익운은 '법法'과 '신神'의 개념을 제
시한다.

이조전기 사대부문인들의 문예이론에서는 기론氣論의 계승과 그에
바탕한 성정론性情論이 주요한 논리로 자리 잡았다. 도덕적 품성을 양
성하는 '양기養氣'를 통해 그 성정을 표출하는 것으로서 문학을 인식
했던 것이다. 다만 정치적·사회적 입장에 따라 도와 문의 관계에 대
해 관료문인과 처사문인들의 입장에 약간의 차이는 있었지만, 거시
적인 틀에서 보면 성리학적 문학관에 따라 도문일치를 주요 과제로
삼은 것이다. 그러므로 이들의 논의는 주로 도와 문의 관계설정에 비

---

33)「說文 後論」,『백일집』문 : "(才者末也, 道者本也. 故才勝道者, 辭過於理, 道勝才
者, 理密於辭.) 本末之界, 善惡之路也."

중을 두었다. 그러나 이조후기에 접어들어 인식의 폭이 넓어지면서 문학에 대해서도 진일보된 논의들이 거론되기 시작했다. 도문일치라는 기본 인식의 전제 아래, 도와 문의 일치문제를 구체적으로 인식하게 된 것이다. 즉 도와 문의 결합의 방식인 창작방법의 문제가 문학논의의 주된 관심거리로 떠오르게 되었다. 결국 여기 심익운이 제시하고 있는 법과 신의 논의도 이조후기에 새롭게 떠오른 문학론의 한 부분을 차지하는 것이다.

그는 법이란 문장의 '궤범軌範'이라고 설명한다. 집에 기둥과 대들보와 서까래 등의 구조물이 있어 집을 이루듯이, 문장에도 자구字句와 장편章篇이 있고, 또 각기 허자虛字·실자實字·장단구長短句·선장先章·후장後章·대편大篇·소편小篇 등이 기起(수首)·지止(미尾)와 절節(경단更端)·지枝(여파餘波)를 이루며 조화롭게 문장을 형성한다고 한다.[34] 즉 문장을 이루는 형식을 가리킨다. 그러나 자재를 잘 맞추어 사용해 튼튼한 집을 짓듯이, 글을 지을 때에도 형식을 잘 구성해서 "말이 이치에 어긋나지 않고, 글이 뜻을 거스르지 않"[35]도록 하는 것이 문장의 법이라고 했다. 그러므로 법이란 표현과 묘사방식의 문제로서, 문학의 형식적이며 외적인 부분이 되겠다. 이것은 곧 좁은 의미의 문을 가리키는 것이다.

그러나 심익운은 비록 법이 형식적인 규범이라 하더라도 이것이 고정불변의 것이 아니라, 유기적인 법칙에 의해 이루어지는 것이라 보

---

34) 「說文三 法」, 『백일집』문 : "文之有法, 猶屋之有棟樑椽桷也. 夫豎者爲棟, 橫者爲樑, 圓者爲椽, 方者爲桷, 此爲屋之法也. 故文之法, 集字而句, 集句而章, 集章而篇. 起其首也, 止其尾也, 節其更端也, 枝其餘波也. 字有虛實, 句有短長, 章有先後, 篇有小大."
35) 상동문.

고 있다. 우선 그는 법法은 궤범으로서 어길 수 없는 것이라고 했다. 가령 사辭와 부賦, 고시와 율시 등의 문장체제를 뒤섞을 수 없으며, 또 "기사문記事文은 절실切實함을 높이고, 서언문序言文은 우유優游함을 귀하게 여기며, 변론문辨論文은 명백明白함을 긴요처로 삼고, 애조문哀弔文은 슬퍼함을 취하니, 서문이 사실을 엮어나가서는 안되며, 논문이 슬퍼서는 안 되"36)는 법칙을 엄연히 지켜야 한다고 한다. 이것을 그는 문장의 '체體'이며 '정靜'이라고 규정했다. 문장에서 어길 수 없는 불변의 대원칙인 것이다. 그러나 '체'와 '정'이 있으면 상대적으로 '용用'과 '동動'이 있어, 이들은 서로 대립적이면서도 상호 통일을 추구한다고 보았다. 그래서 심익운은 이러한 대원칙을 어기지 않는 범위 안에서는 얼마든지 그 변통이 가능하다고 한다. 아니 오히려 이 변통을 문장의 중요한 요소로 보았다고 할 것이다. 그래서 그는 다음과 같이 말한다.

아주 지혜로운 사람은 어리석은 듯하고, 매우 교묘한 사람은 서툰 듯하듯이, 대법大法은 법에 매이지 않기 때문에 법이 없고, 소법小法이라도 법을 어길 수 없으므로 법이 있다. 그래서 글을 잘하는 사람은 법에 이르러도 법에 이르지 않은 듯하여, 높은 것은 누르고, 낮은 것은 들며, 남는 것은 덜고, 모자라는 것은 보태어, 끌어 펼치기도 하고, 사물에 감동되어 늘이기도 하니, 변화에 기술이 있어 그것이 족히 법이 된다. 무릇 한가지의 법만 고수하여 변통의 방법을 알지 못한다면, 목수가 먹

36) 「說文 後論」, 『백일집』문 : "夫辭賦, 一源也. 三都兩京之作, 不可亂乎九辨五噫也, 此不可易一也. 古律, 同流也, 盧家秋興之咏, 不可雜乎朱鷺翁離也. 此不可易二也. 記事尙切實, 序言貴優游, 辨論要明白, 哀弔取悲悼, 序不可以紀實, 論不可以傷亡, 此不可易三也. 凡此其體也."

줄만을 고집하는 것과 무엇이 다르겠는가? 종일토록 부지런히 힘은 많
이 쓰되, 이룬 것은 적게 된다. 그러므로 싸움에는 일정한 형세가 없고,
물도 일정한 모양은 없다. 탁월한 덕은 예에 얽매이지 않고, 뛰어난 정
치는 속됨도 구애되지 않는 것이다.[37)]

　대상과 내용을 효과적으로 표현하고 전달하기 위해서는 적절한 변
화를 추구해야 한다고 한다. 내용에 따라 그 형식은 얼마든지 변용될
수 있다는 것이다. 이 가능한 변화를 그는 문장의 '용'이오 '동'으로
규정했던 것이다. 그러므로 좋은 문장이란 체와 용, 정과 동을 잘 살
펴 이치에 맞게 균형을 이루는 것이어야 한다고 한다.[38)] 형식상의
규칙과 변화를 내용의 주제에 따라 유기적으로 조절해가는 것, 이것
이 바로 법이라고 규정했다.

　이제 법이 고정불변하는 것이 아니라 변용가능한 것으로 설명되었
다 하더라도, 아직은 문학의 주제[道]와는 별개로 존재하는 외재적인
것이 분명하다. 그러므로 도와 하나로 통일된 문장을 이루기 위해서
는 이 외재적 형식인 법에 본질인 도를 여실히 담아내야 할 것이다.
달리 말하자면, 추상적이며 비가시적인 주제사상을 가시적이며 구체
화된 문장으로 제대로 형상해야 옳은 문학이 되는 것이다. 이 형상의
주체는 작가가 되고, 이 때 주제사상을 문장으로 형상해 나가는 것은

---

37) 「說文三 法」, 『백일집』문 : "大智若愚, 大巧若拙, 大法不法, 是以無法, 小法不失法,
　是以有法. 故善爲文者, 致法而不致於法, 高者抑之, 下者擧之, 有餘者損之, 不足者補
　之, 引而伸之, 觸類而長之, 變化有術. 故足法也. 夫固守一切之法, 不知通變之道者,
　亦何異於庸工之執繩墨哉? 揖揖然終日, 其用力多而見功少, 故兵無常勢, 水無常形.
　至德, 不拘於禮, 至治, 不拘於俗."
38) 「說文後論」, 『백일집』문 : "故能審其體用, 能通其屈伸, 正而已發, 順理而行. 涵之
　泳之, 和之暢之, 無適不宜, 無施不周, 惟君子爲能之矣."

바로 '신神'의 역할이라고 한다.

　　그래서 글을 잘하는 사람은 옛것을 배우되 그 자취에 빠지지 않고,
　도에 근본해서 신으로 표현한다. 신이 움직이면 천天도 따르니, 천은
　곧 자연이다. 글이 자연함에 이르면 아름다움이 지극해진다. 그러므로
　신이 먼저 정해지지 않으면, 그 글은 어지러워지고, 글이 어지러워지면
　그 마음은 미혹된 것이다. 그러기에 문장의 빼어난 묘미는 신에 있고,
　신이 흔들리지 않음은 마음을 다스림에 달려 있으니, 도가 바로 그 마
　음을 다스리는 것이다. 그래서 글을 잘하는 사람은 도에 근본해 신으로
　표현하며, 그 글은 옛스럽되 그 일은 지금의 것이오, 말은 비근하되 의
　미는 원대하다.[39]

　작가의 의식은 늘 도에 근본하지만, 그것을 글로 표현할 때 글 속에
드러나는 것은 작가의 신이라고 한다. 신은 도에 근거하지만, 글 속
에 표현되는 것은 도 자체이기보다 도에 근거한 신이다. 다시 말하면
도는 신에 의해서 비로소 문학작품의 주제로 형상된다는 것이다. 그
렇다면 신이란 주제사상[道]에 근본해서 그것을 문학작품으로 형상하
는 작가의 감성과 능력이라고 설명할 수 있을 것이다.

　도라는 추상적인 것을 문[法]으로 구체화 시켜주는 것이 신이라고
한다면, 앞서 설명한 형식적인 법에 도라는 생명력을 불어넣어주는
것이 또한 신이라고 할 것이다. 문장의 법에서 중요한 것은 변통이라

---

39) 「說文四　神」, 『백일집』문 : "故善爲文者, 學古而不泥於迹, 本之以道, 發之以神. 故
　　神動而天隨, 天者, 自然,. 文至於自然而美極矣. 故神不先定者, 其文亂, 其文亂者, 其
　　心惑也. 故文之至妙, 在乎神, 神之不撓, 在乎治心, 道所以治其心也. 故善爲文者, 本
　　之道而發之神, 故其文古而其事今, 其言近而其義遠."

고 설명했는데, 변통은 법이 살아있음을 의미하는 것이오, 이 변통을 주관하는 것이 바로 신이기 때문이다. 그래서 심익운은 신을 "헤아릴 수 없는 변화"[40]라고 설명하고, "법은 신이 머무는 곳"[41]이오, "신이란 문장의 사명司命이다"[42]고 했다.

이상을 정리해 보면, 신은 도와 문[法]을 일치시키는 중재자로서, 도와 문은 신에 의해 통일될 수 있다는 것이다. 이것을 그는 다음과 같은 비유로 설명한다.

> 사람의 몸에 비유하자면, 도는 사람이 되는 근본이며, 법은 변하거나 바꿀 수 없는 이목구비와 형체이며, 신은 지각운동의 영명靈明함이 아니겠는가? 그러므로 도로써 배움의 근본을 삼고, 법으로써 그 바탕을 바루고, 신으로 깨달음을 오묘하게 하니, 도는 늘 주가 되고, 법과 신이 서로 번갈아 가며 뒤가 되어 기묘함[奇]과 바름[正]이 나뉘게 된다. 그래서 그 바른 것으로 말하자면, 도가 있는 뒤에 법이 있고, 법이 있는 뒤에 신이 있어, 사람의 경우 사람되는 도리가 있은 뒤에 형체가 생겨나고, 형체가 생긴 뒤에 영명함이 드러나는 것과 같다. 또 그 기묘함으로 말하자면, 도가 우선이오 신은 그 다음이고 법은 신이 머무는 곳이니, 마치 영명함이 형체에 머무는 것과 같다. 그런데 사람이 영명함이 없으면 그 형체는 단지 쓸모없는 도구일 뿐이다. 그래서 법은 신이 머무르는 곳이라고 말했다.[43]

---

40) 상동문.

41) 「說文一 原」, 『백일집』문.

42) 「說文四 神」, 『백일집』문.

43) 「說文一 原」, 『백일집』문 : "比之一人之身, 道其爲人之本乎, 法其耳目鼻口形骸之不可變易乎, 神其知覺運動之靈明乎. 故道以本其學, 法以正其質, 神以妙其解. 道常爲之主, 法與神迭相爲後, 而奇正分焉. 自先其正而言之, 有道而後有法, 有法而後有神,

문학에서 도와 법과 신은 공히 없어서는 안 될 요소들이다. 법은 사람에게 있어 형체와 같은 것이므로 기본적인 요소이고, 도는 작품의 근간이 되는 주제이므로 이것 또한 빠뜨릴 수 없는 것이다. 그러나 흔히 결여되기 쉬운 것이 사람의 영혼과 같은 신이라고 한다. 영혼이 없으면 죽은 시체와 같듯이, 문학에 신이 없으면 죽은 문학이 된다고 보았다. 그러므로 심익운의 문학론에서 궁극적 핵심은 신에 있다. 훌륭한 문학은 탁월한 사상을 작품으로 형상화하는 작가의 감성과 능력에 의해 결정된다고 보았기 때문이다. 이것을 〈도-법-신〉의 논리에 기반한 주신론적主神論的 문학론이라고 이름할 수 있겠다.

이조후기 문예이론에서 이 신은 중요한 문제로 부각되었다. 특히 형상화의 사실성 개념인 '형形'과 관련되어, 사실적 묘사 안에 담긴 작가정신의 본질로서 '신'의 개념이 중요한 문예이론으로 거론되었던 것이다. 이 형과 신은 서로 대립되는 개념이지만, 또 한편으론 통일을 지향하는 개념으로 문인 예술가들은 인식했는데, 결국 일부 문인들은 외형의 충실한 묘사를 통해 전신傳神을 추구하기도 했고, 또 일부는 사실적인 묘사보다는 상외象外·언외言外에서 전신을 추구하는 방향을 강구하기도 했다. 그만큼 문예의 창작이론으로서 형과 신은 심도있게 다루어졌던 것이다.[44]

猶人之有爲人之理而後形骸生, 形骸生而後靈明發焉. 自其奇而言之, 道先之, 神次之, 法者, 神之寓也, 猶靈明之寓於形骸也. 使人而無靈明, 其形骸, 特無用之具耳. 故曰法者, 神之寓也."

44) 이에 대한 연구논문으로는 崔信浩, 「이덕무의 문학론에 있어서의 形似와 寫意 문제」, 『고전문학연구』 5집, 한국고전문학연구회, 1990 ; 鄭雨峰, 「19세기 詩論 연구」, 고려대 박사학위논문, 1992 ; 「조선후기 문예이론에 있어 形과 神의 문제」, 『민족문학사연구』 제4호, 민족문학사연구소, 1993. 등이 있다.

이보다 앞서 신의 문제를 문학론의 핵심으로 거론한 사람은 이수광 李睟光이다. 이수광은 외부의 경물과 대비해서, 이 경물의 접촉에 의해 절로 작용되는 작가의 창조적 능력으로서 신을 설정하고, 문학은 변화불측하는 이 신을 주로 삼는다고 주장했다.45) 심익운의 논리는 이수광의 문학론의 연장선상에 있다고 보겠지만, 이수광의 논리에 비해 보다 체계 있게 정리해서, 도와 법의 논리를 보충함으로서 신의 역할과 의의를 구체적으로 명시했다. 그러나 형신의 논의와 비교해 보면, 아직 창작과 비평에서 그 실제적이고 구체적인 방법론으로 접목되지 못한 채 범박한 논리의 추상적인 수준을 벗어나지 못하고 있다. 그의 저술이 젊은 시기의 것만 남아있어 이 이후의 논의가 어떻게 전개되었는지 알 수는 없지만, 여하간 아직 자신의 처지와 입장이 현실의 문제에 대해 좀 더 치열하게 인식하는 데까지는 미치지 못한 것이라고 여겨진다.

4. 개성적 산문문학의 세계

이상에서 심익운의 문학론이 神을 중시하는 주신론적 논리를 지니고 있음을 살펴보았다. 그러면 그의 실제작품의 창작에서 이 신은 중요한 원리로 작용되었을 것이고, 따라서 그의 작품을 이해함에 있어서도 신의 운용을 살피는 것이 중요한 관건이 될 것이다.

---

45) 黃義洌, 「李睟光의 詩論」, 『泰東古典硏究』 제3집, 태동고전연구소, 1987. 그는 이 논문에서 이수광의 神을 "작가의 내재적인 영감의 주체가 밖에 있는 대상과 만났을 때 아무런 작위적인 과정을 거침이 없이 저절로 발휘되게 하는 자질과 역량"이라고 설명하고, 그의 시론을 主神論으로 명명했다.

문장에서 가장 중요한 것은 심익운 자신도 주장했듯이, 작가의 주제사상이다. 신은 이 주제사상과 밀접히 관련되어 작용하는데, 결국 신이란 자신의 주제사상을 표출하는 작가 나름의 구성과 표현방식, 즉 형상화의 과정에서 드러나게 된다고 본다. 물론 형상화의 과정에는 다양하고 미묘하게 작가의 의식이 개입되므로, 신이 작용하는 과정을 구체적으로 적출해 내기란 어렵다. 다만 그의 문장에서 사용되는 형상화 방식의 특성을 살펴봄으로서, 신의 작용의 일단을 고찰할 수 있으리라고 본다. 여기에서 우리는 그 문학의 개성을 발견할 수 있을 것이다.

심익운의 작품이 충분히 남아있는 것은 아니지만, 현전하는 작품을 통해 그의 문장구성의 방식과 주제형상의 특성을, 비교적 검토가 용이한 산문작품을 통해 간략히 고찰해 보고자 한다.

비근한 소재에 의한 주제의 형상

심익운의 산문작품에서 눈에 띄는 것은 패설류의 비근한 이야기를 끌어들여 비유하거나, 일상적인 소재에서 주제의식을 포착하는 점이다. 이러한 소재를 통한 우의적 수법으로 드러내고자 한 내용에 관해서는 다음 장에서 고찰키로 하고, 여기서는 그가 포착하는 소재의 특성에 대해 살피기로 하겠다.

비근한 소재에 남다른 관심을 보였던 심익운의 인식의 단서를 우리는 다음의 글에서 발견할 수 있다.

대저 큰 것으로부터 살피자면, 일월의 운행과 별들의 차례와 산천초

목·인민·구주九州·사해四海와 같이 큰 것도 한 말 그릇 안에 담을 수
있으며, 작은 것으로부터 살피자면, 개미에게의 맷돌과 병아리에게의
알도 또한 각기 하나의 하늘이다. 대개 작다 또는 크다고 하는 것은 이
름인 것이오, 이름하는 것은 사람이다. 그러니 어찌 작다거나 크다는
것에 구구히 얽매이겠는가? 귀한 바는 나의 성품에 맞게 하는데 있을
따름이다.46)

이 글에서 심익운은 인간의 인식이 사물의 관찰을 통해 이루어진다
고 할 때, 사물의 규모에 얽매여 작은 것과 큰 것에 차등을 두어 인식
하는 것을 부정한다. 작다 크다는 것은 그냥 이름일 뿐이지, 실상 자
연의 이치에서 보자면 동등한 것이라고 한다. 모든 자연사물은 규모
에 상관없이 각기 나름대로 하나의 세계를 이루고 있기 때문이다. 그
러므로 사물을 관찰함에 있어 억지로 거창한 것만 생각하고 살피려
는 태도는 부질없는 집착이라고 보았다. 단지 자신의 입장과 처지에
따라 주어진 세계의 사물을 관찰함으로써, 얼마든지 동일한 깨달음
에 이를 수 있다고 보았던 것이다. 결국 요는 '적오성適吾性'이라 하여,
자신의 개성에 맞게 사물을 관찰하고 인식하는 것이 중요하다는 것
이다. 이는 세계인식의 주관성을 중시하는 입장이지만, 그래도 객관
사물의 규모에 대한 차등의식을 극복함으로써 형이상적인 거대한 우
주의 관찰보다 소소한 사물들의 존재가치를 적극적으로 인식했다고
본다. 인간의 주관적 인식에 의해 아무리 미천한 사물에서도 지극한

---

46) 「斗天窩記」, 『百一集』 文 : "夫自其大者而觀之, 日月之行, 星辰之次, 山川草木人民
鳥獸九州四海之大, 可以容於斗也. 自其小者而觀之, 蟻之磨, 鷄之卵, 亦各一天也. 夫
小大, 名也, 所以名之者, 人也. 奚拘拘於小大爲哉? 貴在適吾性而已矣."

이치를 발견할 수 있다고 보았던 것이다.

심익운은 이러한 인식에 근거해서 문인으로서 문학의 소재를 포착함에 있어서도 그것의 귀천을 따지기보다, 소재의 일상적이고 비근한 성격을 발견해서 드러내고자 했다. 이러한 특성이 드러난 작품으로서 「사희경柶戲經」을 들 수 있다.

사희柶戲는 우리나라 고유의 민속놀이인 윷놀이인데, 이 「사희경」은 윷놀이의 기구와 놀이방식과 놀이의 특성에 관해 4언의 잠문箴文 양식으로 지어서 그의 아들에게 준 글이다. 본래 윷놀이는 장기나 쌍륙과 같은 잡기놀이의 하나로서 당시 사대부들에게 배척받았던 놀이이다.[47] 사대부들은 민간의 아녀자들이나 하는 천박한 놀이로 취급했던 것인데, 오히려 심익운은 이 윷놀이를 비상하게 주목해, 더욱이 경문經文으로까지 지었던 것이다.

우선 윷놀이의 기구와 놀이방식을 설명하고 있는 전반부를 보자.

> 여기에 놀이가 있으니, 바둑도 아니오 장기도 아니라네.
> 나무를 쪼개어 가지 만들고, 종이에 그림그려 판을 이뤘네.
> 가지는 네 개지만 하나 같아서, 겉은 붉고 안은 희다네.
> 홀짝으로 서로 섞이고, 윷이나 모가 나면 다시 던지네.
> 판 가운데는 구멍이 있어, 사방으로 통하고 일곱으로 줄지었네.
> 빙 둘러 스무 칸, 사이에 네 개 구멍 엮이어 있네.
> 네 말이 나란히 달려, 혹은 올라타고 혹은 짝을 하네.
> 이로우면 머무르기도 하고, 해로우면 엎어먹지도 않는다네.
> 나가기도 하고 들어오기도 하며, 순행하기는 해도 역행은 없다네.

---

47) 李瀷, 『星湖僿說』권4 「萬物門」 '柶圖'條, 『星湖全書』 5, 여강출판사 영인본. 참조.

느리고 빠르기가 이미 다르니, 이기고 지는 것이 여기서 결정되네.48)

심익운은 4언 4구마다 단락을 지어놓고 매 단락마다 이 경문의 이해를 돕기 위해 해설을 달아두었다. 그의 해설을 참고해 보면, 당시의 윷놀이와 오늘날의 윷놀이의 도구와 방식은 완전히 일치하고 있다. 그런데 그는 윷놀이의 유래나 변천 등에는 별 관심을 두지 않고, 그 놀이방식의 성격에 관심을 두고 있다. 가운데 구멍을 중심으로 사방으로 뻗어나가 주위에 빙둘러 스무 개의 구멍이 놓여있는 놀이판의 구조와 그리고 윷과 모가 나오면 다시 한번 더 던지거나 상대방의 말을 잡아먹기도 하고 필요에 따라서는 잡아먹지 않기도 하는 등의 놀이방식에 흥미를 갖고 있다. 이것은 사물을 관찰하는 작가의 주관에 의한 것인데, 윷놀이의 구조와 방식에서 그는 나름으로 어떤 이치를 발견했던 것이다. 다음의 구절을 보자.

그대로 판은 하늘을 나타내니, 가운데는 기추機樞가 된다네.
스무 여덟 운행에 그 기추는 긴요처라네.
그대로 가지는 역을 나타내니, 음양과 구륙九六이라네.
변함과 변하지 않음이 있으며, 사라짐과 쉼이 있다네.
그 도구는 쉽게 마련할 수 있고, 그 놀이도 쉽게 결판난다네.
잘하고 못함은 손에 달려있고, 기용하고 버림은 마음에 달려있네.49)

---

48) 「柶戲經」, 『幷世集』文 卷之一 : "有戲於此, 非博非奕. 析柮爲籌, 畫紙成局. / 籌四如一, 外赤內白. 奇耦參會, 貳純重擲. / 中局而孔, 四通七列. 圜爲二十, 間絡四穴. / 四馬幷馳, 或乘或匹. 利則留止, 害不掩食."

49) 상동문 : "維局象天, 中作樞極. 二十八舍, 其機內幹. / 維籌象易, 陰陽九六. 有變不變, 於焉消息. / 其具易集, 其事易決. 巧拙隨手, 用舍在臆."

　그는 놀이판을 천문의 축소판으로 보아, 가운데 구멍을 축으로 스물여덟 별자리가 둘러있는 형상과 같다고 했고, 또 윷가지에서도 도·개·걸·윷·모의 다섯 가지 형상에 따라 윷판에 변變·불변不變과 소消·식息이 이루어지는 것이 마치 주역에서 괘의 운용과 유사하다고 보았다. 무엇보다 심익운이 흥미롭게 여긴 점은 놀이과정에서 일어날 수 있는 경우의 수가 아주 변화무상하다는 것이었다. 가령 모자리에서 바로 중앙으로 꺾어 들어갈 수 있기 때문에 극단적인 경우는 모 네 번과 걸 한 번과 윷 한 번으로 놀이를 단번에 끝낼 수도 있고, 또 놀이꾼의 판단에 따라 판세가 뒤집히기도 하는 등 다양한 변화를 연출한다는 것이다.50) 이러한 변화 다채로운 윷놀이를 관찰한 결과 "비록 보잘 것 없는 솜씨에도 지극한 이치가 담겨있다"고 여겨 이 글을 지었던 것이고, 자신의 아들들로 하여금 이 놀이를 통해 지혜를 터득할 수 있도록 촉구했던 것이다.51)

　이 글에서 보듯 심익운은 삶의 이치를 유교경전을 통한 철학적 모색이나 자연법칙의 관찰 등을 통하기보다는, 비근한 일상의 주변에 놓여있는 사물에서 발견하려고 노력했다고 본다. 이런 관점에서 그는 또 일화나 우화 등의 이야기에도 관심을 가졌으며, 더러 자신의 문장에 활용하기도 했다. 특히 탁물우의托物寓意를 특징으로 하는 '설說'에서 우의적 수법을 구가하면서, 항간에 떠도는 이야기들을 적절히 이용하기도 했는데, 그의 「분서설鼢鼠說」에서 그것을 확인할 수 있다.

　「분서설」은 심익운 자신이 여러 가지 공부에 전념해 보다가 결국

50) 상동문 : "四模一類一桀, 四馬畢出, 其爭不久. 或應呼輒得, 或幾成半敗, 故曰在手. 或當行不行, 或當食不食, 故曰在臆."
51) 상동문 : "雖小數也, 有至理焉."

문장공부에 전념하게 된 경위를 설명한 글이다. 처음 어릴 적에 문장을 배우다가 성인의 문장이 가장 높은 것임을 알고서 성인의 도에 전념했고, 그 뒤 성인의 도를 배워도 쓰이는 일이 없자 다시 사공事功을 배웠다고 한다. 그러나 사공을 배워도 펼칠 곳이 없자 다시 과거科擧 공부를 시작했고, 과거를 익혀도 춥고 배고픔을 면치 못해 다시 농사일을 배웠다. 그러나 농사일도 경험이 없어 되지를 않자, 결국 혀와 입으로 벌어먹는 것은 문장으로서, 이 문장이 아니면 성인의 도도 전해질 수 없으며, 과거도 할 수 없으니, 크게 수고롭지 않아도 사공을 이룰 수 있는 것이 바로 문장임을 깨달았다는 것이다.

이런 '설'에서는 흔히 하나의 예화를 머리에 먼저 제시하기 마련인데, 제목에서 암시하듯 심익운은 "두더지가 혼처를 구하는 이야기"를 끌어왔다. 이 이야기는 잘 알려진 것으로, 두더지가 자기보다 처지가 나은 혼처를 구하기 위해 하늘과 구름과 바람과 석불石佛을 차례로 찾아 다녔으나, 결국 두더지보다 나은 혼처가 없음을 깨닫는다는 이야기이다. 두더지가 혼처를 구하기 위해 돌아다니다가 동족인 두더지가 바로 자신이 찾던 혼처임을 깨닫게 되는 과정이 마치 작가 자신이 안주해야할 공부를 찾다가 결국 문장이 바로 자신이 해야 할 과업임을 깨닫는 과정에 비긴 것이다.

이 이야기는 일찍이 유몽인柳夢寅의 『어우야담於于野談』에도 실려 전하고, 홍만종洪萬宗의 『순오지旬五志』에도 실려 있는 이야기인데, 당시까지도 항간에 많이 돌았던 것으로 본다. 위의 세 사람이 이 이야기를 채록한 것이 각기 그 표현에서 차이가 있는 것으로 볼 때, 심익운도 전적에서 읽어 알게 된 것이 아니라, 전해들은 이야기라는 것을 짐작할 수 있다. 자신의 문장학습의 유전과정을 설명하고자 하는 진

지한 글에 당시 항간에 떠도는 이야기를 끌어다 설명한 것은 자못 흥
미롭다. 더구나 이 이야기는 세도가와 인척관계를 맺음으로서 이득
을 보려는 당시의 혼인풍습을 풍자한 이야기라고 보는데, 이것을 심
익운은 오히려 자신의 분수를 자각하는 것으로 환골탈태한 것이다.

이처럼 우화의 세계도 그에게는 좋은 문장의 소재가 되어 자신의
이야기를 풀어 나가는데 적절히 활용되고 있다. 심익운의 산문작품
이 실제 얼마 남아있지 않기 때문에, 이러한 소재를 어느 정도로 활
용하고 있는 지 명확하게 말할 수는 없다. 그러나 이 외에도 간혹 민
간일화적 소재들을 인용한 그의 글들을 보자면, 적지 않게 이런 소재
를 사용하였으리라고 본다. 이는 앞서 설명한 바와 같이, 그의 사물
에 대한 남다른 인식에서 기인한다고 보는데, 이러한 인식에 의해 비
록 비근한 내용의 이야기라도 자신의 주관적 의식에 따라 거기에서
삶의 이치를 얼마든지 발견할 수 있다고 보았고, 바로 거기에서 자신
의 개성적 문장이 창출된다고 여겼던 것이다.

우의의 수법을 통한 세태비판

앞서 「분서설鼢鼠說」에서도 보았듯이, 심익운은 '설'문에서 비근한
소재에 기탁한 우의의 수법을 즐겨 사용했는데, 이 우의를 통해 드러
내고자 한 것은 주로 세태에 대한 비판의 내용이었다.

현실에 대한 그의 비판의식은 주로 사대부사회의 모순에 주목하고
있는데, 그의 비판적 논점이 「삼적三賊」에 담겨있고, 그에 대한 정치
적 대안이 「논정論政」에서 피력되고 있다. 그의 비판적 예각이 문학에
서는 우의적 수법을 통해 사대부사회의 그릇된 세태를 예리하게 찔

렸던 것이다. 우선 「대소설大小說」을 보자.

　　서호西湖는 물이 가까워 뱀이 많다. 내가 우사寓舍에 머물렀는데, 집
의 종이 두 마리의 큰 뱀을 잡아서는 놓아주더니, 두 마리의 작은 뱀을
잡아서는 죽여 버렸다. 내가 그 까닭을 물으니, "뱀 중에 큰 것은 신령
해서 죽일 수가 없지요. 죽이면 사람에게 갚음을 합니다. 그러나 작은
것은 죽여도 사람에게 갚음을 하지 않습지요" 했다. 뱀은 사악한 동물
이다. 그 중 큰 것은 사악함이 크고, 작은 것은 사악함이 작다. 그런데
지금 큰 것은 크기 때문에 죽임을 면했고, 작은 것은 작아서 죽임을 당
했다.
　　어찌 뱀만 그렇겠는가? 무릇 사람으로서 악행이 큰 자는 또한 악행
이 크기 때문에 힘이 있고, 오히려 악행이 작은 자가 죽임을 당한다.
선행에 있어서도 선행이 큰 자는 알려지지 않고, 선행이 작은 자가 알
려진다. 그러므로 큰 충성은 상을 받지 못하고 작은 충성이 상을 받으
며, 큰 현자는 쓰이지 못하고 작은 현자는 쓰이니 이는 어찌 선과 악의
크고 작은 것에 요행과 불행이 있는 것이 아니겠는가?52)

　　그가 정계에서 내쫓겨 집안의 별서가 있었던 서호에 머물 적에 종
이 뱀을 죽이는 것을 보고 그것에 우의해서 지은 글이다. 큰 악행을
저지른 사람이 죽어야 함은 당연한 이치인데, 세상은 그렇지가 않다.
오히려 자그마한 실수를 한 사람이 침소봉대되어 죽임을 당하는 세

---

52) 「大小說」, 『百一集』 文 : "西湖近水, 多虫蛇. 余至寓舍, 家僮執二大蛇放之, 執二小
蛇殺之. 問其故, 云: '蛇之大者, 有靈, 不可殺, 殺之報人, 小者, 殺之, 不能報人.' 蛇,
惡物也. 其大者, 惡宜大, 其小者, 惡宜小, 今大者, 以其大免, 小者, 反以其小見殺, 豈
惟虫哉? 凡人之惡大者, 亦具以其大有力, 故惡小者, 乃誅焉. 至於善, 善大者不聞, 善
小者聞. 故大忠不賞, 小忠賞, 大賢不用, 小賢用, 此豈善惡大小之有幸不幸歟?"

상임을 지적하고 있다. 또 크게 착한 사람이 알려져야 할 것인데, 오
히려 한 두 번 작은 선행을 한 자가 과장되어 전해지기도 하는 것이
이즈음의 세태임을 비판한다. 그래서 그는 자그만 실수로 악을 저질
렀거나 선은 크게 행하는 것이 오히려 불행이 된다고 역설적으로 말
하고 있다. 이는 분명 억울하게 정계에서 내쫓긴 자신의 처지에 따른
경험에서 비롯된 인식이라 하겠는데, 당시 사대부사회의 정쟁에 의
한 부조리한 세태를 통렬하게 비판한 것이다. 사대부사회가 이 지경
이니, 이제 아래의 백성들에게 누가 선을 권하고 누가 악을 징계하겠
느냐고 자탄했다.[53]

　심익운이 바라본 사대부사회가 안고 있는 근본적인 문제는 사대부
들이 세리勢利를 쫓기에 급급하다는 사실이었다. 앞서 「삼적三賊」에서
도 사대부사회의 향당지적鄕黨之賊과 주군지적州郡之賊과 조정지적朝廷
之賊을 들어 비판하면서, 이 세 적들은 하나같이 이利를 쫓는데서 발
단되었으니, 이 이가 곧 사대부사회를 어지럽게 만든 근원이라고 지
적했다. 결국 이 세리로 인해 나라마저 망하게 될 것이라고 경고했던
것이다. 이러한 비판적 경언警言을 우의적 수법으로 전달하고 있는 것
이 그의 「잡설雜說」이다.

　「잡설」은 모두 4칙으로 구성되어 있는데, 내용은 하나같이 당시 사
대부들이 세리를 얻기 위해 서로 속이고 죽이는 세태를 패설류의 일
화에 비겨 비판하고 있다. 그 중 하나를 보자.

　　어떤 세 사람이 함께 한 마리 말을 샀는데, 데리고 갈 주인이 없어

---

53) 상동문 : "今此下萌, 誰勸誰懲?"

서로 의논을 했다. 한 사람이 "나는 등을 샀다"고 하고, 한 사람은 "나는 머리를 샀다"고 하고, 또 한 사람은 "나는 꽁무니를 샀다"고 했다. 이윽고 말을 몰고 나가는데, 등을 산 사람은 말을 타고, 머리를 산 사람은 앞에서 끌며, 꽁무니를 산 사람은 그 뒤에서 채찍질을 하니, 영락없이 한 주인에 두 종의 모습이었다. 대개 속임수로 어리석은 사람을 속여 편리함을 취하는 것이 또한 말등을 사는 경우와 같다고 하겠다.54)

이 일화는 어디서 가져왔는지 자세히 알 수는 없다. 전해들은 이야기에서 재구성해 인용했을 수도 있지만, 작가 자신이 임의로 창작했을 가능성이 크다. 한 일화를 소개해 놓고 뒤에 짧게 작가의 논평을 붙이고 있어, 이 일화에 우의된 내용이 아주 분명하게 드러난다. 그러므로 이 이야기는 잔꾀를 먼저 부려 편리를 차지하려는 약삭빠른 인간을 비꼬고 있다. 물론 이것이 사대부사회의 세태만을 지적한 것은 아닐 것이다. 그러나 이런 인식은 자신이 사대부사회에서 경험한 것에서 비롯되었다고 하겠다. 권력의 장악을 위해서 권모술수로 서로 속이고 속는 일이 말등을 차지하는 것과 다름없다고 보았던 것이다.

그런데 이익을 차지하려는 싸움은 속이는 것에만 그치지 않고 더욱 심각하게는 서로 죽이는 일까지도 서슴지 않는 법이다. 다음의 이야기는 그런 세태를 비판하고 있다.

좀도둑이 약속하기를, "모든 좀도둑들은 두 사람이 짝을 이루니, 자

---

54) 「雜說」第1則, 『幷世集』文 (則이란 용어는 임의로 붙인 것임) : "有三人, 共買一馬者, 靡所適主, 相與議, 一者曰我買脊, 其一者曰我買首, 又其一者曰我買尻. 已而, 騎而出, 買脊者乘, 使買首者牽其前, 買尻者鞭其後, 儼然一主而二僕也. 夫設詐而欺愚, 自取其便利者, 亦是買馬脊之類也."

네가 앞서고 내가 뒤에 서기를, 밤을 바꿔 가며 그렇게 하자. 문을 파고 벽에 구멍을 뚫어 훔친 것을 혼자 갖지 말 것이며, 만일 붙잡혀서 둘 다 온전하지 못할 것 같으면 자네와 내가 서로 목을 베어 버리되, 귀신이 되어서도 원망하지 말 것이다"고 했다.

다른 날 벽을 파고 들어가게 되었는데, 앞선 자가 발을 채 들여놓기도 전에 주인이 안에서 갈고리로 걸어 막아버려, 나가고 빠져나가기가 모두 막혀버렸다. 뒤에 있는 자가 "하늘이 밝아오려고 하네. 이 일을 어쩌면 좋은가?" 하니, 앞에 있는 자가 "느긋하게 서두르지 말게"하거늘, 조금 있다 (뒤에 있는 자가) "내가 이제 알았다. 일이 급하게 되었다"하고, 이에 칼을 뽑아 목을 베어버렸다.

이익에 급급한 선비는 한 뜻으로 마음을 먹어 함께 죽기로 약속했다가 끝내는 어기고 마니, 일찍이 좀도둑들이 그러지 못한 것과 같다.[55]

애당초 좀도둑에게서 의리를 지킨다는 것은 기대하기 어려운 일이다. 그것은 그들이 이익을 위해 모인 관계이기 때문인데, 전날 의리를 지키기로 약속한 것도 한낱 거짓일 뿐이다. 이 일화는 이러한 사정을 극단적으로 보여주는 이야기이다. 그런데 작자가 이야기하고자 하는 초점은 '취리지사趣利之士'에 있다. 비록 사대부라 하더라도 자신의 이익만 돌보는 자라면, 그에게도 의리란 찾아보기 어렵다고 보았다. 결국 이익에 급급해지면, 사대부도 이들 좀도둑과 같이 의리를 저버린다는 것이다. 이는 권력과 이권이 놓인 일이면, 선비로서의 최

---

55) 「雜說」 第4則 : "儉約曰: '凡穿窬者, 二人爲輩, 爾我先後, 更夜則然, 穴戶孔壁, 所得毋專, 如有拘執, 不兩獲全, 爾我相斬, 鬼神勿怨.' 他日鑿坏將入, 前者納其足未遂, 主人自內鉤且距之, 進退俱絶. 後者曰: '天且曙矣. 事將如何?' 前者曰: '姑徐勿亟.' 少焉曰: '我知之矣. 事急矣.' 於是, 拔刀斷首而去. 趣利之士, 同心一意, 期與之死, 末乃負之, 曾穿窬之不若也."

소한의 양심도 없이 상대방을 헐뜯고 비난하며 심지어 관직에서 내몰아 죽이는 일까지 서슴지 않는 정치적 상황을 암시적으로 비판하고 있는 것이라고 하겠다. 심익운 자신이 이런 사대부사회의 세태를 목도했고, 또한 그 피해의 당사자였기에 이렇게 준엄히 비판했다고 본다.

심익운의 이러한 비판적 글들이 오히려 사대부들로부터 비난을 받게 된 큰 요인이 되기도 했는데, 그래서 한동안 사람들에게 자신의 글을 보여주기를 꺼려하기도 했다. 우의적인 방법이긴 하지만, 거리낌 없이 쏟아놓는 비판적 자세가 용납될 수 없었던 것이다. 다음의 글은 이러한 사정을 우의하고 있다.

> 탐욕스런 세상에서는 청렴한 사람이 번개 맞아 죽는 법이다.
> 처음 상제上帝께서 뇌사雷師에게 명령하기를, 천하에서 악한 자 하나를 찾아 번개를 쳐라고 했다. 그런데 천하가 모두 탐욕스런 자들이었으므로 전부 다 죽일 수가 없었고, 오히려 청렴한 자를 악한 자로 여겨 번개를 내렸다. 이를 일러 미친 나라의 사람들은 미치지 않은 사람을 미쳤다고 여긴다고 하는 것이다. 심하구나! 홀로 실천함이 세상에 용납되지 않는구나.56)

이는 당시의 속담을 빌려 우의한 것으로 여겨진다. 당시 비록 좋은 공로를 세웠으되 도리어 허물이 되는 경우를 두고, "잘 가기를 바랬는데 도리어 번개 맞는다"라는 속담이 있었는데57), "탐욕스런 세상에

---

56) 「雜說」第2則 : "饕餮之世, 廉夫震死. 始帝之命雷師也, 求天下之惡者一人而震焉, 天下擧貪夫也, 不可以盡誅也. 於是, 以廉夫爲惡者而震之, 是謂狂國之人, 以不狂爲狂也. 甚矣哉, 獨行之不容於世也."

서는 청렴한 사람이 번개 맞아 죽는 법이다"라는 말도 약간 의미의
차이가 있기는 하지만, 유사한 뉘앙스를 지닌 속담으로 불리어졌다.

심익운은 이 속담의 유래를 풀이하면서, 모두 세리에 급급하며 사
는 세상에서는 혼자 이익을 탐하지 않고 곧게 살아가는 사람이 도리
어 비정상적 인간으로 취급되어 화를 당하는 세태를 비꼬고 있다. 앞
서 심익운의 교류관계에서 보았듯이 그가 마음을 터놓고 우정을 나
누었던 사람들이 대개 세상의 명리와는 무관한 인물들이었으니, 결
국 그들은 고고한 자세로 인해 세상으로부터 용납되지 못했던 것이
다. 그러나 심익운은 문인으로서 이러한 현실에 대해 문장으로서 그
릇된 세태를 과감히 비판했던 것인데, 결국 자신도 이런 글로 인해
조소와 비난을 받으며 소외되었던 것이다. 다음의 편지에서 이러한
사정을 살펴볼 수 있다.

제가 가만히 살펴보건대, 예로부터 시인이란 모두 경솔해서 실행함
이 없고, 곤궁해서 쓰이지를 못했습니다. 그래서 문사文辭를 펼치기만
하면 다투고 겨룬다는 혐의를 받았습니다. (중략) 무릇 재주는 재앙을
부르는 것이오, 명성은 곤궁의 근본입니다. 그래서 지인至人은 이름이
없고, 군자는 재주를 보이지 않지요.

저는 감히 자잘한 기예로써 망령되게 혁혁한 명성에 끼지 않는 것은
두려운 바가 있어서입니다. 그러나 저의 사사로운 생각은, 참으로 겉으
로 번지르르한 것을 발라내고 안으로 지킴에 전력하며, 부질없이 흠모
하는 것을 배척하고 실행에 돈독하여, 거의 죄에 빠지지 않기를 바라고
있습니다. 또한 무능한 글로 여러 사람들의 입에서 시끄럽게 거론되는

---

57) 丁若鏞, 『耳談續纂』: "善往之願, 反受雷震.(言雖立善功, 有時乎反速尤也.)"

것을 바라지 않으며, 단지 자적自適할 뿐입니다.58)

이 글은 자신의 문장을 보여달라는 어떤 사람의 부탁에 거절하는
편지라고 생각된다. 여기서 그는 자신의 경솔한 문장으로 말미암아
비난을 받게 되었지만, 그렇다고 문장가로서 자신의 역할을 포기할
수는 없다고 이야기한다. 그것은 죄라고 생각하기 때문이었다. 그러
므로 차라리 자신의 글이 알려져 사람들의 입에 오르내리느니, 오직
스스로 만족하며 간직하고 있겠노라는 뜻을 전하고 있다. 자신의 글
로 인해 스스로 피해를 겪고 있지만, 그래도 문인으로서 자신의 책무
를 자각하고 그릇된 세상에 대한 굽힐 수 없는 직필直筆의 자세를 지
키겠다는 굳은 의지를 보여주고 있다.

이 글을 통해 심익운의 우의에 의한 세태비판의 글이 한갓 희필戱筆
에서 나온 것이 아니라는 것을 알 수 있다. 타협할 줄 모르는 그의
견결한 비판의식이 문장으로 드러난 것이다. 그래서 그가 구사하는
우의의 수법은 다분히 직선적이고 간결해서, 우의에 담은 작가의 의
도를 은밀하게 감추지 않고 쉽게 드러내고 있는 것이다. 여기에서 우
리는 그 문장의 개성과 힘을 느낄 수 있다.

---

58)「與人書」,『百一集』文 : "僕竊觀, 自古詩人類, 皆浮薄而無行, 困窮而不用. 是以,
陳辭, 招傾奪之嫌. (中略) 夫才者, 殃之招也, 名者, 窮之本也. 故至人無名, 君子不才.
僕非敢以區區之技, 妄自擬於赫赫之聲, 有所畏忌也. 然其私心, 誠欲剗外華而專內守,
剗浮慕而篤實行, 庶幾不自陷於罪過. 亦不欲以無能之辭, 播諸多口之嘵嘵, 要之自適
而已."

5. 맺음말

이상으로 우리는 심익운의 생애와 문학론 그리고 그의 작품세계의 일면을 살펴보았다. 그의 생애를 통해 볼 때, 그는 18세기에 등장하는 몰락사인의 한 유형적 인물이라고 할 수 있겠다. 특히 그는 정치적으로 몰락한 경우인데, 그에게는 경제적 몰락의 경우보다 더 큰 파국을 안겨주었다. 집안이 거의 적몰되다시피 해 그의 문학적 재능에도 불구하고 오늘날 우리에게 전혀 알려지지 않았던 것이다.

어렵사리 남아있는 그의 작품집을 통해 살펴 본 그의 문학론은 이조후기 문학이론사의 연장선상에 놓여 있음을 확인했다. 일견 이수광李晬光의 주신론主神論의 문학론을 이은 것으로 보이고, 또한 비록 논리가 구체적으로 드러나지는 않았지만, 당시 진보적인 문인들에게 볼 수 있는 독창적이고 개성적인 문학론과 연대해 있음을 알 수 있었다. 이는 이조후기 주신론적 문학론의 행방을 살피는 데 있어 좋은 단서가 될 것이며, 당시 개성적 문학론의 전통적 기반을 확인해 볼 수 있는 단초가 되리라고 본다.

그의 문학작품이 충분히 남아있지 않고, 젊은 시절의 것만 남아있지만, 그나마 그의 작품세계의 면모를 확인할 수 있었다. 특히 작품의 소재를 비근한 일상에서 취택한다는 점과 우의의 표현수법을 통해 세태를 준엄하게 비판하는 특성을 그의 문학세계의 개성으로 설명하였다. 그러나 작품세계의 고찰은 아직 완전한 것은 아니다. 그의 한시작품이 빠졌고, 전통양식의 산문작품들도 채 설명되지 못했다. 다만 그의 개성적인 산문작품들을 소개하고 이를 통해 그의 문학세계의 일면을 부각시키고자 했다.

이제 우리는 심익운의 경우를 통해 이조후기 몰락사인의 문학세계의 일면을 살펴볼 수 있었다. 이조후기 신분의 분화와 함께 사대부문학도 다양한 군층을 이루었다고 보는데, 이 몰락사인들의 문학도 한 층위를 이루고 있어 주목할 만하다. 물론 이들 몰락사인들은 실학파 문인들이나 소품작가들의 경우와 같이 출신과 성향에 따라 각기 다른 문학세계를 보여준다. 이에 심익운도 그 경향은 약간 다르게 분류되겠지만, 크게 보면 이들과 같은 층위에 놓인다고 할 것이다. 그 외에 정치적 부침에 의해 몰락한 문인들도 더러 있을 것으로 본다. 이들의 문학세계를 보다 구체적으로 밝히기 위해 지속적인 관심이 필요하다.

제4부

문선집의 편찬과 산문비평

고문선집의 편찬·간행과 의미

동문선집과 산문비평의 전개

고문선집의 편찬·간행과 의미

1. 머리말

문학창작의 시간이 오래되어 많은 작품이 축적되면, 그 중 뛰어난 작품을 가려 뽑거나 또는 성격이 유사한 작품들을 모아 묶는 선별작업이 이루어지는 것이 문학사의 일반적 현상이다. 대개 그렇게 추려서 하나의 선집을 편찬하게 되는데, 중국문학사에서 『시경』이 그 효시라고 하겠으며, 소명세자의 『문선』은 시와 산문을 아울러 고대중국문학의 정수를 보여준 최초의 선집이라고 하겠다. 우리나라의 경우, 고려의 『동인지문』이나 조선의 『동문선』 등이 대표적인 선집의 하나이다. 이때 문학 전반 또는 특정 장르에서 정수를 선별해내는 편찬자의 안목은 그 자체로 일정한 비평적 역할을 수행하기 때문에 선집의 비평사적 의미는 매우 크다.

그런데 문학창작의 연륜이 보다 깊어지는 시기에 이르면 또 다른 성격을 가진 선집이 등장하는 것을 볼 수 있다. 이전의 선집처럼 문학사적 성과를 집결시키는 작품선집이 아니라, 특정 장르의 우수작품들을 뽑아 제공함으로서 문장공부의 학습서 기능을 하는 선집들이 엮어졌던 것이다. 가령 중국 송나라 시기 사대부들의 글쓰기로 고문이 정착되면서『문장정종文章正宗』·『문장궤범文章軌範』·『고문관건古文關鍵』·『숭고문결崇古文訣』등의 고문선집들이 등장했고, 변려문 학습을 위해서는『사륙법해四六法海』·『여문정선儷文程選』등의 변문선집이 간행되기도 했다. 이 중 고문선집의 경우는 문장학습의 전범을 제공하기 위해 엮어졌던 때문에 다양한 문체의 우수작품들을 선발하고, 한편 해당 문체나 작품에 대한 해설과 평론을 첨부하는 것이 특징이다. 여기서는 각 작품에 대한 적극적인 품평이 이루어지고 있어, 산문창작에 대한 인식과 비평적 안목이 성숙했음을 반영하고 있다.

사대부 지식인들의 등장과 함께 한문 글쓰기가 급성장했던 고려 말 이조 초에 여러 종의 문선집들이 중국으로부터 수입되었다고 본다. 그 중 일부는 우리나라에서 복간되어 널리 배포되기도 했다. 당시 한문 글쓰기에 대한 관심과 욕구가 지대했던 것이다. 이후 한문 글쓰기에 대한 안목과 능력이 빠른 속도로 발전하면서, 드디어 이조후기에 이르면 이제 조선 문인들의 요구와 취향에 맞는 문선집을 독자적으로 편찬하기에 이른다. 이 가운데 학습의 좋은 지침이 될 만한 것은 목판이나 활자로 간행되어 널리 유행하기도 했다. 산문창작의 수준뿐 만아니라 그에 대한 감식안도 괄목할 정도로 성장했던 것이다.

이 글은 우선 조선 문인들에 의해 독자적으로 편집되고 간행되었던 고문선집들을 정리하는 작업에 바탕을 두고 있다. 이 고문선집들은 우리 작가들의 작품을 선집한 것이 아니었기 때문에 문학사연구에서 그다지 주목받지 못했다. 그러나 당시 조선 문인들의 인식과 문학이 동아시아 보편문학을 지향하고 있었으며, 이미 17·8세기에는 보편적 수준에 도달했던 점에서 볼 때, 이 선집들의 출현이 갖는 문학사적 의의가 적지 않다고 본다. 아울러 선집된 작품들의 경향 분석을 통해 이 고문선집들이 이조후기 한문산문의 발전과 어떤 관계를 갖는지를 짚어보게 될 것이다. 항상 산문문학의 발전과 산문선집의 등장은 모종의 함수관계를 맺어왔기 때문에, 고문선집의 성격과 산문문학의 흐름 사이에는 깊은 관련이 있었던 것이다.

2. 이조전기 고문선집 간행의 현황

먼저 이조전기 고문선집의 출간현황은 어떠했는지를 살펴보자. 세종조 이후 국정이 안정되면서 관학적 아카데미즘의 진작을 통해 많은 문헌을 정비해 갖춤으로서 왕조의 문화적 권위를 제고시켰다. 당시 왕조는 우리 민족의 역사·지리·문학 등 문화 전반에 걸쳐 많은 문헌을 정비했을 뿐만 아니라, 중세 보편적 문명에 동참하기 위한 문헌의 구비에도 관심이 높았다. 즉 중국의 역사·철학·문학·의학·군사학·법률학·문자학·예술에 이르기까지 주요 문헌들을 입수하여 우리 활자와 목판으로 재발간해서 배포하는 사업이 널리 이루어지고 있었던 것이다. 특히 문학 분야에서도 당송대에 활약했던 중국 문호들의 시문집이 여러 종류로 간행되었고, 또한 문학 전반에 걸친 선집들도 몇 종 간행되었다. 도연명·두보·이백·백거이·한유·유종원·왕안석·이상은·황산곡·구양수·소동파·주희 등의 시집이 주로 많이 읽혔으며, 문선집으로는 일찍이 세종조에 『문선文選』과 『문장정종文章正宗』 등이 간행되었고, 이후로 『고문진보古文眞寶』(문종조) 『문한류선文翰類選』(성종17년) 『문원영화文苑英華』(중종31년) 등이 간행되었다.

이 가운데『문선』(60권 60책)『문한류선』(163권 69책)『문원영화』등은
매우 거질의 책으로서 왕조의 적극적 의지와 지원이 없으면 간행될
수 없었던 것이다. 이렇게 왕조의 관학적 아카데미즘은 문한사업에
있어서도 내적·외적으로 균형 있는 발전을 도모했던 것이다.

이조전기에 간행된 시문선집들을 살펴보면, 크게 세 부류로 나눠
볼 수 있다. 시선집류와 고문선집류 그리고 관각문선집류이다. 이 중
시선집류가 단연 높은 비중을 차지하는데, 당시 사대부문학의 주류
가 한시였던 점을 반영하고 있다. 이름난 시인의 개인 시집에 대한
다양한 주석본의 간행이 있었고,『시법원류詩法源流』나『시가일지詩家
一指』와 같은 시창작의 이론과 기법에 관한 비평서적도 간행되었다.[1]
심지어 성현成俔과 그의 동료들과 같은 높은 감식안을 가진 작가들이
등장하면서 그들 자신이 직접 방대한 시선집을 편찬하기도 했으니,
『풍소궤범風騷軌範』이 그것이다.[2] 한시의 창작과 비평에서는 높은 관
심에 상당한 수준까지 이르렀던 것으로 평가된다. 한편 관각문을 모
아둔 선집으로는『역대문선책歷代文選策』·『전책정수殿策精粹』·『여어
편류儷語編類』등 몇 종이 간행되었을 뿐이지만, 특히 책문策文이라는
관료들의 실용적 글쓰기에 관심이 높았음을 반영하고 있다. 심지어
『동인책선東人策選』이나『동국장원책갑집東國壯元策甲集』과 같은 조선
문인들의 작품집까지 간행하기에 이르렀다. 그러면 이조전기에 활자
나 목판으로 간행되었던 고문선집류들의 사정은 어떠했을까? 현재
파악되는 것 가운데 앞서 거명한 시부詩賦와 고문古文의 구분 없이 선

---

1) 안대회,『尹春年과 詩話文話』, 소명출판, 2001.
2) 成俔, 영인본『風騷軌範』, 성균관대 대동문화연구원, 1992.

집 해놓은 문선집들을 제외한 고문선집은 대략 다음과 같다.

『고문선古文選』　　　권책수 불명, 성종 17년(1486)

『한문정종韓文正宗』　2권 2책, 중종 27년(1532)

『숭고문결崇古文訣』　35권 10책, 중종 30년(1535)

『고문정수古文精粹』　권책수 불명, 선조 1년(1568)

『문장궤범文章軌範』　7권, 책수 불명. 선조 1년(1568)

『삼소문三蘇文』　　　권책수 불명, 중조 선조간

『소문정종蘇文正宗』　14권 4책, 선조 8년(1575)

『고문류선古文類選』　권책수 불명, 선조 18년(1585)[3]

『서한문감西漢文鑑』　1권 1책, 간행년도 미상

　도서목록을 통해 9종 가량의 책이 확인되고 있는데, 이 가운데 일
부분이라도 그 내용을 확인할 수 있는 것은 『한문정종』·『숭고문결』
·『고문정수』·『문장궤범』·『삼소문』·『소문정종』 등 6종뿐이다. 각
선집의 내용을 대략 정리하면 이렇다.

　◦ 『**고문선古文選**』: 『동각잡기東閣雜記』의 기록에 의하면, 성종이 교
서관校書館에 명령해서 간행 배포한 책 가운데 하나라고 한다.[4] 『고

---

3) 이 자료는 『攷事撮要』와 『青芬室書目』(李仁榮 저)을 중심으로 조사한 것이다. 『고
　사촬요』의 자료에 관해서는 김치우, 『고사촬요 책판목록과 그 수록 간본 연구』, 아세
　아문화사, 2007.을 참고했다.

4) 成俔, 『慵齋叢話』권2: "成廟學問淵博, 文詞灝灑, 命文士撰東文選·輿地要覽·東國
　通鑑. 又命校書館, 無書不印. 如史記·左傳·四傳春秋·前後漢書·晋書·唐書·宋史·
　元史·綱目·通鑑·東國通鑑·大學衍義·古文選·文翰類選·事文類聚·歐蘇文集·書經

사촬요』에는 선조조의 활자본이 전하는 것으로 기록되어 있다. 이조 전기의 문인학자들이 문장학습을 위한 참고서로 많이 읽었던 것으로 보인다.5) 현재로선 내용을 알 수 없다.

◦『한문정종韓文正宗』: 한유의 시문집은 세종조 이전부터 간행되었던 것으로 보이는데, 고문작가로서 한유韓愈에 대한 조선 문인들의 관심을 보여주는 것으로, 중종 27년(1532)에 평양부윤 신공제申公濟의 주관으로 평양에서 2권 2책의 목판본으로 간행되었다. 선조 1년(1568)에는 다시 을해자 활자본으로 재간행되기도 했다. 이 선집은 한유 한 사람의 작품을 선집해 놓은 것이지만, 산문작가로서 한유의 영향력이나 '정종'이라 제목한 것으로 비추어볼 때, 이 책은 고문학습서의 성격으로 편찬된 것이라고 본다.

◦『숭고문결崇古文訣』:『우재선생표주숭고문결迂齋先生標註崇古文訣』이라고도 하는데, 이 책의 편찬자인 송대 누방樓昉의 호가 우재迂齋이다. 모두 35권 10책으로 중종 30년(1535)에 병자자丙子字의 활자본으로 간행되었으나, 현재 완전본이 전하는 것은 확인되지 않고 있다. 선진 양한 시대의 산문에서부터 당송대의 산문에 이르는 대표작들을 시대 순으로 선별해 수록하고 있으며, 각 작품 앞에 편찬자 자신의 짧은 논평을 붙여두고 있다.

◦『고문정수古文精粹』: 원제는『표음고문구해정수대전標音古文句解精粹大全』이다.『고사촬요』에 의하면 여러 종의 책판이 이루어졌지만,

---

講義·天原發微·朱子成書·自警篇·杜詩·王荊公集·陳簡齋集. 此余之所記者, 其餘所印諸書亦多."

5) 沈彦光,「年譜」,『漁村集』부록 : "十二年己未, 先生十三歲. 讀書于五臺山寺, 早喪先公之致, 家無書籍, 只有古文選一卷, 讀至千遍, 遂治文章."

현재 간행본으로 남아전하는 것은 확인되지 않는다. 단지 필사본 한 책이 확인되었는데(경상대 도서관소장본), 편찬자는 알 수 없지만 권머리에 "금화 하여우 해金華何如愚解"라고 적혀 있으며, 수록 작품의 머리에 쌍행으로 간략한 논평이 적혀 있다. 이 논평은 『숭고문결』의 논평을 전폭 수용하고 있으며, 송대의 비평들이 간혹 섞여 있다. 전책을 볼 수는 없지만, 선집의 구성은 산문의 문체별로 분류되어 있으며, 주로 당송대의 고문을 수록한 것으로 보인다.

　◦『문장궤범文章軌範』: 일명 『첩산선생비점문장궤범疊山先生批點文章軌範』이라고 하며, 송대 첩산 사방득謝枋得이 편찬하고 해설과 주석을 붙인 것이다. 한漢·진晉·당唐·송宋 시기의 산문 69편을 수록하고 있는데, 한유·유종원·구양수·소철·소식의 산문이 대부분이다. 글을 짓는 작가의 기품에 따라 '방담문放膽文'과 '소심문小心文'으로 나누어 선집한 것이 특징이다. 선조 1년(1568)에 을해자의 활자로 간행되었다.

　◦『삼소문三蘇文』·『소문정종蘇文正宗』: 송대 소씨 부자의 산문을 선집한 것인데, 편찬자는 알 수 없다. 『청분실서목』의 목록에 의하면, 『삼소문』은 중종·선조 사이에 목활자로 간행되었다고 하고, 『소문정종』은 소순과 소식 두 사람의 산문을 수록한 것으로 선조 8년(1575) 을해자의 활자로 간행되었다고 하지만, 현재로선 필사본 이외에는 확인되지 않는다.(국립중앙도서관 소장) 『소문정종』은 모두 14권 4책이다.

　◦『고문류선古文類選』: 『고사촬요』의 기록에 의하면, 이 책은 선조 18년(1585)에 목판본으로 영천永川에서 간행된 것으로 나타난다. 제목으로 볼 때 『고문정수』와 같이 중국의 고문작품을 문체별로 분류해 수록한 것으로 짐작되는데, 현재로선 실체를 전혀 볼 수 없다.

○『서한문감西漢文鑑』: 1권 1책의 실록 소활자본이다.(규장각 소장본) 모두 서한 시대의 산문 30여 편을 수록하고 있다. 이 책은『고사촬요』에서도 확인되지 않는 것인데, 활자의 형태나 판심에 흑구가 있는 점 등으로 미루어 이조전기의 간본으로 추정된다.[6]

이 선집들의 제목이나 확인할 수 있는 내용으로 볼 때, 대체로 당송대의 산문에 많은 비중을 두고 있는 편이다. 고려후기로부터 소동파를 위시한 송대 문학을 중시했던 전통이 여전히 남아있는 것이다. 이 외에도 중국으로부터 수입은 되었으나 미처 간행되지 못한 고문선집도 있었다. 그 예로『고문관건古文關鍵』이나『고문원古文苑』과 같은 선집을 들 수 있다. 중종조에 김안국金安國(1478~1543)이 중국에 사행을 다녀온 사신이 구매해 온 서적 가운데 일부를 인출할 것을 건의하는 글에 다음과 같은 기록이 있다.

『고문관건』2책. 이 책은 동래東萊선생 여조겸呂祖謙이 선현들이 선집한 고금의 문자에 비주批註를 붙인 것으로,『고문진보』·『문장궤범』과 같이 학자들의 모범이 될 만한 것이다. 여러 책을 인출해서 임금께 진상하고 문무루文武樓, 홍문관弘文館, 성균관成均館에 각각 소장하고, 나머지 몇 건은 대략 나누어 하사하면, 종이가 적게 들기 때문에 개인적으로 인쇄하는 자가 분명 많아질 것이니, 이렇게 자연스럽게 널리 배포되도록 하는 것이 옳겠다.

『고문원』2책. 중국인들이 사전史傳이나 문선에는 없는 시문을 모아

---

6) 이 선집은 이조후기에 등장하는 진한고문론의 성격과 상통하는 것으로 이조전기의 여타 문선집과는 성격이 다른 편이다. 그런 점에서 좀 더 면밀한 검토가 필요하다.

편찬한 것이다. 비록 문한文翰에 관련된 책이지만, 이즈음 익혀야 할
것으로 그렇게 절박한 것은 아니다. 그래서 5~6건 정도 인쇄하여 임금
께 진상하고 문무루와 홍문관에 각각 소장하는 것이 옳겠다.[7]

『고문관건』은 송대 여조겸이 한유·유종원·구양수·소순·소식·장
뢰·증공 등의 글 60여 편을 모아 고문을 읽고 쓰는 방법을 중점으로
해설을 붙인 것이다. 상·하 2권으로 엮었던 것이다. 『고문원』은 권질
의 분량으로 보아 장초章樵가 주석을 붙여 21권으로 편찬했던 것과는
다른 책인 것으로 보인다. 하여간 이렇게 건의되었지만 이 책이 간행
되었던 흔적을 찾아볼 수는 없다. 그런데 김안국의 이 글에서 우리는
당시 이런 문선집들이 편찬되었던 사정을 엿볼 수 있는 몇 가지 단서
를 찾을 수 있다.

우선 중세의 보편적 글쓰기에 대한 사대부문인들의 관심을 불러일
으키기 위해 중국으로부터 관련 서적들을 수입해 들였다는 사실이
다. 당시 사대부문인들은 한시창작에는 높은 관심을 가졌으며 그 수
준도 만만치 않았다. 그러나 상대적으로 산문에서는 아직 만족할 수
있는 수준에 도달했던 것은 아니었다고 본다. 그런 점에서 김안국은
고문의 독법과 작법에 대한 안목을 구체적으로 짚어주고 있는 『고문
관건』을 산문학습의 귀감이 될 만한 매우 좋은 책으로 판단했고, 이
책의 간행과 배포를 적극 주장했던 것이다. 이 시기를 전후해서 『숭

---

7) 金安國, 「赴京使臣收買書冊印頒議」, 『慕齋集』권9 : "古文關鍵二冊. 右冊, 東萊先生
呂祖謙批註前賢所選集古今文字, 以爲學者模範, 與古文眞寶·文章軌範同. 量數印出,
進上及文武樓·弘文館·成均館分贍外, 餘件略加頒賜, 則紙數小入. 私印者必多, 自然
廣布, 似當. (中略) 古文苑二冊. 唐人所編史傳·文選所無詩文. 雖是文翰所關之書, 於
時尙敎習, 不甚急切. 姑印五六餘件, 進上及分藏文武樓·弘文館, 似當."

고문결』이나 『문장정종』·『문장궤범』 등 고문학습과 관련된 문선집
들이 적극적으로 간행되었던 것도 그러한 형편을 보여주는 것이다.
　또한 왕조 중심의 도서 간행과 그 유포 방식을 짐작할 수 있다. 당
시 중국으로부터 서적을 수입할 수 있는 경로는 거의 중국사행에 의
존했다고 본다. 명나라로부터 개인적으로 서적을 수입하는 일이 용
이하지 않았으며, 거의 사신을 통해 공적으로 수입되고 있었다.[8) 위
의 인용문은 중종 13년(1518)에 사은사謝恩使로 중국을 다녀왔던 김안
국은 자신이 수입해왔던 서적들을 검토해서 간행·유포할 것을 주청
한 것이다.[9) 당시 서적을 입수해서 간행하고 배포하는 일을 맡은 기
관은 교서관校書館이었다. 김안국의 의견으로 미루어보면, 입수한 서
적의 중요도에 따라 발행부수를 결정하고 활자로 간행했다고 본다.
『고사촬요』에 수록된 서적 가운데 활자본의 비중이 높은 것도 주로
서적의 간행이 교서관을 통해 이루어졌던 사정을 반영한다. 그리고
발행부수도 그렇게 많지 않았다. 이렇게 간행된 책은 일차 국왕과 문
한을 담당하는 관청에 기증되고, 나머지를 사대부 관료들에게 하사
함으로서 궁궐 밖으로 유통시켰던 것이다. 이를 통해 새 책을 접한
사대부들은 필요에 따라 개인적으로 구매를 하거나, 또는 수요가 많
이 늘어났을 경우 사대부들 간의 협력에 의해 지방관청의 재정으로
목판본으로 번각해서 간행하는 경우가 있었으니, 위의 글에서 김안
국이 사적인 간행을 통해 자연스럽게 유포되기를 기대하고 있는 사

8) 이민희, 『16~19세기 서적중개상과 소설·서적 유통관계연구』, 연세국학총서85, 도
　서출판역락, 2007. ; 제2장 책쾌와 소설 서적 유통의 지형도 ; 제1절 임진왜란 이전
　시기(16세기) 참조.
9) 민족문화추진회 편, 「慕齋集 해제」, 『한국문집총간 해제』.

실이 흥미롭다. 대체로 이조전기 서적의 유통이 이런 방식과 과정을
거쳐 이루어졌던 것이라고 본다. 문선집 가운데 번각본이나 목판본
이 전하는 경우는 대개 이런 과정에 의해 조성된 것이라고 하겠다.

　이와 같이 이조전기에 간행된 고문선집들은 중국으로부터 정책적
으로 수입되어 재간행된 것이 대부분이다. 몇 가지 편찬자가 분명하
지 않은 것도 있지만, 설령 조선 문인에 의해 편집된 것이라 하더라
도 중국에서 편찬된 선집을 그대로 본받아 이루어진 것들이라는 점
에서 크게 다르지 않다. 이런 사정으로 볼 때, 이조전기 사대부들의
고문에 대한 관심이 크게 고조되었던 것은 분명하지만, 한시 분야에
비해 아직 조선 문인들의 자가적 안목이 형성된 단계는 아니었던 것
이다.

3. 이조후기 고문선집의 편찬과 간행

　임진왜란과 병자호란을 겪으면서 전기에 간행되었던 많은 문헌들
이 약탈과 방화로 대부분 없어지고 말았다. 더구나 종이를 위시한 출
판물자들이 넉넉하지 못했기 때문에 그 문헌들을 다시 간행하는 일
도 쉽지 않았다. 고문선집의 경우 임란 전에 간행되었던 서적들 가운
데 임란 후에 재출판되거나 복간된 경우를 쉽게 찾아볼 수 없는 것은
그러한 사정을 보여주는 것이다.10) 또한 임란 이후 조선의 서적 유통
의 환경도 변화하고 있었다. 이전 명나라에 비해 청나라로부터의 서

---

10) 다만 『고문진보』와 『문장궤범』 두 책이 하나로 합책되어 후대에까지 널리 유포되
　　었을 뿐이다.

적 수입은 많이 자유로워서, 조선의 사대부 독자들은 중국본 서적을
직접 접하기가 훨씬 쉬워졌던 것이다. 이런 상황에서는 국내의 수요
가 많은 경우가 아니라면 굳이 조선판으로 간행할 의미가 없었다고
본다. 고문과 관련된 주요 작가의 문집이나 문선집의 경우도 중국으
로부터 많이 수입되었던 것으로 보이지만, 조선에서 다시 간행된 것
을 찾아보기는 쉽지 않다.

그런 가운데서도 중국본 고문선집으로 유일하게 조선에 널리 유행
했던 것이 『당송팔대가문초唐宋八大家文鈔』이다. 이 책은 명대 당송문
파의 일원이었던 모곤茅坤이 편집하고 각 작품에 짧은 논평을 붙여
편찬한 것으로, 만력제萬曆帝 때 초간되고, 모곤의 조카 모저茅著에 의
해 숭정제崇禎帝 1631년에 중간되었다. 이 중간본이 조선에서 출간될
때 저본이 되었던 것으로 보이는데, 이 책은 모두 164권 50책이다.
당대唐代의 한유와 유종원, 송대宋代의 구양수·소순·소식·소철·증
공·왕안석 등 모두 8인의 산문을 선별해 놓았는데, 164권이라는 분
량에서 보듯이 선별한 작품의 량이 일반 선집과는 달리 많은 편이어
서, 굳이 이 여덟 사람의 문집을 각기 구해서 보지 않아도 웬만한 작
품은 이 선집을 통해 볼 수 있을 정도라고 하겠다. 그런 점에서 이
책은 조선 문인들에게 인기가 높았다고 본다. 그러나 50책이나 되는
거질이어서 중국을 통해 수입해 들일 수 있는 량에 한계가 있었다고
하겠다. 점차 이 책에 대한 수요가 늘어나자 결국 국내 간행을 기획
하지 않을 수 없었다고 본다. 먼저 1677년 무렵의 낙동계자본洛東契字
本과 영조 연간의 무신자본戊申字本의 활자본이 만들어졌고, 이후 이
무신자본을 저본으로 영남 감영에서 목판본으로 번각되어 널리 배포
되기 시작했다.

『당송팔대가문초』는 이조후기의 문인들에게 많은 영향력을 미친 고문선집이다. 일찍이 허균은 모곤의 존재와 그의 산문비평에 대한 높은 안목을 인정하고 있었는데[11], 그 역시 이 책을 보았을 가능성이 높다. 그렇다면 허균이 본 책은 분명 초간본이었던 것이고, 그것은 물론 중국으로부터 수입된 것으로, 책이 발간된 지 얼마 되지 않은 시점에 입수했던 것이다. 이식李植이 지은 「작문모범作文模範」에도 이 책에 관해 언급하고 있는데, 그 역시 중국본 책을 보았던 것이다. 이후 김창협·이의현 등 당대 이름난 문인들이 모곤의 이 선집을 인용하거나 그의 비평을 준용함으로 해서, 이조후기 전 시기에 걸쳐 이 책은 많은 인기를 누렸던 것이다.

이처럼『당송팔대가문초』가 중국본 고문선집으로서 유일하게 조선에서 간행되어 인기를 누렸던 반면에, 조선의 문인들이 직접 편찬한 고문선집류들이 출현하고 있다는 것이 이 시기의 특징이다. 17세기부터 19세기에 이르기까지 많은 종의 고문선집들이 편찬되었던 것으로 조사되는데, 그 가운데 활자본이나 목판본으로 간행되어 현전하고 있는 것을 정리하면 다음과 같다.

『대가문회大家文會』, 목판본, 21권 11책(?), 유몽인柳夢寅 편
『산보대가문회刪補大家文會』, 갑인자체 훈련도감자본, 권책수 미상, 편자 미상
『황명모녹문왕엄주이대가문초皇明茅鹿門王弇州二大家文抄』, 한구자본, 3책, 신최申最 편

---

11) 許筠, 「歐蘇文略跋」, 『성소부부고』권13.

『고문백선古文百選』, 재주갑인자본·한구자본·목판본, 상중하 7권, 김석주金錫胄 편

『선문철영選文掇英』, 현종실록자본, 상중하 3권 3책, 임방任埅 편

『선문정수選文精粹』, 갑인자체 훈련도감자본·목판본, 상하 2권 2책, 편자 미상

『고문정선古文精選』, 목판본, 2권 2책, 편자 미상

『고문정선古文精選』, 목판본, 4권 3책, 편자 미상

『문장대성록文章大成錄』, 목판본, 6권 3책, 편자 미상

『당송팔자백선唐宋八子百選』, 정유자본·번각 목판본, 18권 9책, 정조正祖 명편

이 고문선집들의 구성과 내용에 관해 간략히 설명해 보기로 하겠다.

。『대가문회大家文會』·『산보대가문회刪補大家文會』:『대가문회』는 17세기 당대의 문호였던 어우於于 유몽인柳夢寅(1559~1623)에 의해 편찬된 것이다. 그가 황해도 감사로 재직하던 1606년에 해주목사 윤휘尹暉의 협조를 얻어 자금과 인력을 마련해서 목판으로 간행한 것이다. 내용은『좌전左傳』4편,『국어國語』2편,『전국책戰國策』2편,『사기史記』3편,『한서漢書』3편, 한유韓愈 산문 4편과 유종원柳宗元 산문 3편 등 모두 21편의 문장으로 구성되었다. 한 편을 한 권으로 편집해 두었으며, 현재 전질본으로 전하는 것이 없어 책 수를 정확하게 확인할 수는 없지만, 모두 11책으로 엮었던 것으로 보인다.

『산보대가문회』는『대가문회』를 토대로 작품수를 증감한 것으로 보인다. 그러나 이 책도 전질본이 전하질 않아 내용과 구성을 명확하

게 파악할 수는 없다. 권3의 상편이 『국어』이며, 권4가 『사기』로 구성되어 있는데, 만약 『대가문회』의 편집 순서를 그대로 따랐다면, 전체적으로 권수의 분량을 줄여서 편찬한 것으로 추정된다. 그러면서 동시에 선발 작품을 추가한 것도 있음을 볼 수 있다. 이 책은 갑인자체 훈련도감자의 활자본으로 간행되었는데, 이 활자가 인조 연간에 사용되었던 점으로 미루어, 유몽인 사후에 편찬되었다고 하겠다. 다만 그 편자를 확인할 길은 없다.

◦『황명모녹문왕엄주이대가문초皇明茅鹿門王弇州二大家文抄』: 이 선집은 신최申最(1619~1658)가 외조카인 김석주金錫胄의 부탁으로 명대明代 녹문鹿門 모곤茅坤과 엄주弇州 왕세정王世貞의 산문을 뽑아 엮은 것이다. 이것을 김석주가 자기 집안의 사주私鑄 활자인 한구자韓構字로 간행했다. 모두 3책으로 엮었는데, 제1책에는 모곤의 산문 31편을 수록하고, 제2책과 제3책에는 왕세정의 산문 57편을 상·하편으로 나누어 수록해 놓았다. 이조시대에 간행된 문선집 가운데 명대 문인의 산문을 모은 것으로는 유일할 것으로 추정된다.[12]

◦『고문백선古文百選』: 17세기 후반에 김석주金錫胄(1634~1684)에 의해 편집·간행되었다. 전체가 상편·중편·하편으로 구성되어 있는데, 상편이 1·2·3권으로, 중편 역시 1·2·3권으로 되어 있으나, 하편만 1권으로 그쳤다. 상편의 1권은 한대漢代의 산문을 수록했고, 2권은 당대唐代 한유와 유종원의 산문을 수록했으며, 3권은 송대宋代의 산문을 수록하고 있다. 또 중편의 1권도 한대의 산문을, 2권에는

---

12) 이 선집의 의의에 대한 연구로는 노경희, 「17세기 明代文學論의 流入과 漢文散文의 '朝鮮的' 전개에 대한 一考 – 申最·金錫胄 選集·刊行의 『皇明茅鹿門王弇州二大家文抄』를 중심으로-」, 『고전문학연구』27호, 한국고전문학회, 2005가 있다.

한유·유종원의 산문을 수록하고, 3권에는 송대 산문을 수록하고 있다. 하편 1권에는 한대·당대·송대 산문을 모아 차례대로 수록하고 있어, 전체적으로 볼 때 보유편의 성격을 가진다고 본다. 상·중·하편의 분류가 어떤 기준으로 이루어진 것인지는 확실하지 않다. 김석주는 각 작품의 말미에 평어를 붙여두고 있는데, 이 평어는 모곤의 『당송팔대가문초』의 평어를 많이 차용하고 있으며, 거기에다 『고문궤범』에 수록된 평어를 보태고, 더러 자신의 생각으로 보이는 평어도 붙여두었다.

이 책은 당시 사대부들 사이에 가장 많은 인기를 누렸던 것으로 보인다. 판본도 여러 형태로 간행되었으며, 후쇄에 후쇄를 거듭하여 간행되었던 사실을 현재까지 전하는 많은 잔존본들을 통해 확인할 수 있다. 활자본으로 한구자韓構字본과 삼주갑인자三鑄甲寅字본이 전하는데, 이 두 활자는 모두 김석주 자신의 집안에서 만들어 서적 출판에 사용했던 것으로, 이 두 종의 활자본『고문백선』은 바로 그의 집에서 직접 출판한 것이라고 하겠다. 그 이후 한구자본의 번각본이 만들어졌고, 따로 목판본도 만들어져 후대에까지 몇 차례의 인쇄를 거쳐 많은 수량이 배포되었다고 본다.13)

◦『선문철영選文掇英』: 이 책은 수촌水村 임방任埅(1640~1724)이 중국 양梁나라 소통蕭統이 편찬한『문선文選』가운데 일부를 다시 선별해서 편찬한 선집이다.『문선』은 한위육조漢魏六朝 시기에 창작된 운문과 산문을 방대하게 모아둔 선집으로, 이조전기에도 소위 육신주본六臣注本이 60권의 활자본으로 간행된 바 있었다. 60권 가운데 산문선

---

13)『고문백선』에 대한 연구로는 김광년,『식암 김석주 산문 연구』, 고려대 석사학위논문, 2003이 있다.

집은 모두 27권으로 상당히 방대한 편이다. 그래서 임방이 독자들의 편의를 위해 그 중 영채英彩가 될 만한 것을 추려 이 책을 엮었다고 본다. 상·중·하 3책으로 구성하고, 현종실록자의 활자본으로 간행했다. 책의 앞뒤로 서문이나 발문이 전혀 없지만, 유척기兪拓基가 지은 임방의 「시장諡狀」14)을 통해 편자를 확인할 수 있었다. 임방은 이 책 이 외에도 몇 종의 시선집을 편찬했던 것으로 전하지만, 존재가 아직 확인되지 않고 있다.

  ◦『선문정수選文精粹』: 이 선집 역시『문선』의 산문작품 가운데 정수라고 평가되는 작품 일부를 발췌해서 편찬한 것이다. 상편·하편·속편으로 54편의 글을 편집하고, 모두 2책으로 엮었다. 서문이나 발문이 없어 편자를 확인할 길이 없다. 현전하는 간행본으로 갑인자체 훈련도감자본과 목판본이 있는데, 훈련도감자본으로 볼 때 인조 연간에 이 책이 간행된 것으로 보인다.『선문철영』에 비해 시기가 좀 앞선다고 보겠다. 이 책의 편자는 육신주六臣注본을 참고하고 이선주李善注본과 오신주五臣注본과 대조해서 작품상 글자의 출입이 있는 것을 모두 표기해 두고 있다. 임란 이후『문선』같은 거질의 선집을 구해보기 어려운 상황에서 이 선집은 그래도 당시 사대부들에게 한위육조 시기의 고문을 접할 수 있는 기회를 제공한 중요한 선집이었던 것이다.15)

  ◦『고문정선古文精選』(Ⅰ·Ⅱ): 이 선집은 언제 누구에 의해 편찬된

---

14) 兪拓基, 「諡狀」, 『水村集』권13 附錄.

15) 林象德, 「幼學讀書規模」, 『老村集』권4 : “先讀小學, 乃入大學, 次論語, 次孟子, 次中庸, 讀四書. 時近思錄心經兩書, 隨暇兼看. 詩書以次及之, 經書旣熟, 讀左氏內外傳·戰國策, 次及綱目, 宋朝名臣錄. 究觀千古興亡消長之理, 次讀選文精粹·古文後集·韓柳歐蘇之文. 兼讀楚辭·選賦·李杜三唐詩選, 以博詞翰.”

것인지 현재로선 알 수 없다. 책의 이름은 같지만 종류는 두 가지이다. 하나는 2권 2책의 목판본으로, 선진양한 시대의 고문 64편을 수록해 두었다. 작가 45인의 인물별로 묶어 두고 있다. 수록 작품들을 보면 『문선』이나 다른 선집의 내용과는 달라서, 편찬자의 독자적 안목에 의해 선발되었다는 것을 알 수 있다. (여기서는 논의의 편의상 이 책을 『고문정선』(Ⅰ)이라고 칭하기로 한다.)

다른 하나는 4권 3책의 목판본으로, 구양수와 한유의 산문만을 선집해 놓은 것이다. 권1이 구양수의 산문에, 권2·권3상·권3하·권4는 한유의 산문에 해당된다. 구양수의 산문이 모두 41편, 한유의 산문이 78편이 수록되어 있다. 각기 다른 이 두 종의 선집은 판본의 형태나 장정 등의 상태로 볼 때, 같은 편찬자의 기획에 의해 거의 비슷한 시기에 출판되었다고 본다. 그리고 여러 차례의 후쇄를 거쳐 제법 널리 유포되었던 것으로 보인다. (역시 이 책을 『고문정선』(Ⅱ)라고 칭하겠다.)

。『문장대성록文章大成錄』: 이 선집 역시 편찬자는 아직 미상이며, 목판본 6권 2책으로 간행되었다. 이 선집은 편집구성 면에서 여타 선집에 비해 개성이 뚜렷하다. 문장의 기세에 따라 모두 여섯 개의 주제를 정하고, 그 주제에 적합한 문장을 선발해두고 있다. 여섯 주제는 '장기염壯氣焰', '발광휘發光輝', '횡파란橫波瀾', '빙웅변騁雄辯', '절사정切事情', '신변화神變化'이다. 주제 하나가 한 권을 이루는데, 각 권마다 똑같이 7편의 작품을 수록해 두고 있다. 수록 작품의 작가로는 장자莊子(6편)·사마천司馬遷(6편)·반고班固(4편)·한유韓愈(9편)·유종원柳宗元(5편)·구양수歐陽修(4편)·소순蘇洵(3편)·소식蘇軾(4편)·소철蘇轍(1편) 등 모두 9인으로 한정하고 있다. '대성'이란 제목도 이조전기에 간행된 바 있는 『문한류선대성文翰類選大成』에서 빌려온 것으로 보인다.

∘『**당송팔자백선唐宋八子百選**』: 이 선집은 국왕 정조正祖가 모곤의 『당송팔대가문초』에서 직접 100편을 뽑아 6권 3책으로 엮은 것이다. 평소 당송팔가에 관심이 많았던 정조는 그가 즉위하던 1777년에 정유자丁酉字로 인출했다. 여기서는 작가별로 작품을 수록하지 않고, 먼저 문체별로 분류하고 각 문체 내에서 다시 작가별로 묶는 구성방식을 취했다. 문체의 종류는 표表·상서上書·차자箚子(권1), 논論·책策(권2), 서書·서序(권3), 기記(권4), 잡저雜著(권5), 비碑·묘지墓誌·묘표墓表·전傳 ·제문祭文(권6) 등이고, 작가로는 한유(30편)·유종원(15편)·구양수(15편)·소순(5편)·소식(20편)·소철(5편)·증공(3편)·왕안석(7편) 순으로 수록되어 있다. 이 선집은 다시 유려한 정유자본을 저본으로 번각해서 널리 유포되었다. 또한 정조는 뒷날 다시 이 선집의 문장 가운데 더욱 정채 있는 문장을 선별하고 거기에 권점비평圈點批評을 가해『팔자수권 八子手圈』을 엮은 바 있다.16)

이상 10종의 간본刊本 고문선집을 간략히 살펴보았다. 대개 17~18 세기에 편찬 간행된 것들인데, 이 시기의 문인들이 고문선집의 편찬 에 많은 관심이 있었음을 반증하는 것이며, 또한 판본으로 인출되었 다는 점에서 고문선집에 대한 당대 문인들의 갈망이 어느 정도였는 지를 가늠해 볼 수 있다. 사실 이 시기 동안 판본으로 간행된 것 이외 에도, 편집은 마쳤으나 미처 간행되지 못한 채 사라진 고문선집들이 상당수 확인된다. 다른 문헌들을 통해 확인해 볼 수 있는 것만 정리 해 보면 대략 다음과 같다.

---

16)『당송팔자백선』에 관한 연구로는 강혜선,「唐宋八家文 선집『八子百選』과『八家手 圈』」,『정조의 시문집 편찬』, 문헌과해석사, 2000이 있다.

◦『고문회수古文會粹』: 한강寒岡 정구鄭逑(1543~1620) 편. 사실 그 내용은 알 수 없으나, 책의 제목으로 보아 고문을 선집해 놓은 것임을 짐작할 수 있다. 선조 23년(1600)에 완성했으나, 당시 화재로 없어지고 말았다고 한다.[17]

◦『문장지남文章指南』: 최유연崔有淵(생몰년 미상) 편.『장자』,『사기』,『한서』, 한유, 유종원의 산문을 뽑아 1권 1책으로 엮은 것이다.[18]

◦『사한정화史漢精華』: 조익趙翼(1579~1655) 편.『사기』와『한서』에서 뽑아 엮은 것이다.[19]

◦『구소문략歐蘇文略』: 허균許筠(1569~1618) 편. 구양수 산문 68편과 소동파 산문 72편을 모아 8권으로 편집한 것이다.[20]

◦『문취文趣』: 농암農巖 김창협金昌協(1651~1708) 편. 중장통仲長統의 「악지론樂志論」에서부터 송·명대宋明代의 작품에 이르기까지 200여 편의 작품을 모두 6편으로 구성하고 있다. 대체로 서문序文·기문記文·서독書牘·제지문題識文 등의 산문 가운데 특히 산수간의 취미를 표현하고 있는 작품을 주로 수록하고 있다.[21]

◦『사한정수史漢精粹』: 죽천竹泉 김진규金鎭圭(1658~1716) 편. 모두 10권으로 엮어졌으나[22], 수록 내용은 구체적으로 알 수 없다.『사기』

---

17) 張顯光,「寒岡鄭先生行狀」,『旅軒集』권13 ; 李厚慶,「寒岡鄭先生言行錄」,『畏齋集』 권3.
18) 金宇顒,「文章指南跋」,『東岡集』권16.
19) 趙翼,「史漢精華序」,『浦渚集』권26.
20) 許筠,「歐蘇文略跋」,『惺所復覆藁』권13.
21) 申靖夏,「文趣序」,『恕菴集』권10. 규장각 도서에 김창흡이 편찬한 것으로 기재된 『문취』(4권 2책, 필사본)가 있는데, 이 책이 김창협의 것일 가능성이 높다.
22) 金春澤,「仲父竹泉府君自敍總論」,『北軒集』권20.

와 『한서』의 역사산문을 뽑은 것으로 본다.

○ 『문원전칙文苑典則』: 신완申琬(신성하申聖夏의 부친) 편. 주·한周漢 이래의 고문을 뽑아 두 책으로 엮은 것이다.[23]

○ 『문장종선文章宗選』: 신성하申聖夏(? ~ 1736) 편. 고문장을 학습하기 위한 목적에서 경·사·자·집經史子集에서 100여 편을 뽑아 모두 52권으로 엮은 것이다.[24]

○ 『고문선古文選』: 최상하崔尙履(崔奎瑞1650~1735의 아들) 편. 『좌전』·『국어』에서부터 당·송대唐宋代 산문에 이르기까지의 고문을 모아 8권 3책으로 엮은 것이다.[25]

○ 『고문집성古文集成』·『산보고문집성刪補古文集成』:『고문집성』은 곤륜昆侖 최창대崔昌大(1669~1720)가 편집한 것으로, 선진시기부터 명대에 이르기까지 300여 편의 문장을 뽑아 엮은 것이다. 진덕수眞德秀의 『문장정종文章正宗』의 편례를 따라 분류 정리한 것으로 모두 3편編으로 엮었다고 한다. 이 선집을 토대로 이하곤李夏坤(1677~1724)이 줄이고 보태고 해서 200편으로 편찬한 것이 『산보고문집성』이다.[26]

○ 『제가문수諸家文粹』: 춘주春洲 김도수金道洙(1699~1733) 편. 권수와 내용을 정확하게 알 수는 없지만, 전체 제자산문을 선집한 것이다. 『공자가어孔子家語』에서부터 좌구명左邱明·순황筍況·양웅揚雄·가의賈誼·동중서董仲舒·문중자文仲子·한유韓愈 등의 글을 수록한 것으로 본다.[27]

---

23) 申暻, 「叔父恕菴先生遺事」, 『直菴集』권19.

24) 申暻, 「文章宗選跋」, 『直菴集』권10.

25) 崔奎瑞, 「亡兒持平行狀」, 『艮齋集』권12.

26) 李夏坤, 「刪補古文集成序」『頭陀草』권16.

∘『팔가백선八家百選』: 순암順菴 안정복安鼎福(1712~1791)이 손녀사위의 부탁으로 당송팔가의 산문 100편을 뽑아 엮고, 거기에 논평을 붙인 것이다.28)

∘『천고백선千古百選』: 번암樊巖 채제공蔡濟恭(1720~1799)이 정조의 권유로 편찬해서 "어정御定"으로 이름붙인 선집이다. 경서·제자서·문장가들의 글 뿐 아니라 불경이나 도가서류에서도 두루 뽑아 엮었다고 한다.29) 그러나 편집만 해두고 간행되지는 않았던 셈이다.

∘『문수력선文粹歷選』: 해좌海左 정범조丁範祖(1723~1801)가 엮은 문선집이다. 『상서』의 글에서부터 한대漢代까지의 문장 111편을 뽑아 엮었다고 한다.30)

∘『고문궤범古文軌範』: 청성靑城 성대중成大中(1732~1809)이 엮은 문선집이다. 『장자』의 「제물편齊物篇」·「양생주養生主」와 『이소離騷』의 「이소離騷」·「복거卜居」와 한대漢代의 문장을 몇 편 뽑아 엮었던 것이다.31)

∘『고문정해古文程楷』: 완구宛丘 신대우申大羽(1735~1809)가 엮은 문선집으로, 선진양한 시대로부터 한유에 이르기까지의 산문 114편을 뽑아 모두 15권으로 엮은 것이다.32)

이상의 것도 18세기까지 편찬된 것만을 정리한 것이지, 19세기에 들어서 편찬된 것도 그 수가 적지 않을 것으로 본다. 이처럼 이조후

---

27) 李德壽,「諸家文粹引」,『西堂私載』권3 ; 金道洙,「刪定諸家文粹說」,『春洲遺稿』권2.

28) 安鼎福,「八家百選序」,『順菴集』권18.

29) 蔡濟恭,「御定千古百選議」『樊巖集』권29.

30) 丁範祖,「文粹歷選序」,『海左集』권19.

31) 成大中,「古文軌範序」,『靑城集』권5.

32) 申大羽,「古文程楷序」,『宛丘遺集』권3.

기에는 실로 많은 종류의 고문선집이 편찬되었던 것인데, 간행된 선집이든 간행되지 못한 선집이든 대부분 개인에 의해 사적으로 이루어졌다는 것이 전기의 고문선집과 비교되는 점이다.

그러나 이 시기에 개인에 의해 편찬된 선집이 이렇게 대거 등장한다는 사실은 우리에게 몇 가지 시사하는 바가 있다. 먼저 이들 고문선집 편찬자들 간에 선집에 관한 정보 소통이 생각보다 원활하지 못했다는 점이다. 당시 이들이 참고로 보았던 선집은 고작 『고문진보』·『문장궤범』·『당송팔대가문초』 정도의 흔히 유통되던 선집들이 대부분이었지, 정작 조선의 문인들에 의해 편찬된 선집을 접한 흔적은 찾아보기 어렵다. 그나마 김석주의 『고문백선』이 좀 알려졌을 뿐이었다. 더러 성격이 비슷해 보이는 선집들이 있는 것도 서로 간에 서적 정보가 부족했기 때문이라고 본다. 간행되지 못한 선집의 경우는 응당 그랬다하더라도, 간행된 선집의 경우도 그렇게 널리 배포되지 못했던 것이다. 여기에는 여러 가지 사정이 있었을 터이지만, 무엇보다 이조후기 사대부 사회의 분화현상과 무관하지 않을 것으로 본다.

그런 한편 많은 사람들이 독자적으로 고문선집을 편찬할 수 있었던 것은 그만큼 독자적인 비평안을 갖추고 있었다는 것이다. 이들 편찬자들은 대부분 평소 세간에서 흔히 볼 수 있는 고문선집들의 구성에 나름대로 불만을 품고 있었다는 점, 마침 주변으로부터 문장학습을 위한 선집의 편찬요구를 기회로 자기 나름의 안목으로 선집을 엮었다는 점을 공통으로 언급하고 있다. 일반 고문선집의 구성에 만족하지 못하는 수준과 일련의 목적에 맞는 문장을 선별해서 하나의 책으로 구성할 수 있는 안목은 누구나 가질 수 있는 것이 아니다. 이들은 주변으로부터 문선집을 엮어보라는 요구를 받을 정도로 인정받는 식견을 가졌던 것인데, 이런 점에서 이조후기 문인들의 산문창작에 대한 열의와 비평적 안목의 수준을 가늠해 볼 수 있다.

4. 고문선집의 성격과 산문문학사의 의의

  이상에서 이조 전기와 후기로 구분해서 고문선집의 편찬과 간행의 현황을 개괄해 보았다. 전기와 후기로 구분해서 살펴본 것은 시기별로 확연히 구분되는 점이 있었던 것인데, 전기에는 선집의 편찬 간행이 주로 관찬官纂으로 이루어진 데 반해 후기에는 주로 사찬私纂으로 이루어진다는 점과 전기의 고문선집은 중국본을 가져와 재출판하는 방식이었던 데 반해 후기에는 조선 문인들이 직접 고문선집을 편찬하여 출판했다는 점이 그것이다. 이것은 우리가 자료를 통해 현상적으로 확인할 수 있는 면이었다. 그러나 중요한 것은 기실 문선집이 문장학습의 텍스트로서 이루어진 것이라면, 산문비평론의 전개와 고문선집 사이에는 긴밀한 관련이 있다는 사실이며, 이 선집의 성격을 통해 우리는 산문비평사의 흐름을 짚어볼 수 있을 것이다. 그런 점에서 특히 이조후기의 고문선집을 주목해 보고자 한다.

  앞서 살펴본 바와 같이 전기에도 고문선집을 간행해서 사대부들의 고문창작에 대한 인식과 수준을 제고시키고자 했지만, 이렇다 할 성과를 거두지는 못했던 것 같다. 대부분의 사대부들 사이에는 여전히 연미軟美한 관각체館閣體에 의한 과거문科擧文 쓰기가 유행하고 있었고, 사림파 문인들조차 겨우 『사서집주』의 주소어록문체註疏語錄文體를 구사하는 수준에 머물러 있었던 것이다. 앞서 명나라에서는 전칠

자파前七子派와 후칠자파後七子派에 의해 태동한 진한秦漢시대 고문古文
쓰기 운동이 널리 확산되고 있었는데, 평소 산문창작에 관심을 갖고
있었지만 구태에서 벗어날 계기를 찾지 못하고 있던 몇몇 조선 문인
들에게 이 문풍은 마치 캄캄한 바다 위의 등대와 같았다. 일찍이 김
정국金正國(1485~1541)이 조선 문단의 폐단을 적시하고, 양한兩漢시대
의 고문을 대안으로 제시하며『문범文範』[33]을 엮은 바 있었지만, 당
시 큰 주목을 받지 못했던 것이고, 16세기의 말엽에 이르러서야 비로
소 진한문파의 고문 글쓰기가 본격적으로 수용되었으니, 그것은 윤
근수尹根壽(1537~1616)와 최립崔岦(1539~1612) 같은 이들의 선구적 노
력으로 이루어진 일이었다. 그들이 추구했던 글쓰기는 곧 진한시대
의 산문을 모범으로 예술적 산문창작을 지향하는 것이었다.

당시 이 방면에서 천재적 능력을 보여준 특출한 문인은 유몽인柳夢
寅(1559~1623)이었다. 그는 진한고문의 창작과 비평에서 독보적인 안
목을 갖추고, 조선 진한고문론秦漢古文論의 기본틀을 수립한 인물이
었다. 여러 글을 통해 고문 글쓰기의 필요성과 미학적 방법론을 제
시해왔던 유몽인이 결국 고문의 체계적인 학습을 목적으로 문선집
을 엮은 것이『대가문회大家文會』이다.『대가문회』의 구성이『좌전』·
『국어』·『전국책』·『사기』·『한서』등 선진·양한 시대의 문장이 주를
이루고, 한유와 유종원의 글 일부가 포함되어 있는데, 이는 오직 학
습자의 문기文氣를 돕고 고경古勁한 표현을 익히기 위한 목적으로 선
발된 것이었다.[34] 또한 송대 이후 구양수나 소동파의 산문은 세상

---

33) 이 선집은『사기』·『한서』·『후한서』의 서문을 모아 엮은 것이라고 한다. 김정국,
「文範序」,『思齋集』권3.
34) 흔히 진한고문론자들이 당송팔가의 일원인 한유와 유종원의 산문을 중시하는 데 대

에 흔해 빠진 금문今文으로 단정하여 선발하지 않았다고 한다. 이처럼『대가문회』는 진한고문론의 입장을 철저히 대변하는 문선집으로서, 목판본으로 간행되어 문단에 널리 읽혔던 것이다. 이와 같이 중국으로부터 전후칠자파의 문학이 본격적으로 유입되고, 유몽인 같은 비평가의 활약으로 17세기 초중반 무렵 조선의 산문론은 진한고문론이 대세를 이루었다. 이런 경향은『대가문회』에서 뿐만 아니라, 그 당시 편찬된 일군의 문선집에서도 확인되는 점이다. 최유연崔有淵이 편찬했다는『문장지남』은『장자』·『사기』·『한서』와 한유·유종원의 작품을 모았으며, 조익趙翼은 고문으로는 육경 이 외에『사기』와『한서』가 모범이 될 만 하다는 취지에서 두 책으로부터 역사산문만을 모아『사한정화史漢精華』를 엮기도 했다.

17세기 중반 무렵부터 당송고문론의 비평가들로부터 논리적인 반론이 있었지만, 그래도 여전히 진한고문계의 문선집이 계속 출현하면서 그 위세를 보여주고 있었으니, 김진규金鎭圭의『사한정수史漢精粹』, 신완申琓의『문원전칙文苑典則』, 김도수金道洙의『제가문수諸家文粹』등의 문선집이 이 시기에 이루어졌다. 대체로 이들 진한고문계의 문선집을 보면 역사산문이나 제자산문에 높은 비중을 두고 있는데, 그것은 유몽인이「대가문회발」에서 언급했던 것처럼, 사건 묘사나 의론에서 드러

해 더러 오해를 일으키곤 하는데,「대가문회발」에서 유몽인은 약간 해명이 될만한 발언을 하고 있다. 특히 유종원의 산문에 대해 언급하기를, 그의 문장을 선별해둔 이유는 매우 精勁하고 예스러워 후세 사람들은 흉내낼 수도 없는 수준이기 때문이라고 한다. 즉 그의 글에 아직 진한고문의 습기가 남아있다는 것이다. 한유의 경우도 새로운 문체를 창도했지만, 그의 고문운동은 근본적으로 선진시대의 산문을 전범으로 삼았기에, 그의 산문에도 진한고문의 색채를 띤 작품이 혼재해 있다. 그런 점에서 조선의 진한고문론자들이 대체로 古文의 시대를 先秦·兩漢으로부터 한유·유종원에 이르는 시기까지로 설정하고 있는 것은 하나의 특징이라고 하겠다.

나는 문기文氣의 습득을 중시하는 진한고문론의 경향과 관련된다고
본다. 그러나 18세기를 전후한 무렵에 들어서는 차츰 문학 분야로 비
중이 기우는 경향을 문선집들이 보여준다.

  일찍이 서한西漢 이후부터 육조六朝시기까지의 문학작품집으로 소
통蕭統의 『문선』이 이조전기에 간행되었는데, 후기에 진한고문계 문
인들이 다시 이 『문선』을 주목하게 된다. 그 결과 『문선』의 수록작품
가운데 정수를 뽑아서 편찬한 문선집이 등장했는데, 『선문정수選文精
粹』와 『선문철영選文撮英』이 그것이다. 본래 『문선』이 작품을 문체별
로 나누어 수록하고 있기 때문에 이 선집들도 문체별로 구분해서 수
록하고 있지만, 기실 문체별로 고문의 수작秀作을 감상한다는 것은 나
름대로 이유가 있었다고 본다. 진한고문의 글쓰기가 조선에 유입되
던 초기에는 문기文氣를 기르는 것이 학습의 중점사항이었지만, 그것
이 어느 정도 정착이 되는 시기에 와서는 각 문체별로 글쓰기의 실제
를 학습하는 쪽으로 관심이 이동하고 있음을 반영한다고 하겠다. 한
편 수록된 작품들의 문체양식을 보면, 서書·표表·책册·상서上書·논論
등 관각문학의 양식에 해당하는 것들이 주를 이룬다. 한위육조漢魏六
朝 시기의 산문이 주로 이들 양식분야에서 많이 창작되었던 때문이기
도 하지만, 사실 문기를 중시하는 진한고문 자체가 관각문학 양식에
서 장점을 보여주었으며, 따라서 관료문인들에 의해 이런 문풍이 널
리 수용되었고[35], 자연히 이런 학습욕구를 채워줄 문선집이 필요했
던 것이다.

  이와 유사한 목적에서 간행된 또 하나의 문선집으로 『고문정선古文

---

35) 18세기 영·정조 시기의 관료문인들의 문학론에서 진한고문론의 논리를 종종 발견
   할 수 있는데, 대표적으로 남유용·황경원 등을 꼽을 수 있다.

精選』(Ⅰ)도 있다. 이 선집은 문체별로 수록하지 않고 작가별로 수록하고 있지만, 역시 개인 창작의 산문작품을 수록하고 있고, 이 작품들 역시 대부분 表표·疏소·對대·奏주·上書상서·論논 등의 관각문학 양식이 주를 이룬다. 당시 이 선집은 목판본으로 간행되어 널리 배포되었던 것으로 보이는데, 역시 진한고문의 글쓰기가 산문장르의 다양한 영역에까지 확산되어가고 있는 사정을 반영한다.

18세기 후반에서 19세기로 갈수록 진한고문에 대한 당송고문의 반론이 날카로워 지지만, 그럴수록 진한고문론은 더욱 자기 세계의 입지를 굳게 다졌던 듯하다. 정범조丁範祖의『문수력선文粹歷選』, 성대중成大中의『고문궤범古文軌範』, 신대우申大羽의『고문정해古文程楷』 같은 문선집에서 우리는 그런 면모를 엿볼 수 있다. 이 시기가 되면 진한고문계의 문인들도 다양한 층으로 분화되어 각자 추구하는 문장도 서로 다른 성향을 드러내게 되는데36), 정범조와 성대중과 신대우는 각자 처지와 입장이 달랐던 문인으로서 이들의 문선집이 모두 진한고문 성향을 지니고 있지만, 그래도 각자 추구하는 문학론의 입장에서 자가의 안목으로 편찬했던 것이다.

17세기 초반 조선 문단에서 진한고문이 대세를 이루며 모두들 선진양한의 문장에 경도되어 있을 때, 이런 편향된 경향에 우려를 표했던 허균은 균형있는 독서를 위해『구소문략歐蘇文略』이라는 선집을 내놓은 바 있다. 구양수와 소동파의 문장만 뽑아 엮었던 것으로, 이조후

---

36) 이조후기 진한고문계열 문인들은 여러 성향으로 나타나고 있는데, 현재로선 그 전모를 밝혀 설명할 수는 없지만, 적어도 황경원을 위시한 노론계 문인들의 진한고문추구와 허목으로부터 이익으로 이어지는 근기남인 문인들에게서 보여지는 진한고문의 추구는 입장이 좀 달라 보이며, 근기남인계의 문인들은 또 영남남인계열의 문인들이 추구한 진한고문의 성향과 또 달라 보인다.

기 당송고문을 선별 대상으로 한 최초의 선집이라고 할 수 있다. 그
렇다고 허균이 당송고문론에 입각해서 이런 선집을 엮었다고 할 수
는 없다. 단지 당송 이후의 문장은 인정하지 않았던 진한고문론의 편
협한 독서에 대한 비판으로 이루어진 것이라고 하겠다. 당송고문론
의 입장에서 진한고문을 비판하기 시작한 것은 이식李植에게서부터
본격적으로 시작되어 김창협에 의해 비평적 이론을 갖추었다. 그러
나 이들에 의해 당송고문론을 대표하는 문선집이 엮어진 적은 없
다.37) 그것은 당시 이미 모곤茅坤의『당송팔대가문초』가 간행되어 있
었고, 이보다 더 나은 선집은 없다고 생각했던 때문이라고 본다.

　　그러나 여기서 주목할 문선집은『고문백선古文百選』이다.『고문백
선』은 이조후기의 문선집 가운데 가장 많은 간행본을 남겼던 책으로,
상당한 영향력을 지녔던 문선집이다. 김석주는 당시 조선에는 참고
할 만한 고문선집으로『고문진보』와『문장궤범』밖에 없고, 또 이 선
집들은 사·부辭賦가 뒤섞여 있는데다 작품이 당송고문에 치우쳐있는
사실을 안타까워하며, 진한시대의 산문으로부터 당송대의 산문에 이
르기까지를 아우르는 선집을 내놓았던 것이다. 이런 점에서 볼 때 이
선집은 진한고문론과 당송고문론을 절충하는 것으로 보이기도 한다.
더러 그런 성격의 선집이 편찬되기도 했던 것이다. 그러나 문제는 선
집된 작품이 아니라 편찬자가 어떤 시각에서 선집하고 있는가가 문
선집의 성격을 결정짓는다고 본다. 진한시대의 산문은 당송고문론에
서도 매우 중시하는 작품들이다. 당송고문이 지향하는 고문의 전범
이 진한시대 산문이기 때문이다. 다만 글쓰기로 구현하는 방식에서

---

37) 김창협이 엮었다는『문취』는 산수간의 취미의식을 드러내는 작품들로 엮어졌다고
　　하니, 이것이 당송고문론을 표방하는 문선집이라고 하기는 어렵다고 하겠다.

진한고문론과 달랐을 뿐이다. 그런 점에서 『고문백선』을 다시 보면, 김석주는 당송고문론의 시각에서 고문을 선집했다는 것을 알 수 있다. 그것은 각 수록작품의 끝에 붙인 평어를 통해 확인할 수 있다.

우선 당송대의 작품 가운데 당송팔가의 작품에 붙인 평어는 거의 대부분 『당송팔대가문초』에 붙은 모곤의 비평을 차용하고, 거기에 간혹 『문장궤범』 등의 비평을 덧붙이고 있다.[38] 뿐만 아니라 진한시기의 작품에 붙인 평어도 소동파나 모곤 등이 언급한 평어를 인용하고 있는 것을 볼 수 있으며, 그의 평어도 대체로 당송고문론에서 중시하는 비평어들을 사용하고 있다.[39] 당시 김석주가 중국 당송파의 문학론을 완전히 이해한 바탕 위에서 이런 선집을 엮은 것인지는 확신할 수 없지만, 적어도 『고문백선』은 당송고문론이 이식에서 김창협으로 이어지며 논리를 구축해가는 사이의 중도에서 당송고문 비평을 널리 소개하는 역할을 했다고 본다.

이 이후에 엮은 것으로 보이는 당송고문계의 문선집은 『고문정선古文精選』(Ⅱ)이다. 이 선집은 구양수와 한유의 산문만을 모아둔 것이다. 당송고문론에서는 자신들의 문학을 두고 "한구정맥韓歐正脈"이라고 부르며, 이 두 작가를 특별히 중시했었던 점[40]에서 의미있는 선집이다. 대표적인 당송고문가가 모두 8명이지만, 사람에 따라 선호했

---

38) 김광년의 위의 논문 참조.

39) 일례로 李斯의 「上秦王逐客書」에 붙인 평어를 보자. : "反覆議論, 組織葩藻而意切, 至中間兩三節, 一起一伏, 略加轉換數箇字, 而精神愈出, 意思愈明, 曲折變態, 誰謂文章之妙不在虛字助語乎? 鹿門云: '後來子厚論石鍾乳書, 中間全學此書.'"(『고문백선』 상편 1) 여기서 사용된 '反覆議論'이니 '組織葩藻'니 '一起一伏'하는 평어는 당송고문계에서 많이 쓰는 용어이며, 허자와 어조사의 쓰임을 중시하는 것도 당송고문의 특징이다.

40) 송혁기, 『조선후기 한문산문의 이론과 비평』1부 3장, 월인, 2006. 참조.

던 인물이 조금씩 달랐다. 그런 가운데서도 조선의 당송고문론자들은 대체로 한유와 구양수(더러 증공을 포함해서)를 한결같이 선호하는 경향을 보여주고 있다. 그런 면에서 이 선집은 조선 당송고문론의 한 특성을 반영하고 있다고 본다.

『당송팔대가문초』가 이조후기 문단에서 절대적 권위를 누리며 널리 알려지게 되었지만, 거의 50책에 이르는 분량은 당송고문의 핵심을 뚫는 학습을 하기에는 너무 호한하여 부담이지 않을 수 없었다. 그래서 당시 문인들은 이 가운데서 자신의 선호도에 맞게 선별해서 따로 묶은 선집을 더러 만들곤 했는데, 안정복安鼎福의 『팔가백선八家百選』은 그 중의 하나이다. 그러나 이런 의도도 내포하고는 있었으나, 좀 더 큰 목적에서 기획적으로 편찬 간행된 것이 정조의 『당송팔자백선唐宋八子百選』이다. 정조는 당시 사대부문인들이 중국으로부터 유입된 패사소품문학에 경도되어 있는 것을 개탄하며, 순정한 문체를 회복시키고자하는 복고운동을 통해 한편 자신의 입지를 강화하는 문체반정을 일으킨 것은 잘 알고 있다. 이 때 그가 의도했던 순정한 문체에는 유학정신의 구현이라는 목적의식도 품고 있었는데, 거기에 가장 알맞은 문학으로 선정된 것이 바로 당송고문이었던 것이다. 『당송팔대가문초』의 작가별 구성과는 달리 이 선집은 문체별로 구성하고 있으며, 일체의 비평이나 주석을 생략한 것도 『당송팔대가문초』와는 다른 비평의식에서 출발하고 있음을 보여주는 것이다.

그렇다고 정조를 당송고문론자였다고 평가하기에는 주저된다. 그의 논리에는 다분히 진한고문을 추숭하는 면도 강하기 때문이다. 단지 그는 신문체의 경향에 대해 고문으로의 복고를 자신의 정책으로 내세웠을 뿐, 진한고문과 당송고문을 딱히 구분해서 한쪽 입장을 고수하려고 했던 것으로 보이지는 않는다. 그럼에도 불구하고 그의 이런 문체운동은 이후 당송고문론의 전개에 적지 않은 영향을 주었다고 본다. 19세기에 들어 등장하는 당송고문계의 거두였던 홍석주洪奭周와 김매순金邁淳 등이 주장했던 바, 주자학의 의리에 당송고문의 문장을 결합하는 '문도합일文道合一'의 당송고문론41)이 정조의 당송팔가문 비평인식과 접맥된다고 볼 수 있기 때문이다. 그러므로 당송고문론의 입장에서 볼 때, 『당송팔자백선』의 편찬 간행은 18세기 후반 무렵 진한고문론에 비해 위축되어 있던 당송고문론의 재기를 가능하게 했다고 본다.

5. 맺음말

이상으로 이조시대에 편찬 간행된 주요 고문선집들을 개괄하고, 특히 조선 문인들의 손에 의해 편찬된 이조후기의 고문선집들이 갖는 산문문학비평사의 의미를 짚어 보았다. 임란을 전후로 고문 글쓰기가 불꽃처럼 피워 오르더니 결국 조선 문단의 주류가 되었다. 중국 진한문파의 영향으로 진한고문론이 먼저 형성되었고, 뒤이어 당송고문론이 대안으로 등장해서 상호 모순을 지적하며 이론적 완성도를 높여갔던 것이다. 두 산문론이 대립적으로 발전해 가는 가운데 문선집이 등장했던 것인데, 이에 문선집의 성격도 둘로 나누어 볼 수 있었다. 물론 성격을 규명하기 모호한 것도 없지는 않지만, 대체로 편찬자의 문학론에 따라 편집된 것으로 파악되었다. 이 두 성격의 고문

---

41) 김철범, 『19세기 고문가의 문학론에 대한 연구』, 성균관대 박사학위논문, 1992. 참조.

선집을 억지로 이름붙이라면, 진한고문선집秦漢古文選集(類)과 당송고문선집唐宋古文選集(類)이라고 할 수 있겠다.

　고문은 중세 보편적 글쓰기이다. 고려후기부터 이 보편적 글쓰기에 본격적으로 편성되었고, 이조에는 제법 그 수준이 중국 문단에 못지 않게 발전했다. 특히 이조후기에 이르러서는 창작과 비평 양면에서 높은 완성도를 보여주며 독자적인 성취를 이루었다고 평가할 수 있다. 이 가운데 고문선집의 편찬은 산문비평의 성과를 단적으로 보여주는 것으로, 우리는 고문선집의 역사를 통해 산문비평의 발달과정을 진단해 볼 수 있었다. 그것은 고문론이 중국으로부터 유입되어와 모방 학습하는 단계에서 이 땅에 정착되어 발전하는 단계로 나아가면서, 고문선집도 그에 따라 각기 성격을 달리하며 편찬되었던 것이다.

　이 이후 문선집의 역사에서 주목할 것은 당대當代 문선집의 편찬이 될 것이다. 그것은 두 영역으로 나눠질 것인데, 하나는 중국의 당대(명·청대) 문선집이오, 하나는 조선의 문선집이다. 이조후기에는 중국으로부터 많은 문학서들이 수입되었지만, 방대한 작품을 요약 정리하거나 주요 작가를 소개하는 차원에서 더러 당대 문선집이 수입되거나 또 편찬되었다.[42] 이제껏 옛 글을 모아 읽어왔던 차원을 넘어 당대 현장의 문학작품을 감상하는 단계에 도달했던 것이다. 또한 이 시기에는 조선작가들의 창작 성과에도 새롭게 주목하게 된다.[43] 그것은 동양

42) 당시 宋濂의 『皇明文略』과 같은 선집이 여러 종 수입되었으며, 또한 앞서 소개된 申㝡의 『皇明茅鹿門王弇州二大家文抄』뿐 아니라, 편자 불명의 『明文各選』(2책 필사본, 규장각 소장)이나 洪奭周의 『明文選』(20권) 등이 편찬되기도 했다.
43) 이와 관련된 연구로는 김철범, 「이조후기의 동문선집과 산문비평의 전개」, 『한국 고문의 이론과 전개』, 태학사, 1998. ; 안대회, 「조선시대 문장관과 문장선집」, 『한국 고문의 이론과 전개』, 태학사, 1998. ; 이종호, 「선집의 역사와 경산 송백옥의 〈동

의 보편적 문학 안에서 조선의 산문을 독자적으로 평가할 수 있는 성숙
된 안목이 갖추어졌음을 의미하는 것이다. 이 단계는 중국으로부터
유입된 고문비평관이 발전의 단계를 지나 완숙에 이르는 것인데, 그것
은 동시에 고문비평의 해체와 변화를 예고하는 것이었다.

文집성〉에 대하여」, 『한국한문학과 유교문화』, 아세아문화사, 1991. 등이 있다.

동문선집과 산문비평의 전개

1. 머리말

한 시대 또는 한 나라마다 그 시대와 나라의 문예발달의 정도를 잘 보여주는 것으로 '문선집'을 들 수 있다. 특히 한국과 중국의 경우는 문학의 융성을 문화의 발전과 동등한 것으로 여겼기 때문에, 필요에 따라 정수가 되는 문학작품을 뽑아 선집을 간행했고, 그것으로 자국의 문화적 성숙을 알리는 자료로 삼았던 것이다. 중국은 덮어두고, 우리나라의 경우 최해崔瀣의『동인지문東人之文』이 그렇고, 서거정徐居正의『동문선東文選』이 또한 그렇다. 이들은 명실공히 자료가 빈약한 고려와 이조전기의 문학작품을 모은 것이기에 그 자료적 가치가 오늘날 더욱 빛나고 있다.

이 같은 선집편찬의 작업이란 우선 많은 문학유산이 축적되어 있어야 가능한 일이며, 게다가 선별을 위한 편찬자의 안목을 절대 필요로 한다. 그러므로 '선집'이 등장하는 사실 자체는 당대에 풍성한 문학유산이 남겨져 있었고, 또한 비록 자가自家의 안목일지라도 어느 정도 비평적 안목이 높은 수준으로 성장했음을 입증하는 것이다. 이런 점에서 선집은 비평사연구에서도 소중한 자료가 아닐 수 없다.

이러한 전통이 가장 활기차게 계승되었던 시기는 역시 이조후기이다. 17세기를 전후한 시기의 문학가들은 활발한 비평적 활동을 전개했는데, 그 중 두드러진 성과가 '시화詩話'의 발전이었다. 시화의 발전과 함께 역시 시선집도 간행되었는데, 허균許筠의『국조시산國朝詩刪』이며 남용익南龍翼의『기아箕雅』등은 이미 잘 알려진 것들이다. 이들은 시화를 통해 습득한 비평적 안목에 당대인들의 견해를 폭넓게 수용해서 이런 시선집들을 편찬했던 것이다. 뿐만 아니라 산문비평에서도 괄목할 만한 성과를 이루었으니, 문장에 대한 높은 감식안을 가진 작가들에 의해 산문비평의 작업들이 꾸준히 진행되고 있었다. 그러나 더러 중국문장의 선집을 통해 비평안의 결실을 이루고는 있었지만, 아직 동문선집東文選集 편찬의 성과에는 이르지 못했다.

이후 중국 명·청대明淸代 소품산문小品散文이 조선 문단으로 유입되면서, 그것이 긍정적이든 부정적이든 간에 당시의 문단에 큰 파문을 일으켰는데, 이는 결국 정통산문을 고수하던 보수층의 문인들을 자극하면서 문풍과 문장에 대한 비평을 활기차게 야기시켰다. 이러한 과정에서 정통산문가들은 선배들의 비평안을 계승 발전시켜 일정한 비평적 안목을 구축했고, 그 비평안의 결실로서 동문선집의 편찬에 많은 관심을 갖게 되었다. 이리하여 당시 여러 평자들은 마치 유행처럼 선집을 편찬하게 되는데, 이는 분명 산문학사에서 특기할 만한 일로서, 이를 통해 우리는 이조후기 산문문학과 산문비평의 발달을 충분히 엿볼 수 있다. 또한 18세기 후반으로부터 19세기에 이르기까지

마침 이조의 문학사를 마감하는 시기에 이루어졌다는 점에서 또 다른 의미를 지니고 있다.

이에 이 장에서는 이 시기 동문선집의 편찬과 관련한 사정의 전말을 비평사적 관점에서 살펴보기로 하겠다. 이 시기에 편찬된 동문선집의 종류와 체재를 살펴보고, 어떠한 배경에서 이들이 편찬될 수 있었는가를 짚어보며, 작가와 작품 선별의 과정에서 진행되었던 비평적 평가들을 살펴볼 것이다. 이를 통해 산문비평사에서 이 동문선집이 갖는 의의를 매기게 될 것이다.

2. 이조후기 동문선집류의 종류와 체재

현전하는 우리나라 최초의 선집은 최해崔瀣의 『동인지문東人之文』이다. 이는 신라 최치원에서부터 고려 충렬왕대까지 이름난 문학가들의 시와 산문과 변려문을 문체별로 구분해서 선집해 놓은 책인데, 애석하게도 지금은 극히 일부만이 전해질 뿐이다. 이조전기 무렵에도 이 책은 제대로 전수되지 않았던 것 같다. 이어 이조의 문화와 학술이 가장 꽃을 피웠던 성종대에 이르러 서거정徐居正을 주축으로 노사신盧思愼·강희맹姜希孟·양성지梁誠之·이파李坡 등에 의해 관찬官撰으로 『동문선東文選』이 간행되었다. 이는 삼국시기에서부터 당대에 이르기까지 알려진 작가들을 총망라하여, 시문의 각 문체별로 선집하고 있는데, 그 규모가 실로 방대해서 우리나라 문원文苑의 영화를 자랑하고 있다. 성현成俔의 평가와 같이 '정선精選'이 아니라 '유취類聚'한 수준을 벗어나지는 않았지만, 그렇기 때문에 오히려 소중한 자료적 가치를 지니고 있다. 중종대에 왕명으로 신용개申用漑 등에 의해 그 사이 40년 동안의 『동문선』에 누락된 인물의 문장을 추가해서 『속동문선續東文選』을 편찬했는데, 그 체제나 성격은 『동문선』과 크게 다를 바 없다.

그러나 성종조에 『동문선』이 지닌 선문選文의 번잡함을 지양하며, 분명한 선문의 기준을 가지고 김종직金宗直이 『동문수東文粹』를 편찬했는데, 이 선집은 최치원으로부터 당대 이승소李承召에 이르는 모두 26인의 문장을 작가의 시대순으로 엮어 두었다. 이 책은 가장 앞선 순수 산문선집으로서, 문식文飾보다 의리義理를 중시하는 김종직의 비평안이 돋보이는 선집이다. 이 선집의 체제나 구성은 이조후기의 동문선집에 어느 정도 영향을 미쳤으리라고 본다. 이상은 이조전기까지 편찬된 동문선집류의 대강이다.

임병양란 후 17세기를 전후한 무렵에는 『국조시산國朝詩刪』이나 『기아箕雅』 등의 동시선집東詩選集은 편찬되었으나, 동문선집이 편찬된 흔적은 찾아볼 수 없다. 중국의 고문장을 모아 엮은 선집들은 관찬이나 사찬으로 더러 간행되었으나, 우리 문장을 선집 하는 단계에 까지 이르지는 못했던 것이다. 이후 18·19세기에 이르러서야 비로소 동문선집이 편찬되었다.

우선 이 시기에 편찬된 동문선집으로, 현전하는 것과 이름만 전하는 것을 모두 정리해 보면 다음과 같다.

선집명	편찬자	현전여부	편찬시기	수 록 문 장 가	비고
『사군자문초 四君子文鈔』	南公轍	부 전	1801~1815	崔岦·張維·李植·金昌協	
『대동문준 大東文雋』	洪吉周	부 전	1810년대	李穡·崔岦·李恒福·李廷龜·申欽· 金尙憲·張維·李植·許穆·金錫冑· 金昌協·黃景源	
『해동제명가문선 海東諸名家文選』	洪吉周	부 전	상 동	미 상	
『동문소선속록 東文小選續錄』	李正觀	부 전	1830년대	미상(南有容·黃景源 이후의 19가)	142편 4권
『동문류東文類』	徐有榘	부 전	1830년대	미 상	20권
『동문팔가선 東文八家選』	徐有榘	현 전	1840년경	李奎報·李穀·李穡·金宗直·金守 溫·崔岦·張維·李植	209편 6권6책
『동문집성 東文集成』	宋伯玉	현 전	1866년	李穡·金宗直·崔岦·李廷龜·申欽· 李植·張維·許穆·南九萬·金錫冑· 金昌協·趙龜命·黃景源·洪良浩· 朴趾源·金邁淳·洪奭周·洪吉周	606편 36권18책
『여한구가문초 麗韓九家文鈔』	金澤榮	현 전	1905년	金富軾·李齊賢·張維·李植·金昌協 ·朴趾源·洪奭周·金邁淳·李建昌	82편 10권

이들 외에도 미처 조사되지 못한 것이 분명 있을 것이며, 어딘가에 현전하는 자료도 있을 것으로 본다. 이상에서 정리한 것을 보면, 이들 동문선집들은 거의가 19세기에 이르러 편찬되었음을 알 수 있다. 그중 『여한구가문초』는 20세기의 초입에 편찬된 것이지만, 그 선집 편찬의 성격상 19세기 선집들과 별다른 차이는 없다. 이같이 이조후기 중에서도 19세기에 집중되어 있는 현상은 19세기 사대부문학사의 특성과 무관하지 않은 것인데, 이와 관련해서는 다음 장에서 언급하기로 하고, 각 선집들의 내용과 성격을 살펴보기로 하자.

『사군자문초四君子文鈔』 『사군자문초』는 저명한 문장가인 금릉金陵 남공철南公轍(1760~1840)이 편찬한 선집이다.[1] 1815년 이전의 순조왕 대에 편찬했다. 그는 이조의 문단을 모두 세 시기로 나누어, 춘정春亭 변계량卞季良과 사가四佳 서거정徐居正으로 대표되는 국초의 관인문학 시기, 간이簡易 최립崔岦·월사月沙 이정구李廷龜·상촌象村 신흠申欽·식 암息庵 김석주金錫胄·계곡谿谷 장유張維·택당澤堂 이식李植·농암農巖 김 창협金昌協 등이 활약한 목릉穆陵으로부터 인·숙仁肅 연간에 이르는 시 기, 그리고 이어 등장한 삼연三淵 김창흡金昌翕과 강한江漢 황경원黃景源 의 활동시기로 구분했다. 이는 대체로 관각문인을 중심으로 고찰한 것으로, 금릉 자신의 입장과 처지에서 기인한 시각이라고 할 것이다. 이들 중 최립·장유·이식·김창협의 문장만을 특별히 뽑아 '사군자'라 칭한 것인데, 이는 그가 좋은 문장의 요건으로 설정하고 있는 '법法' ·'기氣'·'취趣'를 손색없이 갖춘 문장가로 꼽은 것이었다. 이들 이전 의 작가들은 웅혼雄渾한 힘은 있지만 청신淸新한 생각이 모자라고, 이 들 이후의 작가들은 꾸민 흔적이 많아 심후深厚한 기운이 적다고 보아 선별에서 제외했다.

남공철의 이러한 평가작업은 사실 당시 문풍의 방향을 제시하고자 하는 것이었다. 그는 오직 사군자의 문장이 당시 의고문과 소품문체 에 젖어있는 문단의 폐단을 바로잡을 수 있을 것으로 보고, 이들 문 장의 독서를 통해 '법'을 세우고 '기'를 기르며 '취'를 드러내어 다시 문장을 부흥시키게 될 것이라는 기대에서 『사군자문초』를 편찬했던 것이다.[2] 그리고 그가 위에 열거한 7인의 문장가는 대체로 당대 비평

---

1) 남공철에 대해서는 李京兒, 『南公轍의 문학사상』, 성균관대 석사학위, 1996. 참조.

계에서도 공론으로 인정했던 문장가들로서, 남공철의 입장도 그러한
견해와 크게 다르지 않았다고 보겠다. 그러나 이 책은 아직 실체가
알려지지 않고 있어, 책의 규모와 선문의 체제나 성격 등을 정확하게
파악할 수 없다.

　『대동문준大東文雋』·『해동제명가문선海東諸名家文選』『대동문준』과
『해동제명가문선』은 항해沆瀣 홍길주洪吉周(1786~1841)가 편찬한 것이
다.3) 그는 19세기 고문가의 한 사람인데, 당시 고문가들은 날로 쇠퇴
해 가는 문풍을 바로잡고자 하는 책무를 스스로 짊어지고자 했다. 그
런 목적에서 이들은 문선집의 편찬에 많은 관심을 갖고 있었다. 먼저
그들은 중국문장의 선집을 기획하여, 홍석주洪奭周의 경우 한韓·유柳
·구歐·소蘇의 문장을 모아『사가문초四家文鈔』를 엮었고4), 다시 명나
라 문단의 성쇠를 문선집으로 드러내기 위해『명문선明文選』20권 5집
을 엮기도 하였다.5) 홍길주도 역시 여러 문사들과 함께『역대문선歷代
文選』을 편찬한 바도 있었으나6), 애석하게도 이것들은 현재 하나도
전해지지 않고 있다.

　그러나 홍길주는 중국 문장의 선집에만 그치지 않고, 이어 우리나
라 문장의 선집에도 착수하여, 신중한 검토를 거쳐 이색李穡으로부
터 황경원黃景源에 이르기까지 12가를 확정하고 선문選文해서『대동
문준』이라 이름 했던 것이다. 이 선집편찬 과정에서 홍길주는 형인

　2) 南公轍,「四君子文鈔序」,『金陵集』권11 참조.
　3) 홍길주에 관해서는 졸고,「沆瀣 洪吉周의 作文精神과 眞文章論」,『동양한문학연구』
　　제9집, 동양한문학회, 1995 참조.
　4) 홍석주,「題四家文鈔」,『淵泉集』권21.
　5) 홍석주,「選皇明文小識」,『淵泉集』권24 ; 洪吉周,「明文選目錄序」,『峴首甲藁』권3.
　6) 홍길주,「歷代文選序」,『孰遂念』第五觀.

홍석주의 조언을 많이 받았던 것으로 보는데, 결국 이 선집에는 당시 고문가들의 공론이 모여졌다고 볼 수 있겠다.

이 12가 중에는 이항복李恒福과 김상헌金尙憲 등 다른 선집들에서는 별 관심을 두지 않은 작가들을 포함하고 있는 점이 색다르다. 사실 홍길주는 일찍이 홍석주와 함께 황경원의 문장이 한낱 옛글을 모방한 것에 불과하다는 혹평을 한 적이 있는데도 불구하고7) 그의 글을 선집한 것을 보면, 자신들의 주관적 비평관에 따라 선집하지 않고, 당대인들로부터 추앙을 받았던 문장가를 선별했다고 생각된다. 이 점은 이들 12가를 비평한 「동문십이가소제東文十二家小題」8)라는 그의 글에서도 확인되는데, 이 글에서 홍길주는 12가 문장의 장점만이 아니라 단점까지도 간결하면서도 냉정하게 지적한 것을 보면, 딱히 자신의 기호에 맞는 작가만을 선별한 것은 아니라고 하겠다. 반면 홍길주는 연암의 문장에 대단히 경탄한 적이 있었는데도9) 이 선집에서 제외되어 있다. 이 선집이 그의 나이 30세 이전에 편찬되었던 것이니10), 혹 그때까지 『연암집』을 미처 보지 못했던 때문이라고 생각된다. 그러나 이 책 역시 전하질 않아, 선집의 체제나 선문의 성격을 정확하게 분석할 길은 없다.

홍길주는 『대동문준』을 편찬하고 난 뒤 곧 이어, 이 선집에서 누락된 인물들 중 몇몇을 더 가려 뽑아 추가로 『해동제명가문선海東諸名家文選』을 편찬했는데, 역시 여기에 선발된 문장가가 구체적으로 누구

---

7) 홍석주, 「答李審夫書」, 『연천집』권16 참조.
8) 홍길주, 『峴首甲藁』권3.
9) 홍길주, 「讀燕巖集」, 『縹礱乙幟』권5.
10) 洪祐健, 「沆瀣丙函跋文」, 『항해병함』권말.

였는지 현재로선 알 수 없어 애석하다.

『동문소선속록東文小選續錄』『동문소선속록』은 홍길주의 「동문소
선속록서」[11)를 통해 밝혀진 선집인데, 당시 홍석주의 문인이던 이정
관李正觀(1792~1854, 자 盥而, 호 念齋)이 편찬한 것이었다. 이정관은 지
계芝溪 이재성李在誠의 아들이오, 박연암朴燕巖의 처조카로서 이러한
집안의 영향에 힘입어, 그의 형인 순계醇溪 이정리李正履(1783~1843)와
함께 문장에 조예가 있었다. 이들 형제는 홍석주의 문하에서 문인들
과의 교류를 통해 고문에 대한 소양을 넓혔다.

마침 이정리가 서장관書狀官으로 북경사행을 갈 때 이정관도 형을
따라 다녀오게 되었는데, 이 때 그는 중국의 문인들에게 소개할 생각
으로 우리나라 문장가 19인의 글 142편을 모아 모두 4권의 이 문선집
을 엮었던 것이다. 이 선집을 중국에 가지고 가서 누구에게 소개했으
며, 어떤 비평을 받았는지는 자세하지 않다. 그러나 이 때 이정리도
홍석주와 김매순의 시문을 뽑아들고 가, 매증량梅曾亮과 같은 중국의
문사들에게 소개하고 또한 그들로부터 평문을 받아온 바가 있었
다.[12) 이러한 사정으로 짐작해 보건대, 이정관의『동문소선속록』도
명망있는 중국의 문사들에게 두루 소개되었으리라고 본다.

그러나 이 선집은 우리나라 문학사의 전 시기를 대상으로 선문한
것이 아니고, 이정관 당대의 문장을 선집한 것이었다. 그래서 가장
오랜 사람이 남유용南有容과 황경원黃景源 정도였던 것이다. 다른 선집
들은 대체로 자신의 시대에 생존해 있는 작가는 피하고 있는데 반해,

---

11) 홍길주, 『沆瀣丙函』권2.
12) 梅曾亮, 「臺山論文書後」, 『臺山集』卷9.

이 책은 당시의 문장을 중국에 소개할 목적을 지녔기 때문에 생존 작가의 문장도 선별했다고 본다. 대략 18세기와 19세기 초엽의 문장을 선별한 것인데, 모두 19인이나 뽑았다는 사실이 무척 흥미롭고, 또한 그 19인은 과연 누구인지 궁금하지만, 이 역시 애석하게도 전해지지 않으며, 어떤 문장들을 선별하였는지도 전혀 알 길 없다.

『동문류東文類』・『동문팔가선東文八家選』『동문류』와 『동문팔가선』 은 서유비徐有棐(1775~1847, 자 士忱, 호 經齋)가 편찬한 것이다. 서유비는 서호수徐浩修의 넷째 아들로, 좌소산인左蘇山人 서유본徐有本(1762~1822) 과 풍석楓石 서유구徐有榘(1764~1845)의 동생이다.[13] 그는 평생 초야의 '독서지사'로 지내면서, 둘째 형 서유구의 방대한 서고의 책을 바탕으로 60이 넘은 노년의 나이에 이 두 종의 동문선집을 엮었던 것이다. 그의 선집의 서문을 홍길주와 그 아들 홍우건이 써 준 것을 보면, 비록 노론과 소론의 당색은 달라도 이들과 돈독한 교류를 맺고 있었던 것인데, 한편 이들과의 교류에서 동문선집 편찬의 자극과 고무를 받은 바도 있었다고 본다.

이 중 『동문류』는 전하지 않는데, 홍길주의 「동문류서」[14]가 있어 그 규모의 대략을 알 수 있다. 또한 홍우건洪祐健의 「동팔가문초서東八家文抄序」에 의하면, 『동문류』는 소명세자昭明世子의 『문선』이나 『문원영화文苑英華』의 체제와 같이 문장을 중점으로 선집했다고 했으니,[15] 아마 문체를 중점으로 각 문체별로 이름난 문장들을 선별한 체제를

---

13) 서유비의 소략한 행적은 拙稿, 「東文八家選解題」, 『영인 동문팔가선』, 보고사, 1994. 참조.

14) 홍길주, 『항해병함』권2.

15) 홍우건, 『原泉集』권4.

갖추고 있었다고 하겠다. 그러나 여기에 선별된 문장가 수는 대략 십수 명 정도였다고 하니, 그렇게 많은 인물을 대상으로 하지는 않았던 것이다. 반면 전체가 20권이라고 하는데, 이는 동문선집류로서 결코 적지 않은 분량이다.

서유비는 그의 나이 72세 되던 해에 다시『동문팔가선』을 편찬했다. 이는 자신의『동문류』를 8인의 작가로 한정해서 다시 정리한 것이 아닌가 여겨지는데, 정확한 차이점은 알 수 없다. 이 8인이라는 수는 당송팔대가와 일정한 연관이 있는 듯하다. 그는 이규보李奎報·이곡李穀·이색李穡·김종직金宗直·김수온金守溫·최립崔岦·장유張維·이식李植 등 팔가의 문장을 모두 28종의 문체로 분류하고, 209편의 글을 모아 6권 6책으로 엮었다. 한편 팔가의 문장을 문체별로 나누어 실은 점은 당시 정조의 명으로 간행되어 유행되었던『당송팔자백선唐宋八子百選』의 체제를 본뜬 것이 아닌가 여겨진다.

『동문팔가선』은 고려조(후기) 3가와 이조전기 2가, 이조중기 3가 등 대체로 시기별로 안배를 했는데, 이 중 이규보와 이곡과 김수온의 문장을 뽑은 것은 서유비의 색다른 안목이다. 반면 김창협을 빠뜨린 점이 궁금한데, 혹 개인적인 취향이 맞지 않았던 것 아닌가 생각도 되지만, 문장가 선별의 기준에 대한 편자 자신의 해명이 없어 알 수는 없다. 그러나 작가마다 선집한 문체의 종류와 문장의 편수가 각각 차이가 나는데, 정리해 보면 다음과 같다.

작가	편수	문체별 편수
이규보	40	書5 序1 題跋4 記2 辨1 論3 對1 雜著6 箴3 銘3 頌1 贊1 哀辭2 誄1 傳2 墓誌3 碑1
이 곡	24	書3 序2 題跋1 記2 論2 原1 策題2 雜著2 銘2 贊2 傳2 墓誌2 碑1
이 색	57	序13 題跋7 記9 辨1 說4 箴1 銘3 頌1 贊7 傳6 墓誌4 碑1
김종직	22	書3 序6 題跋1 記7 說1 贊1 哀辭1 祭文1 神道碑銘1
김수온	8	序4 記3 碑1
최 립	24	封事1 書5 序8 記4 箴1 祭文2 墓表1 碑1 神道碑銘1
장 유	28	疏2 箚3 書1 序13 題跋1 記3 說2 解1 碑1 神道碑銘1
이 식	6	序3 引1 題跋2

김수온과 이식의 경우는 편수가 현저히 적은데 반해, 이색의 경우는 또한 상대적으로 많이 실려 있다. 또한 문체의 안배도 작가마다 편차가 심한 것을 볼 수 있다. 특히 소疏와 차箚의 경우는 장유의 글만 실려 있고, 잡저도 이규보와 이곡의 것만 선집되어 있다. 그렇다고 이로써 서유비가 특정 작가에 대해 편견을 가지고 선집했다고 볼 수는 없다. 그랬다면 애초 팔가에 포함시키지 않았을 터이다. 오히려 먼저 팔인의 작가를 선정한 다음, 다시 문체를 분류해서 각 문체에 해당되는 우수작품을 나름대로 공정히 선발하고자 했던 것이라고 생각된다. 결국 편찬자의 냉정한 비평관이 드러났다고 하겠다.

또 문체의 측면에서 보면, 서序 50편, 기記 30편, 서書 17편, 제발題跋 16편의 순으로 비중을 두고 있다. 이 문체들은 다분히 문예적인 측면이 발휘되는 것들로서, 문인들에게 친근한 문체라고 본다. 또한 28종의 문체로 세분하여 나누어 실은 것도 문인적 취향이 작용한 것이라고 하겠다. 여기에는 자신들의 문장공부를 위한 목적도 은근히 담겨있는 것이다.

『동문집성東文集成』 이상의 선집들은 대체로 19세기의 전반에 활동한 고문가들과 그들과 상호 교류한 인물들에 의해 이루어진 것이므로, 19세기 전반기의 선집으로 시기를 그을 수 있다. 그러나 이 선집들은 거의 산실되고 없거나 이본도 없는 것을 보면, 대부분 당시에 널리 알려지거나 공개되었던 것은 아니라고 하겠다. 분명 세인들의 비난을 받을 소지가 충분한 책이었기 때문에, 공개하기를 신중히 했던 탓이라고 본다. 그렇지만 이러한 형편에도 불구하고 19세기의 중엽에 또 다시 하나의 동문선집이 등장하니, 그것이 『동문집성』이다.

『동문집성』은 송백옥宋伯玉(1837~1887, 자 景瑗, 호 敬山)이 기획해서 고려로부터 당대에 이르기까지 모두 18가의 문장을 모아 엮은 선집이다.[16] 이 선집은 한 작가당 2권 1책 분량의 글을 골고루 선별하고, 모두 36권 18책에 600여 편의 방대한 량으로 엮었으니, 『동문선』이후 가장 권질이 큰 책이라고 하겠다. 그는 먼저 24권 12책으로 이색으로부터 조귀명까지 12가를 선별해서 '원집原集'으로 엮고, 이어 정조조에서 헌종조까지의 문장가 6인을 추가로 모아 12권 6책의 '속집續集'으로 엮었다. 원집을 엮는 데는 대략 16개월이 걸렸고, 이어 속집까지 완성하는 데 모두 4년의 시간이 걸려, 1866년에 서문과 함께 완성되었다고 본다.

이러한 거질의 동문선집을 엮는 기획에 동참한 송백옥의 동료와 후배는 이유길李裕吉(1828~ ?, 자 景禹)과 심의평沈宜平(자 昇如), 이계상李啓相(1841~ ?, 자 公佑), 이건창李建昌(1852~1898, 자 鳳藻, 호 寧齋) 등이다. 이들은 문장의 선집과 교정에 참여했는데, 특히 이유길은 원집의 선

---

16) 이에 관해서는 李鍾虎, 「選集의 歷史와 敬山 宋伯玉의 東文集成에 대하여」, 『한국한문학과 유교문화』, 김세한교수정년퇴직기념논총, 안동한문학회, 1991가 있다.

집과 교정에 참여했고, 나머지 세 사람은 속집의 편집과 교정에만 참여했다. 이들 중 이건창은 훗날 고문장가로서 대단한 활약을 했는데, 모두 문장에 대한 높은 식견을 갖춘 인물들로 생각된다.

이 선집의 특징으로 각 선정 작가마다 권두에 「~집문초인集文鈔引」이라는 제목의 소서小序를 붙여 작가에 대해 간략히 논평한 점을 들 수 있다. 이 논평은 총서總敍와 함께 모두 송백옥 자신이 서술한 것으로, 각 작가들의 문학이 지니고 있는 특징과 의미를 간결하게 적어두었다. 이색에서 홍길주에 이르는 약 450여 년간의 대표적 문인 18인에 대한 논평은 실로 우리 문학사를 꿰는 평론이라고 하겠는데, 이로써『동문집성』은 우리 문학비평사의 소중한 자료집으로서의 가치를 부여받을 수 있을 것이다.

송백옥은 작품선정에서 문단의 여러 평가들을 적극 수렴했다고 했는데17), 즉 선배들이 이룩한 비평안을 많이 참고했다는 뜻이다. 그러나 누구의 비평안을 어떻게 받아들였는지 분명하게 알 수는 없다. 또한 앞 시대에 편찬된 선집과의 관계에 대해서도 언급이 없다. 그러나 우리는 현전하는 서유비의『동문팔가선』과『동문집성』의 목차에서 어떤 표식이 되어 있는 것을 볼 수 있는데, 그것들을 대비해서 살펴보면,『동문팔가선』의 선문과『동문집성』의 선문을 서로 대비한 흔적이라는 것을 알 수 있다. 그래서『동문팔가선』에서는『동문집성』에 실려 있는 문장 위에 '성成'이라고 써 두었고,『동문집성』에서는『동문팔가선』에 실려 있는 문장 위에는 '선選' 또는 ' ﹨ '(選의 약식 표기)으로 표시하고 있다. 이것이 만약『동문집성』의 편찬자가 표시한 것

---

17) 송백옥,「東文集成總敍」:"謹采藝苑之緖論."

이라고 한다면[18], 선집을 완성한 후에『동문팔가선』을 입수해서 그 선문의 관점을 서로 대조했던 것이라고 하겠다. 어떤 연관에서 어떻게 입수하고 대조해 보았는지 확언할 수는 없지만, 서유비와 송백옥이 같은 소론 집안의 사람이라는 점을 생각해 볼 수 있다. 그러나 설령 편찬자 자신의 표시가 아니라 하더라도『동문집성』은『동문팔가선』의 선문안을 십분 받아들인 것은 결코 아니었다. 그러므로 선정 작가도 다소 차이가 있으며, 두 선집 간에 중복되게 뽑은 문장도 겨우 41편 밖에 되지 않는다.

오히려 송백옥이 받아들이고자 했던 문단의 서론緖論이란 정통 고문가들의 견해였다고 본다. 그는 원집이 완성되었을 때 그것을 홍석주의 외손이자 문인으로서 당시 문명을 떨치고 있던 미산眉山 한장석 韓章錫(1832~1894)에게 보내어 평가를 받고자 했다.[19] 한장석은 이 작업에 대해 격찬을 하면서, 한편으론 너무 조급하게 엮은 데 대한 우려와 아직 나이가 젊기 때문에 간행을 서둘 필요가 없음을 강조했다. 『동문집성』이 널리 공개되지 않은 것도 한장석의 이 충고와 관련 없지 않다고 할 것이다. 또한 송백옥이 홍길주의『대동문준』을 보지 못한 것은 분명하지만[20], 작가선별의 과정에서「대동문준서」와「동문십이가소제」를 통해 홍길주의 비평안을 다소 참고했으리라고 본다. 그가 원집에서 12가를 뽑은 것도『대동문준』의 12가와 관련이 있을

---

18) '選'자는『東文集成』필사자와 같은 필체로 보이고, '成'자는『東文八家選』의 필체와 다른 점으로 미루어 이렇게 짐작할 만한 개연성이 있다.

19) 韓章錫,「答宋景瑗伯玉書」,『眉山集』권4 참조.

20) 한장석이 위의 편지에서 서문은 남아있지만, 책은 잃어버렸다고 말하고 있다. 참고로 한장석은『대동문준』이 홍석주가 편찬한 것이라고 말하고 있는데, 이는 그의 착오이다.

듯하다.

송백옥이 선정한 18가는 대부분 당시의 공론에서 크게 벗어나지 않은 작가들로서, 분명 문단의 서론에 충실했다고 하겠다. 다만 다른 선집에서는 볼 수 없었던 작가로 남구만南九萬·조귀명趙龜命·홍양호洪良浩·홍길주洪吉周를 들 수 있는데, 송백옥은 이들을 공론에 오른 작가들의 반열에 넣어두고자 했던 것이다. 특히 조귀명과 홍길주는 김택영金澤榮도 다소 조박佻薄한 폐단 때문에『여한구가문초』에 선집하지는 않았다고 하지만, 이들의 문장이 비루한 우리나라 문장의 한계를 뛰어넘었다고 평가한 바 있다.21) 그러나 송백옥은 좀더 폭을 넓혀 작가를 선별하려는 입장에 있기도 했지만, 오히려 이들의 문장이 독자적 세계를 구축해 개성있는 문장을 이루었음을 높이 평가했다. 한편 남구만의 경우, 송백옥은 그의 관각문학이 이룬 성과를 높이 보아 선집에 포함했고, 홍양호의 문장은 속집의 편찬에 참여했던 이계상李啓相의 소개로 접하게 되어, 그가 영조조에 문형을 지냈던 점을 인정하여 선집에 포함하게 되었던 것이다.

『동문집성』에 실려있는 문장들은 문학비평론에 관련된 내용이 상대적으로 많이 있는데, 이는 편찬자가 작가들의 문학에 대한 논의를 함께 실어줌으로써, 그들의 작품세계를 이해하는데 도움이 되게 하고자하는 의도가 있었다고 본다. 여하간 이 선집은 시대별로 대표적인 작가들의 문학론과 비평론이 정리되어 있어 문학비평사의 자료집으로서도 유용하다.

『여한구가문초麗韓九家文鈔』 앞서도 언급했듯이, 『여한구가문초』

---

21) 金澤榮,「雜言」四,『合刊韶濩堂集』권8 :"趙東谿·洪沆瀣, 雖皆能跳出於陋, 而矯枉過直, 病於佻薄, 故選不及之矣."

는 대한제국이 멸망하기 직전의 20세기 초입에 엮어진 책이지만, 이조시대 마지막의 정통 고문가인 김택영에 의해 엮어졌다는 점과 그 편찬의 성격상 이조후기 19세기의 선집으로 간주해도 무방할 것이다. 이 선집은 일찍이 김택영이 자신의 안목으로 김부식金富軾 이후 이건창李建昌에 이르는 9가를 선정해서 문선해 두었던 것인데, 1905년 9월 중국 망명길에 오르면서 비로소 그의 문인인 왕성순王性淳에게 공개했던 것이다.[22] 정확히 언제 편집이 완료되었던지 알 수 없지만, 대략 이 무렵에 완성되었다고 보아야 할 것이다. 이후 그는 망명지에서 중국의 문인들에게 개인적으로 이 선집을 소개한 바 있었지만[23], 1914년 왕성순이 이 9가에 김택영의 문장을 포함시켜『여한십가문초麗韓十家文鈔』라는 제목으로 중국에서 간행함으로서 비로소 일반에 공개되었다.

김택영은 당시 저명한 고문장가이면서 비평가였다. 한문학의 전통이 그 맥을 잃어가던 시기에 즈음하여, 그는 우리나라 산문문학에 대한 평가와 정리 작업에 힘을 기울였으며, 문집의 간행뿐만 아니라 문학논평에서도 활기찬 활동을 전개했다. 그의 이 같은 고문비평 작업의 성과로 인해『여한구가문초』가 엮어질 수 있었고, 또 한편 이 선집의 편찬을 통해 우리 고문에 대한 자신의 비평 작업을 정리해 보고자 했던 것이라고 본다.

그는 본래 문기文氣를 중시하는 문인으로서 고아古雅한 문체를 추구하는 고문가의 관점에 충실했고, 특히 논리가 탁월한 문장보다는 기

---

22) 王性淳,「麗韓十家文鈔序」,『麗韓十家文鈔』: "手錄其文, 表爲九家. 屬光武末, 浮海之淮南, 以九家者, 畀性淳藏之. 其後每抵書, 未嘗不以九家爲言."
23) 金澤榮,「雜言」三,『合刊韶濩堂集』권8 : "嚴幾道見余所選麗韓九家文曰云云."

사記事에 뛰어난 문장을 선호했는데, 이런 기호가 그의 선집편찬에도 드러나고 있다. 보다시피 전대의 선집가들은 대부분 이색과 최립을 뽑아두었는데 반해, 김택영은 그들의 문장이 주소어록체의 기운을 지니고 있다해서 선집에서 제외시켰다. 반면 김부식과 이제현을 선집했는데, 이는 두 사람이 모두 기사문에 뛰어난 점을 높이 평가한 것이었다. 김부식은 『삼국사기』를, 이제현은 고문창도와 『고려사』 편술의 공로를 평가한 것이었다. 뿐만 아니라 박지원·홍석주·이건창 등에 대한 평론도 모두 기사체의 우수성에 그 기준을 두었으니, 이 『여한구가문초』는 김택영 자신의 비평관이 개성 있게 드러난 선집이라고 하겠다.

그러나 『여한십가문초』는 이조후기에 편찬된 선집 중 유일하게 공간公刊된 책이었다. 게다가 일제식민지적 상황에서 민족정신의 고취에 힘입은 민족의 문학유산에 대한 관심은 이 선집이 일반에 널리 알려지는 계기가 될 수 있었다고 본다. 이러한 과정을 통해 결국 김택영의 탁월한 선문안選文眼은 우리 문학비평사의 이해에 적지 않은 영향력을 미치게 되었으니, 선집이 지니는 의의와 효과를 여실히 보여주었다고 하겠다.

선집의 체재體裁 이상으로 이조후기에 편찬된 8종의 동문선집이 지니는 성격과 내용을 개괄해 보았다. 이 중 현전여부가 확인된 것은 모두 3종뿐이다. 그리 시대가 오래된 것도 아닌데 문헌이 사라져 볼 수 없는 것이 몹시 안타깝다. 그러면 현전하는 선집들을 중심으로 이 시기 선집들은 어떤 체제로 구성되어 있는지 살펴보기로 하자.

동문선집들의 외형적인 구성을 살펴보면, 대략 두 가지 형태로 이루어져 있다. 하나는 시대순으로 작가를 배치한 다음 그 작품을 열거하는 방식이오, 또 하나는 문체별로 분류해서 작가 순서대로 작품을 열거하는 방식이다. 앞서 『동인지문』과 『동문수』가 전자의 방식을 취했는데, 『사군자문초』·『동문집성』·『여한구가문초』 등 대부분의 선집들이 이 방식을 따르고 있다. 후자의 방식은 일찍이 『동문선』이 취한 방식이었는데, 『동문팔가선』이 역시 이 방식을 따르고 있다.

편집구성상의 이러한 차이는 분명 편찬자 나름의 의도나 필요에 의한 것이라고 하겠다. 가령 한 작가의 문학적 성취나 그의 작품세계를 일목요연하게 이해하는 데는 전자의 방식이 유용할 것이며, 한편 산문의 문체별 특징과 그 방면의 우수한 작품을 감상하는 데는 후자의 방식이 오히려 편리할 것이다. 그러나 모든 선집이 위의 두 가지 목적 중의 하나를 반드시 염두에 두고 구성을 선택했던 것은 아니다. 시기별 작가순대로 열거한 선집이라 하더라도 한 작가의 작품세계를 이해하는 것과는 별 관련없이 오히려 작품에 중점을 둔 경우가 있는가하면, 문체별로 묶었어도 선정 작가를 한정하고 있어 문체별 우수한 작품들을 감상하는 것 외에도 한 작가의 작품세계의 성과를 이해하게 해주는 선집도 있다.[24]

편집구성상의 이러한 이중성과 다양성은 선집의 체제를 일목요연하게 설명하고 이해하는 데 다소 혼란스럽다. 이는 선집의 외형적 구성에만 주목했기 때문이라고 본다. 오히려 선집의 기본 방침이 되는 편찬자의 내재적 의도에 따라 구성체제를 이해하는 것이 보다 합리적이 될 수 있겠다. 그러면 『동문팔가선』의 서문을 지은 홍우건洪祐健 (1811~1866)의 언급을 주목해 보자.

----

24) 전자의 경우는 김종직의 『동문수』가 해당될 것이며, 또한 서유비의 『동문류』도 전자에 해당되는 종류의 선집으로 추정된다. 후자의 경우는 『동문팔가선』이 그렇다.

선집에는 두 가지 방법이 있습니다. 모래틈에서 금가루를 가려내고, 자갈을 헤쳐 옥을 찾아내며, 가시덤불을 잘라내면 아름다운 나무가 드러나니, 이는 문장을 선발하는 것[選文]입니다. 소명세자昭明世子의『문선』과『문원영화』같은 것이 이것이지요.『동문류東文類』는 이것과 흡사합니다.

좋은 상인은 한 자 정도 상했다고 해서 한 필의 비단을 모두 버리지 않으며, 뛰어난 장인은 한 점 흠이 있다고 큰 옥을 버리지는 않으니, 이는 사람을 선발하는 것[選人]입니다.『당문수唐文粹』와『송문감宋文鑑』, 모곤茅坤의『당송팔가문초唐宋八家文抄』같은 것이 이것이지요. 이『동팔가문초東八家文抄』와『대동문준大東文雋』이 이것과 흡사합니다. 이 두 가지 중에서 어느 것을 없앨 수는 없겠지만, 사람을 선발하는 것은 더욱 신중히 해야 할 것입니다.25)

홍우건은 선집의 구성을 편찬자가 작품에 중점을 두고 있느냐, 아니면 작가에 중점을 두고 있느냐에 따라 '선문選文'의 문선집과 '선인選人'의 문선집으로 나누어 본 것이다. 이는 선집편찬에 임한 편찬자의 본질적 관심에 의거해서 구성체제를 파악한 것인데, 이렇게 보면 선집들의 구성체제가 보다 확연하게 구분된다. 즉『동인지문』·『동문선』·『동문수』·『동문류』등은 모두 작품을 모은 '선문選文'의 문선집이 될 것이고,『사군자문초』·『대동문준』·『해동제명가문선』·『동문소선속록』·『동문팔가선』·『동문집성』·『여한구가문초』등은 모두 면

25) 洪祐健,「東八家文抄序」,『原泉集』권4 : "選有二道焉. 排沙而揀金, 披礫而呈珉, 榛楛之翦而嘉木顯焉, 此選文也. 昭明文選·文苑英華之類, 是也. 東文類似之. 善賈不以尺朽而棄匹帛, 良工不以點瑕而捐拱璧, 此選人也. 唐文粹·宋文鑑·茅坤八家文抄之類, 是也. 是書及大東文雋似之, 二者不可偏廢而選人爲尤愼焉."

저 작가를 선발하고 다시 문장을 선집한 '선인選人'의 문선집이라고 하겠다. 이 '선인'의 문선집 중 『동문팔가선』만 8가의 문장을 다시 문체별로 나누어 실은 색다른 구조로 되어 있을 따름이다.

이런 관점에서 편집체제를 살펴볼 때, 우리는 이조전기까지 편찬된 동문선집들은 모두 작품을 중점으로 선집되었던 것에 반해, 이조후기의 선집들은 『동문류』를 제외하고는 모두 작가를 중점으로 선집되었음을 알 수 있다. 이 점은 이조후기의 동문선집이 지닌 특징이라고 하겠다.

우리의 문학유산이 이조후기에 이르면 이미 많은 양으로 축적되었고, 그와 함께 옥석을 가리기 위한 비평의 작업이 본격적으로 진행되었다. 결국 동문선집의 편찬도 이 비평작업의 결실인 것이다. 그러나 이조후기의 비평은 작품비평에 앞서 작가비평을 중시하는 경향을 볼 수 있는데, 그것은 문집의 편찬과정에서 진행되는 서발문序跋文을 통한 비평의 성행과 관련이 깊은 듯하다. 특히 한시비평과는 달리 산문비평은 작품의 문학성보다 작가의 문학적 성취를 중시하는 경향이 있는데, 산문은 작가의 번뜩이는 재기才氣보다 꾸준한 독서공부를 통해 얻어진 문장력文章力에서 이루어지는 것이라고 여겼기 때문이다. 즉 좋은 문장은 작가의 깊이 있는 사고와 올바른 인격으로부터 나오는 것이라고 보는 것이 당시 비평가들의 지배적인 생각이었던 것이다. 이런 관점에서 자연히 작가를 중시하게 되고, 선집의 편찬에서도 작가를 중점으로 편찬하는 경향이 보편화 되었던 것이 아닌가 생각된다.

3. 동문선집 편찬의 동인動因과 비평사적 의의

이상의 고찰에서와 같이, 이조후기 특히 19세기를 전후한 시기에 적지 않은 동문선집이 편찬되었다. 이 주목할 만한 문학사적 현상은 분명 어떤 동인에 의해 형성된 결과임이 분명하다. 이미 앞에서도 당대 문학유산의 축적과 아울러 비평의 필요성을 언급했던 바와 같이, 동문선집을 편찬한 의도가 문학유산의 보존과 정리, 그리고 문풍의 쇄신에 있었다고 할 것이다.26) 그러나 이는 겉으로 드러나 있는 의도일 뿐이오, 오히려 내재적 동인이 있었다고 하겠다. 그러면 이제 우리 산문비평사에서 이 시기에 동문선집이 대거 출현하게 되었던 내적 동인을 살펴봄으로서 비평사적 의의를 점검해 보기로 하겠다.

산문비평의 성장과 선문의식選文意識

이조후기는 한시 못지않게 산문이 크게 성장한 시기라고 할 수 있다. 이는 창작에서 만이 아니라, 산문비평에 있어서는 더욱 그러하다.

우리 문학사에서 산문비평이 비평으로서의 확고한 입지를 마련하고 그 온당한 역할을 본격적으로 수행하게 된 것은 이조후기의 농암農巖 김창협金昌協에 이르러서 비롯되었다고 본다. 그는 자신의 유명한 문학평론집인 「잡지雜識」를 통해 일반 서발문序跋文의 단편적 평론의 차원을 넘어서, 중국과 조선의 문단 전반의 상황에 대해 탁월한

---

26) 졸고인 「19세기 전반 散文論의 전개와 그 특성」, 『東洋漢文學硏究』 제11집, 東洋漢文學會, 1997.7.에서는 동문선집 편찬의 원인으로 이 두가지를 지적하였는데, 여기서 원인이란 곧 편찬의 의도를 의미하는 것이다. 여기서는 다시 그 내면에 내재하는 편찬 동인에 대해서 고찰코자 한다.

식견으로 폭넓은 평론을 펼쳤다.

본래 김창협은 이조후기 고문론의 거벽으로서, 당송대 고문운동의 정신을 계승해서 당시 명대 의고문擬古文의 유행을 크게 우려했던 바, 이에 대한 준렬한 비판을 통해 문풍의 쇄신을 기획했던 것이다. 또한 이러한 비판과 동시에 한유와 구양수 등 당송 고문가들을 천양하고, 아울러 우리나라의 작가 중에서도 한문사대가漢文四大家 등과 같은 귀감이 될 만한 작가들의 문장에 대해 그 장단점을 적출하여 제시하기도 했다.

아울러 김창협 뿐만 아니라 당대의 여러 뛰어난 문인들의 예리한 평론과 모범적인 산문창작은 산문에 대한 문단의 좋은 반응을 불러 일으켰고, 이후 산문에 대한 인식을 괄목할 만큼 제고시키게 되었다. 이는 결국 산문 작가층을 확산시켜 산문창작의 수준을 끌어 올렸고, 작가와 작품의 확산은 다시 비평에 대한 의식을 자극하게 된 것이다.

이러한 영향을 받으며 전개된 18세기 후반 조선 문단의 사정은 전보다 훨씬 다양하게 전개되었으니, 의고문풍은 이미 뿌리 깊게 자리 잡았고, 게다가 청대 소품문체의 문예적 매력이 우리 문인들을 사로 잡고 있었던 것이다. 이러한 문풍의 확산은 보수층의 정통 문인들의 우려를 자극하여, 준열한 논평들을 쏟아내게 했다. 사실 모든 문풍이 그렇듯이, 그 문풍이 일어나던 초기의 문장은 그래도 참신하지만, 시간을 거듭하며 널리 퍼지다 보면 한편으론 형식성에 빠지거나 졸렬한 모방으로 전락하고 마는 병폐를 낳기 마련이다. 그렇게 되면 다시 새롭게 가다듬은 보수적 문풍이 비판을 하고 나서며, 문단은 다시 새로운 활기를 띠고 발전해 가는 것이다. 무엇보다 인문주의 정신에 철저했던 사대부들은 문풍의 문제는 곧 사회 풍상과 직결되는 것으로 인식했기 때문에, 18세기 문단의 상황은 그들의 비평적 논쟁에 더욱 박차를 가했다. 여기에 비평이 역할을 했던 셈이다.

그러나 아직 이조후기의 문학가들에게 비평에 대한 독자적인 개념이 형성되어 있었던 것은 아니었으며, 아울러 전문적인 비평 작업이 이루어졌던 것도 물론 아니다. 다만 오늘날 우리가 생각해 볼 수 있는 비평적인 역할들이 수행되었던 것인데, 그것은 그야말로 고전적 비평 방식에 불과한 것이었다. 그럼에도 불구하고 앞 시기에 비해 이조후기에는 산문비평적인 견해와 작업들이 활발하게 전개되었으니, 대체로 그 비평의 장으로서 문집의 서문이나 편지글·잡록류의 글을 통해 다양한 비평적 견해들이 개진되었다. 이러한 과정을 거치면서 성장한 비평 의식이 이룩한 성과 중 가장 주목할 만한 것은 역시 19세기의 '동문선집의 편찬'이라고 하겠다.

당시 동문선집의 편찬이 단순히 고전 작가와 작품의 정리에 그 목적이 있었던 것은 아니다. 그 속에는 일정한 의도가 있었으니, 그것은 그릇된 문풍에 대한 우려와 함께 올바른 문풍을 제시코자 하는 바램이었다. 결국 이는 당시 문선집 편찬자들의 비평적 의식의 산물이면서 동시에 당대 산문비평에 대한 의식의 성장이 가져다 준 결실이었다.

우선 『사군자문초四君子文鈔』를 편찬한 남공철南公轍의 경우를 보자.

　　과거를 준비하는 자는 얽매인 틀 속에서 머리가 세도록 읊조리지만 돌아설 줄 모르고, 문사文詞를 숭상하는 자는 패관소품을 표절하여 세상에 떠들며 즐거움만 얻고자 하니 거의 배우와 흡사하다. 낫다하는 자도 선유들의 어록語錄문장을 가져다 주워 모아 썩은 글을 지으니, 글에

능한 자는 많지만 그 지은 글은 모두 잘못된 것이다. 오직 우리 정조왕께서 재위하셨을 때, 시문時文의 폐풍을 염려하시어 학자들에게 오경과 정주서程朱書를 권장하셨다. 이에 고학古學의 부흥을 기대할 수 있었으나, 변화는 이미 오래되었고, 폐습은 점점 굳어져, 선비들은 손쉬운 공로로 명예를 이루고자 하였을 뿐 일가를 이루는 자는 적다. 문장의 성쇠에 결국 세도世道가 따르는 것이다.27)

그는 시대의 문장이 잘못된 폐습에 빠짐으로서 세상의 도리마저 희미해져 가는 것을 개탄하고 있다. 이 역시 인문주의에 입각한 비평관으로서, 세상의 변화가 문학 즉 문풍의 변질과 아주 유관한 것으로 분석 비평한 것이다. 그래서 그는 문학이 처해 있는 위기를 과거공부에서 물든 폐습과 패사소품 문체의 유행으로 진단하고, 다시 옛 문풍의 회복을 통해 세도世道를 바로잡고자 기도했는데, 이를 위한 적극적인 노력으로 『사군자문초』를 편찬했던 것이다.

이제 내가 사가四家를 뽑은 것은 독자들로 하여금 반드시 그 근원에 물을 대고 뿌리를 비옥하게 만들고자 함이다. 옛 사람 중엔 알려진 자가 없다고 생각하지 말 것이며, 후인들이 더 기교롭다고 생각하지 말고, 정밀하게 하여 그 '법'을 세우고, 깊이있게 하여 그 '기'를 기르며, 우아하게 하여 그 '멋(취)'을 드러내어 속되게 굳어버린 폐습을 조심한다면, 문장의 부흥을 다른 곳에서 구할 일 만은 아니다.28)

---

27) 남공철, 「四君子文鈔序」, 『金陵集』권11 : "應科目者, 拘牽帖括之中, 白首沈吟而不知返, 尙詞藻者, 剽竊稗官小品, 譁世取悅, 殆類俳優. 上之取先儒語錄之文, 掇拾以爲腐, 能文者多矣, 而其所爲文者, 則皆非也. 惟我正廟在位, 慨然憫時文之弊風, 勸學者, 以五經程朱之書, 於是, 古學可期復興, 而轉變已久, 弊習漸痼, 士皆趨近功以徼名, 而成一家者少, 文章之盛衰, 而世道隨焉."

남공철은 옳은 문장의 기준을 법法·기氣·취趣의 완성에서 찾았던
바, 이러한 문풍의 회복을 비평적 논설로 주장하는 데 그치지 않
고29), 직접 모범적인 문장들을 선집해서 이의 권독勸讀을 통해 독자
들로 하여금 차츰 문풍을 쇄신해 갈 수 있는 적극적인 방안을 취했던
것이다. 더구나 올바른 문장의 모범을 멀리서 찾을 것이 아니라, 우
선 가까운 우리 고전 작가들에게서 발견하고, 점차 단계를 발전시켜
나갈 것을 기대했다. 이는 그가 문선집이 갖는 비평적 역할을 중요하
게 인식하고 십분 활용한 것이라고 하겠다.

이러한 점은 다른 선집의 경우도 마찬가지이다. 송백옥도『동문집
성』의 서문에서 선집 편찬의 비평적 의도를 말하고 있다.

깊이 생각해 보건대, 문장이 비록 하나의 기예라고 하지만, 위로는
치교治敎의 높고 낮음을 예측할 수 있고, 아래로는 성정의 바르고 그릇
됨을 볼 수 있다. 삼가 문단의 여러 논의를 모아 충효 의열과 같이 세교
에 관련된 문장들을 뽑아 우러러 지남指南으로 삼고자 한다. 무릇 문장
이란 짓는 자는 수고롭지만 선별자는 편안하고, 반면 선별자는 수고롭
지만 보는 자는 방법을 터득하게 된다. 문장만 그런 것이 아니라, 사물
이 모두 그러하다.30)

---

28) 상동문 : "今余之鈔四君子, 欲使讀者, 必滋其源, 必沃其根, 毋謂昔人之無聞, 毋謂
後出之愈巧, 精以立其法, 深以養其氣, 雅以著其趣, 以砭流俗積痼之弊, 則文章之興,
不他求而得之矣."

29) 남공철의 비평론을 전개한 글로「古文源流序」·「四君子文鈔序」·「日得錄抄」등이
있다.

30) 송백옥,「東文集成總敍」, : "深惟文章雖屬一技, 上可以占治敎之汚隆, 下可以觀性
情之邪正, 謹采藝苑之緖論, 尤取其忠孝義烈, 有關于世敎者, 奉爲指南. 凡文, 作之者
勞而選之者佚, 選之者勞而觀之者取法焉, 非獨文爾, 物皆然矣."

그 역시 인문주의적 비평관에 기반하고 있는데, 세교를 바로잡기 위한 수단으로서 『동문집성』의 가치를 천양하고 있다. 문학이 사회 기풍에 작용하는 비평적 역할을 거듭 강조하며, 이의 독서를 통해 올바른 문장법을 터득할 것을 희망하고 있다.

한편 『대동문준』과 『해동제명가문선』을 엮었던 홍길주는 문선집을 엮는 선문의 행위를 천하 고금의 대권을 장악한 것에 비유했다. 높은 관직이나 경제적인 부를 누리는 권세는 기껏해야 한 시대 한 나라를 호령하는 일시적인 것에 불과하지만, 반면 문장의 권세는 비록 사람들을 호령하거나 부를 누리는 것은 아니지만, 만세토록 읽히며 사람들을 감동시키게 되니, 천하의 권세 중 이만한 것은 없다고 한다. 그리고는 다시 이 문장을 선집하는 일을 다음과 같이 설명하고 있다.

> 그러나 문장은 스스로 전해질 수 없다. 비록 옛날의 문장으로 이름난 자도 그 문장에 좋은 것과 좋지 않은 것이 섞여 있는 것이 마치 옥이 진흙땅에 묻혀 있는 것과 같아, 지나치며 보는 자도 그 광채를 알아보지 못한다. 그래서 선문자選文者가 생겨난 것이다. 지금 상하 400여 년간 달아 보고 재어 보아, 올리면 구천九天으로 오르고 물리치면 심연深淵으로 떨어지며, 한 장章이라도 남겨 두면 보배가 되고, 한 편編이라도 내쳐버리면 흙부스러기가 되고 만다. 장차 후인들로 하여금 무릎을 치며 칭찬하기를 "어떤 글과 어떤 글은 이 선집에서 비롯된 것이다"고 할 것이니, 그 권세가 어찌 남의 관작官爵이나 내리고 올리는 것에 비교할 수 있겠는가?[31]

---

31) 홍길주, 「海東諸名家文選序」, 『峴首甲藁』권3 : "然是猶不能自傳也. 雖古之名文章者, 其文有善有不善, 混而存之, 有寸璧埋塵壤之中, 過而睨者, 不知其有光怪, 由是而選文者, 作焉. 今也, 上下四百餘年之間, 衡稱而斟量之, 進之則若升九天, 退之則若投

문장은 천하의 권세를 쥐고 있지만, 선집은 또 이 문장의 권세를 쥐고 있다는 말이다. 이는 곧 문학의 발전에서 선집選集과 선문자選文者, 나아가 비평과 비평가의 역할이 갖는 중요성을 인식한 것으로 본다. 이름난 작가의 경우에도 그의 작품 중 좋은 것과 좋지 못한 것을 선별하는 작업이 있어야 한다고 하는데, 이는 비평의 역할이다. 좋은 것과 좋지 못한 것을 구분하는 비평적 안목, 곧 비평가의 안목을 통해 평가됨으로서 문학은 제 권위를 갖게 됨을 역설한 것이다.

그렇다면 선문자의 비평적 안목은 각기 자신의 시대와 개성에 따른 차이가 있으므로 공정성의 여부는 논외로 하더라도, 그것이 당대 비평적 논의의 성장에 기반하는 것임에 틀림없다. 다시 말하자면 비평적 역할의 중요성에 대한 인식이 결국 선집 편찬을 통해 문풍을 진작시키는 데로 발전케 한 것이다.

'독서지사'와 비평적 토론의 활성

이조후기에 이르러 산문선집이 출현하게 된 가장 큰 동인이 산문비평의 성장이라고 한다면, 이 산문비평의 성장에는 여러 가지 계기가 작용했다고 본다. 가령 시화詩話의 발전은 중요한 자극이 되었다고 보며, 또한 활발한 문집 간행에서 이루어지는 서발문을 통한 비평적 논평의 발전도 그 하나가 될 것이다. 그러나 동문선집의 편찬과 관련하여 이조후기의 주목할 만한 현상은 양반계층의 몰락과 관련된 '독서지사讀書之士'의 증가와 이들의 문예적 취향에서 비롯된 비평적 토론

深淵, 存一章則爲瑚璉琬琰, 紬一編則爲沙礫土苴, 將使后之人, 擊節而稱之, 曰某文某文者, 其必緣是選焉. 其爲權, 又豈黜陟人官爵者比哉?"

의 활성이라고 하겠다.

본래 사대부들은 사랑방을 중심으로 모여 학문이나 문장을 서로 논하기도 하고, 더러 산수 좋은 곳을 찾아 시회詩會를 열었으니, 이는 그들이 누렸던 문화생활의 중요한 일면이다. 그러나 18세기 이후에는 양반들의 존재에서 가장 중요한 부분인 관직에의 진출이 드디어 한계를 노출했고, 그럼으로써 자신들의 또 하나의 임무인 독서공부로 소일하는 양반의 무리가 대거 등장하게 되었다. 심지어 한정된 관직의 진출을 위해 수단과 방법을 가리지 않는 부정한 사회에 대한 불만으로 아예 과거마저 포기하고 오로지 독서공부에만 종사하는 선비들이 늘어가고 있었다.

이 '독서지사'들 중에는 집안의 전통이나 자신의 취향에 따라 철학이나 학술적인 공부에 열중하는 사람이 있는가 하면, 또는 문인적 기질에 따라 문학공부에 힘쓰는 사람도 있었다. 특히 이들 문인들은 학문적 성향이나 정치적 입장 등과 같은 외재적 구속으로부터 상대적으로 자유로운 처지에 있었기 때문에, 창작뿐만 아니라 문학비평에 관한 견해를 개진하는 데에서도 비교적 활발했다고 하겠다. 앞서 동문선집을 편찬했던 홍길주洪吉周·서유비徐有棐·송백옥宋伯玉 등이 바로 그러한 인물들이다.

홍길주는 문한文翰의 전통이 뿌리깊은 가문에서 태어나 어려서부터 문학적 재능을 보였는데, 사마시司馬試에 합격한 뒤로는 일찌감치 과거를 포기하고, 당대의 고문장가였던 친형 홍석주의 곁에 머물며 오로지 문인으로 일생을 보낸 분이다.[32] 그는 일찍이 부패한 관료사회

---

32) 졸고, 「沆瀣 洪吉周의 作文精神과 眞文章論」, 『동양한문학연구』 제9집, 1995. 참고.

와 퇴락한 사대부들의 자세에 반성을 촉구하고[33], 자신은 관리로서
의 삶보다 오직 학문과 문학에 전념하며 살 것을 결심했다. 물론 말
년에 음직陰職으로 군수 등의 자리에 잠시 나간 적은 있었으나, 그것
도 건강상의 이유로 그리 오래 있지 못했다. 궁극 그는 스스로 '독서
지사'의 삶을 택했던 셈이다.

그의 주변에는 홍석주洪奭周·김매순金邁淳·김소행金紹行 등의 선배
문인과 이정리李正履·이정관李正觀·김상현金尙鉉·박규수朴珪壽·이만
용李晩用·유신환兪莘煥·김영작金永爵·지운호池運浩·윤종의尹宗儀 등 당
대의 문장가들이 모여 들었다. 이들 중 몇몇은 역시 벼슬에 나가지
않은 채 학문과 문학에 전념했던 독서지사이다. 이들은 동인적 결속
과 모임을 통해 창작뿐만 아니라 문화와 문학 등에 대해 다양한 토론
의 자리를 갖곤 했는데, 홍길주는 선후배간의 중간 연령으로서 늘 토
론의 중심에 자리하고 있었다. 평소 문학비평에 각별한 관심과 흥미
를 가지고 있었던 그는 형의 사랑채나 자신의 별장에 장소를 마련해
서 문인들을 불러 모아 함께 글을 짓기도 하고, 당대의 문단과 문학에
관한 진지한 이야기를 나누곤 했다.[34] 또 한편 그는 평소 자신이 절감
하고 있던 독서지사로서 자신들이 져야할 책무와 역할에 대해 진지한
문제제기를 하기도 했다.

---

33) 홍길주, 「重答李審夫書」, 『峴首甲藁』 卷4 : "士大夫, 假命以儒, 坐而衣食, 人之效
之者, 日以滋衆, 父子兄弟, 相戒告寧爲乞丐, 而不肯爲農工賈, 腓手胼脚而糊其口者,
半天下, 人道之日夷, 財用之日匱, 職誰之辜, 日夜惝懼, 思所以免于是者, 旣不得謀
畵. 于時, 有一分之澤, 以及烝黎, 又不能親執耒耜荷鑕, 以佐庶民之役, 唯尊道尙行,
毋墜古聖賢所遺我者, 以扶支頹俗, 爲世道萬一之神補, 庶幾不徒糜粟帛."
34) 이러한 그의 문인적 삶을 잘 보여주는 것이 그의 편저서인 『孰遂念』이다. 그는 '縹
礨閣'이라는 도서실과 '津逮館'이라는 공간을 마련하여 문인들을 모아 문학의 독서와
토론을 주로 하였다.

우리 동배同輩들이 글을 짓는 것에 있어 마땅히 분수 밖의 일을 언급해서는 안될 것이지만, 가만히 듣건데, 위장이 텅빈 뒤에는 아랫배가 땡기고, 중하中夏가 낮아진 뒤에는 오랑캐가 오만해지며, 정학正學이 미미해진 뒤에는 이교異敎가 떠들썩해 집니다. 설사 병을 치료할 수 있는 좋은 약이 있어 병이 낫더라도 위장을 보양치 않으면 어찌 다른 병이 나지 않도록 보호할 수 있겠습니까? 설사 적을 섬멸할 수 있는 위엄 있는 군사가 있어 적을 퇴치하더라도 정사政事를 닦지 않으면 어찌 다른 외적들이 일어나지 않도록 보호할 수 있겠습니까? 설사 사악한 것들을 물리칠 엄준한 법과 형이 있어 사악한 것을 제거하더라도 정학正學을 창도倡導하지 않으면 또한 백 천 갈래가 뒤를 이어 일어나지 않을 것이라고 어찌 알 수 있겠습니까?

요즘을 보면, 산을 덮치고 언덕을 오르듯이 몰려와 이 세상을 이적과 금수로 몰아넣으니, 비록 잘못이 우리 무리들로부터 말미암았다고 해도 좋을 것입니다. 그러니 고견보뢰顧犬補牢의 책임이 오늘날 독서지사들이 마땅히 고루 맡아야 할 임무이니, 혹 그것을 맡을 직책에 있지 않다고 해서 이웃마을의 싸움쯤으로 봐서는 안될 것입니다. 일찍이 이런 말을 한두 사우들에게 이야기했더니 대개가 절실한 말이라고 했습니다. 지금 또 대감(김매순, 역자주)께 감히 아뢰지 않을 수 없으니, 우리러 바라는 바가 매우 두텁기 때문이라고 하겠습니다. 요행히 일장一場한설閑說로 듣지만 마시기를 바랍니다.[35]

---

35) 홍길주, 「與金臺山書略」, 沆瀣丙函 권2 : "吾儕觚墨之間, 不宜及戶外事, 而竊嘗聞胃府虛而後痃癖肆, 中夏庳而後蠻髳猾, 正學微而後異敎應. 設使有良藥之可以攻疾, 疾已而胃不扶, 則安保它祟之不作, 設使有威武之可以殲敵 敵退而政不修, 則安保它寇之弗興, 設使有嚴法峻刑之可以殄殄邪類, 邪類芟而正學不倡, 則又安知千端百岐之不接踵而起乎? 顧今日, 憑陵懷襄, 胥斯世而將陷於夷狄禽獸者, 雖謂之咎由吾黨, 可也. 顧犬補牢之責, 今日讀書之士, 所宜均尤, 恐不可以不在位, 而諉之於鄕隣之鬪, 嘗以此擧似於一二士友, 槪亦不以爲河漢. 今又不敢不一誦於台執事, 蓋其所仰望者, 綦厚云爾. 幸勿聽之以一場閑說話, 如何?"

당시 날이 갈수록 세력이 자라는 이단학을 우려하면서 자신들과 같은 독서지사들이 정학을 다시 일으켜 세움으로서 이단의 번식을 막아야 할 책임이 있음을 대산臺山 김매순金邁淳에게 거듭 주장하고 있는 것이다. 이러한 주장은 이미 다른 자리에서 동인들에게 거론한 바 있었고, 또한 그들의 동의를 얻었던 점을 알 수 있다.

결과적으로 인문주의적 비평관에 서있었던 이들은 이러한 폐단의 출발을 문풍의 쇠퇴에 그 원인을 두었고, 이러한 폐단의 극복을 위해 당대의 문학에 대해 진지하고 활발하게 토론했다. 문학 창작론에 관한 것 뿐 아니라, 당대 문장가들의 문장에 대한 논평, 자신들이 지은 글에 대한 논평, 그 글에 사용된 문자에 대한 의미 풀이, 문체의 특성에 대한 논의 등등과 또한 문장비평의 태도나 방법에 대한 비평까지 다양한 문인적 담설談說을 주고받았던 것이다.36)

홍길주가 편찬한 동문선집『대동문준』과『해동제명가문선』은 이런 비평적 토론의 결실이다. 그는 일찍이 자신의 별장에 문사들을 모아놓고 동양의 명문장가들의 글을 선발토록하여『역대문선歷代文選』을 편찬한 바 있었다. 토론의 자리를 마련해 놓고, 그 토론의 성과를 문선집으로 엮어낸 것이었다. 역시『대동문준』을 엮는 과정에서도 그는 홍석주와 많은 토론을 거쳤는데, 그 외에 어떤 인사와 토론을 가졌는지 분명히 알 수는 없지만, 주변 문사들의 의견을 두루 경청하였으리라는 것은 쉽게 짐작할 수 있다.

서유비徐有棐도 문한으로 명망 있는 집안에서 태어나 자랐다. 그의 형인 서유본徐有本과 서유구徐有榘는 당대에 이름난 문장가였으며, 특

---

36) 홍길주는 이 토론에서 기억할 만한 내용들을 자신의 필기집인『睡餘放筆』·『睡餘演筆』·『睡餘瀾筆』등에 수록해 놓았다.

히 서유구는 폭넓은 교류를 통해 해박한 지식과 많은 장서를 소유하
고 있었다. 이들은 소론의 집안이었지만, 당색을 뛰어넘어 홍석주 일
가나 남인가南人家의 문사들과도 친밀하게 교류했다. 서유비의 문인
적 활동은 전혀 알려지지 않고 있지만, 일찌감치 초야에 머물며 형
서유구의 장서를 소일삼아 평생 독서지사로 지냈던 같다.

> 공은 이조판서로 벼슬을 관둔 풍석공楓石公의 동생이다. 독서에 힘써
> 학문을 살찌우고, 사고四庫의 서적을 두루 섭렵하였다. 일찍이 영리를
> 버리고 자연간에서 노닐었는데, 지금 나이가 이미 늙었지만 저술을 더
> 욱 게을리 하지 않는다.37)

　당시 세도정권 아래에서 소론이라는 자신의 처지는 '대부'로서 현
달할 수 있는 길과는 거리가 멀었던 것이기도 하지만, 그러한 현실을
진작 받아들여 독서와 저술로 지냈던 것이다. 이러한 여건에서 그는
문인의 삶을 택했고, 더 나가서는 동문선집의 편찬에 착수하게 되었
던 것이다.
　그가『동문류』와『동문팔가선』을 어떤 경위에서 어떤 과정을 거쳐
편찬했는지 역시 분명하게 전하지는 않다. 그러나 그는『동문류』를
엮어 놓고 그 서문을 홍길주에게 부탁했고,『동문팔가선』을 편찬하
고는 그 서문을 홍우건에게 부탁했다. 이는 단순히 서문의 청탁이 아
니라 자신의 감식안에 대한 평가를 부탁한 것이었다. 이 이전에 그는
자기 주변의 문사들과 충분한 토론의 과정을 거쳤을 것이고, 다시 외

---

37) 洪祐健, 「東八家文抄序」, 『原泉集』권4 : "公, 吏曹判書致仕楓石公之弟也. 劬書飽
　學, 博涉四庫, 早謝榮利, 優遊林樊, 今年已耋, 而著述益不倦."

부 인사에게 그 비평을 의뢰했던 것이다.

송백옥宋伯玉은 주로 19세기 후반에 활동했는데, 고조부인 송인명宋 寅明(1689~1746)의 음덕으로 41세에 감역監役과 사과司果 등의 말직에 있다가, 46세의 늦은 나이에 비로소 문과에 급제해서 응교應教를 지 냈고, 51세의 나이로 생을 마감했다.[38] 46세 때 문과에 오르기까지 의 가장 소중한 시기에 그는 무엇을 하며 어떻게 지냈는지 자세히 알 수 없다. 그러나 그의 나이 30세(1866)에서 36세(1872) 되는 사이에 걸 쳐『동문집성東文集成』이 편찬된 것을 보면, 이 시기에 그는 문장공부 에 상당한 노력을 기울이고 있었다고 보겠다. 결국 그는 '독서지사'로 지내고 있었던 셈이다.

그는 당시 경기도 고양高陽에 거주하며 경기 북부와 서울에 거주하 던 문인들과 자주 접촉했다.『동문집성』의 편찬을 도왔던 문인들도 강화·양주 등 경기 북부 등지에 거주했던 인물로서, 이들과 자주 문 학에 대한 토론을 벌였을 것을 쉽게 짐작할 수 있다.『동문집성』의 선집과 교정에 참여했던 것도 이 토론의 연장이었던 것이다. 또한 그 는 한장석韓章錫에게『동문집성』의 원고를 보내어 자신의 선문에 대 한 논평을 요청하기도 했다.

상황이 좀 달랐던 경우이긴 하지만, 김택영도 비록 망명지인 중국 에서 문선집을 간행하면서 국내 문장가들과의 서신을 통해 여러 차 례 자신의 선집관에 대해 토론하고 자문을 얻기도 했다.

이같이 후기에 이르러 가속되는 양반수의 증가와 당쟁 및 세도정치 에 의한 일부 계층의 관직독점 등으로 차츰 사대부계층이 분화되는

---

38) 李鍾虎,「選集의 歷史와 敬山 宋伯玉의『東文集成』에 대하여」,『韓國漢文學과 儒敎 文化』, 창곡김세한교수 정년퇴직기념논총, 1991. ;『國朝文科榜目』.

과정에서 오직 독서공부를 통해 학문과 문학에 전념하는 선비들이 양산되었던 것이고, 이들은 소외의 정조에서 벗어나 독서지사로서 자신들의 책무를 자각하고, 적극적인 노력을 기울였던 것이다. 문학에 관심을 두었던 이들은 잦은 모임을 통해 문학토론을 열기도 하고, 당색을 넘어 이름난 문장가들과의 교류와 서신을 통해 서로의 문학에 대한 생각과 논평을 주고받았다. 이러한 요인은 산문비평과 산문문학의 발전에 적지 않게 작용했고, 아울러 우리 산문의 모범적 문장에 대한 이들의 비평과 검증작업이 동문선집의 편찬을 자극했던 것이라고 생각된다.

우리 문학에 대한 자주적 인식

일찍이 김만중에게서 제기되었던 국문문학에 대한 자주적 인식이 18세기에 들어 실학파 문인들을 위시한 개명적 문인들에 의해 더욱 확산되었다. 이덕무李德懋의 '조선국풍朝鮮國風'이나 정약용丁若鏞의 '조선시선언朝鮮詩宣言' 등에서 우리는 그 구체적인 실례를 보았다. 그러나 당시의 이같은 인식이 이들 몇몇 실학파 문인들에게만 국한되어 나타났던 것은 아니다. 가령 우리 조선의 방언에 대해 관심을 가졌던 소품체 작가들의 논리도 우리 문자에 대한 개성과 그 독자성을 중시하고자 하는 취지에 입각해 있었다. 이 시기 이러한 인식의 발전이 조선문단의 새로운 양상의 하나였다는 사실을 우리는 홍길주의 주장에서도 발견할 수 있다.

그는 조선인의 문장에서 조선식의 자호字號나 조선의 관직명 · 지명 · 법제명 등을 쓰지 않고 중국식의 용어를 사용하는 것을 매우 비판

적으로 보았다.[39] 중국 것에 대한 무조건적 모방의 폐습을 통탄하면
서 우리 고유어의 사용에 대한 자주의식을 고취시켰던 것이다.

> 이로 말미암아 논하건대, 오늘날 콩을 태太라 하고, 무명을 목木이라
> 하며, 표준을 정丁이라 하고, 망치를 신申이라 하며, 전답의 답畓자와
> 탈이 났다고 할 때의 탈頉자와 남매의 남娚자와 시가댁의 시媤자에서
> 우근진右謹陳・소지所志・애단矣段・사또使道・분부分付・내사연內辭緣
> 등의 말에 이르기까지 모두 고문대책高文大冊이나 비갈문碑碣文・서기
> 문序記文 등에 사용하는데 안될 것이 무엇 있겠는가?[40]

우리식의 한자어뿐만 아니라, 심지어 이두문자까지도 우리 문장에
서 쓰지 못할 이유가 없다는 것이다. 이런 취지에서 그는 특히 속담
류의 문자에 흥미를 가졌으니, 그 속담이 지니고 있는 문학적 효과를
중시해 문학의 감동적 전달을 위해서는 동언문자東諺文字라도 적절히
활용할 수 있다고 주장했다. 이는 곧 실학파 문인들이 우리나라의 속
담과 이언俚諺을 자유로이 표현했던 것과 연장선에 있는 것이라고 하
겠다.

이처럼 우리 것에 대한 자주적 인식이 비록 문자에 국한되어 나타
났지만, 이는 궁극 중화주의적 세계관에 대한 반성에서 비롯된 것으
로, 18세기 이후 차츰 우리 문화 전반으로 서서히 퍼지고 있었으니,
응당 문학에서도 한시뿐만 아니라 산문문학의 창작과 평가에 있어

---

39) 홍길주, 「論李元祥論齋義書」, 『峴首甲藁』권4 참고.

40) 홍길주, 「東諺小鈔」, 『孰遂念』 第15觀 : "由是論之, 則今之以黃豆爲太, 以棉布爲
木, 以準爲丁, 以槌爲申, 田畓之畓, 有頉之頉, 娚妹之娚, 媤家之媤, 以至于右謹陳所
志矣段使道分付內辭緣等語, 俱用之於高文大冊碑碣序記, 何不可之有?"

그 인식이 많이 달라지고 있었다. 예로부터 흔히 문장의 전범典範하면 당송문唐宋文 아니면 진한문秦漢文이었다. 조선의 고문은 당연히 이들에 비해 비루한 문장으로 취급되고 있었다. 오히려 한시는 시적 정감을 주조로 하기 때문에 시인의 개성과 각 나라와 시대의 특성을 인정해 주었지만, 산문은 문장구성의 논리적 형식성이 중요한 요소이어서 아무래도 중국문인들의 수준을 따라갈 수 없었던 것이다. 그러나 이 시기에 이르러서는 그러한 한계점을 인정하면서, 오히려 우리 문장의 개성과 독자성을 자각하고 그 가치를 발견하기에 이르렀던 것이다. 바로 이 시점에 동문선집이 편찬되기 시작했다.

주지하다시피 고려후기로부터 이조전기에 이르기까지『동인지문東人之文』과『동문선東文選』등 몇 가지 동문선집이 간행 또는 편찬된 바 있다. 이 선집들의 편찬 동인에는 우리 문학에 대한 자부심이 크게 작용했다.『동인지문』의 편찬은 중국문학에 대한 우리 문학의 위상을 알리고자 함이었고,『동문선』은 중국 역대왕조의 문운文運에 견주어 조선왕조의 찬란한 문운을 선양하고자 간행되었던 것이다. 그러나 이 선집들이 지니고 있던 우리 문학에 대한 인식은 다분히 중국문학에 대한 상대적 인식이 깊게 자리잡고 있었다고 하겠다. 특히『동문선』의 경우 중국 한당송원漢唐宋元의 문학과 같이 '아국지문我國之文'도 세상에 통용되어야 한다는 인식을 천명하며 편찬되었지만, 한편으론 그것이 민족적 자주의식의 표출이라기보다, 오히려 중국과의 문화적 동질성을 추구하는 것이 아닌가하는 의구심을 갖게 한다.[41] 그것은『동문선』의 편찬이 전통있는 문화국가로서의 문헌을 갖추고

---

41) 이에 관한 것은『東文選의 綜合的 檢討』,『진단학보』56호, 진단학회, 제12회 한국 고전연구 심포지움, 1983, 5 참조.

자 했다는 평가에도 불구하고, 엄정한 선별기준도 없이 양적으로만 많이 모아 '선選'이라기보다 '유취類聚'했다는 비판을 면치 못했던 점42)이라든지, 또한 선문選文의 정신으로 "사리詞理가 순정醇正해서 치교治敎에 도움이 되는 것을 취했다"43)고 하지만, 실제 선문에서는 '재도론載道論'에 입각해서 정교政敎를 위한 문장과 대중국외교와 관련 된 의례성儀禮性 문장에 많은 비중을 두고 있다는 사실이 이러한 의구 심을 갖기에 충분하다. 결국 이조전기 관료문인들의 사대외교에 입 각한 문화의식의 단면을 드러내고 있다는 점에서, 이 당시의 동문선 집은 아직 진정한 의미의 민족적 자주의식에서 발원된 것은 아니라 고 할 것이다.44)

그러나 이조후기에 이르러서는 중국문학과 상대한 우리문학에 대 한 인식이 많이 달라지고 있었다. 당시 중국을 위시한 동아시아의 구 도 변화와 서양 과학문명의 유입으로 인한 조선의 실체에 대한 자각 은 우리 사대부들로 하여금 민족의 자주성을 일깨워 주었는데, 당시 동문선집의 편찬자들도 이러한 정신의 영향을 충분히 받았다고 본다.

무엇보다 이들 선집편찬자들은 우리 산문에 대한 확고한 비평관을 갖고 있었다. 중국문학사의 전개와는 달리 우리 문학사의 흐름에 따 른 비평적 관점을 가지고 우리 산문의 특성을 평가하고자 했다. 그러 므로 세련되지 않은 질박한 문체이거나 기교있는 형식미는 없어도

---

42) 成俔, 『慵齋叢話』권10 : "至如達城所選東文選, 是乃聚類, 非選也."
43) 徐居正, 「東文選序」: "取詞理醇正, 有補治敎者."
44) 이 점에 대해 이동환교수는 上記한 『東文選의 종합적 검토』 심포지움의 토론에서, 당시 對中國意識은 民族意識이 아니라 강한 國家意識이라고 보았고, 『동문선』 撰者 들의 의식에는 강한 국가의식은 있지만 이것을 민족주의라고 하기에는 곤란하다고 지적한 바 있다.

우리 나름의 심오한 내용이 담긴 문장이라면 우리 문학의 관점에서 그 가치를 인정했던 것이다. '동문東文'에 대한 이같은 새로운 인식은 적어도 중국문학과 우리 문학을 변별해서 보려는 시각에 입각해 있다. 물론 '동문'이란 의미 자체가 대중국對中國을 전제로 한 것이긴 하지만, 적어도 중국과의 동질화를 추구하는 것이 아니라, 조선의 문학을 주체적인 관점에서 객관적으로 파악하고자 노력했던 것이다. 물론 이들의 자주적 인식이 단순히 중국문학으로부터 객관화하려는 노력이었는지 아니면 진정 민족적 자각에서 비롯된 것이었는지는 편찬자의 의식의 규명을 통해 분명히 드러날 것이지만, 그래도 이러한 경향은 민족적 각성이 점차 보편화되고 있던 이조후기의 시대적 상황과 결코 무관하지 않은 것이라고 본다.

그러면 다시 홍길주의 경우를 보자. 그는 스스로 두 종의 동문선집을 편찬하고, 다른 사람들의 동문선집에도 깊은 관심을 보여주었을 뿐만 아니라, 또한 우리나라의 역사에 대한 관심에서 『동사강목東史綱目』이라는 제목의 역사서를 엮은 일이 있었다. 그는 바로 이 책의 서문에서 중국에 대한 조선의 자주적 가치를 강조하는 중요한 발언을 했다.

높은 곳에 올라 바라보면, 삼 척의 아이도 칠 척의 건장한 사내도 하나같이 개미가 땅에 엎드린 것과 같이 차이가 그리 크지 않다. 역시 하늘에서 아래를 보면, 중국과 우리나라는 모두 하나의 자그만 탄알일 뿐이다. 그러므로 모두 우리나라의 일이 중국만큼 크지 않다고 말하지만, 나는 우리나라가 분명 중국만큼 크지 않는 것이 있지만, 중국도 또한 우리나라만큼 크지 못한 것이 있으니, 서로 긴 것으로 따지자면 똑같다

고 해도 옳을 것이라고 생각한다.45)

중국의 것이라면 무조건 위대하고, 조선의 것이라면 왜소하게만 보려는 조선인들의 인식에 대한 반성을 촉구하고 있다. 홍길주가 당시 얼마만큼의 과학적 지식을 습득하고 있었는지 정확히 알 수는 없지만, 일단 그는 세계를 객관적인 입장에서 관찰하고자 한다. 담원 홍대용 이후 북학파 학자들이 지니고 있던 과학적 인식과 상통하는 점이다. 결국 중국이나 조선이나 자기 나라의 역사와 문화가 지니고 있는 개별성과 그 우수성을 놓고 본다면, 각자 나름의 가치를 지닌다고 본 것이다. 그러므로 조선의 역사나 문화가 사사건건 중국과 동질적인 것이 될 수도 없고, 되어서도 안된다고 역설했다.46)

앞서 언급한 우리 민족 고유어에 대한 그의 관심도 바로 이런 인식에서 비롯되었던 것임을 알 수 있으니, 적어도 우리는 홍길주에게서 조선 문화에 대한 자주적 인식을 확인할 수 있다. 아울러 그는 여기에 기반해서 우리 문학에 대한 독자성의 자각과 우수성의 발견이 가능했던 것이고, 이로써 마침내 동문선집의 편찬도 추진하게 됐던 것이다.

홍길주는 다시 우리 문학에 대한 자주적 인식을 자신만의 생각으로 머물러 두지 않고, 다른 동문선집의 편찬자들과 함께 의식의 연대를

---

45) 홍길주, 「東史綱目序」, 『孰遂念』第五觀 : "登高而望, 三尺之孩, 七尺之健夫, 均之若螻蟻之撲地, 所差不甚遠. 自天而視下, 中國與吾東, 皆一彈丸耳. 是故, 人皆謂吾東之事, 大不如中國, 余則曰吾東固有大不如中國者, 中國亦有大不如吾東者, 互當以長則謂之同, 可也."

46) 상동문 : "或曰沆瀣子孰遂念, 中國之所無也. 使吾東事事如中國, 沆瀣子孰遂念, 必不作."

형성하기도 했다. 그는 고문비평가의 관점에서 당시 중국 문단은 이
제 쇠락하고 말았다고 진단하고, 오히려 조선의 문단이 고문의 정맥
을 유지하고 있음을 자부하였고(「동문소선속록서東文小選續錄序」), 또 중
국의 문사들은 화려하고 풍부하며 특이한 것을 좋아하지만, 반면 우
리나라의 문사들은 질박하고 단촐하며 순수한 것을 보배롭게 여긴다
고 보았던 것이다.(「동문류서東文類序」) 그리하여 자신의 동문선집만 아
니라 동료들의 동문선집에 대한 평론을 통해 동문東文의 가치에 대한
자부심을 부여함으로서 우리 문학에 대한 자주적 인식을 고취시켰던
것이다.

4. 작가 선정에 따른 산문비평의 전개

앞서 이조후기에 편찬된 동문선집들의 종류와 체재, 그리고 이어
선집편찬의 비평사적 동인을 개괄해 보았다. 그러면 동문선집 편찬
의 성과로서 선문과 선집의 기준을 결정하는 산문비평관의 발전과
전개를 살펴볼까 한다.

우리는 앞서 이조후기 동문선집의 체재를 고찰하면서, 『동문류』를
제외한 이 시기의 동문선집들은 모두 '선인選人' 즉 작가를 선집의 주
요 대상으로 하고 있음을 확인했다. 『동문류』를 편찬한 서유비는 뒤
에 다시 『동문팔가선』을 편찬했으니, '선문選文' 방식의 선집을 편찬
한 뒤, 다시 선문방식을 절충한 것이긴 하지만 '선인' 방식의 선집을
편찬한 것이다. 그렇다면 대체로 이조후기 선집 편찬에서의 산문비
평은 작가를 중심으로 전개되는 것이 지배적이었다고 하겠다. 현전

하는 동문선집이나 그 선집에 관한 비평문들을 살펴보아도, 전부가 작가의 문학적 성취에 대한 비평으로 일관하고 있음을 알 수 있다.

이는 작품 자체의 문학성을 중시하여 작품을 중점으로 선집한 시선집들과는 분명 다른 점인데, 그렇다면 산문선집에서의 비평은 작품의 문학성도 중시하지만, 무엇보다 작가의 역량을 더 중시한다는 사실을 알 수 있다. 그것은 이조후기에 이르러서는 우리 문학작품의 양적 축적이 이미 작품을 중심으로 선집하기에는 너무 방대할 뿐만 아니라, 또한 산문이란 작가의 가치관과 그에 따른 역량이 결정적인 요소라는 것이 비평가들의 지배적인 생각이었던 때문이 아닌가 여겨진다. 특히 '문이재도文以載道'의 보편된 문학관에 입각한 사대부들로서 문장의 가장 기본 요소인 도道, 즉 뛰어난 사상성은 작가의 재능이나 재기才氣에서 우러나오는 것이 아니라, 꾸준한 독서공부와 세계에 대한 관찰이나 수양을 통해 이루어지고, 탁월한 문장도 바로 그러한 작가의 사상성으로부터 이루어진다고 믿었기 때문에, 산문비평에서 작가의 사상성은 당연히 그의 문학을 검증하는 가장 중요한 요건이 되는 것이다. 그러므로 산문비평에서는 작가=작품이라는 비평관점에서, 산문선집을 편찬할 때에도 작가를 중심으로 선집하는 것이 보다 합리적인 방식일 수 있다.

현전하는 이조후기의 동문선집과 또한 남아 전하는 선집작가에 대한 비평문을 살펴보면, 작가의 선정도 약간 차이가 있을 뿐만 아니라, 그들의 작품을 보는 비평적 관점도 더러 다르기도 하다. 앞 장에서 제시한 도표를 통해서도 알 수 있듯이, 수록문장가를 알 수 있는 동문선집은 모두 5종이다. 여기에 선집된 작가는 모두 26인인데, 2종 이상의 동문선집에 중복되어 실린 작가는 모두 14인이다. 이를 통해 우리는 문학사적으로 이조후기에 대체로 공인된 산문작가가 누구이 며, 또한 논란이 되었던 작가는 누구인지 대략 짐작할 수 있다. 그러 면 이조후기 동문선집 편찬에서 선별된 산문작가들에 대한 비평을 개괄해 보기로 하자.

① 이제현과 이색

우리 산문문학의 종주를 누구로 볼 것이냐하는 문제는 동문선집자 의 가장 큰 고민이었을 것으로 생각된다. 김택영은 『여한구가문초』 에서 비록 김부식金富軾을 가장 먼저 수록했지만, 그가 우리 산문문학 의 종주로 생각했던 인물은 이제현李齊賢이었다. 그는 우리 문학사에 서 고문을 창도한 공로로서 이제현을 중국의 한유와 구양수에 비견 하여 칭송했으니[47], 정통고문가였던 자신은 이제현을 명실상부한 조 선 산문문학의 종주로 여긴 것이다. 특히 산문문학의 본령을 '기사記 事' 정신으로 보았던 김택영은 이제현의 산문이 기사에 더욱 뛰어났 다고하여 그를 높였던 것이다.

그러나 다른 선집가들의 경우는 견해가 다르다. 『대동문준』이나 『동 문집성』이나 『동문팔가선』에서는 모두 이색李穡을 가장 먼저 수록하고 있다. 김택영은 이색을 두고 "익재의 문하생으로서 비로소 정·주程朱 의 학문을 주창했지만, 그의 글에는 주소註疏나 어록체語錄體의 기운이 많이 섞여 있다"[48]고 하여, 어록체를 문제삼아 선별에서 제외시켰던 것이다. 그러나 홍길주는 오히려 이색의 문학을 '기교없이 연주하는

---

47) 金澤榮, 「雜言 四」 21則, 『合刊韶濩堂集』권8.
48) 상동문.

비파에서 울려나와 멀리 퍼져가는 미묘한 음악소리'에 비유하여,[49] 외형적 꾸밈없이 자신의 생각을 진술하게 묘사하는 그의 문학을 높이 평가했다. 또한 송백옥도 이색의 문장에는 바다와 산과 같이 도탑고 정대正大하며 넓고 넘실대는 듯한 기상이 있음을 높이고, 그로 인해 윤리를 바로잡고 유교를 돈독히 하여 우리나라 유학의 기반을 마련했다고 칭송하고,[50] 문선집의 첫번째 작가로 선정했다.

이들은 적어도 이색의 문장에 섞여 있는 주소어록체는 크게 문제삼지 않고 있다. 본래 고문에서 어록체의 사용은 금기사항이다. 문장의 격조를 떨어뜨리기 때문이었다. 그러나 이색은 자신의 생각을 당시 사람들에게 쉽게 전달하기 위해 주희朱熹와 같이 구어口語방식의 어록체를 섞어 사용했던 것인데, 문장의 시대적 적용을 중시했던 홍길주의 입장[51]에서 어록체의 사용이 시대정신의 구현을 위해서는 크게 문제되지 않는다고 여겼던 것이다. 역시 그가 우리 민족 고유문자의 사용을 주장했던 것과 일맥상통하는 것이기도 하다. 결국 문체의 측면에서, 김택영은 정통 고문체를 주창했던 이제현을 종주로 선택했고, 홍길주의 경우는 정통 문체에서 벗어나지 않으면서 시대성을 따른 이색을 종주로 선택했던 것이다.

그러나 단순히 문체의 문제가 선정의 궁극적인 사유가 되지는 않는다고 본다. 문제는 이조 사대부들의 문학 정신의 본령인 유학 즉 성리학의 진작에 있었던 것이다. 유학이 문장을 통해 널리 진작될 수 있었던 공로가 누구에게 있다고 보느냐가 곧 선집관의 차이로 나타

---

49) 洪吉周, 「東文十二家小題」, 『峴首甲藁』권3.
50) 宋伯玉, 「牧隱李先生集文鈔引」, 『東文集成』권1.
51) 졸고, 「沆瀣 洪吉周의 作文精神과 眞文章論」 참조.

난 것이다. 김택영이 언급한 '고문의 창도'나 송백옥이 평가한 '유학의 기반을 마련함'은 모두 그 점을 중시한 것이었다. 사실 이제현과 이색은 사제간으로 고려말 성리학을 진작시켜 신흥사대부들의 사상적 기반을 마련한 종주들이다. 이들의 사상사적 위치에 대해서는 아무도 이견이 없을 것이다. 다만 정도전의 평가처럼 이제현은 처음 고문을 창도했고, 이색은 그것을 이어받아 널리 계발시킨 인물이라고 한다면[52], '창도자'와 '계발자' 사이에서 평가의 경중을 달리한 것이 아닌가 짐작된다. 이때 그 경중을 결정하는 기준을, 선집자들의 평가에서 본 바와 같이, 문장에서 우러나는 기상氣象에 두었던 것이다.[53]

② 최립

후기의 비평가들 사이에 이조전기 산문문학의 이름난 작가로 거명된 사람은 변계량卞季良, 서거정徐居正, 김종직金宗直, 김수온金守溫, 최립崔岦 등을 들 수 있다.[54] 이들 중 김종직과 김수온·최립은 후기의 동문선집에 글이 선집되어 있다.[55] 또한 이 세 작가 중에서 한 명을 정선하라면 거의가 최립을 뽑았을 것이 분명하다고 본다.

최립은 비평가들 사이에 다소 논란이 있었던 작가이다. 그의 고문

---

52) 정도전, 「陶隱文集序」, 『三峯集』권3.

53) 참고로 김창협은 『雜識』에서 "論文章於東國, 固難以一人斷爲冠首. 然文則當推牧隱爲大家, 詩則當推挹翠爲絶調. 牧隱不獨文爲大家, 詩亦宏肆豪放, 氣象可觀, 不似奎報醒酩."이라 평하여, 이색의 문학이 지니고 있는 호방한 기상을 높여 동국문장의 으뜸으로 삼았다.

54) 남공철은 國初의 문장가로 卞季良과 徐居正을 꼽았고(「四君子文鈔序」), 張維는 金宗直·金守溫·崔岦을 꼽았다.(『谿谷漫筆』)

55) 남공철은 위의 평가에도 불구하고 崔岦 만을 정선했고, 홍길주도 崔岦만을, 송백옥은 金宗直·崔岦을, 서유비는 金宗直·金守溫·崔岦을 선정했다.

이 난해한 부분이 많았던 때문인데, 당시 사람들 중에는 구두句讀도 제대로 끊지 못하는 자가 많았던 모양이었다. 그래서 남극관南克寬 (1689~1714)은 말이 난삽하니 편장篇章의 대체大體도 깨닫지 못했을 뿐만 아니라 문장의 이치도 볼 게 없으며, 한유를 사모해서 '사필기출辭 必己出'의 의미만 터득했지 독서공부는 깊지 못하다고 혹평했다.56) 그러나 일찍이 장유나 김창협 같은 당대의 고문장가들은 상투적이고 진부한 말만 늘어놓는 문장에 비해 최립의 문장은 웅숭깊고 빼어난 글이라고 극찬했다. 또한 그의 문장이 천박하거나 범용한 것을 따르지 않기 때문에 오히려 어렵고 난해하여, 진부한 말에만 익숙한 사람들은 구두도 떼지 못하는 경우가 많다고 한다.57) 이들은 오히려 당시 매우 상투적이고 진부한 지경에 빠져있는 문장을 일신한 공로를 최립에게 부여한 것이다.

후기 동문선집자의 경우도 대개 장유와 김창협의 비평과 같이 그의 문장을 높게 평가했다. 남공철은 크고 깊으며 빼어난 사상으로 일구어낸 문장으로 평가했고58), 송백옥도 깊이있는 사상과 굳센 기상과 풍부한 학식과 예리한 의론으로 진부한 문장을 극복했다고 평가했

---

56) 남극관, 「謝施子」, 『夢囈集』 坤 : "崔簡易文, 雖似沈實, 然命辭局澁, 只效古人字句小巧, 不曉篇章大體, 理致, 又無可觀. 簡易, 才武卓鷙, 酷慕昌黎, 頗得辭必己出之意, 然不甚讀書."

57) 장유, 「簡易堂集序」, 『谿谷集』 권6 : "酷嗜班韓, 晩而好歐陽子, 其爲文, 刻意湛思, 一句字, 皆繩墨古作者, 草稿不三四, 易不出也. 意過深而寧晦, 毋或淺, 語過奇而寧澁, 毋或凡, 每一篇出, 人皆傳誦, 雖狃於陳言者讀, 或不能句, 然亦不敢訾謷, 曰此非今人之語也." ; 김창협, 「雜識」 : "簡易集中, 中朝奏文最好. 此等文字, 最易循襲常套, 欲免此, 則又患事情不周匝詳盡, 而簡易諸奏文, 敷陳情實, 旣懇切委曲, 行文, 又古雅簡鍊, 無一語冗率膚俗. 觀此, 可見其才高功深, 宜乎."

58) 남공철, 「四君子文鈔序」 : "簡易之文, 以雄深瓌奇之思, 鼓鑄辭令, 如五石之弓, 當貴獲之力, 而人鮮克擧之."

다.[59] 한편 홍길주는 그의 문장을 몇 아름이나 되는 나무로 천 칸의 집을 짓되, 기둥이며 서까래에 채색이나 조각을 하지 않은 것으로 비유했으니[60], 이들 선집가들은 대체로 깊은 사상과 풍부한 학식에서 우러나온 생각을 꾸밈없이 고아한 기풍의 문장으로 드러낸 작가로 평가한 것이다.

그러나 김택영은 최립은 이색의 병폐를 그대로 답습한 작가라고 평가하여 선집에서 제외시켰고, 또한 우리나라의 문장은 가볍고 비루하며 지루하다는 김창협의 비평을 들어 여기에 해당되는 작가로 지목했다.[61] 김택영의 이런 평가는 사실 김창협이 최립에 대해 비평한 내용과 어긋나는 것이기도 하고, 다른 동문선집자들의 평가와도 많이 차이나는 부분이기도 하다. 산문의 기사정신을 중시했던 그의 엄정한 안목이 의론에 뛰어난 최립의 문장을 다소 낮게 평가했던 것이라고 생각된다.

③ 한문사대가(이정구·신흠·장유·이식)

이조중기 문원의 영화를 이룩한 작가로서 우리는 흔히 '월상계택月象谿澤'으로 불리는 한문사대가漢文四大家를 꼽는다. 이 점은 당대에도 크게 이견은 없었다고 본다. 그러나 일부 비평가들에게는 이정구·신흠과 장유·이식은 그 문학적 성향이 다소 다른 작가로 인식되고 있다. 그래서 17세기 문단을 논할 때 이 네 분의 문장가가 늘 거론되기

---

59) 송백옥, 「簡易崔先生集文鈔引」: "湛深之思, 蒼勁之氣, 瞻博之識, 鑱刻之議, 務去陳言, 本之班韓, 尤長於易學, 譬之大羹玄酒, 深知而篤好者, 希矣."
60) 홍길주, 「東文十二家小題」: "如百圍之木, 營屋千間, 而棟楣榱桷, 不綵不斲."
61) 김택영, 「雜言 四」 21則.

는 하지만, 선집에서는 더러 다른 견해를 나타내고 있다.

먼저 장유張維와 이식李植의 문장에 대해 일찍이 많은 비평가들이 논평했지만, 동문선집의 편찬자들도 우리나라 산문사에서 빼놓을 수 없는 분임을 공히 인정하여, 모두 이들을 수록해 놓고 있다. 장유의 문장은 비록 한결같이 평탄하게 전개되는 것이 흠으로 지적되기도 했지만, 편장의 구성이 치밀하고 원만해서 꾸며 붙인 흔적이 없어 단아하고 바르다는 평을 받았고, 그래서 마치 큰 강이 넘실넘실 흘러 넓은 바다로 흘러가는 듯하다는 평가도 받았다.[62] 한편 이식은 김창협으로부터 문장의 구성이 장유와 같이 원만하지 않아 여유가 없지만, 그래도 정밀하거나 절박한 부분들은 평탄하기만 한 장유보다 낫다는 평을 받았는데, 송백옥도 자구를 꾸며 화려함이 드러나고 지나치게 정밀한 것이 흠이지만, 경사經史에 기반하고 정주서程朱書에 전념해서 넘실거리지만 정도正道를 잃지 않았으며, 특히 논사論事하는 소차疏箚나 훈계의 글은 간결하고 절박해서 고문이라고 할 만하다고 평했다.[63]

---

62) 김창협, 「잡지」: "谿谷一味平緩, 全無激切處, 爲疏章則不足以動人主之聽, 爲碑誌則無風神生色, 爲祭文則無悽愴嗚咽之旨, 盖其天資寬平, 得之又容易, 不曾致深湛之思, 故所就者然耳. / 谿谷碑誌, 雖乏逸調, 然其敍事, 繁簡得當, 稱美處, 亦有斟酌之分寸, 斯其所以爲善也."; 홍길주, 「동문십이가소제」: "如長江, 浩浩奔流萬頃, 而波濤平遠, 無呂梁三峽之變."; 송백옥, 「谿谷張先生集文抄引」: "其學公穀孟韓詞賦楚辭文選古文莊子國策, 醇熟腴暢而體段渾成, 精博膳雅而辭理俱備者, 指無先生屈也. / 章綴篇圓, 一斧鑿瑕類之可尋, 上下數百載, 殆與三家(乖崖.佔畢.簡易)鴈行. 盖想先生之爲文, 天才華敏, 不致鑪刻之湛思, 筆力平緩, 少遜逸宕之奇氣, 要不害大雅典則."; 남공철, 「사군자문초서」: "卽之如淺復而彌遠, 紆餘縈洄, 如江河千里一碧, 而魚龍舳艫之容與也."

63) 김창협, 「잡지」: "澤堂文, 體段渾成, 不如谿谷, 而結構精密, 過之. / 澤堂文, 太密塞, 文字外, 不見有餘地, 此不及谿谷處. 然如疏箚論事之文, 精敷切深, 不似谿谷平泛無激發處."; 송백옥, 「澤堂李先生集文抄引」: "本之經訓史學, 又專意於程朱諸書, 雖汎濫無涯, 而卒歸正路, 其義理之博約, 經濟之密忽, 可以羽翼斯文, 裨補世道者也. 及

대부분의 평자들이 이러한 인식을 공유하고 있었다고 본다.

반면 이정구李廷龜와 신흠申欽의 경우는 그 문장의 결점 때문에 선집에서 제외되기도 했다. 김창협은 이정구에 대해 타고난 재주가 화려하고 넉넉하지만, 고상하고 간결함이 부족해서 체재體裁가 전엄典嚴하지 못하며 격조格調도 고아古雅하지 못하다는 평을 했고, 또 신흠에 대해서도 타고난 재주가 민첩하지만 심후한 맛이 부족하고, 태도가 아름답고 광채가 현란하지만 실질적인 뜻과 맞갖은 맛이 없다고 평했다.[64] 김창협은 이들이 풍부한 재능을 보여주면서도 한편 명대 문풍의 경향을 지니고 있음을 비판한 것이었는데, 서유비와 김택영도 비슷한 관점에서 그들을 선집에서 제외시켰다고 본다. 그러나 홍길주와 송백옥은 자연스럽지 못하고 고아하지는 못하지만, 그래도 글을 전개하는 논리가 풍성하고 문체가 화려함을 인정하여[65] 선집에 수록하고 있다.

他論事之疏箚, 示兒之訓誥, 簡潔切確, 使人斂襟, 然字琢句鍊, 而辭華間露, 精密太過, 摠之爲古文爾雅."

[64] 김창협, 「잡지」: 월사─天才華贍, 而高簡不足, 且不規規於古人繩墨, 出之甚易, 故其文, 紆餘通暢, 絶無艱難拘窘之態. 但體裁欠典嚴, 格調不古雅. / 상촌─天才敏妙, 而深厚不足. 又學諸子及國策, 且喜皇明諸大家, 故其文, 態度俊麗, 光彩絢爛, 但少質實之意, 雋永之味.

[65] 홍길주, 「동문십이가소제」: 월사─"如救時之相, 紳笏廊廟, 全轂卒乘, 應之而不見其疲, 至於虞詔殷輅, 亦或未遑." / 상촌─"如斲石爲山, 種以奇卉, 非不爛然可玩, 而非天地自然之造." ; 송백옥, 「月沙李先生集文抄引」: 本之論語, 參之漢書, 溫厚博茂之氣, 典重明剴之辭, 隨遇溢發, 斐然成章, 如行雲流水, 初無定質, 而春噓百卉, 夜爛衆星, 瀉肺肝而耀耳目者, 韓子所謂仁義之人, 其言藹如也. 至若大學講語, 傳聖人之宗旨, 辨誣奏疏, 擅天下之聲名, 自是宇宙間不泯文字故. / 「象村申先生集文抄引」: 天才敏妙, 夙貫古典之九流, 晚窺先天之三易, 結髮操觚, 直欲睥睨千古, 而辭意雄俊, 光芒絢爛, 譬之連城之璧, 瑕瑜難掩, 歷塊之駟, 腹鱗微汗, 諸公謂象村之文, 步驟皇明諸大家.

선집에 포함시키는 여부가 편집자의 비평관에 의해 결정되는 것이
지만, 그렇다고 자신의 주관적인 평가에만 의존하는 것이 아니라 당
대 비평의 객관적 관점을 널리 수용한다고 볼 때, 이정구와 신흠의
문장에 대한 후대의 평가는 문체에 드러나는 작가적 재능의 탁월함
과 내용의 심후한 깊이 사이에서 어느 쪽에 후한 점수를 주느냐에 따
라 선별에 차이가 나타났던 것이다.

④ 허목

이조후기의 산문비평가들이 허목許穆의 문장을 거론하는 일이 흔한
것은 아니다. 왜냐면 그는 상고시대의 고문학을 몹시 좋아한 나머지
그의 문장 역시 고문투의 매우 어려운 문자들을 구가했기 때문이었
다. 한마디로 난해하다는 것이었다. 그래서 남인층을 제외한 비평가
들은 아예 논평을 삼갔다고 본다.

그러나 홍길주와 송백옥은 그의 문장을 선집에 수록하고 있다. 송
백옥은 그의 글이 자구가 어그러지고 글도 몹시 어려워 마치 옛 하은
주夏殷周시대의 금석문과 같다고 하면서, 그래도 대략 읽어보면 간결
하고 단단한 느낌이 좋고 법칙에 매인 것이 없는 듯하다고 평했다.66)
한편 홍길주는 그의 문장을 선집에 포함시키면서도, 이그러진 솥과
깨어진 쟁반같은 글을 지어놓고 억지로 은주시대의 고기古器 즉 고문
이라고 한다고 평하고, 어리석고 기이한 것을 좋아하는 사람들은 더
러 그의 글에 유혹된다고 불평했다.67) 이런 불만에도 불구하고 선집

---

66) 송백옥, 「眉叟許政丞記言文抄引」 : "所學極駁, 力追古文者, 禹碑殷盤及周誥耳, 缺
  齧字句, 佶屈聱牙, 無一篇不參差者, 如夏敦商彝虫蝕鳥擾. / 驟讀之, 簡硬可愛, 而索
  然無繩尺風味矣."

에 포함시켰던 것은 허목의 문장을 선호하는 당대인들의 입장을 충
분히 고려한 것이 아닌가 여겨진다.

⑤ 김석주

17세기 후반 '월상계택'의 한문사대가와 농암 김창협의 서광에 가
려 우리에게 널리 알려지지 못한 문장가가 곧 식암息庵 김석주金錫冑
이다. 김석주는 개인적으로 고문에 많은 관심을 가지고 있어, 중국의
뛰어난 고문들을 모아 문장마다 일일이 촌평을 붙여『고문백선古文百
選』을 편찬 간행했고, 또한 우리나라의 사부辭賦 작품들을 모아『해동
사부海東辭賦』를 간행하기도 했다. 이처럼 당시로서는 산문비평에 많
은 업적을 남긴 분인데도 불구하고 정작 자신의 문학적 명성은 그리
알려지지 않은 편이다.

그러나 당대의 김창협은『식암집息庵集』의 서문에서 천성天成스럽
기는 장계곡張谿谷만 못하지만 인공적인 부분은 이택당李澤堂에 버금
가니, 빼어나고 텅빈 듯한 멋과 쇠를 두드리고 씻어내는 듯한 묘미는
가장 뛰어나다고 평했다.[68] 또한 남공철도 그의 책론策論을 들어 호
방豪放하고 웅건雄健해서 가히 관각문장의 모범이라고 칭송했으니, 그
가 문장을 엮어나가는 논리와 구성이 정밀함을 높인 것이었다.[69]

이에 홍길주와 송백옥이 그의 문선집에 김석주의 문장을 수록하고
있다. 홍길주는 비유하기를, 부장副將의 역할을 맡아 군사를 부려 대

67) 홍길주,「동문십이가소제」:"如缺鼎破敦, 强稱殷周之古器. 愚而好奇者, 往往詿惑."
68) 김창협,「식암집서」:"公之文, 雖天成, 不若谿谷, 而人工所造, 殆可與澤堂相埒, 乃
　　其瑰奇沈灑之致, 鼓鑄淘洗之妙, 則又獨擅其勝云."
69)「일득록」:"槪息庵策論之豪邁雄健, (當作館閣之指南津筏.)"

열이 어지러워지지 않도록 하겠지만, 원수의 임무를 대신 맡아 전군을 통솔할 만큼은 아니라고 평가했고[70], 송백옥도 옛 문장을 숭상하여 고문을 배우면서 간혹 명대 문풍에 출입했지만, 그 정신과 골력이 단단해서 수원을 파헤쳐 물꼬를 틔우고 받침을 견고케 하여 꽃을 피운 공로가 있다고 평가했다.[71] 아주 탁월한 수준의 문장은 아니지만, 장유와 이식 이후 내놓을 만한 문장가로 인정되었던 것이다. 그러나 김택영의 기사記事정신과 기격氣格을 중시하는 비평관에서는 그리 주목을 받지 못했고, 그러한 탓이었는지 오늘날까지도 크게 주목받지 못했던 것이다.

⑥ 김창협

이조후기 산문비평가들 사이에서 가장 우수한 정통문장가로 평가되었던 사람은 역시 농암農巖 김창협金昌協이었다고 하겠다. 뿐만 아니라 김창협은 비평가로서도 명성이 있었으니, 우리 문인들에 대한 그의 비평은 아주 적실한 평가로 받아들여져 후대 비평계에 지대한 영향을 미치기도 했다.

그가 일찍이 우리나라의 문학을 평가하기를, "우리나라의 문학이 중국에 미치지 못하는 것이 세 가지가 있는데, 생각이 얕아 절실하거나 깊지 못하고, 문자는 비루하여 고아하거나 아름답지 못하고, 문체는

70) 홍길주, 「동문십이가소제」: "如偏將馭卒, 行伍不亂, 使之代元戎統六師, 則才不勝其任."
71) 송백옥, 「息庵金先生集文抄引」: "崇古黜今, 溯秦漢, 沿唐宋, 間出入乎皇明大家, 其精神關鍵, 骨力鼓鑄, 譬之濬源而助瀾, 固蒂而傳華, 農巖云接武谿澤. / 勁悍沉寥之致, 結搆翦裁之美, 誠奇矣哉. 及其章疏之精確, 諸策之豪健, 又屬雋永."

지루하여 간결하거나 정돈되지 못한 것이다"[72]고 했는데, 김택영은 비록 그의 문장이 나약한 면이 있지만, 바로 그가 이러한 누루한 단점을 씻어 없앤 작가라고 호평했다.[73] 그것은 곧 고문의 최고 경지인 문장과 학식을 겸비한 작가로서 그에 대한 평가가 아닌가 생각된다.

그래서 남공철은 복건에 도복을 입고 산림을 배회하며, 경전과 예법을 몸소 실천하여 말마다 이치에 맞아 떨어지니, 바로 진유眞儒의 기상이라고 극찬했다.[74] 또한 홍길주도 자유子游나 자하子夏와 같이 행단杏壇 아래에 서서 진지하고 은근하게 시서詩書를 담론하는 것과 같다고 하면서, 한편 삼군三軍을 부릴 용맹은 다소 자로子路에게 뒤진다고 했으니[75], 김택영의 언급과 같이 나약한 면모를 지적한 것이다. 송백옥은 전중典重하고 온아溫雅한 기상이 마치 군자의 용모와 같다고 평가하기도 했다.[76]

이조후기 '문도합일'의 고문정신이 사실 김창협에 의해 구축되었다고 해도 과언이 아닐진대, 동문선집의 편찬자들은 이를 추종하던 비평가들로서 김창협을 추숭하는 것은 당연한 귀결이라고 본다. 반면 『동문팔가선』은 선정 작가의 연대가 18세기까지 내려오지 않기는 했

---

72) 김창협, 「息庵集序」: "我東之文, 其不及中國者, 有三. 膚率而不能切深也, 俚俗而 不能雅麗也, 冗靡而不能簡整也."

73) 김택영, 「雜言 四」21則: "至農巖, 則祛(前陋)盡矣, 然又稍病乎弱."

74) 남공철, 「사군자문초서」: "幅巾道服, 徜徉周旋乎山林, 經禮之間, 雍容揖讓, 言言 中理, 眞儒者之氣像也."

75) 홍길주, 「동문십이가소제」: "如游夏諸子, 列侍杏壇, 談詩說禮, 侃侃誾誾, 而三軍 之勇, 或遜於子路."

76) 송백옥, 「農巖金先生集文抄引」: "蒼茂之氣, 不露鋒穎, 堅密之辭, 莫能添揸, 古人 所謂典重溫雅, 有似乎正人君子之容貌矣. 若夫書牘之周匝, 一遵考亭, 祭文之悲刺, 暗 合昌黎, 抑亦數百年來絶調也."

지만, 김창협을 포함시키지 않은 이유를 정확히 알 수는 없다. 만약 당색이 분명해지는 시기의 작가를 피하고자 한 것이라고 본다면, 비평계에 작용하는 당색의 편견을 배제하고자 한 서유비의 고심이 아니었을까 생각된다.

⑦ 황경원

우리는 18세기의 문학하면 곧잘 실학파 문학을 떠올린다. 특히 중국문단의 영향을 받아 북학파 문인들이 중심이 되어 일어난 새로운 문풍은 산문의 발전에도 지대한 영향을 미쳐 산문비평의 새로운 전기를 마련했다. 그러나 이러한 새로운 흐름을 가로막는 보수층의 제재도 만만치 않았으니, 정조의 문체반정이 그 대표적인 경우일 것이다. 이처럼 18세기의 문단은 대체로 신문체 운동과 보수적 고문체가 서로 대립하던 상황이었다고 할 것이다. 이러한 와중에서 두 진영의 비평가들로부터 그 평가가 상이했던 작가가 바로 황경원黃景源이다.

18세기 전반기를 대표하는 관료문인으로 이계耳溪 홍양호洪良浩와 강한江漢 황경원을 들 수 있다. 두 사람은 문학적 성향이 물론 달랐지만, 당시 적지 않은 명성을 가졌던 인물이다. 그 중 황경원은 명대明代 문학가들의 영향을 받아 진한시대의 고문에 심취하여, 예스럽고 단아한 문체를 구가한 문장가였다.

그러나 그의 문장을 두고 일찍이 박지원은 좋은 옷과 관을 쓰고 길가에 죽어있는 시체와 같다고 혹평을 한 바 있었으니77), 평소 박지원

---

77) 洪翰周, 『智水拈筆』권3, 서벽외사해외수일본, 아세아문화사 : "燕巖嘗語人曰, 黃大卿氏之文, 冠冕佩玉而爲道旁僵屍, 吾文雖懸鶉百結, 猶能生坐負朝陽矣, 大卿, 江漢也."

이 비판해 마지않던 진한문의 모방을 일삼는 대표적인 작가가 바로 황경원이라고 보았던 것이다. 뒤에 고문가인 홍석주도 황경원의 문장을 곰곰히 읽어보면 한낱 진한문을 모방한 것에 불과하다고 토로한 바도 있다.78) 반면 정조와 남공철은 오히려 근세에 황경원의 문장이 가장 고아古雅하다 할 것이오, 특히 대표작인『배신고陪臣考』는 사마천의 격법格法을 터득했다고 극찬해 마지않았다. 남들은 진부한 말이나 답습했다고 비난하지만, 사실 당송팔가의 체단體段을 터득해서 오늘날 사람들은 감히 미치지 못할 바라고 했다.79) 이들의 이런 평가는 새로운 문풍의 도전에 위협받는 고문체를 지탱시키고자, 신문체를 추구하는 비평가들의 표적이 된 황경원의 문학을 오히려 옹호하고 있다는 인상을 지울 수는 없다.

이처럼 신문체와 고문체의 대립이 여전히 지속되었던 후기의 문단에 황경원의 문장은 늘 관심의 대상이 되어, 그의 문장을 추앙하는 무리도 적지 않았지만, 비판적인 입장에 있는 사람도 또한 적지 않았다. 당시의 이러한 상황을 반영하듯 홍길주와 송백옥은 황경원을 동문선집에 수록했다. 그러면서도 홍길주는 마치 재상과 같이 관복을 갖추어 입고 진퇴읍손進退揖遜하는 행동이 엄격하여 남의 공경을 받지만, 경제와 법률에 관한 실제 일을 물어보면 망연히 대답하지 못할 것 같다고 평가했다.80) 반면 송백옥은 매우 온정적이다. 그의 문장이

---

78) 홍석주, 「答李審夫書」, 『淵泉集』권16 : "疇昔之夜, 與舍弟憲仲, 讀江漢黃公集, 歎其典則爾雅, 匪今世之文, 而旣又惜其神精才思之不逮, 所似乎古人者, 徒以貌而已. 因謂憲仲, 黃公之似古人者, 固貌也."

79)『日得錄』: "黃江漢文章, 人或以蹈襲陳言雌黃, 而深得八家體段, 今人有不可及. / 近世黃景源文章, 最號古雅, 而陪臣考, 尤得史漢格法."

80) 홍길주, 「동문십이가소제」: "如治世宰相, 戴冕珩舄, 進退揖遜, 儼然人望而敬之,

당송팔가를 모방했다고 비난하지만, 문운이 쇠퇴해진 오늘날엔 이러한 모방도 제대로 하는 사람이 없다고 하며, 질박하면서도 넉넉하되 호오好惡의 공정심을 얻지 못한 단점은 있지만, 『배신고』는 그의 역작이라고 했다.[81]

이처럼 우리는 황경원에 대한 후인들의 평론을 통해 의고문擬古文 계열과 반의고문反擬古文 계열의 대립으로 드러나는 18·9세기 산문계의 흐름을 보다 선명하게 이해할 수 있지 않을까 생각된다.

⑧ 당대 문장가(박지원·홍석주·김매순·홍길주)

서유비는 『동문팔가선』을 편찬하면서 아예 18세기 이후의 작가는 선별하지 않았음을 알 수 있는데, 더구나 편자 당대의 문장가에 대한 선정은 아무래도 곤란한 바가 있으리라고 짐작된다. 송백옥도 본래는 『동문집성』을 조귀명趙龜命까지로 한정했으나, 다시 황경원 이후의 6인을 뽑아 속편을 엮었던 것이고, 홍길주의 『대동문준』도 황경원을 마지막으로 한정하고 당대 문인들은 다루지 않았다.[82] 그래도 이들 이후에 편찬된 『동문집성』 속집과 『여한구가문초』가 이들을 수용하고 있어, 18세기 후반 이후의 산문가들의 성과를 대략 전해주고 있

問之以錢穀決獄, 或茫然不能對."

81) 송백옥, 「江漢黃判書集文抄引」: "最稱古雅, 人或訾以蹈襲八家, 見今文衰世降, 蹈襲, 誠亦難矣哉. / 樸而無華, 富而不肆, 訂經說禮, 强居古作者之列, 然褊心積痼, 薰其中而激于外, 好惡之未得其正也, 審矣. / 鄒邑臣傳, 伊人之屢十年覃思而先占好田地也."

82) 그러나 홍길주는 박지원의 문장을 매우 극찬한 바 있었는데, 그럼에도 자신의 선집에 제외되어 있는 것은 무슨 의도가 있었던 것은 아니고, 편집 당시까지 아직 『연암집』을 보지 못했던 탓이라고 본다.

다. 이들이 주목한 작가로는 역시 연암 박지원을 가장 꼽을 수 있겠고, 또한 19세기 초반에 활약했던 고문가들 홍석주·김매순·홍길주 등도 선정되었다.

박지원을 가장 존경했던 사람으로 김택영만한 이도 없을 것이다. 그의 『여한구가문초』는 박지원의 문장만 특별히 두 권에 걸쳐 선집했을 뿐만 아니라, 중국 망명지에서 『연암집』을 무려 두 차례에 걸쳐 중간하여 중국인들에게 우리나라 문장의 우수성을 자랑하기도 했다. 그의 평을 일일이 소개할 수는 없고, 그는 박지원의 문장이 김창협의 고아古雅함을 계승하되 김창협이 지니고 있던 나약함을 극복하고 창대웅변昌大雄變했다고 한다.[83] 조선의 문단이 여태껏 추구해 왔던 고문이 김창협을 거쳐 박지원에 이르러서야 비로소 완성되었음을 시사하는 것이다. 송백옥도 뜻의 묘사가 핍진하되 비루하지 않고 형식이 법칙을 따르지 않는데도 단아한 점을 높였으며, 사람들이 꺼리는 가담항어街談巷語를 사용해 오히려 참신한 글을 지어, 옛 것도 아니오 오늘 것도 아닌 새로운 문장을 창조했다고 칭송했다.[84]

19세기 기울어 가는 전통 사대부문학을 굳건히 이끌어 간 인물로 홍석주와 김매순을 들 수 있다. 이들은 김창협 이후 '문도합일文道合一'의 문학정신을 계승해서 학식을 겸비한 문학을 추구한 고문가古文家로 불리고 있다. 흔히 진한고문秦漢古文을 추구한 의고문파擬古文派와

---

83) 김택영, 「잡지」: "朴燕巖, 承農巖之雅而昌大雄變之."
84) 송백옥, 「燕巖朴先生集文抄引」: "才情橫溢, 書無不讀, 理無不究, 創爲不古不今之文, 當其筆酣墨飽也. 寫意逼眞而忘其俚, 使字不律而忽爾雅, 雖至街談巷諺人所不屑取而不能形者, 獨能粧虛爲實, 化腐生新, 若坡公之嬉笑怒罵皆成文章, 而匪妄庸巨子蹈襲陳言之類耳. / 且公洞知古文之嚴法, 而不欲入規矩, 故人或訾以稗史之小品, 而反歸乎滑稽, 抑公遇其時而命不遇, 有所自托於文戲也歟."

구별해서 당송고문파唐宋古文派라고 부르기도 하지만, 그들은 당송고
문의 정신을 계승하고자 한 것이었지, 당송고문을 모방하는 것은 단
호히 경계했다. 송백옥은 홍석주에 대해, 웅숭깊고 박식한 선비로서
경술에 근거하여 문장으로 드러내니, 그 문장은 정밀 돈독하며 간결
하여 마음은 평온하고 기운이 가라앉은 듯하다는 높은 평을 했다.85)
그러나 김매순에 대해서는, 처지가 불우하였던 탓에 불평스런 기운
이 있으며, 문장은 세밀히 관찰했지만 넓은 도량이 부족하고, 논리도
정밀하지만 온후한 뜻이 모자란다는 비판을 하고, 『주서표보朱書標補』
(『주자대전차의문목표보朱子大全箚疑問目標補』)와 서문 등은 그래도 함양된
학식이 드러난다고 다소 인색한 평을 했다.86) 김택영도 이들에 이르
러서 문기가 더욱 맑아졌다는 점을 높게 평가하면서, 반면 원기元氣는
차츰 엷어지고 있음을 지적했는데87), 그것은 역시 전통 사대부문학
이 서서히 기울어가는 이 시대의 변화가 문기文氣로 감지된 것이었다.

홍길주는 고문론의 전통에 기반한 문장가이면서, 한편 시대적 변
화에의 적용을 적극 수용코자한 개명된 비평가이기도 했다. 김매순
은 재주가 출중해서 기발한 생각을 묘하게 얽어나가는 능력이 텅빈
곳에서 솟아오르는 무엇과 같다고 그의 문장을 평가했으니88), 기발

---

85) 송백옥, 「淵泉洪先生集文抄引」: "雄深博雅, 眞淵乎富矣哉. 先生, 以命世之通儒,
根於經術, 溢爲文章, 精篤似農巖, 簡潔似震川, 一唱三歎, 心平而氣降. 蓋其晚年, 有
得於子固之文者居多, 細繹其趣, 不爲大聲奇格者, 譬之神龍上下于淵天, 風雲不數數
起也."
86) 송백옥, 「臺山金居士集文抄引」: "文要密察而量欠弘放, 論取精篤而旨遜溫厚. 又因
境遇沈鬱, 自鳴不平, 引喩沓抱, 反傷大雅, 平生之標補朱書, 少得力於涵養. 後人之儷
儷歐文, 不著題於調格, 掩不得介士之黨, 習文人之詞鋒. 然攷證該洽, 字句鎔鍊, 其風
韻駿亮, 往往見諸序中."
87) 김택영, 「잡지」: "洪淵泉以下, 去益愈淸, 而元氣亦隨而稍薄."

한 생각과 표현들, 그리고 풍부한 감수성에서 나오는 영명한 기상이 넘치는 그의 문장을 높인 것이다. 그래서 송백옥은 공중의 누각에 오르매 만상이 좌우에 늘어서 있는 듯하다고 하며, 홍석주·김매순과 함께 당대 문단에 정립할 만 하다고 평했다.[89] 그러나 김택영의 눈에는 기발 영묘한 점이 오히려 경박한 것으로 평가되고 있다. 그는 조귀명과 함께 홍길주의 문장은 우리나라 문장의 비루한 단점을 극복하고자 한 노력이 너무 지나쳐, 오히려 조박佻薄한 폐단에 이르고 말았다고 평가했던 것이다.[90]

19세기는 우리 문학사에서 서민문학이 꽃피던 시기로서 상대적으로 사대부문학은 크게 주목받지 못했다. 특히 근대시기를 맞아 고문이 우리 민족문학의 발전에 질곡이 되었던 부정적 영향으로 사대부들의 한문학은 극복의 대상이 되어, 이들의 문학이 모두 부정되던 분위기였다. 그러나 이 시기 사대부들의 문학유산은 여전히 상당하게 남아있고, 또 우리의 고정관념마냥 이들의 문학이 일체 부정적인 역할을 했던 것만도 결코 아니었으니, 이제는 이들의 문학에 대한 새로운 평가가 필요한 시점이라고 본다. 이러한 면에서 이 당대를 대표하는 작가에 대한 선집과 평가는 19세기 사대부문학의 성과를 살피는 데 좋은 안목을 제공해 준다.

---

88) 홍길주, 「睡餘瀾筆」續下 : "臺山賞余文, 以爲靈心妙搆, 湧出於空無之地."
89) 송백옥, 「沆瀣洪先生集文抄引」: "渾浩沈雄, 不及淵泉伯子, 而奇思竗搆, 湧出空無之地, 見推于臺山金公. 在當時鼎立爲名家矣. / 淸襟灵藪, 眞沆瀣仙才也. 匠心所注, 如空中之樓閣, 萬象呈露於左右, 應接之不暇. 蓋其原本子史, 旁通句股, 何洪門天畀之多才而獨不得大展也耶."
90) 김택영, 「잡지」: "能跳出於陋, 而矯枉過直, 病於佻薄."

5. 맺음말

지금까지 우리는 이조후기 동문선집류의 종류와 체재, 그리고 그 선집들이 편찬된 동인과 비평사적 의의를 살펴보고, 이어 선정 작가와 그 비평의 비교고찰을 통해 우리 산문비평의 전개 현황을 개괄해 보았다.

역시 동문선집은 산문비평의 발전과 불가분의 것이다. 이조후기에 이르러 산문문학에 대한 새로운 관심이 쏠리면서 아울러 산문비평도 괄목하게 성장했는데, 바로 우리 산문에 대한 비평의 성과로서 동문선집이 출현했던 것이다. 또한 당시 산문비평의 성장은 관료의 길을 포기한 채 독서와 문학에 전념했던 독서지사들의 비평적 토론에 힘입은 바 있었으니, 동문선집이 거의가 이들에 의해 편찬되었다는 사실에서도 확인된다. 뿐만 아니라 이조후기에 들어 차츰 고조되어 가던 우리 문학에 대한 자주적 인식의 각성이 동문선집의 편찬에 더욱 박차를 가한 요인이 되기도 했다.

그러나 작가선정에 있어, 우리 문학사의 장구한 역사에 비해 많은 작가가 소개되지는 않았다. 이는 작품을 '유취類聚'하지 않고 작가를 대상으로 '정선精選'했던 때문인데, 당시 우리나라의 작가와 작품이 유취하기에는 그 분량이 너무 방대했다고 본다. 그리고 또 한편 편집자 자신의 비평관에 따라 당대의 문풍에 대한 비평적 대안으로 이 선집들이 간행되었다는 점을 암시한다. 정선된 작가들의 문장을 모범적 문장으로 제시함으로써 정통산문의 위상을 확고히 하고자 노력한 것이다.

이러한 노력에도 불구하고 정통산문은 19세기 이후 근대사회의 형성과 함께 몰락한 사대부문학과 그 운명을 같이하고 말았으니, 결국 동문선집들도 그 존재마저 불투명한 상태에 놓이기도 했다. 하지만 오늘날 한문산문의 중요성과 가치에 대한 인식이 제고됨으로 해서 묻혀있던 동문선집들이 하나둘 소개되었고, 우리 산문비평사의 연구에 중요한 자료가 되고 있다. 이제 동문선집에 대한 고찰을 넘어서서 작품비평의 연구를 통해 보다 풍성한 산문연구의 성과를 기대하는 바이다.

본 글의 출처목록

【제1부 서설】

「한문고전의 글쓰기 이론과 그 현재적 의미 -이조후기 고문론을 대상으로」, 『작문연구』창간
　호, 한국작문학회, 2005.11.
「한문산문론의 문학비평사적 조명과 이해」, 『고전과 해석』제2집, 고전문학한문학연구학회,
　2007.04.
「19세기 전반 산문론의 전개와 그 특성」, 『동양한문학연구』제11집, 동양한문학회, 1997.07.

【제2부 한문산문론의 몇 가지 문제】

「이조후기 산문론에서 '견식'의 문제」, 『한문학보』제9집, 우리한문학회, 2003.12.
「19세기 산문론에서 '실'의 문제」, 『한국한문학연구』제35집, 한국한문학회, 2005.06.
「원천 홍우건 산문론의 주체적 상상력 -이조후기 산문론에서 '오'의 문제와 관련하여」, 『동
　양한문학연구』제22집, 동양한문학회, 2006.02.

【제3부 조선 문인들의 글쓰기론과 실제】

「홍석주 고문의 예술적 특징」, 『한국한문학연구』제22집, 한국한문학회, 1998.
「김매순의 산문세계와 문예적 특징」, 『한문학보』제5집, 우리한문학회, 2001.
「홍길주 산문의 의의와 문예적 성취」, 『한국한문학연구』제24집, 한국한문학회, 1999.
「청천 신유한의 문장학습법과 글쓰기론」, 『동양한문학연구』제25집, 동양한문학회, 2007.08.
「지산 심익운의 삶과 문학」, 『죽부이지형교수정년퇴직기념논문집』, 기념논문집간행위원회,
　1996.10.

【제4부 문선집의 편찬과 산문비평】

「조선후기 고문선집의 편찬·간행과 의미」, 『동양한문학연구』제28집, 동양한문학회, 2009.
　02.
「이조후기의 동문선집과 산문비평의 전개」, 『한국 고문의 이론과 전개』, 태학사, 1998.02.

찾아보기

김철범 金喆凡

1961년 부산 출생. 성균관대학교 한문교육과를 졸업하고, 같은 대학교 대학원에서 석사
·박사학위를 취득했다. 현재 경성대학교 한문학과 교수로 재직하고 있다. 「19세기 고문
가의 문학론에 대한 연구」(1991)로 박사학위를 받았고, 그 이후 다수의 산문론 관련
논문을 썼다. 그 외 「성재 허전의 생애와 학문연원」(1997), 「『영언여작』과 근기실학사
상과의 접점」(2004), 「조선 지식인들의 제자서 독서와 수용양상」(2007) 등의 논문을
썼으며, 역서로는 『영언여작』(공역, 2007, 일조각)과 『뽑히지 않는 바위처럼』(김매순
산문집, 2010, 태학사) 등이 있다.

cbkim@ks.ac.kr

한문산문 글쓰기론의 논리와 전개

2012년 5월 30일 초판 1쇄 펴냄

지은이 김철범
펴낸이 김흥국
펴낸곳 도서출판 보고사

책임편집 한나비
표지디자인 오동준

등록 1990년 12월 13일 제6-0429호
주소 서울특별시 성북구 보문동7가 11번지 2층
전화 922-5120~1(편집), 922-2246(영업)
팩스 922-6990
메일 kanapub3@chol.com
http://www.bogosabooks.co.kr

ISBN 978-89-8433-990-3 93810
ⓒ 김철범, 2012